W9-BAD-711

Marlene

Marlene

FLORENCIA BONELLI

© Florencia Bonelli, 2000

© De esta edición: Aguilar, Altea, Taurus, Alfaguara de Ediciones S.A., 2008

Leandro N. Alem 720 (1001), Ciudad de Buenos Aires

www.sumadeletras.com.ar

ISBN: 978-987-04-0995-3

Diseño de cubierta: Eduardo Ruiz

Hecho el depósito que indica la ley 11.723

Impreso en Uruguay. *Printed in Uruguay*

Primera edición: junio de 2008

Bonelli, Florencia
  Marlene - 1a ed. - Buenos Aires : Aguilar, Altea, Taurus, Alfaguara, 2008.
  488 p. ; 24x15 cm.

  ISBN 978-987-04-0995-3

  1. Narrativa Argentina. 2. Novela. I. Título
  CDD 863

A Miguel Ángel, amore della mia vita.

A vos, Tomasito, como te prometí, como es mi deseo.

❦ ❧

"Que el amor lo es todo, es todo lo que sabemos del amor."

EMILY DICKINSON

∼∾∽

INTRODUCCIÓN

erca de la costa de Buenos Aires, enero de 1914.
Micaela alcanzó la barandilla de cubierta y se reclinó levemente, dispuesta a pasar unos minutos a solas. Contempló el paisaje: nada sorprendente, un río turbio y una costa que no lograba divisar por completo. Sin embargo, a medida que el barco avanzaba, y que todo se volvía más nítido, la ansiedad la poseía.

Hacía quince años que no pisaba suelo argentino y, aunque era su patria, sospechaba que no se sentiría como en casa. Habían pasado muchas cosas desde el día en que mamá Cheia la embarcó en ese paquebote rumbo a Suiza. Ahora era otra persona, muy distinta de aquella niña de ocho años.

A pesar de lo encaminada que parecía su vida, Micaela sabía que aún quedaban cuestiones por zanjar. Siempre desasosegada, sentía que algo le faltaba. Sonrió con sarcasmo. ¿Quién iba a imaginar que *la divina Four* suponía que algo le faltaba? Para el resto, ella era una mujer dichosa.

¿Por qué volvía a la Argentina? ¿Qué la traía de nuevo? No tenía la menor idea; una fuerza invisible la había hecho regresar; prácticamente, la había arrastrado hasta allí. Después de la muerte de Emma, no lo meditó mucho, compró el pasaje y viajó a Buenos Aires, y sus amigos pensaron que necesitaba alejarse un tiempo.

—¡Ah! *Mademoiselle* Urtiaga Four, aquí está —el capitán del barco interrumpió sus cavilaciones—. Hace rato que llevo buscándola.

—Salí a cubierta a tomar el fresco y a mirar el paisaje —explicó Micaela, sin mayor entusiasmo, cansada del cortejo del capitán.

—¿Hace mucho que no viene a Buenos Aires? —preguntó el hombre.

—Más de quince años. Mucho tiempo, ¿verdad?

—Ya lo creo. Lo único que puedo decirle es que no va a reconocerla. Buenos Aires es otra.

—Eso me han dicho. ¿Usted viene seguido?

—Una o dos veces por año. En cada viaje descubro algún cambio. El estilo colonial que la caracterizaba ya no existe. Ahora se parece más a una ciudad europea. Tiene grandes palacetes y avenidas anchas con lindas arboledas. El famoso cabildo sufrió mucho en esta metamorfosis urbana. Algunos se quejan, pero el gobierno no les hace caso. ¡Cómo será el cambio que hasta subterráneos tienen los porteños!

Micaela lo miró sorprendida. Alguien llamó al capitán, que se excusó arguyendo unos asuntos impostergables y la dejó sola. Micaela volvió la mirada a la costa. Se encontraban próximos a llegar. El corazón le latió con fuerza. A esa altura de los acontecimientos, ya tenía deseos locos por desembarcar. Se alegró al pensar en mamá Cheia y en Gastón María, las dos únicas personas que le importaban.

Otra vez se puso triste. Fijó la vista en el movimiento ondulante del río y volvió a sus recuerdos amargos. El peor de todos pertenecía a Buenos Aires.

CAPÍTULO

I

Buenos Aires, mayo de 1899.

Ese sábado, los niños Urtiaga Four habían deseado ver a su madre todo el día. Gastón María se encaprichó y no hubo forma de que tomara la leche ni el aceite de hígado de bacalao. Micaela, más sumisa, se encerró en su dormitorio y no volvió a salir.

Eran pequeños y no entendían por qué su madre siempre estaba en cama, indispuesta, la mesa de noche abarrotada de frascos oscuros, médicos que iban y venían, el rostro desolado de su padre y, ahora, la novedad de unas jaquecas que no la dejaban vivir.

Ya eran casi las siete de la tarde. La nana Cheia pensó que era una hora prudente para que Micaela y Gastón María visitaran a la patroncita, y así se lo hizo saber. Los niños corrieron en dirección a la alcoba de su madre. La negra Cheia, no tan joven y excedida en peso, los seguía con dificultad.

—¡Chicos, parecen un malón! ¡Por amor de Dios! ¡No entren así en la pieza de su madre que se le parte la cabeza!

Al llegar al dormitorio de la patrona Isabel, Cheia encontró la puerta entornada; los niños ya habían entrado. Miró y no vio a nadie. Se encaminó al tocador y, al trasponer la puerta, el cuadro con el que se topó la dejó estupefacta: la señora Isabel, inconsciente dentro de la tina, con las muñecas tajeadas y los niños contemplándola en silencio.

Su propio grito la sacó del trance, a ella y al pequeño Gastón María, que dio un alarido, se soltó de la mano de su hermana y salió corriendo.

Micaela, inalterable, miraba a su madre. El agua sanguinolenta chorreaba y casi le tocaba la punta de los zapatitos. Los ojos de la niña alternaban entre el rostro céreo de Isabel y una navaja en el piso. Absorta, no escuchaba los alaridos de Cheia, ni se daba cuenta de que Gastón María ya no le sostenía la mano, ni de que los sirvientes se agolpaban en la entrada. Se aproximó a la tina decidida a despertar a su madre.

—¡No, Micaela!

La niña sintió un tirón, alguien que la apartaba. Pataleó, gritó y sacudió los brazos como loca. Cheia la tomó por la cintura y la alejó de allí.

Micaela no recordaba a su madre sino en cama, con el rostro enfermizo y el gesto melancólico. Isabel, la hermosa actriz llena de vida, pertenecía a una leyenda que le fascinaba escuchar. Le habían contado que, sobre el escenario, su madre provocaba angustia con su llanto, risas desenfrenadas con sus ocurrencias, suspiros con su belleza. Después de verla, la gente no salía igual de los teatros, pues Isabel llegaba a las fibras más sensibles de las personas. Su público la amaba.

El joven Rafael Urtiaga Four la conoció en la cúspide de su carrera, cuando el Teatro Politeama vibraba cada noche con sus funciones. Rafael tuvo suerte con ella; un *dandy* de la sociedad porteña como él, con relaciones y vínculos por todas partes, siempre conseguía lo que deseaba. Y a ella la deseaba, y mucho. Un amigo los presentó una noche después del teatro.

Isabel lo atrapó en su huracán y lo hechizó con su hermosura. Rafael la amó desde el primer día. Ella también se le entregó, con el mismo ardor con que hacía todo; no, con mayor pasión aún: estaba loca por él.

Se casaron al poco tiempo y ninguno de los Urtiaga Four prestó su consentimiento; la boda resultó un escándalo familiar. "¡Una actriz!", exclamaban, con la palabra "prostituta" en la cabeza.

El matrimonio pasó algunos años sin tener hijos, lo que encolerizaba a las damas de la familia, pero Isabel deseaba continuar en la actuación y un bebé resultaba un escollo. Rafael la comprendía, seguro de que el tiempo le despertaría las ansias de ser madre.

Rafael e Isabel eran esposos, amantes, amigos, compañeros, socios, una perfecta amalgama entre hombre y mujer. Cada uno vivía lo suyo, y, sin embargo, lo compartían todo. Ella proseguía con sus obras teatrales y él con la administración de las estancias. De todas formas, siempre existía un momento para ambos.

Hasta que Isabel quedó encinta. Su embarazo fue una tortura desde el primer momento. Náuseas, vómitos, desmayos. Sus tobillos y manos se hinchaban y la presión le subía a los cielos. En los últimos meses, la barriga era descomunal y los huesos le dolían tanto que parecían descoyuntarse. Subió de peso y perdió las formas de su silueta. Se le manchó la piel del rostro y su cabello rubio se tornó opaco.

Los mellizos Urtiaga Four nacieron el 6 de mayo de 1891, antes de lo previsto. Eran pequeñitos, pesaban muy poco. Los llamaron Micaela y Gastón María.

Después de un parto difícil, el médico y la comadrona creyeron conveniente mantenerla sedada. Pálida y sin fuerzas a causa de la pérdida de sangre, Isabel durmió varios días, narcotizada con un brebaje a base de opio.

Una enfermera, contratada especialmente, le sacaba la leche y se la daba a los niños. A poco, comenzó a ser escasa y los mellizos chillaban de hambre. La enfermera intentó con leche de burra, pero no les gustaba y la mayoría de las veces la vomitaban.

—A la señora se le secó el pecho, señor Rafael. Lo mejor va a ser que contrate a una nodriza —le aconsejó la mujer, preocupada por la salud de los recién nacidos.

—Sí, está bien —respondió Urtiaga Four, desganado—. Haga lo que le parezca, señorita.

Graciela o Chela, como la llamaban, una negra oriunda del Uruguay, perdió a su bebé de apenas una semana y deseó morir con él. El desconsuelo y la amargura la abrumaron. Un cura amigo, el padre Miguel, fue su sustento y estímulo. Le dijo que Dios había querido evitarle a Miguelito los sufrimientos de esta vida llevándoselo junto a Él, convirtiéndolo en un ángel.

Al día siguiente del entierro, el sacerdote llegó a la parroquia con un ejemplar de *La Nación* en la mano. Le leyó a Chela con bastante ánimo.

—"Ama de leche se necesita. Calle Paseo de Julio número 424." ¿Qué te parece, Chela? Con toda esa leche que te desborda vas a poder alimentar a algún bebé que lo necesita.

Esa mañana, Chela y el cura Miguel comparecieron ante la Inspección de Nodrizas y solicitaron el certificado que la acreditara como apta para la lactancia. Gracias a la intervención del clérigo, los trámites se aceleraron, y, en pocos días, Chela contó con su habilitación para amamantar hijos ajenos.

Sin perder tiempo, se apersonó en la calle Paseo de Julio número 424. Se encontró con una casona vieja, estilo virreinal, muy grande e importante. Le abrió una doméstica y le indicó que aguardara en el vestíbulo. A poco, una enfermera de punta en blanco le pidió que pasara a una salita contigua, donde la entrevistó. Le contó que había recibido a muchas nodrizas, pero que ninguna la había complacido; o no le agradaba la presencia, o no tenían la papeleta en orden, o no traían referencias.

—Yo tengo todo, señorita —aseguró Chela—. La papeleta en orden y las referencias.

Le alcanzó dos sobres, uno con el certificado de la Inspección de Nodrizas y otro con una carta de recomendación del cura Miguel. La enfermera quedó impresionada, en especial con la esquela suscripta por el párroco. Además, le gustó el aspecto de la mujer.

—Está bien. Podés empezar a trabajar hoy mismo, si querés.

Chela, feliz en medio de su amargura, supo que las cosas le irían bien allí.

—Los Urtiaga Four son de las familias más adineradas y respetadas de Buenos Aires —comentó la enfermera—. Vas a tener que comportarte en consecuencia —agregó, con severidad.

—¿Cómo se llama el niño al que voy a atender?

—Los niños, querrás decir. Son dos. Son mellizos.

Chela no disimuló su sorpresa y por un momento se arrepintió de haber aceptado el trabajo.

—Micaela y Gastón María, así se llaman —continuó la enfermera, sin inmutarse.

Los niños Urtiaga Four balbucearon la palabra mamá antes del año para llamar a su nodriza, quien se avergonzaba mucho, en especial cuando lo hacían frente al señor Rafael. Les enseñó que la llamaran "mamá Chela", a lo que los mellizos respondieron con "mamá Cheia" y el mote le duró la vida entera.

Micaela y Gastón María llenaron el vacío que dejó su bebé y pronto se sintió feliz junto a ellos. Su leche era muy buena, y los niños repuntaron en peso al poco tiempo. Además, percibieron su calidez de madre y se le pegaron como garrapatas. Sólo querían a su nana, y hacían berrinches cuando los parientes y amigos de la familia los alzaban o tocaban. Enseguida, Rafael llamaba a Graciela y el llanto cesaba. A nadie parecía importarle la preponderancia que la negra tenía sobre los niños. Todos continuaban preocupados por la madre.

Isabel seguía mal. Físicamente se repuso al tiempo, gracias a la medicación, al descanso y a una dieta estricta. Anímicamente, en cambio, decaía más y más, y ningún médico sabía explicarle a Rafael el motivo.

—Suele suceder que, después de parir, las mujeres se sienten tristes. Pero no debe preocuparse, señor Urtiaga Four, con el tiempo se supera.

Y, aunque el tiempo pasaba, Isabel continuaba igual: tirada en la cama, con la mirada perdida en el cielo raso, o sentada frente al espejo por horas, sin moverse. En ocasiones, sentía deseos de ver a los niños y los mandaba traer. Cheia se apresuraba, los ponía bonitos y los perfumaba con agua de Colonia. Los acercaba a la cabecera de la cama y se los colocaba sobre el regazo. Isabel los besaba un rato, los miraba y acariciaba. Luego, le pedía a Cheia que se los llevara. Nuevamente, perdía la vista en el cielo raso y retornaba a ese letargo mórbido que exasperaba a Urtiaga Four.

Después, persiguieron a cuanto médico famoso había en Europa y Estados Unidos. Los vieron a todos, hasta uno que se hacía llamar psicólogo. No lograron nada, por el contrario, las largas temporadas lejos de Buenos Aires la empeoraron.

Los niños ya tenían ocho años y la madre seguía enferma, triste, sumida en una profunda depresión. Isabel inundaba la casona del Paseo de Julio con su amargura. Todos los que allí vivían tenían miradas apesadumbradas. Las cosas se hacían en silencio, lentamente. Los niños no podían corretear, tampoco jugar. Ellos no entendían nada. Querían estar con su madre y no se lo permitían. Con el tiempo, se fueron acostumbrando; tenían a mamá Cheia que los mimaba. De todas formas, Micaela y Gastón María amaban a Isabel, su nodriza les había enseñado a hacerlo. Por eso, corrieron felices la tarde de aquel sábado de mayo cuando Cheia les dijo que podían visitarla en su alcoba. Pero Isabel ya estaba muerta.

A pesar de que no hacía frío en cubierta, Micaela se estremeció. El suicidio de su madre, recuerdo que se instaba a mantener lejos de su conciencia, había significado demasiado en su vida, no sólo por aquella imagen sórdida y cruel de Isabel en la tina, sino por las consecuencias que había traído aparejadas.

Su padre, abatido y sin fuerzas, decidió separarlos de su lado; Micaela no podía perdonarle la actitud esquiva de aquellos días, la forma en que evitaba mirarla, como si le produjera daño.

Rafael despidió a la institutriz francesa, *mademoiselle* Duplais, envió a Gastón María a estudiar a Córdoba, al Monserrat, un colegio de renombre, y a ella, a un internado en Vevey, Suiza.

Aún tenía fresca en su memoria la escena en el puerto de Buenos Aires quince años atrás. Sólo mamá Cheia y don Pascual, el cochero, que parecía muy triste, fueron a despedirla. Gastón María había partido rumbo a Córdoba la semana anterior y su padre trabajaba en una de las estancias. Ni sus tías, ni sus tíos se presentaron en el puerto, y a Micaela no le importó, pues no sentía apego por ellos. Un matrimonio amigo de la familia aceptó acompañarla hasta su destino final. Allí la dejarían y continuarían con su viaje de placer.

Cheia intentó mantener la calma, pero le resultó imposible, y comenzó a llorar como una Magdalena cuando se hizo inminente la partida. Micaela también lloró y se aferró a su cuello. Le confesó que no deseaba irse y le preguntó si no podía acompañarla a Europa. Las palabras ahogadas de la niña terminaron por destrozar a la mujer y le costó mucho reponerse.

Los Martínez Paz, el matrimonio que la acompañaría, la esperaban impacientes en cubierta. Minutos después, le indicaron que ya era hora de partir y Micaela subió la escalerilla. Mamá Cheia y Pascual permanecieron en el muelle, saludándola, hasta que el barco zarpó.

Alguien de la tripulación les indicó sus camarotes. Una sirvienta de la señora Martínez Paz acompañó a la niña y la acomodó en su compartimiento. Antes de salir, le indicó que cualquier cosa que necesitara le pidiera a ella y que no molestara a *madame*.

Micaela se quedó sola en el camarote, sentada en el borde de la litera. Aunque el lugar era lujoso y cómodo, se sintió mal. Tenía deseos de salir corriendo, arrojarse al río y nadar hasta la costa. Pero no sabía nadar.

Se recostó y fijó la vista en el techo. Comenzó a canturrear una canción en francés que le había enseñado la institutriz Duplais.

Frère Jacques, frère Jacques, dormez-vous? Dormez-vous? Sonnez les matines! Sonnez les matines! Din, dan, don... Din, dan, don.

Cantar era una de las cosas que más le gustaban. Al rato, se quedó dormida y soñó cosas muy feas.

El internado para señoritas se hallaba en las afueras de Vevey, una ciudad a orillas del lago Léman, a pocos kilómetros de

Ginebra. El edificio, una construcción imponente erigida a fines del Renacimiento, se levantaba de espaldas al gran lago Léman, en medio de un cuidado parque, y las líneas de su arquitectura descollaban en el paisaje de montaña y agua que lo enmarcaba.

Antes de trasponer la inmensa puerta, la niña levantó la vista y leyó unas palabras en francés grabadas sobre los sillares: Congregación de las Hermanas de la Caridad.

Por dentro, el colegio no resultó menos soberbio, de techos altos, recubiertos de madera ornamentada, y paredes de piedra caliza con óleos alusivos a pasajes bíblicos. Tras el vestíbulo, se abría una recepción enorme, decorada con austeridad. Al final, divisó una escalera de mármol con baranda de hierro negro, y pensó que le tomaría años subir tantos peldaños.

Algunos de los mejores días de su vida pasaron en ese internado. La belleza del paisaje suizo, la familiaridad de la construcción que en un principio la apabulló, la ternura de la madre superiora y el cariño de las otras monjas constituían buenos recuerdos, aun cuando el amor de *soeur* Emma, mejor dicho, de Marlene, como prefería que la llamara, le habría sido suficiente para ser feliz. Gracias a ella, nada resultó demasiado duro de sobrellevar, ni los veranos lejos de Buenos Aires, ni la ausencia de mamá Cheia o de Gastón María. ¡Qué inequívoca sensación de plenitud sintió el día que la conoció! Su sonrisa franca, su mirada chispeante, su gesto sincero.

Marlene Montfeliú era una joven muy hermosa de veintitrés años. De la ciudad de Tarragona, su familia pertenecía a la selecta casta de nobles de la Cataluña. Los Montfeliú eran conservadores y guardaban las formas y costumbres de varias generaciones atrás. La riqueza de la familia provenía, fundamentalmente, del comercio marítimo. Por años habían manejado la flota de barcos más importante de la Cataluña y su poderío llegaba a las altas esferas del gobierno.

A pesar de ese entorno, Marlene era una muchacha simple, con ideas propias que contrastaban con las de sus padres. De carácter impetuoso y atrevido, tenía una personalidad avasallante y una inteligencia prodigiosa. En pocos años se recibió de profesora de música en el Conservatorio de Tarragona. Su familia, sin éxito, había insistido en que se dedicara a conseguir marido en lugar de destinar tanto tiempo a estudiar. La madre se consolaba al pensar que, después de todo, una mujer amante de la música demostraba una sensibilidad que cualquier hombre sensato sabría apreciar.

Marlene llevaba una vida tranquila y feliz. Tenía varios alumnos a los que les enseñaba canto, solfeo y piano. Pasaba el día ocupada en sus lecciones y nunca se cansaba. Por el momento, su familia había desistido de la idea del matrimonio. Esa pausa le daba un respiro, ya que no deseaba casarse con otro que no fuera Jaime, el hijo de un empleado de su padre. Se conocían desde niños, y al llegar a la pubertad, el amor había nacido entre ellos.

Su tranquilidad y felicidad terminaron la tarde en que su hermano mayor la encontró en el granero haciendo el amor con Jaime. En pocas horas, su vida placentera se convirtió en un infierno. El padre la abofeteó y la trató de ramera. Su madre no volvió a hablarle y lloró durante horas en su habitación. Sus hermanos le endilgaban sermones en cada oportunidad y sus hermanas la esquivaban.

La sentencia paterna llegó y fue terminante. O se metía de monja y desaparecía de sus vidas, o acusarían a Jaime de violación y lo harían ahorcar. Consciente del poder de su familia entre las autoridades, Marlene no dudó que su padre llevaría a cabo la amenaza.

En poco más de un mes, se encontró en la isla de Cerdeña como novicia de una congregación de monjas francesas, Las Hermanas de la Caridad, y con un nuevo nombre, *soeur*

Emma, por resultar el suyo demasiado mundano y frívolo a criterio de la superiora.

Tiempo después de ordenarse, la madre superiora le anunció su traslado a un internado en Vevey, Suiza, donde se desempeñaría como profesora de música. La verdad era que la superiora se sentía aliviada al sacarse de encima a Emma, una joven díscola, de ideas sacrílegas, que siempre alborotaba con sus ocurrencias.

Muchos la habían tomado por una criatura inocua, anodina. Siempre callada y taciturna, su figura tampoco ayudaba. Flacucha y esmirriada, el semblante pálido le otorgaba un aspecto enfermizo. ¿Quién iba a pensar que podía cantar como lo hacía? Micaela rió de sí al recordarse tan poquita cosa.

No había clase que disfrutara más que la de música, no sólo por su apego natural a la asignatura, sino por la admiración que le despertaba la profesora. Marlene la atraía irremisiblemente; le gustaba cómo sonreía, cómo movía las manos, la mueca que hacía cuando escuchaba. No olvidaría mientras viviera la sorpresa que se llevó la noche en que la monja se presentó en su dormitorio con las manos llenas de bombones.

—¡*Soeur* Emma! —acertó a decir, al reconocerla sin el hábito y con ropa de cama.

—¡Shhh! No hagas ruido o van a descubrirme —le ordenó—. ¡Cómo te tardaste en abrir, Micaela! Si alguna de las hermanas me encuentra en el pasillo y en camisón, me envían a un convento de clausura. —Se tiró sobre la cama y apoyó la cabeza en la pared—. ¡Uy! Corrí mucho hasta aquí.

Micaela la miraba como a un fantasma; permanecía de pie cerca de la monja y no atinaba a decir o hacer nada. Ni en cien años habría imaginado que una de las hermanas se aparecería en medio de la noche, en esa facha y se tiraría sobre su cama como si se tratara de una pupila. Emma sonrió al ver la cara de desconcierto de la niña.

—Tiene el pelo corto —dijo Micaela, sin pensar.

—A todas nos cortan el pelo cuando nos ordenamos. Para qué queremos largas cabelleras si el hábito lo cubre todo, ¿no? Ven, siéntate aquí, a mi lado. Vine para charlar contigo.

La monja había comenzado a hablar en castellano y arrastraba las zetas. Desenvolvió una barrita de chocolate y la partió.

—¿Quieres compartir la mitad conmigo? ¿Sabes? Se la robé a *soeur* Catherine de la cocina. Vamos, toma.

Micaela se llevó el chocolate a la boca como una autómata. Al principio, sólo habló *soeur* Emma y Micaela se limitó a asentir o a negar. Momentos después, la niña se sintió más cómoda y contó algunas cosas sobre ella.

—¿Te gustaría estar en el coro? —dijo Emma, de repente.

—¿Yo?

—Sí, tú.

—Pero si el coro es para las más grandes.

—Ya sé, pero a mí me contó un pajarito que cantas como un ángel.

—¿Un pajarito? ¿Qué pajarito?

—Un pajarito amigo mío. Bueno, anda, dime, ¿te gustaría ser integrante del coro, sí o no?

—¡Sí! ¡Claro que sí!

—¡Perfecto! —exclamó la monja—. Desde mañana te presentas en los ensayos con las demás niñas.

Micaela casi no durmió esa noche por pensar en el día siguiente. Se despertó antes del amanecer y se asomó a la ventana. Todavía el otoño salvaba al paisaje del manto blanco con que lo cubría el invierno, y aún podían escucharse los trinos de algunos pájaros. Se preguntó cuál de todos le habría contado a *soeur* Emma que a ella le gustaba cantar.

* * *

El ingreso en el coro precipitó la vida de Micaela, y Marlene, persuadida de que haría de ella la mejor cantante del mundo, no veía escollos en su afán por lograrlo.

—Lo que me propone no tiene asidero, *soeur* Emma —dijo la madre superiora.

—¿Cómo que no tiene asidero? —preguntó, con insolencia, y la superiora le lanzó un vistazo de advertencia—. Disculpe, madre —retomó—. Usted misma puede comprobar lo que Micaela ha conseguido en este último tiempo. Su canto es cada vez mejor. ¡Es exquisito!

La superiora perdió la mirada, se ensimismó en sus cavilaciones y dejó de escuchar a *soeur* Emma. Conocía de memoria las cualidades de Micaela, no necesitaba que se las recordara. Después de cinco años, la niña había logrado refinar y pulir la voz. Su fama se había extendido más allá de Vevey, y no era raro que la convocaran para participar en algún acontecimiento musical. Tiempo atrás, el obispo le había pedido que Micaela integrara el coro de la catedral, y ella había aceptado gustosa. De tanto en tanto, las damas más destacadas de Vevey la reclamaban para alguna tertulia de beneficencia. En esas ocasiones, solía darle autorización a regañadientes, aunque tenía que reconocer que, a pesar de su creciente actividad musical, Micaela no había descuidado el resto de sus estudios; es más, en muchas asignaturas había mejorado. Se la veía radiante.

Pero lo que le proponía Emma, enviarla a estudiar canto lírico al conservatorio de París, resultaba demasiado. A juicio de la superiora, esa idea sobrepasaba los límites.

—¿Qué cree que le voy a decir al padre? —preguntó la monja, al retornar de sus pensamientos—. Mire, señor Urtiaga Four, he decidido enviar a su hija a estudiar canto lírico a París. ¡Por favor, *soeur* Emma! Ese hombre se va a negar, desde ahora se lo digo.

—Con el mayor de los respetos, madre. Primero, es fundamental que Micaela estudie en el mejor lugar si queremos que su voz se supere. Usted sabe tanto como yo que puede llegar a ser una soprano de las mejores si recibe el entrenamiento y la preparación apropiados. Segundo, el señor Urtiaga Four no se preocupa por su hija. ¿Qué más le da si está en Vevey o en París? No la ha visto en años. Sólo ha venido a visitarla en tres oportunidades. ¡Tres! —repitió un poco colérica, e indicó el número con los dedos—. Y sólo se ha quedado una o dos horas, de las cuales la mitad se lo pasó hablando con usted. Madre, realmente no creo que la excusa del padre de Micaela sea buena.

—¿De qué excusa me habla?

—Usted está poniendo excusas porque no quiere que la niña deje el colegio. Usted está muy encariñada con ella y no desea separarla de su lado.

—Sí, estoy muy encariñada con Micaela, no voy a negarlo. Pero ése no es el motivo por el que no quiero que vaya a París. Ella es muy niña aún, apenas tiene trece años, es vulnerable a muchos peligros. Y si de peligros hablamos, París los tiene todos.

—Entiendo y comparto lo que usted dice. Por eso pienso que lo mejor será que Micaela viva en el convento que la congregación tiene en París. Sé que es muy grande, habrá lugar. Estarán encantadas de recibirla. ¡Imagínese, madre! Si Micaela llegara a ser una gran soprano, el prestigio del internado sería infinito. Después de todo, ella encontró su vocación aquí.

—¡No trate de convencerme con ese argumento! —exclamó la monja, ofendida—. Sabe bien que el prestigio del colegio me importa y mucho, pero primero está el bienestar de las niñas. Y en su bienestar estoy pensando ahora.

A Emma le tomó un rato convencer a la superiora. Al día siguiente, prepararon la correspondencia necesaria: a Rafael

Urtiaga Four, a la madre superiora del convento donde se alojaría y al conservatorio para solicitar su admisión. La cuestión se resolvió en menos de dos meses. La superiora del convento de París se mostró complacida en recibir a Micaela, a quien llamó "la niña prodigio de Vevey". El conservatorio, por su parte, explicó que, antes de admitirla, Micaela debía someterse a una serie de exámenes, teóricos y prácticos. La madre superiora miró a Emma en este punto de la carta y la joven le respondió que Micaela saldría airosa de cualquier prueba. La última en llegar fue la carta del señor Urtiaga Four, quien, de acuerdo con el presagio de Emma, no mostró demasiada preocupación ni entusiasmo por el traslado de su hija, y, confiado en que continuaría bajo la tutela de las Hermanas de la Caridad, prestó su consentimiento.

—Ya está todo listo —expresó Emma, entusiasmada—. ¡Qué bueno, madre! ¡Todo salió bien!

La monja se limitó a asentir.

—Creo que París será un gran cambio para mí, ¿no le parece? —continuó Emma.

—¿Para usted?

"¡Ay, Dios bendito! ¿Con qué me saldrá esta muchacha ahora?", se preguntó la superiora, aunque lo intuía.

—No creerá que Micaela viajará a París sin mí, ¿verdad? Ni en un millón de años la dejo sola, madre. Ella me necesita.

No discutiría con *soeur* Emma, perseverante, convincente y terca como era. Los días siguientes se encargó de tramitar su traslado al convento de París y de conseguir una nueva profesora de música para el internado.

CAPÍTULO
III

*S*oeur Emma y Micaela llegaron a París en junio de 1905 y nada volvió a ser como antes. En el conservatorio de la *rue de Ponthieu*, conoció al profesor Alessandro Moreschi que, fascinado con su voz, decidió convertirla en su discípula exclusiva. A pesar de la corta edad de Micaela, *monsieur* Thiers, el director del establecimiento, no prestó ninguna objeción, convencido por la magnificencia de su canto.

En un principio, a Micaela le daba aprensión que Moreschi fuera evirado.

—¿Evirado? —repitió.

—¿No sabes lo que es un evirado? —se asombró Lily Pons, una de las alumnas del conservatorio—. Un castrado —insistió, con un término más común—. ¡Micaela, un castrado! ¡Un hombre sin testículos! ¿No sabes que hay hombres a los que les cortan los testículos? ¿Sabes qué son los testículos, no? Esas bolsas que a los hombres les cuelgan entre las piernas.

—Sé lo que son los testículos —aseguró Micaela en un susurro, aunque, en realidad, no entendía de qué le hablaba su amiga, pero le daba vergüenza su propia ignorancia cuando Lily parecía tan experta.

—Moreschi es el último de los sopranistas —manifestó Lily, con solemnidad.

—¿Sopranista? ¿Qué es eso?

—Justamente, a algunos hombres les cortan los testículos para convertirlos en sopranistas. Los sopranistas cantan con una voz más aguda que la de mujer. Pero hace tiempo fueron prohibidos. El maestro Moreschi es el último de su especie.

"El último de su especie", repitió Micaela en su mente. Se le erizó la piel y le dio asco.

Lily la puso al tanto de otras cuestiones interesantes. Muchos años atrás, se predestinaba a los niños para el canto lírico mutilándolos a temprana edad. Se los educaba en un régimen estricto, enseñándoles todo acerca de la música y del canto. Muchos llegaron a convertirse en estrellas de la ópera, admirados por reyes y pueblos enteros, como el famoso Carlo Broschi, un sopranista del siglo XVIII conocido como Farinelli, que podía sostener la nota más aguda alrededor de un minuto. Luego vino el tiempo de la prohibición. Los sopranistas, perseguidos y excluidos de los teatros, se refugiaron en las basílicas, y limitaron su canto a los *lieder*, al Angelus y a otras melodías religiosas. Al cabo de unos años, quedaron en el pasado. Humillados y olvidados, la mayoría murió en la pobreza.

Alessandro Moreschi era el último sopranista. *Angelo di Roma* lo llamaban en Italia.

—¿Tienes idea de cómo llegó a este conservatorio? —preguntó Micaela.

—Cuando yo empecé a estudiar aquí, Moreschi ya daba clases. Dicen que Thiers lo escuchó cantar en la Capilla Sixtina, en Roma. Se enamoró de su voz y le propuso dar clases aquí. Así fue, según me contaron.

Las dos permanecieron calladas un rato. Lily devoró el almuerzo con avidez, Micaela, en cambio, se mantuvo taciturna, con la imagen de su nuevo maestro en la cabeza.

—Todas están que trinan con este asunto de que tú eres la alumna exclusiva del maestro Moreschi —retomó Lily—. Se mueren de la envidia.

—No entiendo —replicó Micaela—. Yo preferiría las clases de *madame* Caro, como tú, y no tener que pasar el día entero con ese hombre. Es muy serio y antipático.

—¡Estás loca, Micaela! Cualquiera de nosotras daría lo que no tiene por conseguir aunque fuese una hora por semana con Moreschi. ¿No te das cuenta de que es uno de los mejores profesores de canto que hay? ¡Y tú lo tendrás el día entero, sólo para ti!

Si bien el ritmo de trabajo al que la sometía el *Angelo di Roma* la agotaba, Micaela se complacía con los frutos del sacrificio. Había aprendido muchísimo en los últimos meses; sus conocimientos teóricos eran más ricos y su voz había mejorado ostensiblemente.

Por la mañana, luego de calentar las cuerdas vocales, Micaela empleaba la primera hora para entonar melodías difíciles y maleables. Más tarde, practicaba las escalas cromáticas y diatónicas, que le costaron al principio, pero llegó a dominarlas a la perfección. Luego, dedicaban otra hora al estudio del solfeo. Moreschi le enseñaba latín y literatura, en especial poesía. Durante un buen rato, Micaela declamaba versos muy difíciles. Semanalmente, la obligaba a leer algún clásico, generalmente a Shakespeare, y, en ocasiones, debía aprender de memoria algún pasaje y representarlo frente a su maestro.

Antes del mediodía, se dedicaban a los ejercicios de vocalización. El maestro conocía técnicas distintas de las de Emma, más difíciles y complicadas. La ubicaba frente a un espejo, de pie firme, con las manos cruzadas por detrás. En esa posición, debía entonar con soltura, sin tensarse, de manera natural. Moreschi la reprendía con severidad si demostraba el menor esfuerzo mientras cantaba: la frente, los párpados, las mejillas y el cuerpo no podían revelar contracción alguna.

—Cantas con los pulmones, con la laringe y las cuerdas vocales, no con los ojos o la frente. El cuerpo debe permanecer relajado, en una posición de descanso. Debes sentir que el sonido fluye desde tu interior. El resto, inalterable.

A medida que Micaela progresaba, las ejercitaciones se complicaban. En la misma postura que usaba para vocalizar, Moreschi le enseñaba técnicas respiratorias. La obligaba a retener el aliento un par de segundos, y luego a soltarlo lentamente. Le indicaba que la espiración debía ser tranquila, profunda y silenciosa. Para complicar la práctica, Moreschi encendía una vela mientras Micaela exhalaba. La vela no debía apagarse, la llama apenas si podía temblar. Le enseñó que los seres humanos, en forma natural, respiran unas veinte veces por minuto. Micaela debía reducir las inspiraciones a cuatro o a cinco en el mismo lapso para lograr elasticidad torácica. Al principio, se fatigó e incluso se mareó. Al cabo de un tiempo, consiguió limitar el número de veces a tres por minuto.

El ejercicio de media respiración o *di tempo rubato*, uno de los más complejos, consistía en abreviar el tiempo de inspiración y alargar el de espiración. Micaela tomaba aire en un segundo, llenaba las cavidades, y lo soltaba durante quince o veinte, en forma lenta, regular y silenciosa. Durante las primeras ejercitaciones, al inspirar tan rápidamente, la joven producía un ruido asmático espantoso que su maestro censuraba con varios golpes de bastón sobre el piso. También le costaba espirar en forma regular, el aire se le escapaba vertiginosamente de los pulmones y la llama de la vela se apagaba en un santiamén. Debió practicar mucho el *tempo rubato* antes de dominarlo con precisión.

Al mediodía, se encontraba con Lily en el refectorio. Era un momento grato para ambas; conversaban y se distendían de sus obligaciones. Lily siempre tenía algún chisme para contar.

Moreschi solía visitarla durante el almuerzo para controlar que comiera lo que él mismo le había indicado a la cocinera. Cuidaba mucho el menú, que debía ser rico en proteínas, vitaminas e hidratos de carbono. Los platos eran variados y abundantes, lo que desagradaba a Micaela.

Por la tarde, las primeras horas se destinaban a los conocimientos teóricos. Moreschi le enseñaba desde historia de la música y los instrumentos de la orquesta hasta el funcionamiento del aparato respiratorio, los fenómenos de vibración del sonido, de las cuerdas vocales y del timbre de la voz. Durante otra hora, la obligaba a componer algún salmo, motete o *canzonetta*. Podía inventar la melodía que deseara, y Moreschi siempre lucía complacido con los resultados. La última parte de la jornada la destinaban al estudio del piano.

Al llegar el final del día, Micaela apenas si podía estar en pie.

Alessandro Moreschi significó un gran cambio en su vida. Al principio, le temía. De presencia avasallante, mirada seria y gesto de pocos amigos, le provocaba ganas de salir corriendo del estudio. Con el tiempo, el sopranista se ganó su confianza. Lo admiraba por sus conocimientos musicales y le tomó cariño por la pasión que le demostraba cuando le decía que haría de ella la mejor soprano que el mundo había conocido.

Moreschi siempre fue duro y exigente, a veces la hacía llorar. Por momentos sentía que lo odiaba, en especial cuando golpeaba el suelo con el bastón, furioso porque no vocalizaba correctamente o porque falseaba alguna nota. Aunque también solía ser agradable. En ocasiones, después de una jornada dura de trabajo, le contaba anécdotas de su juventud, cuando los teatros de Europa lo tenían por protagonista de las óperas más aclamadas.

Cada año, al llegar la primavera, ejercitaban al aire libre. Muy temprano, se dirigían a algún parque y ensayaban las escalas y vocalizaciones en plena naturaleza. Eran lindos momentos, con la brisa fresca de la mañana y el aroma de la tierra húmeda.

Micaela se llevó una fuerte impresión la primera vez que escuchó cantar a su maestro. Practicaba un aria de *La donna del lago* en la capilla del convento de las Hermanas de la Caridad, donde la acústica era excelente. Estaban solos.

—¡No, Micaela! —la detuvo Moreschi—. Así no. El timbre de tu voz debe brillar en esta parte —explicó, al tiempo que le señalaba una sección de la partitura—. Aquí tienes que elevar el sonido hasta lograr la mayor extensión para esta nota. Elena se siente dichosa; está rodeada por los dos seres que más ama, su padre y su amante, y todo es felicidad en ese momento. *"Fra il padre e fra l'amante"*. *"Fra il padre e fra l'amante"* —repitió—. Debes transmitir ese sentimiento. Cierra los ojos y presta atención.

La joven obedeció. Un instante después, la piel se le erizó al escuchar una voz muy aguda, brillante y extensa, como la de una mujer. Abrió los ojos. No se trataba de una mujer, sino de su maestro que entonaba el aria como a ella le hubiese gustado hacerlo.

Con el tiempo, *soeur* Emma y Moreschi se hicieron amigos. Conversaban largos ratos acerca del futuro de Micaela, o, simplemente, de música. Emma se maravillaba con los conocimientos del maestro y no perdía oportunidad de acribillarlo a preguntas que él siempre sabía contestar. Pronto descubrieron una pasión común: Mozart. Se pasaban horas envueltos en disquisiciones sobre el genio austríaco, y perdían la noción del tiempo cuando hablaban de su vida y de su obra. Emma intentó despertar en Alessandro su pasión por Beethoven, aunque sin resultados. Las charlas se volvían fuertes polémicas en las cuales Emma defendía con bríos al compositor alemán de los embates de Moreschi, que insistía con terquedad en la superioridad de Mozart. Se olvidaban de Micaela cuando conversaban. La niña permanecía a un costado, escuchándolos sin perder detalle, y así aprendió a amar a ambos genios.

Moreschi impuso la concurrencia a distintos espectáculos musicales como parte de la formación de Micaela. Prácticamente, todas las semanas iban al Théâtre de l'Opéra o al des Italiens. No sólo veían óperas; el repertorio que le interesaba al maestro era variado e incluía música de cámara, sinfónica y un poco de ballet. Apelaba a sus amistades y relaciones para conseguir buenas ubicaciones y la mejor compañía. En su palco nunca faltaba un crítico famoso, algún director de orquesta, un *régisseur* de renombre, o un cantante amigo. Micaela se deleitaba entre personas sabias, amantes de la música, y, a pesar de su carácter tranquilo, la ansiedad por saber tanto como ellos la dominaba.

Emma solía acompañarlos. Se escapaba por una puerta medio escondida en la despensa que la conducía directo a la calle. Micaela temblaba. Marlene, en cambio, se divertía como una niña. No llevaba el hábito y vestía a lo parisino. Luego de la función, comían en algún restaurante cercano al teatro. Micaela lo pasaba mal pues temía que alguien reconociera a *soeur* Emma y la delatara con la superiora. Si llegaba a ocurrir, Marlene terminaría sus días en un convento de la Cochinchina. Después de un rato, se distraía con las conversaciones que tenían lugar entre su maestro, Marlene y el invitado de turno, y, con el tiempo, le divirtieron las peripecias de *soeur* Emma para ocultar su verdadera identidad a los amigos de Moreschi, muchos de ellos interesados en conquistarla.

Marlene, Micaela y Alessandro se transformaron en un trío inseparable, y la condición de monja de Emma no le impidió participar de cada etapa de la educación de su protegida.

Acostumbraba pasar jornadas completas en el estudio de Alessandro a cargo del piano, mientras Micaela entonaba y Moreschi la dirigía.

Micaela se volvió una esponja que lo absorbía todo. A su alrededor había música y músicos, y nada más. Ser la mejor soprano del mundo se volvió una obsesión. La seguridad que le transmitían Marlene y Moreschi iba poseyéndola poco a poco, insuflándole energía y gran dominio de sí.

Por su parte, el maestro Alessandro la cuidaba como a una gema de incalculable valor, convencido de que podría alcanzar el propósito que había trazado para su pupila. La seguridad de hacer de ella una diva del *bel canto* era total y absoluta, sabía que los teatros de Europa la ovacionarían, el mundo la escucharía cantar por primera vez y la adoraría para siempre porque tenía la voz más virtuosa, pura, cristalina y extensa que él había conocido.

Micaela se daba cuenta de que muchas cosas cambiaban, entre ellas, su suerte, porque había sido una gran suerte dejar Vevey y asentarse en París, la capital del mundo civilizado, como la llamaban algunos. Ahora, Vevey le resultaba un pueblito insignificante.

Su cuerpo también cambiaba. Medía lo mismo que Marlene, que era alta. Los ejercicios respiratorios y de vocalización corrigieron su postura, y atrás quedó la niña desgarbada, de hombros caídos. La dieta estricta le modeló el cuerpo, y su silueta flacucha y sin curvas desapareció para dar lugar a una esbelta y exuberante. Bajo los cautos vestidos, se le remarcaban insinuantes la cintura y los pechos. La palidez de su rostro ya no existía; su piel lozana parecía brillar y las mejillas se le coloreaban.

Una noche, en la habitación del convento, tomó conciencia de la metamorfosis de su cuerpo. De pie frente a la ventana, se deshizo del camisón y su desnudez se reflejó en el cristal. ¡Cómo habría deseado un espejo enorme! Pero un espejo constituía un elemento demasiado frívolo para encontrarlo en un convento. Sintió frío y, asombrada, descubrió que sus pezones se endurecían y sobresalían. Los rozó apenas, suaves y sensibles al tacto. Se le erizó la piel, y una sensación extraña se apoderó de ella. Cerró los ojos y, con lentitud, deslizó la mano desde el cuello hasta el pubis. Se detuvo en los senos nuevamente y palpó su incipiente redondez. Prosiguió con el descenso hasta encontrar el vello que había comenzado a crecerle hacía tiempo, suave y rizado, de un color más oscuro que el cabello.

Sintió un impulso y continuó bajando. Se tocó, con miedo primero, con más seguridad después, y descubrió una zona húmeda y sensible, muy extraña por cierto. La curiosidad la llevó a tomar el pequeño espejo de su bolso, a abrir las piernas y a mirarse. Estudió su anatomía con avidez hasta que dejó el espejo y siguió con los dedos. Se recostó sobre la cama y cerró los ojos. Tocarse ahí, o en el vientre, o los pechos, le aceleraba la respiración; se trataba de una emoción rara que le debilitaba la voluntad y le provocaba un cosquilleo muy placentero.

Marlene entró sin llamar, como solía hacer. Del susto, Micaela se incorporó con rapidez y sólo atinó a arrancar el cobertor de la cama y a cubrirse a medias. Después de un instante de sorpresa, Marlene sonrió.

—Discúlpame, querida. Aún pienso que eres mi niñita pequeña y que puedo entrar en tu cuarto sin llamar. Aunque me cueste, debo entender que ya eres toda una mujercita y que necesitas más intimidad.

Emma se disponía a salir cuando Micaela, envolviéndose un poco mejor, se le acercó.

—Perdóname, Marlene —suplicó.

—¿Perdonarte? ¿Por qué?

—Bueno... Tú sabes... Por...

—¿Por estar tocándote?

Micaela asintió y bajó la vista, muy apenada. A pesar de la confianza que las unía, en ese instante deseaba que la tierra la tragara.

—Mi niña —dijo Marlene, y le acarició el rostro—. No tengo nada que perdonarte.

—Pero la madre superiora dice que mirarse y tocarse es pecado.

Marlene hizo un gesto pícaro y negó con la cabeza.

—¿No? —se asombró Micaela—. ¿No es pecado?

—¡Mi chiquita querida! ¿Cómo podría ser pecado admirar la obra más perfecta y acabada del Señor? ¿Cómo podría ser pecado sentir cosas tan bonitas? ¿Acaso existe algo más hermoso y estético que el cuerpo de un hombre o de una mujer? Créeme, no lo hay.

—¿Por qué la madre superiora dice que es pecado?

—No lo sé. Aún no entiendo por qué algunas cosas son pecado. Pero estoy segura de que conocer tu propio cuerpo, sus partes, sus secretos, los lugares que te provocan placer, no, definitivamente, no es pecado. Más bien creo que pecado es la mentira, el odio, el rencor, la avaricia. Pecado es desear el mal a nuestros semejantes. Pecado es no perdonar.

Micaela la miró alarmada. Quizás, ella, después de todo, era una gran pecadora.

CAPÍTULO
IV

El Festival Anual de Música de Munich fue la plataforma de lanzamiento de Micaela. En la seguridad de que su pupila estaba lista, Moreschi apeló a viejas relaciones y le consiguió un lugar en el evento.

Para esa época, Micaela sólo contaba dieciséis años, edad en que, usualmente, se comienzan los estudios de canto lírico. Esta circunstancia hacía dudar a los organizadores del certamen, que la recibieron sólo por pedido especial del *Angelo di Roma*. Sin embargo, opinaban que la presentación de esa chiquilla era prematura y que resultaría desastrosa.

Micaela y Alessandro Moreschi partieron rumbo a Munich en mayo de 1908. Marlene no pudo acompañarlos: la madre superiora se mostró intransigente y debió quedarse en el convento, hecha una furia. Al cabo de dos días de viaje en tren, llegaron a la famosa ciudad del festival. Micaela se enamoró del lugar, subyugada por el encanto de las construcciones barrocas.

En Munich, todo estaba dispuesto para el gran evento. En las calles, pequeñas orquestas de músicos vestidos con ropas típicas de la región anunciaban los espectáculos del día. Carteles llenos de colorido informaban las distintas actividades, que iban desde las primeras horas de la tarde hasta muy entrada la noche.

Alessandro y su pupila se alojaron en el hotel donde lo hacía la mayoría de los participantes del festival. Micaela advirtió el respeto con que los demás músicos y cantantes trataban a su maestro, y se sintió orgullosa. Después de todo, Moreschi había sido el mejor de su época. De todas formas, no faltó quien bromeara con su calidad de castrado. Decían que el maestro, viejo y cachondo, locamente enamorado de su pupila, se había dejado convencer por ésta para conseguir un lugar en el festival, pero que, de seguro, no lograría nada, sólo humillarse. Demasiado joven e inexperta, remataban con malicia. Micaela nunca lo supo, pero durante esos días en Munich, algunos la coronaron con el mote *la prima donna del castrato*.

Faltaba una semana para el inicio del festival, y ya nadie pensaba lo mismo de Micaela, al menos sus compañeros de *El Barbero de Sevilla* tenían otra impresión. Durante los ensayos, Micaela había demostrado su profesionalismo y la majestuosidad de su voz; el papel de *Rosina*, creado por Rossini para su *primissima donna*, Isabella Colbran, volvía a tener en Micaela el encanto y colorido con los que se lo había interpretado a principios del siglo XIX.

Micaela, exigente y perfeccionista hasta el mínimo detalle, no dejaba pasar por alto ningún pormenor, casi rayaba en la obsesión. Practicaba durante horas, y obligaba al resto del elenco a repetir varias veces la misma escena si no la hallaba de su gusto. Algunos la tildaron de histérica, de déspota. Una joven que nadie conocía no podía dirigirlos como si ellos fuesen principiantes. Lo cierto era que Micaela daba órdenes a la par del director y del *régisseur*, y provocaba la ira de sus compañeros, que no entendían que ella sólo deseaba la excelencia. Ya nadie la miraba como a una niña inexperta de dieciséis años. Su fuerza de carácter, su decisión y la perfección de su voz la transformaron en la primera figura del grupo. Su indiscutible belleza y la frescura de su juventud terminaron por convertirla en la *Rosina* perfecta.

Una tarde, antes de la función, Micaela y su maestro compartían una taza de té en el comedor del hotel. El director Franz von Herbert, una de las personalidades del festival, se acercó a la mesa con rostro desencajado.

—¡No puede sucederme a mí, Moreschi! —exclamó el hombre.

Alessandro lo invitó a tomar asiento. El músico se dejó caer en la silla y se tomó la cabeza entre las manos.

—¿Qué sucede, Franz? —preguntó Alessandro.

Micaela, muda, se limitaba a contemplarlo. Días atrás, le había parecido arrogante y soberbio. Ahora, al verlo así, tan abatido, sintió pena por él.

En pocas palabras, el director le explicó a Alessandro que la heroína de *Las Valquirias* había enfermado de catarro, y que ninguna de las cantantes del festival se animaba a interpretar el papel por considerarlo muy difícil, sólo faltaba una semana para el estreno y no tenían tiempo para ensayarlo.

Las presentaciones de Micaela en *El Barbero* ya habían comenzado, y con mucho éxito. A pesar de la reticencia inicial, la crítica había acogido de buen grado a la pupila del sopranista. Aunque contenta, Micaela no estaba completamente satisfecha.

—Yo puedo interpretar ese rol, maestro von Herbert —afirmó la joven, muy suelta.

Ambos hombres la miraron atónitos. Esa jovencita, toda una novata, no sabía lo que decía. Micaela dejó pasar un silencio y continuó con su propuesta.

—Puedo trabajar en *El Barbero* y en *Las Valquirias*. Todo es cuestión de que usted, maestro —dijo a von Herbert—, acomode los horarios.

La parsimonia y serenidad de la joven asombraron tanto a von Herbert que, en su desesperación, accedió a pensar que sería factible prepararla en tan corto tiempo para un papel tan difícil. Moreschi se negó.

—Lo lamento, Franz. Micaela no está lista para los papeles dramáticos de Wagner. Yo la he educado en la escuela del *bel canto*, no está capacitada para un rol así. No quiero arriesgar su buen nombre y hacer un ridículo.

Al día siguiente, Micaela y Moreschi se encontraron con von Herbert para iniciar los ensayos de *Las Valquirias*. Le había tomado muchas horas convencer a su maestro; finalmente, y a regañadientes, Alessandro había aceptado.

Cantar en *El Barbero de Sevilla* y en *Las Valquirias* al mismo tiempo la lanzó definitivamente a la fama. Una noche una, otra noche otra. En una representación, su voz era la de un ruiseñor, con el colorido y el timbre distintivos de un personaje de Rossini. Ejecutaba con increíble gracia los rápidos, típicos de las óperas del romanticismo, y aprovechaba las *fioriture* para demostrar su destreza, sin abusar de ellas, fiel a la partitura y a la línea estética de la melodía. En la trágica epopeya de *Las Valquirias* todo cambiaba. Su voz se tornaba oscura, dramática, colosal. En cada nota, Micaela transmitía esa fuerza y emoción típicamente wagnerianas. El público se conmovía, no sólo con su canto desgarrador y potente, sino con su actuación magistral, mientras los colegas del festival se admiraban de la fortaleza de sus cuerdas vocales, que apenas contaban con tiempo para reponerse entre una y otra función.

La crítica alabó la versatilidad de su voz, que interpretaba con la misma maestría un personaje de Rossini y uno de Wagner. Se asombraron por la extensión y la fuerza, por el timbre y la flexibilidad. Un canto sin fisuras, que flotaba hacia las notas más altas, sin estridencias ni gritos.

Todos estaban anonadados: *la prima donna d'il castrato* era, sin duda, la revelación del año.

* * *

Después de Munich, Micaela se convirtió en una de las sopranos más requeridas de Europa. Viajaba la mayor parte del año. Moreschi recibía invitaciones de los teatros más afamados del continente y negociaba contratos muy ventajosos.

Al regresar a París, visitaba con frecuencia el convento para estar cerca de Marlene. Durante horas, se encerraban en su alcoba, Micaela tenía mucho que contarle, y Emma tanto más de que enorgullecerse. Sólo las angustiaba pensar que no les alcanzaría el tiempo, muy escaso por esos días.

Los parisinos la adoraban. *La divina Four*, la llamaban. Eliminado su apellido vasco, usaban sólo la parte de origen francés, y así la reclamaban como propia.

El Palais Garnier en París la convocaba cada temporada, en disputa continua con el Théâtre des Italiens. Lo mismo sucedía entre el Teatro alla Scala, en Milán, y La Fenice, en Venecia. También en Londres, Madrid y Viena. Incluso, en Buenos Aires ansiaban escucharla en su nuevo teatro, el Colón, que, según se comentaba, era la joya de Sudamérica. Micaela le ordenó a Moreschi declinar la invitación de sus compatriotas.

Los contratos llovían. Los empresarios teatrales sabían que, con *la divina Four* en cartelera, tenían la temporada asegurada; en cada presentación, Micaela llenaba las salas.

A medida que el éxito aumentaba, sus conocimientos se enriquecían, su voz, incluso, se volvía más hermosa y extensa, sobre todo extensa. Moreschi había descubierto esa virtud desde un principio: Micaela sostenía notas muy altas por largo tiempo, sin gran esfuerzo. La extensión de su voz le había garantizado el triunfo.

Por su parte, el maestro nunca se separaba de su pupila. Él manejaba los asuntos importantes y los pequeños detalles; se ocupaba de las cláusulas de los contratos, así como también de la alimentación y salud de la joven. Aún era muy estricto.

Periódicamente, sacaba turno con un célebre médico suizo especialista en vías respiratorias que revisaba exhaustivamente a Micaela y constataba que todo marchara bien. Una vez por año, viajaban a Parma, Italia, a un sitio llamado Salso Maggiore, un lugar paradisíaco, con manantiales de aguas salsoyódicas que, entre otras virtudes, curaban los males de la garganta. En Salso, Micaela se encontraba con algunos colegas y pasaba días muy apacibles.

A finales de noviembre de 1913, Micaela se encontraba en Viena, en un festival de música, cuando recibió un telegrama de la madre superiora del convento de París. "Emma agoniza. Te llama. Ven."

El papel le tembló en las manos, se le nubló la vista y necesitó apoyarse en la pared para no caer. Volvió a leer: "Emma agoniza". ¿Emma agoniza? Había un error. Sí, de seguro había un error.

Moreschi y ella viajaron a París esa misma noche, y dejaron los compromisos asumidos en Viena para después. Marlene estaba primero. Al empresario no le agradó la idea, pero no chistó. Micaela cumpliría más adelante; conocía el profesionalismo de la soprano y su obsesión por el trabajo. Mientras tanto, buscaría una reemplazante. ¡Una reemplazante de *la divina Four*! No la encontraría.

Al entrar en la alcoba de Emma, Micaela ahogó un llanto al verla demacrada y delgada. No era la misma que había dejado meses atrás rebosante de vida y salud. Dormía, y una monja, sentada junto a ella, la cuidaba. Sin emitir sonido, la religiosa le indicó a Micaela que tomase su sitio.

Entró la madre superiora, acompañada por otra monja y el médico, y Micaela dio lugar para que la revisase. La superiora se inclinó sobre su oído y le contó que hacía dos días que Emma permanecía inconsciente a causa del láudano. También le explicó que todo había sido muy rápido. Un día se había sentido descompuesta, con fiebre muy alta, y, después de algunos análisis, se diagnosticó una enfermedad en la sangre muy extraña, incurable.

El médico terminó con la revisión, y Micaela se arrodilló junto a la cama y apoyó la cabeza sobre el regazo de *soeur* Emma.

—Marlene, despierta, Marlene —le dijo en castellano—. Soy yo, Micaela. Vamos, despierta. Tengo mucho que contarte. —Se detuvo, ahogada por el llanto.

La madre superiora ordenó al resto que abandonara la habitación. Según le había informado el médico, a *soeur* Emma le quedaban horas de vida.

Marlene apoyó la mano sobre la cabeza de Micaela y la sorprendió. La joven se incorporó súbitamente, se secó las lágrimas con la manga y le sonrió.

—¿Cuándo vas a curarte, Marlene? Tienes que venir a verme al teatro. ¡No sabes lo contenta que estoy! Interpreto *Tosca* en el Teatro Burgués de Viena. ¡Todo sale de maravilla! La crítica... —Se interrumpió cuando Marlene movió los labios, y se acercó para escuchar su voz casi inaudible.

—Prométeme algo, Micaela —dijo la mujer, con esfuerzo—. Prométeme que no te olvidarás de amar. Que buscarás a un hombre a quien quieras profundamente y que te casarás con él. —Se calló unos segundos. Luego, prosiguió—: No hay otro modo de ser feliz que amando, créeme. —Le tomó la mano y se la apretó apenas—. ¡Prométemelo!

Micaela afirmó con la cabeza, sin entender cabalmente lo que Marlene intentaba decirle, pues, para ella, el canto y la música eran los únicos que contaban en la vida.

Buenos Aires, enero de 1914.

Gastón María, muy atildado, subió a la victoria y ordenó a don Pascual que emprendiese la marcha.

—Y apurate —agregó—, que no quiero llegar tarde.

—¿A qué hora llega la niña Micaela, señor?

—En media hora, más o menos —contestó el joven, sin quitar los ojos del periódico.

—El señor Gastón María se ha puesto como para recibir a una reina —comentó el cochero.

—Es que mi hermana es una reina, Pascual.

Continuaron en silencio. La calle estaba tranquila; era casi mediodía y hacía mucho calor.

—¡Qué repugnante! —exclamó Gastón María, de repente.

—¿Qué sucede, señor?

—Aquí dice en *La Nación* que ayer hubo otro asesinato. El "mocha lenguas" de nuevo.

—¡Dios bendito! —el cochero se santiguó—. ¿Qué más dice, señor?

—Lo mismo que los otros casos. Se trata de una prostituta joven, de pelo negro. Parece que la ahorcó y después le cortó la lengua.

—¿Y la lengua, señor?

—Igual que los otros casos, mi amigo. No aparece por ningún lado.

El joven cerró el diario y lo dejó a un costado, en el asiento.

—Para estar bien informado del "mocha lenguas", señor, lo mejor es comprar el diario *Crítica*. Esos artículos sí que son salados, dan todos los detalles.

—No, gracias, Pascual. Cuanto menos sepa, mejor. En realidad, leía el diario para comprobar que no hubiera ningún artículo sobre Micaela. Nos ordenó no comentar acerca de su visita a Buenos Aires. Quiere estar tranquila, al menos los primeros días. Si los periodistas se enteran de que está aquí, la van a volver loca.

—¡Claro, cómo no! Ahora mi niña Micaela es una mujer famosa —afirmó Pascual, ufano como si se tratase de su hija—. Si todavía me acuerdo cuando Cheia y yo la trajimos al puerto. ¿Hace cuánto que se fue la niña, señor?

—¡Qué sé yo, Pascual! A ver, más o menos... Quince años, mi amigo. Hace quince años que Mica se fue.

—Y no volvió una sola vez —comentó Pascual, repentinamente entristecido—. Se ha hecho extrañar.

Gastón María se puso melancólico y no habló. Pero a Pascual le gustaba charlar con el patrón joven y reanudó la conversación.

—Dígame, señor, si nadie dijo nada de la llegada de la niña, ¿por qué anda husmeando en los diarios para ver que no tengan ningún anuncio sobre la llegada de... la...? ¿Cómo es que le dicen a la niña, allá, por las Europas?

—*La divina Four* —respondió Gastón María.

—¡Eso es! ¡*La divina Four*! ¡Quién lo hubiera dicho!

Gastón María se rió. El orgullo del cochero por su patrona, a la que no había visto en años, le daba gracia. Tal vez Micaela ni se acordaba de él, y el pobre hombre, lleno de recuerdos de su niña.

—Con respecto a que por qué estoy "husmeando", como vos decís, en los diarios, es porque no le tengo confianza a Otilia —continuó Gastón María.

—¿Cómo es eso, señor? Si puedo saber —se apresuró a agregar.

—Con tal de darse aires, Otilia es capaz de avisarle a medio mundo que su "hija", como llama a Mica desde que tiene éxito, está en Buenos Aires. Sé que se muerde los codos para no contárselo a esas urracas de amigas que tiene y a toda la familia.

Otilia Cáceres era la esposa de Rafael, el padre de Micaela. De estilo aristocrático y cultura vasta, la mujer había servido a los propósitos del senador Urtiaga Four: una anfitriona digna de los invitados que concurrían a su mansión y una compañera más que adecuada para las tertulias y fiestas. Desde su entrada en la política, Rafael se había rodeado de todo tipo de personalidades, entre ellos, autoridades de gobierno, embajadores y diplomáticos. Su creciente vida social lo había llevado a pensar en una esposa, y Otilia resultó la mejor. Viuda y sin hijos, pertenecía a una de las familias patricias de Buenos Aires.

Gastón María y don Pascual comentaron acerca del calor sofocante y no volvieron a hablar. Terminaron el trayecto en silencio. Desde lejos avistaron las construcciones del puerto y de la aduana. Gastón María se puso nervioso, aunque estaba feliz. Por fin, su hermana volvía a casa.

Micaela descendió por la escalerilla. El capitán caminaba a su lado mientras le rogaba que le permitiese visitarla en Buenos Aires antes de que el barco zarpara hacia otro destino. Llegaron al muelle. Se libró del capitán muy hábilmente, con modos refinados y sutiles. Desde hacía algunos años, los hombres la atosigaban con sus galanterías, le prometían el oro y el moro, y la adulaban como a una diosa. Acostumbrada a deshacerse de ellos con facilidad, les hacía creer que la habían subyugado con sus lisonjas y obsequios costosos.

La joven prosiguió con los trámites. Si su visita hubiese sido oficial, no habría tenido que llenar un solo papel. Es más, la habría recibido una comitiva del gobierno. Llegó a la zona donde suponía encontrar a su hermano y a mamá Cheia, un salón del puerto no muy espacioso, con cierto lujo, destinado a las personas que viajaban en primera clase.

Gastón María vio entrar a su hermana y se sorprendió. La encontró más hermosa que la última vez, dos años atrás. Vestía a la moda de París, con una chaqueta de seda verde Nilo, que avanzaba sobre la cadera, donde remataba en un cinto del mismo tono. La falda le sentaba muy bien, le destacaba el talle delgado. Con una abertura drapeada en el medio, no le cubría los tobillos. El sombrero, del color del traje, era discreto, sólo unas plumas de ave del paraíso.

Micaela avanzó entre la gente en busca de su hermano y de su nana, y, aunque lo hacía con naturalidad, caminaba con el porte de una reina. Los hombres volteaban a mirarla y las mujeres desaprobaban su atuendo.

—¡Mica! —llamó su hermano, después de observarla ese rato, y agitó la mano por sobre el gentío.

Micaela buscó con la mirada hasta dar con él. Hacía tiempo que no se veían. Si bien Gastón María viajaba a menudo al Viejo Continente, últimamente no les resultaba fácil coincidir en una ciudad.

—Para que *la divina Four* reciba a su hermano, el pobre tiene que hacer cola, como los otros —expresó Gastón María, con un mohín.

—¡No digas necedades! La última vez que estuviste en Europa, tus únicos tres lugares fueron: el casino de Montecarlo, el Moulin Rouge y Maxim's. Y por nada del mundo salías de allí. ¡Ah, me olvidaba! Y siempre acompañado por una *cocotte* distinta.

Gastón María hizo un gesto para indicar que se rendía. Su hermana nunca había sido fácil de engañar, menos ahora, que la vida le había enseñado tanto. Le tendió el brazo y la invitó a salir. Micaela reparó en la ausencia de Cheia, y Gastón María le explicó que se había quedado en la mansión para ultimar detalles.

—Hizo limpiar hasta los sótanos porque vos venías. ¡Como si fueras a bajar a revisarlos! ¡Pobre, mi vieja!

Los jóvenes llegaron a la victoria, y Micaela se alegró de encontrar a Pascual, látigo en mano, apostado junto al coche, tal como lo recordaba. El hombre se emocionó cuando su niña lo reconoció y lo besó en la mejilla.

—¡Qué bueno que hayan venido a buscarme en la victoria! Tenía muchos deseos de dar una vuelta por la ciudad antes de ir a la casa de papá —dijo.

—¡Yo sabía! —afirmó el cochero—. Cuando usted era pequeña, le encantaba salir a pasear en este coche con su nana.

—Ahora debes de estar cansada —repuso Gastón María—. Mejor va a ser...

—No —interrumpió su hermana—. Pascual, llévanos a la casa del Paseo de Julio. Quiero verla.

El cochero y Gastón María se miraron.

—¿Qué sucede?

—Papá le vendió la casa a un amigo suyo, Ernesto Tornquist, el dueño de la financiera, ¿te acordás? —Micaela aseguró que no, y Gastón María continuó—: Bueno, la cuestión es que Tornquist tiró la casa abajo y levantó el edificio de su compañía financiera hace años.

—Qué lástima —susurró—. Aunque tal vez sea mejor así. De todos modos, llévanos, Pascual. Quiero recorrer la zona.

El Paseo de Julio había cambiado, las otras calles, también. Tal y como le había dicho el capitán, Buenos Aires era otra. Le gustó la nueva apariencia, le recordaba a su querida París. Al llegar al lugar donde se había erigido su casa, la tristeza que pensó que la abrumaría se convirtió en alegría: La Fuente de las Nereidas se alzaba majestuosa enfrente.

—Ésa es La Fuente de las Nereidas, ¿verdad? —preguntó, con la mirada en la escultura de mármol blanco.

—Sí. ¿Cómo sabés? No vivías en Buenos Aires cuando la colocaron ahí —repuso su hermano.

—Lola Mora me mostró algunos bocetos y fotografías. ¡Pascual, detente!

—¿Conocés a Lola Mora? —preguntó Gastón María, sorprendido.

—Sí. Vive en París por temporadas. Ella me dice que admira mi canto, y yo le digo que admiro sus esculturas. No te diré que somos íntimas amigas, pero cada vez que nos encontramos pasamos buenos momentos.

—¡Que se prepare tu amiga, entonces! Todas las beatas de Buenos Aires están escandalizadas por lo "inmoral" de la escultura. Le han pedido al intendente que la saque de aquí.

Micaela alzó la vista y las manos al cielo.

—¡*Mon Dieu*! —exclamó—. Mucho cambio, mucho cambio, la ciudad es otra, pero las mentes anquilosadas siguen siendo las mismas. ¡Qué gente!

Decidieron enfilar hacia la mansión Urtiaga Four. De seguro, Cheia estaría preocupándose por la demora.

—¡Ah, me olvidaba, Mica! Papá me pidió que lo disculpara contigo...

La muchacha levantó la mano para acallarlo.

—Micaela, por favor, dejame que te explique. Él quería venir a buscarte, pero le surgió una reunión...

—No me importa, Gastón María, de veras. Sabes que no me importa, ¿por qué insistes? Sólo deseaba verte a ti en el puerto, y a mamá Cheia, por supuesto.

El joven meneó la cabeza, apesadumbrado. Conocía bien el resentimiento de su hermana hacia su padre y, por más que había intentado mitigarlo, Micaela no transigía.

* * *

En algunas oportunidades, Gastón María se había referido al nuevo hogar de los Urtiaga Four, pero Micaela jamás imaginó encontrarse con semejante edificación, y, a pesar de conocer mansiones de ese nivel en Europa, el palacete la dejó estupefacta.

La entrada principal daba sobre la Avenida Alvear. La victoria cruzó el portón de rejas y recorrió un camino de adoquines hasta el pórtico. Micaela no apartaba la vista del magnífico frontispicio de la fachada, mientras su hermano le relataba algunos pormenores: que era de estilo francés, copia fiel de un *hôtel particulier* del siglo XVIII y que su interior no la dejaría menos anonadada.

El coche se detuvo bajo el pórtico, circundado por columnas de fuste liso. Gastón María y Micaela descendieron; Pascual azuzó a los caballos y continuó. Se abrió una puerta de roble y apareció Cheia, secundada por varias domésticas que secreteaban. Se abrazaron y besaron. Si bien la nana había viajado a Europa en dos ocasiones, hacía tiempo que no se veían y, a causa de su nueva y vertiginosa vida, Micaela no había reparado en cuánto extrañaba a su vieja nodriza. Gastón María interrumpió el abrazo y las lágrimas con una de sus chanzas, y entraron en la mansión.

Micaela y Cheia caminaban juntas, tomadas del brazo, mientras el joven Urtiaga Four se encargaba de mostrarle las habitaciones de la planta baja. A cada paso, el asombro no tenía límites, pues continuaba aferrada al recuerdo de la sobria casona del Paseo de Julio. Cuadros bellísimos, esculturas de Rodin, jarrones de Sèvres, gobelinos que cubrían paredes inmensas, muebles franceses de gusto exquisito. Había una fortuna en adornos y decoración. Las *boiseries* de techos y paredes eran espléndidas; las del salón de baile, doradas a la hoja. Columbró el parque circundante desde imponentes puertaventanas.

Gastón María proseguía con su papel de cicerone y parecía muy entusiasmado. Cheia lo miraba y sonreía, pues no recordaba la última vez que lo había visto tan contento.

—Éste es el *Salón de Madame* —dijo, en tono grave y burlón—. Para que lo entiendas mejor, hermanita, el lugar donde Otilia hace su aquelarre todas las semanas.

Micaela rió, y Cheia, aunque no tenía la menor idea de qué significaba "aquelarre", los miró con gesto admonitorio, segura de que se trataba de algo malo, e, impaciente, aprovechó para poner fin a la recorrida. Tenía la comida lista y anhelaba sentarse a conversar con Micaela. Sabía de la muerte de Emma y quería hablar al respecto.

Almorzaron en un recinto de la planta baja que Rafael Urtiaga Four había hecho acondicionar como sala de música para su hija. Cerca de una de las puertaventanas, descollaba un piano nuevo y, según le contó Gastón María, tiempo atrás, su padre había contratado a uno de los arquitectos del Teatro Colón, un tal Jules Dormal, para que, con los arreglos necesarios, consiguiera la acústica perfecta en la sala. Micaela se conmovió con el gesto de su padre, aunque sofocó rápidamente ese sentimiento y no dijo nada. Gastón María, ansioso por la reacción de su hermana, se mostró decepcionado.

—Le dije a Otilia que llegabas a la tarde —comentó el joven—, así nos dejaba tranquilos a la hora del almuerzo. Se pasa el día en la calle, gracias a Dios.

—Y vos también —agregó Cheia, con enojo—. Todo el día en la calle. ¡Y toda la noche! ¡Vagando! El señorito no hace otra cosa más que holgazanear.

Micaela dirigió la mirada a su hermano, llena de preocupación. La vida sin sentido que, desde algún tiempo, llevaba Gastón María la tenía consternada.

—Tú eres una persona inteligente...

—¿Tú eres? —la interrumpió su hermano—. ¿Cuándo vas a dejar de hablar así? Aquí decimos "vos sos". Además, por momentos, arrastrás las zetas, por momentos, gangoseás como una franchuta. ¡Qué cocoliche! —remató, divertido.

Micaela lo miró azorada, y, un segundo después, se puso furiosa. Gastón María era el hombre más hábil que conocía para capear las reprimendas.

—Si hablo así es porque durante más de quince años no escuché otra cosa. Pero si a su majestad lo inoportuna, haré el esfuerzo y cambiaré mi modo —repuso, colérica.

Gastón María rió. Abandonó su silla y se dirigió a Micaela. La abrazó por detrás y le besó la coronilla.

—¡No creas que con estas zalamerías me convencerás! —exclamó—. Eres... ¡Perdón, su majestad! "Sos" un vago y un atrevido.

El almuerzo continuó y los tres se divirtieron. Aunque Cheia habría preferido hablar de temas más serios, con Gastón María en la mesa resultó imposible. De todos modos, su alegría era bien recibida, en especial por su hermana que aún tenía frescos los últimos días de Marlene.

Micaela se preguntó si su padre se les uniría en el almuerzo.

—Tu padre dijo que haría lo posible por comer con nosotros —expresó Cheia, como si le hubiese leído la mente—. Se ve que no pudo. ¡Es un hombre tan ocupado!

Micaela la miró y le sonrió: mamá Cheia siempre lo defendía.

Urtiaga Four llegó a la tarde. Micaela descansaba en su habitación cuando Cheia subió a avisarle. La nana lucía impaciente, y la calma de la joven la alteraba aún más. Sin dejar de hablar, acomodaba la ropa y comprobaba que nada faltara: toallas, jabones, sábanas.

—¡Vamos, mi reina! Tu padre quiere verte. Está muy ansioso. No veía la hora de que llegaras. ¡Te tiene una sorpresa! ¡Vamos!

Urtiaga Four la esperaba en su escritorio, un sitio acogedor, con paredes revestidas de madera, una enorme biblioteca colmada de libros y un hogar rodeado por sofás estilo inglés. Aguardaba que la puerta se abriera y que apareciera su hija. Poco menos de un año había transcurrido desde su último encuentro en París. En ese viaje la había visto en contadas ocasiones, que, gracias a la presencia de Otilia, habían resultado un fastidio. La mujer no cesaba de hablar de modas y personajes importantes; Micaela le respondía con monosílabos y soportaba con estoicismo lo que, de seguro, era una tortura.

En aquella oportunidad, Micaela, ocupada con sus presentaciones en la Opéra, les había brindado poca atención. De todas formas, envió a su padre y a su esposa entradas para el teatro, a sugerencia de Marlene, que, si bien conocía los errores de Urtiaga Four en el pasado, intentaba un acercamiento entre ellos.

"¡Qué parecida es a su madre!", pensó Rafael al verla. Se le erizó la piel y se le calentaron los ojos. Se repuso de inmediato y le salió al encuentro. Micaela se mantenía cerca de la puerta, con Cheia por detrás.

—Buenas tardes, papá —saludó, muy seria—. ¿Cómo se encuentra?

—Hija. —Su padre la tomó de las manos y la habría abrazado de no haber notado la severidad con que lo miraba—. Bienvenida a tu casa. Espero que estés a gusto. Cualquier cosa que te falte, nos decís a Graciela o a mí. Quiero que estés cómoda. Estoy muy contento de que hayas venido a visitarnos. Hacía tiempo que quería que vinieras. Perdoname que no haya venido a almorzar, pero me resultó imposible. ¿Qué te pareció la casa? ¿Es de tu gusto? Aunque supongo que estarás acostumbrada a cosas mejores, pero bueno, aquí todo el mundo sabe que debe estar a tu servicio, ¿no, Graciela?

Micaela, sorprendida por la palabrería de su padre, ya no lo escuchaba. La vulnerabilidad de Rafael parecía la de un niño. Estaba ansioso, se lo veía incómodo, incluso nervioso. El gran senador de la Nación parecía un adolescente asustado.

—Gracias, papá. Todo está muy bien. Lo felicito por su casa, es hermosa. Mejor que muchas que conocí en Europa.

Urtiaga Four se aproximó a un atril cerca de la biblioteca, quitó la tela blanca que cubría el cuadro y miró con ojos expectantes la reacción de Micaela.

—¡Un Fragonard! —exclamó la muchacha, y dejó atrás todo resabio de protocolo—. "El sacrificio de la Rosa", ¿verdad?

Jean-Honoré Fragonard se había convertido en el pintor francés del siglo XVIII predilecto de Micaela la vez que conoció parte de su obra en una galería del Louvre junto a Moreschi, varios años atrás. La había impresionado la armonía y delicadeza de los colores pastel en contraste con la fuerza de las imágenes, algunas llenas de candor y otras, carentes de él en absoluto, como el óleo "Le verrou" —"El cerrojo", en francés—, que representaba a la desfalleciente dama a punto de perder su custodiada virginidad a manos de un corpulento y medio desnudo caballero que, con maniobras diestras, echa el cerrojo a la puerta antes de dar libre curso a sus instintos. La emocionó que el senador Urtiaga Four se hubiese preocupado en averiguar sus inclinaciones artísticas y gastado tanto dinero —los Fragonard se cotizaban muy bien en el mercado de arte europeo— para consentirla.

—Me contaron que es tu pintor favorito —retomó su padre—. También me dijeron que "Le verrou" es el cuadro de él que más te gusta. Tenía intenciones de comprarlo, pero...

—Ese cuadro está en el Louvre —interrumpió Micaela, sin apartar la vista del que tenía enfrente.

—Sí, así es. Después de buscar mucho, Otilia encontró en París a un coleccionista que tenía éste, "El sacrificio de la Rosa", y lo compramos para vos. Podés ponerlo en la sala de música. ¿Te gustó la sala de música?

Su padre continuó así, nervioso y verborrágico. Micaela lo observaba y no lo reconocía. No era el padre adusto y distante que tanto la había atemorizado de niña y al que tanto tenía que reclamarle ahora, de grande. Y pese a que trataba de ser afectuosa en sus respuestas, le costaba. El rencor la cegaba y no conseguía perdonar el abandono de quince años atrás.

—Invité a unos amigos para esta noche. Están ansiosos por verte —dijo Rafael.

A Cheia se le contrajo el gesto, y Micaela se puso pálida. Habían conseguido que Otilia mantuviera la boca cerrada, y Rafael, el menos pensado, había organizado una velada.

—Pedí no ver a nadie, al menos los primeros días —expresó Micaela, y trató de mantener un tono educado—. En especial, no quería que se enteraran los periodistas porque...

—¡Despreocupate! —exclamó su padre, que había comenzado a angustiarse a causa del gesto de su hija—. Todos saben que no deben abrir la boca.

Micaela se dijo que, para ese momento, medio Buenos Aires se habría enterado de su llegada, incluidos los periodistas de los diarios más famosos.

Otilia trinaba de rabia. Había llegado alrededor de las cinco y se había encontrado con la sorpresa de que Micaela ya estaba en la casa, y, para completar el cuadro, Rafael le informó que recibiría a unos amigos esa noche.

—¡No tengo qué ponerme! —vociferó—. ¡No puedo aparecer con cualquier cosa! ¡Se trata nada menos que de la bienvenida a *la divina Four*!

En ese punto, Micaela volteó para ocultar la risa. No había conocido mujer más frívola que su madrastra, y no entendía cómo su padre la soportaba. Se imaginó que tendría una querida, aunque lo pensó mejor y concluyó que, de seguro, a su padre le bastaba con la política.

Otilia se acercó a Micaela con gesto de desconsuelo.

—Mi querida —dijo, y le tomó las manos—. Vos debés de tener la mejor ropa. ¡Ay, Dios mío! ¡París, qué ciudad! Y una que tiene que conformarse con las modistas de aquí. ¡Mirate! Si con este trajecito —apoyó las manos sobre la cintura de su hijastra—, ya estarías perfecta para esta noche.

La mujer apretó un poco más el talle de la joven y la miró con extrañeza.

—¿Y el corsé? —preguntó.

—Hace mucho que dejé de usar corsé. En París casi nadie lo usa. Es más saludable —agregó.

—¿No me digas? ¿Y cómo hacés para tener esta cinturita?

—Siendo joven, hermosa y delgada. —Rafael, harto de la histeria de su mujer, dio por terminada la conversación y la envió a disponer lo necesario para la noche.

Micaela se retiró a su habitación un poco apesadumbrada. No tenía deseos de ver a nadie más.

Otilia demostró su destreza como anfitriona y organizadora de veladas, porque, a pesar del poco tiempo, todo se hallaba dispuesto a la perfección. Los invitados se mostraban complacidos. En ningún momento faltó quien les escanciara champán o les convidara un bocadito. La cena estuvo deliciosa, y Micaela se sorprendió de la excentricidad de los platos.

Los hermanos de Rafael se hicieron presentes esa noche, incluso tío Santiago, el monseñor. Tía Josefina llegó sola con sus cuatro hijas. Su esposo, Belisario Díaz Funes, se encontraba en el extranjero. La menor de las Díaz Funes, la prima Guillita, resultó encantadora, las otras tres, en cambio, eran iguales a la madre. Tía Luisa y su esposo, Raúl Miguens, un político importante que, se comentaba, no tenía un pelo de santo, fueron los últimos. Hacía tiempo que estaban casados y no tenían hijos. En un principio, Micaela pensó que interpretaba mal, sin embargo, al cabo de un rato, no le quedaron dudas de que su tío Raúl la miraba con ojos cargados de lascivia.

Los amigos de Rafael eran los hombres ilustres del momento, crema y nata de la sociedad porteña. Hasta el ex presidente de la Nación Julio Roca, reacio a salir últimamente, había ido a lo de su amigo.

Micaela pasó una noche bastante agradable. Conversó animadamente con los invitados, que se mostraron complacidos con que *la divina Four* estuviese en su patria. No faltó quien le preguntó si tenía intenciones de cantar en el Colón, a lo que ella respondió que ése era sólo un viaje de placer, que había venido a visitar a su familia y que no se encontraba de gira. Luego de un rato, deseó un poco de intimidad, platicar con Cheia o Gastón María en un lugar apartado y sin gente. Buscó a su hermano con la mirada, pero no lo encontró, e, intrigada, se preguntó adónde se habría metido.

En contra de sus deseos, y tal y como lo supuso, Micaela debió recibir a medio Buenos Aires en los días que siguieron. La casa de su padre se convirtió en un desfile de gente. Las amigas de su madrastra eran visitas forzosas de la tarde y los de su padre, de la noche. Aunque debía admitirlo, la farfulla y el ruido la mantenían lejos de sus recuerdos penosos.

Por las mañanas, se encerraba en la sala de música y cantaba durante horas. Más tarde, si lo deseaba, tocaba el piano. Había comenzado a estudiar las partituras de la próxima ópera que estrenaría en el festival de Milán. Dedicaba parte de su tiempo matinal a contestar la correspondencia que llegaba de Europa, en especial la de su maestro, que, desconsolado, la apremiaba a regresar; había veces, incluso, que la amenazaba con ir a buscarla. Pero Micaela necesitaba el respiro que estaba tomándose en casa de su padre.

Nunca faltaba algún asunto que la mantuviera distraída. Con Otilia ya había tenido un altercado bastante fuerte porque no permitía que mamá Cheia compartiera la mesa con ellos. Micaela se enojó también con su hermano que, durante todo ese tiempo, no había defendido a la nana de la injusticia y la ofensa que significaba comer con el resto de los sirvientes y no con la familia.

—Cuando vuelva a Europa, te llevo conmigo —le aseguró a Cheia, furibunda—. ¿Cómo puede ser posible que te traten así? Mi padre y mi hermano son unos cobardes. ¿Cómo no me lo habías dicho? Tú eres más señora de esta casa que esa arpía de Otilia Cáceres. —Y así continuó, despotricando contra todos.

Cheia intentó calmarla, no quería que Micaela llenara su alma de rencor, ya había sufrido demasiado. Era tiempo de perdonar y vivir en paz.

—No puedo ir con vos a Europa, mi reina. Te agradezco, pero no. Me siento muy bien aquí. Aunque no parezca, tu hermano y el señor Rafael me necesitan. Vos siempre fuiste más valiente que ellos, y porque te veían flacucha y tímida, decían lo contrario, pero yo sabía que eras la más fuerte. En cambio, Gastón María y el señor nunca superaron la muerte de tu madre.

Mamá Cheia le contó que, desde hacía años, acompañaba a Rafael a visitar la tumba de Isabel para el día de su cumpleaños y el aniversario de su muerte.

—Le lleva flores y reza un rato conmigo. Después, lo dejo solo. Cuando sube al coche, tiene los ojos llorosos. ¿Sabés qué me dijo una vez tu padre? Que yo soy su mejor amiga.

Micaela se sorprendió. ¡Qué poco conocía a Rafael Urtiaga Four!

—Y tu hermano, mi reina... Bueno, aunque me cueste reconocerlo, es un vago sin remedio. No puedo dejarlo solo; me necesita. Además, me siento un poco responsable. ¡Lo malcrié tanto!

Micaela le dijo que estaba loca si pensaba así. Ella había sido la mejor madre para Gastón María. Aunque era cierto: su hermano acabaría mal si no encauzaba su vida.

Una tarde, su tía Josefina y Otilia tomaban el té en el jardín de la mansión, mientras las más jóvenes jugaban al críquet, a excepción de Guillita que, sentada en una banqueta alejada del resto, mantenía la vista fija en algún punto. Las voces atrajeron a Micaela, que se asomó por la ventana de su dormitorio en la planta alta. El aire fresco le voló el cabello y el perfume de los jazmines invadió su habitación. Le gustó la vista del jardín, con su paseo de cipreses y el estanque con la escultura de mármol. El césped estaba prolijamente cortado, había parterres de ligustro que decoraban algunos sectores y grupos de flores que combinaban sus colores de manera exquisita. Micaela salió al jardín y se disculpó con las invitadas.

—No vine antes —dijo— porque estaba muy compenetrada en el estudio de unas partituras.

—¡Ni qué decir, querida! —exclamó su tía—. Ya tenemos suficiente con que hayas venido a Buenos Aires a visitarnos. ¡Me imagino la cantidad de compromisos que habrás dejado en Europa para estar aquí, con nosotros!

Tanta zalamería la asqueó, y se libró de las mujeres para saludar a su prima Guillita. La invitó a su habitación para conversar con más tranquilidad, lejos de la mirada agobiante de Josefina. Entraron, y no pasó mucho hasta que Guillita le confesó que estaba enamorada de un hombre al que sus padres no aprobaban.

—Es que Joaquín no pertenece a nuestro círculo de amistades —explicó la joven, con una resignación que la exasperó. La muchacha, sólo dos años menor que ella, la hacía sentir como una mujer de cuarenta.

—Ah, claro, Joaquín no es del círculo de amigos... —repitió, con cierto tono de burla que su prima no interpretó.

—Sí —afirmó Guillita—. Y mis padres me han prohibido recibirlo en casa o verlo en cualquier parte.

—Lo invitaremos a tomar el té mañana mismo —dijo Micaela, y la turbación de su prima le causó gracia.

Pensó que ya tenía suficiente con Gastón María para sumarse los problemas sentimentales de su prima Guillita, pero cuando se enteró de ellos, como le tenía simpatía decidió ayudarla.

Joaquín Valverde constituía el tipo de persona a la cual un Urtiaga Four habría rechazado como potencial miembro de la familia: se trataba de un hombre sin blasones. Por lo demás, resultaba encantador. Médico especializado en huesos, vivía de lo que ganaba con sus clases y unos pocos pacientes.

—¡Tía Josefina! —exclamó Micaela, varios días después del encuentro con Joaquín—. Tenés que saber que invité a tomar el té al doctor Valverde.

Josefina se acomodó en la silla e intentó simular el espanto que le causó la noticia.

—¿Se atrevió a traerlo a esta casa? —farfulló la mujer, que por todos los medios había tratado de mantener oculto el humillante cortejo.

—Yo lo invité —aclaró Micaela—. ¡Ay, tía, qué hombre más encantador y refinado! He quedado sorprendida por lo culto que es. Hablamos de ópera y de música a la par. En realidad, hablamos de muchos temas. He quedado sinceramente encantada.

Josefina la miraba y, a medida que su sobrina llenaba de flores al médico, el gesto se le suavizaba.

—Y no pude contenerme, tía, y le pregunté si no tenía algún parentesco con el conde de Valverde, porque el parecido físico me dejó impactada, amén, claro está, del apellido.

—Y, ¿qué te contestó? —preguntó la mujer, sacada por la curiosidad.

—Me dijo que él había perdido a sus padres cuando era muy pequeño y que lo había criado una hermana de la madre. Con la familia de su padre no tiene contacto. Pero me contó que su abuelo era de la misma ciudad que el actual conde de

Valverde, al sur de España. ¡Qué hombres esos, los del sur de España! Con ese aire morisco que los hace tan apuestos.

Micaela nunca había mentido tan descaradamente en su vida. En la intimidad, aceptó que no lo hacía por Guillita y Joaquín, sino por su madre. Los Urtiaga Four habían sido tan crueles con ella como lo eran ahora con el doctor Valverde.

Se percibía tensión en el ambiente. Rafael y Gastón María habían discutido nuevamente, y por lo mismo de siempre. El joven Urtiaga Four no trabajaba, no se ocupaba de las estancias y gastaba sumas altísimas en diversión; incluso, algunas noches llegaba ebrio.

Rafael amenazó con quitarle la mensualidad y echarlo de la casa. Otilia le reprochó que aún no se hubiese casado y lo acusó de andanzas *non sanctas* por los arrabales de la ciudad que todo el mundo comentaba.

—¡No se meta! —vociferó Gastón María cuando no soportó más la intervención de Otilia—. ¡A usted nadie le dio vela en este entierro!

—¡Qué atrevido! ¡Qué maleducado! —se escandalizó la mujer—. ¡Rafael, no puede permitir que me hable así!

El senador resopló de manera sibilante, harto de su hijo y de su esposa. Levantó la mano y le indicó a Otilia que se abstuviera de hablar. La mujer abandonó la sala con el rostro encarnado. Urtiaga Four se paseó un rato antes de proseguir con el pleito. Intentaba armar un discurso que lograra intimidar a Gastón María, tal y como hacía en el recinto del Congreso, aunque le resultaba más fácil convencer a sus pares que a su propio hijo. Con él, las palabras nunca eran lo suficientemente convincentes ni duras. Había intentado todos las formas: comprensivo e inflexible, amable y déspota; pero Gastón María siempre era el mismo: un vago sin remedio, mujeriego y jugador.

Rafael se detuvo y levantó la vista. Se encontró con Micaela, que había permanecido muda a un costado de la habitación. Recordó que toda la familia, incluso él mismo, había pensado que Micaela, con su manera callada y lánguida, no llegaría a nada en la vida; en cambio, habían puesto sus expectativas en el hijo varón, más despierto y alegre.

Al ver el semblante triste de su hija, Rafael dejó para otro momento la discusión. No deseaba que Micaela lo odiara aún más por tratar con dureza a Gastón María, que sabía su debilidad. Incluso, estaba al tanto de que le había prestado dinero para cancelar unas deudas de juego muy abultadas contraídas en su última temporada en Mónaco, dos años atrás.

En ese estado de desasosiego se sentaron a la mesa. Otilia, al margen de las pocas y cortas conversaciones que se entablaron durante la comida, mantenía una postura hierática y la vista por encima de los comensales. Además de las impertinencias de su hijastro, tenía que soportar a una negra en su mesa, y todo por un capricho de su hijastra.

Casi al final de la cena, Rubén, el mayordomo, se apersonó en la sala.

—El doctor Cáceres está en el vestíbulo. Quiere saber si los señores podrán recibirlo.

—¡Eloy! —prorrumpió Otilia—. ¡Rubén, hágalo pasar! Sabe que el señor Cáceres es de la familia. ¡No lo haga esperar!

Micaela contemplaba la escena con desconcierto. ¿Quién era el tal Eloy Cáceres? Le echó un vistazo a su padre, que seguía bebiendo el café con la misma parsimonia de segundos atrás, aunque un brillo, ausente en sus ojos anteriormente, le llamó la atención. Gastón María se puso de pie y abandonó el comedor. Micaela lo siguió con la mirada, pero su hermano no volteó una vez. Se preguntó, al igual que su padre, adónde iría. De seguro, a esos lugares llenos de mujeres fáciles y mesas de juego. Momentos después, Eloy Cáceres entró en la sala.

—¡Eloy, querido! —exclamó Otilia, y salió a su encuentro.

Rafael le dio la bienvenida con sincera alegría antes de presentarlo a su hija.

—Micaela, tengo el honor de presentarte al sobrino de Otilia, el doctor Eloy Cáceres. No lo habías visto antes porque partió de viaje el mismo día en que vos llegaste. Si no, es asiduo invitado de nuestra casa —agregó.

Eloy tomó la mano de Micaela y se la besó. ¡Claro, el sobrino de Otilia! Su madrastra le había hablado tanto de él que no se acordaba. Siempre era igual: Otilia le hablaba y Micaela asentía o negaba como autómata, concentrada en sus propias cuestiones. Con su palabrería fútil, Otilia la aburría soberanamente, además de marearla con tantos nombres y parentescos. Si hubiera prestado atención a lo que Otilia le había contado, conocería vida, obra y milagros de ese hombre. Como no lo había hecho, sólo recordaba que era diplomático, empleado de la Cancillería.

—Discúlpeme que haya venido sin avisar, don Rafael, pero llegué esta tarde y tenía muchos deseos de verlos.

Rafael le indicó que no se preocupara con un movimiento de mano. Lo invitó a sentarse y a compartir una taza de café. A pedido de Otilia, Eloy empezó a narrar su último viaje, y Micaela aprovechó para contemplarlo más detenidamente. De contextura alta y delgada, Eloy no era una persona de aspecto común. Sus facciones, sin ser perfectas, resultaban atractivas; reflejaban la personalidad de un hombre complejo, lleno de vivencias y muy cultivado. Sus ojos celestes, iguales a los de su tía, aunque de mirada más gentil y profunda, suavizaban su gesto severo. El cabello rubio, con algunos rizos en el jopo, contrastaba con un bigote poblado y bien recortado que le confería más edad de la que tenía.

—Pasemos al *fumoir* —invitó Rafael—. Me tenés que dar la revancha en el ajedrez. La última vez me dejaste mal parado frente a mis amigos —dijo Urtiaga Four a Eloy, y lo palmeó en la espalda.

Las mujeres los acompañaron. Cheia, más que incómoda, se disculpó y se fue a dormir. Otilia se alegró, pues, por un instante, pensó que el ama de llaves tendría el tupé de acompañarlos a beber licor y a jugar ajedrez.

En el *fumoir*, Rubén le sirvió su tradicional *Hesperidina* al patrón y ofreció toda clase de licores y coñacs al resto. Rafael encendió su pipa y convidó a Eloy con un puro. Antes de salir, el mayordomo desplegó la mesita de juego y acomodó las piezas del ajedrez. Micaela se sentó cerca de su padre, en un intento por alejarse de su madrastra, que ya comenzaba a hastiarla con comentarios de modas y eventos sociales que extractaba de una revista.

—Ésa no, papá, mueva el alfil —indicó Micaela.

Rafael se dio vuelta, sorprendido. Había imaginado a su hija perdida en la lectura de algún libro y no cerca de él, concentrada en el juego. Le sonrió, pero Micaela mantuvo el gesto adusto, impeliéndolo a cumplir la sugerencia.

—Tienes razón, hija. Es una jugada perfecta —aceptó, y movió el alfil—. Nunca me habría dado cuenta.

Urtiaga Four ganó el juego gracias a las intervenciones de Micaela. Eloy se quejó arguyendo que él no había recibido ayuda alguna, y pidió una nueva oportunidad para demostrar su destreza.

—Cuando gustes, Eloy —respondió Rafael, con soberbia fingida.

—Con todo respeto, don Rafael, pero la revancha estoy pidiéndosela a su hija, no a usted.

Urtiaga Four rió con ganas.

—Cuando guste, señor Cáceres —parafraseó Micaela a su padre.

—¿Quién te enseñó a jugar así?

—*Soeur* Emma —respondió, muy suelta.

Rafael la miró entristecido al recordar a esa monja tan peculiar, joven y hermosa, que había amado a su hija quizá más que él. Micaela se turbó con el repentino desconsuelo de su padre, y terminó por apenarse ella también.

—Tengo que felicitarlo, don Rafael —intervino Eloy—. Su hija, además de ser una excelente soprano, es una mujer muy inteligente.

Era la primera vez que Eloy mencionaba la profesión de Micaela. Harta ya de que los invitados de su padre o las amigas de su madrastra la acribillaran a preguntas sobre el tema, la actitud de Cáceres la había hecho sentirse muy a gusto. Por lo menos, no parecía querer someterla a una disección como el resto. Además, hubo cierta intimidad en la forma en que Eloy se refirió a ella, y tuvo la impresión de que eran viejos amigos, que se entendían desde hacía tiempo. ¡Qué paradójico, pensó, que justamente el sobrino de su madrastra fuera el primer argentino que la hacía sentir bien!

—Tengo que admitirlo, señorita —continuó Eloy—, usted me ha impresionado una vez más.

—¿Una vez más? —repitió Micaela.

Rafael también lo inquirió con la mirada y Otilia, que ya había abandonado la revista, se acercó al grupo interesada en la respuesta de su sobrino.

—El año pasado tuve la suerte de encontrarme en París cuando usted protagonizaba *Faust*. Con toda sinceridad, admito que nunca había escuchado una *Margarita* igual.

—¡Ay, querida! —intervino Otilia—. Si te lo dice mi sobrino, así debe de ser. Nadie sabe más de ópera que él, te lo aseguro. ¡Bueno, claro! Excepto vos, que sabés más que nadie y...

—Nosotros nos retiramos a descansar —la paró en seco Urtiaga Four—. Ya es muy tarde, Otilia. Vamos.

La mujer, más sumisa que de costumbre, se despidió de su sobrino y de su hijastra, y abandonó el *fumoir* detrás de su esposo. La puerta se cerró e, inmediatamente, Micaela y Eloy se miraron.

—¿Quiere tomar algo?

Eloy aceptó gustoso.

—Debe perdonar a mi tía —prosiguió—. Es muy vehemente; a veces, hasta exagerada. Pero no es mala persona. A usted la aprecia mucho.

Micaela lo miró sobre la copa de coñac y no comentó nada.

—¿Por qué no fue a mi camerino a saludarme? Después de *Faust*, me refiero.

—Le confieso que lo intenté. Me acuerdo de que había tanta gente que casi no se podía caminar por los pasillos. Después, llegué a un punto en el que me detuvo un empleado del teatro y me indicó que no podía avanzar. Yo le dije que deseaba saludarla, pero me respondió que usted no recibiría a nadie esa noche.

—Tendría que haberle dado su tarjeta a ese hombre. Yo lo habría recibido encantada —afirmó.

—Lo pensé, pero después medité unos instantes y decidí que era mejor no hacerlo. De hecho, usted no me conocía. Mi tía nunca nos había presentado y yo no tenía idea si le había hablado de mí.

—¡Oh, sí que me habló de usted! —exclamó Micaela—. ¡Muchas veces!

Ambos prorrumpieron en una carcajada.

—Me imagino. Debe de haberla aburrido con mi historia.

—¿Quiere que sea sincera? Cuando su tía habla por más de cinco minutos, automáticamente mis oídos dejan de escuchar y mi cerebro de entender. La verdad es que sé poco acerca de usted.

—Pobre tía —dijo Eloy—. Su verbosidad ha sido siempre su gran defecto.

—Perdóneme, señor Cáceres, fui una impertinente —se disculpó Micaela—. No debí referirme a Otilia en esa forma.

—No se disculpe. Usted tiene razón. Mi tía es insufrible cuando empieza a hablar. Parece que ni un terremoto la detendrá. Además, estoy encantado de que no la haya escuchado, así yo mismo podré contarle todo acerca de mí. Y usted me contará sobre su vida, ¿no?

Rubén llamó a la puerta y entró. Le preguntó a Micaela si deseaba algo más; la joven respondió que no, y lo envió a descansar. Antes de que el mayordomo abandonara la sala, Eloy lo detuvo.

—¿Sí, señor?

—Por favor, Rubén, dígale a Ralikhanta que ya nos vamos.

Micaela se decepcionó, pensó que conversarían un rato más; de todas formas, no se atrevió a contradecirlo. Salieron del *fumoir*. Las luces apagadas y el silencio reinante sumían a la mansión en una tranquilidad inusual. Micaela acompañó a Eloy hasta el vestíbulo. Iban callados y podían escuchar sus propios pasos sobre el piso de madera. Al llegar al recibo, de entre las sombras del cortinado emergió un hombrecillo tan oscuro que si hubiese estado desnudo, nunca lo habrían distinguido. Un poco sobresaltada, Micaela aguzó la mirada y se dio cuenta de que no era africano; árabe, indio, quizá. Vestía de manera extraña: un pantalón y una chaqueta blancos, más parecidos a los que se usarían en un safari que en una ciudad como Buenos Aires. Tenía los dedos abarrotados de anillos plateados y una cadena gruesa con un dije muy extraño le colgaba del cuello.

—Él es Ralikhanta —explicó Eloy—. Mi secretario privado.

—Buenas noches —saludó Micaela, incapaz de repetir el nombre.

El sirviente se cuadró y, con solemnidad, inclinó la mitad del cuerpo para saludarla. No emitió sonido ni movió un músculo de la cara. Eloy se dirigió a él en una lengua que ella nunca había escuchado. Ralikhanta asintió. Acto seguido, le entregó a su jefe los guantes, el bastón y el sombrero, y salió de la mansión.

Micaela le hubiese preguntado muchas cosas acerca de ese hombrecillo extraño, pero Eloy mantenía una actitud distante que la forzó a permanecer callada, con la curiosidad carcomiéndola. Se despidieron cuando divisaron en el pórtico el automóvil de Eloy con Ralikhanta al volante.

Mamá Cheia entró en el dormitorio de Micaela para despertarla. La joven ya se había levantado y se arreglaba frente al tocador. Cheia tomó el cepillo y comenzó a peinarla.

—Hoy viene el cura Miguel a cenar —le recordó Cheia.

—¡Ah, el padrecito! ¡Qué bien! La última vez que vino había mucha gente y no pudimos conversar. Además, Otilia lo sentó en la otra punta de la mesa. Arreglá que me sienten cerca de él esta noche, mamá.

—¿Que te sienten cerca del padrecito Miguel o del doctorcito Cáceres? —preguntó Cheia, con picardía, y Micaela fingió no entender—. No te hagas la zonza conmigo. Me di cuenta de cómo lo mirabas anoche durante la cena.

—Es cierto, me impresionó. Es apuesto y elegante.

—Parece un buen hombre. La señora Otilia lo adora, es el hijo que nunca pudo tener. Tu padre también lo quiere mucho. Me parece que el doctor Cáceres es muy importante en su trabajo. No sé mucho al respecto, pero me lo imagino porque se pasa la vida viajando.

—Viaja mucho porque es diplomático, creo —acotó Micaela.

—La verdad es que hace poco que lo conozco. Cuando tu padre se casó con Otilia, el doctor Cáceres no vivía en Buenos Aires. Hace más o menos un año que volvió.

—¿Tenés idea adónde vivía?

—Creo que en la India.

—¡En la India! Por supuesto: el tal Ralikhanta o como sea que se llame debe de ser indio, entonces.

—No sé lo que sea ese hombre, mi reina, pero que me da mala espina, me la da. Mira de una forma que... ¡Ay, tiene ojos de diablo!

Micaela no dijo nada, concentrada en recordar al sirviente de Cáceres. La noche anterior lo había visto sólo unos segundos y con poca luz. Pero sí, mamá Cheia tenía razón: sus ojos daban miedo, tan grandes y negros eran.

—¿De quién hablan? —Gastón María entró en la habitación sin llamar, con ese desparpajo tan característico en él.

—Podrías llamar antes de entrar —lo reprendió Micaela.

—Las escuché cotorrear y entré —fue la explicación—. ¿De quién hablaban?

—Del doctor Cáceres y de su sirviente —respondió Cheia.

—¡Ja! ¡Buen par de idiotas!

—¿Por qué lo decís, Gastón María? —preguntó Micaela, un poco molesta—. El doctor Cáceres me resultó una persona educada y agradable.

—Sí, sí, muy agradable —repitió con sorna—. Ese tipo es un idiota y un alcahuete. Lo único que quiere es congraciarse con papá para sacarle un puesto mejor en la Cancillería. Como conoce las relaciones y la influencia del "senador Urtiaga Four" se lo pasa adulándolo. Es falso.

Micaela pensó que si la verdadera intención del doctor Cáceres era ésa, ya lo había conseguido, porque su padre se mostraba más que atento con él y lo trataba como a un hijo. Se negó a dejarse influenciar por la opinión de su hermano que, a leguas se notaba, tenía celos, envidia quizá. No, el sobrino de Otilia le había dado una buena impresión.

—Insisto, el doctor Cáceres me pareció una buena persona.

—Ya te convenció a vos también —se resignó Gastón María—. Parece que ese estúpido sabe manejarse. El único que no lo soporta en esta casa soy yo. Hasta vos —dijo, y señaló a mamá Cheia—, parecés encantada cuando viene.

—Bueno, querido, conmigo es muy respetuoso y atento. No tengo quejas. Más allá de eso, no puedo hablar, no lo conozco.

—¿Es cierto que vivió en la India? —preguntó Micaela.

—Sí. Trabajaba para una compañía inglesa de ferrocarriles. Vivió muchos años allá. Creo que estaba a cargo de las relaciones públicas. No estoy muy seguro. Después se enfermó. Estuvo muy grave, casi a la muerte. Se pescó una de esas pestes que hay en esos lugares. Cuando se repuso, decidió volver a la Argentina. Papá le consiguió el puesto en la Cancillería. Es todo lo que sé.

Micaela se ufanó de su propia percepción. Después de todo, lo que acababa de contarle su hermano se condecía con lo que había advertido la noche anterior: que se trataba de una persona compleja, con una vida fuera de lo común, que por momentos la había hecho sentir muy a gusto y que por otros la había intimidado sobremanera.

Micaela había recordado a Marlene el día entero. La extrañaba. En ocasiones, tenía la fantasía de que, cuando regresara a París, la encontraría como siempre, en el convento de la *rue Copernic*. Tal vez la carta de Moreschi, recibida esa mañana, la había llevado a ese estado de zozobra. Alessandro le repetía que la echaba de menos y que París no era lo mismo sin ella y sin Marlene. Le pedía que regresara pronto.

Pero Micaela no estaba lista para regresar, y así se lo hizo saber cuando le escribió. No soportaba la idea de volver a Europa y no tener a Marlene junto a ella. Luchaba por vencer ese sentimiento, pues detenía su vida y sus proyectos inútilmente. A veces, una fuerza inusitada la embargaba y se creía capaz de enfrentar al mundo. Momentos después, la euforia se desmoronaba y el temor volvía.

¿Era sólo la muerte de Marlene o existía algo más? Marlene había sido el eje de su vida: madre, hermana y amiga. Su muerte, repentina e inesperada, la había conmovido. Como nunca, se había sentido sola, aun con Moreschi a su lado todo el tiempo. De cualquier modo, insistía: ¿era sólo por Marlene?

La reunión de la noche ayudó a animarla. Durante la cena, se sentó junto al padre Miguel que la distrajo con sus anécdotas parroquiales. No muy lejos, se ubicó Eloy, que había llegado acompañado de un amigo, un hombre joven, no más de treinta años. Un rato después, se enteró de que era inglés y que se llamaba Nathaniel Harvey.

—¿Hace mucho que vive en Buenos Aires, señor Harvey? —preguntó Micaela.

—No, señorita. Hace sólo unos meses —respondió, en un castellano fluido y bien pronunciado.

—Me asombra que hable tan bien nuestro idioma, señor Harvey —comentó.

—Eloy me enseñó español mientras vivíamos en la India.

—¿En la India? —simuló no saber.

—Así es. Eloy y yo trabajábamos en la misma compañía de ferrocarriles. Yo soy ingeniero y aún trabajo para esa compañía. Hace unos meses me trasladaron aquí. Estamos construyendo la estación terminal más grande de América Latina.

Raúl Miguens, el esposo de tía Luisa, inquirió a Nathaniel sobre cuestiones técnicas de la obra que a Micaela no le interesaban en absoluto. Ella continuaba carcomiéndose de la intriga por el entorno que rodeaba a Cáceres y quería saber más. Su tío Raúl intentó proseguir con el interrogatorio, pero Micaela se apresuró y lo interrumpió con otra pregunta.

—¿Cómo es que usted, doctor Cáceres, trabajó para una compañía extranjera y en un lugar tan alejado como la India?

—Es una larga y aburrida historia, señorita. La dejo para otra oportunidad.

Otilia indicó a los comensales el jardín de invierno y los invitó a tomar café y a jugar a los naipes. En el momento en que Micaela trasponía la puerta, su tío Raúl la tomó por el brazo.

—Vamos, sobrinita, tocá el piano para nosotros, o cantá algo con esa voz magnífica que tenés.

De un tirón, Micaela se deshizo de la mano de Miguens y se apartó con asco.

—No estoy de ánimos —arguyó, y se unió al padre Miguel y a Cheia.

La velada continuó amena. Micaela conversó con su prima Guillita y el doctor Valverde, invitado obligado, desde hacía algún tiempo, a las tertulias familiares. Enterados de la mentira de Micaela, al principio se habían asustado, en especial Guillita, pero al comprender que ésa era la única manera de estar juntos, se dejaron llevar por la situación. Tan agradecidos estaban con Micaela que le profesaban una devoción que ya comenzaba a molestarle. De todas formas, tanto su prima como el médico eran buenas personas y se alegraba cada vez que la visitaban.

Se decepcionó cuando Eloy y Nathaniel anunciaron su partida. No había podido volver a cruzar palabra con ellos.

—Espero que nos visiten pronto —dijo Micaela.

—Con mucho gusto, señorita —respondió Nathaniel.

Eloy, en cambio, se limitó a contemplarla de manera inquietante. La joven le sostuvo la mirada y trató, sin éxito, de no sentirse intimidada.

Dormía profundamente cuando mamá Cheia irrumpió en su habitación con el gesto alterado.

—¿Qué sucede? —preguntó, y abandonó la cama—. ¿Qué hora es?

Mamá Cheia le indicó que no hiciera ruido, le alcanzó la bata y le pidió que la acompañara. Caminaron por los pasillos de la planta alta con sigilo. Llegaron al dormitorio de Gastón María, entraron y cerraron la puerta. La penumbra de la habitación le impidió ver en un primer momento; segundos después, cuando sus ojos se acostumbraron a la poca luz, Micaela se tapó la boca para no gritar: su hermano yacía en la cama y una mancha de sangre le empapaba la camisa blanca a la altura del estómago. Pascualito, hijo de don Pascual y chofer de Gastón María, se encontraba apostado en un rincón del dormitorio. Micaela se acercó con lentitud y miró a su hermano espantada, creyéndolo muerto. Tenía los labios azulados, que contrastaban horriblemente con la palidez de su semblante. Las manos ensangrentadas le caían sin vida a los costados del cuerpo. Se dio cuenta de que gritaba cuando Cheia la tomó por los hombros y la sacudió para acallarla.

—¡No está muerto! —le aseguró—. ¡No está muerto!

Se dejó caer en una silla. Temblaba y lloriqueaba sin poder controlarse. Mamá Cheia la acurrucó contra su vientre y la acarició.

—No llores, mi reina, está malherido, pero no está muerto.

Micaela advirtió que perdía un tiempo valioso y rápidamente se aprestó a atender a su hermano. Le pidió a Cheia que trajera vendas y agua oxigenada; debían restañar la herida. Al abrir la camisa, se dieron cuenta de que el corte necesitaba sutura.

—Pero si llamamos al doctor Bártoli, lo primero que va a hacer es contarle a tu padre y no es conveniente que don Rafael se entere —aseguró Cheia, que intuía el origen de semejante herida.

Micaela regresó a su dormitorio, donde buscó la tarjeta de Joaquín Valverde. Regresó casi corriendo y apartó a Pascualito del lado de la cama.

—Quiero que vayas a esta dirección y le digas al doctor Valverde que Micaela Urtiaga Four lo necesita. Decile que tiene que hacer una sutura. ¡No te olvides de decírselo! ¡Y apurate! —lo acució.

Al llegar el doctor Valverde, se aprestó a coser la herida. Aunque muy mareado y débil por la pérdida de sangre, Gastón María había vuelto en sí. Joaquín le inyectó una dosis de morfina y dejó pasar unos minutos en los que el joven se adormiló. En el ínterin, se dedicó a estudiar la cortadura, producto de una cuchillada, ni profunda, ni de cuidado. O Gastón María había sido ágil para escapar al filo del arma o el atacante, sin intención de asestarle una puñalada mortal, apenas le había rasgado la carne.

El doctor Valverde comenzó a suturar. Gastón María, en medio de su inconsciencia, se quejaba y se movía apenas. Mamá Cheia, sentada junto a él, intentaba mantenerlo quieto.

Micaela se encontró con los ojos de Pascualito y le hizo una seña para que la acompañara fuera.

—Ahora decime qué significa esto —lo increpó.

—No puedo abrir la boca, señorita, discúlpeme.

—¡Qué discúlpeme ni ocho cuartos! Decime qué pasó. —Lo tomó por el brazo y le clavó las uñas—. ¡Vamos, hablá!

Pascualito se quedó atónito. La patrona, usualmente tranquila y mesurada, parecía una fiera.

—Señorita, entiéndame, su hermano me va a matar —balbuceó.

—Yo te voy a matar primero si no me decís. —Y lo sacudió otro poco.

—Fue un aviso —dijo el chofer, al cabo.

—¿Un aviso?

—Sí. El joven anda metido en problemas muy graves con un malevo más malo que la peste. Él fue el que lo hirió. Le dijo que era un aviso, pero que la próxima lo mataba. Le aseguro, señorita Micaela, ese hombre lo va a cumplir. La próxima, lo mata.

—¿Qué fue lo que hizo Gastón María para enfurecerlo así?

—¡Ah, yo no sé! —aseveró Pascualito con un sacudón de hombros—. Seguro que le debe plata.

—¿Plata? ¿Por qué le debe plata?

—Es que el joven siempre anda metido en los burdeles y garitos de Varzi y...

Joaquín Valverde salió del dormitorio y pidió unas palabras a Micaela. Pascualito vio la posibilidad de desembarazarse del interrogatorio e intentó fugarse por el pasillo.

—¡Ni se te ocurra, Pascualito! —ordenó Micaela—. Todavía no terminé con vos.

El joven, con cara de desconsuelo, se mantuvo aparte el tiempo que su patrona habló con el médico. Valverde le dijo que la herida no era de cuidado mientras no se infectara. Se ofreció para curarla diariamente y aconsejó reposo absoluto por varios días.

—Estimo que no querrá que su padre se entere de este "incidente" —especuló Joaquín, y Micaela asintió—. No se preocupe. Diremos que Gastón María sufre un problema al hígado y que no puede ser molestado.

—Gracias, doctor. Muchas gracias. Y disculpe que lo haya hecho venir a esta hora y que lo comprometa con este asunto.

—Yo le debo mucho más a usted, señorita. Aunque no sea grato para nadie, este lamentable suceso me da la posibilidad de devolver en parte lo que usted hizo por mí y por la señorita Díaz Funes.

Pascualito se ofreció a llevar al doctor de regreso a su casa, pero Micaela se negó.

—Despertá a tu padre y decile que él lleve al doctor, y volvé de inmediato que quiero hablar con vos.

Luego de que Pascualito y Valverde se perdieron en la oscuridad del pasillo, Micaela regresó junto a su hermano. Mamá Cheia le limpiaba el sudor de la frente, mientras rezaba en voz baja.

—No te preocupes, mamá Cheia. No es de gravedad —le aseguró, con un nudo en la garganta al pensar que, en realidad, Gastón María sí corría peligro de muerte.

Pascualito llamó a la puerta y Micaela salió al corredor para continuar indagándolo.

—Estabas diciéndome que mi hermano siempre está en los burdeles y garitos de ese hombre.

—Sí, señorita. Yo le digo que es peligroso, pero su hermano no me hace caso. El Napo Varzi es el hombre más malo de todo Buenos Aires. Hasta la *cana* le tiene miedo.

—Llevame con ese hombre, Pascualito. Quiero hablar con él.

—¿Qué? ¿Con Varzi? ¡No, señorita! ¡Ni loco la llevo con él! ¿No me escuchó que hasta la policía le tiene miedo? ¡Ese hombre es el mismísimo demonio!

Micaela lo miró con furia, a punto de perder la paciencia.

—¡Está bien! ¡Está bien! —dijo el chofer, resignado—. Yo la llevo, pero no me hago responsable de lo que pueda pasarle.

CAPÍTULO

VII

De cuántos burdeles, garitos y demás lupanares era dueño este malevo de Buenos Aires? Hacía una hora que Pascualito la paseaba por los arrabales de la ciudad y aún no daban con él. Habían visitado varias casas públicas y un cabaret. En el último lugar les dijeron que de seguro lo encontrarían en el Carmesí. Pascualito reconoció el nombre, trepó al automóvil y arrancó deprisa.

—Déjeme entrar a mí, señorita —pidió el chofer—. Me fijo si está y la llamo.

—No. Voy a entrar sola. Esperame aquí afuera.

—Pero, señorita... —intentó quejarse el joven.

—¡Vamos, Pascualito! No pierdas tiempo y abrime la puerta.

Micaela se embozó en la capa, se cubrió con la capucha y entró. Aguzó la mirada; le costaba distinguir el salón, a duras penas iluminado por arañas cubiertas con delgadas telas. Un momento después, se acostumbró a la lobreguez reinante. El sitio hacía honor a su nombre: era de color rojo carmesí. Las paredes, el techo, los manteles de las mesas, la alfombra que cubría la escalera, todo en ese tono, tan sórdido y vulgar. Se le contrajo la garganta y estuvo a punto de irse.

Parejas bailaban el tango en el hall central, y mesas pequeñas y redondas circundaban la pista. A un costado, la orquesta con músicos de frac tocaba una melodía triste y cadenciosa. El lugar tenía desniveles, y en los de más arriba, sumidos en absoluta oscuridad, sólo destacaban el brillo de las *paillettes* y las brasas de los cigarros.

La música cesó, y Micaela escuchó risas falsas, taconeos sobre el piso de granito, chasquidos de encendedores y conversaciones veladas. La orquesta reanudó y las parejas volvieron a la pista de baile. Detuvo su atención en un grupo de mujeres que cuchicheaban al pie de la escalera. Miraban a su alrededor, comentaban algo cubriéndose la cara y luego rompían en una carcajada que la melodía tapaba, pero que, de sólo imaginársela, le crispaba los oídos. ¿Qué habría en esas mujeres que, en cualquier sitio que las hubiera encontrado, se le habrían revelado como prostitutas? ¿Eran sus ojos, tan pintarrajeados, con pestañas postizas que parecían pesarles en los párpados? ¿Quizá la piel del rostro, cubierta de polvo de albayalde, con esos lunares artificiales al costado de las bocas? ¿O eran sus cuerpos, voluptuosos, llenos, semidesnudos, apenas velados por prendas cortas y pequeñas de gasa transparente? Y esas boas de plumas en torno a sus cuellos, cayéndoles a los costados de las piernas, sólo cubiertas por medias de seda y portaligas.

Dos hombres la avistaron en la entrada y se acercaron a paso lento. Uno de ellos, calvo, delgado y bajo, desentonaba con el otro, que parecía un oso. Las piernas se le aflojaron y lamentó haber rehusado la oferta de Pascualito. Pero ya estaba allí, debía enfrentar la situación de la cual dependía la vida de su hermano.

—¡*Calá*, Mudo! —dijo el más bajo al otro, cuando estuvieron cerca—. Parece que la *lunga* esta viene a ofrecer sus servicios.

Micaela se horrorizó. ¿Cómo podía confundirla con una de esas mujeres? Se contuvo, no estaba en posición de ofenderse.

—¿Podría ver al señor Varzi, por favor?

—¿Eh?

—Si podría ver al señor Varzi. Me dijeron que podía encontrarlo aquí. ¿Está él aquí?

—¿Él la *juna* a *usté*? —preguntó el hombrecillo.

—¿Cómo ha dicho? Disculpe, señor, no lo entiendo.

"¿En qué idioma habla este cristiano, por Dios Santo?"

—Que si el Napo la conoce a *usté*. —Y como Micaela aún lo miraba desconcertada, le preguntó—: ¿Cuál es su gracia? ¿Quién es *usté*?

—La señorita Urtiaga Four —respondió, insegura de dar su nombre.

—¡A... cabáramos! —exclamó el hombre—. ¡Che, Mudo, Gastón María Urtiaga Four! ¿*Usté* es algo del *bienudo*? ¿La hermana del copetudo ese? —Micaela apenas asintió—. Hace rato estuvimos con él —comentó risueño—. Che, Mudo, llevala a la oficina del jefe mientras yo lo busco, creo que está con Sonia. —Lanzó una risotada. El tal Mudo ni pestañeó; hizo un movimiento con la mano y le indicó que lo siguiera.

La condujo escaleras arriba, y, en la planta alta, la guió por un largo pasillo, limitado, a un costado, por la balaustrada que daba al gran salón, y al otro, por muchas puertas cerradas, de donde provenían risas afectadas, suspiros y jadeos. Micaela respiró profundamente y se encomendó a Dios.

Al llegar al final del corredor, el hombre abrió una puerta y le señaló con la cabeza que pasara. Se adentró, atenazada por el miedo. Escuchó el portazo tras de sí y supo que la había dejado sola. Miró en torno. La habitación, bien iluminada, no tenía el aspecto indecente del resto del lugar. Había un escritorio grande y macizo, varias sillas haciendo juego, una mesa redonda con naipes desordenados, un bargueño y una cristalera llena de copas y botellas. Le llamaron la atención los cuadros y se acercó: una burda copia de "La maja desnuda"; una pintura al óleo, casi pornográfica, de "Leda y el cisne"; y otras reproducciones baratas con escenas de mujeres eróticas y hombres deseosos. Apartó la vista, asqueada.

Se aproximó a la ventana para respirar el aire nocturno. Trató de vislumbrar su coche y a Pascualito, pero resultaba difícil ver con precisión. Una bruma ascendía desde el río y lo cubría todo. Apenas si distinguió la luz de una farola en la esquina. Escuchó voces en la vereda, que luego se convirtieron en gritos, y, más tarde, nada; silencio otra vez. Una sensación desoladora la angustió y necesitó aferrarse las manos para que le dejaran de temblar.

Volteó porque sintió la presencia de alguien. Había un hombre en la habitación, que avanzaba lentamente hacia ella y, cuando estuvo sólo a unos pasos, extendió la mano y le descubrió la cabeza. Micaela no atinó a nada. Se le ocurrió que la confundía con una ramera, y se estremeció de miedo y de aprensión, pero se mantuvo ahí, firme en el mismo sitio, como si la capucha hubiese caído por su propio peso.

Fingió valentía y lo miró a la cara, morena, sin barba ni bigote, la piel tersa. Era la cara más cruel y hermosa que había visto. La mandíbula, ancha y de líneas marcadas, le confería esa veta de maldad. Los ojos, en cambio, sesgados y pequeños, de espesas pestañas, mitigaban la fiereza de aquel rostro. Llevaba el pelo desmelenado y la camisa abierta hasta el pecho. Los tiradores colgaban a los costados del pantalón, que parecía haber sufrido el pisoteo de una manada.

—Me dicen que usted es la hermana de Urtiaga Four —manifestó con una voz grave que resonó en la habitación.

—¿Usted es el señor Varzi? —preguntó ella. Había esperado un hombre gordo, de piel brillante y labios gruesos y repulsivos.

—Así es. Yo soy Carlo Varzi.

—Quiero hablar con usted sin rodeos, señor.

—Acaba de interrumpir algo muy placentero, señorita. Espero que lo que tenga para decirme valga la pena —advirtió el hombre seriamente, aunque luego sonrió.

Micaela bajó la vista con la imagen aún grabada en la retina de esa sonrisa macabra e increíblemente atractiva.

—Sé que mi hermano le debe dinero —prosiguió, al sentirse más repuesta.

—¿Eso le dijo Urtiaga Four?

—No, él no me lo dijo, pero lo supongo. ¿Por qué otra razón usted le habría abierto el estómago de una cuchillada?

El hombre lanzó una carcajada que le sacudió los cimientos. "¡Maldito delincuente! ¿Cómo puede reírse así cuando casi mata a mi hermano?"

—Vuelva a su casa, señorita. Éstas son cosas de hombres. Entre hombres se tienen que arreglar.

—¿Cosas de hombres, dice? No se confunda, "señor" Varzi. Éstas no son cosas de hombres. Éstas son cosas de delincuentes.

Sin esperar la réplica, se dirigió a la mesa, apartó los naipes y dejó caer el contenido de una bolsa de terciopelo que había mantenido oculta dentro de la capa. Un montón de alhajas cayó. Las contempló un segundo; muchas habían pertenecido a su madre.

—Cóbrese lo que mi hermano le debe y déjelo en paz. Ahí tiene suficiente.

Carlo alternó la mirada entre el contenido de la bolsa y la joven, y pensó que ni todas esas joyas podrían compararse con su belleza. De seguro, la noticia de su hermano herido la había encontrado en la cama porque llevaba el pelo suelto y ensortijado; rubio, largo y ondulado, lo encontró fascinante. No obstante sentirse tentado a descorrerle la capa, convencido de encontrar un camisón liviano que le delinearía las formas, se contuvo, ya la había asustado bastante al descubrirle la cabeza.

Al contemplarla con detenimiento, descubrió un pequeño lunar cerca de la comisura del labio. ¿De qué color eran
sus ojos? ¿Azules? No, parecían de una tonalidad más clara,
aunque no celeste. ¿Violeta, quizá? ¿Podían ser de ese color?
Extraños y misteriosos, grandes y almendrados, con pestañas
y cejas más bien oscuras que le delineaban el contorno.

Se abrió la puerta de la habitación de al lado, y Varzi y
Micaela voltearon a mirar. Una mujer, cubierta sólo por una
bata transparente, se apoyaba en el marco y los contemplaba
con indolencia. Tenía los pechos al aire y la tela apenas recata-
ba las demás partes íntimas. Micaela ahogó un gemido de vergüenza y le dio la espalda.

—¿Vas a tardar mucho, querido? —inquirió la mujer.

—Desaparecé, Sonia —ordenó Carlo.

La mujer cerró la puerta de un golpe. Varzi buscó los
ojos de Micaela y la encontró muy afectada.

—Tome eso, señorita —dijo, al tiempo que señalaba las
joyas—, y no se meta en este asunto.

—¿No es suficiente? —preguntó, desesperada—. Ahora
no tengo mucho dinero en efectivo, pero puedo conseguirlo.
Tengo una propiedad en París. Puedo venderla, si usted me da
tiempo, y pagarle lo que mi hermano le debe. Pero, por favor,
no le haga daño, no lo... —Apretó los labios, a punto de llorar.

Como Micaela no recogía las joyas, Varzi las tomó en un
puñado y las metió en la bolsa. Sin tomar conciencia de lo que
el hombre hacía, Micaela se concentró en su mano, enorme,
con dedos largos y uñas prolijas. No tenía vello, lo cual la impresionó, y experimentó un deseo irracional de tocarla. Volvió a la realidad cuando Varzi le alcanzaba la bolsa.

Carlo abrió la puerta que daba al corredor y llamó a alguien a gritos. Un jovencito apareció al instante, con cara de
susto.

—Acompañá a la señorita a la salida —indicó—. Por favor, señorita. —Y la tomó del brazo para sacarla de la oficina.

Micaela se desembarazó de él de un tirón, y aunque trató de decirle algo, no halló las palabras, tanta rabia tenía. Se ocultó bajo la capucha y abandonó la habitación a toda prisa con el muchachito correteándole por detrás.

Varzi la siguió con la mirada hasta que desapareció escaleras abajo. Cerró la puerta, fue hasta la cristalera y se sirvió un trago. Se sentó, copa en mano, y fijó la vista en algún punto. Se llevaba el trago a la boca mecánicamente y chocaba el borde de vidrio contra los dientes.

—La hermana de Urtiaga Four —expresó, por fin.

Sonrió con malicia al pensar en la ironía del destino. Estaba seguro de que Gastón María no tenía idea de la hazaña nocturna de su hermanita; de otra manera, habría sido como entregar la presa en mano al cazador. En este caso, sin embargo, la presa se había entregado *motu proprio*. Definitivamente, era una situación graciosa.

La sonrisa se le borró y volvió la seriedad de instantes atrás cuando recordó que, al descubrirle la cabeza, se había sentido tentado de tocarla; el cabello, la piel del rostro, los labios, cualquier cosa; la necesidad de acariciarla había sido intensa; había luchado por contenerse.

"¡Mujer osada!", pensó. Adentrarse así, en medio de la noche, en un arrabal como ése, ¡en un burdel como ése! Quizá no conocía los peligros de la zona y la ignorancia la había llevado a obrar con descuido. No, por más incrédula e inocente que fuera, la sordidez tan manifiesta del lugar la habría convencido de que se encontraba más cerca del infierno que de cualquier otro sitio.

Recordó sus facciones, de una belleza arrobadora, parecían las de una muñeca de porcelana. Por esa razón, quizá, no la había tocado, por temor a romperla. ¿Y la osadía con la que le había hablado? ¿Y la forma en que lo había mirado? Cualidades que se daban de bruces con su aspecto de *donna angelicata*.

La puerta de la habitación contigua se abrió. Sonia otra vez.

—Vamos, querido, volvé a la cama —dijo, y lo rodeó con los brazos.

Varzi se la quitó de encima y se alejó. Tomó asiento en su escritorio y simuló concentrarse en unos documentos.

—Vestite y andá al salón —ordenó, sin quitar la vista de los papeles—. Hay muchos clientes que atender.

—¿Qué? Estábamos a punto de...

—Vestite y andá al salón —repitió.

Sonia sabía que no debía insistir. Carlo era hombre de "pocas pulgas". Él decidía en qué momento la deseaba y en qué momento la quería lejos. Ella sólo obedecía con sumisión, por el amor que le tenía.

—¿Quién era esa *mina*, Napo? —preguntó con apatía, aunque moría por saber.

—Nadie que a vos te interese.

—Vamos, querido, ¿no vas a *chamuyarme*? Dale, contame.

Carlo la fulminó de un vistazo.

—*Güeno, güeno... Tá* bien, no te pregunto. —Se mantuvo en silencio unos instantes antes de volver a referirse a Micaela—: ¡Linda, la guacha!

Carlo abandonó la silla dispuesto a sacarla a la rastra, y la mujer salió de la habitación casi corriendo.

—Te espero abajo pa'bailar el tango. —Y cerró la puerta.

Carlo manipuló los papeles sin prestar atención a su contenido. No podía quitarse de la cabeza a la hermana de Urtiaga Four. El muchachito que acompañó a Micaela llamó a la puerta y entró.

—Ya cumplí con lo que me pidió, jefe.

—¿Alguien la esperaba afuera? —preguntó Varzi.

—Sí, un automóvil. Bien lujoso, de esos que usa la *jailaife*.

—¿Alcanzaste a ver a alguien dentro?

—Sí, creo que era Pascualito, el chofer de Urtiaga Four.

—Está bien, andá nomás. Decile a Mudo y a Cabecita que vengan.

A poco, los hombres atendieron al llamado del jefe. Al más bajo y flaco lo llamaban Cabecita, por su calvicie. Al que se parecía a un oso le decían Mudo. Cabecita, de carácter jocoso y vivaz, entró ensayando unos cortes y quebradas. Mudo, en cambio, se detuvo en la puerta, y recién cuando Varzi le hizo una seña, se animó a cruzar el dintel. A pesar de su tamaño y su cuerpo grotesco, se movía con sigilo.

—¿Qué *sapa*, Napo? —preguntó Cabecita.

—No quiero que comenten con nadie sobre la mujer que vino a verme.

Cabecita hizo un chasquido con la boca y negó con la cabeza.

—No creo que podamos, Napo. El *hembraje* entero anda preguntando quién era la *mina* esa que te vino a ver.

—Si te preguntan vos mirás para otro lado y te hacés el *otario*, que te sale bastante bien y no te cuesta nada —indicó Varzi—. ¿Alguien la vio? Digo, si alguien le vio la cara.

—¡Qué va! Si venía más tapada que una monja. ¿Era linda, Napo?

—¿Algún cliente preguntó por ella? —prosiguió Carlo.

—No. La miraron pasar, pero no abrieron la *jeta*.

—Bien —dijo Varzi—. Quiero que investiguen todo acerca de ella. Como ya sabemos, es la hermana de Urtiaga Four. Pero quiero saber todo lo demás. ¿Me entendieron? Todo.

CAPÍTULO
VIII

*B*uenos Aires, 1897.

El joven Carlo Varzi se despidió de su jefe, un zapatero bastante conocido de la zona, y partió hacia su hogar. Ansiaba llegar y encontrarse con su madre, Tiziana, y con su pequeña hermana de cuatro años, Gioacchina. Además, estaba famélico; no había comido en todo el día para no gastar. Su aporte a la familia se había convertido, prácticamente, en la única entrada fija y segura.

En 1884, cuando Carlo tenía sólo dos años, su padre, Gian Carlo Varzi, su madre y él habían huido de Italia. Gian Carlo era buscado por los *carabinieri*, acusado de anarquista. Conocido por militar en el grupo clandestino de ácratas de Gaetano Bresci, de los más violentos y facinerosos, se le imputaban varios atentados.

Tiziana sintió profunda tristeza al dejar su amada Nápoles. Allí había nacido y crecido junto a sus primas y primos. Lo dejó todo por seguir a Gian Carlo, y su familia la repudió. La joven Tiziana, bonita y cultivada, pertenecía a la clase alta de la sociedad napolitana, y entre sus ancestros se contaban personalidades destacadas del arte y de la política. Gian Carlo, por el contrario, era el hijo bastardo de una lavandera, que había muerto a pocos meses de darlo a luz. El niño había vivido en hospicios y reformatorios, en medio de agresiones y escasez. Era violento y resentido, aunque muy inteligente, además de increíblemente atractivo. Tiziana lo siguió en su fuga preguntándose si aún lo amaba. Pero era tarde para arrepentirse: tenían un hijo. De todas formas, no valdría de nada quedarse en Nápoles, su familia jamás la perdonaría, menos aún con un niño ilegítimo a cuestas.

Después de un penoso viaje, arribaron a Buenos Aires y allí se instalaron. Alquilaban una pieza en un conventillo del barrio de San Telmo, llamado El Testún, y vivían al borde de la miseria. Gian Carlo no duraba mucho en sus trabajos; los patrones lo despedían al poco tiempo por activista y agitador. Hizo amistad con un grupo de anarquistas y sólo consiguió meterse en líos. Tiziana desaprobaba las inclinaciones políticas de su esposo y siempre reñían. Varzi le echaba en cara su origen aristocrático, y la acusaba de insensible y melindrosa. En más de una oportunidad, la riña terminaba con violencia.

Paulatinamente, las frustraciones llevaron a Gian Carlo a buscar consuelo en el alcohol y en una vida disoluta, llena de excesos. Lo poco que ganaba lo despilfarraba en sus vicios y no aportaba casi nada a la familia. Tiziana lavaba y cosía para fuera, pero no alcanzaba ni a pagar el alquiler de la covacha donde vivían hacinados. Carlo debió trabajar desde pequeño y se hizo bueno en el oficio de la compostura de calzado.

A medida que crecía, el odio hacia su padre aumentaba. Más de una vez, se interpuso entre él y su madre, y recibió la golpiza. Si Gian Carlo llegaba ebrio, Carlo sabía que habría pleito. Tomaba a su hermanita, apenas un bebé, la dejaba con Marité, la vecina de al lado, y regresaba a la pieza, donde la pelea ya se había desatado. En los últimos tiempos, acontecía la mayoría de las noches.

Esa tarde, Carlo salió del trabajo más ansioso que nunca, aunque no fue sólo el deseo de ver a su madre y a su hermana o de comer algo suculento lo que lo impulsó hacia su casa. Un mal presentimiento se había apoderado de su espíritu y lo obligaba a caminar a trancos largos, casi a correr. De hecho, las últimas cuadras las hizo corriendo y así entró en la pieza del conventillo El Testún.

Lo primero que vio fue a Gioacchina, que lloraba a mares en el piso. Aún de pie en la puerta, buscó con desesperación a su madre y la encontró tirada detrás de la mesa, con el rostro bañado en sangre. Se arrojó a su lado, se quitó la golilla y le limpió la frente.

Tiziana apenas entreabrió los ojos. Comenzó a farfullar unas palabras en napolitano, y Carlo acercó su oído para escucharlas.

—Carlo, llévate a tu hermana lejos de aquí. No permitas que tu padre les haga daño a ustedes también. —No habló más. Murió segundos después en brazos de su hijo.

Carlo comenzó a gritar y a arrebujar a Tiziana contra su pecho, y atrajo a los vecinos que se agolparon en la entrada. Marité tomó a Gioacchina en brazos y la sacó de allí. Otro de los inquilinos se encargó de llamar a un agente, y, antes de que éste apareciera, Carlo ya había salido en busca del asesino de su madre.

No le resultó difícil encontrar a su padre en un burdel que frecuentaba. Una ramera se interpuso en la entrada, pero Carlo la apartó de un empellón. Cruzó la sala, llegó a la parte trasera del lugar, descorrió el cortinado con furia y lo descubrió jugando a los naipes, con una prostituta sobre las rodillas que le acariciaba el pelo y le susurraba.

Gian Carlo, ebrio por completo, apenas entendió que el joven que acababa de dar vuelta la mesa de juego era su hijo. Las cartas y las fichas se desparramaron y los vasos y las botellas se hicieron añicos. La prostituta y el resto de los jugadores vociferaban improperios. Gian Carlo se puso de pie con dificultad y, después de aguzar la vista, reconoció al culpable del desquicio, y, aunque comenzó a insultarlo y a amenazarlo, Carlo no lo escuchaba, permanecía impertérrito, con la mirada clavada en él.

La *madama* entró en la habitación y preguntó a gritos qué sucedía. Esa intromisión sacó del trance al joven Varzi, que tomó del suelo una de las botellas rotas, la asió por el pico y se abalanzó sobre su padre. Todo fue muy rápido. Nadie atinó a sujetarlo. Carlo enterró el vidrio astillado en la garganta de Gian Carlo, que se contorsionó antes de morir.

Lo que siguió, Carlo nunca lo recordó. El mundo se agitaba y se conmovía a su alrededor, pero él no caía en la cuenta. De pie, al lado del cuerpo exangüe de su padre, lo contemplaba con fijeza, mientras pensaba que jamás volvería a hacer daño, ni a su madre, ni a él, ni a su hermana. De pronto, se le contrajo el pecho y la angustia lo invadió; se arrodilló en el piso y comenzó a llorar como un niño.

La multitud agolpada en torno al cadáver abrió paso al escuchar la silbatina de la policía. Dos agentes se hicieron presentes en el lugar y lo arrestaron.

Carlo vivió tres años en un reformatorio. Su pésima conducta desconcertaba a las autoridades del establecimiento que no sabían qué hacer con él. Lo sometían a largos períodos de castigo, en calabozos muy pequeños, dándole de comer en la mano y sólo una vez por día. No le permitían bañarse y debía hacer sus necesidades allí mismo. Roedores e insectos eran sus compañeros de celda.

Lo liberaban del tormento y siempre volvía a las andadas: intentos de fuga, riñas con sus compañeros, fabricación de armas blancas y un sinfín de delitos. No pasaban dos semanas de haber dejado la celda de dos por dos que ya regresaba para pasar otra temporada.

El director del reformatorio lo consultó con sus superiores y, apenas le dieron el visto bueno, llevó a cabo su propuesta: trasladó a Carlo al penal militar de Puerto Cook, en la Isla de los Estados, al sur del país, cerca de Tierra del Fuego. La mayoría de los reclusos de ese penal eran presos políticos, por lo que la situación de Carlo resultaba bastante atípica.

En cuanto llegó, comenzó con los planes de fuga. Su compañero de celda le hizo entender que lo que se proponía era poco menos que un suicidio.

—Bienvenido a "Tierra Maldita" —comenzó diciéndole—. De aquí nunca podrás escapar. Si logras burlar la guardia y salir del penal, te quedan pocas posibilidades de subsistir allá afuera. Sería un milagro que lograras llegar a Punta Arenas, en Chile. Lo mejor que podría pasarte es que te unieras a un contingente de indios que te ayudara a llegar. Pero los nativos de estas tierras son gentes raras: a veces se hartan de los blancos, los matan y los dejan a la orilla del camino. Si no te encuentras con los indios, lo más probable es que mueras de hambre y frío en los bosques que nos rodean porque no sé cómo podrías hacer para contar con una buena embarcación que te lleve a tierra firme. No, muchacho, definitivamente es el peor lugar del mundo para una fuga. La prueba está en que nadie hace el intento.

Carlo maldijo su suerte. Pasó días enojado con el mundo. No hablaba con nadie y gastaba sus horas en aumentar el odio contra todo y contra todos. Hasta tenía *in mente* una lista de personas de las cuales se vengaría una vez que lo hubiesen liberado: el juez que lo había sentenciado, el director del reformatorio, algunos de sus ex compañeros y los guardias, que siempre lo habían tratado como a una bestia. El deseo de pasarlos por el cuchillo lo mantenía con vida.

Poco a poco, Carlo fue fijándose en su compañero de celda, un alemán llamado Johann Friedrich von Reinstad, profesor de la Universidad de Francfort, que, perseguido por sus ideas políticas, había tenido que escapar de su patria. En la Argentina sólo consiguió empeorar su situación: tildado de revolucionario, lo acusaron de cómplice en el asesinato de un policía, el cual había sido ideado y consumado, en realidad, por un anarquista ucraniano. A consecuencia de esto, Johann terminó injustamente recluido en Puerto Cook.

A Carlo lo atrajo la serenidad de ese hombre. De unos cincuenta y tantos años, Johann era un germano típico de contextura fornida, piel muy clara y ojos celestes. Se había dejado la barba, para entonces completamente blanca.

El hombre mataba el tiempo con lo que más le gustaba: leer y escribir. Su esposa Frida, que había quedado en Buenos Aires, le enviaba, bastante seguido, paquetes con libros, plumas, papeles y otros utensilios. A veces la entrega no llegaba y las encomiendas se perdían en manos de los guardias.

Carlo y Johann llegaron a ser grandes amigos. Carlo sentía que, cuando hablaba con el alemán, se olvidaba por completo de la lista de personas por asesinar, de los intentos de fuga y de todo cuanto lo atormentaba. Con su marcado acento germánico, Johann le contaba un sinfín de historias atrapantes, y, con el tiempo, se convirtió en su maestro. Carlo aprendió mucho, prácticamente todo, ya que era casi analfabeto. Empleado desde muy pequeño para ayudar en su hogar, había tenido que abandonar la escuela en los primeros años, y, a pesar de que la intención de su madre había sido enseñarle de noche, el cansancio de ambos los dejaba sin fuerzas para voltear la hoja del cuaderno.

Johann lo ayudó a mejorar su caligrafía y ortografía, que eran pésimas. Le enseñó aritmética y geometría. Era bueno en esas asignaturas, y mostró también interés por la historia y la geografía. Johann le contó acerca de Goethe, de Schiller, de Shakespeare, y de algunos más de su preferencia. En la música no había nadie mejor que un tal Beethoven, aunque Carlo tuvo que conformarse con el tarareo desafinado de Johann para conocer sus sinfonías y conciertos de cámara.

La rutina de estudio que Carlo y Johann se imponían diariamente los ayudaba a resistir los tormentos de la reclusión: las interminables horas de ocio, la estrechez de la celda, la pésima comida, el maltrato, los grilletes y, sobre todo, el frío.

Gracias al alemán, Carlo fue descubriendo una nueva realidad plagada de cosas interesantes, que, pese al entorno abyecto y deshumanizante, lograba mantenerle en alto el espíritu y la dignidad.

A mediados de 1902, la construcción del nuevo penal de Ushuaia, en Tierra del Fuego, estaba muy avanzada. En noviembre de ese año, los reclusos de la Isla de los Estados fueron trasladados al nuevo presidio, en el que se unieron el civil, que ya funcionaba en Ushuaia, y el militar de Puerto Cook. Las comodidades no mejoraron a causa del hacinamiento. Además, la mezcla de presos políticos con delincuentes comunes incrementó alarmantemente la violencia. Carlo dormía con un puñal bajo la almohada por si algún compañero decidía hacerle una visita nocturna. La comida mejoró un poco y les daban más mantas para cubrirse, pero nunca resultaban suficientes: el frío seguía siendo lo peor.

La novedad de este penal consistía en la organización de talleres de trabajo remunerados para aquellos presidiarios de buen comportamiento. Carlo fue de los elegidos y lo destinaron a los bosques, como hachero. La madera se enviaba al aserradero, también manejado por reclusos, y se utilizaba en el consumo de los pocos habitantes de la zona. Cada mañana, los hacheros, con grilletes en manos y pies, partían hacia los bosques y, al llegar a destino, se los desembarazaba de las cadenas y se les entregaba un hacha o una sierra. La jornada terminaba al caer el sol.

A pesar de su buena conducta, Johann era exceptuado de las duras tareas del penal debido a su frágil estado de salud.

Los largos períodos a tan bajas temperaturas y la mala alimentación habían minado sus pulmones. Los ahogos lo ponían al borde de la muerte cada vez más seguido.

A principios de 1906, Johann murió mientras Varzi trabajaba en el bosque. Al llegar esa tarde al penal, le comunicaron la noticia, y, a pesar de que el alemán lo había preparado para ese desenlace, esto lo golpeó muy duro. Otra vez tenía que soportar la pérdida de un ser querido. Tardó mucho en sobreponerse, aunque jamás recobró la esperanza. Presentía que la vida le sería siempre adversa y que nunca podría hallar paz y felicidad. Si bien no volvió a las andadas, su alma se resintió, todo le parecía malo y sin sentido, sólo la idea de volver a ver a su hermana lo mantenía vivo.

La visión de Gioacchina, que para ese entonces debía de tener trece años, era lo único que le arrancaba una sonrisa. La imaginaba hermosa y tierna como su madre. La sonrisa desaparecía cuando barruntaba las penurias que, seguramente, habría soportado en el orfanato. Se atormentaba, y se culpaba además: él había faltado al pedido de su madre antes de morir, y ahora su hermana estaba sola y desprotegida.

Carlo continuó pacientemente con su vida en el penal. Callado y taciturno, no tenía más amigos que los libros de Johann. Los otros presos lo respetaban y no lo importunaban, conscientes de qué clase de hombre era. Su fuerza física, unida a la destreza en el uso del hacha y del puñal, lo convertían en el preso más temido. Una mirada aterradora denunciaba su sangre fría. Algunos incautos habían terminado mal al meterse con él.

Inició una relación epistolar bastante fluida con Frida, la esposa de Johann. La mujer mostraba una resignación y un consuelo que a Carlo lo avergonzaban. A través de sus líneas, revelaba también entereza de espíritu e inteligencia. "Digna esposa de Johann", pensaba Varzi. Frida, muy generosa, continuó enviándole paquetes con libros, papel para cartas y otros elementos, por lo que Carlo pudo seguir con sus lecturas y escritos, a pesar del cansancio con el que llegaba a la prisión después de haber hachado durante horas.

El trabajo en el bosque y los libros le hacían bastante llevadera la estancia en el penal. En ocasiones, dejaba de hachar o hacía a un lado la lectura y se perdía en gratas remembranzas. Siempre le levantaba el ánimo la imagen de Johann relatándole historias o repitiendo sus apasionados discursos sobre la libertad y el respeto a los derechos del hombre. Le provocaban una corta carcajada las melodías de Beethoven tarareadas con reverencia y seriedad, aunque de manera muy poco melodiosa.

Días antes de cumplirse un año de la muerte de Johann, el director del presidio le comunicó que, por buena conducta, le habían reducido la pena y que quedaba en libertad.

La primera palabra que le vino a la mente fue el nombre de su hermana. La venganza y el odio con los que había dejado Buenos Aires ya no existían. Sólo importaba el reencuentro con su adorada Gioacchina.

Pasó un mes desde el anuncio de su libertad hasta que dejó Ushuaia. Durante ese lapso continuó trabajando en el bosque; por la tarde, acomodaba en cajas los libros y demás cosas que se habían acumulado durante ese largo tiempo.

El día llegó. Después de diez años de reclusión, Varzi pisó suelo como hombre libre. Tenía veinticinco años y muchos planes. Los había trazado minuciosamente y pensaba llevarlos a cabo, costara lo que costase.

El viaje a Buenos Aires duró tres semanas; el clima no ayudó y debieron aguardar días enteros hasta que las tormentas cesaron. Por fin, cerca del destino final, todo se facilitó.

No recordaba así a Buenos Aires. Había cambiado mucho y, a su criterio, para mejor, aunque corroboró que la zona sur mantenía el aspecto miserable de diez años atrás.

Lo primero que hizo fue buscar un lugar donde vivir. Con el dinero ahorrado en el penal por su trabajo como hachero alquiló una pieza en un conventillo de La Boca, un barrio aledaño al puerto, lleno de genoveses y marineros. Después de instalarse, salió a buscar a Marité, la vecina del conventillo El Testún en San Telmo.

Durante su estadía en el reformatorio, Marité lo había visitado con cierta frecuencia y le había llevado noticias de su hermana. Con el traslado a Ushuaia, había perdido contacto con ella, y temía que hubiese muerto o abandonado el vecindario. Al llegar a la entrada de El Testún, Carlo lo encontró más viejo y derruido que antes. Un golpe de recuerdos tristes lo entumeció en medio del patio. Salió del trance al escuchar la algarabía de unos niños, y, resuelto, buscó la habitación de Marité.

La puerta de la pieza donde había vivido, abierta de par en par, lo tentó, y miró con recelo desde el umbral, sin hallar la familiaridad que tanto había temido. Otros muebles y otra disposición de las cosas lo salvaron del tormento.

—¿Qué quiere?

Carlo volteó y se encontró con Marité que lo observaba con cara de pocos amigos.

—Marité, ¿no me reconoce?

La mujer frunció el entrecejo y se calzó mejor las gafas.

—No —dijo.

—Soy Carlo, Carlo Varzi, el hijo de Tiziana.

La mujer recibió una fuerte impresión. Después de tantos años, pensaba que Carlo había muerto. La última vez, en el reformatorio, un guardia le había informado del traslado al penal de Puerto Cook por mala conducta, agregando también que, si conseguía salir con vida de ese lugar, sería de puro milagro.

Lo invitó a pasar a su pieza y le convidó mate y pan con grasa. Lo acribilló a preguntas que Carlo, por educación, tuvo la paciencia de contestar, pese a las ansias por saber de su hermana.

—Gioacchina sigue en el orfanato de las Hermanas del Perpetuo Socorro. Ya es toda una mujercita de catorce años, y tan bonita como Tiziana. Además, es cariñosa y dulce. Parece un angelito.

Carlo sonrió con los ojos llenos de lágrimas.

—Ella piensa que su familia murió en un accidente, Carlo. Aunque presenció todo, no se acuerda de nada. Cuando fue más grandecita, me empezó a preguntar por ustedes. Yo no tuve valor para decirle que tu padre había matado a tu madre y que vos lo habías matado a él. Estoy segura de que no lo habría soportado. Es una nena muy sensible. Saber la verdad la habría destrozado.

Su hermana lo creía muerto. Eso le causó una inmensa pena, aunque comprendió que era lo mejor. No deseaba que Gioacchina se avergonzara de su familia. Que creyera que todos estaban muertos: sí, era lo más conveniente.

Carlo le pidió a Marité que se la describiera físicamente. La mujer le contó que siempre llevaba trenzas muy largas color castaño. De carita redonda, nariz respingada y ojos color café, le aseguró que la reconocería entre miles.

—Es el fiel retrato de tu madre —agregó.

Marité le preguntó si ya había conseguido trabajo, a lo que Carlo respondió con una negativa. Recién llegado a la ciudad, aún no se preocupaba por el tema. Lo primero había sido su hermana. No obstante, sus escasos ahorros habían bajado considerablemente con el alquiler. Era hora de procurarse un empleo. Se le ocurrió volver a lo de su anterior jefe, en el taller de compostura de calzado, pero Marité le informó que ya no existía y que su dueño había fallecido años atrás.

—Te cuento, Carlo, que la mano está muy dura. No es fácil conseguir trabajo. Además, vos tenés antecedentes, lo cual complica todo. Pero yo conozco un muchacho que trabaja en el puerto que anda buscando estibadores. Vos parecés un hombre fuerte. Creo que no vas a tener problemas para que te tomen. ¿Qué me decís?

Carlo se mostró interesado. Ansiaba comenzar a ganar dinero y concretar sus planes.

El trabajo de estibador resultó un juego de niños para él. Acostumbrado a hachar durante horas, en las peores condiciones climáticas, sin la ropa apropiada y con poca comida en el estómago, cargar cosas y depositarlas en otro lugar, por más pesadas que fueran, no le costaba mucho. El clima de Buenos Aires era benigno, comía dos veces por día y le daban buenos guantes de cuero: ¿qué más podía pedir?

Lo único malo era el sueldo. Por más cálculos y ahorros que hacía, sus planes se desvanecían en el aire. Pocas cosas le importaban tanto como ser rico. ¿De qué forma lo lograría a ese ritmo? Pero no descansaría hasta conseguirlo. Sería un hombre de fortuna para convertir a su hermana en una dama de sociedad que se codearía con personas refinadas y cultas, que la tratarían como a una reina. Carlo estaba convencido de que el destino de su madre habría sido otro si su padre hubiese tenido dinero.

Todos los días, a la salida del trabajo, tomaba el tranvía —*tramway* lo llamaban los porteños— que lo dejaba a una cuadra del orfanato donde vivía su hermana. Sabía que, entre las seis y las seis y media, las niñas tenían un recreo en el jardín. Carlo trepaba la tapia y permanecía medio agazapado, mientras la observaba jugar con sus compañeras. No le costó mucho reconocerla la primera vez con las señas de Marité y la seguridad de que se parecía a su madre. El primer impulso fue arrojarse al patio, correr hacia ella y decirle que allí estaba él, que la quería mucho y que jamás volvería a dejarla sola. Necesitó de toda su voluntad para contener el impulso, que enseguida juzgó descabellado y sin fundamento.

Pese a la aflicción que de seguro habría padecido, Gioacchina lucía como una niña alegre. Sonreía con facilidad y siempre andaba rodeada por un grupo de niñas que la miraban con reverencia y sonreían con sus comentarios. Durante la media hora del recreo, la frescura del rostro de su hermana lo solazaba y le permitía renovar las fuerzas para seguir viviendo.

La fama de Carlo como hombre fuerte y de trabajo se extendió con rapidez por La Boca y otros arrabales. De mirada seria y mal gesto, nadie osaba molestarlo. Se habían tejido las leyendas más fantásticas acerca de él, que sólo conseguían aumentar su fama de hombre brutal y sin sentimientos. Cierto que nadie podía corroborar tales historias, pero sí estaban seguros de que ninguno tenía su fuerza ni su destreza con el cuchillo. Lo de su fortaleza física lo veían a diario en las barracas del puerto, donde trabajaba con ahínco y no parecía cansarse. Lo del manejo del cuchillo sólo lo habían visto una vez, pero resultó prueba suficiente. Un grupo de compadritos intentó fastidiarlo una noche mientras cenaba en una fonda, y nadie, excepto el mismo Varzi, salió ileso.

El nombre de Carlo Varzi llegó a oídos de don Cholo, el proxeneta o *cafiolo*, según el argot de los estibadores, más rico e importante de la zona. Dueño de varios burdeles, además de dos cabarets y un restaurante, su nombre se barajaba en las altas esferas del gobierno. Conocía a la mayoría de los políticos y sus secretos, les prodigaba amantes y momentos agradables en sus establecimientos, donde jugaban y bailaban el tango sin restricciones. Don Cholo sabía de todo y de todos; por ese motivo, la policía no lo molestaba.

Sin embargo, recientemente, antiguos enemigos habían atentado contra su vida en varias oportunidades, con tanta mala suerte para don Cholo que, en el último ataque, Mario, su único hijo, había muerto. Los que lo conocían íntimamente aseguraban que no tenía consuelo, más allá de que el hombre se empeñaba en mostrar fortaleza de espíritu.

Sus matones le comentaron acerca de un tal Carlo Varzi, un estibador que, según se decía, era invencible. Don Cholo lo mandó comparecer de inmediato.

—Aquí me dicen que sos bueno con el cuchillo y otras armas —expresó.

Varzi lo miró fijo y no le contestó.

—¿Sabés quién soy yo? —preguntó don Cholo, molesto por la reticencia del joven.

—Me trajeron hasta aquí medio a la rastra, sin demasiadas explicaciones —fue la respuesta de Carlo.

—Yo soy don Cholo, dueño de este lugar —dijo, y miró en torno—, y de muchos como éste.

Carlo se limitó a una inclinación de cabeza y continuó impertérrito. Don Cholo, por su parte, lo observó largamente y sin reparos. Pudo ver que se trataba de un hombre saludable y de contextura robusta. Llevaba la camisa arremangada, exponiendo vigorosos músculos. Tenía una mirada siniestra y no parecía vacilante. Es más, se notaba que era todo seguridad.

—¿Cuánto ganás como estibador?

—No lo suficiente.

—Y, ¿cuánto es lo suficiente?

—¿Cuál es el trabajo? —quiso saber.

—Mantener a mis enemigos bien lejos de mí y de mis negocios.

Carlo no quería líos con la ley, y, de seguro, lo que este hombre le proponía no era legal; en medio de un lugar como ése, nada podía serlo. Y él ya había tenido de sobra con los años transcurridos en el reformatorio y en el penal de Ushuaia.

En un principio, parecía decidido a rechazar la oferta; sin embargo, don Cholo no estaba dispuesto a perderlo, lo quería como su matón personal y no cejaría hasta conseguirlo. Lo tentó con lo único que podía, un sueldo diez veces mayor, y como Carlo se había propuesto ser rico como fuera, renegó de sus convicciones y aceptó el ofrecimiento. Se preguntó qué habría dicho Johann acerca de una decisión como ésa. La idea lo desasosegó, aunque se repuso con facilidad al pensar en Gioacchina, la única que contaba.

—Así que sos de Nápoles —dijo don Cholo, después de cerrar trato—. ¡Bien! El Napolitano Varzi —remató, y le dio una palmada en la espalda.

Don Cholo llegó a querer a Carlo como a su propio hijo. Sorprendía que un hombre tan zafio pudiese engendrar sentimientos tan nobles. Lo cierto era que lo adoraba, y Varzi se había ganado ese aprecio a fuerza de protegerlo y serle fiel.

Los primeros meses habían sido duros; un grupo de malevos, enemistados con don Cholo por cuestiones territoriales, acechaba. Habían asesinado a Mario y no descansarían hasta acabar con el padre. Hubo varios enfrentamientos, y, en cada oportunidad, la sangre corrió como un río, y Carlo sumó más asesinatos al de su padre. Se encargó especialmente del responsable de la muerte del hijo de don Cholo y así terminó de granjearse su respeto y admiración.

Los malevos se dispersaron al perder al cabecilla y no volvieron a molestar. Con el "Napo" Varzi de por medio, irían a buscar gresca a otra parte.

Cuando la guerra terminó, Carlo se sintió descorazonado. Sus manos habían vuelto a mancharse y se sentía menos digno aún de su hermana. "¡Pero lo hago por ella!", intentó convencerse.

Los tiempos de paz trajeron las mejores oportunidades para Varzi. El agradecimiento de don Cholo llegó hasta el punto de asociarlo a sus negocios. Como le sobraba el tiempo, Carlo aprendió el manejo de los prostíbulos y cabarets mejor que nadie, y se sorprendió al comprobar el dinero que redituaban esos lugares con el manejo apropiado. Don Cholo, viejo y con una vida de excesos que había resentido gravemente su salud, no era el mismo de antes; le costaba concentrarse y dirigir a las prostitutas y demás empleados, como también complacer adecuadamente a clientes de las más variadas extracciones. En forma gradual, las decisiones recayeron en Carlo y casi nadie consultaba a don Cholo. Éste pasaba la mayor parte del tiempo en cama y, cuando visitaba sus locales, lo hacía más como parroquiano que como dueño.

Carlo sintió la muerte de su jefe, al que también había llegado a querer. Con todo, su desaparición representó el golpe de suerte que había esperado para hacerse rico. Como se lo había prometido antes de morir, el *cafiolo* le dejó los negocios a su nombre. El respeto de la gente, Varzi ya se lo había ganado.

icaela no pudo dormir esa noche, con el recuerdo de Carlo Varzi que le daba vueltas en la cabeza. No había conseguido nada de él, sólo humillarse. Se preguntó a qué suma ascendería la deuda si el hombre había rechazado las joyas, que eran muy valiosas. "Ay, Gastón María", se lamentó, "cuando salgas de ésta, vas a tener que cambiar tu vida".

Cerró los ojos una vez más, y los abrió súbitamente cuando la sonrisa macabra de Varzi se le dibujó en la mente. Dejó la cama y dio vueltas por la habitación buscando sosegarse. Empezaba a amanecer y el horizonte clareaba magníficamente. El cielo era una mezcla hermosa de rosados y celestes. Los pájaros cantaban en el paseo de los cipreses. Abrió la ventana llena de ansiedad por inspirar el aroma de los jazmines y refrescarse con la brisa matinal. Fue muy placentero y logró apaciguarse. Regresó a la cama y se acostó. Aunque sus pensamientos insistieron con el hombre del prostíbulo, no volvió a alterarse, se dio por vencida y se dejó llevar.

Gastón María se recuperó mucho antes de lo que el doctor Valverde había pronosticado. De todas formas, la herida era de cuidado y por algún tiempo tuvo que evitar esfuerzos y abusos. Micaela agradecía a Joaquín Valverde su discreción y la historia que inventó acerca de males hepáticos y vesiculares que Rafael y Otilia no dudaron en creer. Urtiaga Four propuso que el doctor Bártoli visitara a su hijo, a lo que Micaela se opuso férreamente y arguyó que sería una ofensa para Joaquín, que, por otra parte, en pocos meses integraría la familia.

Micaela trató de mostrarse severa y enojada con Gastón María; sin embargo, y como siempre, las chanzas y zalamerías de su hermano pudieron con ella y se rindió al cariño que le tenía. Aunque en un principio pensó decírselo, luego creyó conveniente ocultarle que conocía la verdad acerca de Varzi y las deudas de juego, así como también su visita al Carmesí, y le hizo jurar a Pascualito que no abriría la boca. Después de todo, la aventura en el burdel no había servido de nada. Intentó sonsacar a su hermano lo ocurrido aquella noche, pero, en ese tema, el joven se tornaba inflexible y no soltaba prenda.

Ahora que Gastón María estaba bien, recomenzaría sus andanzas nocturnas, no habría quién lo detuviera, ni la amenaza de Varzi lo conseguiría. Micaela se mantendría en vilo a la espera de que les avisaran que había sido asesinado. No podría resistirlo. Pero su hermano era así, un inconsciente que valoraba la vida tanto como nada, y pese a que trató de razonar con él, de pedirle que rectificase su comportamiento, sus esfuerzos resultaron vanos.

—No sé qué te habrá pasado la otra noche, pero estoy segura de que te metiste en algún lío en esos lugares a los que vas. Te lo suplico, Gastón María, dejá las estupideces y hacé algo bueno con tu vida. Podés dedicarte a los campos de papá. Él no tiene tiempo y están en manos de administradores y capataces. Vendría muy bien tu presencia. Podés formar una familia y tener hijos. Por favor, no sigas así, desperdiciás tu vida como si no tuviera valor.

Gastón María reía con gusto y ponía fin a los intentos de Micaela con una bufonada o la dejaba sola, con la palabra en la boca. Por suerte, apenas terminó la convalecencia, resolvió pasar unos días en la estancia de Azul. No obstante el alejamiento de su hermano, Micaela sabía que el problema continuaba sin solución, segura de que Carlo Varzi no se rendiría hasta cobrar la deuda o matarlo; así eran estos malevos. Regresaría a Europa y Gastón María iría con ella.

En aquellos días tan agitados, Eloy Cáceres significaba un consuelo. La visitaba a menudo y conversaban animadamente. Era un hombre culto, que había viajado mucho, conocedor de culturas tan diferentes como la india y la árabe. Micaela se deleitaba escuchándolo. Tenía un tono de voz suave que la sosegaba, por apesadumbrada que estuviese.

Asiduamente, Rafael invitaba a cenar al amigo de Eloy, Nathaniel Harvey, que siempre resultaba encantador. A pesar de su origen sajón, Nathaniel era todo simpatía y afabilidad, además de poseer la cortesía y el ceremonial propios de ese pueblo. Harvey hizo buenas migas con Micaela. Su charla, plagada de anécdotas divertidas, la hacía reír aún más de lo que el recato permitía. Cuando se apartaban del resto, la joven le pedía que hablaran en inglés para practicarlo. De todas maneras, no duraba mucho: Eloy siempre los interrumpía.

Eloy y Micaela salieron juntos algunas veces. Buenos Aires era una ciudad enorme, llena de lugares fascinantes, y Cáceres parecía conocerlos a todos. La llevó al famoso Teatro Colón y Micaela quedó subyugada. En verdad no tenía qué envidiarle a los teatros europeos, quizá su antigüedad y tradición, ya que sólo contaba con seis años de vida.

Para Eloy, amante de la ópera, concurrir a esos espectáculos con la soprano más conocida de Europa era un honor. La temporada comenzó en mayo con *Parsifal* de Wagner. Se destacó el tenor francés Carlos Rousselière, tal como Micaela se lo marcó a Eloy, y aunque la joven soprano también ponderó el trabajo de Cecilia Gagliardi y de la Rakowska, él sabía que ninguna le llegaba a los talones.

Después del teatro, solían cenar en un restaurante muy lujoso cercano a la mansión Urtiaga Four: el Armenonville. Lástima que las noches fueran frescas, porque el lugar poseía unas terrazas, pérgolas y glorietas donde les habría encantado sentarse a comer. De todas maneras, el interior no era menos estimulante. Con orquídeas del propio vivero del restaurante, y decorado con un lujo sin igual, las veladas resultaban de las mejores. Comían platos franceses muy elaborados, siempre acompañados por una botella de champán.

A pesar de estas distracciones y de que había pasado un tiempo desde su encuentro con el señor Varzi, Micaela no podía borrarlo de su mente por la amenaza que representaba para Gastón María, aunque también recordaba sus ojos negros y esa sonrisa cruel, sus manos hermosas y su cuerpo avasallante. ¿Cómo saber más acerca de ese hombre? A pesar del muladar en el que se encontraba, Varzi no parecía formar parte de ese entorno, hablaba bien y se movía con garbo. Muy extraño. Pensó en preguntarle a Pascualito, pero decidió no hacerlo y se instó a olvidar.

Las atenciones que prodigaba Cáceres a Micaela no pasaron por alto a Otilia. Desde su regreso de la India, Eloy había padecido la ansiedad de su tía para que lograse un matrimonio conveniente. Cada mujer, de cierta estirpe y fortuna, representaba una posible candidata. Empecinada con el tema, no dejaba de fastidiarlo.

Como la conocía bien, Eloy se arrepintió de haberse mostrado tan interesado en Micaela; ahora tendría que soportar la persecución encarnizada que Otilia iniciaría. Por cierto, a él no se le había ocurrido la idea de un romance con la joven soprano. Tan sólo había querido mostrarse caballeresco y amigable; y no le había costado mucho: Micaela era una mujer sorprendente.

En realidad, le importaba quedar bien con el senador Urtiaga Four. Lo había ayudado mucho desde su regreso de la India y pensaba que podía obtener aún más de él. Nadie como Rafael en cuanto a contactos y relaciones. Se afirmaba que en el Senado de la Nación las decisiones relevantes dependían de su anuencia. Que en la Casa Rosada nadie tenía más cabida ni influencia. Sus conexiones con Inglaterra llegaban a las altas esferas y gran parte de su poder provenía de allí. Entre sus colegas lo llamaban "el inmortal", porque, a pesar de las vicisitudes políticas del país y del partido, él siempre salía ileso, incluso más robustecido. Pues bien, el hombre perfecto para los planes de Eloy.

No era común que Otilia visitara a su sobrino en la vieja casona de la calle San Martín. Por ese motivo, cuando la vio aparecer en la sala, supo exactamente a qué había ido. Después de algunos consejos y comentarios vanos, Otilia empezó.

—Rafael me ha pedido que te invite especialmente a cenar esta noche. Micaela ha prometido deleitarnos con su canto —mintió—. Pero ha puesto reparos en que sólo seamos los más íntimos. ¡No veo la hora de escucharla! Todavía la recuerdo en la Opéra de París. ¡Qué magnífica representación! El público no dejaba de aplaudirla. Fue una experiencia maravillosa. Además, ella lucía tan hermosa y...

—¡Ya, tía! —interrumpió Eloy—. Te conozco demasiado para suponer que todo este aspaviento respecto a Micaela Urtiaga Four es porque sí. Andá al grano que estoy muy ocupado.

La mujer le reprochó la falta de educación y respeto. Eloy insistió en su falta de tiempo, entonces Otilia decidió ir al punto.

—Yo creo que sería una esposa ideal para vos, querido.

—¡Ya sabía yo que por estos lares andábamos!

—Sabés que, desde que me hice cargo de vos, siento la responsabilidad de velar por tu futuro. —Eloy lanzó una carcajada—. No le veo la gracia.

—Tía, por favor, tengo treinta y siete años. ¿No te parece que ya podés quedarte tranquila por mi futuro? Yo me voy a hacer cargo.

Otilia comenzó a perder la paciencia. A su criterio, Eloy no había hecho más que estropear las oportunidades que el destino le había servido en bandeja. Micaela era una de ellas y no permitiría que la desperdiciara. Continuaron hablando: ella, muy consternada; él, en un tono jocoso a punto de sacarla de las casillas. Por fin, y al ver que no lograba nada, Otilia arremetió con todo.

—¡No te das cuenta de que es una melómana estúpida que lo único que le interesa es la música!

—Vaya, vaya —dijo Eloy, muy sarcástico—. Segundos atrás era la mejor mujer y ahora es una melómana estúpida.

—Se pasa el día entero encerrada; practica y escucha música, eso es todo lo que hace. Es la esposa ideal para vos; no te va a molestar y vas a poder hacer tus viajes y visitas oficiales sin problemas, te lo aseguro. Además, no es tan fea.

—¿No es tan fea? Tía, por favor, no creo que haya otra como Micaela en toda Buenos Aires.

—Entonces, te gusta.

—Seguro, cómo no, es muy hermosa y agradable, pero no tengo ganas de pensar en el matrimonio ahora. Tengo otros asuntos en la cabeza.

—¿Cuándo pensás hacerlo, querido mío? Ya estás bastante crecidito. Pensá que cuando Rafael muera, buena parte de su fortuna pasará a manos de ella. Jamás volveremos a tener problemas económicos. ¿O pensás vivir toda tu vida del suelducho de la Cancillería? Nos queda esta casa vieja y fea y el campo que no sirve para nada; los arrendatarios no quieren

firmar contrato por otra temporada porque dicen que las tierras están tan esquilmadas que ni los yuyos crecen. ¡Ay, sobrino! Lo único que nos queda es el buen nombre de nuestra
familia.

—¿No te casaste con Urtiaga Four para vivir holgada el
resto de tu vida? Eso fue lo que me dijiste.

—Estoy pensando en ti, Eloy, no en mí. Me preocupa tu
futuro —expresó Otilia, con aire ofendido

—No te preocupes por mí. Yo sabré cuidarme. Dedicate
a disfrutar la mensualidad que te da tu esposo —agregó con
una sonrisa socarrona.

—¡Bah! Resultó un tacaño. Para una mujer de mi nivel
de vida y con mis compromisos sociales, esa asignación es
una bagatela. No me alcanza ni para empezar.

—Si vos lo decís... Pero no me parece que lo que te da tu
esposo sea una bagatela.

—Eloy, por favor, tenés que recapacitar, pensá lo que te
digo. Además, un buen diplomático necesita una esposa que
lo escolte y le organice las reuniones sociales. ¿O pensás dejarlo en manos de Ralikhanta?

Eloy sonrió al pensar que no era mala idea. Otilia, indignada por el fracaso de su gestión, usó su última y mejor
carta.

—Si te casás con Micaela, el más feliz de todos será el senador Urtiaga Four. Sabés que te quiere como a un hijo. Además, sé que ansía ver casada a su única hija. ¡Le darías una alegría tan grande que no sabría cómo recompensarte!

En medio de sus avatares, Micaela recibió un telegrama de
Moreschi en el que le anunciaba su inminente llegada a la Argentina; había zarpado semanas atrás sin avisarle para evitar
que se lo impidiera. Esa noticia, lejos de alegrarla, sólo consiguió trasegar sus planes. Había pensado en viajar a la estancia

donde Gastón María pasaba unos días, convencerlo de regresar a Europa con ella y partir cuanto antes. Ahora, debía replanteárselo todo. Quizá, si le confesaba la penosa situación de su hermano a Moreschi, aceptaría regresar de inmediato a París junto con ellos. Micaela descontaba que convencería a su maestro; lo complicado sería persuadir a Gastón María.

Con objeto de ganar tiempo, le escribió instándolo, en tono imperativo, a regresar a Buenos Aires ya que en quince días partiría rumbo a Europa y él iría con ella. Asimismo, reservó tres camarotes en un barco que zarparía en dos semanas. Micaela se compadeció de su maestro, que no terminaría una travesía para iniciar otra.

Sus planes, bien pensados, se vinieron abajo. A pocos días de enviar la carta a su hermano, recibió la respuesta. "¿Qué bicho te picó?" fue el encabezamiento de la misiva, que continuaba en un tono más respetuoso, aunque cada frase traslucía inconsciencia y desenfado. Que él no quería ir a Europa, que él amaba Buenos Aires, que sus amigos estaban ahí, que ya se había hartado de los franceses, ingleses y de toda esa gente. En fin, Gastón María parecía desconocer la espada de Damocles que pendía sobre su cabeza.

Al terminar de leer lo que para ella eran las estupideces de su hermano, Micaela decidió viajar a la estancia y confesarle que conocía la verdad sobre el malevo Varzi. Después lo recapacitó y entendió que no tendría tiempo para ir y volver del campo: Moreschi llegaría en el interludio. Se desesperó; tenía los nervios crispados. La irresponsabilidad de su hermano y la llegada de su maestro no ayudaban en nada. Se instó a calmarse y enfriar la mente, de lo contrario, la ansiedad la dominaría y no urdiría nada inteligente. Mientras su hermano permaneciera en la estancia, su vida no corría peligro. Después de que llegara Moreschi, tendría tiempo para reorganizarlo todo. Por el momento, sólo restaba esperar.

* * *

Micaela decidió aceptar la invitación del profesor Vinelli, el director del Conservatorio de Música de Buenos Aires. Hacía tiempo que venía reiterándosela, y ella, por falta de ganas, siempre le había presentado una excusa. Lo había considerado mejor y una visita a la escuela de música le vendría bien. Necesitaba despabilarse y cambiar la cara; su actitud nerviosa e inestable y las vacaciones de Gastón María en el campo de Azul llamaban la atención de Cheia, que olfateaba algún problema. Rafael, incluso, la miraba de reojo y cada tanto le preguntaba por su salud y, al igual que la nana, tampoco entendía el repentino cariño de su hijo por el campo.

El conservatorio, un edificio bastante nuevo, aunque de arquitectura clásica y formal, se encontraba en la calle Libertad, no muy lejos del Teatro Colón. Vinelli se mostró tan complacido al verla que Micaela, pese a estar habituada a las muestras de admiración, se sintió incómoda. Puso punto final al recibimiento pidiéndole que la llevase a recorrer el sitio. Después de mostrarle las principales salas y la biblioteca, Vinelli le pidió que presenciase una clase de canto lírico y que emitiera su crítica. Micaela aceptó con gusto, y, durante una hora, escuchó a varias jóvenes que sólo tendrían tres o cuatro años menos que ella.

Salió del conservatorio y buscó enfrente a Pascualito y al automóvil de su padre. Se disponía a cruzar cuando alguien la retuvo por el brazo y la llamó por su nombre. Al ver a quien tenía delante, Micaela perdió los colores del rostro. Uno de los matones de Varzi, el más pequeño y calvo, le sostenía el brazo y la miraba fijamente. En el automóvil, pudo distinguir, además de la silueta de Pascualito, la de ese otro hombre, el que le había parecido un oso.

—¿Qué quiere? —preguntó, y trató de no mostrarse amilanada—. ¡Suélteme!

El hombre la soltó, pero no se alejó un centímetro.

—Acompáñeme, señorita —dijo, y le señaló otro automóvil aparcado en la cuadra siguiente.

—¿Por qué habría de acompañarlo? Por favor, déjeme en paz y pídale a su amigo que descienda de mi coche.

—Tiene que acompañarme, señorita Urtiaga Four. Mi jefe quiere verla.

¿Quién era ese Varzi y qué se creía? Estaba loco si pensaba que ella iría con uno de sus matones sólo porque él la llamaba. Las palabras e improperios se le acumularon en la garganta y las mejillas se le colorearon de tanto aguantar. Al fin, se calmó y trató de razonar. Quizá, después de todo, el proxeneta sí quería las joyas. Subió al coche. Pascualito y el otro matón los siguieron.

CAPÍTULO
X

Se acercó a la ventanilla del automóvil y miró hacia la calle. En ocasión de su encuentro con Varzi, la noche oscura había mantenido velado el paisaje. Ahora, a plena luz del día, lo apreciaba en toda su magnitud y le resultaba extrañamente encantador. ¿La Boca? ¿Así le había dicho Pascualito que se llamaba? No recordaba lugar tan feo y tan lindo al mismo tiempo. Mostraba lo feo de un suburbio de marineros, en especial los olores rancios y pestilentes del puerto. Tenía lo vistoso de sus calles empedradas, brillantes de humedad, y de sus construcciones de zinc pintadas de colores abigarrados: la puerta verde, la ventana amarilla, la pared azul. ¿Qué habría llevado a los dueños a pintarlas de ese modo? Le gustaron las farolas en las esquinas y los dibujos con ribetes en las entradas de los bares y almacenes. Como cara de una misma moneda, se notaba la pobreza de los vecinos. Le dio pena un grupo de niños que jugaba a las bolitas en la acera; vestían harapos, tenían las rodillas sucias y los pelos desgreñados. Se preguntó si habrían comido un buen plato en lo que iba del día. Su padre, como senador de la Nación, ¿conocería esa realidad? Por cierto, una realidad muy contrastante con la de la otra parte de la ciudad.

Cabecita detuvo el automóvil y Micaela se sobresaltó. Tan concentrada en los niños, casi había olvidado el motivo de su visita al barrio de La Boca. La asaltó la idea de que Varzi la había mandado llamar para indagarla acerca del paradero de su hermano. Jamás se lo diría. ¿Y si Varzi la mantenía cautiva y obligaba a Gastón María a dar la cara? ¡Estúpida, estúpida y mil veces estúpida! ¿Cómo se había dejado embaucar de esa manera?

Cabecita le abrió la puerta y le ofreció ayuda para descender. Micaela le ordenó que se apartase con una sacudida de mano. Miró hacia atrás y encontró a Pascualito en el automóvil de su padre, estacionado en la otra cuadra, con el gigante al lado.

—Quiero que mi chofer me acompañe —manifestó.

—No, señorita. Pascualito la va a esperar afuera —contestó Cabecita, firme, pero muy cordial. Luego, le enseñó la entrada al Carmesí.

El prostíbulo era tan lóbrego como de noche. Aunque vacío y silencioso, conservaba el aspecto bajo e indecente. El aroma de los cigarros mezclado con el perfume barato de las rameras aún hedía. El cuadro era tan sórdido que Micaela experimentó la misma sensación de aquella noche y deseó huir. "¡Dios mío! ¿Qué hago aquí de nuevo?", se preguntó.

Cabecita le indicó la escalera y subieron. El mismo corredor, la misma balaustrada de madera y las mismas puertas, ahora sin gemidos ni jadeos. Llegaron al final del pasillo y el hombrecito le señaló el despacho de Varzi.

—El jefe ya viene, señorita. Siéntese, si quiere —ofreció, antes de dejarla sola.

La luz del día entraba a raudales por la ventana. A diferencia del resto del local, y si se le quitaban los cuadros con escenas eróticas, esa habitación podía pasar por la de una casa decente. Ya no había naipes en la mesa, ni siquiera el mantel de fieltro verde. El escritorio estaba acomodado. Todo lucía limpio y prolijo.

La puerta que comunicaba con el cuarto contiguo se abrió y entró Varzi. Micaela se puso de pie y de inmediato volvió a sentarse ante la indicación del malevo. Lo siguió con la mirada y, a pesar de su aspecto pulcro e, incluso, elegante, no le resultó tan distinto de la primera noche. Ostentaba esa hermosura y esa fiereza que tanto la habían atribulado.

—Conque *la divina Four*, ¿eh? —habló Carlo, después de servirse una copa y tomar asiento en el escritorio.

Este comienzo la tomó por sorpresa. ¿Qué tenía que ver su carrera de soprano con Varzi? ¿Cómo se habría enterado? ¿Por los diarios? Aunque había intentado eludirlos, debió recibir a uno que otro periodista, convencida de que, si perseveraba en su actitud de no conceder entrevistas, comenzarían a difamarla diciendo que *la divina Four* era una desdeñosa y engreída que sólo se codeaba con los europeos y que despreciaba a los compatriotas. Se obligó a calmarse. Si Varzi conocía su profesión, no había nada de malo ni riesgoso en ello.

—¿Qué quiere de mí? —preguntó envalentonada, y se puso de pie.

Varzi la imitó, dejó la copa sobre el escritorio y se acercó a ella, muy próximo, pues deseaba discernir cuál era el color de sus ojos.

—Yo de usted no quiero nada —dijo—. Fue usted la que vino a pedirme algo la otra noche.

—Pero usted rechazó mi ofrecimiento. No entiendo qué hago aquí ahora.

—¿Cómo está su hermano? ¿Le sienta bien el aire de campo? Tengo entendido que la estancia de su padre en Azul es de las más importantes de la zona. ¡Ah, me olvidaba! Parece que usted tiene planeado regresar pronto a Europa y piensa hacerlo con su hermano y un tal… Moreschi, si mal no recuerdo.

Micaela, aturdida, levantó la vista. Sus miradas se encontraron, y fue tanta la soberbia y el aire de triunfo de Varzi que la joven sintió deseos de llorar. Bajó el rostro, desencajado y enrojecido. "Jamás podré escapar de este proxeneta maldito", se dijo.

—¿Qué quiere de mí? —repitió.

—Beba —ordenó Varzi, y le aproximó un vaso con grapa.

La fuerte bebida no la ayudó en absoluto y comenzó a carraspear. El cuadro no podía ser más humillante. Carlo dejó pasar un momento y, en silencio, volvió a su silla.

—Usted parece dispuesta a cualquier cosa con tal de salvar a su hermano, ¿no es así?

—Sí, estoy dispuesta a cualquier cosa —ratificó.

Después de confirmarlo, la seguridad se le hizo añicos. ¿Cómo podía decirle a un proxeneta, a un ser despreciable que comercia con los cuerpos de las mujeres, que ella, toda una mujer, estaba dispuesta a hacer cualquier cosa? ¿Y si le proponía trabajar como prostituta en el Carmesí? ¡Jamás! Entonces mataría a Gastón. "¡Dios mío! ¿Qué hago?", bramó, acorralada.

Varzi, conocedor del alma humana, de sus virtudes y bajezas, adivinó de inmediato el tormento que se había desatado en su víctima, y por más que se instó a alegrarse por el sufrimiento de la hermana de Urtiaga Four no pudo lograrlo tan satisfactoriamente como habría querido.

—¿Cualquier cosa? —repitió.

—Bueno... Sí... Pero... ¿Qué cosa?

—Yo sería capaz de perdonarle la vida a su hermano...

—¡Por todos los santos! ¡De qué estamos hablando! —explotó Micaela—. ¡Usted y yo negociando la vida de mi hermano! ¿Quién se ha creído que es? ¿Dios, señor Varzi? ¿Dios, que puede quitarle la vida a otro ser porque le debe un puñado de dinero? ¿Cuánto le debe? ¡Dígame! ¡Se lo ordeno! Yo le voy a pagar la suma que sea y más, pero déjenos en paz. ¡O iré a la policía! Debí hacerlo hace mucho tiempo, cuando mi hermano llegó a mi casa herido y...

Una carcajada de Varzi la acalló. Lo miró, azorada, sin tapujos, y se dio cuenta de que ese hombre no le temía a nada. Tomó asiento, más vencida que nunca, persuadida de que contra esa valentía no podía luchar.

—Una vez que traspasó la puerta del Carmesí —retomó Carlo—, o de cualquiera de mis locales, usted entra en un mundo aparte, un mundo paralelo, pero tan real como el suyo. Las reglas son otras y el que las impone soy yo. Aquí, la policía, el juez, el ladrón y todos los demás comediantes de "su" mundo dependen de mí. ¡A mí me rinden pleitesía! —levantó el tono de voz, enojado, y Micaela tembló—. Entonces —continuó—, no me venga con amenazas estúpidas. La policía me teme y respeta tanto como usted les teme y respeta a ellos. Nada obtendrá con ir a la comisaría a denunciarme. Lo único que conseguirá será armar un escándalo a nivel público que arruinará la carrera magistral de su padre, el senador nacional.

—¿Qué quiere de mí? —repitió por tercera vez.

—Quiero que trabaje para mí.

Tal y como se lo esperaba, el descarado le iba a pedir que se convirtiera en una de esas mujeres. Se puso de pie de un salto y se acercó al escritorio, enfurecida. Carlo, divertido con el enredo, permaneció quieto en su silla.

—¡Ey, espere! —exclamó—. ¿No pensará que le estoy ofreciendo atender a los clientes en el salón?

—Si usted lo llama "atender a los clientes en el salón", sí, estoy pensando en eso, señor Varzi. ¿Qué más podría esperar de una persona como usted?

—No, no me refiero a eso. Si usted canta para mí una temporada, yo le doy mi palabra que mis asuntos con su hermano quedarán saldados.

Micaela, harta de tanto palabrerío, lo miró en forma suplicante.

—Por favor, señor Varzi, acepte el dinero de la deuda y déjeme en paz. ¿Por qué no acepta el dinero?

—Dinero es lo que me sobra, señorita. En cambio, una cantante es lo que más necesito en este momento. ¿Acaso no dijo un rey alguna vez "Mi reino por un caballo"?

—¿Una cantante? ¿Qué tiene que ver conmigo, señor Varzi?

—¿Cómo qué tiene que ver con usted? Usted es cantante.

—Sí, pero lírica. No creo que a sus clientes les interese demasiado.

Carlo sonrió al pensar que algunos de sus clientes ciertos días asistían a las funciones del Teatro Colón y otros visitaban sus locales. Se abstuvo de hacer el comentario y pasó por alto el de Micaela.

—Anda dando vuelta un dúo, un tal Gardel que canta y un tal... Razzano, creo, que toca la guitarra. Cuando esos dos se presentan en algún boliche, mis locales se vacían. ¿Entiende por qué necesito una cantante? Debo cuidar mis negocios. Usted va a cantar tango para mí una temporada.

—Y, ¿por qué no los contrata a ellos?

No era nada estúpida. Acorralada y todo, aún le quedaban luces para cuestionamientos agudos.

—¿Quiere o no quiere que yo finiquite mis asuntos con su hermano? —acicateó, para capear la pregunta—. A este paso, creo que no lo desea. ¿Va a cantar tangos para mí, sí o no?

—¿Tango? Tango, ¿yo? Usted debe de estar loco. —Pensó unos segundos; luego, agregó—: Además, ¿cantar tangos? Si el tango no se canta; es música y baile solamente.

Carlo se sorprendió sinceramente.

—¿Cómo es que una tiquismiquis como usted sabe de tango? ¿No es que los suyos lo tienen por cosa de orilleros y negros? Pensé que, al mencionarle la palabra "tango", no sabría de qué le estaba hablando.

Varzi resultaba un hombre demasiado hábil para su gusto. Siempre se había jactado de su rapidez mental y de su juicio; con todo, a su lado, se sentía una idiota. Decidió no volver a abrir la boca más que para lo necesario, de lo contrario, complicaría la situación.

—Va a cantar tangos para mí durante una temporada, digamos, cuatro meses, dos veces por semana. Creo que es un trato más que justo. ¿No le parece, señorita?

—Deje de divertirse a mi costa, señor Varzi.

—No, yo no estoy divirtiéndome a su costa, señorita Urtiaga Four. Yo hago negocios con usted.

La hipocresía de ese hombre había llegado a su punto máximo, pero no le quedaba otra salida que soportarlo, así como también aceptar el trato que le proponía. ¿Qué estaba diciendo? ¿Acaso había perdido la razón? De seguro se había vuelto loca por el solo hecho de considerar la posibilidad de cantar tangos para ese delincuente. Por otra parte, ¿sería capaz de cumplir el trato? ¿En qué lío estaba metiéndose? Los cuestionamientos surgían a borbotones, una tormenta de interrogantes y dudas se desataba en su interior. No le pediría tiempo para pensarlo, no se lo daría. ¿Qué hacer? ¿Cómo salvar a su hermano sin quedar ella inmiscuida? El dilema se presentaba demasiado difícil de resolver.

—Está bien, señor Varzi, acepto.

Carlo experimentó un sentimiento similar a la alegría, que lo turbó sobremanera y que pronto sofocó, para volver a su estado normal, sardónico e infame. Le dijo, con una sonrisa, que era la mejor decisión. La joven no le contestó, ni siquiera lo miró. Permaneció quieta, sin importarle demostrar cuán abatida y vencida se encontraba. Carlo la contempló con detenimiento: allí sentada, medio acurrucada, cabizbaja y las manos tomadas, parecía una niña muerta de miedo.

—Créame, señorita —dijo, sin sarcasmo—, su humillación no es nada en comparación con la mía.

Micaela lo miró, perpleja, y no se atrevió a indagar acerca de la extraña y velada confesión. Varzi cambió abruptamente el tono y, en uno casi jocoso, continuó con algunas indicaciones, entre ellas, que le daba quince días para prepararse. Le pareció poquísimo tiempo, pero no objetó. Varzi le dijo también que la presentaría a la orquesta. En ese punto, se preguntó si no se trataba de un mal sueño. Ella, *la divina Four*, la soprano más requerida y cotizada de Europa, cantante de un prostíbulo de La Boca, sometida al cinismo de un proxeneta peligroso, mezclada con rameras baratas y gente viciosa. Nunca supo por qué el rostro familiar y querido de Marlene le vino a la mente en esas circunstancias, pero acordarse de ella la ayudó a no sentirse tan sola y miserable. Experimentó un calor en el pecho y se incorporó.

—¿Cómo quiere que la presente? —escuchó decir a Varzi.

—¿Qué?

—Que cómo quiere que la presente. Imagino que no querrá que lo haga como *la divina Four*, ¿no? Tendré que buscarle un buen nombre.

—Marlene, dígale a la gente que me llamo así: Marlene.

—¡Bien! —exclamó Carlo—. Marlene, entonces. Buen seudónimo. Te queda bien.

"¿Te queda bien?" Micaela lo miró, estupefacta. Y ahora, ¿por qué la tuteaba?

—Con ese nombre, parecés toda una franchuta —continuó Carlo, muy suelto.

Varzi no volvió a tratarla de usted ni a llamarla señorita Urtiaga Four, y aunque en un primer momento sintió deseos de ponerlo en su lugar, después se preguntó con qué objeto, qué más daba si la llamaba Marlene, Micaela, señorita o lo que fuera. Estaban en sus manos, ella y la vida de su hermano; era casi como su dueño.

Carlo le pidió que la acompañara a la planta baja para presentarla a la orquesta. El salón, tan silencioso y solitario momentos atrás, se había llenado de bullicio. Unas mujeres de aspecto pobre limpiaban, mientras los músicos de la orquesta, apostados sobre una tarima, afinaban los instrumentos. En medio de su turbación, la joven distinguió a dos violinistas, un bandoneonista y a un hombre mayor sentado al piano.

—¡Maestro! —llamó Varzi desde lejos.

El hombre al piano saltó y, muy presto, bajó de la tarima y se les acercó. Micaela juzgó que tenía cara de buena persona. De contextura pequeña, cabello blanco y un poco encorvado, sus ojos, en cambio, parecían los de un muchacho. Le costó definirle la edad; quizá, cincuenta, cincuenta y cinco años.

—¿Me llamaba, señor Varzi? —preguntó, entre temeroso y respetuoso, y con un claro acento italiano.

—Maestro, quiero presentarle a la nueva cantante. Se llama Marlene. Marlene —dijo a su vez—, él es el maestro Cacciaguida.

Luego de los saludos de rigor, Varzi se excusó y los dejó solos.

—¿Podría presentarme al resto de la orquesta, maestro? —pidió Micaela.

—Sí, cómo no, señorita Urtiaga Four.

Al escuchar su nombre, Micaela perdió la compostura. La situación se tornaba enrevesada y grotesca. Cacciaguida, gentilmente, la tomó por el brazo y la acompañó hasta una mesa bien alejada del resto de los músicos. Le corrió la silla y la ayudó a sentarse.

—Como notará, señorita —empezó el hombre—, soy italiano, de Milano. Hace apenas un año que vine a la Argentina. No me iba muy bien en mi país, y decidí probar suerte en América. Y aquí me tiene. No tengo familia que extrañar. Además, encontré buenos amigos en esta tierra que me hacen olvidar a los que dejé en la mía. Pero lo que sí extraño, con todo el corazón, es el Teatro alla Scala cuando cantaba mi soprano favorita, *la divina Four*.

Micaela bajó el rostro y comenzó a lloriquear. El hombre le tomó la mano y se la palmeó.

—Señorita Urtiaga Four, ¡qué honor poder estar cerca de usted y tomarle la mano! No llore. No tiene nada que explicarme. Si está aquí, de seguro tendrá buenas razones. Confíe en mí, nadie sabrá quién es usted realmente, si es lo que desea, como estoy imaginándomelo.

El músico pidió un vaso con agua a una de las mujeres que limpiaba. Micaela lo bebió con lentitud y, poco a poco, fue reponiéndose. Más tranquila, le agradeció al maestro su amabilidad y discreción. También le confesó su miedo e inseguridad.

—Aunque no pueda contarle lo que está sucediéndome, maestro, puedo decirle que estoy aterrorizada, entre muchas otras cosas, porque no sé cantar tango. Es más, pensé que el tango no se cantaba.

—No se preocupe. Yo la voy a ayudar. Con esa voz mágica, casi divina que tiene, puede cantar cualquier cosa.

Micaela le comentó sobre el dúo del que le había hablado Varzi, y Cacciaguida le prometió que él mismo la llevaría de incógnito para que los viera actuar y se formara una idea de cómo se cantaba el tango.

—¿A usted le gusta el tango? —quiso saber Cacciaguida.

—Sí, maestro —respondió Micaela, muy desganada.

Y el músico, aunque desconcertado, no se animó a preguntar más.

Esa noche había invitados en la mansión Urtiaga Four. Para suerte de Micaela, sólo se trataba de una reunión familiar, aunque Eloy Cáceres y su amigo inglés contaban entre los comensales.

Después de la entrevista con Varzi, apenas si conseguía estar en pie. Habría preferido comer algo ligero en su dormitorio y acostarse temprano, a sabiendas de que no conciliaría el sueño, pero con la intención de apoyar la cabeza sobre la almohada y dejarse llevar por su estado de ánimo deplorable.

Cheia la ayudó a cambiarse; había llegado tarde y los invitados la aguardaban en la sala. A pesar de los ojos enrojecidos y el mal gesto, Micaela recuperó su aspecto habitual. Se maquilló ligeramente y decidió lucir un vestido de seda color malva.

Durante la comida, necesitó fuerza de voluntad para prestar atención a las palabras de Guillita, que se dedicó a contarle, con lujo de detalles, lo referente a la boda.

—Va a ser en dos meses, Micaela. Espero que no hayas vuelto a Europa para entonces, porque lo que más deseo es que estés con nosotros ese día.

Micaela se conmovió con las palabras de su prima y pensó, con amargura, que durante los próximos cuatro meses no sería dueña de su destino; peor aún: en realidad, no sabía qué sería de su vida.

Nadie dejó de reparar en el desánimo de Micaela. Con su acostumbrada galantería y afabilidad, Nathaniel Harvey intentó alegrarla, sin conseguirlo. Su padre la miraba de soslayo y trataba de descubrir el motivo que la aquejaba; normalmente era callada, por lo general, taciturna, pero esa noche lucía más melancólica que de costumbre. Se preguntó si extrañaría Europa y a sus amigos.

Durante la comida y en el *fumoir*, Eloy se mantuvo apartado de ella, pero rara vez le quitó la vista de encima. Micaela percibía la insistencia de esos ojos y, cada tanto, se animaba a levantar la mirada y a enfrentarlo. Eloy continuaba observándola como si nada; finalmente, ella bajaba el rostro, muy turbada.

Su tío Raúl Miguens le pidió, con su acostumbrada zalamería, que interpretase algo al piano o que entonara alguna aria corta. Le pareció una buena idea, la música siempre había sido su refugio, pero no tardó en desistir y negarse. Jamás consentiría a un pedido de ese hombre que, a pesar de su cercano parentesco, no le quitaba los ojos del escote.

Por último, el vino y el ambiente tranquilo la amodorraron, y la tensión de un día devastador se hizo sentir en su cuerpo. Se excusó con el senador Urtiaga Four y se despidió de los comensales, que la miraron partir un poco ofendidos. Eloy la esperaba al pie de la escalera. Micaela se sobresaltó, porque, concentrada en su drama, no lo había visto.

—¡Señor Cáceres! —exclamó.

—¡Discúlpeme, señorita! No quise asustarla. Venga, siéntese aquí. Luce muy cansada.

La tomó de la mano y la acompañó hasta una silla. Él se sentó a su lado, sin soltarla.

—¿Cómo va su trabajo? —preguntó Micaela.

—Como siempre, gracias. No la veo bien, señorita. ¿Le sucede algo? ¿Quiere que llame al médico? ¿Quiere tomar algo? No sé, un té quizá.

—Muchas gracias por su preocupación, señor Cáceres. Sólo estoy cansada. Tuve un día agotador, es todo.

—¡Qué lástima! Quería invitarla a dar un paseo por el jardín, pero, si está tan cansada, lo dejamos para otra oportunidad.

Al aparecer Nathaniel, Eloy le soltó la mano. El aspecto risueño y amistoso de Harvey se borró de inmediato al verlos tan próximos. Lucía sorprendido y molesto a la vez.

—Disculpen —se excusó—. Están buscándote, Eloy —dijo en inglés—. Buenas noches, señorita. —Dio media vuelta y se fue.

Eloy la acompañó hasta el pie de la escalera y se despidió lacónicamente. Micaela, extrañada con el cambio de actitud, al cabo se olvidó al concentrarse en su peor pesadilla: Carlo Varzi.

* * *

Carlo terminó la recorrida habitual por los locales y se dirigió al Carmesí, su centro de operaciones. Cruzó el salón sin mirar ni saludar. Sonia intentó abalanzársele, pero se la quitó de encima como a una mosca. Subió la escalera a zancadas y pronto llegó al estudio, donde se sirvió una copa y revolvió los papeles del escritorio. Se encaminó al cuarto contiguo, cuya decoración se asemejaba a la del resto del burdel. Se tiró sobre el diván y cerró los ojos, sin dormir. Micaela le vino a la mente y una sonrisa llena de ironía despuntó en sus labios.

—Con vos, Micaela Urtiaga Four —dijo en voz alta—, tu hermano me va a pagar cada una de las que me debe.

Revivió las escenas de esa tarde. ¡Cómo la había humillado! Jugó con ella desde el primer momento. Recordó su sorpresa y desesperación cuando le demostró que conocía el paradero de su hermano y sus planes de llevárselo a Europa. Cabecita y Mudo habían hecho un buen trabajo; no le habían perdido pisada, ni a ella ni a Urtiaga Four. ¡Qué ingenuos si planeaban desembarazarse de él!

Había deseado violarla. Trastornado por la tentación, debió reprimirse para no tumbarla en el piso y arrojársele encima. ¿Por qué no lo había hecho si ésa habría sido la mejor forma de cobrarse la deuda con Urtiaga Four? La respuesta que le vino a la mente lo enfureció. Abandonó el diván y caminó un rato para despabilarse. Minutos más tarde, superada la alteración, se refociló con su triunfo: durante cuatro meses la mejor soprano del mundo cantaría tangos en su prostíbulo. No podía creer aún que Micaela hubiese aceptado, y debió reconocer que era una mujer valiente: la forma en que se había presentado aquella noche y la manera en que lo había encarado esa tarde se lo demostraban. Un sentimiento de inexplicable orgullo le llenó el pecho y unos deseos locos de estar con ella volvieron a importunarlo.

Sonia abrió la puerta y entró en la habitación.

—Desvestite —le ordenó Varzi, y la mujer obedeció sin chistar.

icaela fue reponiéndose de su tristeza. En parte, porque le confió a Cheia la verdad acerca de Varzi y de Gastón María, y también por la llegada de Moreschi. Lo primero la alivió; lo segundo la alegró. Las circunstancias la llevaron a contarle a su maestro lo mismo que a Cheia. Moreschi no la comprendió, es más, pensó que bromeaba. Después, persuadido de que era cierto, palideció, tosió, se ahogó, luego, gritó, se enfureció, para terminar en un sofá a punto de llorar.

—¡Mi tesoro más preciado! —exclamó—. ¡Mi alumna dilecta y adorada! ¡Mi niña! ¡Mi niñita en manos de un...!

Mamá Cheia se apresuró a traerle un té de tilo y Micaela a calmarlo con sus palabras. Todo parecía en vano, el hombre no hallaba consuelo.

—¡Y yo —se lamentaba—, que venía con la intención de que cantaras en el Colón! ¡*Ahimè*! *Che mai sarà*? ¡Tangos en un burdel!

Micaela le pidió que bajara la voz; Otilia acechaba. Se arrepintió de haberle confesado la verdad, sin embargo, tuvo que aceptar la imposibilidad de cantar en el Carmesí sin la ayuda de algunos cómplices. Cheia, Moreschi y Pascualito se convertirían en piezas clave del asunto, especialmente para cubrirla durante sus ausencias.

Para alivio de Micaela, en los ensayos no se topó con Varzi. El maestro Cacciaguida seguía atento, dulce y respetuoso. El resto del grupo no resultó tan educado como el director, pero no eran malos; hablaban como Cabecita, en esa germanía que le costaba comprender; y se asombraban de sus conocimientos musicales y de la docilidad que mostraba Cacciaguida frente a sus propuestas.

En menos de una semana de ensayos, Micaela cambió un sinfín de cosas. Hizo ubicar la tarima en otro sitio donde la acústica, bastante lamentable en todo el salón, era más propicia. Le quitó las cornetas a los violines y logró que los *pizzicatos* y *portamentos* se ejecutaran y escucharan mejor. El bandoneonista manejaba con destreza el instrumento y, como ella poco conocía del tema, no hizo comentarios al respecto. No le costó imitar el modo arrabalero y cadencioso del tango gracias a la ductilidad de su voz. Junto con Cacciaguida, visitó un boliche en el barrio de Palermo, un sitio peor que el de Varzi, lleno de pendencieros y meretrices, cercano al Arroyo de Maldonado, donde actuaba el tal Gardel. El ambiente la estremeció de pánico. Más tarde, la voz de bajo del cantante la hechizó y se olvidó del entorno.

Micaela había dejado de preguntarse si aquello se trataba de un mal sueño. Resignada a su inminente presentación en el Carmesí, concurría a los ensayos tal como lo hacía en los teatros europeos. Pero existían momentos en los que desesperaba. La situación, burda y grotesca, no parecía real, no podía estar sucediéndole a ella. Cheia y Moreschi constituían un gran estímulo en esas ocasiones. Conmovidos por el cariño fraterno de Micaela, hacía tiempo que no le recriminaban el acuerdo poco beneficioso con Varzi.

Micaela agradecía que Gastón María continuase fuera de la ciudad; más adelante, y arrancándole a Varzi la promesa de que no le haría daño, le pediría que regresara. Lo mantendría ajeno al tortuoso asunto con el malevo. Si su hermano llegaba a enterarse, probablemente buscaría a Varzi y lo retaría a un duelo a cuchillo. Y Micaela no tenía la menor duda de quién saldría victorioso.

El día del estreno, y antes de que oscureciera, Pascualito la llevó al burdel. Los dos quedaron boquiabiertos ante un enorme cartel en la puerta: "Esta noche canta Marlene".

—¡Ay, señorita! —exclamó el chofer—. ¡En qué lío nos metimos!

Micaela no contestó. Pascualito le prometió pasar la noche entera dentro del local, cuidándola, y Micaela se lo agradeció de corazón, segura de que el chofer quedaría reducido a nada si el tal Mudo le ponía un dedo encima.

En la entrada la esperaba Cabecita, que la condujo al camerino en la planta alta, una habitación más larga que ancha, con varios tocadores mal iluminados, percheros abarrotados de trajes y mujeres semidesnudas maquillándose. Micaela entró y el alboroto cesó de inmediato. La miraron de arriba abajo, con desparpajo y recelo. Un manflorón, que había visto algunas veces durante los ensayos y a quien llamaban Tuli, le dio la bienvenida.

—¡Cosita más hermosa han visto! —exclamó, de manera afectada.

Caminó directo hacia ella, moviendo las caderas y agitando las manos en el aire. La llevó hasta un espejo, le tomó el rostro por la barbilla y la obligó a mirarse.

—¡Miren, chicas! ¿Han visto alguna vez cara más bonita? —Recibió abucheos e insultos por respuesta—. No les hagas caso, querida. Se mueren de la envidia. Ninguna es tan linda como vos. Tené cuidado, porque son como leonas en celo.

Tuli se encargaba del vestuario, maquillaje y peinados de las prostitutas, pero su entusiasmo por la nueva relegó a las demás y se dedicó de lleno a Micaela. La contempló largo y tendido, le estudió el rostro y le acarició las mejillas. La envolvió con géneros de diversos colores y rió encantado al comprobar que todos le iban. Le levantó el pelo en un rodete y también probó con dejárselo suelto.

La puerta se abrió y las mujeres dieron un respingo: no estaban acostumbradas a que el Napo visitara el camerino. El hombre avanzó en silencio, se detuvo frente a Micaela y apartó a Tuli. Le sostuvo el rostro por el mentón y la miró fijamente. Avergonzada e impotente, Micaela movía los ojos hacia los costados y temblaba en la silla.

—Ponele una peluca negra —ordenó a Tuli.

—Sí, Napo, como digas.

—Maquillala mucho, con pestañas postizas.

—Sí, Napo.

—Que parezca una puta —agregó.

Micaela apartó el rostro, se puso de pie y lo enfrentó. Tuli y las prostitutas contuvieron el aliento y quedaron expectantes. Carlo volvió a tomarla por el mentón y le sonrió con burla, mientras le acariciaba con el pulgar el lunar sobre la comisura del labio.

—Y este lunar, Tuli, remarcáselo bien. —Dio media vuelta y se marchó.

Micaela bajó la vista, enturbiada por las lágrimas. Tuli la obligó a sentarse, y, mientras le hablaba con dulzura, le ató el cabello y le acomodó una peluca negra de largos rizos. La maquilló excesivamente: el rostro con polvo de albayalde; los párpados con sombra celeste; le remarcó el lunar cerca de la boca; le colocó pestañas postizas y le pintó los labios de un rojo furioso. El resultado final la perturbó: no se reconocía en el espejo.

El vestuario tampoco resultó menos escandaloso y extravagante: una pollera-pantalón de lana roja, a la que Tuli llamó *jupe-culotte*, que se le pegaba a las caderas y le insinuaba las curvas, y una blusa blanca muy transparente, con escote bajo. A pesar del atavío, Micaela se destacaba del resto por su elegancia natural, su altura y garbo al caminar. Tuli, encantado, no dejaba de prodigarle su admiración.

—Si me gustasen las de tu sexo —dijo—, estaría perdidamente enamorado de vos.

Ante semejante confesión, Micaela no pudo más que sentirse halagada, además de agradecida, porque, en medio de tanta hostilidad, Tuli había sido el único amable y cariñoso.

—¡A vos, Tuli, el único que te calienta es el Napo Varzi! —gritó una de las rameras más viejas.

—¡Sí! —la apoyaron las demás, en medio de risotadas.

—¡Edelmira dice la verdad! —proclamó otra.

Tuli hizo un mohín y se dirigió a Micaela.

—Las chicas tienen razón. Estoy loca por ese semental, pero, para él, yo soy un mueble.

—El Napo Varzi sólo tiene ojos para mí —afirmó Sonia, que, hasta el momento, había permanecido callada—. Que te quede claro, Marlene. El Napo Varzi es mi macho y a quien se atreva a mirarlo le arranco los ojos. —Y le acercó la punta de un peine.

—¡Salí de aquí, loca! —terció Tuli—. ¿No te das cuenta de que la asustás?

Sonia se alejó para terminar de maquillarse. En ese momento, alguien gritó que se apresuraran, que los clientes estaban llegando. Se armó un revuelo antes de que dejaran el camerino. Micaela habría preferido que ese grupo de mujeres chillonas y vulgares permaneciera ahí, junto a ella. El silencio la oprimió y se sintió sola y desvalida. "¿Qué hago acá?", se preguntó. Recordó a su hermano y no supo, a esa altura, si lo amaba o lo odiaba. De todas formas, había hecho un trato con Varzi y tenía intenciones de cumplirlo.

* * *

Aguardó con angustia su turno. En el ínterin, Tuli la animó y fue muy amable. Le dijo que, por más que cantara mal, el público la adoraría, sólo por ser tan linda. Micaela no estaba segura, y temía el abucheo y el desprecio.

Cabecita vino a buscarla. Más nerviosa que en ocasión de su primera ópera, bajó lentamente las escaleras, tomándose de la baranda. La sala repleta fue apareciendo ante sus ojos, y por más que buscó, no vio a Varzi entre la gente.

Cacciaguida la acompañó hasta la tarima e hizo la presentación. Algunos clientes, los más bebidos, le gritaron obscenidades que pronto se acallaron con el sonido de los instrumentos. Micaela presintió que la voz no le saldría, pero, cuando el maestro le indicó la entrada, su canto llenó el salón, a pesar de la acústica.

*La mina que me piantó
en lo mejor de mi vida
clavó una espina en mi corazón.
Y todo lo que me dejó
fue una espantosa herida
que a mi alegría mató.*

Cantó con fuerza, en un tono anhelante, doliente, acorde con la letra del tango. El amor perdido, la traición y la noche solitaria se repetían, la tristeza era el común denominador. Desplegó su talento, no escatimó potencia ni modulaciones, llevó las notas agudas a su máximo nivel y dotó a la melodía de una coloración amarga y grave. La canción terminó y en el burdel se hizo un silencio de muerte. Se le nubló la vista, tenía la garganta seca y las manos frías. Como cantante de tangos era un fiasco.

Tuli, al pie de la escalera, profirió el primer "¡Bravo!" acompañado de fuertes aplausos, y el resto del público lo imitó. El salón pareció venirse abajo. Cacciaguida dejó el piano con gesto rebosante y se le unió para recibir las congratulaciones.

Varzi, desde la planta alta y medio oculto entre las penumbras, observaba con extrema atención. La seriedad de su rostro daba pavura; sus ojos, oscuros e insondables, se clavaban en Micaela. La miraba de una forma que habría atemorizado al mismo demonio. Carlo Varzi no lucía complacido en absoluto.

La noche siguiente a la del estreno, Micaela se sentía más segura. La primera experiencia había sido exitosa. Cacciaguida y los músicos no cesaron de felicitarla; Tuli la abrazó y la besó como un viejo amigo; en el camerino, las mujeres le prodigaron palabras amables, a excepción de Sonia que le lanzó vistazos furibundos. Recordaba muy bien a Marlene como la mujer que, tiempo atrás, había visitado a Varzi. Y Sonia no era tonta: sabía que, después de aquel encuentro, Carlo había cambiado con ella. "Me voy a tener que cuidar de esta *papirusa* o, mejor dicho, ella se va a tener que cuidar de mí", pensó.

Micaela subió a la tarima por segunda vez y soportó los comentarios groseros y las miradas lascivas de los clientes. Sin éxito, buscó a Varzi entre la gente y se preguntó dónde estaría. Pronto se lo quitó de la mente, también al público y a sus obscenidades, y comenzó con lo suyo. Cantó el repertorio completo, que no era mucho. Había pocos tangos con letra y la mayoría había sido escrita por Carmelo, el violinista. Sobre melodías conocidas, él trabajaba en la letra. El público pedía más y más, y las canciones se acababan. Los clientes parecían olvidar que, en el Carmesí, también podían bailar, beber, jugar o acostarse con las prostitutas. Finalmente, Cacciaguida anunció la última pieza y la gente se conformó.

En medio de aplausos y vítores, Micaela dejó el escenario. Mudo la seguía por detrás, e impedía que la tocaran, tal como Varzi le había ordenado. El salón le parecía cada vez más largo. Ella sólo quería alcanzar la escalera y correr a la planta alta. Al igual que la noche anterior, Tuli estaría esperándola con una taza de café y la bata. Faltaban pocos pasos para lograr su objetivo cuando alguien la tomó por el brazo con rudeza. Se dio vuelta y fijó la vista en la mano que la sujetaba. La reconoció de inmediato: era la de Varzi.

—¡Suélteme! —ordenó, y trató de zafarse.

Varzi sonrió con malicia al notar su desprecio, y la sujetó más fuertemente, consciente de que le hacía daño.

—¡Maestro, música! —ordenó, y dijo a continuación—: Bailá conmigo, Marlene. Yo te enseño.

Los clientes enmudecidos presenciaban el forcejeo. Las prostitutas, por su parte, pensaban que Marlene era idiota si rechazaba a un hombre como el Napo. Sonia, lívida, intentó convencerlo de que bailara con ella, pero Varzi la apartó de un empujón. La mujer subió las escaleras aprisa, conteniendo el llanto.

—Por favor, señor Varzi —intervino Cacciaguida—. La señorita Marlene no...

—¡Cállese y toque! —prorrumpió Carlo.

—¡Déjeme! —insistió Micaela—. ¡Esto no es parte del trato!

Varzi soltó una carcajada que la paralizó. Espantada, se preguntó en qué lío se había metido. ¿Acaso pensó que ese rufián mantendría su palabra porque ella era una mujer decente? ¡Ilusa!

—Marlene —dijo Varzi—, entendé que esto no tiene nada que ver con nuestro trato. Quiero bailar el tango con vos y lo hago.

—Pero yo no quiero que usted me toque. ¡Déjeme! No quiero bailar.

—¡Música! —ordenó Varzi, un poco enojado.

Al escuchar los primeros acordes de *El entrerriano* y al hacerse evidente que Varzi se saldría con la suya, Micaela zafó el brazo y lo abofeteó. La música se cortó de súbito, y las voces y risotadas se acallaron. Micaela aún sostenía la mano cerca de Varzi y se la contemplaba con horror. Carlo, con los ojos apretados y los músculos de la mandíbula tensos, volvió la cara lentamente hasta encontrar la mirada aterrada de ella, que pensó que moriría esa noche cuando Varzi sacó un cuchillo de la bota, la asió con brutalidad y, con la punta del arma, en un movimiento rápido, le hendió la falda en la parte delantera y le hizo un tajo hasta el ruedo que dejó sus piernas a la vista.

—Para que te muevas mejor —le dijo, y devolvió el cuchillo a su lugar.

La tomó por la cintura y la arrastró al medio del salón. Con voz grave, repitió la orden por cuarta vez. *El entrerriano* sonó, una melodía rápida, la preferida del jefe. Carlo se movía como ninguno y, a pesar de la resistencia de ella, su baile era armonioso, lleno de figuras y firuletes. La conducía magistralmente y lograba dominarla, aunque Micaela insistía en permanecer erecta como una vara.

—O nos apretamos o nos pisamos, chiquita. —Y la acercó más aún—. Yo te voy a enseñar.

"¿Yo te voy a enseñar?", repitió Micaela para sí, y, por primera vez, se atrevió a sonreírle. Se tomó fuerte de su espalda, se relajó e inició una serie de movimientos ágiles, muy sensuales; los pies la acompañaban con destreza, y sus piernas, libres de ataduras, se revelaron ante los ojos de todos. La exhibición de su habilidad fue, quizá, mejor que la de él, e impulsada por el orgullo y la venganza, le demostró que él nada tenía que enseñarle.

Carlo se pasmó. Sin embargo, exigido por el nuevo ritmo de su compañera, retomó el baile con el vigor de antes. Lo extasiaba el carácter felino y cortesano de cada movimiento, el roce de la cadera de Micaela con sus muslos, sus pies rápidos y huidizos que esquivaban los de él, como si lo hubiesen ensayado por años. ¿Acaso ésta era la *jailaife* que había conocido, la *bienuda* tan *finoli* que lo miraba como oliendo mierda? La cintura de la muchacha giraba en su mano, sus piernas se entrecruzaban con las de él; todo lo tentaba.

El tango terminó, y Micaela comprendió que sólo ellos bailaban; el resto, en torno, los contemplaba embelesado. No solía verse semejante muestra de destreza, menos en una mujer, que, por lo general, bailaban bastante mal.

El momento de exaltación cedió. Humillada, Micaela trató de deshacerse de las manos que la sujetaban, pero Varzi no quería dejarla ir. La atrajo hasta tenerla pegada y pudo percibir la agitación de su pecho. Su altanería, sin rastro de miedo, lo excitó.

—¡Sí que sos una cajita de sorpresas, Marlene! ¡Pucha que lo sos! —Luego, la dejó libre.

Micaela caminó unos pasos hacia atrás, tomándose el tajo de la falda para recatar sus piernas. Se dio vuelta y las caras de muchas personas la atribularon más aún. Bajó la vista, avergonzada. Escuchó que Varzi volvía a gritar "¡Música!" cuando había llegado a la planta alta.

Entró en el camerino y Sonia se le abalanzó como una gata rabiosa. Tuli prorrumpió en gritos, sin saber qué hacer. Decidió buscar ayuda, pero, antes de llegar a la puerta, tomó una percha del ropero y golpeó a la prostituta en la espalda. Sonia, que mantenía a Micaela tumbada en el suelo, ni se inmutó. La aferraba por el pelo y le golpeaba la cabeza contra el piso.

—¡Te *alverti* que no te metieras con él! —gritaba—. ¡Varzi es mío! ¡Te lo *alverti*!

Micaela, a punto de perder la conciencia, apenas oía la voz de Sonia y las imágenes a su alrededor empezaban a borrarse. El perfume repugnante de la mujer la descomponía.

Tuli abandonó la percha y buscó con desesperación un elemento más contundente. Las manos le temblaron cuando arrojó al piso los claveles de un jarrón de loza. Se acercó a Sonia con el florero en alto y, después de titubear unos segundos, se lo rompió en la cabeza. Sonia lanzó un chillido y cayó al suelo, desvanecida. Una prostituta entró y quedó pasmada con la escena. Tuli, acuclillado al costado de Micaela, le quitaba restos de loza de la cara.

—¡Dale, Flora! —acució Tuli—. ¡No te quedés papando moscas! ¡Llamá al Napo!

Sin decir nada, la mujer abandonó el camerino a la carrera.

—Pobrecita, mi Marlene —se lamentó el manflorón.

Le acomodó la cabeza sobre el muslo, manoteó un género del tocador y le limpió la sangre que le manaba de la nariz.

Varzi apareció en la puerta con Mudo, Cabecita y algunas de las chicas por detrás.

—¡Napo, entrá! —pidió Tuli—. ¡Sonia casi la mata!

Carlo indicó a sus matones que se encargaran de Sonia, que ya se movía en el piso y decía incoherencias. Luego, apartó a Tuli con torpeza y levantó a Micaela, cruzó el pasillo con ella en brazos y, en su habitación, la recostó sobre el diván.

—¡Conseguí sales y algodón! —ordenó a Tuli.

Carlo le secó la sangre con su pañuelo. Tomó un almohadón, se lo colocó bajo la nuca y le echó la cabeza hacia atrás para detener la hemorragia. Por un instante, dejó lo que estaba haciendo al escuchar los insultos y golpes de Sonia en la habitación de al lado. Tuli regresó y depositó las sales y el algodón al costado del diván. Con ojos llorosos, sujetó la mano de Micaela y se la besó varias veces.

—¡Pobrecita, mi Marlene! —volvió a decir—. ¡Tan bonita y talentosa! Esa perra de Sonia casi la mata. ¡Es una puta sin corazón! ¡Y todo porque bailó un tango con vos! ¡Y qué bien que lo hizo! Nunca había visto a una mujer bailarlo mejor. ¡Ay, que no le pase nada!

Harto de la escena, Carlo le ordenó que abandonara la habitación, y Tuli se fue quejumbroso. El algodón detuvo la hemorragia y las sales lograron despabilarla. Carlo la ayudó a sentarse y le indicó que mantuviese la cabeza hacia atrás. Micaela veía con poca claridad, a duras penas distinguía las facciones de Varzi, y los sonidos le retumbaban en la cabeza.

—No te preocupés, Marlene —dijo—. Sonia no te va a volver a molestar.

Micaela, que habría deseado inculparlo por la agresión de su amante, no pudo decir nada.

Una vez seguro de que Micaela se encontraba a salvo, camino a su casa, Varzi buscó a Sonia. Entró en su oficina, caminó hacia ella y la levantó del sofá.

—¡Te volviste loca! —le gritó, y la arrojó al suelo—. ¿Qué mierda te pasa? ¿Qué mierda...? —Levantó la mano para abofetearla, pero se contuvo.

—¿Por qué bailaste el tango con ella? ¡Yo le dije que no se metiera con vos! ¡Vos sos mío!

—¿Qué decís? Yo no soy de nadie, ¿entendiste? ¡De nadie! ¡Menos de una reventada como vos!

—¿Cómo podés tratarme así? ¡Vos y yo...!

—¿Vos y yo, qué? ¿A ver? ¿Vos y yo, qué? Vos y yo, nada —resolvió Varzi.

Sonia comenzó a lloriquear.

—Carlo, por lo que más quieras, yo te amo, por favor. —Se arrodilló frente a él.

—¡Vamos, levantate! ¡No me hagás una escenita que no estoy de humor!

Sonia profirió un alarido de bronca que lo sobresaltó. Tenía el rostro encarnado y los ojos parecían a punto de estallarle.

—¡No voy a dejar que esa hija de puta me robe mi hombre! ¿Entendés? La voy a hundir, la voy a hacer pedazos, la voy a matar, pero nunca, ¿me oís?, nunca voy a dejar que se quede con vos.

—De hoy en adelante —dijo Carlo, y la apuntó con el índice—, vas a trabajar en el burdel de San Telmo. No quiero volver a verte en el Carmesí. Y que te quede bien claro: si algo le pasa a Marlene, lo que sea, Sonia, un rasguño o cualquier cosa, te voy a culpar a vos. Y nadie te va a poder salvar de la *biaba* que te voy a dar. ¿Entendiste o te lo repito?

Le levantó el mentón y le clavó la mirada. Sonia trató de bajar el rostro, pero Varzi le oprimió la barbilla.

—¿Qué me decís, Sonia?

La mujer farfulló una respuesta, con dientes apretados y lágrimas contenidas.

En todo este embrollo con Varzi, lo más difícil era escabullirse de la mansión sin levantar sospechas. Los días que cantaba en el Carmesí se tornaban un infierno hasta que, sorteados los compromisos y las preguntas indiscretas, se dirigía al burdel conducida por Pascualito.

Mamá Cheia se quedaba con el corazón en la boca, rezando el rosario, y se preguntaba si lo que Micaela hacía era pecado, e, inclinada a creer que sí, se mortificaba, segura de que, terca como era, jamás lograría convencerla para que se confesara con el padre Miguel. Paradójicamente, el más calmo resultaba el maestro Moreschi, quien, a pesar del pánico que le causaba saberla en medio de un ambiente tan peligroso, aceptaba la situación. Se convirtió en su principal encubridor, e inventaba salidas que lo obligaban a pasar varias horas fuera de la mansión sin rumbo fijo. No obstante, tenía varios conocidos y allegados en Buenos Aires, incluso, un amigo de la juventud, Luigi Mancinelli, dueño de la Gran Compañía Lírica Italiana, de gira por Sudamérica, que tenía en el Colón su destino más importante. Alessandro y él planeaban la próxima presentación de *la divina Four*, aunque Moreschi sabía que, hasta dentro de cuatro meses, su protegida sólo cantaría tangos.

Micaela, por su parte, simulaba un espíritu alegre y una actitud positiva. Por más que la situación la sumía en la mayor de las zozobras, no quería que la vieran desmoronada. Sensaciones extrañas y encontradas la martirizaban. Los días que cantaba en el burdel, la torturaba una ansiedad inexplicable, semejante a un fuerte anhelo que se contraponía con lo que debía experimentar. Se trataba de un sentimiento nuevo que ni los más famosos escenarios ni los aplausos más fogosos le habían provocado. El asunto con Varzi la afectaba tan íntimamente, la trastornaba de tal forma, que se sorprendía del cambio de su propia naturaleza, tradicionalmente firme, juiciosa y sosegada.

Se le hizo costumbre no ver a Varzi entre el público. Lo buscaba en los recovecos más oscuros y en la penumbra de la planta alta, pero nunca lograba divisarlo. Sin embargo, y como surgido de la nada, el proxeneta, o *cafishio*, según la jerga de los parroquianos, se le abalanzaba cuando ella dejaba el escenario y la arrastraba hasta la pista de baile. Sin esperar, Cacciaguida y los músicos tocaban alguno de los tangos favoritos del jefe. La mente de Micaela comenzaba a girar, mientras su cuerpo lo hacía a manos de Varzi, y por más que la danza se asemejaba más a un duelo en el cual cada uno quería demostrar quién era el dominante, su coreografía descollaba por lo armoniosa y estética.

—Alguna noche de éstas —dijo Moreschi—, te acompaño a ese lugar. El Carmesí, ¿verdad?

—¿Se volvió loco, maestro? ¡Ni se le ocurra! ¡Se lo prohíbo!

—¿Por qué? —se obstinó Alessandro—. Sabes que me gusta bailar el tango y lo hago bien. Tengo deseos de bailar. Aún recuerdo con alegría las veces que lo bailaba con Marlene o contigo en el *bistro* del Charonne.

—O en el boliche de la *rue Fontaine* —acotó Micaela, llena de nostalgia—. Ése era el que más le gustaba a Marlene.

—¡Qué bien bailaba Marlene! ¡Qué ganas tengo de bailar de nuevo!

—¿No se da cuenta de que es peligroso que se exponga? —retomó Micaela, para dejar de lado los recuerdos—. ¡No, de ninguna manera! Usted se queda aquí.

—En realidad, te confieso, me mueve otro deseo, además del tango. Quiero conocer a ese hombre, Carlo Varzi.

—¿Para qué? Ya le dije todo lo que se puede saber de él.

—No creo que sepas todo acerca de él. Me parece que detrás de ese hombre hay algo más. ¿No piensas que esta situación es demasiado absurda e ilógica? ¿Tú, cantando tangos en un burdel para pagar las deudas de tu hermano? No tiene sentido.

—Ese pensamiento me martiriza día y noche. Sí, es cierto, yo también lo he notado.

—Y ahora —continuó Alessandro—, esa manía de bailar contigo. ¿Para qué? ¿Por qué? ¿Sólo para humillarte y rebajarte?

—¿Qué insinúa, maestro?

—No, no insinúo nada. Sólo me hago preguntas y no encuentro respuestas. ¿Y todo por una deuda de juego? Me cuesta creerlo. Hablamos de un hombre acostumbrado a esas lides.

—Téngalo por seguro —acotó la joven.

—Se trata de un hombre que vive rodeado de personas que le deben. Estimo que el dinero debe correr como agua en las mesas de juego y más de uno debe salir quebrado del Carmesí. ¿Con cada jugador se ensañará de esta manera? —Al cabo, se preguntó—: ¿Qué quiere Carlo Varzi, en realidad?

Micaela, apremiada por el planteo de Moreschi, intentó, en vano, buscarle una explicación. Las conjeturas surgían confusas y sin lógica; presentía que al hombre lo movían la furia y la venganza, quizás, el deseo de humillarla. La forma en que la tomaba entre sus brazos, la manera en que la miraba, lo brusco que era por momentos, sus frases cargadas de ironía: evidentemente, Varzi era un hombre despechado.

Casi un mes más tarde, Micaela recibió noticias de Gastón María que la intranquilizaron. Supo que había abandonado la estancia de Azul y, junto con un grupo de amigos, se había marchado a Alta Gracia, una ciudad de Córdoba. Pronto conoció el motivo de esta sorpresiva partida. Eloy le contó que en ese lugar acababa de inaugurarse un casino, cerca del Sierras, el hotel más lujoso de la zona. Abrumada por la idea de que su hermano continuaba en el vicio, Micaela perdió la compostura. Eloy, muy caballeresco, trató de reanimarla. Le ofreció una bebida fuerte y tomó sus manos frías.

—¿Qué pena la aqueja, señorita? Hace tiempo que noto que usted no es la misma.

Segura de que podía contar con la discreción de Eloy, pensó confesarle la verdad. Además, la impulsaba la creencia de que él sería su mejor asidero. Con todo, guardó silencio.

En el camerino, las prostitutas conversaban y se lamentaban por sus cuitas. Apartada, Micaela escuchaba con atención a esas mujeres incultas y groseras al hablar. Tal como le había sucedido con Cabecita y los músicos, les entendía poco, aunque, con el paso de los días, se acostumbraba a ese argot de malevos y meretrices.

Ellas no reparaban en su presencia. Sólo Tuli le hablaba, que, embelesado con su belleza y cualidades de cantante, no cesaba de elogiarla. Le destinaba mucho tiempo, y, a pesar de la diferencia que hacía, las prostitutas no le reclamaban. La aparente apatía ocultaba, en realidad, admiración y respeto, fundados no sólo en su canto magnífico, sino en el convencimiento de que era la nueva mujer de Varzi. En cierta forma, le estaban agradecidas porque había conseguido sacar a Sonia del Carmesí. Nunca habían soportado su vanidad y desdén.

—Me parece que al Mudo, el "mocha lenguas" le cortó la suya —comentó una de las más jóvenes.

Micaela levantó la vista y estuvo a punto de preguntar qué era el "mocha lenguas".

—¡No, qué va! —respondió otra—. Anteanoche, cuando me tomó por sorpresa, me metió un chupón que casi me ahoga. ¡Y te juro que tenía lengua!

—¿Te lo llevaste a la *catrera*? —quiso saber la más vieja de todas.

—¿Y qué querías que hiciera? Me tiró unas *viyuyas*. Migajas nomás, pero no me animé a quejarme.

—Yo creía que el Mudo no *chamuyaba* porque no tenía lengua. Dicen que alguien se la cortó de un cuchillazo.

—¡No seas terca! Te digo que tiene una y muy grande —insistió la que se había acostado con él—. Si no habla, debe de ser porque no tiene nada que decir.

—Dicen que con el único que habla es con el Napo, pero yo nunca los vi *chamuyando*.

—Más que haberle cortado la lengua el "mocha lenguas", a mí me parece que Mudo *es* el "mocha lenguas" —dijo una chica nueva que, por lo general, permanecía callada.

—¿Qué decís, Mabel? —saltaron las otras al unísono.

—¡Ah, no sé, che! A mí ese hombre me da mala espina. Yo lo esquivo. Cada vez que lo veo me meo del *julepe*.

—Entonces, mejor andá usando pañales, queridita, porque lo vas a ver seguidito por acá.

Las demás lanzaron una carcajada, y Micaela volteó para ocultar la risa. Entró Tuli y quiso saber el motivo de la jarana.

—Hablábamos del Mudo —respondió Mabel, la nueva—. ¿Tenés idea si es mudo de nacimiento?

—No —dijo Tuli—. ¿Vieron ese tajo que tiene en la garganta? Bueno, un compadrito de Palermo se lo hizo hace mucho tiempo y lo dejó mudo. El Napo le salvó la vida en esa oportunidad y mató al tipo que lo hirió. De ahí en más, el Mudo lo ve al Napo como a un dios. Le es más fiel que un perro. Hay quienes dicen que lo han escuchado hablar con él, con voz ronca, muy fea.

—Tuli —llamó Micaela, una vez que las muchachas se hubieron ido.

—¿Sí, princesa?

—¿Puedo hacerte una pregunta?

—¡Cómo no, princesa! Usted sabe que soy su doncella más fiel. Pregunte no más.

—¿Qué es ese asunto del... "mocha lenguas"? ¿Es así? ¿"Mocha lenguas"?

—¡Ay, mi querida! Ése es un asunto que nos tiene mal a todas. ¿No leíste nada en el diario?

—No, no leo los diarios. ¿De qué se trata? —insistió, impaciente.

—Se trata de un asesino de prostitutas. Las degüella y les corta la lengua. —Micaela hizo un gesto de espanto—. Sí, mi querida. Vaya una a saber qué alma tan atormentada tiene ese hombre para hacer algo así. Ya mató a muchas, no sé a cuántas.

—¿Se sabe algo? Me refiero, ¿la policía sabe algo?

—La *cana* no sabe nada. No tiene ni una pista. Parece que el hombre es muy precavido. Dice el diario que trabaja como un cirujano. Corta la lengua con mucha prolijidad. Lo más aterrador de todo es que se lleva la lengua con él, porque la *cana* nunca la puede encontrar.

Micaela se estremeció. Ella, en medio de esas prostitutas, bien podía ser víctima del "mocha lenguas". El temor dio lugar a la rabia: sus penas y angustias se debían a Gastón María que, para ese momento, estaría malgastando el dinero en Alta Gracia. Tuli notó su turbación y se apresuró a darle ánimos.

—Marlene, querida, no tengas miedo de nada. Vos no. Varzi te cuida como si estuvieras hecha de oro. Él no va a dejar que nadie te ponga un dedo encima. Vos sos su mujer ahora.

—¡Qué! —exclamó la joven, y se puso de pie—. ¿Su mujer? ¡Yo no soy la mujer de nadie! ¡De nadie! ¿Me entendiste?

Tuli dio un paso atrás. Marlene, siempre delicada y prudente, lo sorprendió con ese arranque de furia. La miró extrañado: sólo una demente podía rechazar a un hombre como el Napo, rico y buen mozo.

Micaela comprendió que había sido una grosera con la persona menos indicada. Junto con Cacciaguida, Tuli era el único que la trataba con afabilidad y respeto. Se recompuso y le pidió perdón.

—¿Por qué dijiste que soy la mujer de Varzi? —quiso saber.

—Bueno, todos lo piensan.

"¿Todos?", se descorazonó Micaela.

—Lo que pasa —continuó Tuli— es que te mira de una forma que te come. Además, solamente baila el tango con vos y no deja que ningún otro te saque a bailar.

—¿Y por ese motivo creés que soy su mujer? Pues enterate, Tuli: yo no soy la mujer de Varzi ni de nadie. Decíselo a *todos*: Micae... Marlene no es de nadie.

Tuli se retiró y ella se quedó para terminar de arreglarse. "Él no va a dejar que nadie te ponga un dedo encima. Vos sos su mujer ahora." Si el propósito de Varzi era humillarla, ¡por Dios que lo estaba consiguiendo!

Salió del camerino convencida de que no aceptaría otro tango con él. Le pareció obvio que la gente pensara estupideces si los veía bailar como lo hacían, y sintió vergüenza al recordar las manos de Varzi ajustadas a su cintura.

En el salón no cabía un alfiler. La popularidad de Marlene había sobrepasado los lindes de La Boca, y público de otros arrabales llegaba para escuchar su voz y admirar su belleza. Como cada noche, Mudo la escoltó para protegerla de los desaforados. Micaela echó un vistazo fugaz al rostro desagradable de su guardaespaldas, recordó el comentario de Mabel y pensó que quizá se encontraría más segura con ese hombre lejos de ella. Si no era el "mocha lenguas", tampoco tenía cara de santo.

Desde la primera presentación, el repertorio había crecido considerablemente. Carmelo, Cacciaguida y Micaela habían trabajado duro en la composición de nuevos tangos, con arreglos originales que gustaban al público pese a haber mitigado el carácter grosero y pícaro de algunas letras. El matiz triste, taciturno y melancólico prevalecía aún en cada estrofa.

Subió al escenario, y los hombres prorrumpieron en aplausos. Algunos le arrojaron claveles, otros insistieron en sus muecas lascivas. Aceptó el afecto con una sonrisa y evitó a los que la ofendían. Se abocó al tango con pasión, suspendida en un mundo ilusorio al que sólo accedía mientras cantaba. Interpretó *La morocha*, que resultaba de los mejores números del espectáculo.

Yo soy la morocha,
la más agraciada,
la más renombrada
de esta población.
Soy la que al paisano
muy de madrugada
brinda un cimarrón...
...Soy la morocha argentina,
la que no siente pesares
y alegre pasa la vida
con sus cantares...

El público se arrobaba escuchándola y, hombres simples e ignorantes como eran, sin necesidad de apariencias, no dudaban en prodigarle reconocimiento y admiración.

Varzi apareció mientras Micaela cantaba el último tango. Entró por la puerta principal y ahí se quedó, contemplándola. A pesar de estar alejado del escenario, la atrajo con la intensidad de su mirada y, en un instante, le desbarató la seguridad. Al terminar el espectáculo, dejó apresuradamente la tarima para escapar de sus garras, pero Mudo interpuso su mole al pie de la escalera y Carlo la tomó por detrás. Trató de quitárselo de encima con disimulo. Pensó abofetearlo otra vez y gritarle unas cuantas verdades, pero al mirar en torno y comprobar que los ojos de un centenar de personas se posaban en ella y en el *cafishio*, prefirió ahorrarse la escena y bailar.

Más tarde, esa misma noche, dejó el Carmesí enojada consigo misma. Había decidido no bailar con Varzi y había terminado entre sus brazos danzando como amantes. Salió del burdel al aire frío de la madrugada invernal, se embozó en su capa y caminó hacia el automóvil donde la esperaba Pascualito. La calle, solitaria y oscura, la aterró y la historia del "mocha lenguas" le volvió a la memoria.

La sobresaltó el ruido de un coche que doblaba en la esquina, y lo siguió con la mirada. El vehículo se detuvo en la cuadra siguiente y un individuo pequeño descendió y entró en una casa. Intrigada y convencida de que tanto el automóvil como el hombre le resultaban familiares, Micaela aguardó en la acera. A poco, el hombre salió acompañado de una mujer, subieron al coche y se marcharon a toda prisa.

—¿Por qué se queda ahí parada? ¿No ve que es peligroso? —la reprendió Pascualito, mientras le abría la puerta y la instaba a subir.

—Disculpame, tenés razón. Pero me quedé viendo ese automóvil que paró en la otra cuadra. ¿Lo viste? Me resultó conocido.

—Sí, lo vi —aseguró el chofer—. Era un Daimler-Benz, igualito al que tiene el doctor Cáceres. Por eso le debe de haber parecido conocido.

—¿Viste quién conducía, Pascualito?

—No, señorita, esta calle es una boca de lobo.

—Me pareció que el que conducía era el sirviente del señor Cáceres. ¿Cómo se llama?

Antes de que Pascualito le contestara, Micaela gritó al divisar una figura oscura en la ventanilla.

—¡No se asuste, señorita Marlene! ¡No se asuste! ¡Soy yo, Cabecita!

Micaela tardó unos segundos en reponerse antes de preguntarle de mala manera qué quería.

—El jefe me manda a decir que esta noche él la va a llevar en su auto. Che, Pascualito, dice el Napo que nos sigas por detrás.

Todo parecía tan resuelto que Micaela no mostró objeción. Es más, aprovecharía la oportunidad para pedirle a Varzi que permitiera regresar a Gastón María; como fuera, le arrancaría la promesa de que no le haría daño, y, aunque no confiaba en la palabra de un proxeneta, por el momento, era su único recurso.

Micaela subió al coche y, a poco, llegó Varzi, que se ubicó en la parte trasera junto a ella. Mudo conducía y Cabecita iba sentado a su lado.

Lo contempló de reojo y volvió a sorprenderse de su atractivo. Usaba el chambergo requintado sobre la frente y apenas si se le veían los ojos. La mandíbula, recia y cuadrada, se le tensaba mientras le daba órdenes a Mudo. Varzi era como el tigre de Bengala que había visto en el zoológico de París tiempo atrás: un ser de líneas perfectas, una criatura hermosa, fascinante, de movimientos eróticos, de una fuerza increíble, pero terrible, maligno y asesino.

—¿Por qué me mirás así? —le preguntó.

—Quiero pedirle dos favores —se apresuró Micaela, y omitió la pregunta tan difícil de responder.

—No creo que estés en condiciones de pedirme nada. Pero, teniendo en cuenta que mis ganancias han aumentado desde que estás en el Carmesí, te concedo que me pidas los dos favores.

—Primero quiero pedirle que permita a mi hermano regresar a Buenos Aires.

—Yo no le impido a tu hermano volver a Buenos Aires. Él puede hacer lo que quiera.

—¡Señor Varzi, por favor! No se burle de mí, se lo suplico.

—Yo no me burlo de vos, Marlene.

Ninguno de los dos habló por un rato. De repente, Carlo dijo:

—Decile a tu hermano que no siga perdiendo *guita* en Alta Gracia y que vuelva.

—¿Me promete que no le va a hacer daño?

—Si yo quisiera, tu hermano ya estaría muerto.

—¡No, por favor! ¡No lo diga ni en broma!

Varzi miró hacia otro lado, enojado, dispuesto a no volver a dirigirle la palabra.

—No creés en mí —aseguró, un momento después—. Estás segura de que no voy a cumplir.

Micaela no pudo, ni quiso acotar, y creyó ver cierto abatimiento en su semblante.

—Me dijiste que tenías dos favores que pedirme. ¿Cuál es el otro?

—Quería pedirle que no vuelva a obligarme a bailar el tango.

—¿Obligarte? Yo no creo que te obligue a bailar conmigo. Parecés muy contenta de hacerlo. Bailás de una forma que yo nunca había visto. Tu cuerpo entero goza cuando bailás conmigo.

—¿Cómo se atreve a tratarme así? ¿Por qué, después de todo lo que tengo que hacer, aún le quedan ánimos para humillarme de esa forma? —Micaela tomó un pañuelo de su escarcela—. ¿No se da cuenta de que estoy jugándome la carrera, la vida?

—¿Por qué no querés bailar más?

—Es que la gente está hablando tonteras y no quiero verme más perjudicada de lo que ya estoy con todo este asunto.

—¿Ah, sí? ¿Y qué dice la gente?

Micaela no contestaría esa pregunta ni en un millón de años.

—¿Que sos mi mujer?

En la oscuridad del coche, Varzi jamás habría notado su palidez. Demudada, sintió un vuelco en el estómago y, en vano, intentó replicar.

—Lo que pasa es que solamente bailo el tango con la que es mi mujer. Por eso la gente está hablando. Conocen mis costumbres.

Ante tal desparpajo, Micaela dudó entre agradecerle la explicación o partirle algo en la cabeza.

—Está bien, señor Varzi —dijo—. Entiendo que ésa sea *su* costumbre. Pero como no es la mía, mejor nos detenemos aquí para que la gente no nos malinterprete.

Varzi la aferró por la cintura y la atrajo hacia él.

—No sería mala idea dar la razón a la gente. ¿No te parece, Marlene?

Micaela intentó gritar e insultarlo, pero no lo consiguió; se había quedado sin aire. Los labios de Varzi casi rozaban los suyos, la punta de la nariz le acariciaba la mejilla y una mano en la nuca le imposibilitaba moverse. El automóvil se detuvo, y ella permaneció tiesa entre los brazos de él. Finalmente, y con bastante dominio de sí, le dijo:

—No se equivoque, señor Varzi. Por más que vista esta ropa y me maquille de esta manera, sigo siendo la mujer respetable que usted conoció. Ahora, ¡quíteme las manos de encima!

Carlo obedeció sin hesitar.

Cheia le abrió la puerta trasera, la que daba a las habitaciones de la servidumbre y a la cocina, y Micaela, aún turbada por el episodio con Varzi, entró trastabillando. Le pidió un té de tilo bien cargado, con mucha azúcar.

—¿Qué pasó, mi reina? Estás pálida —preguntó la negra—. ¡Tenés las manos heladas!

Micaela le relató los penosos acontecimientos, aunque se cuidó de mencionar lo referente a sus sensaciones contradictorias. Cheia la reprendió y no ayudó en nada. Micaela había buscado en ella a una amiga, pero el rol de madre de su nana las alejaba. Se le presentó la cara de Marlene y necesitó estar a solas. Se despidió de Cheia y partió muy abatida.

En la intimidad del dormitorio, se sintió a resguardo de todo y de todos. Por esos días existían demasiadas cosas que la contrariaban. Deseaba que los cuatro meses hubiesen pasado y que París fuera de nuevo su hogar. Añoraba volver; no había otro lugar mejor. Marlene ya no era un recuerdo penoso, se había convertido en una guía, en un consuelo.

—¿Qué hago, Marlene? —preguntó en voz alta—. ¿Qué hago?

Se la imaginó pidiéndole, con disposición abierta y franca, que le contara acerca del tal Varzi. Sonrió, segura de que habría empezado por preguntarle si era atractivo. Micaela la hubiese mirado con picardía y, después de un rato, le habría dicho: "¡Oh, sí! El más apuesto que hayas visto". Marlene, ansiosa como una colegiala, habría querido conocer lo demás: cómo hablaba, cómo se movía, cómo miraba. Y le habría encantado saber que bailaba el tango mejor que nadie.

* * *

Después de que Micaela se perdió en la parte trasera de la mansión, Varzi le ordenó a Mudo que volvieran al Carmesí, pero antes de llegar a la primera esquina, se desdijo y le indicó que lo llevara a su casa. Mudo y Cabecita se miraron, sin preguntar ni comentar nada.

Carlo se abstrajo rápidamente del contexto y se perdió en los recuerdos, frustrado al no poder definir si le resultaban placenteros o desagradables. Se dejó llevar por lo que su memoria aún tenía fresco. Un momento le bastó; retrepó en el asiento, carraspeó y se frotó la cara para deshacerse del estado letárgico que le jugaba una mala pasada. Se instó a no perder de vista los planes trazados. En ese aspecto, se sentía victorioso, aunque faltaba el golpe final para que la deshonra de la señorita Urtiaga Four fuese completa.

Mudo, como siempre, no emitía sonido, pero Cabecita, que hablaba por los dos, ya no soportaba el silencio.

—Che, Napo —empezó—, ¿tenés idea de dónde sabe bailar tan bien el tango?

Carlo, concentrado en lo suyo, lo miró confundido.

—¿De qué hablás?

—De Marlene. ¿Sabés dónde aprendió a bailar así? La muy guacha se mueve como *naides*.

—No —respondió Varzi, lacónicamente.

—¿Querés que averigüemos?

—No. Solamente hagan lo que les dije antes: vigílenla día y noche, no le pierdan pisada.

—Está bien —aceptó Cabecita, y Mudo asintió.

—¿Qué hizo ayer?

—Estuvo en su casa toda la mañana, cantando esas canciones raras que ella canta.

—Arias de ópera, animal —lo corrigió Carlo.

—Eso.

—¿Cómo sabés que estaba cantando?

—Porque me metí en el jardín por la parte de atrás y la vi. Estaba cerca de una ventana de la planta baja. Tiene un vozarrón más fuerte que cuando canta tango. Traspasaba el vidrio, ¿sabés? Después la vino a buscar el *fifí* ese y pasó toda la tarde con él.

—¿Qué *fifí*? —preguntó Carlo, alarmado.

—El tal Eloy Cáceres. *Fifí* como *naides*, medio *amanerao* pa'caminar. Más *finoli* que una *mina*. ¡Buah!

La mirada de Carlo se ensombreció y unos celos locos se apoderaron de él.

*M*icaela durmió de a ratos y muy sobresaltada. De todas formas, y a pesar de que habría preferido el silencio, se levantó temprano y decidió desayunar con su padre. Otilia, por suerte, acostumbraba hacerlo en la cama.

Mamá Cheia no apareció para ayudarla a cambiarse y a peinarse, y le resultó extraño. Al llegar al comedor, la aguardaba una sorpresa: Gastón María conversaba afablemente con su padre y con la nana.

—Ahora entiendo por qué no fuiste a mi cuarto esta mañana —dijo Micaela—. Tu hijo pródigo llegó y te olvidaste de tu hija más fiel.

Cheia sonrió complacida. Gastón María se aproximó para recibirla. Los hermanos se abrazaron con efusividad e intercambiaron palabras amables. Micaela le preguntó cuándo había regresado.

—Ayer por la tarde. Vos no estabas. Me dijeron que habías salido con Moreschi.

Micaela farfulló unas palabras y tomó asiento a la mesa.

—Buenos días, papá —saludó.

Rafael deseó que Micaela, al igual que había hecho con Cheia y con Gastón, le diera un beso. Pese a los meses transcurridos, continuaba fría y distante. No sabía cómo acercársele, ni cómo lograr su perdón.

A poco, se les unió Alessandro Moreschi que pidió disculpas por la demora. Rafael se mostró amable con él y ordenó a la doméstica que de inmediato le sirviera el desayuno.

Gastón María comentó acerca de su viaje, y Micaela, a sabiendas de que su hermano no relataría nada interesante, se ensimismó en sus cuestiones. Lo primero que le vino a la mente fue el acierto de la noche anterior de haberle pedido a Varzi que no le hiciera daño. Tenía la convicción de que, mientras ella cumpliera el trato, Varzi haría lo propio.

Micaela y el maestro Moreschi pasaron el resto de la mañana en la sala de música, atrapados por arias y ejercitaciones. En un intervalo, Alessandro le expuso su idea de cantar en el Colón junto a la compañía lírica de Mancinelli. Micaela se mostró intransigente, y le confesó que, si no fuera por el trato con Varzi, ya habría vuelto a París. Le aseguró que el recuerdo de Marlene ya no la atormentaba como antes y que estaba lista para regresar.

—No te pido que te quedes a vivir en Buenos Aires y que no regreses a Europa. Jamás te lo pediría. Pero tienes la gran oportunidad de cantar en un excelente teatro. Lo conocí días atrás y es fantástico. Me atrevería a decir que tiene la mejor acústica de todos los teatros que conozco. —Micaela se sorprendió—. Sí, estoy seguro —ratificó Alessandro—. Además, no puedes desairar de esa forma a tus compatriotas. Has estado en Buenos Aires por más de tres meses y ni siquiera has cantado para tus parientes. Se dice que sos una engreída y vanidosa que sólo canta para los europeos.

—¡No es cierto! —exclamó—. Si no he cantado, ha sido porque no he tenido ánimo suficiente. Jamás se me pasó por la mente despreciar a mis compatriotas.

En realidad, Micaela había previsto la posibilidad de que se dijera tal cosa. No la tomó desprevenida, aunque sí le molestó que interpretaran su comportamiento con tanta malicia.

—Se ve que los porteños son muy susceptibles. Te quieren en su teatro nuevo. Además, no es bueno que se formen una imagen tan errónea de ti. Ya demasiado con que en Europa tus colegas te consideren una obsesiva con el trabajo y una tirana autoritaria.

—¡Oh, vaya, muchas gracias! —dijo Micaela, ofendida.

El maestro y su discípula continuaron debatiendo acerca de los pros y los contras de una temporada en Buenos Aires. Finalmente, y persuadida por los mil y un recursos de Moreschi, Micaela aceptó, aunque puso una serie de reparos que, Alessandro estuvo seguro, Mancinelli no dudaría en aceptar con tal de tener a *la divina Four* entre sus huestes.

Ilusionados con el nuevo proyecto, tuvieron la intención de comer algo rápido al mediodía y proseguir con los ejercicios, pero Cheia les comunicó que el señor Urtiaga Four deseaba que almorzaran con él.

—Últimamente, usted, maestro, y mi hija ensayan durante todo el día —comentó Otilia—. ¿Están preparando alguna ópera?

Micaela le clavó la mirada y tuvo deseos de arrojarle la copa de vino a la cara. De todo, lo que más le molestó fue lo de "mi hija".

—Sí, señora —respondió Moreschi—. Disculpe si con nuestras prácticas la hemos molestado.

—¡No, qué va, hombre! —interrumpió Rafael—. Mi hija y usted tienen amplia libertad para hacer lo que quieran. Ésta es mi casa: yo decido.

Micaela, satisfecha con la intervención de su padre, le comentó que un amigo de su maestro, Luigi Mancinelli, dueño de una compañía lírica de gira por Sudamérica, le había ofrecido un contrato para cantar en el Colón en los próximos meses y que había aceptado. Rafael se alegró sinceramente, no sólo porque luciría a su hija en el teatro más importante de la ciudad, sino porque Micaela se había mostrado abierta y comunicativa.

—Tenía entendido que no querías cantar en Buenos Aires —dijo Gastón María.

—Al principio sí, pero ahora tengo muchos deseos de hacerlo.

Rafael se puso de pie y, copa en alto, propuso un brindis por el éxito de su hija. Después, se le acercó y, sin importarle si lo deseara o no, la besó en la frente. Micaela se turbó y quedó sin palabras por un buen rato.

—¡Hay que festejarlo! —propuso Gastón María—. ¡Hagamos una fiesta!

—¡Sí! —apoyó Rafael—. Y que mi hija tan querida cante para todos.

El resto del almuerzo se destinó a planear los aspectos más importantes de la fiesta que, según Otilia, sería el acontecimiento social del año.

Esa noche, Micaela no tenía que marcharse furtivamente de la mansión. Cenó tranquila con su familia y compartió con ellos un momento en el *fumoir*. Gastón María y Moreschi jugaban a las cartas, Cheia cosía apartada del resto, su padre leía *La Prensa*, y Otilia, *El Hogar*, su revista semanal de chismes sociales.

La copita de coñac que había tomado y la música suave que sonaba en el fonógrafo la aletargaron. Cerró los ojos y se preguntó qué estaría haciendo Varzi. Quizá, bailaba el tango con alguna de las muchachas, porque ella no le creía que sólo lo hacía con una, la que era su mujer. De seguro, debía de tener una amante en cada esquina.

Volvió a la realidad atraída por las quejas de Otilia que despotricaba contra su esposo porque leía el diario y no le prestaba atención. El hombre no se molestó siquiera en mirarla. En cambio, comentó una noticia que lo había impresionado.

—¡Otra vez ese asesino del infierno! Ése que llaman el "mocha lenguas".

Micaela se incorporó sobresaltada.

—¿Qué pasó ahora? —preguntó Gastón María—. ¿Todavía sigue suelto?

—Anoche asesinó a otra prostituta —anunció su padre.

—¡Rafael, por favor! —saltó Otilia—. ¡No mencione esa palabra!

—¿Y qué quiere que diga? Si asesinó a una prostituta, asesinó a una prostituta. Hace tiempo soportamos a ese ser despreciable que mataba niños —agregó Urtiaga Four—. Ahora, esto.

—¿Quién mataba niños? —quiso saber Micaela.

Rafael le relató acerca del adolescente que, dos años atrás, había asesinado a tres niños, quizás a cuatro, además de atacar a varios otros. Por su aspecto simiesco y sus enormes orejas, lo llamaban el "Petiso Orejudo", aunque su verdadero nombre era Cayetano Santos Godino. El muchacho había confesado descaradamente sus crímenes y, para esa época, debía de continuar recluido en un hospicio para locos. Rafael evitó los detalles morbosos de los asesinatos para no impresionarla aún más.

—Como ves, Micaela —volvió Otilia—, en esta ciudad no tenemos respiro. No terminamos de deshacernos de ese hombrecillo despreciable, que ya aparece otro alienado que mata mujerzuelas. Aunque, considerado desde una visión más positiva —agregó—, quizás el tal "mocha lenguas" libere a esta ciudad de semejante gentuza, mujeres de mala vida, discípulas del demonio.

Todos la miraron con manifiesta reprobación. Micaela, por su parte, se levantó y se fue.

* * *

Al día siguiente, aprovechó para conversar con su hermano. Se esmeró en aconsejarlo con firmeza, sin perder la dulzura y el buen trato, segura de que si lo atacaba, lo alejaría y resultaría peor. Pero sólo obtuvo risotadas y bromas que, por poco, le causaron un ataque de furia.

La organización de la fiesta mantuvo a la familia bastante ajetreada. Gastón María prestaba más ánimo que colaboración, y, así y todo, se encargó de imprimir las invitaciones y otras cuestiones menores. Micaela y Moreschi se concentraron en el motivo principal de la velada: las arias que entonaría. Mancinelli, eufórico por contar a *la divina Four* entre los de su compañía, se comprometió en ayudar. Así, prestó consentimiento para que su mejor mezzosoprano acompañase a Micaela en un dueto.

Además de una selección muy cuidadosa, se acordó que entonaría algunas partes, las más importantes, de la próxima ópera que interpretaría en el Colón en el mes de septiembre: *Lakmé*, de Léo Delibes, una de las composiciones favoritas de Micaela, que hacía tiempo deseaba cantar. Y, a pesar de que no la tenía entre sus planes, Mancinelli aceptó sin vacilar y se abocó de inmediato a los arreglos necesarios de escenografía, vestuario y partituras.

Micaela sentía especial interés por esa ópera. El aria del segundo acto, *Où va la jeune Hindoue* —"Adónde va la joven hindú", en francés—, también conocida como "de las campanitas", se consideraba pieza obligada del repertorio de toda soprano, muy conocida por incluir un tema que alcanza el fa sobreagudo. No obstante la dificultad y el esfuerzo que representaba, Moreschi no tenía duda de que su discípula la interpretaría mejor que nadie.

* * *

En la perspectiva de la gran velada, la dualidad de Micaela recrudeció: por un lado, era "la" soprano, aclamada por reyes y aristócratas europeos; por el otro, una cantante de tangos, admirada por putas y malevos. El contraste no podía ser mayor.

Esa tarde preparó la comedia de siempre con ayuda de Moreschi y Cheia, y se marchó al muladar de Varzi. En la puerta, la esperaban Cabecita y Mudo. El primero, siempre afectuoso, le dio la bienvenida. Mudo, impertérrito y silencioso como de costumbre, la miró con respeto y la acompañó hasta la planta alta. Antes de subir, Cacciaguida y los músicos se le acercaron y, después de saludarla calurosamente, la consultaron acerca de las canciones que interpretaría esa noche. En el camerino, Tuli la recibió con aplausos y loas, la abrazó, la besó y le dijo que la había extrañado esos días. Algunas de las muchachas la saludaron, incluso le sonrieron. Pero Varzi no apareció; sin embargo, orgullosa de que personas ajenas a su círculo se sintiesen cómodas y felices con ella, le habría gustado que el *cafiolo* presenciara las muestras de cariño que había recibido. En cierta forma, le gustaba estar allí y ser la estrella.

Después de un rato con la orquesta, Micaela subió para arreglarse. En el camerino, las muchachas comentaban muy preocupadas el último crimen del "mocha lenguas".

—No se calienten, chicas —dijo Edelmira, la veterana—. A nosotras no nos va a pasar nada. El Napo nos cuida bien.

Las demás adhirieron, y Micaela se asombró del respeto y cariño que las mujeres le profesaban al *cafishio* que las manejaba, cuando había creído que lo odiarían. Pues todo lo contrario: lo adoraban y, con seguridad, habrían dado cualquier cosa por bailar el tango con él y soportar las consecuencias que eso traía aparejado.

—¿Qué le pasa a la Polaquita? —preguntó Tuli al ver a una de las chicas, usualmente afable y alegre, en un rincón, muy triste.

—¡Yo se lo *alvertí*! —proclamó Edelmira—. ¿No cierto que yo te *alvertí*, Polaquita? ¿No cierto?

La muchachita, una joven de no más de dieciséis años, rubia y de ojos claros, aunque de facciones toscas, levantó la mirada llorosa y no respondió.

—¿Y qué es lo que le pasa? Si se puede saber —insistió Tuli.

—¡La muy tonta se enamoró de un cliente!

Al escuchar la confesión, las prostitutas hablaron al unísono, y Tuli las acalló.

—¿De quién te enamoraste, Polaca?

—¿Y de quién va a ser? —se adelantó Edelmira—. Del buen mozazo de Urtiaga Four.

Al escuchar el nombre de su hermano, Micaela se pasmó.

—Y como Varzi lo tiene amenazado de muerte, el muy calavera no aparece por aquí ni en figuritas. ¡Y ahí la tenés a la *papirusa* hecha un trapo!

Otra de las mujeres preguntó el motivo de la amenaza que pesaba sobre Urtiaga Four.

—Dicen que... —comenzó Edelmira, pero Cabecita, al entrar en el camerino y vociferar que se apresuraran, interrumpió la confidencia que Micaela tanto ansiaba conocer.

Las prostitutas terminaron de acicalarse y se marcharon, dejándola sumida en la mayor desazón, y aunque intentó indagar a Tuli acerca del enamorado de Polaquita, el manflorón no supo o no quiso decirle nada.

Dejó el camerino y marchó a la planta baja. En el corredor, vio entrar a Polaquita en una de las habitaciones con un hombre por detrás. No obstante los besos y caricias que le prodigaba el parroquiano, la joven seguía triste y ajena. Le dolió el corazón al pensar que su hermano, en su inconsciencia y desamor, había producido tanto daño. Se compadeció de la muchacha, convencida de que nada podía hacer por ella.

La tranquilizó la ausencia de Varzi. Después de la escena en el automóvil, no tenía ganas de cruzárselo. Avergonzada y colérica como estaba, reaccionaría mal si volvía a propasarse. Cantó ante un gran auditorio. A medida que transcurría el tiempo, adquiría mayor destreza y seguridad; su voz se tornaba más cadenciosa y arrabalera, y su actuación enardecía a los hombres. Antes de interpretar el último tango, Varzi ya estaba aguardándola. Lo miró furiosa; el hombre, en cambio, tincó el ala del sombrero y le devolvió una sonrisa.

A pesar de que habían dispuesto interpretar *La payanca*, Micaela se volvió a la orquesta y le pidió que ejecutara una melodía nueva que apenas habían ensayado. Cacciaguida y los músicos la miraron confundidos y, tras deliberar unos segundos, comenzaron a tocar. Micaela fulminó de un vistazo a Carlo Varzi y, con sonrisa provocadora y desdeñosa, cantó.

¿Dónde vas,
che, cafishio apurado?
A lucirte seguro al café
que frecuenta tu Sonia querida
Y donde luce un vestido chiné.
¿Dónde vas
con melena y chambergo,
dónde vas
retaquiando tu pie?
Al paseo
a buscar las chinelas
para irme a bailar un minué.

Al terminar el tango, Varzi apagó el cigarrillo, se acercó al escenario y le tendió la mano para ayudarla a bajar. Exaltado por esta muestra de galantería, el público pidió a gritos que bailaran. Un cliente le ordenó a Cacciaguida que tocara *El sanducero* y otro arrinconó a los hombres y rameras para dejar suficiente espacio.

—Ya ves, Marlene —empezó Carlo—. Solamente vine a ayudarte a bajar del escenario y todos nos piden que bailemos. No nos queda otra.

Micaela aceptó la mano y bajó, consciente de que lo había desafiado con su canto y de que tenía que atenerse a las consecuencias. Enseguida, Varzi la tomó por la cintura y la sostuvo así unos instantes.

—Lamento mucho la imagen que das a estas personas —manifestó—. Están seguros de que vos y yo gozamos juntos en la cama.

El comentario la sofocó y sintió que las mejillas se le arrebataban. Trato de quitárselo de encima, pero le resultó imposible. Bajó la vista y escondió las lágrimas de la impotencia. Varzi le levantó el mentón con suavidad. No quería mostrarse quebrada, y lo enfrentó, a pesar de los ojos húmedos y el gesto alterado, y segura de que se reiría de ella, se extrañó al encontrar piedad en su mirada. Carlo sacó un pañuelo y le secó las mejillas y los ojos.

—Vení, Marlene, vamos a bailar —susurró.

El público, mudo de asombro y en vilo, prorrumpió en aplausos cuando al fin la pareja avanzó hacia el centro de la pista. Cacciaguida dio la orden y la orquesta comenzó con *El sanducero*.

Micaela, agobiada, harta de tanto resistir, se aferró a la espalda de Varzi y apoyó su pecho sobre el de él. El cuerpo se le aletargó, mientras sus piernas, ajenas y desmembradas, respondieron con agilidad a las exigencias de su compañero e iniciaron una serie de quebradas, corridas, medias lunas, paradas y ochos, que la precipitaron en un vértigo imposible de controlar. Ella no dominaba, Varzi lo hacía. Los tangos continuaron sonando y si-

guió bailando a la espera de que su dueño se aburriera y la dejara en libertad, de que saciara su antojo y la botara como basura.

Las parejas danzaban a su alrededor; algunos clientes jugaban en las mesas y, cada tanto, lanzaban carcajadas o anate-
mas; descollaban el brillo de las lentejuelas y las plumas de las
boas, las caras pintarrajeadas de las prostitutas y Tuli disfrazado de mujer. Contempló el entorno, rutilante y sórdido, y
luego a Varzi. Una profunda tristeza se apoderó de ella y necesitó abrazarse a él con fervor. Intentó en vano continuar
con el tango, pero las lágrimas volvieron a mojarle las mejillas
y sus piernas perdieron rapidez como si se les hubiese acabado la cuerda.

Carlo se detuvo, la separó de su pecho y la observó un
rato antes de tomarla por la cintura y acompañarla al pie de la
escalera. Tuli, siempre pendiente, se acercó.

—Llevala arriba, Tuli —ordenó Varzi—. Marlene no se
siente bien.

Micaela subió las escaleras llorando y sintió la firmeza
de Tuli que la guió hasta arriba y la ayudó a ponerse cómoda
en el camerino. Llamaron a la puerta. Uno de los mozos,
cumpliendo una orden del jefe, le traía una copa de vino tibio
con azúcar.

—Te la manda el Napo —dijo Tuli—. Para que te animes
—intuyó.

—O para envenenarme —agregó Micaela, y siguió llorando.

—¡Cómo se te ocurre semejante cosa! —se escandalizó—. ¿Cuándo el Napo le iba a mandar a alguien una copa de
vino? ¿No te das cuenta de que está loquito por vos?

Micaela habría querido sacar a Tuli de su error y decirle
que ella y Varzi no eran amantes, sino socios en un acuerdo
macabro e insólito que se había visto obligada a aceptar para
salvarle la vida a su hermano. Que Varzi no estaba loquito
por ella, ni mucho menos; que la obligaba a bailar y le manda-

ba una copa de vino porque... Bueno... Porque... Jamás entendería la mente tortuosa de ese hombre.

Terminó de cambiarse y bajó al salón, donde la esperaba Mudo para acompañarla hasta la salida. Buscó a Varzi con desesperación entre la gente y lo encontró bailando con Mabel, la chica nueva.

Carlo se acordó de Johann y sintió vergüenza, seguro de que el alemán se habría desilusionado al ver lo que había hecho con su vida, en qué la había convertido.

—Carlo Varzi —dijo en voz alta—. Proxeneta, dueño de burdeles y garitos, y cuchillero de profesión.

Lanzó una risotada hueca y se dejó caer en el diván. Intentó buscar excusas. Todo lo había hecho por Gioacchina; por ella había asumido un destino vacío, carente de sentimientos verdaderos, lleno de mentiras y bajezas. Se había creído capaz de soportar lo más denigrante si lograba salvarla y redimirla. Y ahora, Gioacchina se encontraba prácticamente arruinada, con el corazón destrozado, lo mismo que él. Había inmolado su vida en vano. El dinero y el poder, conseguidos a fuerza de sacrificar creencias y principios, ya perdidos y olvidados, se esfumaban y no servían de nada frente a la realidad. El presente lo abrumaba y le hacía perder el rumbo.

—Marlene... —susurró—. ¡Maldita Marlene! —gritó después—. ¡Maldita!

Esa noche, aunque quebrada y humillada, lo había mirado con dignidad. Sus ojos llorosos y su gesto doliente no habían bastado para ocultar el odio que le profesaba. Se preguntó cómo haría esa mujer para dominar cada situación por más compleja o burda que fuera. No recordaba una vez que no se hubiese sentido derrotado frente a ella. Y por más que *la divina Four* cantara tangos en un burdel, no parecía mancillarse, es más, parecía enaltecerse.

—¡Mierda! —explotó.

Se levantó y se sirvió una ginebra que tomó de un trago. Alguien llamó a la puerta. Era Mabel. La miró de arriba abajo con una mezcla de displicencia y curiosidad. La joven sonreía, nerviosa. Le habían hablado tanto de ese hombre y sus cualidades en la cama que no iba a dejar pasar la oportunidad; después de haber bailado el tango con él, se disponía a recoger el premio.

—Entrá —dijo Carlo, y cerró de un portazo.

*L*a mansión Urtiaga Four deslumbraba la noche de la fiesta. Se había organizado todo con buen gusto. Desde el portón de hierro hasta el salón de baile, cada detalle se destacaba sin ostentación, pero con elegancia. Una vez más, Otilia había dado muestras de excelente anfitriona.

Automóviles y coches de caballos comenzaron a llegar. El mayordomo y sus asistentes recibían a los invitados y los desembarazaban de guantes, estolas, paletós, bastones y chisteras. Personalidades de alcurnia, altos funcionarios de gobierno y extranjeros destacados, sólo ellos accedían a la gran velada donde escucharían cantar por primera vez en el país a *la divina Four*.

Micaela, un poco nerviosa, llamó a la puerta de la habitación de su padre; necesitaba consultarlo acerca de un invitado.

—Pasá, querida —invitó su padre, mientras luchaba con el cuello *flèche* y el botón de quita y pon—. ¡Ay, caraj...! —insultó, cuando el botón se le escapó de la mano y rodó bajo la cama—. ¡Perdoname, Micaela! Este cuello me está sacando canas verdes. Rubén siempre me ayuda, pero ahora está ocupado con la fiesta.

Micaela se acercó, tomó otro de los botones del *dressoir* y arregló el cuello de su padre. Rafael, incómodo al principio, se relajó después.

—No has cambiado en nada —dijo—. Siempre tranquila e impertérrita. No sé de quién lo heredaste. —Micaela no respondió y continuó con el lazo—. Cuando eras chica, tu parsimonia de adulto me daba miedo. Tenías en la mirada la tristeza de una mujer de cuarenta años.

—Sí, pero sólo tenía ocho —agregó ella, sin levantar la vista.

—Sí, ocho —coincidió su padre, y se quedó un rato callado—. ¿Alguna vez te dije que sos igual a tu madre?

Micaela buscó el saco del frac y lo ayudó a ponérselo.

—Igual —repitió—. Igual de hermosa e igual de triste.

—Aún la ama, ¿verdad?

—Con todo mi corazón, hija. Y no pasa un día que no piense en ella.

Una lágrima rodó por la mejilla de Rafael y Micaela la limpió con la mano. Besó a su padre en la mejilla y salió del dormitorio, sin recordar la consulta que quería hacerle.

—Gracias —dijo Rafael, antes de que la muchacha cruzara la puerta—. Por ayudarme con el cuello —agregó.

Se sirvió la cena. Micaela apenas probó bocado; necesitaba estar ligera para la próxima etapa de la fiesta, su presentación como soprano. Se excusó con su madrastra antes del postre y dejó el comedor. Seguida por Cheia y Moreschi, compareció en el salón de baile, donde la pequeña orquesta templaba los instrumentos.

Moreschi y Mancinelli se apartaron para resolver ciertas cuestiones, Cheia controló que en cada silla hubiera un programa con el detalle de lo que se cantaría, y Micaela intercambió algunas palabras con la mezzosoprano que interpretaría a

Malika y con el barítono que haría de *Nilakantha*, dos personajes de *Lakmé*.

Al rato, las puertas del salón se abrieron de par en par y los invitados entraron, con Otilia a la cabeza, del brazo de su sobrino. Micaela le echó un vistazo a Eloy; lucía muy apuesto, su altura y constitución lo distinguían fácilmente del resto. Cabellos rubios, ojos celestes, piel blanca. "La antítesis de Carlo Varzi", pensó. Cáceres se le acercó y la obligó a componerse rápidamente.

—Luce bellísima esta noche, señorita.

Micaela sonrió e inclinó la cabeza.

—¡Qué lástima que el señor Harvey no haya podido venir! —se lamentó ella.

—Sí, una lástima. ¿Qué cantará?

Micaela se acercó a una silla, tomó un programa y se lo entregó. Eloy miró con sorpresa la primera carilla.

—"A la memoria de mi madre, Isabel Dallarizza" —leyó—. Tengo entendido que su madre era actriz.

—Y de las mejores, señor.

Mancinelli los interrumpió con el anuncio del inminente comienzo de la presentación. Micaela comprobó que los espectadores se demoraban en la primera carilla del programa y la comentaban con la persona de al lado. Buscó a Otilia y no pudo evitar una sonrisa al encontrarla muy enojada.

Mancinelli ofició de maestro de ceremonias y anunció la próxima temporada de *la divina Four* en el Colón. Prosiguió con el comentario resumido de la primera aria, mientras el auditorio escuchaba con la vista en el programa.

Micaela cantó por más de una hora. La selección resultó un acierto y la concurrencia pasó un momento magnífico. La consagración llegó con las dos últimas piezas. Mancinelli explicó que correspondían a la ópera en la que Micaela participaría próximamente en el teatro y que, por ser la primera vez que la soprano las interpretaba, constituían un hito en su carrera. Un murmullo invadió la sala y el público se ufanó con la distinción.

La mezzosoprano y, en especial, Micaela lograron, según los críticos presentes, una interpretación acabada y perfecta del dueto *Viens, Malika*. La dulzura y el brillo de su canto fascinaron a los invitados, y el asombro los embargó cuando Micaela, en la parte final del "aria de las campanitas", con su voz poderosa y extensa, llegó, sin esfuerzos, a la nota más aguda. De pie, la ovacionaron largamente. Rafael, muy emocionado, se le acercó, le besó las manos y le susurró, con voz estrangulada, que su madre se habría sentido muy orgullosa.

Luego vino el baile. Los sirvientes recogieron las sillas, los músicos iniciaron con un vals y las parejas no demoraron en colmar el salón. Micaela recibía sin tregua los saludos de sus admiradores. El director del Colón y los miembros de la Junta Directiva no cesaban de alabarla. Algunos periodistas, invitados por Otilia, querían entrevistarla. Agotada por el asedio, se escabulló al jardín de invierno. Abrió la puertaventana y una ventisca fría la reanimó. Le gustó el perfume fresco del sereno y el cielo estrellado. Se quedó mirándolo, absorta.

—*Miss Urtiaga Four* —llamó alguien, provocándole un sobresalto.

Era el sirviente de Eloy, del cual no recordaba el nombre.

—¡Señor! —se enojó—. ¡Me asustó terriblemente!

El hombre se aproximó con la actitud servil de un esclavo, y Micaela recordó la noche en La Boca cuando le había parecido verlo en el Daimler-Benz de Eloy. Se disculpó con ella y le indicó que su español era muy pobre; le pidió que le hablara en inglés.

Micaela le preguntó qué necesitaba. El sirviente le indicó que el señor Cáceres la esperaba en el escritorio de su padre e, intrigada, lo siguió sin cuestionar. Eloy se puso de pie al verla entrar y salió a recibirla. Le habló al sirviente en hindi antes de cerrar la puerta tras de él. Imperturbable como siempre, la invitó a sentarse.

—Señorita Urtiaga Four —empezó, y le tomó las manos—. Está usted bellísima esta noche y ha cantado como un ángel. Su voz es el don más extraordinario del que he sido testigo. Su interpretación de la última aria ha sido un canto en el cual, parafraseando a Dante, han puesto mano el Cielo y la Tierra... —así continuó, sin soltarla.

—Por favor, señor Cáceres, no me lisonjee —dijo Micaela, y se liberó.

—Discúlpeme si la he incomodado.

—¿Usted quería hablar conmigo? Su asistente me dijo que quería verme.

—Sí, claro. Presumo que habrá escuchado lo que se comenta entre los invitados.

—Conversé con tantas personas hoy que, sinceramente... —se justificó Micaela.

—Siendo usted la reina de la noche, vanidosa presunción la mía pensar que haya llegado a sus oídos lo que se comenta de mí.

—¿Le sucede algo grave, señor Cáceres? Me preocupa.

—¡No, no, nada grave! En realidad, me alegro de que no haya escuchado nada y de que sea yo el que le dé una noticia que me alegra mucho. En las altas esferas del gobierno se baraja mi nombre para posible Ministro de Relaciones Exteriores.

El comentario inesperado y la desconcertante actitud del señor Cáceres la asombraron. Eloy la miró esperando una respuesta que nunca llegó.

—Quizá —retomó al cabo—, las ansias por progresar en mi carrera me lleven a sobrestimar esta noticia. Entiendo que para usted no signifique lo mismo.

—¡Oh, no, por favor! —Micaela se reprochó la falta de tacto e intentó repararla—. La noticia es importantísima. Sucede que me tomó por sorpresa y no supe qué decir. Por todo lo que hemos conversado, sé las expectativas que tiene puestas en su carrera y conozco los esfuerzos que usted hace. Sucede que nunca pensé que una oportunidad así llegaría tan pronto.

—En gran parte, se lo debo a su padre. Sus conexiones han hecho posible que mi nombre haya entrado entre los posibles candidatos.

—Estoy convencida, señor Cáceres, de que mi padre ha puesto sus esperanzas en el mejor. Sepa que él jamás lo ayudaría si usted no lo mereciera.

Eloy se mostró complacido y la cara se le iluminó con una sonrisa. Conversaron un rato más y Cáceres aprovechó para contarle que al día siguiente, muy temprano, partiría rumbo al Brasil en misión diplomática.

—Del éxito de esta misión depende, en parte, lo otro —explicó.

Micaela le deseó suerte y le preguntó si regresaría para el estreno de *Lakmé*.

—Por nada del mundo me lo perdería —aseguró.

Se despidieron, Eloy tenía que regresar a su casa y Micaela a la fiesta. Salió desconcertada del estudio de su padre: si bien había trabado amistad con el señor Cáceres, nunca esperó esa deferencia. Cierto que últimamente lo notaba más caballeresco y atento, y aunque en ocasiones lo había descubierto mirándola con insistencia, en Eloy encontraba al hermano responsable y preocupado que no tenía.

Lo escuchó hablar con su sirviente en el vestíbulo y se escondió para ver qué hacían. A poco, Ralikhanta volvió con sus guantes, su paletó y su galera, le ayudó a ponérselos y juntos salieron por la puerta principal. Regresó sin ganas al salón de baile. En la entrada, la interceptó Otilia.

—¿Viste a mi sobrino? —preguntó.

—Acaba de irse.

—¡Cómo que acaba de irse! ¿Sin despedirse? ¿Qué le habrá pasado? ¡Y yo que quería contarle lo que se comenta!

—¿Qué se comenta? —sonsacó Micaela.

—Que va a ser el próximo Ministro de Relaciones Exteriores. ¡El próximo canciller!

—¡Oh! —simuló la joven.

Escuchó con estoicismo a su madrastra durante un momento y volvió a la fiesta. Moreschi y Mancinelli le salieron al encuentro y se pusieron a conversar.

—La mujer más linda de la noche no va a rechazarme para este vals, ¿verdad?

Micaela se dio vuelta y se encontró con su tío Raúl Miguens. El hombre esperaba la respuesta.

—Le agradezco, tío, pero estoy un poco cansada. —Y le dio la espalda para continuar con la charla.

—¡Ah, no! —dijo Miguens, divertido—. No voy a aceptar una negativa.

Moreschi y Mancinelli, ajenos a la aversión de Micaela hacia ese hombre, la instaron y tuvo que ceder. Durante la comida, sentada junto a él, había soportado su discurso acerca de la moral y el bien común, endilgado con el histrionismo de un político barato. Su mujer, la tía Luisa, lo miraba extasiada mientras Miguens disertaba. "Se merecen", pensó.

—Supongo que estarás cansada de recibir felicitaciones esta noche —barruntó Miguens, y como ella no agregó nada, el hombre siguió—: Ahora es mi turno para decirte que estuviste maravillosa. Nunca me gustó la ópera, pero de ahora en más me va a encantar; eso sí, solamente las veces que vos cantes.

Micaela ocultó un resoplido y miró hacia otro lado. Pasó un rato en silencio, y creyó que, por fin, su tío se había dado cuenta de que no quería volver a escucharlo. Sus esperanzas se deshicieron cuando Miguens retomó.

—Si no estuviera casado con tu tía —dijo seriamente—, me casaría con vos.

Micaela se paró en seco y se libró de su abrazo incestuoso.

—Pero yo —aclaró—, ni en un millón de años lo aceptaría. —Dio media vuelta y se fue.

Varzi abrió la ventana de su oficina y volvió al escritorio. Cabecita entró sin llamar, y Mudo aguardó en la puerta hasta que Varzi le indicó que pasara.

—¿Qué hay? —preguntó Carlo.

—Venimos de lo de Marlene —respondió Cabecita—. *¡Mamma mia*, la *garufa* que hay esta noche en esa casa! ¡Un fiestón de la puta madre! ¡Y qué digo casa! ¡Palacio, mejor! ¡Esa *mina* tiene más *guita* que los *chorros*, Napo!

—¿Qué más averiguaron?

—Le tiramos unas *viyuyas* a un sirviente y nos *chamuyó* que la fiesta era para que Marlene cantara eso que canta ella.

Carlo miró a Mudo, y el hombre asintió.

—Está bien —dijo Varzi—. Vayan abajo que yo ya voy.

Antes de irse, Cabecita comentó que no había muchos clientes esa noche.

—Cuando no canta Marlene, viene la mitad de gente. —Y salió con Mudo por detrás.

—¡Che, Mudo! —llamó Varzi, y le hizo una seña para que se quedara—. ¿Se metieron en el jardín? —Mudo asintió—. ¿La viste? —El hombre volvió a asentir—. ¿Estaba con el infeliz ese, el tal Cáceres? —El matón negó y Varzi apenas sesgó los labios. Llenó dos copas, alcanzó una al matón y se acercó a la ventana.

—¿Adónde querés llegar? —irrumpió Mudo, en un bisbiseo ronco que habría estremecido a las piedras.

—No sé —aceptó Carlo.

—Dijiste que te ibas a divertir con la hermana del *pipiolo* Urtiaga Four —insistió el matón—, y que después, cuando te cansaras, te ibas a encargar de él, un *laburito* más que fácil para vos.

—¡Sí, sí! —saltó Varzi—. No hace falta que me hagas acordar de cada maldita cosa que dije.

—Pero me parece que la diversión con la hermanita de Urtiaga Four todavía no empieza y va para largo.

—¿Que la mejor soprano del mundo cante tangos en un *quilombo* no te parece divertido?

—Puede ser —convino Mudo—. Pero no es suficiente.

—Para mí, nada va a ser suficiente.

—¿Y?

—¿Y qué? —bramó Carlo.

—¿Cuándo vas a jugar con la hermanita y cuándo vas a pasar por el cuchillo al hermanito?

Mudo tomó asiento y se sirvió otra copa. Le dolía la garganta de tanto hablar, pero necesitaba aclarar ciertos puntos. No le gustaba nada el tinte que tomaba el asunto de Marlene y su hermano. Si de él dependiera, Gastón María Urtiaga Four ya no contaría el cuento. Había creído que, después de que el Napo lo hirió, en cuestión de días le asestaría el puntazo mortal. Pero no había resultado de ese modo. Si Marlene no hubiese aparecido aquella noche con el manojo de joyas, Urtiaga Four ya estaría muerto. Su sorpresiva puesta en escena llevó a Varzi a idear ese estúpido juego que lo complicó todo, a su juicio, innecesariamente. Convencido de que no obtendrían nada del maldito *bienudo*, Mudo se preguntaba para qué dejarlo vivir un minuto más. La actitud de su jefe lo contrariaba.

—El tiempo corre y el asunto que vos sabés se complica cada vez más —aseguró el matón.

—El tiempo corre —repitió Varzi—. Sí, y con el tiempo no puedo hacer nada.

—Entonces, ¿qué estás esperando? Ese hijo de puta te humilló y te arruinó. Ahora tiene que pagar.

—Vos sabés que lo mejor sería que Urtiaga Four se hiciera cargo del muerto. Tengo el pálpito de que puedo convencerlo.

—¡Qué va, Napo! —saltó Mudo, y levantó un poco el tono áspero de su susurro—. ¡No jodás! Sabés mejor que *naides* que ese *bienudo* hijo de puta nunca se va a hacer cargo del muerto. Hace mucho que nos conocemos y sabés que siempre te digo lo que pienso. ¿Querés que te diga lo que pienso ahora? —Varzi asintió—. Que estás metido hasta los *caracuses* con la Marlene esa y que no querés matar a Urtiaga Four por ella.

—¡Qué decís, Mudo! —vociferó Varzi—. ¿*Tás piantao* o qué?

—Entonces, ¿por qué mierda no te cogés a la soprano esa y te sacás de encima al hermano? No me digás que estás esperando que la *papirusa* caiga rendida a tus pies. Te mira de una manera que te echa veneno por los ojos. No se te va a acercar nunca. Vamos a hacer esto —propuso—: yo te la traigo mañana a la rastra hasta aquí, la tirás al suelo, le abrís las piernas y te divertís un rato. Después, bien tranquilito, buscás al hermano y lo destripás. Eso sí, antes de destriparlo, que se entere bien enterado de lo que le hiciste a la hermana, con lujo de detalles ¿eh?, como lo habíamos pensado. ¿Te acordás, no?

Varzi se quedó sin aliento. El relato descarnado de lo que él mismo había planeado tiempo atrás lo abrumó; sin embargo, supo ocultar su debilidad frente a Mudo.

—Hecho. Mañana, entonces —acordó.

Mudo asintió y no volvió a hablar durante el resto de la noche.

la mañana siguiente y con el objeto de comentar los pormenores de la velada, la familia se reunió a desayunar, incluso Otilia, que acostumbraba hacerlo en su dormitorio. Ansiosa como una adolescente, sólo quería hablar del inminente nombramiento de Eloy. El espectáculo rutilante de Micaela no significaba nada en comparación con lo de su sobrino. A poco, había hartado con su parrafada y, aunque la mayoría hacía esfuerzos por contestarle y dirigirle uno que otro comentario, Gastón María se dedicó a tomarle el pelo y hacerle burlas.

—No creas que no me doy cuenta de que estás escorchándome —le previno Otilia—. Lo que pasa —continuó—, es que te morís de la envidia porque mi sobrino es tanto y vos tan poco.

Gastón María soltó una carcajada y le dijo cosas aún menos apropiadas. Micaela miró a su padre, que mantenía esa actitud indolente que lo caracterizaba cuando el tema atañía a su hijo o a su esposa, y le pidió su intervención con un gesto. Rafael puso fin a la discusión y, para desviar tensiones, le preguntó algo a Cheia. Micaela, por su parte, agradeció que Moreschi no estuviese en la casa esa mañana: tanto su hermano como su madrastra la habrían avergonzado terriblemente.

—La fiesta fue todo un éxito, ¿no, hija? —preguntó Rafael, y dio pie para volver al tema.

—La hija del juez Mario de Montefeltro no dejó de mirarte en toda la noche, Gastón María —contraatacó Otilia—. Anita de Montefeltro sería una esposa estupenda para vos.

—Sí —ratificó su padre—. Creo que ya sería bueno que tomaras el toro por las astas y encaminaras tu vida.

Gastón María comenzó con su acostumbrada jarana hasta que Micaela lo interrumpió.

—Papá tiene razón, Gastón María. Ya te divertiste lo suficiente. Ahora es tiempo de que sientes cabeza. ¿O cuál es tu idea de futuro?

El joven, atacado por los cuatro flancos, buscó apoyo en mamá Cheia.

—No la mires a mamá —ordenó Micaela—. Por más que te mime y te malcríe, ella sabe mejor que nadie que tu vida no puede seguir así.

—¡Dejen de molestar! —bramó, y se puso de pie—. Yo nunca me voy a casar. ¡Nunca! ¿Entendieron? —Y salió del comedor hecho una furia.

Mamá Cheia intentó seguirlo, pero Micaela la tomó por el brazo y la obligó a sentarse.

—No, mamá —dijo—. Es hora de que Gastón María deje de jugar como lo está haciendo. Mucha gente sufre por su culpa.

Dejó la mesa y subió a su habitación preocupada y disgustada. Gastón María era un tarambana; aunque le doliera, tenía que admitirlo. Su desparpajo ya no resultaba gracioso; su irresponsabilidad afectaba y dañaba a los que lo querían. Lo adoraba, pero estaba perdiendo la paciencia.

Sentía agobio, y Varzi representaba su mayor pesar, no sólo por ser el proxeneta que la tenía atrapada, sino por su enigmático proceder. Desde aquella conversación con Moreschi, para Micaela había quedado claro que los problemas de Gastón María con Carlo Varzi excedían el dinero.

Esa noche tenía función en el Carmesí y, pese a ser temprano, se preparó y salió sin mayores inconvenientes: su padre trabajaba en el Senado; Otilia, como siempre, en Harrod's, tomando el té o viendo un desfile de modas, y Gastón María, con sus amigotes.

Pascualito se sorprendió de que su patrona deseara ir tan temprano al burdel, pero no comentó nada y preparó el automóvil. Llegaron pasadas las cinco. El lugar le resultó increíblemente familiar y Micaela sonrió al evocar el espanto que le había causado la primera vez. No halló a nadie en la planta baja, tampoco en el camerino. Decidió ponerse cómoda y eligió uno de los vestidos que Tuli tenía apartado para ella. Alguien entró, y reconoció las voces de Edelmira y Tuli.

—Esa chica se va a enfermar si sigue así —aseguró la mujer.

—¡Pobre Polaquita! Se va a morir de amor —suspiró Tuli.

—¡Pero qué carajo, esta *Milonguita*! Venir a enamorarse del copetudo ese del Urtiaga Four.

—El Napo se la tiene jurada al *jailaife* ese —agregó Tuli—. Lo va a destripar ha dicho. Yo no sé qué espera.

—Che, Tuli —empezó Edelmira, en tono confidencial—. Vos que sabés todo, a vos que nada se te escapa, vamos, contame, che. ¿Por qué el Napo se la tiene jurada al *bienudo*?

—Me mata Cabecita si te digo.

—Dale, Tulito hermoso...

—No vengás a hacerme cosquillas vos...

—Dale, no me dejés con las ganas —insistió la mujer—. Soy una tumba. ¡Por ésta! —y se hizo la cruz sobre los labios.

—Si llegás a abrir la *jeta*, te la parto —amenazó Tuli—. Lo que pasa con Urtiaga Four es bastante grave. El muy hijo de puta dejó embarazada a la protegida del Napo y no quiere casarse con ella.

Micaela sintió un temblor en el cuerpo.

—¿El Napo tiene una protegida? ¿Quién es? ¿Una amante? —preguntó Edelmira.

—¡Con esa mente podrida que tenés, para vos todas son amantes! No, no es su amante. Es una chica, jovencita, muy jovencita, que el Napo cuida como si fuera de oro. La tiene en una cajita de cristal. Y este guacho de Urtiaga Four viene y se la mancilla.

Micaela se sentó en el suelo y se cubrió la cara con las manos.

—Pero esto no es lo peor —continuó Tuli, y Micaela se puso en guardia—. Lo peor de lo peor es lo que el *jailaife* hizo después de que se enteró de que la *papirusa* le iba a dar un hijo. Pero no puedo contártelo.

Edelmira le rogó en vano. Micaela esperó tras el biombo a que dejaran el camerino. Tenía el ánimo descompuesto y la respiración fatigosa. "¡Señor Varzi!", pensó, "¡Éste era su gran misterio!".

—Tengo que hablar con el señor Varzi —se dijo—. Tengo que hacerlo —repitió, decidida.

Terminó de abrocharse el vestido y salió como loca del camerino.

—¡Señor Varzi! —gritó en el corredor—. ¡Señor Varzi!

Edelmira y Tuli aparecieron e intentaron calmarla. Micaela, fuera de sí, no los miraba ni les respondía; continuaba llamándolo, temerosa de que no estuviese en el burdel.

—¡Señor Varzi! ¿Dónde está el señor Varzi?

Carlo reconoció la voz desde la planta baja y subió los escalones de dos en dos.

—¡Señor Varzi! —exclamó Micaela al verlo; se le abalanzó y lo tomó por las solapas—. ¡Señor Varzi! ¿Por qué no me dijo la verdad? ¿Por qué? ¿Por qué?

Carlo paseó su mirada atónita de Tuli a Edelmira en busca de una explicación. Ambos se sacudieron de hombros y le devolvieron un gesto de confusión. Carlo tomó a Micaela, desfallecida para ese momento, y la guió hasta su oficina. La ayudó a sentarse y se dispuso a servirle una copa.

—¡No me dé nada! —prorrumpió—. ¡No quiero tomar esa cosa horrible! Dígame, por favor, y no me mienta más, qué es todo este asunto de su protegida y de mi hermano. ¿Es cierto que mi hermano la embarazó y que no quiere casarse con ella? ¿Qué otra cosa peor le ha hecho? ¡Quiero saber! ¡Ay, Gastón, qué bajo has caído! —se cubrió el rostro y empezó a llorar.

Varzi quedó sin palabras, con la mente en blanco. Recobrada en parte, Micaela insistió con firmeza que quería conocer la verdad. Carlo se dirigió al escritorio, tomó una fotografía del cajón y se la entregó. Había una joven, de unos dieciséis o diecisiete años, muy bonita.

—Esa fotografía es un poco vieja —comentó Carlo—. La miro tanto que la ajé toda.

Al ver que Varzi no proseguía, Micaela se animó y lo interrogó.

—Es una niña muy hermosa. ¿Es su protegida?

—No, no es mi protegida, es mi hermana Gioacchina. Mi querida y adorada Gioacchina.

Micaela quitó los ojos del retrato y lo contempló sin reservas. ¿Era ese hombre el mismo que ella conocía, el malevo bruto y despiadado? Sí, lo era. Sus ojos negros y su rostro hermoso permanecían inmutables; en cambio, se le había suavizado la voz, y sus movimientos, avizores y rápidos, parecían aletargados. Lucía triste.

—¿Su hermana, señor Varzi?

—Ahí tiene dieciséis años. Hace poco cumplió los veintiuno. Pero sigue tan linda y angelical como en esa fotografía. Igual a mi madre.

¿Madre? ¿Hermana? Después de todo, Carlo Varzi era un ser humano y, en apariencia, con sentimientos nobles.

—Por favor, señor Varzi, no me tenga sobre ascuas. Quiero saber, necesito saber, qué circunstancias unieron la vida de mi hermano con la de esta joven.

—Por razones que no voy a explicarle, mi hermana piensa que estoy muerto. Ella vive en una casa decente con una mujer honorable que se encarga de su educación y cuidado. La señora Bennet es una institutriz inglesa de las mejores y, ayudada por la buena disposición y la naturaleza dócil de Gioacchina, ha hecho de ella una dama de sociedad tan distinguida como usted, se lo aseguro. Gracias a mis conexiones con las altas esferas, mi hermana accede a los mismos círculos sociales donde se mueve su familia.

—¿Gioacchina Varzi? No, no recuerdo a nadie...

—Gioacchina Portineri.

De todos modos, Micaela no reconoció el nombre.

—Ella lleva el apellido de nuestra madre.

—¿De su madre?

—Su hermano enloqueció por ella y no dejó de perseguirla. Es bonita, dulce y culta. Es mi tesoro más grande, lo único puro y hermoso que tengo en la vida. Y Urtiaga Four la tomó como si... —Cerró el puño y una contracción le endureció el rostro—. La desgració y la dejó embarazada. Por más que lo amenacé de mil maneras, su hermano nunca accedió a cumplir con ella y...

—Señor Varzi —lo detuvo Micaela—, me deja pasmada. No sé qué decir. Hay muchas cosas que no entiendo y otras que me gustaría saber. Pero antes de seguir, quiero prometerle que haré lo imposible para que mi hermano asuma su responsabilidad.

Varzi asintió, con poco entusiasmo.

—¿Dónde está su hermana? ¿Su salud es buena?

—Por su estado, mi hermana debió salir de la ciudad junto a la señora Bennet. Hasta la última noticia que recibí, de salud se encuentra perfectamente, aunque, de ánimo, no puedo decir lo mismo.

Micaela se apiadó de la joven, que tenía que ocultarse, escapar de su casa, de sus amigos y afectos, avergonzada y humillada, todo por culpa del irresponsable de Gastón María. Pasaban los segundos y la ira de Micaela aumentaba.

—Tengo entendido que la mala acción de mi hermano no termina aquí. ¿Hay algo más que deba saber?

—Su hermano intentó forzarla a terminar con el embarazo. Trató de sacarla a la rastra de la casa para llevarla con una curandera. Si no fuese por la señora Bennet, no sé qué habría sucedido.

—¡Oh, Dios mío! ¿Puede ser cierto?

—Entiendo que no crea en la palabra de un hombre como yo —dijo Varzi, ostensiblemente ofendido.

Micaela se apresuró a aclararle que le creía, sólo que le resultaba una verdad tan dolorosa que deseaba que no fuese cierta.

—Yo soy el primero en desearlo, señorita Urtiaga Four, pero es la triste realidad. Mi hermana Gioacchina está esperando un hijo de su hermano y él se ha comportado como el peor de los rufianes.

Micaela y Carlo se miraron largamente; había tantas cosas que aclarar, tantas verdades que exigir. A esa altura, ninguno de los dos tenía claro si quería echar luz sobre las sórdidas cuestiones que los habían mantenido unidos todo ese tiempo.

—Debo irme —Micaela se puso de pie repentinamente—. Hay algo que quiero hacer y no puede esperar.

—¿Va a volver?

—Sí, señor Varzi. Usted y yo tenemos un trato, y pienso cumplirlo.

Micaela entró en la casa de su padre hecha una furia. Rubén, el mayordomo, se sobresaltó cuando la joven patrona le preguntó, muy exaltada, dónde se encontraba Gastón María.

—En el salón de los escudos, jugando al billar con unos amigos.

—¡Micaela! —exclamó Gastón María al verla—. ¡Qué suerte que llegaste! Estos amigos míos quieren conocerte.

—Señores, por favor —dijo—, permítanme quedarme a solas con mi hermano. Tengo algo urgente que hablar con él.

Se miraron entre sí, confundidos, dejaron los tacos sobre la mesa y salieron.

—¡Te volviste loca! —gritó Gastón María.

—No seas grosero. No me hables así.

—Está bien. ¿Qué pasa? ¿Qué tenés que decirme?

—Gioacchina Portineri, eso tengo que decirte.

El efecto del nombre fue inmediato: Gastón María palideció.

—Ya sé todo lo que hay que saber respecto del tema. ¿Tenés algo para decir en tu defensa? Y no inventes cosas, no me mientas. Te conozco mejor que nadie y sabría si me estás mintiendo. Por favor, con la poca hombría que tenés...

—¡Cómo te atrevés a decir que tengo poca hombría! —se enfureció Gastón María.

—¡Ah, el señorito tiene el tupé de ofenderse! ¿Cómo llamás a esto? Dejar embarazada a una chica inocente, abandonarla, no casarse con ella y, para rematarla, obligarla a que se haga un aborto. Yo tengo muchos calificativos, y te aseguro que ninguno halagüeño. ¿Vos cómo lo llamarías? ¿Tener hombría? Si es así, querido hermano, lo que sí tenés es bastante trastocados los principios.

—¡No seas sarcástica! ¿Querés?

Micaela pensó que la discusión podría seguir por ese rumbo indeterminado e infructuoso durante horas, sin lograr nada. Había que rectificar el tenor de la conversación.

—Mirá, Gastón María, yo no quiero ser juez en este lío. Solamente quiero ayudarte a buscar la mejor solución.

Pero Gastón María seguía molesto y no cejaba en sus impertinencias. De mal modo, le inquirió cómo se había enterado del asunto; Micaela se negó a responder y, pacientemente, soportó sus atrevimientos, que le resultaron los de un joven de quince años y no los de un hombre de veintitrés a punto de ser padre. Gastón María puso en tela de juicio la paternidad del niño. Micaela le pidió que fuese sincero y que, por un momento, dejara de lado sus bajezas. Avergonzado, Gastón María no insistió, y la actitud tranquila de su hermana lo obligó a aplacarse. Tomaron asiento y conversaron largo y tendido, y aunque Micaela estaba indignada por la desvergüenza de su hermano, mantuvo la calma. Lo escuchó con atención y le habló con firmeza, se cuidó de no mencionar a Varzi y tuvo que hacer esfuerzos para no estropear la coherencia de su relato.

Luego de la charla, Micaela sacó en claro que Gastón María estaba muy confundido y desorientado. Sin principios ni moral, había tirado su vida por la borda, a pesar de contar con los medios para acceder a cualquier situación provechosa. No estudiaba, no trabajaba, y vivía de la renta de su padre. Juergas, alcohol y otros vicios ocupaban sus días. Después de todo, en medio de semejante desquicio, resultaba admirable que no hubiese terminado peor mucho antes.

—Me avergüenzo de vos, Gastón María —retomó Micaela—. Lo que hiciste con la señorita Portineri no tiene nombre. Tengo entendido que es una joven buena y educada. Me pregunto por qué te ensañaste con ella. Estoy segura de que no te faltan mujeres que te satisfagan, mujeres de la mala vida que valgan tanto como vos. Si algo te queda de esa hombría que decís tener, buscá en tu conciencia la solución. Hasta tanto no resuelvas honorablemente la situación de esa pobre chica, no voy a volver a dirigirte la palabra.

* * *

Después de la discusión con su hermano y de regreso al Carmesí, a Micaela le dolía la cabeza. Un agotamiento en todo el cuerpo la obligó a reclinarse sobre el asiento, y se quedó dormida. Pascualito la despertó al llegar, y bajó del automóvil a los tumbos. Se acomodó un poco el peinado y entró en el burdel. Era tarde y había mucha clientela. Pasó inadvertida, aunque hubo alguien que dio un respingo en su mesa y la siguió ávidamente con la mirada.

En el desorden del camerino, no hallaba la ropa, ni el maquillaje, ni la peluca. Apareció Tuli y, con eficiencia, la ayudó a cambiarse. La puerta se abrió de golpe y provocó un estruendo. Una figura colosal se proyectó bajo el dintel y, a causa de la luz tenue, hasta que no avanzó unos pasos, Micaela no advirtió que se trataba de su tío Raúl Miguens.

—¡Tío Raúl! —exclamó horrorizada.

Tuli, confundido, le indicó que no se podía entrar e intentó tomarlo por el brazo, pero Miguens, quizá más corpulento que Mudo, lo quitó del medio.

—¡Qué sorpresa más grata, querida sobrina! ¡Sabía que eras vos! Esos ojos, esa boca, esa forma de mover las caderas son sólo tuyos. ¡Pero qué cosa! Anoche, en la fiesta, eras una cantante de ópera; hoy, una puta.

—¡Tío, por favor! —suplicó Micaela—. Yo puedo explicarle...

—¡No, qué va! No me expliqués nada. Me calentás más ahora que sos una puta. Ya estoy imaginándome las cosas que voy a hacerte en la cama.

—¡Qué dice, desgraciado! —reaccionó—. ¡Depravado! ¡Asqueroso! ¿No se da cuenta de que está hablando con su sobrina?

—Es lo que más me gusta, que seas mi sobrina. —Y se arrojó sobre ella.

La apretó contra su cuerpo, la levantó en el aire y le estampó un beso en el pecho. Micaela gritó y bramó sin esperanzas de que la escucharan. La música del salón y los gemidos y jadeos del corredor le jugaban en contra. Pataleó e intentó morderlo, pero fue en vano; la fuerza de su tío resultaba inconmensurable frente a la de ella.

La tumbó en el suelo bruscamente. Acuclillado a su lado, la sujetó por el cuello, mientras luchaba para deshacerse del cinto y para abrir los botones. Micaela se sacudía y le asestaba golpes. Al fin y cuando pudo con el pantalón y los calzoncillos, su tío se le tiró encima, asfixiándola, aplastándola. Ella quedó inerme bajo semejante peso y sólo le quedó pedir socorro. No le costó mucho a Raúl Miguens deshacerse del vestido y convertirlo en jirones. Le pasó la lengua por los pechos, el cuello, la boca y la besó desaforadamente.

Tuli se levantó muy abombado, pero al ver el espectáculo que tenía enfrente, pareció reponerse de inmediato y salió en busca de ayuda. Corrió a la oficina de Carlo y lo encontró meditabundo en su escritorio.

—¡Napo, vení! —irrumpió—. ¡Miguens está violando a Marlene!

Varzi salió propulsado de la habitación con Tuli por detrás. Cerca de la zona del camerino, escucharon con claridad los gritos desgarradores de la joven y, al llegar, vieron que Miguens le propinaba una bofetada de revés.

Carlo lo tomó por la espalda y se lo quitó de encima con facilidad. Micaela quedó tirada en el suelo, desmayada. Tuli se arrojó a su lado y la arrastró para alejarla de la pelea. Le acercó una botella con perfume que la despabiló, aunque siguió allí tendida junto a él, arrinconados e imposibilitados de escapar sin riesgo de salir lastimados.

Forcejearon hasta que Carlo, de un empujón, tiró de espaldas a Miguens, que se incorporó furibundo y volvió a arremeter.

—¡Te voy a matar! —dijo, y sacó un cuchillo.

Se aproximó amenazante, con el cuerpo agazapado, cortando el aire con el arma. Varzi, inerme, sólo contaba con su destreza para capear los cuchillazos que le lanzaba el adversario. Movía el cuerpo hacia uno y otro costado, mientras buscaba a su alrededor con qué defenderse. Retrocedió hasta el tocador, tomó un par de tijeras y se lanzó a la pelea. Ambos demostraban maestría en la lucha y, aunque Raúl Miguens era más corpulento, Carlo resultaba más ágil y no menos fuerte.

Micaela soltó un alarido cuando su tío hirió a Carlo en el brazo, que apenas hizo un gesto de dolor y continuó. Miguens, en ventaja, lo tomó con rudeza y le apretó la herida; Varzi rugió como una fiera e intentó clavarle las tijeras en el pecho. Se produjo un confuso enredo de cuerpos que Micaela y Tuli seguían con ojos desorbitados sin distinguir quién llevaba la delantera.

En un segundo pasó todo: Carlo hundió varias veces las tijeras en el vientre de Miguens y la sangre coloreó su camisa blanca rápidamente. El cuchillo se le resbaló de las manos y, a poco, cayó exánime. Micaela volvió a desmayarse.

Volvió en sí en una cama que no era la suya. Una luz lánguida le permitía ver a duras penas que había alguien sentado a su lado.

—No se asuste, señorita —dijo la persona—. No, por favor, no se levante —le pidió, al tiempo que encendía otra lámpara.

Micaela vio con claridad a una mujer de unos cincuenta y cinco años, blanca, regordeta, de ojos celestes, de aspecto y tonada inconfundiblemente germánicos. ¿Dónde estaba? ¿Qué había pasado? ¿Cómo había llegado hasta ahí? Su angustia fue manifiesta.

—No se altere, querida, ahora está a salvo, en casa del señor Varzi.

—¿A salvo? —preguntó, mordaz—. ¿Cómo puedo estar a salvo en casa de un delincuente?

El rostro pálido de la señora se tiñó de rojo, la mirada se le endureció y su voz perdió la dulzura al decir:

—No le permito. Carlo no es ningún delincuente. —Y se puso de pie.

Micaela trató de refutarla, pero la mujer estaba decidida a seguir.

—La vida llevó a Carlo a donde está. Si tiene faltas, son hijas de las circunstancias y no porque sea naturalmente inclinado al mal. No debería juzgarlo tan duramente sin conocer sus desventuras y pesares. Es un buen hombre, que ha sufrido lo que nadie.

Ese panegírico la dejó muda. Miró a la defensora de Varzi con asombro, convencida de que se trataba de una persona de aspecto decente. Vestía con sobriedad y su forma de expresarse y de moverse eran las de una señora. Intentó preguntarle de dónde conocía a Varzi y si *realmente* lo conocía, pero no pudo: la puerta se abrió en ese momento y Carlo entró. Se paseaba enojado de un lado a otro, sin levantar la vista. Micaela se percató de que ya le habían vendado el brazo y de que todavía llevaba la camisa manchada con sangre.

—Frida —dijo de pronto a la mujer—, déjanos solos, por favor.

—Sí, Carlo, por supuesto.

Frida dejó la habitación sin despedirse. Varzi aguardó a que cerrara la puerta para mirar a Micaela por primera vez.

—¿Llegué a tiempo? —preguntó de mal modo.

Micaela asintió, incapaz de hablar ahora que las imágenes se repetían en su cabeza.

—¡Miguens, reventado, mal parido! —insultó Varzi.

—¿Qué pasó con él?

—¿Que qué pasó con él? Usted vio lo que pasó con él. ¡Está muerto! Iba a violarla, a tomarla por la fuerza y yo lo maté. Soy un asesino. ¡Qué más da si yo para usted siempre fui una basura! Algo que se rechaza, que da asco.

Micaela se inmutó, confundida por semejante desplante.

—¡Ganó, *señorita Micaela Urtiaga Four*! ¡Usted me ganó! Ya no quiero volver a verla. No vuelva a cantar en mis *humillantes* burdeles ni a exponerse en medio de putas y compadritos. ¡Se acabó! ¡Usted ganó! ¡Basta!

—Pero, señor Varzi, ¿y mi hermano...?

—¡Se acabó! ¡Basta!

Dio media vuelta y salió dando un portazo. Micaela se quedó un momento recostada, sin saber qué hacer. Se levantó dispuesta a abandonar ese lugar cuanto antes. Al ponerse de pie, la asaltó un mareo, y una puntada en la mandíbula le recordó el sopapo de Miguens. ¡Raúl Miguens, su tío, el esposo de la hermana de su padre, muerto! Ahogó un gemido y se apoyó contra la pared.

Mudo llamó a la puerta y entró.

—*Usté* sí que se salvó esta noche, señorita —dijo, sin pensar precisamente en Miguens.

La tomó del brazo y le indicó con la cabeza que lo acompañara. Micaela, más desconcertada por escucharlo hablar que por lo que le había dicho, no atinó a nada. Se quedó mirándolo hasta que la obligó a avanzar. Mudo conducía, Cabecita iba sentado a su lado; Micaela, en el asiento de atrás, cerró los ojos para contener las lágrimas.

—Se durmió —aseguró Cabecita, y al escuchar que la pensaban dormida, continuó fingiendo—. ¡Qué hijo de mil putas ese Miguens! —prosiguió el matón—. Mirá que volver al burdel cuando el Napo se lo tenía prohibido. La última vez se salvó de que lo matara de milagro. ¡Qué caradura! Con la cantidad de *guita* que le debía, ¡encima darse el *lujete* de pegarle a las chicas! A la Edelmira le dio una *biaba* la última vez que la dejó idiota por varios días. ¡Y ahora meterse con Marlene! ¡Con Marlene! ¡Ya se lo iba a permitir el Napo! ¡Justamente con ella!

Micaela se esforzó en permanecer callada y quieta en el asiento de atrás, aunque cada palabra de Cabecita desataba una tormenta de conjeturas que ansiaba descifrar.

—Parece que Miguens era de esos que se calientan si sopapean un buen rato a la *mina*. ¡Qué marica de mierda! Después, lo veías dándose aires de *bienudo* y *jailaife*, tirándosela de honesto y *laburador*. ¡Si todos supieran la mierda que era!

La policía encontró a Raúl Miguens muerto de varias puñaladas en El Hueco de las Cabecitas, un lugar tenebroso, cercano al antiguo convento de los Recoletos, donde los malevos realizaban sus duelos a cuchillo.

Micaela desplegó sus dotes de actuación y se mostró conmovida e impresionada, aunque no le cabía duda de que su tío merecía lo sucedido y le importaba un comino que esa desaprensión se opusiera a sus principios morales y cristianos. Miguens había resultado un depravado: su muerte era justa. Aún sentía asco y odio al recordarlo manoseándola y lamiéndole los pechos.

Para evitar el escándalo, Rafael apeló a sus contactos, sobornó a alguna gente y consiguió que se informara que Miguens había muerto de un infarto. A juicio de Micaela, el velorio y el entierro fueron una parodia: sus tías y primas lloraron sin consuelo, los hombres comentaron en voz baja lo buena persona que había sido, y Rafael, en un discurso, remarcó de tal forma las virtudes del difunto que Micaela se preguntó si se refería al mismo hombre que había intentado violarla dos noches atrás.

Vio muy poco a su hermano durante esos días; lo cruzó en el velorio y lo miró de lejos en el entierro. Gastón María lucía triste y abatido, apenas levantaba la vista y no hablaba con nadie. En lo atinente a ella, su actitud era claramente esquiva, situación que la ayudó a mantener la promesa de no dirigirle la palabra. Al día siguiente del entierro, mamá Cheia le contó que Gastón María había armado una valija y se había ido, con la única promesa de escribirle más adelante.

—Aquí hay gato encerrado —aseguró la nana—. Nunca vi a tu hermano de esa forma. Parecía otro, tan callado y triste. Estoy segura de que vos sabés algo.

En un primer momento, Micaela dudó en confesarle la verdad; el tema de Gioacchina y su embarazo la destrozarían. Finalmente, lo hizo. Cheia no concebía que su adorado Gastón María hubiese caído tan bajo y llegó a poner en tela de juicio la palabra de Varzi, al que tildó de proxeneta y delincuente. Micaela salió en su defensa y explicó que Gastón María le había ratificado la historia al increparlo días atrás.

—Y ahora no sé qué va a pasar —agregó.

—¿Qué va a pasar con qué? —preguntó Cheia.

—Con mis presentaciones en el Carmesí. Varzi me dijo que no quería verme más por ahí. Me echó.

—¿Te echó? ¿Por qué? ¿Qué fue lo que pasó?

No tenía fuerzas para contarle el resto. Además, Cheia ya pensaba bastante mal de Varzi para añadirle la muerte de Miguens. Por otra parte, la nana exigiría detalles y, sin quererlo, la atormentaría con preguntas que no deseaba contestar; sentía asco de sólo recordar.

—No sé qué pasó —mintió—. Se alteró extremadamente al contarme lo de su hermana y Gastón María. Me dijo que me fuera y que no volviera más.

—Gracias a Dios —concluyó la nana.

Micaela no se conformaba con agradecerle a Dios. Las cosas habían terminado de una manera abrupta y sin sentido. El sacrificio, los riesgos corridos, la humillación, el miedo, todo por nada. Su hermano continuaba en deuda con Varzi;

ahora se había fugado como un cobarde y, de seguro, no volvería a dar la cara. ¿Acaso no sabía que Varzi lo encontraría donde fuera?

Recordó la noche en casa del malevo y revivió cada instante: la conversación con la tal Frida —¿quién sería?—; la forma en que Varzi la había mirado; la manera en que le había hablado, colérico y, al mismo tiempo, destruido; las cosas extrañas que le había dicho.

"¿Esto es todo?", se preguntó. "¿Así termina? ¿Así *tiene* que terminar?" Le costaba creerlo. Se había acostumbrado al Carmesí, a preparar las fugas de la mansión, a ensayar con Cacciaguida y los músicos, a Tuli, ¡querido Tuli!, con sus maneras afeminadas y su voz chillona. Incluso, se había familiarizado con las muchachas y un sentimiento extraño la unía a ellas; se divertía escuchándolas hablar de sus cosas, siempre relacionadas con hombres y dinero; ya no le resultaba incomprensible el lunfardo y, en ocasiones, se sentía tentada a usarlo. A Cabecita también lo extrañaría, jovial y jaranero, tan minúsculo al lado de Mudo. Mudo: sólo nombrarlo y se le helaba la sangre. Volvió a estremecerse al recordar sus palabras en casa de Varzi: *Usté sí que se salvó esta noche, señorita*. Voz ronca y aguardentosa, rostro patibulario. Tembló al pensar en el famoso "mocha lenguas"; aunque no, Varzi no mantendría entre su gente a un maniático asesino de prostitutas. Varzi no dejaría que... Varzi, Varzi. ¿Cómo arrancárselo de la cabeza? ¿Cómo olvidar su sonrisa tenebrosa, sus manos, sus sesgados ojos negros? Retuvo el aliento al imaginárselo cerca, como cuando bailaban el tango, o como aquella noche en el automóvil, cuando la tomó por la cintura y la sujetó por la nuca. "No sería mala idea dar la razón a la gente", le había dicho.

Volvió a la realidad súbitamente. Nada contaba. ¡Por Dios, nada importaba! Ni el Carmesí, ni Tuli, ni las chicas, ni Cabecita, ni nadie, y menos que menos Varzi, el peor de todos, el más perverso, malvado y estúpido, pero, al fin, el más humillado y sufriente de los hermanos. ¡Qué laberinto! Por más que buscaba una salida, siempre regresaba al mismo sitio.

A finales de julio, los días fríos y lluviosos se repetían con una asiduidad que la frustraba y deprimía. Parecía un invierno hecho para presagiar cosas malas. Por más que había comenzado con los ensayos de *Lakmé* y que el entusiasmo de Moreschi aturdía, se sentía triste y melancólica. Pensaba en su hermano y se preguntaba dónde estaría, y se culpaba también, pues le había negado su ayuda al condenarlo y marginarlo. Mamá Cheia intentaba consolarla.

—Yo creo —le decía— que solamente el hecho de que pueda perder tu cariño lo va a hacer recapacitar. Él te quiere más que a nadie, te lo aseguro.

Pero Micaela no se convencía, y la culpa la torturaba. Moreschi, por su parte, la impelía a dejar de lado los problemas y a concentrarse exclusivamente en la ópera. El estreno sería en septiembre y, aunque contaran con tiempo suficiente, debían practicar y ensayar sin tregua.

—Por suerte —comentaba—, ese asunto tan siniestro con Varzi terminó bien. El prostibulero te dejó tranquila antes de tiempo. No te preocupes por nada, querida. Tu hermano es un hombre; que él mismo resuelva sus problemas.

Micaela lamentaba la ausencia de Eloy, su sola presencia la tranquilizaba. Seguro y de carácter definido, la hacía sentir protegida, a salvo, aunque debía reconocer que, en ocasiones, la mirada se le endurecía, y el gesto, hasta la postura del cuerpo, hacían ver a las claras que prefería estar solo.

Se alegró el día en que su padre recibió carta de Eloy y la compartió a la hora de la cena. Se encontraba muy a gusto en Río de Janeiro, aseguraba que los brasileños eran gentes encantadoras y que lo trataban muy bien, y que hasta parecían haber olvidado el anterior encono de Figueroa Alcorta y su ministro de Relaciones Exteriores, Estanislao Zeballos; ahora se mostraban afables y abiertos con los funcionarios argentinos. Hubo partes que Rafael obvió, temas relacionados con cuestiones políticas que sólo a ellos atañían.

—¿Dice cuándo piensa volver? —preguntó Otilia.

—Aquí dice que... "En cuanto a mi regreso, no lo espere antes de fines de agosto, don Rafael, aunque tenga la certeza de que allí estaré para el estreno de *Lakmé*."

El resto miró a Micaela, que bajó el rostro avergonzada. Otilia ostentaba una sonrisa de oreja a oreja.

La expectativa por la presentación de *la divina Four* en Buenos Aires había exaltado el ánimo de periodistas, críticos, aficionados y amigos de la familia. A diario, recibía invitaciones, visitas o el pedido de algún diario o revista para entrevistarla. Los homenajes se sucedían y comenzaban a hastiarla. Nada la complacía.

Por el momento, sólo contaba con los ensayos, y a pesar de que en otros tiempos le habían llenado la vida, ahora no bastaban. Sus días transcurrían de manera monótona, entre las idas al Colón, las prácticas en casa de su padre y los compromisos sociales. A veces se le ocurría visitar a sus amigos del Carmesí. Conocía bien los horarios de Varzi y sabía que si visitaba el burdel al mediodía no se toparía con él. ¿O sí quería toparse con él? No, la idea de ir al Carmesí era tan descabellada como querer encontrarse con su dueño.

Moreschi disfrutaba como nadie, orgulloso por el triunfo de su discípula, no cabía en sí. Había recibido invitaciones de teatros de Santiago de Chile y de Lima que le rogaban una temporada con *la divina Four*, pero Micaela lo obligaba a declinar los ofrecimientos.

—Termino en el Colón y volvemos a Europa —afirmaba, sin hesitar.

***

El 28 de junio de 1914, en Sarajevo, Bosnia, un terrorista serbio asesinó al archiduque Francisco Fernando y a su esposa, y Micaela jamás pensó que la muerte del heredero al trono del Imperio Austro-Húngaro traería aparejada semejante *débâcle* mundial. Para los primeros días de agosto, Europa ya era un caos: Francia, Gran Bretaña y Rusia le habían declarado la guerra a Alemania y Austria-Hungría, mientras Italia se proclamaba neutral.

—¡Qué necios estos alemanes! —exclamó Rafael—. Suponer que le pueden hacer frente a los ingleses. ¡Ilusos si piensan en la victoria! Julio Roca cree lo mismo. Hoy fui a visitarlo y lo encontré consultando unos mapas en su estudio. Me dijo sin vueltas que los alemanes ya están derrotados.

Esta situación trasegó los planes de Micaela: Moreschi se oponía a regresar a París mientras durara la guerra y contaba con el apoyo de Urtiaga Four para convencerla. Convino en que era una imprudencia aventurarse y aceptó permanecer en Buenos Aires después de la presentación de *Lakmé*.

—Al menos por unos meses —aclaraba—, para ver qué pasa en Europa.

—Ya verás que no faltarán propuestas de otros teatros, aquí, en América. Me gustaría conseguir una presentación en el Metropolitan Opera de Nueva York. Dicen que es estupendo.

Moreschi seguía haciendo planes; Micaela, indiferente, lo miraba sin entusiasmo.

Recordó mucho a Marlene por esos días e imaginó el miedo de haberla sabido expuesta a esa estúpida guerra; se le erizaba la piel al pensar en las carencias y mortificaciones que habría padecido. En cierta forma, se alegró: Marlene descansaba en paz, mientras el mundo "civilizado" se rompía en pedazos.

¿Qué le habría dicho Marlene si le hubiese confesado la inquietud que la aquejaba? No sólo por la guerra, ni por su hermano, ni por nada en especial. Se trataba de la angustia de siempre, sin motivos aparentes, sin causa justificada. Sonrió con desgano: de seguro, después de escarbarle en el alma, Marlene la habría llevado a confesar cosas que, por el momento, prefería mantener veladas.

Para colmo, el 9 de agosto murió el presidente de la República. Roque Sáenz Peña había asumido cuatro años atrás sufriendo una diabetes galopante que, poco a poco, lo agotó. No gozaba de la estima del Partido Autonomista: la ley electoral que impulsó, con voto secreto y obligatorio, ponía en riesgo la estructura política, económica y social que se había montado, muy meticulosamente, desde 1880, en la primera presidencia de Roca. No obstante, le brindaron un sepelio solemne; hombres vestidos de *jacquet* y damas con trajes de luto. La exclusión del pueblo, al que no se le permitió acercarse al cortejo, generó malestar, y Micaela, presente en las exequias, se preguntó una vez más por la otra cara de la moneda, la que ella había visto, muy por encima, en La Boca. Se cuestionó si todos participarían de la prosperidad y riqueza del país. Habría apostado que no.

La muerte de Sáenz Peña se produjo en un momento crítico, y miles de dudas afloraron después de que asumió Victorino de la Plaza. La mansión Urtiaga Four se convirtió en el centro de operaciones de la rama más conservadora del Partido Autonomista, que deseaba, por sobre todo, detener la reforma electoral y conseguir, en el plano internacional, la unión con los aliados.

De la Plaza no sólo mantuvo la ley Sáenz Peña, sino que declaró la neutralidad argentina. Rafael y otros políticos importantes trinaban: estas decisiones menguaban el poder que habían ostentado durante años y que, por otra parte, había llevado al país a ganarse el apodo de "granero del mundo". Los sectores más conspicuos de la sociedad porteña coaccionaron para prestar apoyo a Inglaterra. De la Plaza se mantuvo en la misma tesitura y no pasó mucho hasta convertirse en uno de los personajes más impopulares de Buenos Aires.

Las porteñas de alcurnia, horrorizadas por la invasión alemana en Bélgica, organizaron actividades de beneficencia en auxilio de los aliados; se realizaron colectas para la Cruz Roja francesa y para los niños y ancianos belgas que, fuera del alcance germano, habían sido trasladados a campamentos en las costas de Francia o de Gran Bretaña. En cuanto a Micaela, la guerra incrementó su vida social, e, invitada a cada uno de estos encuentros, en más de una oportunidad se convirtió en el motivo de la reunión: *la divina Four* entonaría algunas arias. A pesar de sus ensayos, se hacía tiempo si con eso ayudaba.

Cansada de fiestas de beneficencia, veladas en mansiones suntuosas y desfiles en Harrod's, Micaela había declinado todas las invitaciones esa noche. Otilia y su padre se aprestaban para un baile y Cheia cosía en su dormitorio. Decidió conversar un rato con su nana; no deseaba quedarse sola porque, sin remedio, una y otra vez, se aventuraba a recuerdos que de ningún modo debía alentar.

El silencio le oprimía el pecho. Sin Gastón María y sus amigotes jugando a los naipes o al billar, la casa se sumía en una calma exasperante. Como no encontró a Cheia en su habitación, se dirigió a la cocina, donde se topó con el sirviente de Eloy. El hombre se puso de pie y se inclinó para saludarla. Apareció Cheia y explicó que Ralikhanta había traído correspondencia de su patrón a la señora Otilia, quien había ordenado que se le sirviera de comer.

Micaela tomó asiento frente a él y lo contempló con curiosidad. Sin duda, se trataba de un hombre raro, más allá de su apariencia. Rara su manera de mirar, de moverse, siempre con sigilo; raro su comportamiento, casi el de un esclavo bien entrenado, de maneras distinguidas.

Mamá Cheia le sirvió la cena y, cuando quiso escanciarle vino, el hombre tapó la copa con la mano.

—*Just water, please* —dijo a continuación.

—Quiere agua, mamá —tradujo Micaela.

Ralikhanta le agradeció la intervención y le dio pie para preguntarle por qué no deseaba vino. El hombre explicó que su religión no se lo permitía.

—¿A qué religión pertenece, señor Ralikhanta?

—Soy musulmán.

—¡Ah, musulmán! Yo pensé que en la India todos eran hinduistas, que creían en Brahma, Shiva, Visnú y otros dioses.

—Sí, una gran mayoría es hinduista, aunque los del Islam no somos menos. De todas maneras, señorita, creo que unos y otros le rezamos al mismo Dios, sólo que con distinto nombre.

Micaela aprobó el comentario y se dio cuenta de que el sirviente de Eloy era un hombre de cultura y refinamiento. Continuaron conversando. Como no sabía una palabra en inglés, mamá Cheia se apoltronó en la punta de la mesa y siguió bordando, y aunque tenía sueño y deseaba irse a la cama, ni loca dejaba sola a Micaela con ese personaje.

Ralikhanta se evidenció como un hombre instruido y, por lo que Micaela pudo entender, miembro de una familia noble de Calcuta que, por malos manejos políticos y económicos con los ingleses, lo había perdido todo. La sorprendió lo locuaz y amistoso que se mostraba; obviamente, el pobre hombre no tenía con quién conversar.

—¿No sabe nada de castellano, señor Ralikhanta?

—Ni una palabra, señora. No hablo con nadie, excepto con el amo Eloy, y con él lo hago en hindi, a veces en inglés.

—El señor Cáceres podría enseñarle castellano o contratar a un profesor. Nunca conseguirá relacionarse si no sabe el idioma.

Ralikhanta hizo un gesto como si Micaela hubiese sugerido algo descabellado. La muchacha presintió que se había extralimitado, y, para cambiar de tema, le contó que pronto estrenaría una ópera acerca de la relación amorosa entre una sacerdotisa hinduista y un caballero inglés. Ralikhanta, muy interesado, quiso conocer otros pormenores de la historia, y a Micaela se le ocurrió invitarlo al estreno de *Lakmé*. El hombre se negó a aceptar con la excusa de que el amo Eloy no lo consideraría apropiado, pero la insistencia de Micaela menguó su voluntad y terminó por acceder. Abandonó su sitio, se plantó frente a ella y expresó:

—De hoy en más, señorita, soy su más fiel esclavo.

Mamá Cheia no le quitaba los ojos de encima, lista para saltarle como una leona si intentaba pasarse de listo con su niña. Pero Ralikhanta se inclinó como de costumbre y salió de la cocina. Micaela lo siguió ávidamente con la mirada; aún le quedaban cosas por develar, y pese a que se moría de ganas, no supo cómo preguntarle si el hombre al que había visto aquella noche en La Boca, en un automóvil parecido al de Eloy, era él.

Concentrate en la ópera o será un desastre!", se dijo en el camerino del Colón. Siguió arreglándose y Tuli le vino a la cabeza. "¡Qué distinto esto de aquello!", pensó. Con Tuli se arreglaba para cantar tangos en un burdel de La Boca; aquí se preparaba para descollar en uno de los teatros líricos más famosos del mundo. Sin embargo, la sensación no resultaba muy distinta.

Alguien llamó a la puerta: un asistente del *régisseur* le comunicó el inicio del espectáculo. Se puso nerviosa, la ansiedad la invadió y comenzó a sacudir las piernas y a retocarse el maquillaje. Llegó Moreschi y, como siempre, le brindó palabras de aliento. Le dijo que en la sala no cabía un alfiler, y que su padre, Otilia y Cheia ya se habían ubicado. Hasta De la Plaza, el presidente, ocupaba el palco oficial.

—¿No vio a Gastón María? —preguntó, llena de esperanzas de que su hermano hubiese salido del escondite para verla cantar. Habían pasado más de tres meses de su huida; eran mediados de septiembre y nada se sabía de él. Su padre no parecía alarmado, y, seguro de que su hijo regresaría cuando se le acabara el dinero, se limitaba a esperar su aparición.

—No, querida, no lo vi. —Micaela bajó la cabeza—. Te dejo —añadió Moreschi después—. Necesito ultimar detalles con Mancinelli.

Se quedó pensando en Gastón María, y desembocó irremediablemente en Varzi. "¿Qué más puedo hacer yo? Hice lo que pude, aunque todo me salió mal." Se sintió descorazonada; por más vueltas que le daba al asunto, nada la tranquilizaba. "Olvida el problema", se dijo sin convicción.

Saludó al público por cuarta vez y la ovacionaron como la primera. En el palco de su familia, Cheia agitaba las manos y su padre, de pie, vociferaba "¡Bravo!" sin recato. Eloy, impertérrito, no le quitaba la vista de encima.

Le costó llegar al camerino; a cada paso debía saludar o aceptar congratulaciones. Moreschi la escoltaba y recibía las muestras de admiración a la par de ella. Por fin, entraron. Ramos de flores y cajas con moños vistosos casi no dejaban espacio. Se dejó caer en el taburete de la *toilette* y se quitó el tocado. A poco, llegó Emilia, una joven designada para ayudarla. Moreschi se calzó las gafas y leyó las tarjetas. El presidente De la Plaza había enviado un arreglo floral especialmente llamativo. Otros, no tan exuberantes, representaban a las familias más encumbradas de la ciudad.

—¿Y esto? —preguntó Moreschi.

—Lo trajo un muchacho minutos antes de que la señorita entrara —explicó Emilia.

—No tiene tarjeta —comentó el maestro.

—¿Me permite ver? —pidió Micaela.

Moreschi le acercó un paquete no muy grande envuelto en papel de seda, atado con un moño verde esmeralda. Se deshizo del envoltorio y, de una cajita, sacó una orquídea blanca, su flor predilecta. Se emocionó, y por más que buscó el remitente, no lo halló.

—Fue usted, maestro —afirmó Micaela, con picardía.

—No, querida —aseguró Moreschi, apenado al caer en la cuenta de que no le había comprado nada.

—¿Quiénes enviaron presentes?

Moreschi repasó los nombres de las tarjetas: De la Plaza, Díaz Funes, Anchorena, Peña, Pinedo, Cané, Luro, pero en ningún momento dijo Cáceres. Micaela sonrió divertida: la orquídea debía de ser de él, no le cabían dudas.

El éxito de *Lakmé* ocupó todo su tiempo: si no se encontraba en el teatro empeñada en un ensayo o en el arreglo de algún detalle, atendía a los periodistas y críticos; los había de todas las nacionalidades, incluso uno yanqui, en quien Moreschi tenía puesta su atención con miras al Metropolitan de Nueva York.

Si antes habían abundado las invitaciones, ahora la abrumaban, y debía declinar la mayoría por falta de tiempo. No tardaron en llegar los ofrecimientos para nuevas presentaciones. Mancinelli la quería en su compañía hasta el final de la temporada en el Colón, que, inusualmente, terminaba en noviembre. Importantes teatros de Brasil, Chile, Perú y México la reclamaban, y como la guerra continuaba en Europa, Moreschi sabía que, tarde o temprano, Micaela terminaría por aceptar alguna de las propuestas.

Sí, el entorno rutilante de esos días, similar al de la Opéra en París o al de la Scala en Milán, la mantenía bastante distraída, pero la noche llegaba e irremediablemente caía con todo su peso. Gastón María representaba siempre su mayor aflicción. Días atrás, mamá Cheia había recibido una esquela donde el joven Urtiaga Four se limitaba a informar que se encontraba bien, y resultó suficiente para tranquilizarla.

Sin querer, su mente divagaba y tomaba derroteros increíbles. A veces, unas ganas locas de bailar el tango la llevaban a ensayar pasos en su habitación, sola, sin música ni compañero, con *El trece* sonándole en la cabeza. Cerraba los ojos y aparecían los de Varzi. Podía sentir su mano férrea circundándola, la rodilla hendida en su entrepierna, el olor de su piel sudada, el brillo de su pelo engominado, su rostro brutal y hermoso. ¡Qué castigo!

En la segunda semana de *Lakmé*, el Colón descollaba como en la primera, siempre lleno, no sólo de porteños sino también de provincianos y gente de países limítrofes.

Terminó de acicalarse sin dificultad; ya lo hacía como una autómata. En el espejo se reflejaba la última orquídea blanca que Cáceres le había enviado, como de costumbre, en la cajita de papel de seda blanco y con el moño verde. Rió, entre halagada y divertida. A pesar de que el misterio se repetía y de que las flores continuaban llegando sin remitente, la actitud enigmática y romántica de Eloy, usualmente hierático y formal, le encantaba. Se había mostrado más atento desde su regreso del Brasil; siempre pendiente, no le quitaba los ojos de encima, y pese a qué, con la muerte de Sáenz Peña y la asunción de De la Plaza, su proyecto para ocupar el Ministerio de Relaciones Exteriores se había visto desfavorecido, no lucía frustrado, al menos no con ella.

—Señorita Urtiaga Four, un minuto y empieza —le avisó Emilia, su asistente, y volvió a dejarla sola.

Micaela salió al escenario y, antes de que le tocara cantar, echó un vistazo disimulado a los palcos más cercanos en busca de gente conocida, en especial de su hermano. Le llamó la atención que el palco de proscenio, usualmente vacío, tuviese el cortinado entrecerrado y que, por un resquicio, asomara la silueta de alguien. No pudo saber de quién se trataba hasta que Varzi descorrió las cortinas y la miró a los ojos. Micaela terminó la *cavatina* a duras penas. Siguió *Nila-*

kantha, y sobrevino un momento para reponerse, aunque el barítono terminaba pronto y le tocaba a ella otra vez. No lograba concentrarse con Varzi ahí, al alcance de la mano. Hizo un esfuerzo para abstraerse del entorno, pero la turbación no cedía y los del elenco advirtieron su cambio. "Este maldito hombre no va a trastornarme. No me importa que esté aquí", se dijo, sin firmeza, pero tanto lo repitió que el primer acto pasó normalmente.

Micaela se lanzó sobre Moreschi que, entre bambalinas, la veía actuar.

—¡Está Varzi! —exclamó.

—¿Qué Varzi? —preguntó, como un tonto.

—¡Cómo qué Varzi! ¡Maestro, por Dios! ¡Carlo Varzi, el proxeneta! Está ahí, sentado en el palco de proscenio. Más cerca, imposible.

Aunque se sorprendió muchísimo, Moreschi le dio poca importancia para no exacerbar el ánimo de su pupila.

—Bueno, querida, si tiene suficiente dinero para pagar un palco, nadie puede impedirle que lo haga.

Antes de volver a escena, se prohibió mirarlo; no obstante y pese al empeño, en varias ocasiones lo hizo de reojo. Varzi, elegante en su *smoking*, serio como no lo había visto antes, la contemplaba sólo a ella, sin interesar quién cantara. Su actitud la desconcertó; había esperado una sonrisa sardónica, quizás un gesto lascivo; en cambio, se topó con la actitud de un crítico. ¿Por qué la miraba así, con esa intensidad que le hacía perder el control? "¡Deje de mirarme así!", le ordenó con la mente.

Cerró los ojos para entonar "el aria de las campanitas", la más difícil. Al volverlos a abrir y tomar conciencia de que el teatro se venía abajo de aplausos y vítores, entendió que lo había hecho mejor que nunca, y se ruborizó.

Cayó el telón, y el elenco salió a agradecer al público. Micaela avistó el palco de Varzi. No había nadie: Varzi se había ido. Una desilusión aplastante la invadió y abandonó el escenario rápidamente. Llegó al camerino, cerró la puerta deprisa y se dejó caer en un confidente. Emilia le quitó el tocado y los zapatos.

—¡*Madonna mia*! —prorrumpió Moreschi—. ¡Excelente! ¡Soberbio! ¡Magistral! Nunca habías cantado tan bien *Où va la jeune Hindoue*. ¡Como un ángel! ¡Cómo un ángel! —repitió, entre conmovido y entusiasmado, sin conseguir la atención de Micaela que continuaba repantigada en el confidente con la vista perdida y la mente en otro lado.

Moreschi, que no conseguía permanecer quieto, se despidió arguyendo que el director de la orquesta necesitaba cruzar unas palabras con él. Antes de que Alessandro cerrara la puerta, Micaela escuchó las voces alegres del exterior, y su desgano se acentuó.

—¡Ah, me olvidaba, señorita! —prorrumpió Emilia—. Un chico trajo esta carta para usted hace un momento nomás.

Micaela se deshizo del sobre y leyó: "Un auto te espera en la calle Tucumán, en la esquina con Libertad. C.V.". El tono imperioso y la precisión de la orden la sedujeron. Rehusó la ayuda de Emilia, a quien despidió sin explicaciones, y se cambió deprisa. Eligió un vestido que aún no había estrenado, diseño de una joven *couturière* parisina. De encaje lila con forro de tafetán en el mismo tono, resultaba osado por lo profundo del escote espejo; muy ceñido a la cintura, no obstante la falta de corsé, largo y acampanado en la parte baja, Micaela lucía espléndida en él. Completó el atuendo con guantes blancos y un sombrero no muy ostentoso. Se envolvió en la túnica y, antes de salir, se perfumó con una loción que Moreschi le había traído de Europa.

Echó un vistazo al hall principal desde el *foyer* y se dio cuenta de que no pasaría inadvertida. Volvió a la zona de los camerinos, y un empleado le indicó la salida por la calle Tucumán. En la esquina la esperaba un automóvil negro y un hombre bien vestido, que la ayudó a subir sin pronunciar palabra. Con los visillos corridos, Micaela no podía ver hacia dónde la conducía. Se inquietó: ¿Qué estaba haciendo? ¿Se había vuelto loca? Sí, loca de remate. Otra vez en las fauces del lobo, otra vez en sus garras como una estúpida. Se había precipitado, pero le pediría al chofer que parara y bajaría. Pasó un momento y se dejó llevar.

El automóvil se detuvo. Micaela miró a su alrededor sin saber dónde se encontraba, aunque algo de ese sitio le resultó familiar. El chofer le indicó la entrada a una casa estilo colonial que le recordó a la del Paseo de Julio.

—¿Dónde estamos?

—En San Telmo, señorita.

¡San Telmo!, barrio de inquilinatos, burdeles y compadritos. Barrio de gente como Varzi. El chofer insistió en que se aproximara a la entrada y agitó una campanilla que colgaba de una cancela de hierro forjado. Una mujer abrió la puerta.

—Adelante, señorita Urtiaga Four —invitó.

—¿Frida?

—Sí, señorita. Veo que se acuerda de mí. Pase. El señor Varzi la recibirá en un momento. Está esperándola ansiosamente.

La tomó del brazo y casi la arrastró al interior de la casona. En el recibo, le pidió la túnica, el sombrero y los guantes.

—Acompáñeme a la sala, por favor.

Salieron del vestíbulo, cruzaron un patio cubierto por una parra y entraron en una sala apenas iluminada. Ya desde el patio, Micaela escuchó su propia voz en un disco de pasta.

—Tome asiento. Carlo no tardará en venir. —Y se fue.

El fonógrafo sonaba con la interpretación de *Aída* que había grabado el año anterior para la RCA Victor. Curioseó otros discos y vio que Varzi tenía las pocas grabaciones que había hecho. También encontró música de Beethoven, Tchaikovski, Mendelssohn y un disco de *Carmen*, a cargo de otra soprano.

Oyó un ruido en la sala contigua, completamente a oscuras. Distinguió la brasa de un cigarro y el brillo lustroso de un cabello engominado. Carlo dio unos pasos y se evidenció en medio de la penumbra. Y aunque esperaba el inevitable encuentro, al verlo ahí, tan cerca, tan real, necesitó apoyarse contra un mueble.

—Hola, Marlene —dijo, en un tono tranquilo, inusual.

—¿Qué quiere de mí? —replicó ella.

Carlo sonrió lastimosamente, apagó el cigarro y avanzó. Micaela trató de hacerse hacia atrás, pero el bargueño se lo impidió. Se deslizó a un costado, sin quitar los ojos de los de Carlo.

—¿Qué quiere de mí? —repitió—. ¿Sabe algo de mi hermano?

No podía culpar a Varzi, había entrado en su juego libremente. Subyugada, se había dejado conducir hasta él, que ahora, de pie frente a ella, lograba dominarla como a una inexperta. Se encontraba tan próximo, a sólo dos o tres pasos, y la miraba como en el teatro, serio, incólume.

—¿Por qué me trajo aquí? —insistió.

—Los compré hace poco —comentó Carlo, y señaló los discos—. El fonógrafo también es nuevo. Lo compré para vos.

Micaela se movió con la clara intención de salir de allí. Carlo la tomó por los hombros, la dio vuelta, obligándola a apoyarse en el bargueño, y le reclinó el pecho contra la espalda. Un instante después, su mano le oprimía el vientre. La volvió un poco hacia él con delicadeza. Su mirada la despojó de voluntad y el roce de sus dedos le aceleró el corazón. Apretó los párpados e imaginó su cara de malo, de cruel, y se estremeció con repulsión, convencida de que jamás se entregaría a un hombre sin honor, a un orillero asesino.

—¿Tanto me odiás, Marlene? —lo escuchó decir, y fue brusco al ponerla de nuevo frente a él. Micaela lo arrostró en contra de sus convicciones, pues sabía que no debía mirarlo.

—No —dijo.

—No, ¿qué? —preguntó Carlo.

—Que no lo odio —musitó apenas.

Un calor que le ascendía desde la parte inferior se apoderó incluso de sus mejillas; intentó bajar el rostro, pero Carlo se lo impidió.

—No, tontita, que te estoy mirando.

Atormentada, inerme frente a él, le dio la espalda.

—Basta —ordenó.

Las manos de Carlo la liberaron, y oyó que se alejaba.

—Pasemos al comedor a cenar.

"¿A cenar?" La situación se tornaba confusa segundo a segundo. Había que marcharse, pronto, tenía que salir de ahí. En un instante, su mirada se cruzó con la de Varzi, y, aunque intentó llamar a Frida para pedirle el abrigo, avanzó en dirección a él y, con un movimiento de cabeza, le dio a entender que aceptaba la invitación.

Entraron en la sala. Varzi encendió las luces y Micaela se dedicó a inspeccionar el comedor. La única ventana daba a la calle, con una reja colonial similar a la de la cancela. Una araña iluminaba la mesa, muy bien puesta. El mobiliario clásico la sorprendió, no tenía nada que envidiarle al que Otilia había traído de París.

—Espero que le guste la decoración, *froilan* —deseó Frida, mientras acomodaba una fuente sobre la mesa. Micaela la miró confundida e intentó descifrar sin éxito el comentario.

—Con la fortuna que gastaste, debe de ser el mejor mobiliario del mundo —se quejó Carlo.

La mujer le lanzó un vistazo, murmuró en alemán y salió. Micaela habría preferido que se quedara, no quería estar sola con Varzi. Entonces, ¿para qué había aceptado cenar con él? Simuló abstraerse en un cuadro. A poco, y como si la estuviese aferrando por la cintura, lo sintió a sus espaldas.

—¿Te gusta mi casa?

La pregunta le dio risa y se tapó la boca.

—Lo poco que conozco, sí, me gusta. Me hace acordar a la casa de mi infancia.

Le volvieron las ganas de reír, esta vez a carcajadas, ya no por la pregunta sino por lo cómico de la absurda situación. Se contuvo; Varzi parecía tomárselo con mucha seriedad.

—¿Por qué me trajo a su casa, señor Varzi? ¿Es por el asunto de mi hermano?

Entró Frida con una fuente.

—¿Todavía no invitaste a la señorita a tomar asiento? —lo reprendió.

Varzi le enseñó su sitio, a la derecha de la cabecera. Se aproximó, indecisa. "¿Qué estoy haciendo? Nada me retiene, sólo mi voluntad. ¿Qué me pasa? ¿Adónde quiero llegar?", y mientras las preguntas se precipitaban, tomó asiento. Miró a Varzi, aún de pie, y se dio cuenta de que estaba inquieto. Luego, descubrió al costado de su plato una cajita blanca con un moño verde esmeralda. Varzi le indicó que la abriera. Le temblaron las manos: la misma orquídea blanca. Había sido Carlo Varzi, todo el tiempo había sido él. "Y yo que pensaba en Eloy." Se rió.

—¿De qué te reís? —quiso saber, ofendido.

—Cada vez que estoy con usted, señor Varzi, lo único que hago es preguntarme: ¿Qué hago aquí? ¿Acaso me volví loca? ¿Por qué no me voy? ¿Por qué no me alejo de este hombre tan malo? Es lo único que me pasa por la mente.

—En cambio, cada vez que estoy con vos, yo me pregunto: ¿Por qué es tan linda? ¿De qué color son sus ojos? ¿Cómo será el perfume de su pelo? ¿Cómo será besarle los labios? ¿Por qué no me la llevo a la cama?

Micaela soltó la orquídea e hizo el intento de levantarse, pero Carlo le apoyó una mano sobre el hombro y la obligó a permanecer en la silla. Frida entró con otra bandeja. Micaela, alterada y sin fuerza en las manos, no atinó a nada, y Varzi le sirvió.

—Espero que le guste la comida alemana, *fräulein* —dijo la mujer.

—No creo que le guste —replicó Carlo, y Frida puso cara de desconsuelo.

—Sí —musitó apenas—, me gusta.

—¿Ah, sí? —se interesó Frida—. ¿Comió alguna vez comida alemana?

—Sí, muchas veces —respondió Micaela, con más ánimo.

—No me diga. ¿Y dónde?

—Bueno… En varios lugares… La primera vez fue en Munich, en un festival de música.

—¡Oh, sí! El festival de Munich. Mi esposo Johann y yo íbamos casi todos los años. También íbamos al de Bayreuth. Cósima Wagner era conocida de mi esposo y siempre nos invitaba. Yo lo disfrutaba especialmente, porque soy oriunda de Offenbach, que si bien no pertenece al estado de Baviera, está a la orilla del Main, el mismo río que divide a Bayreuth. Yo solía pensar: "Las mismas aguas que riegan mi tierra, riegan las de Bayreuth". Me sentía realmente como en casa cada vez que iba a ese festival.

—Sí, claro, el festival anual de Bayreuth. Yo participé algunas veces.

—¿En serio? —se asombró Frida—. ¿Conoció a Ernest van Dick, ese tenor tan famoso? Recuerdo que era el preferido de Cósima.

—Sí, claro, Ernest y yo cantamos una vez en *Tannhäuser*. Junto con Caruso, es uno de los mejores que conozco.

—Aunque supongo que usted preferirá las óperas de Rossini y de Puccini a las de Wagner ya que…

—¡Bueno, basta de ópera! —interrumpió Varzi, harto de un tema del que no tenía mayor conocimiento.

Frida tomó la fuente, dispuesta a marcharse.

—¿No cena con nosotros, Frida? —preguntó la joven.

Varzi, con una mueca significativa, le dio a entender que desapareciera.

—No, querida. Esta noche como en la cocina. —Y se fue.

—Preferís compartir la mesa con ella que es más de tu clase, ¿no? Que sabe más de tus óperas y esas cosas.

—¡Ay, señor Varzi! Déjese de estupideces y dígame, de una vez por todas, para qué me trajo aquí. —Tomó la orquídea y la sacudió un poco—. Y qué significa esto también, si es tan amable.

—Es tu flor preferida.

—¡Quiere sacarme de las casillas! ¡Está claro!

Otra vez amenazó levantarse. Carlo la aferró de la mano y, con gesto suplicante, le dijo:

—No te vayas, Marlene. Quedate a cenar conmigo. —Y enseguida, rectificó el tono—: ¡Pero cómo! ¿No compartirías una comida con un viejo socio?

Volvió a sentarse, completamente vencida. Varzi aún le tomaba la mano y ya no le importaba. La mano de Carlo Varzi: suave, morena, sin vello; recordó cómo la había impresionado aquella noche. Lindas uñas. Cuadradas, bien cuidadas. Sin pensar, se la acarició. Carlo respondió al contacto y la apretó un poco más.

—Señor Varzi, no entiendo nada.

—¿Qué no entendés?

—Y ahora, ¿qué quiere?

—Cenar con vos.

Micaela negó con la cabeza, se deshizo de su mano y lo miró fijamente. Los ojos negros de Carlo, impenetrables e insondables en otro tiempo, se mostraban generosos y le permitían ver que anhelaba su compañía.

—Cenaré con usted. Espero no arrepentirme.

Carlo sonrió y sus facciones se revelaron más hermosas que nunca. Micaela dio un respiro profundo para disimular el placer que le había provocado esa sonrisa.

—Tengo tantas preguntas que no sé por dónde empezar.

—Antes que nada, quiero felicitarte. Aunque no sé nada de ópera, por cómo te aplaudían, me di cuenta de que habías estado más que bien.

—Gracias, pero al verlo ahí, sentado en el palco, tan cerca, casi me hace pasar un papelón. Por un momento pensé que la voz no me saldría.

Carlo se divirtió con la confesión. Micaela tomó la orquídea, admiró su exquisita belleza y volvió a mirarlo a él.

—¿Cómo sabe que la orquídea blanca es mi flor preferida? Muy pocos lo saben.

—Era la flor preferida de tu madre. —Micaela se sobresaltó—. Tu hermano se lo comentó a mi hermana; me lo dijo la señora Bennet.

—¿Mi hermano? ¿Dónde está? ¿Lo ha visto? ¿Le hizo algo? ¿Le hizo daño?

—¡No! —prorrumpió Carlo, herido—. No le hice nada. Parece haber rectificado su conducta. —Micaela hizo un ceño—. Así parece. Después de la muerte de Miguens, vino a verme y me preguntó dónde estaba Gioacchina. Me pidió perdón por su comportamiento y me dijo que quería casarse con ella.

—¿En serio? ¡Oh, señor Varzi, qué felicidad! ¡Qué alegría!

—No tan rápido, Marlene. Gioacchina lo rechazó, le dijo que no quería volver a verlo. Está muy resentida. La señora Bennet me comentó por carta que Gastón María va todos los días a verla. Al principio, ni lo recibía; ahora, gracias a la intervención de la señora Bennet y al amor que siente por tu hermano, Gioacchina está aflojando. Creo que, tarde o temprano, se van a casar. Me gustaría que fuera antes de que naciera el bebé, pero falta muy poco.

—¿Dónde están?

—No puedo decírtelo. Gastón María me pidió que no se lo dijera a nadie. Quiere estar solo y tranquilo por un tiempo —concluyó Carlo.

Micaela asintió y cambió de tema. Le preguntó por Tuli, Cacciaguida, los músicos, incluso por algunas de las muchachas; se había encariñado con Polaquita y Edelmira. Varzi le comentó que la extrañaban, en especial Tuli y Cacciaguida. Lo habían vuelto loco a preguntas acerca del motivo de su repentina desaparición.

—Si querés, un día de éstos, los traigo aquí para que charles con ellos.

Ya le resultaba difícil continuar a la mesa de ese hombre sin poner en duda su cordura. "Si querés, un día de éstos, los traigo aquí para que charles con ellos." ¿Acaso pensaba que volvería a su casa? ¿Qué le pasaba por la mente? Agotada de conjeturar, decidió adoptar una actitud más pasiva.

Frida sirvió el último plato y se retiró.

—¿Frida es su ama de llaves, señor Varzi?

—¿Así le dicen ustedes? ¿Ama de llaves? Suena bien: ama de llaves. —Rió, y Micaela lo miró enojada—. En realidad, Frida era la esposa de mi gran amigo Johann. Después de quedar viuda, se hizo cargo de mi casa. Es como una madre para mí.

Micaela contempló los detalles de la decoración, cómo relucía el piso de madera y la platería, lo bien puesta que estaba la mesa, el ramo de rosas blancas como centro, el mantel de hilo, la vajilla de porcelana, y ratificó lo que había pensado de esa mujer la noche de la muerte de Miguens: se trataba de una persona decente, culta, con la educación y las maneras de una señora. ¿Qué hacía con un hombre como Carlo Varzi? "Es como una madre para mí." Y de seguro Frida también lo quería; lo había dejado entrever aquella misma noche cuando lo defendió a capa y espada. Que Carlo no tiene culpa de nada, que es hijo de las circunstancias, que esto, que aquello. ¿Sabría Frida quién era realmente Carlo Varzi y de qué vivía? ¿Y quién había sido el tal Johann? ¿Dónde se habrían hecho amigos? Conocido de Cósima Wagner, *habitué* del festival de Munich y de Bayreuth. Un misterio.

—Me dijiste que esta casa te hacía acordar a la de tu infancia.

—Sí, esta casa es de estilo colonial. La casa de mi familia, que nos perteneció por muchísimos años, era muy parecida a ésta. Un patio central donde convergían todas las salas y los dormitorios. Mi padre la vendió. Luego, la demolieron y se construyó una financiera.

—No creo que estés en contra del cambio. Estoy seguro de que el palacete de tu padre es diez veces mejor —comentó, no sin cierto sarcasmo.

—No estoy a favor ni en contra. La casa de mi padre no me pertenece; no es mi hogar. Yo soy una invitada. Mi hogar está en París. Ahí tengo mi casa, mis amigos, mi mundo. Si no existiera esta guerra, ya habría regresado.

Carlo se puso serio y desvió la mirada. Micaela pensó que le diría algo; en cambio, bebió un poco de vino y continuó comiendo lentamente.

—Cuando era chico —dijo Varzi, al cabo—, y volvía de trabajar, siempre pasaba por la puerta de esta casa. En aquella época era un conventillo de lo peor. El conventillo donde yo vivía era un paraíso comparado con éste. Me paraba en la vereda de enfrente y la miraba un buen rato. Me gustaba mucho. Y más me gustaba porque había pertenecido a un virrey, creo que al Virrey del Pino. La Casa de la Virreina Vieja, así la llamaban. Fue construida en 1788. Se la compré a un gallego, el dueño del inquilinato, y la remocé por completo. Le hice poner agua corriente y luz eléctrica. Quedó muy bien. ¿Qué opinás?

—Ya le dije que lo poco que conozco, me gusta.

Aunque le costaba creer lo que conversaban, se sentía extrañamente cómoda, además de halagada; tenía el certero presentimiento de que Varzi no le contaba a cualquiera la historia de la Casa de la Virreina Vieja.

¡Qué hombre hermoso! Le fascinaba su mandíbula cuando masticaba porque se le remarcaba el hueso y se le tensaban los músculos. Le gustaba su boca, brillante a causa del aceite de la ensalada; su piel, oscura y suave, bien afeitada; el sombreado natural de sus párpados que le confería esa veta tenebrosa, y el cuello, ancho y fuerte. Micaela le recorrió con la vista el contorno de la espalda y bajó por los brazos; la camisa se le había subido un poco y le permitió ver la muñeca, gruesa y fibrosa; y la mano que tantas veces la había tocado.

Un ruido en la otra sala atrajo su atención. Parecían los movimientos de varias personas, que corrían muebles o acomodaban cosas, pero la penumbra mantenía velado el misterio. Inquirió a Varzi con el gesto, aunque no hizo falta una explicación. Oyó dos o más violines, un bandoneón, una guitarra: en la otra sala, una orquesta había empezado a tocar un tango. Varzi se puso de pie, dejó la servilleta sobre la mesa, se quitó el saco y le extendió la mano.

—Bailá conmigo, Marlene.

Dudó un instante, luego aceptó. Carlo la guió hasta el patio de la parra con lentitud, el cuerpo erecto y la cabeza firme; resultaba evidente que se preparaba para la danza. En medio del solado, la tomó por la cintura con rudeza y le hizo doler, pero ella no protestó, y, como en el Carmesí, se dejó envolver por la cadencia lasciva y embriagadora del tango, que, entre los brazos de Varzi, se potenciaba y, por momentos, la hacía desfallecer, aunque trataba de mantenerse atenta a sus pasos y giros, lo seguía con precisión y parecía anticiparse al próximo corte o quebrada.

Libre de nuevo, desató los deseos que había reprimido la noche entera. Carlo la sintió aflojarse y la estrechó un poco más. Aceleró el baile, y Micaela le respondió envolviéndole una pierna con la suya; él le corrió la falda del vestido, la tomó por la pantorrilla y la hizo girar sobre el otro pie. Le acarició la pierna, y Micaela cerró los ojos para reprimir en vano un gemido que lo enloqueció.

Los pies se detuvieron repentinamente. Carlo la atrajo hasta casi pegar su rostro al de ella, volvió a separarla y continuaron con las figuras, cada vez más vertiginosas y eróticas. Por último, la doblegó hasta el piso y, al incorporarla, la sujetó por la nuca y le besó los labios. Micaela quedó inerte, con los brazos caídos a los costados y la cabeza inmóvil entre los dedos de Varzi. A medida que la boca del malevo se abría con desenfado, ella experimentaba una oleada de calor, un cosquilleo en la entrepierna también, que luego se tornó un dolor punzante. Se abrazó a él y le respondió con igual frenesí.

Varzi la tomó de la mano y la hizo entrar por otra de las puertaventanas que daban al patio. Encendió la luz, y Micaela reconoció la habitación donde había despertado la noche de Miguens. El sonido del tango menguó cuando Carlo cerró la puerta. Se quitó la camisa y la tiró al suelo. Micaela admiró el juego de los músculos en su pecho y, fascinada, lo tocó, dibujando con el índice el contorno de los pectorales. Varzi la dejó hacer, aunque se había agitado y le costaba mantenerse quieto. Tuvo la intención de quitarle el vestido, pero Micaela se alejó un poco y lo miró aterrada, consciente de que era demasiado tarde para dar marcha atrás.

—Marlene —susurró.

—Señor Varzi, déjeme ir.

—Decime Carlo. —Y la besó en el cuello.

—Carlo...

Lo llamó por el nombre y se olvidó de lo que iba a recriminarle. Dijo basta y se rindió. Cerró los ojos y echó la cabeza hacia atrás, derrotada. Carlo se deshizo del vestido y de la enagua con facilidad, le soltó el cabello y la obligó a acostarse sobre la cama. Y allí, sobre la cama de Varzi, prácticamente desnuda, con las manos fuertes de él sobre su piel, volvió a atormentarse con la idea de que se trataba de un hombre sin escrúpulos, de lo peor, de lo más bajo, un proxeneta, un asesino. Ahogó un sollozo, y Carlo, recostado a su lado, percibió el pánico.

—¿Qué te pasa? —preguntó, con una ternura que la angustió aún más—. Te deseo. No hay nada que desee más. No te voy a lastimar. Confiá en mí. —Y le besó la espalda, repetidas veces, hasta que logró distenderla—. Así, muy bien, relajate.

Le pasó los labios húmedos por la nuca, inspiró el perfume del cuello y admiró la tersura de su cabello rubio mientras le resbalaba entre los dedos oscuros. Por fin, le quitó la bombacha y le besó las nalgas.

—Te voy a dejar las medias puestas. Me gustás así, toda desnuda con las medias puestas.

Una tormenta arreciaba en el interior de Micaela. Se debatía entre lo físico, una sensación fuerte, perturbadora, exquisitamente perturbadora, y la vergüenza, la indecisión, la incertidumbre, el pudor. Los dedos de Carlo le acariciaban las piernas, subían lentamente, la recorrían con impudicia, sus labios le depositaban pequeños besos. Le demostró que su osadía no tenía límites al entreabrirle los muslos e internarle la mano, menos aún el placer que podía procurarle. Se arqueó, gimió. Varzi sonrió complacido y se tendió sobre ella.

—Me volvés loco, Marlene, estoy loco por vos. —Y aunque murmuró otras cosas, Micaela no entendió. Parecía ido, farfullaba y respiraba agitado.

Varzi dejó la cama para quitarse el resto del *smoking*. En su apuro, lanzó los zapatos por el aire, se deshizo de las polainas a la fuerza y el pantalón terminó cerca de la camisa. Micaela se incorporó para verlo: completamente desnudo, se proyectó delante de ella como una estatua de piedra oscura. Sudaba, y los músculos se le remarcaban por el esfuerzo. Su virilidad apabullante le dio miedo; así y todo, volvió a llamarlo por el nombre y le extendió la mano.

Se acomodó sobre ella, le interpuso una rodilla entre las piernas y la obligó a abrirse. Sintió las dos cosas al mismo tiempo: que Micaela pegaba un grito y que, con su miembro, le rasgaba algo en el interior.

—¿Sos virgen? ¡Dios mío! ¿Por qué no me avisaste, eh? —le reprochó—. ¿Por qué no me dijiste? —insistió, mientras la besaba y le apartaba el cabello revuelto de la cara.

—Me dolió, me duele —se quejó Micaela, inmóvil. Carlo, aún dentro de ella, por el momento se mantenía quieto.

—Claro que te dolió. ¿Por qué no me avisaste? Fui un bruto. Yo pensé que...

—Me daba vergüenza.

—¿Vergüenza? —se asombró Carlo—. ¿Vergüenza de ser mía y de nadie más?

Se perdió en su cuello y reinició la embestida, ahora más cuidadosa, aunque no menos firme. Micaela sufrió hasta que los jadeos de Varzi, el movimiento ondulante de su pelvis y su rostro contraído de gozo la transportaron a un mundo mórbido y cálido, donde sólo escuchaba sus ruidos y no sentía dolor.

Separó más las piernas y las elevó para rodear por completo la parte baja de la espalda de él; se plegó a sus ondulaciones y el cuerpo se le agitó instintivamente. Carlo la tomaba con fuerza y parecía querer fundirla en su torso, sus movimientos se aceleraban y ella los imitaba. Un calor se apoderaba de su cuerpo, presagiando un final que culminaría con su cordura. Micaela lo sintió venir y contuvo la respiración. El gemido profundo y desgarrador de Varzi acentuó el placer indescriptible que se expandió entre sus piernas.

* * *

Abrió los ojos, pero no se movió. Carlo la tenía aprisionada; un brazo le rodeaba el cuello y otro le descansaba sobre el vientre. Lo contempló mientras dormía, tranquilo y sosegado. Le dio ternura, que desapareció al recordar las escenas que habían compartido.

¿Qué hora era? Se inquietó; debía de ser tardísimo. ¡Que no sea de día! ¿Cómo haría para entrar en su casa sin que la descubrieran? ¡Mamá Cheia y Moreschi! Los encontraría furiosos. Le preguntarían dónde había estado y, al responder que con Varzi, querrían matarla. Se imaginó las mil y una cosas que le dirían. ¡Y tenían razón! ¿Qué había hecho?

Se deshizo con cuidado del abrazo posesivo de Carlo, que se rebulló entre las sábanas y siguió durmiendo. Micaela se levantó y miró en torno buscando la ropa. El vestido y la enagua eran un acordeón, los zapatos los halló bajo un escritorio, ¿y la túnica y los guantes?, ¿y el sombrero? Los dio por perdidos.

Descubrió un reloj en la pared: las cuatro de la mañana. Por los resquicios de la puerta no entraba luz; gracias a Dios, aún era de noche. Se apresuró porque no tardaría en amanecer.

Carlo se levantó como un rayo y la miró enojado.

—¿Qué hacés? —dijo.

Micaela se ruborizó. Ese hombre no tenía vergüenza: desnudo, las piernas un poco separadas y las manos sobre la cintura.

—¿Qué hacés? ¿Adónde vas? —repitió.

Micaela se dio vuelta, no soportaba su imagen viril y despojada de prejuicios, le provocaba el mismo cosquilleo y la misma punzada de antes.

—Me voy —respondió.

Carlo la abrazó por detrás, le besó el cuello, y Micaela empezó a ceder de nuevo.

—¿Y se puede saber cómo pensabas irte? ¿Caminando? —preguntó Carlo—. Nunca te vayas sin despedirte —ordenó.

Micaela se deshizo del abrazo y lo enfrentó de mal modo.

—Quiero irme. —Carlo, ceñudo, avanzó para tomarla otra vez—. ¡No! ¡Basta, no me toque!

—¡Marlene!

—¡Basta de Marlene! Mi nombre es Micaela. ¡Basta de Marlene!

—¡No! Para mí siempre vas a ser Marlene. ¡Marlene, mi mujer!

Le temblaron las piernas y tuvo deseos de llorar. Él intentó abrazarla de nuevo y ella volvió a rechazarlo.

—¿Qué te pasa? —preguntó Carlo, a punto de perder la paciencia—. ¿Pensás que te rebajaste conmigo?

—No —dijo, con poca vehemencia.

—¡Sí! ¡No me mientas!

—¡No! No me rebajé.

—Entonces, ¿por qué estás tan fría? ¿Por qué querés irte?

—¡Por Dios, señor Varzi!

—¡No me digas señor Varzi! ¡No, después de lo de anoche! Decime Carlo. Decime Carlo de nuevo, como anoche.

—Carlo...

La tomó entre sus brazos y la besó con furia; Micaela lo dejó hacer, incapaz de controlarlo y de contenerse, y al darse cuenta de que Varzi comenzaba a excitarse, sensaciones embriagadoras la tentaron con volver a la cama.

—Carlo, por favor, tengo que irme, va a amanecer. No sé cómo voy a entrar en mi casa con luz de día.

Varzi asintió, con pesar. Se puso la bata y salieron. Cruzaron el patio y entraron en el vestíbulo.

—Esperá aquí —dijo, y regresó un momento después con la túnica, los guantes y el sombrero. Micaela se puso los guantes y el sombrero, y Carlo le echó la túnica sobre los hombros. La abrazó de nuevo y la besó, y una oleada de excitación por poco la llevó a desnudarse y a rogarle que la tomara ahí mismo, en el recibo. El motor del coche destruyó el sortilegio.

—¿Tenés función mañana? —preguntó Carlo.

—No, mañana no.

—Entonces, mi chofer te va a estar esperando a las ocho en la otra cuadra de tu casa, en Alvear y Tagle, a la vuelta del Armenonville.

Micaela asintió. Carlo le dio un beso de despedida, largo y fogoso. Le costó separarse de él y salir de allí.

Varzi contempló el automóvil hasta que dobló en la calle Belgrano. Al verlo desaparecer, lo asoló un sentimiento de pérdida. Le pertenecía, Marlene era suya; sin embargo, se marchaba furtivamente, en medio de la noche, porque no tenía derecho a reclamarla. ¿Reclamarla? ¿A quién? ¿A la sociedad, a los ricos y oligarcas de Buenos Aires? Él nunca le había reclamado nada a nadie, menos a los de la *haute*. No lo haría ahora: Marlene le pertenecía.

Antes de regresar al dormitorio, buscó un par de tijeras que encontró en la caja de costura de Frida. En su habitación, deshizo la cama y arrancó la sábana que cubría el colchón. Recortó la tela alrededor de la mancha de sangre de Micaela. Tomó de su escritorio una pluma, la remojó en el tintero y escribió la fecha. Sonrió antes de guardar el retazo bajo llave.

El coche se detuvo en la esquina de los Urtiaga Four. Tal como le había ordenado su patrón, el chofer acompañó a Micaela hasta el portón trasero y, recién cuando la vio a salvo, se marchó.

Si la puerta de la cocina estaba con llave, tendría que llamar a la ventana de Cheia y sería un desastre. Probó el picaporte y la puerta cedió, lo que significaba que la nana ya se había levantado. La leña que ardía en la cocina confirmó sus sospechas.

Corrió a su habitación en puntas de pie, temerosa de encontrársela. Se descalzó en el comienzo de la escalera y subió aprisa. Entró en su dormitorio y corrió el cerrojo. Dejó los zapatos tirados, se deshizo de la túnica, de los guantes, del sombrero, con nerviosismo, como si le picaran sobre el cuerpo. Se quitó el vestido, la enagua y la ropa interior. Desnuda, con las medias puestas, abrió el ropero y se contempló en el espejo. "Te voy a dejar las medias puestas. Me gustás así, toda desnuda con las medias puestas." Cerró los ojos y se acarició el vello del pubis, internó los dedos y lo recordó moviéndose sobre ella, gimiendo, jadeando. Todavía lo sentía entre las piernas, aún lo tenía dentro.

Abrió los ojos súbitamente, horrorizada, y se retiró del espejo. Tomaría un baño, olía a él y no lo toleraba. Llenó la tina, esparció sales aromáticas y resbaló dentro, muy lentamente, hasta que el agua tibia la cubrió por completo. Emergió, un poco agitada; segundos después, la respiración se le había normalizado, y el calor del agua la adormeció.

Jamás había experimentado esa sensación, ese deseo insoslayable de ser poseída. Guiada por el instinto, se había entregado a él, que la tomó por completo, se adentró en ella y le hizo entender con caricias y jadeos lo que después le confirmó con palabras. "Para mí siempre vas a ser Marlene. ¡Marlene, mi mujer!"

"Nunca más volveré a verlo", se dijo.

inco días después del encuentro con Varzi, Micaela seguía alterada, de mal humor. Frustrada, en definitiva. Sabía que Carlo le había enviado el coche al día siguiente; Pascualito había ido a espiar. Y ella misma lo había visto en la esquina de Libertad y Tucumán, cada noche, a la salida del teatro. Hizo grandes esfuerzos para no correr y pedirle al chofer que la llevara de nuevo a los brazos de Varzi.

El tiempo lo borraría todo. Debía dejar pasar los días y pronto lo olvidaría. Sí, pronto se lo arrancaría de la mente. A veces, al sentirse vencida por la atracción de ese hombre, se descorazonaba hasta las lágrimas. Carlo Varzi tenía el poder, pero ella era fuerte y no claudicaría.

Se miraba en el espejo y se veía tan distinta que temía que Moreschi o Cheia se dieran cuenta y empezaran a preguntar. Quizá lo imaginaba y no lucía distinta en absoluto. No, sabía que todo había cambiado. Carlo Varzi la había hecho su mujer y lo peor era que ella se sentía así, su mujer. Sacudió la cabeza para alejar esa idea absurda.

Cheia entró en el dormitorio y le sonrió maternalmente. Micaela le devolvió la sonrisa, contenta de verla. Por suerte, a su nana y a Moreschi los había convencido el relato de la inocente cena con Varzi en la cual sólo habían charlado de Gioacchina y Gastón María. La noticia del arrepentimiento del joven Urtiaga Four y el deseo de desposar a la señorita Portineri los maravilló y pronto se olvidaron de Carlo Varzi y de su cena.

—Esta noche vienen tus tíos y primas —comentó Cheia—. Hasta monseñor Santiago aceptó la invitación.

—Ah, qué divertido —replicó Micaela, irónica.

—¿Por qué hablás así? —preguntó Cheia, dolida—. Hace días que noto que estás cambiada, de mal humor. ¿Te pasa algo?

Micaela se inquietó, le pidió disculpas y arguyó que se encontraba cansada de Buenos Aires y que deseaba regresar a París.

—No se te ocurra en medio de la guerra —suplicó Cheia.

—¿Qué más da si hay guerra? En Europa, miles de personas están conviviendo con la guerra y no les sucede nada.

—¡Micaela! —chilló la mujer—. ¡Callate la boca! ¡No sabés lo que estás diciendo! Una guerra es una cosa horrible. Escasean los alimentos, no hay carbón para la calefacción ni para la electricidad, hay hambre, miedo, frío. Me muero si volvés a Europa ahora.

—Yo pensaba llevarte conmigo para que me cuidaras —bromeó, al tiempo que la abrazaba. Le hizo gracia lo petisa que había quedado Cheia con el correr de los años y lo alta que se había vuelto ella.

—¡Ni loca me llevás para allá!

—¿No te parece mejor una guerra que soportar a Otilia? —continuó Micaela.

—Hay veces que sí —coincidió—. Aunque no se puede decir lo mismo del sobrino, ¿eh?

Micaela se puso seria y la soltó; le disgustó pensar en otro hombre que no fuera Varzi.

* * *

Menos tía Luisa que, por el luto, salía de su casa sólo para ir a la iglesia, la familia completa se dio cita en lo de Urtiaga Four esa noche. También concurrió Eloy, junto con su amigo Nathaniel Harvey, para alegría de Micaela que hacía tiempo no lo veía.

La ubicaron cerca de Guillita y de su esposo, el doctor Valverde, y al lado de Nathaniel, con quien charló animadamente. Sin embargo, no era el mismo que había conocido meses atrás; lo notó más circunspecto, menos predispuesto a bromear. Le habría preguntado el motivo, pero decidió que no le importaba tanto.

Eloy, sentado a la derecha de la cabecera, habló con su padre y no la miró en toda la comida. Micaela le echó vistazos furtivos en varias oportunidades y se sorprendió de lo anodino que lo encontraba. El pelo rubio, la piel blanca, los ojos claros; ese conjunto no la atraía ahora.

—Mi amiga Martita Pereyra Núñez —comentó Otilia a tía Josefina—, leyó en una revista parisina que están imponiéndose las melenitas cortas.

Josefina y sus hijas solteras se mostraron muy interesadas en la información y pedían más detalles. Otilia, ufana de la primicia, se retrepó en la silla y las acalló para contarles. Micaela miró a Cheia y le hizo una mueca burlona. La nana se cubrió la boca para ocultar la risa.

¡Qué pocas ganas de estar ahí, entre personas afectadas y superficiales! Observó a cada uno con detenimiento y recordó las palabras de Émile Zola: "La gran preocupación de la alta sociedad era saber en qué diversiones iba a matar su tiempo… París se sentaba a la mesa y pensaba chistes verdes a los postres". Aunque esa noche se reprimirían y nos lo contarían: tío monseñor se ofendería sobremanera.

—Micaela, deberías cortarte el pelo —sugirió Otilia—. Ya no se usa la cabellera tan larga como la tenés vos.

—Sería un crimen —terció Eloy—. El cabello tal como lo lleva la señorita Micaela le queda hermosísimo.

Se hizo un silencio incómodo. Micaela miró a Eloy contemplativamente y pensó que tenía razón: a Carlo Varzi no le agradaría que se cortara el pelo. Otilia, exultante por la intervención de su sobrino, invitó a los comensales a tomar café en el jardín. La noche ofrecía un grato espectáculo, con el cielo estrellado y la luna llena. Rubén encendió las luces que bordeaban la fuente y otros sirvientes colocaron mesas y sillas a un costado.

Micaela se sentó cerca de su maestro y de mamá Cheia. El esposo de tía Josefina y tío monseñor encontraban muy agradable la conversación de Moreschi y no lo dejaban tranquilo. Le preguntaron por los planes futuros de su discípula, como si Micaela no estuviese allí.

—La temporada del Colón se extendió hasta noviembre —empezó Alessandro.

—¿Ah, sí? —se sorprendió Díaz Funes.

—Sí, y el teatro y la compañía de Mancinelli le han ofrecido a Micaela protagonizar la próxima ópera, *La Traviata*, y quizás el año que viene participe en *La flauta mágica*.

Tío monseñor comentó enfurecido que *La flauta mágica* era una ópera de masones y, a punto de proseguir con su invectiva, Otilia pidió la atención y se quedó con las ganas.

—Escuche en especial usted, monseñor, le va a interesar —dijo la mujer—. Es el comentario que hizo *El Hogar* a un artículo de la revista parisina *Fémina* que afirma que, en París, el tango ha derrotado al boston. Escuchen. "El boston, el doble boston, el triple boston fueron, en otros días, los bailes de moda en los salones selectos de París; pero, en este año, el baile a la moda es el tango argentino, que ha llegado a bailarse tanto como el vals. Como se ve, los salones aristocráticos de la gran capital acogen con entusiasmo un baile que aquí, por su pésima tradición, no es ni siquiera nombrado en los salones, donde, además, los bailes nacionales no han gozado nunca de favor alguno. París, que todo lo impone, ¿acabará por hacer aceptar en nuestra buena sociedad el tango argentino? No es de esperarse, aunque París, tan caprichoso en sus modas, hará todo lo posible para ello." Además —continuó Otilia—, el artículo agrega que, a causa de la sensualidad del baile, el origen pecaminoso y la difusión notable que alcanzó en Francia, los señores arzobispos de París, de Cambrai y de Sens y los obispos de Lyon, Verdun y Poitiers se vieron obligados a anatematizarlo. ¿Qué opina, monseñor? ¡Es el colmo! ¿No cree?

Se armó una polémica y estuvieron de acuerdo con el cura presente en que el tango era una danza "diabólica". Rafael, que se había mantenido ajeno a la controversia, le pidió su opinión a Micaela, que se tomó unos segundos para contestar.

—Creo que ustedes detestan más al hombre de tango que al tango mismo. El tango es música y nada tiene que ver con la decencia o la moral.

Se levantó un murmullo de desaprobación. Sin hacer caso al descontento general, Rafael se interesó por saber más.

—¿No te parece, hija, que el origen *non sancto* del tango degradó desde el vamos sus líneas estéticas, si es que las tiene? Creo que el origen lo condenó para siempre.

—Si algo es bueno, es bueno, y nada tienen que ver los blasones —afirmó Micaela—. El único salvoconducto válido es el talento. ¿Acaso Shakespeare no era de origen humilde, hijo de padres analfabetos? Y nadie niega la magnificencia de sus obras a causa de las circunstancias de su nacimiento.

—Entonces, ¿pensás que el tango es bueno? —preguntó tío monseñor, y la condenó de un vistazo.

No polemizaría con personas que jamás la entenderían, personas que, en realidad, no deseaban conocer sus opiniones, sólo querían imponerle las ideas que, según sus creencias, coincidían con la clase social a la que pertenecían.

—A veces me pregunto —comenzó Micaela—, por qué será que, en vez de admirar y aplaudir lo que nos gusta, nos ensañamos con diatribas en contra de aquello que no nos place. ¡Qué cada uno goce con lo que se le antoje y seamos todos felices!

Los presentes quedaron atónitos, sin posibilidad de réplica. Micaela sesgó los labios y abandonó la silla, dispuesta a marcharse. Habría deseado quedarse a conversar con su padre sobre el tango, pero decidió que el costo de escucharlo resultaba demasiado alto. No tenía intención de soportar a tío monseñor, un inquisidor desagradable, ni a Otilia, que no diría dos palabras sensatas. Pero antes, y con la intención de alborotarlos un poco más, le palmeó la mano al monseñor y le dijo:

—No se preocupe, tío monseñor. El tango me gusta en París, donde está de moda. Aquí me resulta deleznable. Buenas noches. —Y se fue.

—Igualita a la madre —afirmó Josefina al oído de Otilia, y Rafael sonrió complacido.

Micaela cruzó el jardín de invierno y, antes de llegar a la escalera, Ralikhanta apareció de la nada.

—¡Ralikhanta!

—Discúlpeme, señora, discúlpeme —rogó, al tiempo que se inclinaba una y otra vez.

—Está bien, no importa. ¿Buscas al señor Cáceres?

—No, señora, la buscaba a usted. Quería agradecerle la entrada que me envió para el teatro.

—¡Ah, sí, la entrada! ¿Pudiste ir? ¿El señor te dio permiso?

Ralikhanta bajó la vista y se estrujó las manos.

—Ni siquiera le mencioné al señor que usted, tan amablemente, me había obsequiado una entrada. Me habría obligado a devolvérsela.

—Entonces, no fuiste.

—¡Oh, no! Sí que fui. El señor sale mucho por las noches en estos días y, en una de sus salidas, me escabullí y pude verla.

—Me alegro, Ralikhanta. Espero que te haya gustado.

—Sí, mucho, señora, mucho. *Lakmé* me hizo acordar a mi patria y a sus costumbres, que no las puedo quitar de mi corazón, pero lo que más me gustó fue cómo cantó mi señora. Usted ha sido bendecida por Alá, señora mía. Usted es mitad mujer, mitad ángel.

Le tomó la mano y se la besó, y salió tan aprisa de la casa que no le dio tiempo a agradecerle los cumplidos.

Al día siguiente, Micaela leía en su dormitorio cuando Rubén le avisó que un señor la esperaba en el hall.

—Debe de ser el periodista de *El Hogar*.

Se acicaló antes de bajar. En el hall no encontró a nadie y buscó en el vestíbulo. De pie, cerca de la entrada principal, Carlo Varzi la veía venir. Micaela se detuvo en seco.

—Hace seis días que te espero. Te mandé el coche, como habíamos quedado.

—Yo no... —tartamudeó, y se calló.

Un silencio sobrevino. La mirada torva de Carlo Varzi la amilanó; no sabía qué hacer; no sabía si irse, si invitarlo a pasar. ¡Invitarlo a pasar! ¿En qué cuernos estaba pensando?

—Esta noche no tenés función en el Colón. El coche te va a esperar en la esquina. Más vale que vengas.

—No, no voy —dijo, increíblemente segura.

Carlo avanzó hasta quedar a un paso de ella.

—Mirá, Marlene, más vale que vengas. Si no venís, vuelvo a buscarte. Pero te aseguro que, cuando vuelva, voy a estar furioso. Ya no te voy a tener paciencia. Entonces, te tiro al piso, y aquí mismo, te tomo otra vez.

Se caló el chambergo, dio media vuelta y enfiló hacia la salida. Atontada, Micaela se concentró en su vestimenta. Llevaba pantalón bombilla a rayas, pañuelo de seda al cuello y un saco que le remarcaba la cola, pequeña y firme. Se le veían las polainas blancas. Los zapatos negros puntiagudos, con taco alto, símbolo de los compadritos, crujían sobre el piso de mármol.

—¡Carlo! —gritó, y corrió escalinatas abajo.

Varzi se detuvo en el pórtico y volteó. Micaela cubrió el trecho que los separaba y le dijo:

—Llevame ahora, Carlo. Quiero ir con vos ahora.

Varzi la examinó seriamente antes de tomarla de la mano y obligarla a caminar detrás de él. Le abrió la puerta delantera del automóvil y le indicó que subiera; luego, giró la manija y se ubicó al volante. Iba a conducir, una faceta que no le conocía. Con la vista al frente y el gesto serio, la ignoraba. Seducida por su actitud, sintió deseos de él.

El tránsito se tornó farragoso al llegar al centro: carretas, coches a caballo, buhoneros llenos de fruslerías y elementos de mimbre. Las calles eran estrechas y el *tramway* complicaba la situación. Varzi, molesto, tocaba la corneta y maniobraba.

Al llegar a San Telmo, Micaela cayó en la cuenta de que era la primera vez que lo visitaba de día. La mañana despejada, plena de luz, no conseguía redimir a ese lugar. Las casas viejas y derruidas, de las que entraban y salían personas mal vestidas, le conferían el aspecto deprimente que se adueñaba de cada rincón de ese arrabal. Un perro flaco ladraba tras la carreta del aguatero, mientras un grupo de niños descalzos intentaba atraparlo. Había señoras sentadas en los zaguanes, atentas a la calle; suficiente que pasara un carro para que cuchichearan.

—No siempre fue lo que es ahora —habló Varzi, y pareció adivinarle el pensamiento—. Hace unos años, San Telmo era el barrio de los de tu clase. En 1871, sobrevino la fiebre amarilla, y quienes no murieron, huyeron hacia el norte, para el lado de la mansión de tu padre.

Carlo detuvo el automóvil frente a su casa y, con un movimiento de cabeza, le indicó que bajara. Frida conversaba en la puerta con una joven bastante bonita.

—¡Buenos días, señor Varzi! —saludó, muy simpática—. ¿Cómo le va?

Carlo se tocó el ala del sombrero y le dirigió una sonrisa encantadora. Micaela lo habría abofeteado: para ella, las sonrisas siempre eran sarcásticas. Pasó al lado de las mujeres sin saludar. Carlo arrancó el automóvil y dobló en la esquina. Frida se despidió de la muchachita y siguió a Micaela. La encontró en el vestíbulo un poco desorientada.

—Buenas tardes, señora.

—Por favor, Frida, no me llame señora. Dígame Micaela, y tutéeme.

—Te llamaré Marlene, como hace Carlo. Ven, querida.

La tomó del brazo y la condujo al patio. Se sentaron bajo la sombra de la parra. Micaela inspiró el aire fresco y el aroma dulzón de la uva chinche. Había macetones con plantas saludables y floridas, recientemente regadas; el olor a tierra húmeda la relajó.

Aunque Micaela declinaba todo cuanto le ofrecía, Frida continuaba con su retahíla de manjares y bebidas. Una vez que se dio por vencida, comenzó a detallarle los nombres de sus plantas y, sin que se dieran cuenta, el tema desembocó en Alemania. Frida, complacida de platicar con alguien conocedora de su país, dio rienda suelta a la nostalgia.

Micaela se sentía extraña pues no llegaba a comprender qué hacía a la sombra de un parral con el ama de llaves de Varzi hablando de plantas y comidas germanas; así y todo, debió aceptar que lo disfrutaba, pero antes de que pudiera inquirir a Frida acerca de su esposo Johann, Carlo ingresó por la parte trasera, le echó un vistazo y se evadió a su habitación.

—Ve con él, Marlene —la instó Frida—. Te esperó demasiado. Está ansioso de ti.

A Micaela se le arrebataron las mejillas y quedó sin palabras. Frida se puso de pie y abandonó el patio sigilosamente. Logró serenarse y recobrar el dominio antes de dirigirse al dormitorio de Varzi. Lo encontró apartado. Ya se quitaba el pañuelo del cuello y la camisa. Había dejado el chambergo y el saco sobre una silla. Alrededor del torso desnudo y tomado en la espalda con una hebilla, un cinto de cuero le sujetaba el puñal. Se lo quitó con destreza y lo colgó en un perchero. Luego, apoyó el pie derecho sobre el borde de la silla, levantó la botamanga del pantalón y sacó una daga pequeña de la polaina. Micaela lo contemplaba extasiada desde la puerta que no se animaba a trasponer; sin embargo, cuando él reparó en ella, no fue capaz de sostenerle la mirada. Bajó la vista y deseó que la tierra la tragara.

—Cerrá la puerta y vení aquí —lo escuchó decir.

Obedeció, sumisa. Carlo tiró al suelo el sombrero y el saco, se sentó en la silla, y la obligó a hacerlo sobre sus rodillas. Le apartó los mechones del rostro y le acarició los pómulos.

—Me tenés vergüenza, ¿no?

—Sí —respondió Micaela, y habría querido agregar "y miedo".

—¿Por qué me tenés vergüenza, eh?

—No sé por qué. Tengo vergüenza de vos.

—Eso me gusta —aseguró él—. Me gusta que seas vergonzosa e inocente.

—No sé qué estoy haciendo aquí de nuevo.

—Vamos a estar juntos otra vez, por eso estás aquí. Sé que lo disfrutaste la otra noche, te sentí vibrar debajo de mí, gozaste tanto como yo, lo sé.

—Si decís esas cosas me siento peor.

—¡Ay, pobrecita! —se burló Carlo—. ¡Tan tímida e inocente! No te enojés y cambiá la cara. Bien que te gusta que te bese aquí —y le besó el cuello—, o que te muerda aquí —y le mordió el labio—, o que te toque así —y le acarició los pechos.

El cuerpo de Micaela se estremeció y abandonó la rigidez. Consintió el descaro de la boca de Varzi y la lascivia de sus manos, que le escamotearon el último vestigio de pudor. Sin embargo, y como un golpe, la azotó la idea de que estaba allí para saciarlo. Tomar conciencia de que Varzi sólo la necesitaba para satisfacer su deseo sexual la humilló, y debió ahogar el llanto. En ese momento, allí, en su dormitorio, no era mucho más que Sonia, la mujerzuela a la que ella despreciaba.

—¿Qué te pasa? —preguntó Varzi.

La acarició con suavidad y la miró dulcemente. Micaela no logró contener las lágrimas y se largó a llorar. Notó el desconcierto de Carlo y se sintió bien cuando la abrazó.

—¿Qué te pasa? ¿Por qué llorás? —insistió—. No llores, no me gusta.

Terminaron en la cama. Micaela se había tranquilizado y la opresión le había abandonado el pecho. Ahora lo veía con claridad: Carlo Varzi redefinía su concepto de hombre. Ni ser espiritual ni racional, sino uno puramente sexual. Y su sensualidad la asustaba, aunque ¡maldita sea! la atraía sin remedio. Comprendió también que luego de despertar entre sus brazos ya no sería la misma; el espejo no le devolvería la imagen de siempre, nunca más vería a Micaela Urtiaga Four, ahora reflejaría a Marlene. Marlene, la que se acostó con Varzi.

Carlo se despojó del resto del atuendo y se tendió a su lado. Sin tocarla, le estudió las facciones un buen rato.

—¡Dios mío! —murmuró de pronto—. ¡Qué hermosa sos!

Micaela le sonrió, halagada y satisfecha de gustarle tanto. Al menos le gustaba.

—Cuando te conocí aquella noche, en el Carmesí —empezó ella—, me pareció que tu rostro era el más hermoso que había visto. Fue raro, también me dio miedo. Tus ojos me atrajeron especialmente. Son lindos. Me gustan mucho tus ojos, Carlo.

—¿En serio te gustan? ¿En serio te parezco lindo?

—No finjas. Sabés que sos hermoso. ¿No es por eso que las mujeres andan como locas por vos? —remató, irónica.

—Solamente me importa lo que vos pensás, nada más —aseguró él—. Que vos me veas lindo, eso es lo único que cuenta para mí.

—¡Oh, sí, claro! —Permaneció callada unos segundos para retomar sarcásticamente—: Es usted un hombre muy vanidoso, señor Varzi. Se puede saber, ¿por qué quiere que lo vea lindo?

—¿Todavía no lo sabés? —La miró con picardía y comenzó a quitarle el vestido—. Quiero que me veas el hombre más apuesto del mundo para que solamente me desees a mí. Quiero que me desees como yo te deseo a vos. Quiero que, cuando estés lejos de mí, sientas la misma desesperación que yo siento. Y cuando me tengas cerca, no puedas evitar tocarme, como me pasa a mí. Quiero que pienses en mí día y noche, que todo te haga acordar a mí, hasta la cosa más insignificante; yo veo tu cara y tu cuerpo donde voy. Todos mis lugares están llenos de vos. ¿Entendés, Marlene? Quiero ser lo único para vos.

Sorprendida ante semejante confesión, quedó sin habla, y, mientras él continuaba desabotonándole el traje, ella le acarició los músculos de los brazos, le besó los hombros y le enredó los dedos en el jopo.

El erotismo descarado e implacable de Carlo la estremeció y, aunque un poco asustada, lo dejó actuar en libertad; se entregó a él y le permitió hacer cuanto quería. Tierno y manso mientras le dirigía las indicaciones del amor, suave, incluso romántico, no cesaba de preguntarle "¿Estás bien, chiquita?"; la acariciaba, la besaba. Un momento, al notarla insegura, le susurró que no se preocupara, que no le haría daño, que iría lento. Luego, se miraron intensamente, y la pasión que fluyó de los ojos de Varzi habría resultado suficiente para desvanecerla de placer, sin embargo, él le dio más al aferrarse a su cuerpo y besarla con ardor, al estudiarla ávidamente con las manos, al revelarle partes íntimas y secretas que, supo, siempre reclamaría como propias. Micaela inspiró profundamente y se abrió a él. Más consciente esta vez, percibió sensaciones que la colmaron, que la desbordaron. Se le aceleraron las pulsaciones, energías extrañas la recorrieron, y nació en ella el anhelo de no volver a separarse de ese hombre.

El ruido de un aleteo en la ventana lo despertó. Se estiró entre las sábanas y encontró con la mano el cuerpo tibio de Micaela. Se alegró al verla allí, tan tranquila. Habían gozado juntos, y, en el momento de mayor placer, ella había pronunciado su nombre.

Se levantó con sigilo para no despertarla. El aleteo se repitió y supo que debían de ser alrededor de las cuatro, hora en que Frida alimentaba los pájaros. A través de las rendijas del postigo, entrevió a la mujer que arrojaba migajas a los gorriones y a las palomas. Soñó que su mundo había cambiado mágicamente: su esposa dormía en la cama, su madre alimentaba las aves y en cualquier momento aparecerían unos chiquillos correteando y gritando.

La fantasía se esfumó en un abrir y cerrar de ojos. Marlene no era su esposa, Frida no era su madre, él no tenía hijos. Él era un proxeneta. Volvió a mirar a Micaela para recuperar el buen ánimo. Su cabello se esparcía sobre la almohada; rayos de luz filtraban por un resquicio y le iluminaban la piel, que parecía satén blanco. Era más de lo que jamás hubiese imaginado. Sonrió, abatido. Después de diez años de reclusión, las mujeres se habían convertido en su obsesión; siempre había alguna revoloteándole, y, salvo el momento de placer físico en la cama, el resto del tiempo las quería lejos, lo estorbaban. No con Marlene. Se preguntó qué estaría sucediéndole que necesitaba tenerla cerca, siempre. Esos seis días de espera lo habían asustado, consciente de que ahora dependía de ella y de su pasión.

Micaela entreabrió los ojos y halló a Varzi de pie, frente al escritorio, completamente desnudo, empeñado en unos papeles. Mantuvo silencio para mirarlo cuanto quería. Carlo guardó los documentos en el cajón y anotó algo en un cuadernillo. Se dirigió al ropero y sacó una muda de ropa. Paseaba por la habitación con desparpajo. Sus movimientos naturales y libres le realzaban el cuerpo desnudo. Micaela lo contemplaba con admiración, pues era magnífico.

—¿No dormías? —preguntó Varzi.

—Te miraba —confesó.

Carlo se encontró con una niña en su cama. Ojos grandes de mirada inocente, arrebol en las mejillas. Tenía las manos pequeñas, que sujetaban la colcha a la altura del mentón. Dejó la ropa y se acercó.

—¿Me mirabas? —repitió, y le quitó la sábana de encima—. ¿Y me vas a decir que nada te cruzaba por la mente?

—Pensaba también que esto parece un sueño. Después de todo lo que pasó entre nosotros, aún me cuesta creer que…

—¿Que seamos amantes? —sugirió él.

Amantes. Y otras palabras le acudieron a la mente, entre ellas furtivo y prohibido; inmoral, agregó luego sin mayor convicción; por fin, demencial y peligroso, que, le pareció, describían con siniestra precisión lo que significaba ser mujer de Varzi.

—Somos amantes —afirmó Carlo, y se perdió en su cuello.

La estremeció el sonido ronco de su voz, lleno de seguridad, y deseó que no volviese a referirse a lo que había entre ellos con tanta certidumbre, máxime cuando ella aún se preguntaba qué hacía allí.

—Tengo que irme —aseguró Micaela, y abandonó la cama envuelta en la sábana.

—¿Qué pasa, Marlene? —preguntó Carlo, molesto, enardecido de deseo.

—Tengo que irme. ¿Qué hora es? Debe de ser tardísimo.

—Son las cuatro y media.

—¿Qué? ¡Por Dios! Hace horas que salí de casa de mi padre. Deben de estar buscándome.

—Pero, Marlene... —E intentó abrazarla.

—Basta, por favor, tengo que irme.

Carlo se irritó, no con ella, con la situación: para él, sus momentos eran robados, clandestinos. Intentó alejar el malhumor, no quería despedirse enojado. Recogió la ropa del suelo y se la entregó. Luego, se puso la bata y abandonó el dormitorio sin decir palabra.

Al regresar, Micaela se había cambiado y estaba cepillándose el pelo. La tomó por la cintura y la miró seriamente.

—Mañana te mando el coche. Va a estar en el mismo lugar que hoy.

—Carlo, no sé...

—No, Marlene. No hay más excusas para mí.

Le tomó el rostro entre las manos y se posesionó de sus labios casi con violencia. Micaela mató el último vestigio de inseguridad, convencida de que al día siguiente se encontraría con su amante.

Micaela encontró a Moreschi y a Cheia al borde de la histeria. Rafael, empecinado en almorzar con su hija, y ellos que no sabían dónde estaba. El periodista de *El Hogar* había aguardado más de dos horas. Rubén los puso en la pista al decirles que un hombre había venido a buscarla.

—Vestido de compadrito —agregó el mayordomo, con desprecio.

Cheia y Moreschi intercambiaron miradas de horror: Varzi. A Micaela le bastó mirarlos para adivinar que intuían lo de su escapada con Carlo. Subió los peldaños rápidamente para no darles tiempo a despotricar. Moreschi volvió a la sala con gesto resignado, se sentó frente al piano y comenzó a juguetear con las teclas. La nana, en cambio, la siguió enfurecida.

—¡Qué se te cruzó por la cabeza! ¡Salir con semejante hombre! ¡Podría abusar de vos! ¡Podría matarte!

—¡Ay, mamá! No exageres. ¿Cómo se te ocurre que podría matarme?

—¡Y tenés el tupé de preguntármelo! —bramó la negra—. Casi asesina a tu hermano de una cuchillada, es proxeneta, vive entre prostitutas y matones, maneja burdeles. ¿Qué querés que piense? ¿Que es un ángel del Señor?

La enumeración cierta de los asuntos de Varzi la agobió. Sí: proxeneta, jefe de un ejército de matones, cuchillero, hombre de baja estofa, pero tierno con ella como nadie lo había sido. Se sabía tan deseada por él que nada de lo anterior contaba.

—¿Qué hiciste con ése todo el día? Supongo que no habrán hablado de ópera, ¿no?

—No, claro que no. Somos amantes —añadió, muy suelta.

Convencida de que sufriría un vahído, la nana se dejó caer sobre la cama.

CAPÍTULO
XIX

Excedida por la noticia, Cheia le confirmó a Moreschi el asunto entre Micaela y el orillero y, durante días, no le dirigieron la palabra. Sin importarle, Micaela continuó viéndose con Varzi, entregada a los instantes maravillosos que vivían juntos, los más felices que recordaba; nada le había prodigado tanto placer.

Después de un tiempo, la nana y el maestro llegaron a admitir que Micaela lucía radiante. Era su mejor momento como soprano, a pesar de que ensayaba poco. *Lakmé* había terminado. Ahora se preparaba para la última ópera de la temporada, *La Traviata*, de Verdi. El año anterior, había encarnado el papel de *Violeta Valéry* en un festival de música en Venecia y el desgarrador *"È tardi"* del tercer acto la había consagrado como "la" *Violeta* del momento. Los porteños aguardaban ansiosos su actuación.

Con la excusa de los ensayos, Micaela rechazaba las invitaciones y sorteaba a la insistente Otilia, que no cejaba de participarla en veladas de beneficencia, desfiles de modas o cenas con evidente intención de sentarla junto a Eloy. Compartiría su tiempo libre exclusivamente con Varzi, que le enviaba el automóvil luego de las prácticas en el Colón cada vez más seguido. Micaela llegaba a la casa de San Telmo y Frida salía a recibirla.

—Carlo aún no ha llegado —le informaba, afligida—. Se fue temprano y aún sigue fuera. Aunque mejor así —cambiaba de opinión—. Tenía muchas ganas de charlar contigo.

Como el calor ya no les permitía tomar asiento bajo la parra, conversaban en el comedor o en la cocina, en tanto Frida proseguía con los quehaceres domésticos. En otras ocasiones, merendaban en la sala mientras los discos que Carlo había comprado para Micaela sonaban en el fonógrafo. El té a punto, la repostería exquisita y la música de fondo creaban el marco ideal para la charla de Micaela y Frida que parecía no tener fin, pues un tema se hilaba con otro. Micaela se había dado cuenta de que a la alemana no le gustaba hablar de Carlo y sus asuntos, ni siquiera de la relación con su esposo Johann, y, por prudencia, no insistía, aunque la carcomía la curiosidad.

Después de un rato, comenzaba a inquietarse, ansiosa de que Carlo llegara, la tomara entre sus brazos y le hiciera el amor una y otra vez, con intervalos de sueño. A veces comían algo o tomaban juntos un baño. La tarde pasaba y ellos habrían jurado que se trataba de minutos. La pasión los sumergía en una dimensión sin tiempo ni espacio; sólo sus cuerpos y una cama donde yacer; el resto era fútil.

Cuando llegaba, Varzi no estaba dispuesto a compartirla con nadie. Frida apagaba el fonógrafo, recogía la mesa y se marchaba a la cocina. La casa volvía a sumirse en el silencio de costumbre; no obstante, algo en el ambiente les recordaba las noches tumultuosas del burdel de La Boca. Carlo colocaba la púa sobre el disco de pasta y un tango comenzaba a sonar. La tomaba por la cintura y le decía al oído que la había necesitado el día entero.

Micaela bailaba libremente, despojada de miedos. Ya no le temía al roce de sus manos, ni a su pierna entre las suyas, ni a la respiración excitada que le golpeaba el rostro. Los momentos de represión habían quedado atrás; ahora hacía lo que quería. Y aunque la música continuaba con su sonido lastimero y *cayengue* en el fonógrafo, el baile duraba poco, y si no hubiera sido por la negativa de Micaela, Carlo la habría tomado en el piso de la sala.

Las noches de Varzi no le pertenecían, tampoco tenía derecho a indagarlo o a sentirse contrariada, sabía que no valía de nada atormentarse, las reglas del juego eran claras y ella debía aceptarlas. Con todo, la idea de Varzi en sus burdeles, rodeado por mujeres ávidas y desprejuiciadas que habrían dado cualquier cosa por bailar el tango con él, la atribulaba hasta las lágrimas. Ahora comprendía los celos de Sonia.

Carlo, acostado boca abajo en la cama, recibía complacido las caricias de Micaela.

—¿Por qué suspirás? —quiso saber la joven.

Varzi se dio vuelta, acomodó la cabeza sobre la almohada y estiró los brazos hasta rozarle las mejillas.

—¿Qué te pasa? —insistió la joven.

—Estoy contento. Más que contento, estoy feliz.

El corazón de Micaela dio un respingo y una alegría inefable le inundó el pecho. Complacida y halagada, segura de ser la causa de la felicidad de su amante, se preparó para escuchar la confesión que, por fin, le haría.

—¿Qué te hace tan feliz? —preguntó.

—Hoy por la mañana recibí un telegrama de la señora Bennet...

—¿La señora Bennet? —interrumpió Micaela, sin ocultar la desilusión.

—La institutriz de mi hermana. ¿Te acordás que te conté?

Micaela apenas asintió y Carlo prosiguió rebosante.

—El telegrama dice que mi hermana ya tuvo el bebé. ¡Un varón! ¡Estoy que no puedo de la felicidad!

Micaela miró a Carlo largo y tendido, sin poder evitar que la turbación se convirtiera en resentimiento: ella nada tenía que ver con su estado de ánimo.

—¿No me vas a preguntar nada? Después de todo, también se trata de tu sobrino. La señora Bennet dice que tu hermano lo va a anotar con su apellido y que, hasta el momento, Gioacchina no ha puesto reparos. ¿Acaso no te interesa?

—No... ¡Sí!... Quiero decir... ¡Claro que me interesa! ¡Cómo no! Mi primer sobrino. Me alegra mucho.

Aunque continuó ensayando frases cortas, acompañadas por exclamaciones y sonrisas fingidas, la desilusión no la abandonó, y la desilusión se mezcló con la culpa por no haberse alegrado con el nacimiento del hijo de Gastón María. Trató de mantener buen talante al preguntarle los detalles y, mientras lo hacía, abandonaba la cama y comenzaba a vestirse. A Varzi, enfrascado en su relato, no parecía importarle. Que se va a llamar Francisco, que es sanito, que de seguro se parece a mí, que esto, que aquello. Micaela lo miró de reojo y pensó que, en otra ocasión, le habría rogado que se quedara; ahora, en cambio, le alcanzaba la ropa interior y los zapatos.

Dejó la casa de San Telmo humillada y deprimida. El coche la aguardaba en la acera y subió sin mirar atrás. Carlo la observó partir desde la ventana con un gesto sombrío que le amargaba el semblante.

Micaela intentó tranquilizarse, aunque sus ideas no la ayudaban. Junto a Carlo Varzi vivía los mejores momentos, más allá de otros oscuros y confusos que daban vida a la pregunta que tanto la angustiaba y que se repetía con una insistencia irritante: ¿Qué significaba ella para Varzi? ¿Un rato en la cama? Un rato deseable, apetecible, sí, pero nada más; un rato similar a tantos otros compartidos con mujeres más acordes con sus exigencias. Golpeó la ventanilla del automóvil al darse cuenta de que estaba enamorándose de él. Varzi, en cambio, nunca había hablado de amor. Llegó a la casa de su padre y se escabulló por la zona de servicio.

—¡Micaela! —La voz de Moreschi la detuvo en el descanso de la escalera—. Quiero hablar contigo.

Pasaron a la sala de música. Micaela casi arrastraba los pies, sin ánimos para discutir temas relacionados con los ensayos, *La Traviata*, el Colón y esas lides.

—Quiero hablarte del señor Varzi, si es que puedo llamarlo señor.

La tomó por sorpresa. Dejó el sillón y se encaminó a la ventana.

—Hace tantos años que estamos juntos, querida, que creo tener el derecho de hablarte sobre este tema. Además de ser mi pupila, yo te quiero como a una hija. Eres una joven encantadora, pura y buena, además de talentosa e inteligente. ¿Cómo no iba a llegar a quererte como te quiero?

—Maestro —exclamó Micaela, conmovida—. Gracias. Yo...

—Déjame seguir. Para mí no es fácil hablar de esto y, creo, que para ti no es fácil escucharlo de mis labios.

Con la mirada en el suelo y las manos tomadas, Micaela volvió a sentarse.

—He visto a los hombres más adinerados, encumbrados y cultos de Europa caer rendidos a tus pies. Y he visto también cómo los has rechazado. No puedo comprender, entonces, el motivo que te lleva a mantener una relación con un hombre tan bajo, sin moral ni honor.

Micaela levantó la mirada e intentó rebatir el ataque de Moreschi, pero no encontró palabras.

—Te lo ruego —continuó Alessandro—, dime si... —La puerta se abrió.

—¡Oh, discúlpeme, maestro! —se excusó Cheia—. Pensé que no había nadie en la sala.

—Pase, Cheia, por favor. Es importante que usted participe en esta conversación. Como te decía —prosiguió Moreschi—, dime si ese hombre te obliga a ser... Bueno... Tú sabes.

—¿Su amante? —sugirió ella—. No, él no me obliga. Soy su amante por voluntad propia.

—¡Cómo puede ser posible, Micaela! —explotó Cheia—. ¡Un hombre como él, de lo peor! Me quedo con el Jesús en la boca cada vez que vas a su casa. No hay más que deshonra en tus encuentros con él. Ese hombre no tiene moral. Ese hombre pone tu vida en peligro en cada ocasión. Te lleva a cometer un gran pecado.

—No, no es cierto —refutó Micaela, y se puso de pie—. Aquí, en esta misma casa, hay más deshonra e indecencia que en lo de Varzi. Aquí me rodean más peligros que cuando estoy con él.

—¡Micaela, qué decís! —se escandalizó la negra Cheia—. ¡No te permito!

—¿Que no me permitís? —dijo, increíblemente segura de sí—. Exceptuándote a vos y al maestro, en esta casa se vive con hipocresía y falsedad.

Cheia necesitó tomar asiento. Moreschi terció al pedirle a Micaela que se tranquilizara y explicara la naturaleza de su acusación.

—Creo que todo está claro, maestro. De todas maneras, me voy a explicar. ¿Podría llamar usted honorable y decente a mi hermano? ¿A mi hermano, que engatusó y dejó embarazada a una joven inocente a la que después abandonó a su suerte? Sin olvidarnos, por supuesto, del numerito que se mandó cuando, a la rastra, quiso obligarla a practicarse un aborto.

—¡Micaela! —se exasperó Cheia—. ¡Callate!

—No, mamá. Es hora de poner las cartas sobre la mesa. ¿Podría usted llamar decente a Otilia, una mujer que sólo vive para las apariencias, que para lo único que le importan sus amistades y relaciones es para sacarles provecho? ¿Una mujer ambiciosa, sin escrúpulos, que se casó con mi padre por dinero y posición? No me mires con esa cara, mamá Cheia, o tendré que considerarte hipócrita y mentirosa a vos también. Y, por favor, no me hagan hablar de mis tíos y tías; embusteros y aprovechados. El peor de todos: tío monseñor. ¡Viejo inquisidor!

En este punto, Cheia se hizo la señal de la cruz y comenzó a llorar. Moreschi intentó calmarla, en vano. Micaela continuó la arenga sin cuidado de las lágrimas de su nana.

—Quizá piensan que el hecho de llevar apellidos "patricios" y tener dinero los exime de ser indecentes y amorales. ¡Yo digo que no! Es más, ser así, ricos y cultos, nos impone obligaciones. Hemos sido beneficiados con muchas cosas materiales y espirituales, debemos devolverle al mundo parte de lo que hemos recibido. En cambio, aquí sólo encuentro ambición desmedida y falta de caridad. Por ejemplo, no veo que mi padre, como senador, haga nada por las personas que viven en la parte sur de la ciudad, hacinados, hambrientos y enfermos. Veo niños flacos, esmirriados, sin zapatos ni ropa decente. ¡Niños que trabajan desde muy pequeños! Y el senador se debate con la oposición por un trozo más de poder. ¡Mientras la gente muere de hambre!

—Si esa gente, la de la parte sur de la ciudad, es tan pobre —opinó Cheia—, debe de ser porque se lo merece.

—No puedo creer que vos me digas esto, mamá Cheia. ¡Vos, que fuiste pobre como las ratas! ¡Vos, que padeciste la falta de todo!

—Micaela, querida, por favor, cálmate —pidió Moreschi—. Ven, siéntate y toma un respiro. Lo que dices es cierto y muy sabio, pero el ser humano es así, ambicioso y malvado, falso y egoísta. No podemos hacer nada para cambiarlo. Nunca estarás a resguardo de esas cosas. Son propias de la naturaleza del hombre. ¿Qué podemos hacer? Pero Carlo Varzi es, además, un hombre peligroso, capaz de matar. Tengo miedo de que te haga daño. Tengo miedo de que te mate.

Micaela rió en forma afectada, y pasmó a Cheia y a Moreschi.

—¿Tienen miedo de que Varzi me haga daño? ¿De que me mate?

—¡Micaela, basta, no te rías! —ordenó Cheia— ¿Qué tenés para decirnos en su defensa? No te olvides que acuchilló a tu hermano y casi lo mata.

—Sabés muy bien que lo hizo para defender a Gioacchina. Además, no tenía intenciones de matarlo, sólo atemorizarlo.

—¡Ah, bueno, me dejás más tranquila! —repuso Cheia, sarcástica—. Espero que, cuando te toque a vos, también tenga intenciones de herirte y no de matarte.

—No creas —retomó Micaela—. A veces hiere con toda la intención de matar, como lo hizo con el asqueroso de Miguens.

Moreschi y Cheia la miraron confundidos.

—No corro ningún peligro con Carlo Varzi, quédense tranquilos —aseguró, más sosegada—. Él me cuida y me defiende. Como aquella noche en la que Miguens me encontró en el Carmesí. Parece que era *habitué*. Sepan que al "buen hombre" le gustaban las prácticas violentas con las prostitutas. Ya había maltratado a varias de las muchachas, y por eso Carlo le tenía prohibido el acceso a cualquiera de sus burdeles. Esa noche se coló y me vio en el salón. Me siguió hasta el camerino e intentó violarme.

—¡Dios Santo! —irrumpió Cheia.

—Por favor —retomó Micaela, con la vista baja—, no me pidan detalles. Cada día intento olvidar esos momentos. Me llenan de asco y vergüenza. Carlo me lo quitó de encima antes de que... Me lo quitó de encima a tiempo. El muy cínico lo atacó con un cuchillo que llevaba escondido. Carlo estaba desarmado. Se defendió con unas tijeras y pelearon. ¡Fue espantoso! —Se tomó la cara y sollozó unos instantes—. El resto no lo recuerdo. Me desvanecí.

Sobrevino un silencio. Cheia y Moreschi no sabían qué hacer o decir. El relato, sórdido, casi inverosímil, los había excedido, quitándoles toda posibilidad de reacción. Al ver que su pupila se disponía a abandonar la sala de música, Alessandro retomó su idea original: separarla de Carlo Varzi como fuera.

—Nada te habría sucedido si no hubieses estado en esa maldita pocilga, el Carmesí.

—¡Claro! —secundó Cheia.

—¿No te has preguntado qué sucedería si la prensa se enterase de que *la divina Four* anda con un amoral de La Boca? ¿Nunca se te cruzó esa idea por la cabeza? ¿No te das cuenta de que sería el fin de tu carrera? No puedes continuar con él —remató el hombre.

"¿Continuar con él?", repitió Micaela para sí. Los miró con tristeza y les sonrió con resignación antes de dejar la habitación.

—Está completamente enamorada de ese maldito —se lamentó Cheia.

Micaela subió la escalera corriendo, entró en su dormitorio y se arrojó en la cama. "¿Continuar con él?", repitió. Lloró amargamente porque sabía que se trataba de una locura. No pasaría mucho y Varzi la sacaría de su vida. Ella era una de tantas. ¡Maldito el momento en que se sintió *su* mujer! Para ella, *su* mujer significaba *su única* mujer, y sabía que un hombre como él jamás tendría sólo a una. Su ser sexual, su machismo avasallante, su entorno abyecto, lo empujarían siempre al fango, y por más que lo había defendido frente a Moreschi y a Cheia, Varzi no distaba mucho de la descripción que su maestro le había espetado.

Al día siguiente, la noticia de que el automóvil de Carlo la esperaba en la otra cuadra le hizo olvidar la mala noche y las atormentadas reflexiones, especialmente porque no solían encontrarse los martes.

—¿Estás seguro de que es el automóvil del señor Varzi? —preguntó a Pascualito, sin molestarse en ocultar la ansiedad.

—Sí, señorita. El mismo Cabecita está al volante.

En camino a San Telmo, Cabecita le dijo con voz congestionada que había sucedido algo espantoso en el Carmesí y Micaela se alteró al pensar que tenía que ver con Carlo.

—Quedate tranquila, Marlene. Al Napo no le pasó nada. Se trata de la Polaquita. ¡Pobre Polaca! —exclamó.

—¡No me tengas en ascuas, Cabecita, y decime qué pasó!

—El "mocha lenguas", eso pasó.

Un frío le recorrió la columna vertebral y la piel se le erizó.

—¿Cómo que el "mocha lenguas"? —balbuceó.

—Anoche mató a Polaquita. La degolló y le cortó la lengua.

—¡No, Dios mío!

Cabecita completó el relato con detalles escalofriantes. A pesar de que las muchachas de Varzi tenían prohibido dejar los burdeles junto con los clientes, Polaquita había desobedecido. Según Mabel, hacía tiempo que la joven deseaba abandonar esa vida. Otra de las muchachas contó que Polaquita tenía un cliente secreto que había prometido sacarla del burdel y hacerla su esposa. Nadie lo había visto. La condición impuesta había sido la completa discreción. Polaquita lo hacía ingresar en el local de incógnito y, rápidamente, lo atendía en una de las habitaciones de la planta baja. La noche pasada la habían hallado muerta en el cuartucho de un conventillo no muy alejado del Carmesí.

—Y, como siempre, la lengua que no aparece por ningún lado —agregó Cabecita—. ¡No te imaginás cómo está el Napo! ¡Está que se lo lleva el diablo! Se la agarró con nosotros. A las chicas les dio un sermón de cura. A Tuli no sé qué le dijo que lo hizo llorar. Hasta Cacciaguida la ligó. A mí casi me mata porque dice que anoche no estuve atento y dejé que Polaquita se escapara. Después me gritó que fuera a buscarte y que, hasta encontrarte, no volviera. Menos mal que te encontré, Marlene. Espero que no te dé un sermón a vos también.

Micaela le preguntó si la policía tenía alguna pista.

—¡Qué va! La *cana* está perdida. No saben para dónde rajar. Varzi se conectó con los *capos*, los de la plana mayor, ¿sabés?, y están tratando de averiguar algo.

En ese punto, Micaela recordó a Mudo. Quizá Varzi convivía con el asesino y no se daba cuenta. Le sobrevino un pánico atroz.

—¡Pobre Polaca! —retomó Cabecita—. ¿Sabés, Marlene? El muy hijo de puta antes de matarla le puso una peluca negra y le pintó un lunar cerca de la boca.

—Sabía lo de la peluca, pero ¿un lunar negro?

—Parece que lo hace con todas. Peluca negra y lunar cerca de la boca. Después las degüella y les corta la lengua.

En casa de Varzi, la recibió una de las domésticas que le informó que Frida había salido, y Micaela prefirió esperar a Carlo en el dormitorio. La intimidad que encontró allí la tranquilizó; de todas formas, se sorprendió al caer en la cuenta de que nunca había sobrepasado los lindes de la cama o de la tina del baño. No tenía idea de qué había en el ropero, ni en los cajones del escritorio, ni en el botiquín del baño. Ansiaba habituarse a sus cosas, quería conocer su ropa, sus elementos de tocador, sus papeles. Abrió un cajón del guardarropa y encontró la foto de Gioacchina. La observó un buen rato, y se culpó nuevamente por los sentimientos infames que había experimentado el día anterior. Se admiró del candor de su semblante y de la dulzura de sus ojos tan bonitos. Ella era lo único que Varzi amaba. Intentó disipar la rabia y los celos sin éxito, y otra vez enfrentó la disputa que tan abatida la había dejado la tarde anterior. Cerró el cajón y se dirigió al tocador a refrescarse.

Se aventuró en el botiquín ávida de curiosidad: una brocha con mango de marfil y una navaja haciendo juego, una loción de lavanda que reconoció como la que impregnaba las sábanas y su ropa, un frasco con untura blanca y otro con gomina Brancato. Olió las toallas y el conocido aroma la colmó.

Escuchó un ruido en la habitación y supo que se trataba de él. Le tomó unos instantes serenarse.

—¡Estabas aquí! —se sorprendió Varzi—. Me dijo Cabecita que te había traído. Pensé que estabas con Frida, en la cocina.

—Frida no está, salió.

Micaela no comentó nada más, cerró la puerta del baño y se sentó sobre la cama. Varzi la miraba con seriedad mientras se quitaba el saco y el pañuelo de seda.

—Vení acá —ordenó, y ella se acercó con prontitud.

La rodeó con sus brazos y la apretujó contra él. La besó repetidamente, en los labios, en la frente, en los ojos, en las mejillas, le mesó el cabello, le acarició la espalda, le hundió el rostro en el cuello, y volvió a besarla y a abrazarla hasta cortarle el respiro.

—¿Qué pasa, Carlo?

—Nada pasa. Quiero tenerte cerca de mí. Así, bien cerca. Que nadie te lastime. Quiero protegerte de todo y de todos.

Las palabras de su amante la reconfortaron como nada, e intentó armar con ellas lo más parecido a una declaración de amor. Emocionada, le pidió que la hiciera suya.

Pasaba el tiempo y Carlo no le comentaba acerca del asesinato de Polaquita.

—Cabecita me contó lo del "mocha lenguas" —esbozó, insegura.

Carlo lanzó un gruñido y dejó de acariciarla.

—Ya me parecía que ese *otario* no iba a contenerse.

—De todas formas, me habría enterado por el diario —coligió.

—No, este asesinato no va a salir en el diario. Ya lo arreglé.

Micaela se inmutó al vislumbrar por primera vez sus influencias y dominio.

—¿Supiste algo más? —continuó—. ¿La policía descubrió algo? —Carlo negó con la cabeza y ensayó una mueca de fastidio—. No querés hablar del tema, ¿verdad?

—No quiero desperdiciar el tiempo que estoy con vos hablando del asesinato. Basta.

—Tengo miedo —confesó Micaela.

—¿De qué tenés miedo? —Carlo la abrazó y la besó—. Vos no tenés que tener miedo de nada. Yo te cuido.

—No, no tengo miedo por mí. Tengo miedo por vos. De que algo te pase.

—¿Miedo por mí?

—¿Dónde estuvo Mudo anoche? —arremetió, sin preámbulos, y Carlo levantó las cejas—. ¿Por qué ponés esa cara? ¿Qué tiene de malo querer saber dónde estuvo Mudo anoche?

—¡Por Dios, Marlene! ¿Qué idea se te metió en la cabeza? Mudo estuvo conmigo toda la noche, no se separó de mí un instante.

—¿Seguro?

—¡Por supuesto que estoy seguro! —exclamó, harto de un interrogatorio al que no estaba acostumbrado—. Además, Mudo es la persona en la que más confío, mi hombre más fiel.

—Ah. La persona en la que más confiás… Y en mí, Carlo, ¿confiás en mí?

—¡Qué rara estás hoy! ¡Qué bicho te picó! Vos sos una *mina*. En las *minas* no confío. Siempre se termina sufriendo si se confía en una *mina*. Ustedes son todas unas felonas.

Micaela le dio la espalda, dolida por la respuesta. Dejó pasar unos instantes y, luego, sin volverse, le preguntó por qué la había mandado a buscar si no solían verse ese día.

—Estás preguntona hoy. Te prefiero callada, como de costumbre. ¿Por qué creés que te mandé a buscar? Porque estaba desesperado por verte. No aguantaba más. —Le besó la espalda y le acarició los glúteos desnudos—. ¡Ah, Dios mío! El día entero imaginé este cuerpo junto al mío.

Cerró los ojos y dejó de respirar cuando las manos de Carlo se deslizaron por la curva de su cintura. El poder que tenía sobre ella era inconmensurable, conseguía borrar con una simple caricia los temores e inseguridades que la agobiaban cuando se hallaba lejos de él.

—Me pregunto si habrá existido alguna vez amor más grande que el de Abelardo y Eloísa —comentó Micaela, al borde de la rendición.

—No sé quiénes habrán sido esos dos —empezó Carlo, en tono jocoso—, el tal Abelardo y la tal Eloísa. Lo que sí sé es que no existió ni existirá el deseo que siente mi Abelardo por tu Eloísa. —Y le rozó apenas el vello del pubis.

Micaela rió divertida y volvió a mirarlo.

*M*andó a decir con Pascualito que no puede venir —informó Cabecita, casi con miedo.

Sin levantar la vista de los papeles, Carlo despachó al matón.

—¡Maldita sea! —prorrumpió, después de que se cerró la puerta—. ¡Maldita seas, Marlene! —repitió, con un golpe sobre el escritorio.

Hacía cuatro días que no la veía. La primera inquietud se había convertido en desesperación que comenzaba a tornarse angustia, una angustia que lo sumergía en un desasosiego que no había experimentado antes. La excusa del estreno de *La Traviata* ya no le servía. Él no era tonto: Marlene lo rehuía, no deseaba verlo. ¿Por qué? La última vez habían vivido un momento increíble, quizás el mejor, aunque también recordó haberla notado extraña, insegura entre sus brazos.

La angustia, la desesperación y la tristeza lo enfurecieron: Marlene tenía el control. ¿Qué estaba sucediéndole que no podía pasar un día sin verla? Erraba por las habitaciones de la casa como león enjaulado, la buscaba en los rincones, en la sala, donde bailaban el tango; en el patio de la parra, donde conversaba con Frida; en su cama, donde le hacía amor. En los burdeles, se distraía, repetía las órdenes, se olvidaba de asuntos importantes, perdía los papeles. No bailaba el tango con nadie, y desconcertaba a su gente que comentaba el cambio del jefe.

—¡Maldita Marlene! —exclamó.

Alguien llamó a la puerta, y Carlo invitó a pasar. Sonia entró y cerró tras de sí.

—Hola, Napo —saludó, insinuante, mientras se le aproximaba.

—¿Qué hacés aquí? —bramó Carlo—. Te dije que no quería volver a verte en el Carmesí.

—En el boliche de San Telmo no me quieren. Además, la imbécil de Marlene no trabaja más aquí. ¿No fue por ella que me sacaste del Carmesí? Y ahora que Polaquita no está, hace falta una buena hembra como yo, ¿no te parece, querido? —Le acarició la mejilla y le rozó los labios.

—Aquí las órdenes las doy yo. Volvé al burdel de San Telmo y no *jodás* más.

—¡Ey, qué carácter! ¿Qué te pasa? ¿Marlene no te da *bolilla*? ¿Se cansó de vos? A lo mejor se topó con otro macho y te dejó.

La idea de Marlene en brazos de otro lo descontroló y estuvo a punto de abofetear a Sonia.

—¡Epa, qué mal humor! —protestó la mujer—. Parece que di en el clavo. Marlene te tiene abandonado.

Carlo la tomó por el brazo y la arrastró hasta la puerta.

—Lo que dicen de vos es cierto, entonces —dedujo Sonia, en un último intento—. Que la imbécil de Marlene te tiene como loco se puede ver a las claras. Ya no sos el mismo. Dicen que estás hecho un zonzo, baboso detrás de la estúpida esa. ¡Parece mentira, che, que un macho como vos se deje dominar por una *papirusa* inexperta!

—¡Dejá de decir *boludeces*! —tronó Carlo—. Callate o te hago tragar las palabras. Soy el mismo de siempre. A mí ninguna mujer me mueve un pelo, ¿entendiste? Ninguna.

—Demostrámelo, entonces —ordenó Sonia.

* * *

—Cabecita se fue echando chispas, señorita —comentó Pascualito—. Dice que el Napo se va a poner furioso. Hace cuatro días que la espera.

—Podés retirarte —dijo Micaela, de mal modo.

El asunto con Varzi estaba fuera de control, hasta los sirvientes opinaban. Había manejado mal las cosas desde un principio. Demasiada gente inmiscuida que hablaba sin autoridad; no tendría que habérselo contado a nadie. Es más, no debería haber sucumbido a la atracción arrolladora de Carlo Varzi. En realidad, no tendría que haber aceptado la invitación a cenar aquella noche, aquella primera noche. Por cierto, lo mejor habría sido no cantar en el Carmesí. En verdad, no debió ir al prostíbulo la noche en que Gastón María llegó herido. Conocer a Varzi había significado el mayor revés de su destino: suficiente verlo una vez para quedar hechizada, tanto que, desde ese momento en adelante, sólo hizo lo que él le dijo.

Se sintió atrapada, en manos de alguien sin compasión ni escrúpulos. No volvería a caer bajo su influjo, se abstendría de regresar a la casa de San Telmo aunque le costara lágrimas por las noches. Moreschi tenía razón: la relación con Carlo no tenía rumbo certero. ¿Qué pretendía? ¿Que le propusiera matrimonio?

"Cabecita se fue echando chispas, señorita. Dice que el Napo se va a poner furioso." La asustó saber que con su decisión de no volver a verlo le hería el orgullo de macho y compadrito. Le tuvo miedo y pensó en las mil formas que usaría para extorsionarla. Sabía demasiado acerca de ella y de su familia.

Llamaron a la puerta. Rubén, inusualmente exaltado, le pidió que se apresurara, alguien la esperaba en el hall. ¿Y si era Varzi? ¡Ay, Dios bendito! Un temblor le sacudía las piernas mientras bajaba la escalera. Antes de entrar en la sala, inspiró profundamente, se acomodó la blusa y se mesó el pelo. No estaba preparada para lo que siguió: de pie, cerca del hogar, Gastón María y, sentada junto a él, una jovencita con un bebé en brazos. A pesar de su semblante pálido y cansado, no le costó reconocer a Gioacchina.

Permaneció muda, con la mirada fija en el cuadro. No podía reaccionar mientras veía que su hermano avanzaba en dirección a ella. Cuando lo tuvo a unos pasos, se dio cuenta de que le brillaban los ojos. Se abrazaron, sollozaron y Gastón María le pidió en un susurro que lo perdonara. Micaela optó como respuesta apretujarlo y besarlo en las mejillas.

—Micaela, quiero presentarte a mi esposa, Gioacchina, y a nuestro hijo, Francisco.

Gastón María se acercó a la joven y la ayudó a incorporarse.

—¿Tu esposa? —farfulló Micaela.

—Sí, nos casamos ayer y decidimos regresar hoy mismo. No veía la hora de presentártela —aseguró, y le rodeó la cintura.

Micaela cargó a su sobrino, a quien encontró increíblemente parecido a su tío Carlo. Entró Cheia, seguida por Moreschi, y continuaron las presentaciones. La nana acaparó al niño que parecía a gusto en su regazo porque se durmió al poco rato. El bullicio atrajo a Rafael, luego a Otilia. Al cabo, llegó Eloy, que acudía a una cita con Urtiaga Four, y se unió al desconcierto general.

Por un momento, Micaela se abstrajo y contempló a su familia desde un rincón. El gesto de pocos amigos de su padre había cedido gracias al rostro bondadoso y la voz dulce de Gioacchina, a la ternura del niño y al asombroso cambio de actitud de su hijo, donde la jovialidad casi impertinente había dado paso a una compostura y circunspección que llevaron a Rafael a prestar su aquiescencia sin chistar. Micaela se asombró al vislumbrar por primera vez un gesto sincero en Otilia, que insistía en cargar al niño, mientras Cheia se resistía a entregárselo. Incluso Eloy, siempre serio y lacónico, felicitó a Gastón María y a su esposa, y les dirigió lindas palabras.

Pero faltaba Carlo. Él, quizá, más que nadie, merecía gozar este triunfo. Sin pensarlo dos veces, y olvidándose de la rotunda decisión de momentos atrás, resolvió ir a buscarlo, ansiosa por compartir la feliz noticia y decirle que Francisco tenía sus mismos ojos sesgados y pequeños.

Le indicó a Pascualito que la llevara a la casona de San Telmo, pero luego, a mitad camino, se percató de que lo encontraría en el Carmesí. Al llegar, subió deprisa las escaleras. No lo halló en su escritorio, y, ansiosa, abrió la puerta del cuarto contiguo. Carlo y Sonia estaban en la cama.

—Lo siento —dijo, con un hilo de voz.

Corrió hasta la salida, sin prestar atención a Tuli que la llamaba desde la escalera. Varzi saltó de la cama y así, desnudo, salió al pasillo; tropezó con Tuli, que ocultó el rostro, avergonzado.

—¡Corré y decile a Marlene que me espere!

Regresó a la carrera al dormitorio, donde se vistió rápidamente, ajeno a los reclamos de Sonia. En la calle, encontró a Tuli solo.

—Cuando llegué —empezó el manflorón—, el automóvil de Marlene doblaba la esquina.

Carlo piafó contra el piso, masculló unos insultos y se tomó la cabeza entre las manos, sin conseguir menguar el dolor que le lastimaba el alma.

—¿Qué le hiciste, Napo? —quiso saber Tuli—. ¿Estabas con otra? —El silencio de Carlo fue elocuente—. ¿Por qué lo hiciste? ¿No te das cuenta de que Marlene no es como las otras? Ella nunca te va a perdonar.

Imposibilitado de reaccionar, vio entrar a Tuli en el burdel y dejarlo solo en medio de la acera. Miró en torno, se sintió perdido, no sabía qué hacer. "Ella nunca te va a perdonar", volvió a escuchar.

*G*astón María y su familia permanecieron con los Urtiaga Four diez días, tiempo en el cual el joven finiquitó temas pendientes desde su repentina partida. Después de confesar a su padre las circunstancias del matrimonio con la señorita Portineri, cauto en no mencionar los detalles más escabrosos, le expresó su deseo de establecerse en el campo de Azul y hacerse cargo de la administración de esa hacienda y de las estancias aledañas. Rafael se mostró intransigente al saber que en un primer momento había abandonado a su suerte a una joven como Gioacchina; sin embargo, el sincero arrepentimiento de Gastón María y su interés en las estancias lo llevaron a perdonarlo.

Más allá de la algarabía reinante, Micaela vivía uno de sus peores momentos. Envidiaba la dicha de su hermano, que, pese a haber hecho las cosas de la peor forma, había salido victorioso; ella, en su afán por ayudarlo, convencida de que actuaba juiciosamente, se había arruinado la vida. También la atormentaba el deseo de que Gioacchina dejara la casa cuanto antes, porque le recordaba a Carlo.

En varias ocasiones, y sin motivaciones lógicas, se sintió inclinada a revelarle a Gastón María su relación con Varzi, incluso, en una oportunidad en que conversaba con Gioacchina, cierta malicia, cierto orgullo herido, cierta sed de venganza, casi la llevan a confesarle que su bondadoso y misterioso protector no era más que su hermano, un proxeneta sin principios. Nunca hizo ni lo uno ni lo otro.

La Traviata era un éxito. Como siempre, *la divina Four* llenaba la sala y asombraba con su voz prodigiosa, aunque los más allegados, en especial, Moreschi y Mancinelli, notaban que la fuerza y el vigor de la soprano no eran los habituales, principalmente en lo tocante al dramatismo que la obra requería, donde se mostraba insulsa.

—Está un poco cansada —la justificaba Moreschi, consciente de que el cansancio no cabía en la melancolía de su pupila.

Micaela no podía olvidar a Carlo Varzi. Lo tenía en la cabeza permanentemente; de noche, medio dormida, se agitaba y se movía entre las sábanas; de día, la inquietaba la sensación de percibir el aroma de su piel, y lo buscaba desesperada, con la ilusión de verlo aparecer tras el cortinado de su habitación o tras el biombo del camerino.

Pero debía olvidarlo. Varzi era malo, un hombre sin corazón. ¿Qué pretendía al enamorarse de un hombre sin corazón? ¿Acaso se había vuelto loca? Sí, completa y absolutamente loca por él. Lo odiaba por hacerla sentir así, lo odiaba por amarlo tanto y él nada. Aunque no lo culparía, consciente había estado de con quién se metía, y, haciendo oídos sordos a su razón, había seguido adelante con la descabellada idea. Ahora debía pagar. Pagar, pagar y pagar. Un error que le costaría muy caro.

Y el precio se encarecía en tanto Varzi no dejaba de acosarla y buscarla. Se había abstenido de presentarse en casa de su padre, cosa que le agradecía, pero la había perseguido por el resto de la ciudad. Cabecita y Mudo conocían sus pasos y, cada tanto, Varzi los acompañaba en el coche. Le enviaba arreglos florales, regalos costosos, y nunca faltaba la orquídea blanca después de las funciones, a las que concurría con la constancia de un alumno aplicado, sentado en el palco de proscenio. Notas pidiéndole que se encontraran, que necesitaba verla, que la deseaba, que Abelardo echaba de menos a Eloísa, que debían bailar el tango, pero nunca "perdón", ni asomo de la palabra "amor".

Micaela se enfurecía consigo cada vez que leía las tarjetas en busca del arrepentimiento y la muestra de sincero cariño que tanto anhelaba. ¿Cómo permitirse esperar un pedido de perdón de Varzi si él estaba convencido de que no había hecho nada malo? ¡Ilusa y mil veces ilusa!

En efecto, el papel de crédula y tonta lo había interpretado ella. Carlo jamás le había prometido nada ni se había obligado de manera alguna. ¿Por qué le exigía una fidelidad que no le había ofrecido? Celosa y humillada, herida y traicionada, representaban calificativos que no le cabían; sólo la hacían quedar como estúpida. Por más que se le partiera el corazón, la imagen sórdida de Carlo y Sonia en la cama le había quitado la venda de los ojos. De otra manera, ¿hasta cuándo habría seguido con él, sin sentido ni rumbo, exponiéndose y arriesgando su carrera, además del buen nombre de su padre? ¡Ah, qué ganas de estar en París! ¡Maldita guerra!

En su necesidad de huir de Varzi, Micaela se encaprichó con regresar a Europa, y, avergonzada de sí, debió reconocer su cobardía. ¿Hasta cuándo seguiría huyendo de sus malos recuerdos? Casi un año atrás, había escapado de París para olvidar a Marlene; ahora, necesitaba abandonar Buenos Aires para alejarse de Varzi.

A Eloy le llevó una tarde disuadirla. Los cables que recibían en la Cancillería manifestaban que la guerra hacía estragos y que la gente sufría serias carencias. Los relatos descarnados que pormenorizó impresionaron a Micaela y, aunque lucía convencida, Eloy aún tenía reparos.

—Y sepa, señorita —agregó—, que algunas de las batallas tienen lugar tan cerca de París que se comenta que los soldados toman un taxi para llegar al frente.

Micaela se convenció de que ni mil Varzis juntos la harían caer en ese infierno. Debía ser valiente y enfrentarlo. Pronto cejaría en su hostigamiento y la dejaría en paz.

—Disculpe si con mis relatos la he perturbado —expresó Cáceres—, pero me desesperé cuando dijo que deseaba regresar a París y no encontré otra forma más efectiva para obligarla a desistir que exponiéndole los hechos tal cual son.

Micaela no habló; en cambio, y sin recato, lo contempló fijamente. La tranquilizó la suavidad de su mirada clara y la bondad de sus gestos.

—Gracias, señor Cáceres —retomó—. Le agradezco que se preocupe por mí y por mi bienestar. —Hizo una pausa; luego comentó que había pasado una tarde muy placentera junto a él—. Espero que se repita —agregó—. Hacía tiempo que no lo veía en casa, hacía tiempo que no venía a visitarnos.

—En realidad, yo estuve viniendo a casa de su padre con la asiduidad de costumbre. Es usted la que no se dejaba ver por aquí. En el último tiempo, era casi imposible encontrarla —afirmó Eloy, con intención.

Micaela se sonrojó y bajó la vista.

—¿Le comentó mi tía que hay una fiesta en lo de Paz el sábado? —preguntó Eloy, para cambiar de tema—. Me gustaría que me hiciera el honor de acompañarme.

—Será un placer.

Tanto Eloy como Micaela lamentaron la irrupción de Gastón María. Cáceres se disculpó y abandonó la sala.

—¿Me parece a mí o el zoquete ese te está haciendo el filo? —bromeó Gastón María, al tiempo que acercaba una silla.

—Pensé que habías cambiado —comentó Micaela—, pero veo que no has perdido algunas de tus costumbres.

—El hecho de que haya rectificado mi mala conducta con Gioacchina no tiene nada que ver con que siga pensando que ese tipo es un cretino. Quiere escalar posiciones en la Cancillería sea como sea y no va a detenerse ante nada. ¿No te das cuenta de que, a toda costa, quiere congraciarse con papá para conseguir su objetivo, ser el nuevo Canciller? Tengo entendido que casi lo consigue, pero la muerte de Sáenz Peña le arruinó los planes. ¡Bien hecho! Por lo menos, el inútil de Sáenz Peña sirvió para algo.

—No entiendo qué mal te hizo el señor Cáceres para que lo odies tanto.

—No me hizo nada. No tengo nada específico que reclamarle, sólo que no me gusta. Es ladino, especulador, y más raro que no sé qué. Me da mala espina y saber que quiere conquistarte me pone los pelos de punta.

—No hablemos del señor Cáceres, no tiene sentido —sugirió Micaela, y cambió de gesto para proseguir—: Hace tiempo que quiero conversar con vos, pero no he podido. Con tanto alboroto que armaste con tu llegada, siempre hay alguien merodeándote.

—Yo también quiero preguntarte algo. ¿Cómo te enteraste de lo que había entre Gioacchina y yo?

No se esperaba la pregunta y se reprochó la falta de previsión. Debería haber planeado una respuesta con tiempo. Ahora, los nervios y la premura le jugaban una mala pasada, y nada lógico y verosímil le venía a la cabeza.

—No puedo delatar a la persona que me puso sobre aviso —se le ocurrió—. Por más que insistas, jamás te daré el nombre de quien me contó tus andanzas.

—Está bien —dijo Gastón María, resentido—. Pero no te preocupes, ya me imagino que fue la vieja Bennet. Pocos lo sabían.

Micaela recordó a la señora Bennet y pensó que dejar caer la sospecha sobre la institutriz inglesa no resultaba mala idea, cualquier cosa con tal que no surgiera el nombre de Carlo Varzi.

—Bueno, está bien —aceptó Gastón María—, ya no tiene importancia. En realidad, vine a decirte que mañana nos vamos a la estancia de Azul.

—¿Tan pronto?

A pesar de que en un principio ver a Gioacchina a diario la lastimaba, la inminencia de su partida le produjo cierta turbación.

—Sí —añadió su hermano—, quiero llegar al campo cuanto antes y organizar mi vida de una vez.

—No te vayas, quedate a vivir aquí —suplicó.

—¡Ni loco! —Gastón dejó la silla y comenzó a caminar—. Sabés que no soporto a Otilia. Con papá las cosas han mejorado, pero no hemos nacido para vivir bajo el mismo techo. Además, quiero alejarme un tiempo, y alejar también a Gioacchina. No van a faltar las personas maliciosas que pregunten y quiero evitarle esa humillación. Demasiado soportó la pobre el otro día con el interrogatorio de tía Josefina.

—Sí, supongo que tenés razón —se resignó Micaela—. Por otra parte, en el campo vas realizar una actividad digna que te va a mantener alejado del juego y de la bebida.

—No te preocupes, hermanita. Nunca más voy a caer tan bajo. Nunca más te voy a defraudar.

Micaela abrazó a su hermano y, sin soltarlo, le preguntó si amaba a su esposa.

—Sí, mucho —fue la respuesta de Gastón María.

—Y, ¿por qué no querías casarte con ella? ¿Necesitabas hacerla pasar por tanto si la amabas?

—Cuando Gioacchina me dijo que esperaba un hijo, no temo confesarlo, me aterroricé. Sentí el peso del mundo sobre

269

mis hombros y, como un idiota, busqué la salida equivocada. El matrimonio me daba pánico. Todos los ejemplos a mi alrededor me demostraban que no se podía ser feliz si uno se casaba. No me imagino a tía Luisa enamorada de Miguens, ni a tía Josefina feliz al lado de Díaz Funes. ¡Y para qué hablar de papá y Otilia! Una farsa.

—Pero papá y mamá sí se amaron —terció Micaela.

—¿Papá y mamá? ¿De qué me hablás, Mica? ¿Acaso te olvidás de que mamá se cortó las venas?

La imagen de su madre muerta en la tina la cegó como un rayo, y la realidad en torno a ella quedó suspendida en el tiempo. Al volver, Gastón María había dejado la sala.

Cabecita y Mudo entraron en el despacho de Carlo.

—¿Qué novedades me traen? —preguntó.

Tuli intentó dejar la habitación, pero Carlo le ordenó que se quedara.

—Volvé a tu trabajo —agregó.

Tuli prosiguió con la tarea que Carlo le había encomendado desde algún tiempo, dada su habilidad con los números y la contabilidad.

—Hoy no tiene función —empezó Cabecita.

—Eso ya lo sé —dijo Varzi, y levantó la vista.

—Sí, claro, qué estúpido, ¿no? Bueno... Eh... Parece que el sábado hay *garufa* en uno de esos palacetes de la *jailaife*, y Marlene está invitada. Me lo *chamuyó* Carmencita, la sirvienta a la que le tiramos unas *viyuyas* por información.

—¿Qué hizo esta tarde? —preguntó Carlo.

—Lo de siempre. Ensayó en su casa y fue al teatro.

—¿Recibió las flores?

—Eh... Bueno... Sí. Justamente, Carmencita las recibió, pero...

—¡Dale, *otario*, desembuchá! —se enfureció Carlo.

—¡Bueno, che! —se quejó Cabecita—. ¡Da *julepe* decirte las cosas de Marlene últimamente! Te *piantás* enseguida. Lo que pasó fue que Marlene le dijo a Carmencita que las tirara a la basura.

Varzi ocultó el dolor que le produjo la noticia y prosiguió con unas anotaciones sin mirar a sus empleados.

—¡Ah, me olvidaba! —exclamó Cabecita—. Me dijo Carmencita que, después del almuerzo, Micaela y el tal Cáceres se pasaron un buen rato *chamuyando* en la sala de música.

Carlo hizo crujir el escritorio de un puñetazo. Quiso saber los pormenores de la conversación entre Micaela y el *bienudo*, y Cabecita, tartamudeando, le dijo que no tenía idea, que Carmencita apenas los había escuchado.

—Parece que Marlene hablaba de volver a Europa y el tipo ese quería convencerla de que se quedara. Carmencita me dijo que *chamuyaban* tan bajo que no pudo escuchar más.

La visión de Marlene y Cáceres susurrándose, tocándose, mirándose con pasión, lo sacó de quicio; se le coloreó el rostro y los nudillos se le tornaron blancos de tanto apretar. Lanzó un resoplido y se puso de pie.

—También averiguamos cosas de Gioacchina —dijo Cabecita, con la esperanza de cambiarle el humor.

—¿Yo te pedí que averiguaras de Gioacchina? —preguntó Carlo.

—No.

—Entonces, ¿qué mierda andás averiguando de ella? ¡Vamos, fuera de aquí! ¡Mándense a mudar!

Cabecita salió trastabillando. Mudo le echó un largo vistazo antes de abandonar la habitación. ¡Ah, carajo, cómo odiaba a esa Marlene!

Tuli no sabía qué hacer, si irse o quedarse, pero interpretó que la orden no era para él y continuó con las cuentas, que repasaría en otro momento con la mente tranquila y el pulso firme.

Varzi no intentó retornar a los papeles. Bebió una grapa con la vista perdida en el puerto de La Boca. El sol se ocultaba y la actividad entre los estibadores mermaba. Escuchó los silbatos que ponían fin a otra jornada de trabajo y recordó sus días como empleado en las barracas; se angustió al reflexionar que, si bien habían sido tiempos difíciles, de conventillos inmundos, mala comida, pocas monedas en el bolsillo y trabajo duro, su espíritu se había encontrado más sereno e íntegro. Farfulló un insulto, movido por los remordimientos, arrepentido de tantas cosas. Gioacchina y el sacrificio que representaba ya no le daban consuelo.

—Me contó Cacciaguida —se atrevió Tuli— que Marlene es una conocida cantante lírica. Que, en realidad, se llama Micaela Urtiaga Four.

—Más vale que Cacciaguida mantenga la boca cerrada o yo mismo le voy a cortar la lengua.

—¡Napo, por favor! —se escandalizó Tuli—. Con lo que le pasó a la pobre de Polaquita (que Dios la tenga en su gloria), no hablés de lenguas y esas cosas. —Carlo se mostró momentáneamente confundido y vulnerable—. Además, vos sabés que yo adoro a Marlene. Jamás le iría con el chisme a nadie. Cacciaguida me lo contó porque sabe que la quiero de verdad y que sería incapaz de perjudicarla. —Tuli se impacientó al no obtener más respuesta que un gruñido—. Después de conocer el apellido de Marlene, me di cuenta del resto. Ella es la hermana de Urtiaga Four, ¿no? El que dejó embarazada a tu protegida, ¿no?

La mirada torva de Carlo Varzi lo amilanó y coligió que permanecer callado sería una buena opción; sin embargo, no pudo y continuó.

—Marlene no es como las *minas* a las que estás acostumbrado, Napo. Ella es una dama, culta, refinada, con principios y...

—¡Y quién mierda te dio vela en este entierro! ¡Quién carajo te dio permiso para opinar!

Tuli saltó de la silla y se replegó contra la pared.

—¡Yo hablo porque la quiero mucho a Marlene! —vociferó, envalentonado de súbito—. ¡Marlene y yo somos amigas! ¡Yo la quiero mucho a Marlene!

—¡Ya está bueno con la cantinela de que la querés mucho! No te metas más, ¿entendiste? O te parto la cabeza.

Carlo se volvió, con intención de abandonar el despacho. *Tenía* que salir de allí o mataría a alguien. La furia, los celos y el rencor dominaban su entendimiento, lo cegaban.

—¡Napo! —llamó Tuli—. ¿Por qué no la dejás en paz? No la hagas sufrir. ¿No te das cuenta de que ella no es mujer para vos? ¿Que pertenecen a mundos distintos, más bien, opuestos? Tendrías que morir y nacer de nuevo para que ella te quisiera, tendrías que ser el hombre que no sos y es imposible. Marlene jamás amaría a un *cafishio*.

Tuli se estremeció con el portazo de Carlo y, cuando logró reponerse, se dirigió al camerino a juntar sus cosas, seguro de que estaba despedido.

Carlo salió del burdel y se aventuró entre las barracas del puerto. Los muchachos lo saludaban con respeto y lo invitaban a tomar mate. Él les devolvía el saludo y dejaba el convite para otra oportunidad. La nostalgia que le provocaron los recuerdos lo abatió sin remedio, y la retrospección lo llevó subrepticiamente hasta la tarde en que asesinó a su padre. La imagen de Tiziana ensangrentada, Gioacchina llorando a su lado, Gian Carlo ebrio, en medio de putas y naipes, casi le arrancó lágrimas de impotencia y de rabia. ¿Qué podía hacer un hombre con tanto dolor? Vinieron después el reformatorio y sus eternos días en el calabozo de castigo, seguidos por el traslado a la Isla de los Estados, que, pese al frío, el hambre y las pestes, recordaba como un hito en su vida: Johann, su amigo del alma, había significado la redención. Las pérdidas se hicieron una constante, y el sufrimiento casi lo destruye con la muerte del alemán, aunque sus palabras sabias le revolotearon en la cabeza por un tiempo y lo ayudaron a volver a su curso. Luego, la libertad, la ansiada y sublime libertad. Y Gioacchina. Todo por Gioacchina. Por ella, se volvió un asesino otra vez, y, poco después, un proxeneta.

Llegó al borde del malecón y, sin importarle el olor hediondo que emanaba del agua, se quedó allí, de pie, con la mirada perdida. El río turbio golpeaba el paramento y le salpicaba los zapatos de charol. Más allá, sobre la cubierta de un barco, dos marineros cantaban *El entrerriano*, el primer tango que bailó con Marlene. Le tembló la boca y la vista se le nubló. Cerró los ojos. Aún podía imaginársela enfurecida, erecta como una vara entre sus manos. Divagó, rememoró, y admitió por fin que ella siempre le había prodigado gratos momentos, aun cuando, furiosa y humillada, lo hubiese despreciado e insultado. Más allá de su belleza y de su exquisito *savoir faire*, existía un don en esa mujer, distinto de todo cuanto había conocido, mágico quizá, que brillaba en sus ojos tan raros, un don que lo había enamorado irremediablemente.

"Tendrías que morir y nacer de nuevo para que ella te quisiera."

Carlo Varzi se sintió capaz de cualquier cosa, incluso de morir y nacer de nuevo.

Pese a su desgano, Micaela simuló entusiasmo y asistió a la fiesta de los Paz, una de las familias más encumbradas e influyentes de Buenos Aires, propietaria de un periódico que apoyaba la gestión de su padre. No podía faltar: la señora Paz, miembro de la Junta Directiva del Colón, deseaba honrarla como a la figura más destacada del año.

La animaba la idea de concurrir con Eloy Cáceres, y la noticia de que Nathaniel Harvey también iría le quitó el último vestigio de pereza. Junto con ellos, no lo pasaría nada mal, por el contrario, recibiría gustosa las galanterías del señor Cáceres, mientras las bromas del ingeniero inglés complementarían la diversión.

Rafael consintió a su hija, pese a las quejas de su esposa, y llegaron a lo de Paz en la victoria. Micaela disfrutó el paseo, sentada junto a su padre y frente a Eloy; Otilia, sujetándose innecesariamente el sombrero, mostró su peor gesto durante el corto trayecto.

A pesar de calurosa, la noche le agradó por lo estrellada y tranquila, y, a medida que Pascual azuzaba los caballos, una brisa fresca y aromática le acariciaba el rostro y le provocaba ansias de llegar y bailar la velada entera.

¿Por qué tuvo que preguntarse en ese preciso instante, en el cual todo iba tan bien, qué estaría haciendo Carlo Varzi? Se desazonó ostensiblemente, tanto que Eloy lo notó y se inclinó para observarla mejor.

—¿Se siente bien, señorita?

Su padre la miró con preocupación, le tomó la mano y reiteró la pregunta. Otilia la miró de reojo y volvió la vista a la calle. Enojada consigo por no controlar sus recuerdos, minimizó el mohín, aunque los caballeros insistían en aludir a su palidez.

—Será por el calor. El calor siempre me afecta sobremanera —mintió.

Eloy le quitó el abanico a su tía, que dio un respingo, y lo aventó cerca del rostro de Micaela.

—Eso es, hijo —apoyó Rafael—, eso es. Un poco de aire le va a venir muy bien.

Micaela incómoda hasta el sonrojo, repetía en vano que ya era suficiente. Al observar la escena, Otilia cambió la cara y apoyó a su sobrino.

—No podría haber esperado nada mejor de vos, querido Eloy. Te eduqué como a un *gentleman* y eso es lo que sos —se jactó.

La fila de lujosos coches y modernos automóviles salía del perímetro de la mansión y avanzaba sobre la cuadra. Pasaron no pocos minutos antes de que la victoria de los Urtiaga Four se detuviera bajo el pórtico y sus ocupantes descendieran. Rafael ofreció su brazo a Otilia y lo mismo hizo Eloy con Micaela.

Entraron en el salón, atestado de gente, y la mayoría de las miradas se posó en ellos. Micaela deslumbró con su belleza y elegancia, y su vestido fue blanco de comentarios. Cheia se había esmerado en el peinado, un *chignon* en la base de la nuca, sostenido por horquillas de perlas, y enmarcado por pequeños bucles. El rostro despejado y apenas maquillado revelaba la perfección de su piel y el rojo de sus labios.

Micaela fisgó de reojo a su acompañante, atildado y circunspecto como siempre, elegante en su *jacquet*.

—Está hermosa esta noche, señorita —comentó Eloy, y la sorprendió con una mirada y un tono de voz que no eran los habituales; quizá, vislumbró algo de fervor en el conjunto.

La señora Paz les dio la bienvenida, acompañada por elogios dirigidos especialmente a Micaela, a quien no dudó en llamar su invitada de honor. Condujo al grupo dentro del salón de fiestas, réplica de la *Salle de Gardes* de Versailles, según informó, y añadió detalles acerca de la calidad de los mármoles y de las *boiseries* de fresno que Micaela no escuchó.

—Por favor, senador Urtiaga Four —indicó la señora Paz—. Mi esposo está con el señor presidente. Ansían conversar con usted. —Y señaló otro extremo de la sala.

Al verlos avanzar, el grupo de hombres se abrió y dio paso a Victorino de la Plaza, un hombre petiso y moreno, que salió al encuentro de Micaela.

—¡Por fin ha llegado la invitada de honor! —exclamó, con sincera alegría, el primer mandatario.

—Jamás consentiría semejante distinción encontrándose en la velada el presidente de la República —contestó Micaela.

Rafael sonrió, ufano de la soltura y del ingenio de su hija. Continuaron los saludos y las presentaciones y, al cabo, el grupo de hombres volvió a cerrarse y dejó atrapados a Rafael y a Eloy; la anfitriona, Otilia y Micaela se vieron forzadas a buscar diversión en otra parte. Obligadas a detenerse a cada paso para saludar, tardaron en llegar a la sala de música donde Moreschi y Mancinelli daban las últimas indicaciones a la orquesta.

—Estoy tan agradecida, maestro —comentó la señora Paz a Moreschi—, de que haya venido un rato antes para ayudar con la organización de la música. A usted también, maestro Mancinelli, le estoy inmensamente agradecida. Es un honor. Verdaderamente un honor. ¡Y *la divina Four* cantando en mi casa!

Micaela miró hacia el sector donde se encontraba Eloy. Lo halló muy enfrascado en su conversación con el presidente. Rafael lo observaba con semblante satisfecho y el resto de los hombres, con admiración. Por más que Micaela insistió con la mirada, Eloy no volteó una vez.

Poco se cumplió de lo que había previsto: el señor Cáceres habló de política gran parte de la noche, mientras Nathaniel Harvey, en quien había puesto el resto de sus esperanzas, recibió de buen grado las atenciones de Mariana Paz, hija de la anfitriona y única heredera de la fortuna de sus padres. A pesar de estos reveses, Micaela no lo pasó mal en absoluto.

—Ahí viene la Pacini —comentó Otilia, desdeñosa—. Es una insolente. Me ha pedido que te la presente.

—¿Y por qué no lo hiciste? —preguntó Micaela.

—No la soporto, es una advenediza —alcanzó a responder antes de saludar a la dama en cuestión—. ¡Regina, querida! —prorrumpió, y extendió sus manos para tomar las de ella—. Te veía aproximarte y no pude dejar de comentarle a Micaela el hermoso vestido que tenés esta noche. ¡Ah, querida! Por fin puedo presentarte a mi hija, Micaela Urtiaga Four. Micaela, la señora Regina Pacini, esposa del señor Marcelo de Alvear.

Micaela y Regina se saludaron con afabilidad y de inmediato se trabó una conversación amena y espontánea. "La Pacini", como la llamaban los porteños, no pertenecía a la clase alta de Buenos Aires, pero un conveniente matrimonio con Marcelo de Alvear, hijo del aristocrático primer intendente de la ciudad capital, don Torcuato, la había llevado a las altas esferas de la sociedad, finiquitando así su carrera de cantante lírica.

Había demasiadas cosas que unían a Micaela y a Regina; por sobre todo, el amor a la música y al canto, y habrían conversado la noche entera, olvidándose de la fiesta y de los invitados, si no fuera que, antes de cenar, Micaela fue requerida para interpretar unas arias de Rossini, compositor dilecto de la anfitriona. Moreschi realizó la selección y complació a la señora Paz y al resto de la concurrencia, y, pese a que hacía tiempo que no entonaba esas melodías, Micaela volvió a sorprender por el dominio de su voz, dúctil y extensa. De entre los presentes, Regina la aplaudió con sincera algarabía y la ovacionó sin importarle la continencia del resto.

Y antes de pasar al comedor, Micaela recibió las felicitaciones del presidente De la Plaza, de algunos senadores amigos de su padre y, con especial emoción, de Cáceres, que le murmuró, entre serio y risueño, que las dos primeras piezas del baile se las debía a él. Disfrutó el resto de la velada, a pesar de que, durante la comida, debió anular su oído izquierdo para no escuchar a su madrastra, incapaz de comentar otra cosa aparte de la exquisitez de las ostras chilenas, lo soberbio del paté trufado y lo "a punto" del faisán, y aguzar el derecho para deleitarse con las anécdotas de Regina Pacini. Nathaniel, a salvo por un rato de los encantos de Mariana Paz, participó interesado en la conversación, y Eloy, aunque callado, se mantuvo atento con la vista fija, la mayoría de las veces, en ella.

Durante los dos primeros valses, cumplió la palabra empeñada y bailó con Cáceres, que se mostró ansioso y efusivo al comentarle que sus viejos planes de hacerse cargo de la Cancillería volvían a tomar su rumbo.

—¡Cuánto me alegro! —expresó Micaela—. Usted ha trabajado tanto que sería una injusticia que no lo lograra. Además, estoy segura de que no habrá mejor Canciller que usted, señor Cáceres. Dudo que muchos piensen lo contrario.

—A pesar de que la conozco poco, he podido ver que su opinión es raramente concedida. Por lo tanto, lo que acaba de decirme es de mucho valor para mí.

Al llegar a casa y quedar a solas en su dormitorio, por primera vez en mucho tiempo se sintió bien. Había conocido a una nueva amiga, con la cual se encontraría al día siguiente a la hora del té, y a un nuevo amigo, porque Eloy Cáceres, con su actitud más abierta y humana, le había mostrado una faceta de su personalidad que le gustaba muchísimo.

Desde su llegada a Buenos Aires, Micaela sostenía una comunicación epistolar con algunos colegas europeos y, cuando les comentó que deseaba regresar porque los echaba de menos, a ellos y a París, no tardaron en responderle que no se aventurara por esas tierras belicosas y que permaneciera donde estaba. Estas sugerencias, sumadas a los comentarios, casi ruegos de Eloy, sepultaron la idea de volver, al menos por un tiempo. Moreschi, más tranquilo con la decisión final de su pupila, se consagró a planificar las actividades líricas del año siguiente, con el apoyo de Mancinelli que ya hablaba de una gira por Sudamérica.

Se aproximaba el final de 1914, y Micaela no concebía que ya se hubiese cumplido un año de la muerte de Marlene; le parecía una centuria. Su hermano se había casado y tenía un hijo. Recordó la noche en que Gastón María llegó herido a casa de su padre, la noche en que escuchó hablar del Napo Varzi. También regresó a su mente la primera vez en el Carmesí, y la segunda, y la tercera. Todas guardaban algún secreto. Y la última vez, tan dolorosa y humillante.

Odiaba a Carlo Varzi, lo odiaba con cada fibra de su ser. Lo odiaba por ser el hombre que era y por haber hecho de ella la mujer que era, una mujer triste, melancólica, a la que nada animaba demasiado. Ni en la música encontraba sosiego. Lo odiaba por eso.

Hacía días que no oía nada de él. Ya no llegaban a casa de su padre los costosos arreglos florales ni las cajas con bombones. Ni una carta, ni siquiera una esquela, nada. Las funciones en el Colón habían terminado y con ellas la oportunidad de tenerlo cerca, en el palco más bajo. Mejor así. Carlo Varzi no tenía nada que ofrecerle, nada bueno, al menos, y ella trocaría su amor en indiferencia, sí, su inmenso amor en un inmenso desinterés. Pero ¿cómo hacer para no pensar en él a cada instante? ¿Cómo hacer para no sobresaltarse cada vez que llegaba la correspondencia? ¿Para no buscar un pretexto e ir a la parte sur de la ciudad?

Carlo Varzi se había hartado de ella, y no volvería a saber de él. ¡Ya no volvería a saber de él! Imposible. En un tiempo no muy lejano habían vivido una pasión tan intensa que la idea de no volver a verlo le parecía descabellada. ¡No, no era descabellada! Lo mejor que podía sucederle era que Varzi no volviera a cruzarse en su camino.

Dejó a un lado la sensiblería y razonó que, por haber estado en manos de un hombre como él, sin escrúpulos ni principios, todo había terminado convenientemente bien. Al principio, la idea de una extorsión la había sumido en el pánico. ¿Y si la obligaba a regresar bajo la amenaza de contarle todo a la prensa o a su familia? También la atormentaba la posibilidad de que enviara a Mudo y a Cabecita a buscarla y de que la subieran al coche a la fuerza y la llevaran hasta él. Evitaba salir sola, aunque no tenía duda de que ninguna escolta detendría a los matones de Carlo Varzi. ¿Quién les haría frente? ¿Moreschi? ¿Pascualito?

La mayor parte del día padecía estos soliloquios. Le gustaba dormir porque en ese momento no lo tenía en la cabeza, y si soñaba con él, a la mañana siguiente no lo recordaba. Porque si escribía una carta, cada dos líneas se detenía y pensaba en Varzi; si leía la partitura de una nueva ópera, cada dos notas, su rostro moreno y malicioso la inquietaba; si tocaba el piano lo mismo, y si comía, si caminaba, si se miraba en el espejo, si tomaba un baño, en fin, si respiraba.

Los momentos junto a Eloy resultaban tranquilos, y no pasó mucho hasta darse cuenta de que sus amabilidades y galanterías no tenían otro objetivo que conquistarla.

* * *

—Deberías buscarte un pretendiente —sugirió Regina Pacini.

Micaela levantó la vista sobre la taza. A veces, las ocurrencias y los modos de su amiga le recordaban, en parte, a los de Marlene.

—Sos joven, hermosa y talentosa. Debés de tener miles de pretendientes. Deberías decidirte por alguno y casarte —concluyó.

—¿Casarme? —repitió Micaela—. No, casarme me quitaría la libertad que es lo más sagrado que tengo. De seguro, tendría que dejar de cantar y no podría soportarlo.

—Tenés razón, querida. Yo tuve que abandonar mi carrera. Mi esposo y su familia no lo veían con buenos ojos. Pero yo lo amo mucho y lo hice por él —agregó, triunfal—. El día en que te enamores no habrá obstáculos para estar con tu hombre.

Esas palabras la conmovieron e hizo un esfuerzo para no inquietarse frente a su amiga.

—Podrías tener un amante —insistió Regina—. Un amante es mejor.

—Ahora entiendo por qué Otilia y sus amiguitas no te quieren —dedujo Micaela—. Sos demasiado liberal y frontal para ellas. Pero a mí me gustás así.

Regina rió con ganas e insistió en la idea del amante.

—¿Y qué pasa con el doctor Cáceres? Se comenta que te arrastra el ala. ¿Es verdad?

—Es muy galante y atento conmigo, pero nada más. Por momentos, es el hombre más encantador y adorable del mundo; por otros, luce a miles de kilómetros y su mirada seria y su gesto me dan miedo.

—No tenés que preocuparte —aseguró la Pacini—. Así son los políticos. Mi esposo es igual. Existen momentos en que podría atropellarlo una manada de caballos y no se daría por enterado. Pero existen otros en que... ¡Ay, qué romántico es mi Marcelo!

Micaela envidió la dicha de su amiga y ansió encontrar la paz y el sosiego que, a leguas se notaba, Regina vivía en su hogar. Volvió de su momentáneo ensimismamiento cuando la Pacini le recordó el tema de la fundación para ayudar a jóvenes de escasos recursos que deseaban estudiar canto lírico.

De regreso de lo de Alvear, pensó en Carlo todo el camino. ¿Cuánto hacía que no lo veía o sabía de él? Más de dos meses. Había comenzado 1915, y ni una noticia suya. Además de doloroso, le resultaba increíble que todo hubiese terminado. Albergaba el triste presagio que ya no volvería a sentirse como entre sus brazos. Siguió con sus cavilaciones el resto de la tarde, durante la cena y después, mientras compartía un momento en familia.

La primera en despedirse y dejar el *fumoir* fue Cheia. Al cabo, y ufano por haberle ganado el partido de ajedrez a Cáceres, Rafael deseó las buenas noches y se marchó. De inmediato, Otilia apartó la revista que hojeaba y le preguntó a Nathaniel Harvey si le había mostrado alguna vez la colección de arte de la planta alta.

—¿Nunca se la mostré? ¡Qué descuido, señor Harvey! ¡Qué falta de cortesía! Tengo esculturas y pinturas de los artistas más prestigiosos de Europa. Por favor, venga, ya mismo voy a mostrárselas.

Nathaniel insistió en dejar la visita guiada al museo familiar para otro momento, pero Otilia se obstinó como una niña de cinco años. Rechazarla habría significado una grosería. La educación del inglés pesó más que su desgano, y terminó por aceptar.

—Iremos usted y yo, solos —agregó Otilia, satisfecha—. Mi sobrino conoce la colección de memoria. ¿Para qué aburrirlo nuevamente? Y Micaela sólo encuentra placer en la música. ¿Para qué torturarla sin necesidad? Venga, vamos.

—No me gustaría dejarlo solo, señor Cáceres —dijo Micaela, luego de que Otilia y el inglés salieron—. Pero mañana es un día lleno de compromisos y debo acostarme temprano. —Se puso de pie y Eloy la imitó—. ¿Por qué no acompaña a su amigo y a su tía?

—Por favor, señorita, no se retire aún. Tengo que hablarle.

Eloy se acercó y Micaela lo miró con asombro. Lucía perturbado, un poco pálido.

—Sí, cómo no, señor Cáceres. ¿Nos sentamos?

—Sí, claro.

—¿Desea tomar algo?

—No, gracias. —Eloy acercó la silla al canapé de Micaela—. Verá usted, señorita... Micaela. —Le tomó las manos y ella las notó frías y sudorosas—. Micaela, ya no puedo ocultar mis sentimientos. Hace tiempo que los reprimo, pero ya no quiero hacerlo. Permítame decirle cuánto la admiro y la amo.

Eloy la observaba con anhelo, expectante y temeroso de la respuesta, pero Micaela, aturdida como estaba, no sabía qué decir.

—¿Por qué reprimía sus sentimientos, señor Cáceres? —fue lo que articuló, casi sin pensar.

—Por miedo. Sí, por miedo —repitió, al ver la expresión de ella—. Yo no soy nadie. Usted, en cambio, es la mejor soprano del mundo, aclamada donde quiera que vaya. Usted es hermosa, además de buena, pura y juiciosa. Usted es perfecta, Micaela. —Y le besó las manos con un fervor inusitado—. Usted es *la divina Four* y yo no sé si tengo derecho. Yo no soy nadie.

—No diga eso, señor Cáceres, por favor. Usted es un excelente hombre. Aspira a la Cancillería de la Nación; no creo que ése sea un puesto para un don nadie. Yo lo admiro y lo respeto. Y aunque lo decepcione, señor, permítame decirle que estoy muy lejos de ser perfecta. Créame.

—¡No, no! ¡Usted sí es perfecta! —aseguró, exaltado—. Yo no me canso de observarla. Todo lo hace bien y con corrección. Es una dama para caminar, para hablar, para comer, para todo. Nada lo hace mal. Canta como los ángeles, además de ser buena persona, de tener una nobleza sin parangón. Usted, Micaela, con su belleza y su don, podría ser soberbia y vanidosa. En cambio, es toda dulzura y bondad. Y yo la amo por ser así. Usted es pura, muy pura. —Y volvió a besarle las manos—. Micaela, adorada Micaela, cásese conmigo. Cásese conmigo y sálveme.

Se quedó mirándolo fijamente, sin pestañear, llena de dudas. Cáceres no era un chiquillo, sino un hombre de casi cuarenta años. ¿Tanta pasión le inspiraba para provocarle deseos de abandonar su letárgica y cómoda soltería? ¿Tanto la amaba? Había demasiadas cosas de que hablar, cuestiones que resolver, reparos que aclarar.

—No crea que por casarse conmigo perderá su libertad —se apresuró Eloy, pues había malinterpretado el silencio de Micaela—. Podrá seguir con su carrera como hasta ahora.

Ni por un segundo había pensado en su carrera. En realidad, estaba pensado en Carlo Varzi. La puerta se abrió y Nathaniel entró. Al verlos tan próximos y con las manos tomadas, se detuvo en seco y quedó *in albis*. Se repuso de inmediato e hizo ademán de salir.

—Por favor, señor Harvey —llamó Micaela—, no se vaya. Pase, por favor. De todas formas, yo ya me iba. Mañana tengo un día agotador.

Eloy le echó un vistazo desesperado, pero ni musitó.

—Sí, por supuesto —acordó Nathaniel, adusto—. Todos tenemos que trabajar mañana. Mejor nos vamos, Eloy.

Micaela se asomó a la puerta y llamó al mayordomo, que se presentó con los sombreros y bastones, y acompañó a los señores a la salida.

* * *

Al día siguiente, Micaela bajó a desayunar temprano. Cheia y su padre, sentados a la mesa, conversaban animadamente; Rafael, con el diario en la mano, explicaba una noticia, mientras la nana asentía con gravedad. Al verlos desde la puerta, Micaela pensó en la alegría que les causaría si les contaba acerca de los sentimientos del señor Cáceres y la propuesta de matrimonio; su padre, en especial, se mostraría complacido. Y mamá Cheia, con tal de saber lejos al fantasma de Carlo Varzi, le prestaría su consentimiento sin hesitar.

—¿Qué haces aquí?

Moreschi la sorprendió por detrás y juntos entraron en el comedor. Micaela saludó con un beso a su nana y a su padre y tomó asiento.

—¿Te sentís bien, Micaela? —preguntó Cheia—. Tenés ojeras. ¿Dormiste bien, querida?

—No, realmente, no.

Cheia y Moreschi la miraron con compasión. Días atrás habían comentado lo taciturna y callada que la encontraban, y estuvieron de acuerdo en la razón de su tristeza.

—Sí, es cierto, no te ves nada bien —opinó Rafael.

Continuó una retahíla de consejos que la joven recibió de buen grado, con la actitud de quien sabe que nada de lo que le ofrezcan aliviará su pena.

—Hoy salgo para la estancia de Azul —dijo Rafael, a continuación—. Voy a pasar unos días con mi nieto. ¿Por qué no me acompañás, hija? El aire de campo y ver a tu hermano y a tu sobrino te van a sentar muy bien.

Ni Cheia ni Moreschi apoyaron la moción, y Micaela la rechazó de raíz. Los días que siguieron fueron de relativa calma en lo de Urtiaga Four sin el desfile de amigos y conocidos del senador. Otilia, aprovechando la ausencia de su esposo, incrementó sus horas fuera de casa y sólo regresaba para dormir. Cheia había aceptado la invitación y partido junto a Rafael al campo de Azul. Con Moreschi y la música por toda compañía, Micaela ansiaba la agitada vida social del año anterior sólo para no pensar. La calma del verano porteño la exasperaba y la predisponía peor aún.

En ausencia de su padre, Eloy no visitó la casa. En más de una oportunidad, Micaela se sintió tentada a enviarle un mensaje con una invitación a cenar, pero no lo hizo. Después de la conversación que habían sostenido, la idea de volver a verlo la aterraba. Sin embargo, aceptaba que le hacía falta. Le hacían falta sus conversaciones, siempre interesantes, su caballerosidad y buena educación, los partidos de ajedrez y la copa que tomaban en el *fumoir*; en definitiva, le hacía falta Eloy porque la alejaba de sus penas y le daba paz. Sí, paz. Sus ojos claros eran un remanso y su voz profunda y suave, una melodía que la aletargaba.

Cheia y su padre regresaron de la estancia a mediados de febrero. Pasó una hora, y Micaela aún continuaba escuchando acerca de las gracias y encantos de su sobrino.

—Sin duda, es igualito a mí —aseveró Rafael.

—Discúlpeme, señor —dijo Cheia—, pero no creo que se parezca a usted en un pelo. Es morenito y además tiene esos ojitos achinados y pequeños. Sinceramente, no sé a quién se parece.

Cheia se calló de súbito cuando vio el rostro demudado de Micaela, que se disculpó y salió. La nana la encontró en su dormitorio, llorando. La abrazó y le prodigó palabras de consuelo; le aseguró también que ningún dolor duraba la vida entera.

—Después de que murió mi bebé —continuó la negra—, pensé que nunca volvería a ser feliz, que nunca volvería a sonreír. No pasó mucho y Dios me los puso a ustedes dos en el camino, mis dos angelitos. Y no te voy a negar que, cada tanto, se me asoma una lágrima cuando pienso en mi Miguelito, pero luego escucho tu voz o la de tu hermano llamándome o pidiéndome algo, o cuando me dan un beso o me dicen que me quieren, y ahí tengo mi recompensa, mi alivio a tanto sufrimiento. —Cheia cambió el gesto para decirle—: Tenés que olvidar a ese hombre. Él no era bueno para vos. A su lado, solamente ibas a encontrar sufrimiento y humillación.

—Yo quiero olvidarme de él, mamá, te lo juro, pero ¿cómo hago?

—El tiempo, querida. El tiempo te va a curar las heridas. Y mientras tanto, buscate otro amor, tratá de amar a otro hombre. Moreschi siempre me cuenta la cantidad de pretendientes que tenías en Europa. Aquí, en Buenos Aires, yo misma he visto cómo te miran los amigos de tu hermano o los de tu padre. Pero tenés que abrir tu corazón, predisponerte bien. Si te empecinás con ese prostibulero, no vas a ver más allá de tus narices.

Las palabras de Cheia la transportaron al día en que, moribunda, Marlene le había dado su último consejo. "Prométeme algo, Micaela. Prométeme que no te olvidarás de amar. Que buscarás a un hombre a quien quieras con todo el corazón y que te casarás con él. No hay otro modo de ser feliz en este mundo que amando, créeme."

Micaela llamó a la puerta del estudio de su padre y entró. Al verla, Eloy se puso de pie con presteza.

—Buenas tardes, señor Cáceres. Hacía tiempo que no venía a visitarnos —comentó, con cierta alacridad que desorientó a Eloy—. Parece que solamente la presencia de mi padre lo atrae a esta casa.

—No, en absoluto, señorita. Encuentro agradable la compañía de toda la familia de don Rafael. Lo que sucede es que mi trabajo me ha mantenido más que ocupado estos días.

Micaela captó la impaciencia de su padre; evidentemente, había interrumpido una conversación importante.

—Muy bien, señor Cáceres. No lo entretengo más. Mi padre luce ansioso por continuar su charla. Si me hace el favor, cuando termine con él, lo espero en la sala de música. Quiero hacerle un comentario. —Dio media vuelta y abandonó el despacho, sin percatarse de que dejaba a Eloy en medio de una agitación que supo ocultar a los ojos de Urtiaga Four.

Media hora después, Micaela detuvo la *Marcha turca* que ejecutaba en el piano y lo invitó a pasar.

—¿Una taza de té? —ofreció a Cáceres, y le indicó el sofá—. Está recién hecho. Cheia acaba de traérmelo.

Eloy agradeció el té y tomó asiento después de Micaela. Por un momento, sólo se escuchó el golpeteo de las cucharas contra la loza, tintineo que casi acaba con la cordura de Cáceres, que intentaba lucir tan incólume y hierático como de costumbre. Micaela, en cambio, estaba tranquila.

—No tuvimos oportunidad de conversar después de lo de la otra noche —empezó la joven, y levantó la vista: Eloy se había congelado, con la taza a medio camino entre su boca y el plato. Ocultó una sonrisa y prosiguió—: Discúlpeme si en aquella oportunidad no le dije nada. Me tomó tan de sorpresa que...

—No, por favor, señorita, no se disculpe. El que debe disculparse soy yo. Todavía no me explico cómo me atreví a importunarla con mis estupideces. Le aseguró que no volverá a suceder y...

—¿Estupideces?

—Le pido que me disculpe. Me dejé llevar por un impulso y lo único que conseguí fue molestarla. No volverá a ocurrir. De ahora en más...

—Señor Cáceres, ¿quiere decir que retiró su propuesta?

Aturrullado, Eloy tartamudeó y debió dejar la taza sobre la bandeja.

—¿Ya no quiere casarse conmigo?

—¡No, claro que no! ¡Digo, claro que *sí* quiero casarme con usted! Digo que *no* retiré mi propuesta matrimonial. Aún sigue en pie. ¿Puedo permitirme pensar que usted la ha considerado y que desea ser mi esposa?

—Sí, acepto ser su esposa.

Eloy saltó del sofá y arrastró a Micaela con él. La rodeó con los brazos y la apretujó contra el pecho.

—Micaela, querida Micaela. No puedo creer que me hayas aceptado. No puedo creerlo. —La separó un poco de sí para preguntarle—: ¿Estás segura? ¿No vas a arrepentirte? Mi situación, me refiero, mi situación económica es muy diferente de la de tu padre. Yo no voy a poder brindarte los lujos a los que estás acostumbrada, pero, te prometo, trataré de complacerte en lo que pueda. Nada te va a faltar y...

Micaela lo acalló apoyándole un dedo sobre los labios y, en puntas de pie, lo besó.

El nombramiento de Eloy como nuevo canciller llegó al poco tiempo y, junto con él, la inminencia de un viaje a Norteamérica. Como de ningún modo se iría sin casarse, el matrimonio se adelantó varios meses, y Micaela no presentó objeción. Tampoco Otilia, pese a saber que los días no le alcanzarían para preparar la boda. Aceptó el cambio de fecha de buen grado, sin chistar. Con tal que su sobrino desposara a la hija del senador Urtiaga Four, ya sabría ella cómo arreglárselas.

Rafael sentía una alegría inefable y Cheia y Moreschi, gran alivio. Gastón María, en cambio, escribió una larga carta a su hermana donde le expresó su desacuerdo y dijo de todo acerca de su futuro cuñado. Después de mucho rogar, Micaela logró convencerlo para que asistiera a la boda, aunque Gioacchina y el niño permanecerían en la estancia, en compañía de la señora Bennet.

Nunca se manifestó tanto como en los días previos a la boda la diferencia de criterio entre madrastra e hijastra. Sin embargo, como Micaela no estaba dispuesta a desperdiciar días enteros en los preparativos de una celebración que duraría pocas horas, delegó la organización en Otilia, previa imposición de tres condiciones: la fiesta no superaría los sesenta invitados; no habría anuncios en los periódicos —se mantendría en absoluta reserva—; y la ceremonia religiosa no tendría lugar en la mansión, como se acostumbraba entre los de la clase alta, sino en la Iglesia de la Merced, donde se habían casado su padre y su madre.

—¡En la Merced! —se escandalizó Otilia—. Pero si queda en la peor zona de la ciudad. ¡Qué espanto! ¡Qué dirán nuestras amistades!

Micaela intentó mantener la calma y explicarle sus motivos.

—Después de todo —acotó Otilia, sarcástica—, el hecho de que tu padre y tu madre se hayan casado en ese lugar no es de buen agüero si tenemos en cuenta la forma en que terminó ese matrimonio.

El comentario, inopinado y cruel, la dejó sin habla y, hasta que Otilia abandonó la habitación, no pensó ni dijo nada. Sólo consiguió asombrarse por lo distinto que era Eloy de la mujer que lo había criado; esta idea desembocó en otra: lo poco que conocía al hombre con el que se casaría, y, aunque se angustió la tarde entera, al llegar Eloy a la hora de la cena, su sonrisa y su mirada le devolvieron el buen ánimo.

A Micaela le habría gustado que Eloy la invitara a los Estados Unidos, pero como no se lo proponía y la fecha se aproximaba, decidió pedírselo.

—Me encantaría llevarte conmigo, querida, pero es imposible. ¡Oh, Micaela, no te pongas triste, te lo suplico! Sé que sos muy comprensiva, y quizás estoy abusando. No me cabe la menor duda de que ninguna mujer aceptaría que su esposo partiese de viaje el día después de la boda, pero ésta es una misión muy importante para mi carrera. Me atrevería a decir que es decisiva. Con la guerra en Europa y las presiones que recibe la Argentina para abandonar su neutralidad, las conversaciones con los norteamericanos son importantísimas. No tendré tiempo para nada más y no quiero descuidarte. Por lo menos, aquí estás con tus familiares. En Washington, estarías sola el día entero. Cuando regrese, te prometo, tendremos nuestra luna de miel.

El día de la boda, la familia Urtiaga Four madrugó. La ceremonia se celebraría cerca del mediodía y restaban algunos detalles. Cheia entró en el dormitorio de Micaela y, muy alterada, la obligó a levantarse, la ayudó con el vestido y la atosigó con recomendaciones. Micaela sonrió: por lo visto, sólo ella mantenía la calma. Rafael estaba emocionado; Otilia, insoportable; Gastón María, que había llegado de Azul la noche anterior, insistía en su mal humor, en completo desacuerdo con la elección de Micaela. La joven no concebía tanto descaro por parte de su hermano y se preguntaba con qué autoridad juzgaba a un hombre como Eloy, trabajador, culto y educado.

Al entrar en la iglesia del brazo de su padre, y encontrarse con la mirada y el gesto feliz de su prometido, Micaela se convenció de que hacía lo correcto. No amaba a Eloy Cáceres, pero lo respetaba y le tenía gran afecto, y, con la convicción de que con el tiempo llegaría a quererlo, juró frente al altar serle fiel.

Los invitados y los curiosos se congregaron a la salida para felicitar a los recién casados. Caras conocidas y desconocidas los circundaban; Micaela repetía "gracias, gracias" a cualquiera que se le acercaba. Eloy, más dueño de sí, incluso conversaba con quienes lo saludaban. En medio de la confusión, a Micaela le pareció escuchar que alguien gritaba su nombre. Marlene. El grito se repitió, y Micaela pugnó entre el gentío para ubicar de dónde provenía.

—¡Marlene! ¡Maldita seas, Marlene!

En medio del atrio, desmelenado y desastrado, con una botella en la mano y el chambergo en otra, Carlo Varzi continuó maldiciéndola.

—¡Saquen a ese tipejo de aquí! —ordenó Otilia, abochornada—. ¡Te advertí, Micaela! Éste es un barrio de gentuza. Sabía que algo así podía ocurrir, por eso insistí en que la ceremonia se celebrase en casa.

La mujer prosiguió, pero Micaela no la escuchaba. A punto de perder la compostura, buscó a su hermano entre los invitados y se tranquilizó a medias al ver que Gastón María avanzaba en dirección al *cafishio*. Mudo y Cabecita aparecieron de algún lado y, entre los tres, lo llevaron hacia la calle. En unos segundos, la imagen de Varzi se perdió y su voz se acalló. Micaela no recordaba haber experimentado en su vida mayor agonía.

—¿Qué hacés aquí, Varzi? —preguntó Gastón María, al encontrarse a salvo de las miradas curiosas—. ¿Acaso te volviste loco? ¿Qué mierda hacés acá? ¡Apestás a alcohol!

Carlo, completamente ebrio, trató de asirlo por las solapas, pero trastabilló y sus matones lo sostuvieron.

—Vamos, Carlo —dijo Cabecita.

—¡No! —repuso él, enfurecido—. ¡Sos un imbécil, Urtiaga Four! ¿Por qué mierda no me avisaste antes?

—¿Avisarte? —replicó Gastón, desorientado—. Si llegué anoche, ¿cuándo querías que te avisara? Esta mañana te mandé una nota con Pascualito. Además, te aclaré que venía solo al casamiento de mi hermana y que Gioacchina...

—¡No, imbécil! ¿Por qué no me avisaste de Marlene?

—¿De Marlene? ¿Qué Marlene?

—De Marlene, mi Marlene. ¿Por qué no me avisaste que se...

—¡Bueno, basta! —tronó Mudo, y lo acalló de inmediato.

Gastón María quedó perplejo al escucharlo hablar y olvidó por un instante el desquicio de Varzi, instante que el matón aprovechó para arrastrar a su jefe hasta el automóvil y arrojarlo dentro.

Cuando Gastón María regresó al atrio, la mayoría de la gente había partido hacia la mansión, y Micaela y su esposo saludaban a los últimos invitados. Sus miradas se encontraron, y Gastón María descubrió tal turbación en su hermana que se acercó aprisa.

—¿Qué pasó? ¿Qué quería ese hombre?

—Nada, Mica, nada. Quedate tranquila. Un pobre borracho llamando a no sé quién. Ya se fue, no te preocupes. No va a volver a molestar.

Carlo se echó abundante agua en el rostro y se secó con brutalidad. Arrojó la toalla al piso y golpeó la pared con el puño. Tuli le alcanzó una taza de café, que Varzi bebió de mala gana.

—¡Ay, Napo, qué desgracia! —exclamó Tuli, histriónico como de costumbre, y Carlo lo miró sobre el borde de la taza—. ¡Pero me imagino lo hermosa que debe de haber estado Marlene! Estaba hermosa, ¿no es cierto, Napo? ¿Cómo era el vestido de novia?

—¡Rajá de acá antes de que te mate! —vociferó Carlo, y el otro desapareció.

Lanzó un resuello: en la habitación contigua lo esperaban Cabecita y Mudo para rendirle cuentas.

—¿Tienen algo que decir antes de que los pase a los dos por el cuchillo?

Avanzó lentamente hacia sus matones, con mirada aviesa que hizo estremecer incluso a Mudo.

—Yo te puedo explicar, Napo —balbuceó Cabecita.

—¿Qué mierda me vas a explicar? ¿Que son un par de inútiles? ¿Que les pago para que se rasquen las pelotas? ¿Me quieren decir qué carajo hicieron todo este tiempo que no se enteraron de que Marlene se iba a casar con el infeliz de Cáceres?

—Nosotros estuvimos al pie del cañón, como siempre —se defendió Cabecita—. La seguíamos a todas partes, pero no nos dimos cuenta de nada. Me parece que querían que nadie se enterara. Ni en los diarios salió el aviso del casorio.

—¡No puede ser! —afirmó Carlo—. ¡No puede ser que no se hayan enterado de que Marlene y ese cretino se iban a casar! ¡Carajo! ¡Carajo y mil veces carajo!

Sobrevino un silencio en el cual sólo se escuchaba la respiración agitada de Varzi.

—¿Y la sierva esa, la tal Carmencita? ¿No era que si le tiraban unas *viyuyas* la *mina* soltaba prenda? ¿Qué mierda pasó con ella?

—Hace tiempo que la echaron de lo de Urtiaga Four. Parece que quedó embarazada...

—¡No me importa lo que le pasó! —Y preguntó, con mordacidad—: ¿No había otra para sobornar? ¿La *mina* esa era la única sirvienta de semejante mansión?

—No, claro que no —respondió Cabecita—. Lo que pasa es que, últimamente, era difícil meterse en el jardín o hablar con las siervas. La negra Cheia, la que es ama de llaves, nos tenía *rejunados*. Una vez nos mandó decir con Pascualito que si no nos mandábamos a mudar, iba a llamar a la *cana*.

—Ya no voy a hablar más de lo inútiles que fueron —retomó Varzi, en un tono más bajo, aunque igualmente duro—. Ya está. De ahora en más van a cumplir mis órdenes a rajatabla; si no, vayan buscando *laburo* en otra parte. Quiero que sigan a Marlene adonde vaya, que sepan qué hace, qué come, cuándo duerme, cuándo sale, cuándo entra, todo, absolutamente todo. No voy a tolerar excusas.

Varzi le indicó la salida y Cabecita dejó la habitación. Mudo, por su parte, simuló impavidez. No obstante los años que llevaban juntos y que en incontables ocasiones habían compartido situaciones de riesgo, no recordaba a Carlo en ese estado, completamente fuera de control, desorientado, y lo peor, entristecido.

—Napo —suplicó Mudo, hastiado de una persecución que, a su criterio, llevaría a su jefe a la perdición—. ¿Por qué no te resignás? ¿No te das cuenta de que esa *mina* no pertenece a nuestro mundo? ¿Qué pretendés siguiéndola a todos lados? Ella se casó con Eloy Cáceres. —Y acotó, con ironía—: el Canciller de la República. Marlene no iba a elegir menos para casarse. Ella es de la *jailaife* y ahí se va a quedar. Así son éstas.

—Escuchame bien, Mudo. Marlene es *mi* mujer. *Mi* mujer. De nadie más. Si querés trabajar para mí, vas a tener que digerir esta idea. Si no la entendés, te podés ir. Marlene es *mía* y nadie, ni siquiera ella misma, nos va a separar. ¿*Capito*?

Mudo asintió, y Carlo le indicó que se marchara.

CAPÍTULO
XXIII

*E*ran las seis de la tarde; la fiesta había terminado alrededor de las cuatro. Ahora, sentada junto a su esposo, Micaela se dirigía al nuevo hogar.

Eloy lucía cansado; tenía profundas ojeras y casi no hablaba. Se apiadó de él al recordar que, temprano al día siguiente, se embarcaría rumbo a los Estados Unidos en una misión muy difícil. Cerró los ojos y los volvió a abrir, súbitamente estremecida.

—¿Qué te pasa, querida? —preguntó Eloy, y la tomó de la mano. Micaela apenas sesgó los labios y negó con la cabeza—. De seguro son los nervios por la boda. Ya pasó todo y salió muy bien. Ahora tranquilízate.

Micaela volvió a fingir una sonrisa y tensó la boca para contener el llanto. ¿Cómo explicarle a su esposo, tan gentil y galante, que estaba pensando en otro? ¿Que si cerraba los ojos no era su rostro el que aparecía, sino uno moreno y avieso que la encantaba? "Todo está empezando mal", se dijo, y conjeturó que si Varzi no se hubiese presentado esa mañana en la iglesia, el tormento no sería tan grande. El eco de sus gritos volvió a chocarle en los oídos, y bajó el rostro para limpiarse las lágrimas.

Ralikhanta tomó por la calle San Martín y se detuvo frente a la casona que por décadas había pertenecido a la familia Cáceres. Micaela descendió del automóvil y se quedó mirando la residencia colonial. La fachada avejentada le dio mala impresión. El interior de la casa no resultó menos lúgubre. En hindi, Cáceres dio órdenes a Ralikhanta, que se aprestó a descorrer cortinas y abrir ventanas.

—Como verás, querida, hace mucho que ninguna mano femenina se ocupa de esta casa. Espero contar con tu buen gusto para remozarla. Sentite libre para hacer y deshacer. Creo que te mantendrás ocupada hasta mi regreso.

Micaela cruzó el vestíbulo y se adentró en la sala principal. Su taconeo retumbó en el piso de madera e intensificó el silencio reinante. El techo, pintado de marrón, bañaba de oscuridad el comedor. Los muebles, enormes y macizos, de estilo español muy antiguo, parecían venírsele encima; ocupaban muchísimo espacio, sin embellecer la sala en absoluto. "Es lo primero que haré desaparecer", pensó.

—¿Te gusta tu nueva casa? —quiso saber Eloy. La tomó por la cintura y la hizo voltear—. Sé que no es ni la décima parte de lo que estás acostumbrada, pero es lo que tengo para ofrecerte. Por ahora —agregó.

—Es muy linda —mintió Micaela—, pero, como bien dijiste, necesita la mano de una mujer. El estilo es colonial y a mí me gusta. Creo que se pueden hacer algunas reformas para que luzca mejor.

Eloy la abrazó y la besó. Micaela se le aferró al cuello y respondió con ansias, en busca del sosiego que por sí no hallaba.

—Mi amor —susurró Eloy—, quiero hacerte feliz.

Micaela se sintió mejor al escuchar la voz suave de su esposo. Le estaba diciendo que quería hacerla dichosa. Supo, entonces, que no había cometido un error casándose con él. A su lado encontraría la estabilidad y la sensatez que nunca habría alcanzado junto a ése, de quien no quería, siquiera, recordar el nombre.

—Ralikhanta, acompaña a la señora a su recámara —ordenó Eloy—. Le dije a Ralikhanta que te acompañe a tu habitación, querida.

—¿Mi habitación? —balbuceó Micaela—. Pensé que compartiríamos la habitación.

—Eso decís ahora —repuso Eloy, y sonrió—, pero te aseguro que no vas a pensar lo mismo cuando te perturbe de noche o deje todo desordenado por ahí. Mejor dormí vos sola, tranquila y sin molestias.

—Pero no me vas a molestar. ¡Faltaba más, Eloy! Sos mi esposo.

—Yo me quedo leyendo hasta muy tarde, querida; a veces, ni duermo. Tengo mucho trabajo y suelo traerlo a casa. En el dormitorio, tengo mi biblioteca y mi escritorio. Sería muy molesto para vos tener que dormirte con la luz encendida y yo merodeando por ahí.

Micaela continuó argumentando y Eloy la rebatió inteligentemente. Por fin, y ante la insistencia de su esposa, le prometió que volverían a discutirlo a su regreso de Norteamérica.

Siguió a Ralikhanta por un largo pasillo lóbrego como el resto de la casa, atestado de cuadros viejos y deslucidos. Al final estaba su dormitorio, de grandes dimensiones, con vista a la calle. Se acercó a la cama con dosel y pensó que era más vieja que Matusalén. Palpó el colchón y lo juzgó demasiado duro. No le gustaron ni la *toilette*, ni los canapés, ni el *secrétaire*, aunque admitió que todo estaba pulcro y prolijo.

—Deja todo en el suelo, Ralikhanta —ordenó Micaela en inglés—. Mañana irás a mi casa y traerás el resto de las cosas. Aún quedan dos baúles y otras cositas. —Ralikhanta se limitó a asentir—. Y ahora, por favor, envíame a alguna de las sirvientas para que me ayude a desempacar.

—En esta casa no hay sirvientas, señora —afirmó Ralikhanta, incómodo.

—¿No hay sirvientas? ¿Y quién se encarga de todo?

—Yo mismo, señora. Dos veces por semana viene Casimira, que me ayuda un poco con la limpieza y la ropa del señor, pero nada más. Aunque nos cuesta entendernos; ella sólo
habla castellano y yo casi no la comprendo.

No quiso hacer comentarios con el sirviente y lo despachó. Se sentó en el borde de la cama y miró a su alrededor.
Había mucho para hacer y recuperó en parte el ánimo, pues
se mantendría ocupada durante la ausencia de su esposo y no
tendría tiempo de aburrirse, ni de pensar. Le sobrevino un
gran cansancio y se recostó. Fijó la mirada en la tela del bal-
daquín y se quedó profundamente dormida.

El dormitorio de Micaela tenía una ventana a la calle, y de ahí
provino el ruido que la despertó. Se dio cuenta de que se hallaba en casa de su esposo y de que había anochecido. Las
cortinas descorridas y los postigos abiertos de par en par permitían que el fanal de la calle regara su luz con profusión dentro de la habitación.

Se levantó, corrió las cortinas y encendió las luces. Y
ahora, ¿qué? No se escuchaban ruidos, ni voces. El reloj de la
pared mostraba las diez de la noche. ¿Funcionaría bien? Tenía
hambre y ganas de darse un baño. ¿Y Eloy? ¿Se habría acostado ya? No, no *podía* haberse acostado aún. ¿Y qué con la
noche de bodas? Todo era extraño e inusual.

Salió al pasillo en busca de su esposo. Escuchó voces que
provenían de una de las habitaciones. Aguzó el oído y reconoció a Eloy que hablaba con Nathaniel Harvey, aunque, por
lo subido del tono y las continuas interrupciones, dedujo que
discutían. Llamó a la puerta y entró. Los rostros desencajados
de los hombres confirmaron sus suposiciones.

—¡Micaela, querida! —exclamó su esposo, y simuló compostura—. ¡Mirá quién vino!

Ambos se adelantaron para recibirla. Nathaniel, formal y caballeresco, le besó la mano y la felicitó.

—Pensé que estaba en Salta, señor Harvey —dijo Micaela—, ocupándose del tema de la red ferroviaria. ¿No me habías dicho eso, Eloy?

—Sí, sí —se apresuró el inglés—. Pero pude escabullirme para venir a saludarlos, aunque temo que he llegado demasiado tarde. Eloy me contó que todo acabó alrededor de las cuatro.

—Sí. Eloy necesitaba liberarse lo antes posible. Mañana parte hacia Norteamérica.

—Eso estaba contándome —dijo Nathaniel, y le echó una mirada seria a su amigo—. Eloy no tiene idea del error que comete al dejar sola a una esposa tan hermosa como usted. Todos los hombres de Buenos Aires estaremos esperando con ansias su partida para lanzarnos a su conquista —bromeó.

Micaela sonrió; a Eloy, sin embargo, el comentario no le hizo gracia.

—Querida, invité a Nathaniel a cenar con nosotros. ¿Podrías avisarle a Ralikhanta que ponga otro lugar en la mesa?

Micaela ocultó el disgusto por educación, aunque no concebía la falta de tacto de su esposo en compartir la noche de bodas con un amigo, como tampoco el descaro de Harvey en aceptar. Nada sensato le vino a la mente y, segura de que no podía evitar la molesta intromisión, le pidió a Eloy que le indicase el camino a la cocina.

La cena resultó un fiasco. Ralikhanta no era buen cocinero; la carne, además de medio cruda, estaba excesivamente condimentada, y la ensalada, muy desabrida. Eloy y Nathaniel conversaron de política; la guerra en Europa y sus derivaciones terminaron por ganar el lugar preferente y no se apartaron de esos temas hasta el final de la velada. Cáceres parecía respetar la opinión del inglés porque lo escuchaba con atención y casi no lo interrumpía. Micaela se sorprendió del cambio de actitud, cuando una hora antes los había encontrado enfrascados en una disputa. ¿Por qué habrían discutido? En fin, la joven se mantuvo callada gran parte de la comida, y se esforzó por tragar la carne y encontrar sabrosa la ensalada.

—Andá nomás, querida —indicó Eloy, al término de la cena—, en un minuto estoy con vos.

Micaela se despidió de Harvey y se adentró en la oscuridad del pasillo. La idea de prepararse para recibir a su esposo la entusiasmó. Cheia había acomodado el ajuar en un bolso de mano. Sacó el camisón de seda y encaje, el *déshabillé* que hacía juego y un peinador de raso, todo confeccionado por las manos de la nana. Entre medio de las prendas, había bolsitas de tul con semillas de espliego, jabones con aroma a rosas, un frasco con loción de manos y un perfume. Cada cosa la emocionaba en extremo; mamá Cheia había comprado las telas y cosido y preparado todo con amor. No pudo evitar unas lágrimas que, a poco, se convirtieron en un llanto amargo. Asustada, se preguntó por qué lloraba, y pese a que conocía la respuesta, se negó a aceptarla. Se enjugó el rostro y decidió tomar un baño.

Se miró en el espejo satisfecha; el camisón, además de elegante, era sensual e insinuante y, para lucirlo, decidió no ponerse el *déshabillé*. Tomó asiento frente al tocador, se untó las manos con la loción de limón y se perfumó generosamente. Por último, comenzó a cepillarse el cabello, mientras fantaseaba con que Eloy la encontrara en esa posición.

Tanto se cepilló que el pelo se le electrizó, y lejos de conseguir volumen y suavidad, logró poco brillo y aspereza. Volvió la mirada al reloj de pared: hacía una hora que Eloy despedía a su amigo. De seguro, continuarían enzarzados en sus polémicas. Furiosa, tomó el *déshabillé* y salió en su busca. Nuevamente, al final del pasillo, escuchó las voces subidas de tono. Esta vez, no tuvo deseos de entrar y regresó a su dormitorio muy abatida, donde se tumbó sobre la cama a la espera de su marido.

Micaela entreabrió los ojos y vio a Eloy de pie, al lado de la cabecera.

—Está bien, querida, volvé a dormirte.

—¿Qué hora es?

—La una y media. Disculpame que te haya despertado. Dormite otra vez.

—Te estaba esperando —dijo Micaela, con enojo—. ¿Por qué tardaste tanto? ¿Ya se fue Nathaniel?

—Sí, ya se fue. Me quedé estudiando unos documentos que necesito a primera hora mañana.

Ostensiblemente molesta, Micaela clavó su mirada en la de Eloy, que se arrodilló a su lado, le tomó la mano y se la besó.

—Perdoname, mi amor. Me comporté como el peor de los hombres, perdoname. —Volvió a besarle la mano—. Quizá no deberíamos habernos casado hasta mi regreso. Así, habrías tenido una boda como merecés, con luna de miel y todo lo demás. Pero, te confieso, no podía esperar; quería que fueras mía lo antes posible y no pude aguardar hasta mi regreso. Tenía miedo de que, cuando volviera, te hubieras arrepentido. —Se reclinó sobre ella y la besó, primero en la frente, luego en los labios—. Micaela, mi amor, todavía no puedo creer que me hayas aceptado. No me hago a la idea de que estés aquí, en casa, de que duermas en esta cama, cerca de mí. Sos lo más puro y lindo que hay en mi vida.

Micaela le acarició el rostro y le sonrió.

—¿Por qué discutías con Nathaniel?

—¿Discutir? —repitió Eloy.

—Sí. Esta noche, cuando fui a buscarte para cenar, escuché que discutían.

—¡Ah, sí! No te preocupes, no fue nada.

—Si no fue nada, podés decírmelo —presionó ella.

—Me dijo que está locamente enamorado de vos y que, mientras yo no esté, va a venir a esta casa y te va a raptar. ¡No, es una broma! —aclaró de inmediato—. Nathaniel y yo tenemos algunos negocios en común y, a veces, no nos ponemos de acuerdo. Eso es todo.

—¿Qué clase de negocios?

—Hace poco, mi tía Otilia le vendió su parte del campo. Ahora, él y yo somos socios. Ninguno de los dos sabe mucho acerca de vacas y esas cosas, pero no nos va tan mal. De todas formas, y como escuchaste, a veces, discutimos. Creo que no fue buena idea mezclar la amistad con los negocios.

Eloy volvió a besarla suavemente y se puso de pie dispuesto a marcharse.

—¿Ya te vas? —preguntó Micaela, desconcertada.

—Sí, querida. Es muy tarde y mañana tengo que madrugar. Te prometo que, cuando vuelva, tendremos nuestra noche de bodas. Ahora estoy cansado y nervioso. No te enojes, mi amor. A mi regreso, te haré la mujer más feliz del mundo.

A pesar de la dulzura de sus palabras, el semblante de Eloy la convenció de no insistir, y, más allá de la desilusión, se aferró a su promesa y mantuvo el buen ánimo. Sí, deseaba con todas sus fuerzas amar a Eloy Cáceres y alcanzar la felicidad junto a él.

A la mañana siguiente, habituada a la ayuda de Cheia, tardó en vestirse para acompañar a Eloy al puerto, y logró ponerlo de mal humor. "Primera lección", se dijo, "el señor Cáceres es muy puntual". Y aunque le pidió disculpas, Eloy se mantuvo caviloso y serio durante el viaje hasta el muelle. Al llegar y ver a un grupo de amigos que había ido a despedirlo, su talante cambió radicalmente, y Micaela se sintió aliviada. Entre la gente, descubrió a su padre, y, enseguida, le preguntó por Gastón María.

—Salió muy temprano esta mañana. Volvió a la estancia porque tenía unos asuntos pendientes. Yo creo —agregó, con una sonrisa— que tu hermano no puede estar separado de su mujer y de su hijo mucho tiempo. ¡Quién lo ha visto y quién lo ve!

"¡Ya lo creo!", acotó Micaela para sí, convencida, además, de que Gastón María sólo quería evitar a Cáceres.

Otilia se mostró más fastidiosa que de costumbre y llenó de recomendaciones a su sobrino, que las recibió pacientemente y de buen grado. Micaela sintió celos: ella sólo había demorado unos minutos en vestirse y Eloy se había enojado; Otilia, latosa como pocas, recibía sonrisas condescendientes y besos en la frente.

Nathaniel se acercó, le tomó las manos y la miró a los ojos.

—No esté triste, señora —susurró—. Verá que el tiempo pasa rápidamente y, antes de que se dé cuenta, tendremos al señor Cáceres de regreso en Buenos Aires.

—Gracias, señor Harvey. Sus palabras son un gran consuelo. Pero ahora que somos como de la familia, le pido que me llame Micaela.

—Será un honor, Micaela. Y usted, llámeme Nathaniel. Le prometo que no se sentirá sola. Iré a visitarla a diario.

—Creí que volvía a Salta. ¿Sus asuntos con los ferrocarriles no están allá ahora?

—Sí, es cierto —afirmó el inglés—, aunque tengo cuestiones muy importantes que me retendrán un buen tiempo en Buenos Aires.

—¿De qué hablaban? —quiso saber Eloy.

—El señor Har... Digo, Nathaniel estaba diciéndome que no tiene que regresar a Salta por el momento. Se quedará en Buenos Aires y será una compañía para mí. Prometió visitarme a diario, ¿no es verdad?

—Claro que sí. Puedes irte tranquilo, Eloy, yo cuidaré a tu esposa.

—No será necesario —aseguró Eloy, lacónico—. Yo he dispuesto todo para que mi esposa esté tan protegida como si yo estuviera en casa. Y ahora, si nos disculpas, Nathaniel, quiero despedirme de ella a solas.

—Sí, por supuesto.

Harvey se alejó y Cáceres lo siguió con la vista hasta que se perdió en medio del grupo. Sorprendida por la severidad de su esposo, Micaela no se atrevió a pronunciar palabra y esperó a que él comenzara. "Segunda lección", se dijo, "el señor Cáceres es muy celoso".

—Micaela, mi amor, ¿no creés que sería mejor que fueras a casa de tu padre mientras yo me ausento? Estuve pensándolo la noche entera. Creo que es lo mejor.

—De ninguna manera, Eloy. —La firmeza de su esposa lo dejó boquiabierto—. Ahora mi casa es la de la calle San Martín. No voy a moverme de ahí. Además, en el tiempo en que vos no estés, quiero hacerle algunas mejoras. Ayudará a mantenerme ocupada.

Los pasajeros del paquebote comenzaron a subir. El grupo volvió a congregarse alrededor de Eloy para despedirlo, y Micaela a duras penas obtuvo un rápido beso en la mejilla.

*Q*ué sensatez de tu parte remozar esta casa! —aseveró Regina Pacini—. Ciertamente, es espantosa. Se parece a esas construcciones góticas, oscuras y tenebrosas. No sé cómo tu esposo pudo vivir tanto tiempo en un lugar como éste. Por eso debe de tener esa cara de amargado y pocos amigos. ¡Cómo no, si vive en un lugar como éste! ¿No te da miedo dormir sola de noche? —Micaela se quedó mirándola—. ¿Qué pasa? ¿Tengo algo en la cara? —preguntó Regina, y se pasó la mano por la frente.

—No, no —respondió Micaela—. Te miraba porque me recordaste a alguien muy querido para mí.

—¿Sí? ¿A quién?

—A *soeur* Emma, una monja del internado de Suiza.

—¿A una monja te hice acordar? ¿Y qué tengo que ver yo con una monja?

—Era una monja muy especial. En realidad, sus padres la mandaron al convento a la fuerza. No te parecés físicamente a ella, sino en el carácter. Emma era así como vos, libre y auténtica; siempre decía lo que pensaba, sin ambages.

—¿Acaso existe otra forma de decir las cosas? Es la única manera de que la gente se entienda. ¡Ah, pero no! La gente insiste e insiste en ocultar y disfrazar la verdad. Lo único que consiguen son habladurías y chismes. Por ejemplo, la muerte de tu tío Raúl Miguens. ¿Quién se cree que murió de un infarto? Todos saben que lo mataron de una cuchillada en uno de esos burdeles de los que era *habitué*.

Micaela se espantó e, incapaz de ocultar la turbación, se dejó caer en el sofá.

—¡Disculpame, querida! ¡Fui una bruta, como siempre! Creí que lo sabías.

"Y bien que lo sé", pensó.

—Cambiemos de conversación —ordenó Regina, al tiempo que le acercaba un vaso con agua—. No acepto volver a tocar temas tristes. Decime, ¿te escribís con la monjita esa, con la...? ¿Cómo era?

—*Soeur* Emma. No, murió hace más de un año.

—¡Hoy no pego una! —prorrumpió Regina, y, sin proponérselo, causó la hilaridad de su joven amiga—. Por lo menos, te hice reír. Hace días que te noto triste, preocupada. ¿Es por tu marido?

—Sí, puede ser.

—¡Ay, estos políticos! —exclamó, con las manos al cielo—. No te preocupes, cuando regrese, todo va a ir mejor.

Para las reformas, Urtiaga Four le recomendó el arquitecto de moda, Alejandro Christophersen, un hombre más bien callado y taciturno, pero con ingenio suficiente para cambiar el aspecto de una casa a la que definió como "irremediablemente anticuada". Nuevas aberturas, colores pastel en las paredes, mobiliario inglés en las salas y jarrones con flores por doquier, lograron el milagro. El despacho de Eloy quedó fuera del alcance del arquitecto, y, aunque Micaela insistió en que abriera la puerta, Ralikhanta juró que no tenía la llave. Una carta de Cáceres dio por terminado el entredicho: "Prohíbo cualquier tipo de reformas en mi dormitorio y en mi escritorio". "Nueva lección", pensó Micaela, "el señor Cáceres es muy celoso de sus cosas". Finalmente, Christophersen cobró una fortuna que la joven pagó gustosa.

En el tiempo que duraron las obras, Micaela se hospedó en lo de su padre. No le costó convencer a mamá Cheia de que, una vez terminada la remodelación, se mudase con ella a casa de Eloy. Moreschi, por su parte, decidió alquilar un departamento cercano a la calle San Martín, pero la pertinacia de Rafael tiró por la borda sus planes y debió aceptar la invitación para quedarse a vivir en la mansión por tiempo indefinido.

A juicio de Micaela, las cosas se encaminaban y, poco a poco, la paz y el orden retornaban a su vida. Aguardaba con ansias el regreso de Eloy, segura de que su presencia completaría el perfecto círculo de tranquilidad que había trazado a su alrededor.

Quedaba un último tema pendiente: la servidumbre. La tal Casimira resultó un desastre y no pasó mucho hasta que Micaela la despidió y contrató a dos nuevas empleadas, una para la cocina y otra para la limpieza, sujetas a las órdenes de Ralikhanta, mayordomo y chofer desde ese momento.

—¿Sucede algo, Ralikhanta? —quiso saber Micaela, que, desde algún tiempo, lo notaba extraño.

—La señora ha hecho tantos cambios... ¿Usted cree que sean del agrado del señor?

—Estoy segura de que sí. Esta casa no podía seguir así, Ralikhanta. Se necesitaban cambios radicales.

—Espero que la señora disculpe la impertinencia, pero ¿cree que sea necesario que las empleadas nuevas se queden a vivir en la casa? ¿No sería mejor que sólo viniesen unas horas al día?

—No, de ninguna manera. Esta casa es muy grande y es necesario tenerla de punta en blanco. No te olvides que el señor Cáceres es el canciller de la Nación. Debemos prepararnos para recibir a personalidades importantes. La casa debe estar perfecta y el servicio debe ser de primera. Otra cosa —agregó Micaela, sin darle tiempo a réplica—, desde el lunes empiezas clases de castellano. Por el momento, Tomasa y Marita quedarán bajo mis órdenes, pero luego, ese tema te lo delego a ti.

Ralikhanta no atinó a decir palabra, sorprendido además de aterrorizado por las consecuencias que de seguro traerían aparejado tantos cambios. Se retiró en el momento en que el señor Harvey, muy orondo, entraba en la sala. Al ver a Nathaniel, Micaela lo invitó a pasar cortésmente e hizo un esfuerzo por ocultar su hastío. El señor Harvey se había tomado muy en serio la promesa hecha a Eloy en el puerto y no había pasado un día que no la visitara y se preocupara de su bienestar.

—Vengo de lo de su padre —informó el inglés, al tiempo que le entregaba un ramo de fragantes nardos—. La señora Otilia me avisó que ya había regresado a casa de Eloy.

—Gracias —dijo Micaela, y se puso de pie para buscar un jarrón—. ¡Qué exquisito perfume!

—Tengo que felicitarla, ha hecho maravillas con esta casa. Parecía un caso perdido, y ahora se ha convertido en un sitio encantador. ¡Cuánta luz! Además, se respira aire fresco.

—Los nardos van a ayudar —acotó Micaela, para terminar con tantos halagos—. ¿Me acompaña con un té?

El inglés aceptó gustoso. Tomaron asiento. Harvey habló primero y comentó sobre la guerra. Enterado de cuestiones escalofriantes, las detallaba con una precisión que la exasperaba, y, sin importarle la palidez de la joven, proseguía con el relato.

—Por favor, Nathaniel, le ruego cambiar de tema. No puedo soportar las atrocidades que me cuenta.

—¡Disculpe, Micaela! ¡Qué falta tacto! Un poco de té le sentará bien. —Le acercó la taza y la instó a beber. Arrastró la mano a través de la mesa y tomó la de ella—. Micaela, usted es tan frágil y tierna, ¿cómo pude perturbarla con estos relatos? Mire su rostro, tan pálido. No voy a perdonarme haber ensombrecido su belleza. Sus hermosos ojos por un instante se han oscurecido. ¡No tengo perdón!

Micaela apartó la mano y lo miró seriamente. ¿Qué se proponía ese hombre? ¿Acaso estaba insinuándose? A medida que transcurrían los días y que su relación se profundizaba, Nathaniel Harvey se revelaba como un hombre enigmático.

Se había olvidado de Carlo Varzi. Sí, se había olvidado; seguro. Volvió a mirarse en el espejo. Sí, cuestión superada. Permaneció quieta, con la vista fija en su propia imagen. Mentira, no lo había olvidado ni un ápice. Si no, ¿por qué repetía como necia: lo he olvidado, lo he olvidado? Hacía meses que no sabía de él y la idea de que aún existiera en alguna parte, de que viviera su vida como si nada, se le hacía insoportable. ¿Qué diablos tenía ese hombre que no podía arrancarlo de sus pensamientos?

Eloy llegaría al día siguiente y, con él, la paz que ansiaba. Recorrió la casa por enésima vez: verificó que la platería brillara, arregló los ramos en los jarrones, enderezó los cuadros, quitó pelusas de los cojines y ordenó a Marita repasar los muebles. La casa debía lucir perfecta para causarle una buena impresión.

La misión en Norteamérica había sido un éxito. Un grupo numeroso de políticos y amigos recibió a Eloy y a su comitiva en el puerto de Buenos Aires. A Micaela le costó llegar a su esposo y, cuando lo consiguió, debió compartirlo con Otilia que lo atosigó a preguntas.

—¿Conociste al Presidente Wilson? ¿Fuiste a la Casa Blanca? ¿Es tan lujosa como dicen? ¿Qué otros lugares visitaste? ¿Conociste a alguien famoso?

Eloy intentaba responderle con paciencia, al tiempo que echaba vistazos condescendientes a su mujer. Pareció una eternidad, pero, luego de un almuerzo en lo de Urtiaga Four y una reunión con los políticos más conspicuos, el matrimonio Cáceres se marchó a su hogar.

Por el momento, nada resultaba como lo previsto: las reformas no complacieron a Eloy en absoluto, y, en lugar de evaluar los arreglos y las nuevas adquisiciones, se limitó a preguntar por los muebles viejos, los cuadros del pasillo, las cortinas de *voile* que habían pertenecido a su abuela, y a comentar lo molesto que sería acceder a la sala principal por ese lado; más tarde, llegó Harvey y se quedó a cenar. A juicio de Micaela, la sobremesa duró demasiado, y el inglés la prolongó hasta agotar los temas con una minuciosidad exagerada.

No le importó la buena educación, ni el invitado de su esposo, y adujo cansancio para levantarse de la mesa, con deseos de ahorcar a Eloy al escucharlo decir: "Hasta mañana, querida, que duermas bien". Se encaminó a su dormitorio hecha una furia, que se convirtió en pena cuando encontró a mamá Cheia acomodando el ajuar sobre su cama. Permaneció de pie en la puerta con los ojos cálidos de lágrimas.

—¿Por qué no te sentaste a cenar con nosotros, mamá? —preguntó, al recobrar la compostura.

—¿Tuviste tiempo de decirle a tu esposo que estoy viviendo aquí?

—No, todavía no le comenté nada. No estuve un minuto a solas con él. Encima, Harvey se quedó a cenar. ¿Qué tiene que ver con lo que te pregunté?

—Tu esposo no es un hombre fácil, Micaela. Tengo miedo de que no acepte mi estadía en esta casa.

—Esta casa también es *mi* casa. Vas a vivir aquí porque así lo he decidido.

Le costó conciliar el sueño; dio vueltas en la cama y pensó mucho hasta que el cansancio la venció. En medio de la noche, la despertaron unos gritos desgarradores. Se aventuró al pasillo, donde vislumbró a Ralikhanta que se desplazaba como una sombra hacia la habitación de su esposo. Se asomó a la puerta dominada por el miedo: el indio, a fuerza de sacudidas, intentaba despertar a Cáceres de un mal sueño. Aturdido, Eloy se incorporó, tomó la medicina que le alcanzaba Ralikhanta y lo despidió inmediatamente después. Micaela lo interceptó en el corredor.

—¿Qué pasó, Ralikhanta? ¿Qué fueron esos gritos?

—¡Señora! —se sobresaltó el hombre—. Nada, no se preocupe. Vuelva a la cama. Ya pasó todo.

—¡Ralikhanta, por favor! ¡Dime qué le sucedió a mi esposo!

—El señor Cáceres sufrió una fiebre muy mala en mi país. Desde entonces, de noche, suele tener pesadillas. Ya tomó su medicina, pronto volverá a dormirse.

Entró en el dormitorio de Eloy, que aún permanecía erguido en su cama, pálido y sudado.

—¿Entendés por qué no quiero que duermas conmigo? —musitó—. Sería una tortura para vos soportar mis pesadillas casi todas las noches.

Micaela le sonrió desde la puerta y se animó a avanzar a una seña de Eloy. Tomó un pañuelo de la mesa de noche, lo mojó en el aguamanil y se lo pasó por la frente. Le rozó las mejillas y le besó los labios.

—Micaela, mi amor, no te merezco. Sos demasiado para mí. Soy un egoísta. No te merezco.

—No digas nada y besame —susurró ella.

Cáceres la rodeó con sus brazos y le llenó el rostro de besos. La tumbó sobre la cama suavemente, le acarició el cuerpo y la despojó del *déshabillé*. Micaela se abstrajo e intentó concentrarse en la pasión de su esposo, afanada en sentir igual; no obstante, a poco desistió, pues el anhelo no surgía de su cuerpo, y aunque Eloy se esforzaba en complacerla y mostrarse excitado, su efusividad era fingida y vacilante. Tan distinto de Carlo Varzi. El recuerdo de ese hombre en semejante instancia la atormentó y debió controlar el impulso de quitarse a Eloy de encima.

—¡No, no puedo! —prorrumpió Cáceres, y se tendió a su lado—. No puedo —repitió, y se llevó las manos al rostro.

Micaela lo observó boquiabierta antes de pronunciar palabra.

—Eloy, querido, ¿qué pasa? ¿Te sentís mal?

—Micaela —murmuró Eloy, y se arrojó a sus brazos—. No te merezco, no te merezco.

—Está bien, Eloy, no te preocupes. Tal vez ésta no sea la mejor noche. Acabás de llegar de un viaje larguísimo, has tenido un día muy duro, y, para colmo de males, la pesadilla que tanto te alteró. Mañana lo intentaremos de nuevo. No te preocupes.

—¿Acaso estoy con un ángel? —se preguntó Eloy—. ¿Cómo puedes ser tan comprensiva? No, Micaela, no puedo complacerte porque estoy enfermo. Los médicos me lo dijeron, pero yo pensé que, amándote como te amo y siendo tan hermosa como sos, podría superar mi impotencia.

—¿Impotencia?

—Hace más de un año sufrí una fiebre muy extraña en la India. Casi muero. Durante días permanecí inconsciente y, cuando volví en mí, estaba tan débil que no podía mantener los ojos abiertos. Poco a poco, fui recuperándome, aunque esa maldita peste me dejó baldado para siempre. Ya no soy un hombre, soy un despojo.

—¡No digas eso, Eloy! —se enojó Micaela—. Sí que sos un hombre. Un gran hombre. No puede ser que esa enfermedad te haya causado tanto daño. ¿Consultaste a otros médicos?

—Los médicos en la India me dijeron que no había nada que hacer. ¡Micaela, perdoname! ¡Te lo suplico! ¡Perdoname! Te juro que no quise engañarte. Te amo. Sos la mujer que siempre quise como compañera. No quise hacerte daño.

—Por supuesto que no quisiste hacerme daño, querido. No te atormentes.

—Sería justo si quisieras abandonarme y anular nuestro matrimonio. Estás en tu derecho. Y continúo siendo un egoísta por desear con todo mi corazón que siempre estés a mi lado. No podría vivir sin vos. ¡No me abandones, por favor!

—Tranquilizate, Eloy, no voy a abandonarte —expresó, insegura—. Estoy convencida de que algo se puede hacer. No creo que en la India existan los mejores médicos. Consultaremos a otros especialistas. Alguna solución tiene que existir.

—¡No me dejes, mi amor! —La apretujó tan fuerte que Micaela sintió dolor en las ijadas—. ¡No podría vivir sin vos! ¡Ayudame, mi amor! ¡Salvame!

Se compadeció de su esposo, vulnerable como un niño, y, sin reflexionar, le repitió que no lo abandonaría.

Antes de casarse, no obstante la oposición de su maestro, Micaela había decidido tomarse un año sabático, deseosa de atender a su esposo y ocuparse de su nuevo hogar. Pronto, las ilusiones se hicieron añicos y entendió que el canto constituiría el mejor refugio.

Moreschi se entusiasmó y sin pérdida de tiempo evaluó y organizó los ofrecimientos. El teatro municipal de Santiago de Chile recibió de buen grado la aceptación de *la divina Four* para participar en el Festival de Beethoven a principios del año siguiente, tanto en la ópera *Fidelio* como en la Novena Sinfonía. A finales de noviembre, y como cierre de la temporada, el Colón estrenaría *La flauta mágica*, de Mozart, y Micaela interpretaría a la Reina de la Noche.

Sus actividades la mantenían ajetreada, lejos de pensamientos escabrosos y problemas sin solución inmediata. De todas maneras, el temple ambiguo de Eloy la sumía en la mayor de las desesperanzas; por momentos, la dulzura y el encanto lo convertían en una persona adorable; en otros, se tornaba hosco y solitario. A causa de su deficiencia física, se subestimaba, y creía ver en cada hombre un posible amante de Micaela. La celaba de todos, a excepción de Nathaniel Harvey, quien, a juicio de la joven, sostenía la única insinuación notoria, rayana en la insolencia. Si antes Harvey le había resultado gracioso y afable, ahora lo encontraba afectado y falso.

La situación conllevaba cierta dificultad y requería tacto y prudencia. Según Eloy, durante su enfermedad en la India, Nathaniel Harvey se había mantenido incondicionalmente a su lado; lo cuidó y veló noches enteras. Incluso, lo trasladó a su casa y ordenó a sus sirvientes que lo atendieran como a un rey, en especial a Ralikhanta, a quien deslindó de las demás responsabilidades domésticas. El mismo Harvey hablaba con los médicos y se encargaba de conseguir las medicinas, escasas y costosas. El agradecimiento cubría con una venda los ojos de Eloy y le impedía aquilatar los deméritos de su amigo. Sin duda, Nathaniel Harvey ejercía una ostensible ascendencia sobre su esposo.

Por más que se esforzaba, Micaela no podía amar a Eloy Cáceres; lo apreciaba y se compadecía de él, pero nada más. Después de la noche de la confesión, la armonía y el buen trato caracterizaron su relación, y el conocimiento que cada uno tenía del otro parecía de años. Si Cáceres se mostraba dispuesto, conversaban largo y tendido; si ostentaba ese gesto adusto, Micaela se retiraba y lo dejaba solo en su estudio. Al principio le resultó incómodo, incluso chocante, pero, con el tiempo, Micaela se acostumbró a las visitas nocturnas de su esposo, y, pese a que no tenían acercamientos amorosos, conversaban como viejos amigos.

—¿Por qué te fuiste a vivir a la India? —le preguntó Micaela una noche en que lo notó más afable que de costumbre.

—Me fui a la India siguiendo a una mujer —respondió llanamente—. ¿Te acordás de que te conté que mi tía me envió a estudiar a Cambridge?

—Sí, me acuerdo.

—En Londres, conocí a la hija de un general británico. Iniciamos una relación. Al cabo de un año, me dijo que a su padre lo trasladaban a la India y que ella debía ir con él. No podíamos casarnos todavía; recién graduado, yo no tenía un céntimo, y ella estaba acostumbrada a la buena vida. Como ya trabajaba en la compañía de ferrocarriles, pedí el traslado a la India y me lo concedieron. Era raro que alguien se aventurara de buen grado a esas tierras lejanas. Como ya sabés, en la India contraje esa enfermedad. Los médicos hablaban a diario con mi prometida y, cuando le dijeron que yo... Bueno, que yo había quedado incapacitado, rompió nuestro compromiso y regresó a Inglaterra. Nathaniel me contó que se casó con un general inglés, colega de su padre.

—Cuánto lo lamento, Eloy. No sabía que, además de todo, habías sufrido un desengaño amoroso. Lo siento. ¿La querías mucho?

—Sí, la quería mucho, pero de nada sirvió. Me abandonó porque no iba a poder complacerla en la cama. Yo tenía mucho más para darle. El amor no puede reducirse solamente a eso. Yo tenía mucho más para darle —reiteró, nostálgico.

—¿Cómo se llamaba?

—Fanny Sharpe.

—Lindo nombre. Seguro que es bonita.

—¿Estás celosa? —inquirió Eloy, con una sonrisa.

—¿Celosa? No. ¿Por qué habría de estar celosa?

—Me encantaría que estuvieras celosa de Fanny.

Eloy abandonó la silla, la tomó por la cintura y la acercó a su cuerpo. Le susurró que la amaba y la besó febrilmente. Por primera vez, Micaela sintió la pasión sincera de su esposo y se dejó llevar, inmersa en un mundo de ilusiones que resurgieron después de tanto tiempo.

—Micaela, no, por favor. No puedo. —La separó de su pecho y apartó la vista—. Perdoname, me dejé llevar y te ilusioné, pero no puedo.

Micaela controló su agitación, que en ese momento la humillaba sobremanera, y se acomodó la bata y el cabello.

—Está bien, querido, no te aflijas. Algún día podrás.

—No, nunca voy a poder. ¿No lo entendés? Nunca voy a poder.

—No seas pesimista, Eloy. Acordamos consultar a otros médicos. Quizá, lo tuyo tenga cura. Entonces...

—¡Entonces, nada! —se irritó Cáceres—. ¡No me exijas algo que nunca te voy a poder dar! Me llena de frustración. Ya te dije lo que los médicos diagnosticaron. ¿Por qué insistís? ¿Para atormentarme aún más?

—Siempre es bueno pedir una segunda opinión —afirmó Micaela, de mal modo—. No te podés quedar con lo que te dijeron los doctores de la India, un país tan primitivo.

—No te equivoques, Micaela, la India no es un país primitivo. Lejos de eso, está lleno de una sabiduría que vos nunca entenderías. —Luego de una pausa, agregó—: Pensé que eras distinta, pero veo que sos igual a todas. Igual a Fanny. Lo único que te importa es la cama. Otras cosas importantes, que yo podría darte como nadie, no te interesan. —Dejó la habitación e hizo temblar las paredes de un portazo.

Al día siguiente, Eloy le pidió perdón. Micaela se lo concedió, pero su cariño se había resentido, y supo con certeza que, más allá de la posible recuperación de su esposo, nunca compartiría la cama con él. Abandonarlo en ese momento significaba enterrarlo vivo; decidió esperar, con sus expectativas puestas en que superase la impotencia, para luego pedirle la separación sin culpas. En el ínterin, su relación continuaría como hasta entonces, armoniosa, llena de cumplidos y halagos, pero no volvería a existir un acercamiento físico entre ellos.

Pasaba la mayor parte del día fuera de la casa, ocupada en sus actividades líricas y sociales. Los ensayos y ejercitaciones continuaba realizándolos en casa de su padre, donde

Moreschi la esperaba a diario, lleno de un entusiasmo que contrastaba con su desánimo, el cual no pasaba inadvertido para el maestro.

—Te falta fuerza, Micaela —solía recriminarle—. Esta aria requiere toda tu potencia, sino pierde sentido. Escucha. —Y Moreschi entonaba alguna estrofa de *La flauta mágica*.

Algunas tardes, su amiga Regina Pacini organizaba encuentros y tertulias en las que el canto lírico constituía siempre la excusa. No pasó mucho, y Regina le confesó que paliaba la frustración por su truncada carrera de soprano con actividades afines.

—Al menos, me mantengo cerca del ambiente artístico, sin *manchar* el buen nombre de mi esposo —comentaba—. Es increíble que tu padre se sienta tan orgulloso de tener una hija soprano; después de todo, él es uno de los miembros más conspicuos de la sociedad porteña, y a este tipo de gente, las mujeres arriba de un escenario le ponen los pelos de punta. ¿Nunca te dijo nada al respecto?

—Hace muchos años que mi padre perdió el derecho a decirme nada —fue la respuesta; luego, agregó—: No te olvides, Regina, que mi madre era actriz.

Carrera de soprano truncada y todo, Micaela envidiaba a la Pacini: resultaba evidente que amaba a su esposo y que vivía feliz junto a él. Habría dado cualquier cosa por la mitad de su dicha.

En algunas ocasiones, después de los ensayos en el Colón, le pedía a Ralikhanta que la llevase de paseo por la ciudad y lo obligaba a detenerse en algún sitio de su preferencia donde solía permanecer un buen rato en absorta contemplación del paisaje. En una oportunidad, el indio se sorprendió cuando le pidió que la llevase a La Boca, e intentó disuadirla.

—Es una zona de gente mala, llena de casas públicas y delincuentes —interpuso como excusa—. Mi señora no debería ir a semejante lugar.

—¿Conoces La Boca, Ralikhanta? —Micaela advirtió que el hombre se incomodaba—. Digo, como hablas con tanto conocimiento.

—No, señora, no la conozco en absoluto. Es lo que se comenta.

Decidió no seguir indagando, podía pecar de indiscreta; después de todo, el pobre indio tenía derecho a satisfacer sus deseos sexuales de la forma que quisiera y donde quisiera. A su juicio, y aunque mamá Cheia opinara lo contrario, Ralikhanta era un buen hombre, un tanto extraño, con costumbres excéntricas, pero cálido, bondadoso y fiel. Pasaba la mayor parte del día a su servicio, ya que Eloy, con chofer y automóvil provistos por la Cancillería, prescindía de él por el momento. No sólo se había convertido en un colaborador indispensable, sino que su silencio tranquilo y su mirada pacífica la confortaban. La sensación de que Ralikhanta conocía todo acerca de ella, sus secretos más íntimos, sus pasiones y su desgracia, le aliviaba el peso de sus penas, en ocasiones, abrumador.

—¿Cómo te va con la profesora de castellano? —quiso saber.

—La verdad, señora, que hace una semana que no tomo clases —respondió, incómodo.

—¿Por qué? ¿Cómo es eso?

—Está bien, señora, es mejor así. No quiero tener problemas.

—Fue el señor Cáceres, ¿verdad? —arriesgó Micaela—. No me digas nada, fue él.

—No quiero que mi señora tenga problemas por mi causa.

—No hay problema para mí, Ralikhanta —repuso Micaela, muy dueña de sí—. Entiendo que evites inconvenientes con el señor Cáceres, pero tampoco es posible que no puedas comunicarte con tus semejantes. Si el señor Cáceres no está de acuerdo con la profesora, yo misma te daré clases.

Ralikhanta se escandalizó, pero la firmeza de su patrona lo dejó sin argumentos y debió aceptar. Por su parte, Micaela comenzó a elucubrar los pretextos que esgrimiría ante su esposo. Eloy resultaba un hombre difícil, aunque aceptó que, por complacerla, había claudicado a muchas de sus costumbres de solterón. El servicio doméstico lo molestaba hasta el punto de ponerlo de pésimo humor; no soportaba a Tomasa y a Marita el día entero en la casa; que lo tocaran todo y que se metieran donde no las llamaban podía con su carácter medido. Después de muchas idas y vueltas, finalmente entendió que, como canciller, no podía prescindir de una buena doméstica y de una excelente cocinera; no obstante, impuso una condición: la limpieza de su despacho y de su dormitorio quedaría a cargo de Ralikhanta, poseedor de la única copia de llaves. Con respecto a mamá Cheia, Eloy había optado por una actitud más diplomática, pese a que la idea de albergarla en su casa no le agradaba en absoluto, y dio la bienvenida a la mujer que casi ejercía el papel de suegra. Con el tiempo, se dio cuenta de que la negra era su aliada y de que siempre lo defendía cuando su esposa se enojaba con él.

Micaela se despertó sin bríos. Esa madrugada, Eloy había sufrido otra de sus crisis, y si bien había acudido a su dormitorio, no entró y dejó el asunto en manos de Ralikhanta. En medio de sus exclamaciones, Eloy farfullaba palabras ininteligibles. ¿Acaso había vociferado "puta" varias veces? No, resultaba muy improbable, y aunque se tentó con preguntarle al indio, resolvió no hacerlo. Se levantó alrededor de las nueve cuando apareció mamá Cheia con el desayuno.

—Tu marido desayunó muy temprano y se fue. Me pidió que te recordara que esta noche van a venir a cenar el cónsul de México y su esposa. ¿Tenés todo listo? ¿Sabés que te vas a poner? ¿Ya dispusiste qué se va a servir? —Micaela apenas asintió, y Cheia cambió el tono para decirle—: ¿No sería mejor que te levantaras más temprano para desayunar con tu marido? Parece querer compañía a esa hora porque me da charla.

"¿No sería mejor que pudiera hacer el amor como cualquier hombre?", replicó para sí.

—Desayuna muy temprano —fue la excusa—. Prácticamente duerme tres o cuatro horas por noche. No sé de dónde saca tanta energía para trabajar.

—Estas esposas jóvenes que no están dispuestas a hacer ningún sacrificio por sus esposos... —se quejó la negra, y Micaela encontró tan injusto el comentario que casi le cuenta la verdad. Después de todo, el mayor sacrificio lo hacía ella, y cada día le costaba más encontrarle sentido.

—¿Escuchaste sus gritos anoche? —preguntó en cambio.

—Sí. ¡Pobre señor Cáceres! ¿Qué cosas lo atormentarán para ponerlo en ese estado?

—Nada lo atormenta, mamá. ¿Te acordás de esa fiebre que tuvo en la India? Según me dijo el propio Eloy, *uno* de los estigmas que le dejó la enfermedad fue el de las pesadillas. El pobre Ralikhanta debe despertarlo y suministrarle su medicina, algo a base de opio, seguramente.

—Para eso está Ralikhanta, para servir al señor Cáceres —aseveró Cheia, con solemnidad—. De todas formas —continuó, menos hierática—, ¿realmente creés que la enfermedad le haya dejado esa secuela? Yo nunca he sabido que fiebres altas, por más malignas que sean, dejen ese tipo de secuelas.

Cheia abandonó el dormitorio y Micaela terminó de vestirse. Bebió el café, sin probar las masas. Por esos días, la atormentaban tantos problemas que ni hambre tenía. "¡Qué irónico es todo esto!", pensó. "Me casé con Eloy buscando paz y estabilidad y sólo conseguí amargura y confusión."

Moreschi la esperaba en casa de su padre para ensayar; pronto se estrenaría la obra y aún restaban detalles por pulir.

—¡Micaela, querida! —Otilia la interceptó en el vestíbulo—. ¡Qué alegría que te encuentro! Sé que venís casi a diario y nunca nos vemos. ¿Cómo está mi sobrino?

—Bien, gracias.

Otilia la tomó del brazo y, con un ademán confidente, la guió hasta la sala.

—Me comentó Eloy que duermen en cuartos separados.

Micaela arqueó las cejas y, sutilmente, se desembarazó de su mano.

—Quiero que sepas, querida, que me parece una decisión muy acertada por parte de mi sobrino.

—No quiero parecerte impertinente, Otilia, pero no creo que ése sea asunto de tu incumbencia.

—No te enojes, Micaela. Tenés que saber que Eloy lo hace por vos, por lo mucho que te quiere. No desea que te molesten las pesadillas que sufre de noche.

—De todas formas, no tiene sentido —aseguró Micaela—. Dormimos en cuartos separados e igualmente escucho todo.

—¡Me lo vas a decir a mí que viví con él desde que era chico! Por más lejos que me fuera a dormir, los chillidos de Eloy inundaban la casa por completo. Incluso, hubo épocas en que era sonámbulo.

—¿Eloy sufre estas pesadillas desde que era chico? —Micaela la miró tan ceñuda que Otilia se desconcertó y no contestó nada—. ¿Desde cuándo sufre estas pesadillas?

—Bueno, querida —dudó la mujer—, las sufre desde que... Bueno, desde que murieron sus padres, creo.

—¡Micaela! —interrumpió Moreschi—. Hace rato que llevo esperándote.

Otilia aprovechó para excusarse y salió a toda prisa. Esa noche, durante la cena, el cónsul mexicano y su esposa se mostraron encantadores, y su espontánea simpatía contagió los ánimos alicaídos de Micaela y Eloy.

—En la ciudad de México —comentó el cónsul—, tenemos un teatro lírico que, me animo a decir, no tiene nada que envidiarle a los de Europa. Sería un honor que nos visitara, señora Cáceres.

—El director del teatro —continuó la esposa— es amigo personal de nuestra familia y siempre habla de *la divina Four*. Dice que es una de las mejores sopranos que ha conocido el mundo.

—Muchas gracias —contestó Micaela, y miró a Eloy, que ostentaba una sonrisa de oreja a oreja. Cáceres le tomó la mano y se la besó. Semejante muestra de cariño frente a terceros la dejó inerme y casi le hizo olvidar el tema de las pesadillas.

—¿Te imaginas, querido —continuó la esposa del cónsul—, si Felipe Bracho (el director del teatro) —aclaró, para sus anfitriones— se enterara de que estuvimos cenando en casa de *la divina Four*?

—Estoy seguro —agregó el mexicano— de que sufriría un ataque de envidia. Para evitar los celos de nuestro querido amigo podríamos convencer a la señora Cáceres de que nos hiciera el honor de cantar en nuestro teatro —sugirió a su esposa.

—No me cabe duda —acotó la mujer— de que Felipe cambiaría el programa de este año si con eso consiguiera tenerla entre los roles protagónicos. ¿Aceptaría usted, querida? ¿Le gustaría cantar en nuestro país?

—No creo que mi esposo ponga alguna objeción —dijo, al tiempo que dispensaba una mirada elocuente a Cáceres.

—No, por supuesto que no, Micaela. Me encantaría que aceptaras.

—Entonces —retomó la joven—, sólo resta hablarlo con mi maestro y decidir la fecha. México será un buen lugar para cantar; lo sé.

En otras circunstancias, Micaela habría declinado la invitación; ahora, en cambio, aceptaba todo cuanto significase alejarse de su hogar.

—Pasemos a la sala a tomar el café —convidó la dueña de casa.

—La comida estuvo exquisita, señora Cáceres —comentó el cónsul.

—Además —añadió su esposa—, permítame felicitarla por la casa, es hermosa. —Y continuó alabando los detalles del decorado y el mobiliario.

Micaela quedó encantada con el matrimonio mexicano y los invitó a la celebración del cumpleaños de su padre la semana entrante.

—¡Oh, sí, el senador Urtiaga Four! —proclamó el mexicano—. Un hombre muy respetado en este país. Será un honor para nosotros concurrir.

—Tampoco nos perderemos *La flauta mágica* —aseguró su esposa, antes de marcharse.

La cena había sido un éxito, y Cáceres, de excelente humor, decidió visitarla en su dormitorio. Al verlo de buen talante, Micaela se atrevió a plantear el tema de las pesadillas.

—¿Por qué me dijiste que sufrías pesadillas con motivo de la fiebre? —Eloy la contempló, entre confundido y sorprendido—. Hoy me contó Otilia que tenés pesadillas desde niño. Más específicamente, desde que murieron tus padres.

Cáceres le dio la espalda y farfulló unas palabras en contra de la indiscreción de su tía.

—¿Por qué no me dijiste la verdad? ¿Qué tiene de malo que las pesadillas sean producto de una cosa u otra? Sé que tus padres murieron en un accidente, pero nunca me dijiste cómo fue.

Eloy se volvió y la enfrentó con mal gesto. Micaela se demudó y, aunque intentó mantenerse incólume, la mirada de su esposo le dio pánico.

—Es cierto —aceptó Eloy—, las pesadillas las sufro como consecuencia de la muerte de mis padres. No quería que lo supieras; preferí que pensaras que eran producto de algo orgánico, ajeno a mis emociones. Temí que creyeras que estaba medio loco. ¡Además de impotente, loco!

—No digas eso, Eloy. Vos no estás loco. Que tengas pesadillas no significa que hayas perdido la cordura.

—Pero vos sos tan normal, tan... Tan perfecta, que yo me siento nada a tu lado.

—Estás equivocado. Yo no soy perfecta en absoluto. Como todos, tengo mis cuestiones ocultas, mis miserias y problemas. ¿O acaso te olvidás cómo murió mi madre? Gastón María y yo teníamos ocho años cuando la encontramos en la tina del baño con las venas abiertas. ¿Pensás que eso no me afectó? Después de la muerte de mamá, no hablaba, prácticamente no comía, me pasaba el día encerrada en mi cuarto mirando hacia la calle. Y, cuando estaba segura de que nadie me miraba, lloraba desconsoladamente. Mi padre pensó que me volvería loca.

—¡Micaela, mi amor! —Eloy la arrebujó contra su pecho y le besó la coronilla.

—Después vino el viaje a Europa, el internado en Suiza y, por sobre todo, *soeur* Emma, a quien abrí mi corazón. Ella ahondó en las partes más oscuras de mi alma. Estoy segura de que, sin ella, habría muerto de pena. Soy lo que soy gracias a Emma, que no sólo descubrió mi talento para el canto, sino que me ayudó a recuperar la seguridad en mí misma. ¿Por qué no me dejás ser lo que Emma fue para mí? ¿Por qué me escondés tus penas? ¿Por qué no me permitís ayudarte? Eloy, quiero ser tu amiga.

Con ojos llenos de lágrimas, Cáceres volvió a tomarla entre sus brazos y, sin soltarla, le confió en un susurro:

—No puedo olvidar la noche en que murieron mis padres. —Micaela lo guió hasta el sofá y lo instó a proseguir—. Vivíamos en el campo, en una de las estancias de mi familia. Ahora que me pongo a pensar, nunca conocí a un hombre más enamorado y devoto de su esposa. Para mi padre, mi madre era el ser más puro, bueno y hermoso del mundo. —Se mantuvo caviloso antes de continuar—: Hacía poco, mi padre había despedido al capataz de la hacienda, un hombre de lo peor. Robaba ganado. Una noche, mientras dormíamos, este hombre, completamente ebrio, le prendió fuego a la casa. Mi padre se despertó y lo encontró en la sala, donde forcejearon. A pesar de que estaba borracho, era un hombre corpulento; golpeó a mi padre y lo dejó desvanecido. Cuando mi padre recobró la conciencia, la casa ardía en llamas. Primero me rescató a mí. Cuando quiso hacerlo con mi madre, ambos murieron. Te das cuenta, Micaela, todo fue mi culpa. ¡Mi culpa! ¡Por salvarme a mí! Quizás habría sido mejor morir los tres.

Volvió a compadecerlo y lloró con él. Más tarde, ya sola, sintió ahogo y opresión, y a pesar de que deseaba escapar de allí, escrúpulos muy profundos la retenían.

Micaela sentía una soledad abrumadora. Cuando vivía en Europa, la situación no distaba de la actual: ella y Moreschi ensayaban el día entero y, por las noches, disfrutaban las funciones. Sin embargo, allí, en Europa, no había experimentado esa sensación de vacío y tristeza. Últimamente, cenaba sin Eloy, con Cheia como única compañía. Su esposo no llegaba hasta muy entrada la noche, incluso de madrugada. Le preguntaba cómo le había ido, y la mayoría de las veces las cuestiones de trabajo habían ocupado su tiempo; reuniones con los del partido o cenas en el Club del Progreso constituían también frecuentes excusas. Casi se había vuelto una costumbre contar con él sólo para las actividades sociales, en las cuales la necesitaba como anfitriona o acompañante, y donde se pavoneaba con ella, la famosa *divina Four*. Por el momento, Micaela asimilaba las reglas del juego y las aceptaba, a la espera del momento propicio en el cual pudiera dejarlo. Esta idea la inquietaba, pues Eloy vivía con la firme convicción de que ella jamás lo abandonaría y de que iniciarían una vida normal de pareja luego de la curación.

"¡Me merezco el embrollo en el que me metí!", se decía, colérica. "Esto me pasa por engañar a Eloy y engañarme a mí misma." Sabía que la separación traería ciertos inconvenientes, como el escándalo social y perjuicios en la carrera política de Cáceres. ¿Dañaría su buen nombre o su futuro como soprano por este error? Invadida por dudas, intentaba no desmoronarse.

De algo se encontraba segura: no amaba a Eloy Cáceres y nunca podría hacerlo. Demasiadas cosas la habían desilusionado. Su carácter ambiguo y su actitud reticente impedían un verdadero acercamiento. ¿Cómo llegarían a conocerse si Eloy delimitaba el territorio a su alrededor como los animales y nada ni nadie podía sobrepasar esos lindes? Micaela apostaba que, más allá de la falta de sexo, habrían alcanzado un entendimiento más pleno si las barreras de Eloy no se irguiesen tan firmes. Sus celos, potenciados con el bajo concepto que tenía de sí, lo llevaban a adoptar una actitud hostil e invariablemente triste.

Micaela sentía deseos de preguntarle a Ralikhanta acerca de su esposo, ya que tenía la certeza de que nadie lo conocía como él. También le habría gustado indagar sobre la vida de Nathaniel Harvey, pero siempre se abstuvo de preguntar, de uno u otro. Esa actitud de servil lacayo, la mirada impasible y las maneras silenciosas, casi invisibles, convertían a Ralikhanta en un hombre especial. En ocasiones, Micaela lo sorprendía observándola con cariño; en otras, con dureza, y existían momentos en que lo hacía con conmiseración. Sin remedio, llegó a encariñarse con su extraño sirviente indio.

Ralikhanta, por su parte, acentuó el afecto que, desde un principio, había tomado por Micaela. No podía olvidar sus buenos modales y su calidez, menos aún, la entrada gratis para la función de *Lakmé*. Desde que había abandonado a su familia en Calcuta y se había puesto al servicio de los ingleses, nunca le habían prodigado los gestos sinceramente humildes y bondadosos de su señora Micaela. Y el esmero que ponía en enseñarle su idioma superaba cuanto él hubiese imaginado.

Micaela se sorprendía de la inteligencia del indio. A pesar de la dificultad del castellano, lleno de complejidades gramaticales y conjugaciones verbales, Ralikhanta se abnegaba y estudiaba con esmero, rara vez cometía errores y a diario mostraba avances considerables.

—*Madam, do you...?*

—En castellano, Ralikhanta —instaba Micaela, y, poco a poco, logró que se relacionara con el personal de servicio, avergonzado en un principio, pues Tomasa y Marita se burlaban de su pésima pronunciación.

Esa noche, después de la lección de castellano, Micaela despidió a Ralikhanta y a mamá Cheia, y permaneció en la sala a la espera de su marido. Esa mañana Eloy había visitado a un médico, y Micaela no aguardaría hasta el día siguiente para conocer las novedades. Al llegar, Cáceres se la topó en el recibo.

—Estaba esperándote —explicó la joven, y se acercó a besarlo, cuando percibió un fuerte olor a alcohol—. Es tarde —agregó, con la mirada en el reloj de la sala—. ¿Tenías mucho trabajo?

—No. En realidad, cené en casa de Harvey. Unos viejos colegas de la compañía ferroviaria están en Buenos Aires y querían verme.

El motivo de su ausencia la molestó sobremanera, pero no comentó al respecto. Lo ayudó a quitarse el paletó, le recibió el sombrero y los guantes, y le preguntó si deseaba una taza de café.

—No, querida, muchas gracias. ¿Por qué no vas a dormir? Es muy tarde. No quiero que Moreschi se enoje conmigo si después estás cansada —aclaró, risueño.

—¿Fuiste al médico? —arremetió Micaela, y Eloy cambió la cara—. Estaba esperándote para preguntarte. ¿Cómo te fue?

—No deberías haber esperado hasta esta hora. Mañana por la mañana te habrías enterado igual.

—Es difícil que vos y yo desayunemos juntos.

—A mí me gustaría mucho que lo hiciéramos.

—Y a mí me gustaría mucho que cenáramos juntos al menos dos veces por semana —contraatacó ella.

Una pausa de unos segundos sumió a la sala en un silencio incómodo. Micaela le sostenía la mirada, consciente de que su esposo se encontraba a punto de perder los estribos. Finalmente, Eloy hizo el ademán de marcharse.

—¡No, Eloy! —pronunció Micaela, y el hombre se detuvo—. Por favor, contame cómo te fue con el doctor Manoratti.

—Todavía no hay mucho que contar —respondió Cáceres, lacónicamente—. Me encargó una serie de exámenes y análisis que van a tomar varios días. Después te cuento —dijo, y se evadió por el pasillo.

"¿Por qué hace todo tan difícil?", se quejó Micaela. Luego de cavilar un rato, comprendió lo humillante que debía de ser para Eloy hablar de su incapacidad. Se marchó a dormir llena de ideas y sentimientos encontrados.

Se levantó más tarde que de costumbre, deprimida y sin deseos de trabajar. Envió una nota a Moreschi en la cual posponía su encuentro hasta después del almuerzo. Cheia la encontró pálida y ojerosa, y se preocupó. Le recriminó la falta de apetito y lo delgada que estaba.

—Ni sueñes con un bebé así de débil. Para quedar embarazada, tenés que alimentarte más.

"Para quedar embarazada necesito que Eloy me haga el amor", se dijo, y consiguió agravar su estado de ánimo. Le brillaron los ojos y, aunque trató de controlarse, Cheia advirtió su tristeza.

—¿Qué pasa, mi reina? —preguntó—. Hace días que te noto tristona. ¿Qué pasa, mi amor? ¿Tenés algún problema? Es el señor Cáceres, ¿no? Últimamente, falta mucho de la casa y no te presta atención. Pero no tenés que preocuparte. Yo sé que te quiere muchísimo. Lo que pasa es que es un hombre muy ocupado. Tenés que estar orgullosa de él. Dicen que se desempeña muy bien como canciller. ¡Es tan inteligente! Por algo te eligió, mi reina. Quedate tranquila, esta vieja te dice que tu esposo está enamoradísimo de vos. Todas las mañanas, mientras le sirvo el desayuno, me pregunta si estás bien, si necesitás algo; quiere saber lo que hiciste el día anterior, con quién estuviste. ¡Pobre, le encantaría desayunar con vos!

Dudó en confesarle la verdad a su nana, sin esperanzarse en que le brindara una solución, pero confiada en que el desahogo la ayudaría a sobrellevar el problema. Lo intentó en varias oportunidades y al final decidió no hacerlo; además de intuir que Cheia no la comprendería, el tema la avergonzaba sobremanera.

Ralikhanta regresó de lo de Urtiaga Four con una nota de Moreschi que confirmaba la hora de su próximo encuentro. Aún restaba tiempo suficiente para visitar a su amiga Regina.

—¡Micaela! ¡Qué sorpresa! ¿No tendrías que estar en los ensayos?

—Sí, pero...

—¡Qué importa! Me alegra muchísimo que hayas venido.

Entraron en la habitación donde Regina pasaba la mayor parte del tiempo. La ventana empañada filtraba la luz grisácea del exterior. La lluvia golpeaba el vidrio y el fuego crepitaba en el hogar. Micaela echó un vistazo a su alrededor y se mortificó aún más. Se dejó caer con pesadez en el sillón que le señaló su amiga.

—Te sirvo un poco de café. Está recién hecho. Delia lo prepara riquísimo.

—No, gracias, Regina.

—¡Cómo que no! Sí, acompañame con un café. Me pasé la mañana reprimiéndome para no tomar tanto y, ahora que estás vos, me das la excusa perfecta. ¡Qué alegría que hayas venido! Además, te va a venir bien. Te noto un poco pálida. ¿Te sentís mal? —Micaela negó con la cabeza y bajó el rostro—. No lo niegues, querida, vos no estás bien.

Regina dejó la taza, se acercó a su amiga y se postró frente a ella. Micaela había comenzado a sollozar, y aunque trataba de reprimirse, la actitud de su amiga, de rodillas a sus pies, terminó por conmoverla y se arrojó a sus brazos. Regina guardó silencio y por un rato la contuvo con la ternura de una madre.

—Perdoname, Regina —balbuceó Micaela, y se apartó—. Perdoname este arrebato.

—No me pidas perdón. No tengo nada que perdonarte. Vamos, secate las lágrimas. —Y le alcanzó una servilleta—. Ahora sí vas a tomar un café. Algo calentito y fuerte te va a sentar de maravilla.

Sorbió dos o tres veces y se reconfortó considerablemente. Regina la miraba con una sonrisa a la espera del momento oportuno para conversar.

—Ya me siento mejor —expresó Micaela—. Gracias. Creo que si no lloraba, iba a terminar muriéndome.

—Me alegra que hayas pensado en mí para hacerlo. Siempre voy a estar dispuesta a escucharte. Si querés decirme lo que te hace sufrir, contás conmigo.

Las ansias de compartir su pesar pugnaban con un sentimiento de traición hacia su esposo, que quedaría expuesto en su mayor intimidad ante un tercero ajeno a su entorno. Pero si no hablaba, el dolor terminaría por quebrantarla.

—¡Estoy tan arrepentida de haberme casado con el señor Cáceres! —exclamó por fin.

—¿Arrepentida? ¿Por qué?

—El señor Cáceres es un hombre difícil y complejo, Regina. Siento que nunca llegaré a conocerlo. Su vida está llena de misterios. Ya sé que todos tenemos un pasado y cosas que ocultar. No es eso lo que me perturba, sino la forma en que esos misterios parecen afectar su vida presente. A veces, es dulce y galante; en otras ocasiones, el mal humor lo domina y no hay manera de arrancarle una sonrisa. Y si le pregunto el motivo de su enojo, se molesta conmigo. Luego, me pide perdón y cree que con eso está todo solucionado.

—¿Te ha pegado alguna vez?

—¡No, por Dios, no! —prorrumpió la joven—. Jamás me levantó la mano. Es un caballero. —Micaela guardó silencio y acomodó las ideas para presentar a su amiga un cuadro exacto de la situación que no deviniera en malos entendidos—. Es tan esquivo... En los últimos tiempos, ha llegado a casa muy tarde, de madrugada. Se levanta temprano y vuela a la Cancillería. Pasan días sin que nos veamos.

—¡Pero, entonces, el señor Cáceres tiene una amante! —dedujo Regina.

Micaela abrió desmesuradamente los ojos y no encontró palabras apropiadas. Por esos derroteros, la confundía y se persuadió de que su amiga sólo llegaría a entender acabadamente la realidad de su matrimonio, tan particular e inusual, si le hablaba directamente, ambages y vueltas de lado.

—Es imposible que el señor Cáceres tenga una amante —aseveró—. El señor Cáceres es impotente.

—¡Impotente! ¿El señor Cáceres impot...? ¡No puede ser!

Micaela relató los hechos con objetividad y calma. Al terminar, sintió una liviandad en el espíritu que le devolvió los colores al rostro.

—¡Es un cretino! —afirmó Regina—. Casarse con vos si sabía que no podía. ¡Granuja! Y se las da de hombre de bien, educado y caballeroso. ¡Pues no es más que un mequetrefe sin nombre! ¡Divorciate, Micaela! ¡No, mejor pedí la anulación del matrimonio!

—No puedo, Regina. Le prometí que no lo abandonaría.

—¡Encima fue capaz de pedirte que no lo abandonaras! ¡Ah, no, esto supera mis posibilidades de entendimiento! ¿Y vos aceptaste? —Micaela asintió—. ¡Pero, querida, cómo se te ocurre! Tendrías que haberle sacudido algo por la cabeza. Sos demasiado buena. Pero es una bondad que no admiro, Micaela. Me parece una caridad mal entendida, porque te convierte en la mujer más desdichada del mundo. La Iglesia debería declarar a la felicidad como la quinta virtud cardinal.

—Esa noche, la noche que... Bueno, la primera noche, cuando me confesó que no podía, se largó a llorar y me dijo que estaba en mi derecho de dejarlo, pero me aseguró que se moriría sin mí. Me compadecí de él, Regina, no pude evitarlo, y le prometí que no lo dejaría. Te confieso que le hice esa promesa en la esperanza de una recuperación. Acordamos visitar a cuanto médico fuera necesario para curarlo. Ahora, sin embargo, se muestra renuente y se pone de pésimo talante cuando le exijo que vaya al doctor. ¡Pobre, debe de sentir una gran humillación!

—¡Qué pobre ni qué nada! Cáceres, con sus aires de prócer, resultó un hipócrita. Te mintió, Micaela, y eso no se hace.

—Él dice que puede darme muchas cosas buenas.

—Cáceres no sabe lo que dice. Por supuesto que un esposo puede darte muchas cosas, pero la pasión está fuera de toda discusión. Eso tiene que dártelo sí o sí.

—De todas formas —prosiguió la joven—, estoy dispuesta a esperar. Quizás algún médico lo cure. Con la seguridad de que Cáceres está recuperado, podré dejarlo sin culpas.

Regina movió la cabeza, contrariada, y le aconsejó más dureza de espíritu y no tanta condescendencia; apostilló que el tiempo valía oro y que, sin duda, Cáceres no merecía que ella lo desperdiciara.

—Ahora bien —retomó la Pacini—, me gustaría hacerte una pregunta muy íntima. Si no querés contestarla, me lo decís y aquí se acabó el tema. —Micaela le indicó que, si podía, le respondería—. No creas que es por mera curiosidad que quiero saber esto, sino que, de tu respuesta, dependen los pasos a seguir. ¿Sos virgen?

—No, no lo soy.

—Debí suponerlo —murmuró Regina—. Una joven como vos, tan hermosa, inteligente y famosa, debe de haber tenido a todos los hombres de Europa a sus pies. Es lógico que alguno haya conseguido llevarte a la cama.

El error de su amiga le convenía; la verdad acerca de su único amante no podía salir a la luz.

—Tu amante o tus amantes, ¿fueron buenos? Me refiero, ¿te hicieron sentir?

Micaela se sonrojó, bajó la vista y apenas farfulló un "sí".

—Tu condición de desvirgada —continuó Regina, muy suelta— complica las cosas.

—¿Complica las cosas?

—Claro, Micaela, lo complica todo. El hecho de haber vibrado entre los brazos de un hombre, de haber sentido sus besos y caricias, su ardor y virilidad, ¿no te llena de ansiedad y deseos incontenibles? ¿Me vas a negar que de noche te dejás llevar por los recuerdos y las sensaciones? —Micaela confirmó esas palabras con el brillo de sus ojos—. Es así querida —prosiguió la mujer—, una vez que te tentaste y comiste del fruto del amor, no podés dejar de hacerlo. Temo decirte que, para un caso como el tuyo, habría sido mejor que fueras virgen. Pero, como no lo sos, hay una única y posible solución: tengo que buscarte un amante.

—¡Un amante! —se horrorizó Micaela—. ¡Regina, por favor!

—Micaela, tenés que entender que no podés vivir así. Vos también necesitás alguien que te quiera, que te consuele, y, por sobre todo, que te haga sentir mujer. En este estado de ánimo en el que te encontrás, vas a conseguir enfermarte, incluso, volverte loca.

—¡Regina, no exageres!

—No exagero, Micaela. Vos podés saber de óperas, música y esas cuestiones, pero yo sé de la vida mucho más que vos. Por supuesto que podés enfermarte. ¿No le pasó acaso a Guillermina Wilde, la amante del general Roca, que Dios lo tenga en su gloria? Hace unos años, cuando Guillermina y el vejete ese que tenía por esposo vivían en París, la joven empezó a sufrir sofocones y cambios bruscos de temperamento; siguió una fiebre muy alta que la hizo delirar. Su esposo, asustadísimo, llamó al doctor Charcot, ese médico tan famoso de París. —Micaela aseguró que lo conocía—. Bueno, el doctor Charcot la revisó concienzudamente, y ¿sabés qué le recomendó al esposo cuando terminó? "Señor, tiene que casar a su hija." Wilde, un poco ofendido, le dijo que *él* era el esposo de la joven. Entonces, el médico entendió todo. ¡No, querida, no voy a permitir que a vos te pase lo mismo! Acepto que sos una buena persona y que estás dispuesta a seguir con tu marido, pero no te des aires de santa inmaculada y aceptá que necesitás a un hombre, a uno de verdad.

Hicieron una pausa, en la cual Regina se abocó a repasar la lista de conocidos jóvenes y viriles que pudieran amoldarse al rol de amante de *la divina Four*. Micaela, mientras tanto, reflexionaba acerca de las palabras de su amiga, y no sabía si calificarlas de sabias o disparatadas.

—¿No estarás pensando en el señor Harvey? —retomó la Pacini.

—¿En Harvey?

—Sí, el amigo de tu esposo. ¿No vas a decirme que no te diste cuenta de que te llevaría a la cama muy deseoso?

—Bueno... Yo, en realidad, no...

—¡Ay, Micaela! ¿Cómo no te diste cuenta? Sos una extraña mezcla de niña inocente y *femme fatale* que resulta encantadora. Uno diría que sos gran conocedora del mundo y de sus secretos, pero veo que no es tan así. —Micaela la miró con curiosidad—. No me hagas caso —prosiguió Regina—, estoy diciendo zonceras.

—No, Regina, en absoluto, es la verdad. Durante mis veinticuatro años, la mayor parte del tiempo me dediqué a la música. Mis lecturas, mis conversaciones, mis amistades, mis viajes, mis días enteros versaban sobre la música y el canto. Ése era mi universo. Y a pesar de que he conocido los lugares y las ciudades más famosas y civilizadas, todo aquello que no se relacionaba con ese mundo, se presentaba como extraño y me daba miedo. Aunque no lo creas, empecé a vivir desde que llegué a Buenos Aires.

—¿Aquí, en Buenos Aires? ¿Habiendo conocido París, Londres, Roma? Me cuesta creerlo.

—Creelo, Regina. Hay un encanto especial en esta ciudad, algo autóctono que me fascinó como no pudo hacerlo el Louvre en París o el Big Ben en Londres. Buenos Aires me sedujo. Me sentí libre, anónima, nadie me conocía, era como llevar un disfraz y jugar a ser otra persona. Con esa libertad, ahondé en mi interior de una forma que no lo había hecho antes.

—¿Que nadie te conocía? Micaela, por Dios, todo Buenos Aires te conoce. Desde que llegaste el año pasado, sólo se habla de *la divina Four* y de su voz. ¿Dónde te sentiste anónima y desconocida? Te aseguro que no fue en Buenos Aires.

Micaela carraspeó, nerviosa, y cambió abruptamente el tema de conversación.

—¿De dónde sacaste que Harvey me mira con interés?

—¡Pero si todo el mundo se dio cuenta! En las fiestas, te desnuda con los ojos y se lo pasa rondándote para bailar con vos. ¡Es un descarado! La pobre Marianita Paz ya perdió las esperanzas. ¡El único idiota que no se percata es tu marido! De todas formas, Harvey queda descartado de la lista. No me gusta como amante. A pesar de su elegancia inglesa, me da mala espina. ¡Qué tipo raro! ¡Muy extravagante, muy extravagante! Tiene una forma de mirar que no parece franca. Además, le presta mucha atención a su persona. Es vanidoso y afeminado. Sé que es un ladino —agregó, instantes después—, con hábitos *non sanctos*.

—¿Qué querés decir con *non sanctos*? —se interesó la joven.

—Al principio, todos estábamos entusiasmados con él. Vos entendés, ¿no? En esta sociedad anglófila, Harvey era un rey. Pero, últimamente, se cuentan cosas que... —Y se acercó para susurrarle—: Se dice que frecuenta los burdeles de La Boca. ¡Sí, es cierto! Entiendo tu sorpresa y lamento desilusionarte, pero es mejor que lo sepas. Nathaniel Harvey no es buena influencia para tu marido.

La Pacini continuó con el análisis de su lista de candidatos y consiguió animar a Micaela, que rió de sus ocurrencias. Dejó la casa de los Alvear más repuesta y con la promesa de que hallarían al hombre apropiado para ella.

A causa de unos asuntos de la Cancillería, Micaela y Eloy llegaron tarde a la fiesta en lo de Urtiaga Four, y, al entrar en el vestíbulo, advirtieron que la mayoría de los invitados se encontraba presente. Regina Pacini se les abalanzó en el recibo.

—¡Buenas noches, señor Canciller! Mi esposo y otros de sus amigos lo esperan ansiosos en el comedor. No sé qué asunto los tiene muy intrigados. Vaya, vaya, nomás. Yo me encargo de su mujercita.

Impaciente por discutir los temas que le interesaban, Eloy saludó a las damas y se evadió rumbo a la sala. Al verlo desaparecer tras los cortinados, Regina adoptó una actitud más confidente, tomó del brazo a Micaela y la guió al estudio de su padre.

—¡Por fin llegaste, querida! —exclamó, una vez cerrada la puerta—. Pensé que ya no venías. Necesito hablar con vos. ¡No sabés la noticia que voy a darte! ¡Estoy que no puedo con la impaciencia!

—Vas a tener que contenerte un poco más. Debo saludar a los invitados. Ni siquiera le dije feliz cumpleaños a mi padre. Además, Moreschi debe de estar esperándome para...

—¡Qué importa todo eso con lo que tengo para decirte! —se exasperó la mujer—. ¡Ya te conseguí amante! —remató.

Micaela se desorientó, pero luego, al recordar la lista de pretendientes de días atrás, rió con ganas, y Regina se ofendió.

—No te vas a reír cuando lo veas —vaticinó la mujer—. Yo misma te lo voy a presentar.

—¿Está aquí, en la fiesta?

—Sí, acabo de conocerlo. No perdamos tiempo; ya me di cuenta de que hay varias interesadas en él.

Micaela y Regina abandonaron el estudio y se dirigieron a la sala. Había mucha gente y resultaba difícil caminar a gusto; gran parte de los comensales se había agolpado en la puerta del comedor ante la inminencia de la cena.

—¡Señora Cáceres! —llamó Harvey, y las obligó a detenerse.

En medio de gestos de hastío por parte de Regina y pellizcos de Micaela, saludaron al inglés, que, sin inmutarse por la presencia de la señora de Alvear, reanudó sus lisonjas e insinuaciones y pidió a Micaela que le concediera el primer vals.

—Con su permiso, *mister* —intervino Regina—, pero esta noche, mi amiga está destinada a otros menesteres. No insista.

Nathaniel contempló a Micaela, que se dejaba arrastrar por su amiga, mientras volteaba y le echaba vistazos de niña avergonzada. Harvey insultó por lo bajo.

—¿Cómo has sido capaz de hablarle así al señor Harvey, Regina? —se enojó Micaela—. ¿No te das cuenta de que es el mejor amigo de Eloy?

—Justamente, por ser el mejor amigo de tu esposo debería mirarte como a una hermana y no como a la cereza del postre. ¡Bah! Que no se haga el ofendido, si es más artero que un zorro.

Se toparon con Gastón María y Gioacchina que habían llegado del campo a primeras horas de la tarde. Micaela se alegró al verlos felices y saludables, y con soltura abrazó y besó a su hermano.

—¿Y mi sobrino? Lo trajeron, ¿verdad? —se impacientó.

—Sí, está arriba, en el dormitorio de tu hermano, con la señora Bennet —respondió la madre—. Si querés, más tarde, te acompaño a verlo. —Lo propuso en un tono dulce y espontáneo que Micaela envidió. "Es perfecta", se dijo.

—Vas a ver a tu sobrino, pero más tarde. Ahora tenés que saludar a otros invitados —insistió Regina, y se alejó con Micaela—. ¡Mirá, ahí está! Ése es el hombre ideal para vos —expresó, y señaló a un grupo reunido a unos pasos—. El más alto, el que está al lado de la señorita Ortigoza.

Micaela, divertida con la ocurrencia, se prestó al juego y buscó ansiosa entre los invitados. El más alto, al lado de la señorita Ortigoza. Se aferró al brazo de su amiga al divisar a Carlo Varzi, muy apuesto de *smoking*, que conversaba con soltura a sólo unos metros de ella; varias mujeres lo rodeaban.

—Vamos, Regina, acompañame arriba —alcanzó a farfullar.

—¡No, que arriba ni arriba! —La guió en dirección al grupo, se abrió paso y plantó a Micaela frente a Varzi—. Disculpe que lo interrumpa, señor Varzi, pero quiero presentarle a Micaela Urtiaga Four, la amiga de quien estuve hablándole. *La divina Four* —agregó, oronda.

—*La divina Four* —repitió Carlo, con una sonrisa—. Un gusto. —Le tomó la mano y apenas la rozó con los labios. Retomó su plática y no la miró nuevamente.

Al volverle la sangre al cuerpo, Micaela atinó a excusarse y abandonó deprisa el salón. Corrió escaleras arriba y se refugió en su antiguo dormitorio, donde se tiró sobre la cama y se largó a llorar. "¿Por qué estoy llorando?" Hundió la cabeza entre los almohadones y se desahogó. El llanto mermó un rato después y sólo quedaron suspiros quejumbrosos y un fuerte dolor de cabeza.

"¿Acaso ha enloquecido para presentarse con ese descaro en casa de mi padre? ¿Y qué con Gioacchina? ¿Habrá venido a verme a mí? No creo. Si quería verme, ¿por qué esperó tanto tiempo? ¿Por qué no me buscó antes? Está aquí por su hermana, no por mí." La forma en que la había saludado ratificó su presunción, y se desoló. "Jamás voy a poder sacarlo de mi cabeza. No importa qué suceda en mi vida, nunca me olvidaré de él." Mamá Cheia entró en la habitación sin llamar y se sorprendió al verla recostada y con mal aspecto.

—¡Micaela, hace rato que llevo buscándote! Están por sentarse a comer y tu padre está muy ofendido porque no lo saludaste. Apurate, te esperan.

Se acomodó el peinado, se retocó el maquillaje y alisó el vestido; bajó muy desganada del brazo de mamá Cheia. En el rellano, tropezaron con la Pacini.

—Veo que la encontraste, Cheia. ¿Dónde te habías metido?

Micaela le indicó a su nana que se adelantara, ella y Regina la seguirían en unos instantes. Cheia se alejó refunfuñando y, hasta que no entró en el comedor, Micaela no se animó a preguntar.

—¿Ya se fue el señor que me presentaste?

—¿Por qué se iría? ¿Acaso no es un invitado? Claro que no se fue: está muy ubicado en una de las mesas, junto a tu hermano y su mujer. Acabo de enterarme de que es amigo de Gastón María. ¿Nunca lo habías visto? —Micaela apenas sacudió la cabeza—. ¡Qué hombre! Lo viste bien, ¿no? Me di cuenta el impacto que te provocó. ¿Por qué te fuiste, tonta? Tendrías que haberte quedado, para darle charla. Todas están embobadas con él.

—¿De qué hablaba?

—Contaba que es de Nápoles. Su abuelo es dueño de una compañía naviera. Su familia es de las más antiguas de la región. Entre sus ancestros se cuentan muchas personalidades destacadas en el arte y la política. Sus abuelos viven en uno de los palacios más antiguos y lujosos de la región de la Campania.

Ante el asombro por semejante embuste, Micaela no acertó a articular palabra. Regina le mencionó la cena y se encaminaron al salón. La comida resultó un martirio; sin quererlo, una y otra vez sus ojos se volvían hacia Varzi, que, muy animado en la mesa, no le dirigía un vistazo. Pese a la turbación, se alegró de que Carlo se hallara cerca de su hermana, aunque fuera como un extraño, y se deleitó al comprobar que a Gioacchina le caía en gracia, pues reía con sus comentarios y lo escuchaba atentamente. No pasaron inadvertidas para Micaela las atenciones que Carlo brindaba a su hermana, como tampoco el brillo de sus ojos cada vez que Gioacchina le hablaba o le sonreía. Trató de combatir los celos, pero no lo consiguió; aprovechó la excusa de las arias que entonaría luego, y se marchó a su alcoba.

No deseaba regresar al salón y, menos aún, de pie frente a los invitados, cantar las arias dilectas de su padre; Varzi la intimidaba como a una niña. Inspiró profundamente, se obligó a tranquilizarse y apeló a la mayor concentración para evitar un bochorno. Sin otra posibilidad, abandonó la habitación.

Distinguió luz en el dormitorio de su hermano y se acercó animada por la idea de cargar a su sobrino, pero se detuvo de golpe al columbrar a Varzi con Francisco en brazos y la señora Bennet a su lado. Se escondió tras el dintel para espiar por el resquicio de la puerta. La institutriz comentaba acerca de los adelantos del niño, pero Micaela se abstrajo en la imagen de Varzi que sostenía al bebé sobre su regazo. Le resultó extraño el gesto tranquilo de su rostro y que sonriera todo el tiempo, maravillado. Besó a Francisco repetidas veces y le murmuró cosas imposibles de escuchar.

—Es tan parecido a usted, señor —aseguró la institutriz—. Mire, sus mismos ojos.

—No diga eso, señora Bennet.

Micaela advirtió el cambio en Varzi, la voz más grave y la mirada endurecida, y aguzó el oído para no perder palabra.

—Francisco tiene sus mismas facciones, señor. ¿Por qué no voy a decírselo si es la verdad?

—Porque yo soy igual a mi padre.

La mujer, desorientada, recibió al niño.

—Como siempre, señora Bennet, estaremos en contacto. Cualquier cosa, me avisa. —Carlo sacó la billetera y dejó dinero sobre la cama—. ¿Mi cuñado trata bien a Gioacchina? Quiero decir, ¿le pega o le grita?

—¡No, señor Varzi, quédese tranquilo! El señor Gastón María ha cambiado mucho y para bien. Se nota que quiere a su hermana y jamás he visto u oído que la trate mal o le grite. Estamos muy tranquilos en el campo. ¿Cuándo nos visitará otra vez en la estancia, señor?

—Urtiaga Four no quiere que vuelva al campo por el momento. Pero yo tenía muchas ganas de ver a mi hermana y lo obligué a que me invitara esta noche. Gioacchina no sabe quién soy y tengo que aprovechar las escasas oportunidades que se presentan para verla sin levantar sospechas.

—Si quiere, señor, usted puede ir al pueblo que está cerca de la estancia y hospedarse en la posada. Con alguna excusa, yo le llevaría a Francisquito para que lo viera.

—Ya veremos, señora Bennet, ya veremos.

Micaela se apresuró a desaparecer cuando Varzi se despidió de la inglesa.

"Pero yo tenía muchas ganas de ver a mi hermana y lo obligué a que me invitara esta noche." Ilusa si por un instante había imaginado que Varzi se encontraba en casa de su padre para verla a ella. Carlo Varzi jamás le perdonaría la traición con Cáceres. Su actitud, displicente y fría, hablaba por sí sola, y reproche era lo único que Micaela distinguía en las maneras de su antiguo amante. Se enfureció cuando las escenas de Carlo y Sonia, juntos en la cama, le volvieron a la cabeza. Bajó deprisa los últimos peldaños y entró decidida en el salón de música. La ira la ayudó a enfrentar al auditorio sin inhibiciones.

Aún la aplaudían cuando divisó a Carlo escabullirse hacia el hall; le costó abandonar la sala y dirigirse tras él. Cáceres la siguió con la mirada, pero alguien se acercó a felicitarlo por su gestión como canciller y la perdió de vista. A pesar de que el hall se hallaba en penumbras, Micaela supo de inmediato que Varzi no estaba allí y cruzó en dirección al jardín de invierno.

Carlo había salido a la terraza y fumaba impasiblemente apoyado sobre la balaustrada, con la vista fija en la luna llena. Apagó el cigarro antes de terminarlo y volvió la mirada al jardín. Se maravilló con la imponencia de los cipreses, la hermosura de la fuente y los parterres bien cuidados. En un instante, el embeleso se tornó en mortificación, y, mal predispuesto, decidió volver a la fiesta.

Se quedó de una pieza al descubrir a Micaela en la puerta, que lo observaba inmutable. Lucía pálida, ¿o era el reflejo de la luna sobre su piel? Los ojos le brillaban con melancolía. Consiguió reponerse, dominar la sorpresa y apaciguar la excitación.

—No sé qué estoy haciendo aquí —la escuchó decir.

Carlo avanzó unos pasos y se detuvo muy cerca; la contempló largamente antes de hablar.

—Yo sí sé que estás haciendo aquí. Marlene —susurró, un instante después—. Mi Marlene.

Los ojos de Micaela se colmaron de lágrimas incontenibles, que cayeron por sus mejillas hasta que Carlo las secó con la mano.

—Es un desperdicio —aseguró él—. Buenos músicos, mucho espacio, la mujer más hermosa que vi alguna vez, y no puedo bailar un tango con ella. —La tomó por la cintura y la atrajo hacia su pecho—. Vení a casa. Pasemos la noche juntos. Te extraño, Abelardo y yo te extrañamos, a vos y a Eloísa.

—Carlo, por favor —rogó, sin convicción—, dejame. ¿No te das cuenta de que mi esposo está a unos metros de este lugar?

—¿Tu esposo? ¿Ese mentecato afeminado que no te miró siquiera una vez? ¿Ése te preocupa? Con tu hermosura, yo no te habría dejado un segundo. ¡No me hables de *tu esposo*! ¡No lo menciones!

—¡Y de quién tendríamos que hablar, entonces! —prorrumpió, y se separó de él—. ¿De Sonia? ¿De Sonia y de tus amoríos con ella?

—Sonia está muerta —afirmó Carlo—. Sí, muerta —repitió, ante el azoro de Micaela—. La tarde que nos encontraste, la eché de mis locales, le dije que no la quería en el Carmesí ni en ningún otro lado. Se marchó al día siguiente y supe después que la había asesinado el "mocha lenguas".

Micaela intentó retornar a la mansión, pero Carlo la tomó de la mano y la arrastró hasta la balaustrada, donde la apoyó y la encerró entre sus brazos. Casi le rozó los labios al decirle:

—Nunca me diste la oportunidad de explicarte lo que sucedió esa tarde.

—Nunca te di la oportunidad porque no había nada que explicar. Sos el tipo de hombre que si no tiene un serrallo no puede vivir, y yo no estaba dispuesta a aceptar esa regla de juego.

—Durante el tiempo en que fuiste mi mujer, nunca estuve con otra. —Micaela quiso replicar, pero Carlo la acalló con un dedo sobre la boca—. Dejame hablar, Marlene. Esa tarde, la tarde en que me encontraste con Sonia, te había mandado a buscar con Cabecita. Como los días anteriores, volvió solo y me dijo que no podías venir. Mejor dicho, que no *querías* venir. Hacía tiempo que me evadías, que no deseabas verme. Me molestaba tu actitud de nena caprichosa, pero más me molestaba no tenerte entre mis brazos, no poder besarte y hacerte el amor. Me desesperé, me llené de coraje e indignación. Te odié por no querer estar conmigo, por negarme tu cara, tu cuerpo, tu pasión. En ese momento, llegó Sonia y...

—Y el señor no pudo contener su excitación, y, como los animales, se dejó llevar por el instinto. ¿A quién querés engañar, Carlo? Sé muy bien cómo sos, sé que lo único que te interesa es la carne. Ves a la mujer como a un instrumento capaz de satisfacer tu necesidad sexual. Y yo, como idiota, caí bajo tus encantos. Me gustaría saber qué habría sucedido si me encontrabas a mí con otro en la cama.

—¡Te habría matado!

—Sos un descarado. Yo tengo que comprender tu engaño porque estabas lleno de coraje y odio. En cambio, si me hubieras encontrado con otro, me habrías matado. Sos *el* machista por antonomasia, Carlo Varzi. Te desprecio. No quiero volver a verte. ¡Soltame, tengo que volver a la fiesta con mi esposo!

—¡Te dije que no lo mencionaras frente a mí!

Micaela se replegó contra la barandilla. Carlo tenía el rostro encarnado y abría muy grandes los ojos.

—Me traicionaste con ese pelele de mierda y, ya ves, no te maté todavía, aunque ganas no me faltan. —La sujetó por el cabello y le rodeó la cintura—. No soporto pensar que te toca, que te besa; me vuelvo loco imaginando que te hace su mujer. ¡Ah, lo degollaría! ¡Lo odio y te odio a vos por haberte entregado a él!

No obstante el esfuerzo por reprimirse, Micaela comenzó a sollozar y a temblar. La furia de Carlo la atemorizaba y la desconcertaba a la vez. Los celos lo habían sacado de sí. ¿Celos de machista con orgullo mancillado o celos de hombre enamorado?

—¿Por qué viniste esta noche a casa de mi padre? —preguntó, entre lágrimas—. Para ver a tu hermana, ¿no? Para verla a ella y a tu sobrino.

—¡Estúpida! A Gioacchina y a Francisco los veo cuando quiero. Esta noche vine a verte a vos.

—¿Y por qué no me buscaste antes? Pasaron muchos meses desde la última vez que nos vimos.

—¿Te olvidás que, en un principio, te busqué, te mandé flores, cartas, y que nunca me respondiste?

—¿No te das cuenta de que no quiero nada con vos? ¿Por qué volvés ahora? ¿Para atormentarme, para quitarme la paz? ¿Por qué ahora? ¿Por qué?

La voz de Eloy que llamaba a Micaela rompió el sortilegio, y, aunque Carlo tuvo la intención de escabullirse al parque, ella se desembarazó de él y, antes de correr hacia la mansión, le ordenó en un susurro acerado:

—No vuelvas a molestarme. Dejame en paz.

Columbró la figura de su esposo en el jardín de invierno y se acercó con presteza.

—Micaela, hace rato que estoy buscándote —manifestó Cáceres—. ¿Dónde te habías metido?

—Necesitaba un poco de aire fresco y salí a la terraza. Vamos, ahora quiero estar en la fiesta.

Regresó a la sala del brazo de su esposo y, en lo que restó de la noche, no volvió a ver a Varzi.

—Soy un idiota —dijo Carlo, medio escondido detrás de un ligustro, mientras la observaba reintegrarse a la fiesta junto con Cáceres. No volvería a entrar, no señor. Antes muerto que verla bailar con el *bienudo*. Cabecita y Mudo se sobresaltaron cuando Carlo subió a la parte trasera del automóvil y dio un portazo.

—¡Ey, Napo, flor de *julepe* nos diste! —se quejó Cabecita—. ¿Qué pasó? ¿Ya se terminó la *garufa*? Por la *jeta* que traés, parece que no te fue nada bien con Marlene. ¡Ay! —exclamó, cuando Mudo le asestó un codazo.

—Cerrá el pico, Cabeza —amenazó Varzi—, y llevame a casa.

Al pasar cerca del portón principal, Carlo volteó a mirar. El brillo reinante en el interior de la mansión se delataba a través de las ventanas, y el recuerdo del boato del lugar y del refinamiento de la gente lo pusieron de mal humor. ¡Cuánto lujo y derroche! El mejor champán, comida exótica, las mujeres mejor vestidas, los hombres más distinguidos. El salón de baile logró impresionarlo, refulgente con sus molduras en oro, sus arañas con centenares de caireles, el piso de madera bruñida, los exquisitos adornos, los óleos y las esculturas. Escuchó hablar en francés y en inglés. Las mujeres comentaban su último viaje a Europa y se lamentaban por la guerra, que no les permitía regresar de compras. Los hombres, cigarro en mano, polemizaban acerca de la Ley Sáenz Peña que pondría al país en manos de la gentuza.

"La gentuza", repitió Carlo para sí, "yo soy la gentuza". Mudo tenía razón, Marlene nunca dejaría ese entorno rutilante. "¿No te das cuenta de que esa *mina* no pertenece a nuestro mundo? Ella se casó con Eloy Cáceres, el Canciller de la República… Ella es de la *jailaife* y ahí se va a quedar. Así son éstas." Además, ¿qué tenía él para ofrecerle? Por más que cambiara de vida, jamás alcanzaría su nivel.

—Che, Napo —retomó Cabecita—, ¿cómo la encontraste a Marlene? ¿No es cierto que está desmejorada?

—No sé —respondió Carlo, lacónico.

—¿Será porque trabaja mucho? Todo el día de aquí para allá, no para un segundo. Si no está en el Colón, tiene algún compromiso. A su casa no llega sino hasta la noche y…

—Ya sé todo eso —interrumpió Carlo.

—Sí, claro. Che, Napo, ¿estaba linda? Con Mudo, apenas la vimos cuando entró. ¿Qué tal, estaba linda?

—No me fijé.

—Durante este tiempo que estuvimos siguiéndola, Mudo y yo nos dimos cuenta de que, día a día, tiene peor cara.

Tendrías que estar contento, por lo menos se nota a leguas que Cáceres no es bueno en la cama, si no, tendría que estar resplandeciente.

—¡Me hartaste! —vociferó Carlo; lo tomó por el cuello y lo obligó a frenar de súbito—. ¡Te dije que cerraras el pico porque no estoy para jodas! ¡Bajate del auto y volvé caminando! ¡Dale, que no tengo toda la noche!

Mudo tomó el lugar de su compañero, arrancó el automóvil a toda prisa y dejó a Cabecita en medio de la calle.

—Me parece que se te fue la mano —intervino Mudo—. Cabecita quería levantarte el ánimo.

—¡Qué le levante el ánimo a su abuela!

Sobrevino un silencio en el que Mudo reflexionó la conveniencia de platicar con su jefe. A punto de desistir, se le ocurrió preguntar por Gioacchina.

—¿Cómo están tu hermana y Francisco?

—Ellos están bien.

—Entonces, ¿qué carajo te pasa? Es por Marlene, ¿no? Conmigo no simulés, Napo, te conozco. —Luego de una pausa, agregó—: ¡Menos mal que no ibas a la *garufa* para verla a ella! —Carlo lanzó un gruñido y dio vuelta la cara—. ¡Qué *berretín* que tenés con esa *paica*! ¡*Mamma mia*, parecés un nene encaprichado con un juguete!

—No te preocupes, Mudo, hoy me di cuenta de que Marlene, mejor dicho, que Micaela Urtiaga Four es un imposible. No voy a volver a insistir.

Esa noche, después de la fiesta, Eloy la visitó en su alcoba. Micaela se extrañó, pues había pasado mucho tiempo desde la última vez. También se incomodó, y deseó que hablara rápidamente y que la dejara sola.

—Seguí con lo que estabas haciendo —le indicó su esposo, y se sentó próximo a ella.

Micaela volvió a la *toilette* y continuó cepillándose. Por el espejo, advirtió que Eloy la miraba con deseo y sintió repulsión. Se asustó cuando su esposo habló.

—Estabas muy hermosa esta noche. No hubo uno en la fiesta que no te admirara. Tengo que confesarte que me sentí orgulloso, pero también me dieron muchos celos; no pude evitarlo. —Caminó hacia ella, se arrodilló y puso la cabeza sobre su regazo—. Micaela, mi amor, sé que te he descuidado, que te he desatendido. Perdoname. Decime que me perdonás.

—Eloy, por favor...

—No soporto que otros hombres te miren. Esta noche, más de uno te habría llevado gustoso a la cama.

—¡Eloy, basta!

—Es cierto, ¿por qué vamos a negarlo? Alguno de ellos podría darte lo que yo no. Soy un egoísta por no permitirte tener un amante que satisfaga tus deseos de mujer, pero te juro, mi amor, no tolero la idea de que otro te ponga un dedo encima. Perdoname.

—Prometí que no te dejaría y voy a cumplir mi palabra. Pero vos no cumplís la tuya. —Eloy levantó el rostro y miró sin entender—. ¿Te olvidás que prometiste consultar a un médico? Cada vez que te pregunto o te menciono el tema, te irritás y cambiás la conversación. Yo comprendo, es una cuestión humillante, pero debés hacer algo para recuperar tu virilidad. No podés dejarte vencer.

—Quizá nunca pueda curarme —aseguró Eloy, y se puso de pie—. El doctor Manoratti no me dio esperanzas.

—¿Por qué no me lo dijiste? Yo tengo derecho a saber.

—¿Y para qué querés saber, eh? ¿Para dejarme? ¿Para irte con otro que pueda satisfacer tus deseos carnales?

—No creo merecer este sarcasmo. No voy a soportar tu grosería. Te ruego que dejes mi habitación, quiero estar sola. —Micaela abandonó la silla y señaló la puerta—. Por favor, estoy muy cansada.

Eloy se tomó la cabeza y cerró los ojos.

—Perdoname, mi amor —dijo, y se acercó a ella—. Perdoname, soy un cretino, un tirano. ¿Cómo voy a tratarte así? ¿Cómo, si te adoro? No quiero perderte, por eso actúo como un patán. Me muero si te pierdo.

"¿Qué hago, Dios mío? Esto es una farsa. No puede seguir." Se le agolparon las palabras en la boca, pero no halló valor para confesarle que no lo amaba, que nunca lo amaría, aunque superara la enfermedad. La desesperación de Cáceres la obligó a desistir.

—No te atormentes. Vamos a consultar a otros médicos, alguna cura debe de existir.

Eloy le dio la espalda y caminó hacia la ventana.

—Voy a visitar a un médico francés muy famoso —dijo—, que Manoratti me recomendó. Se llama Charcot. La guerra lo ahuyentó de su país. Por ahora, está radicado en Buenos Aires. Él es mi última oportunidad.

Micaela conocía muy bien al doctor Charcot. Amante de la ópera y fanático de *la divina Four*, habían compartido decenas de veladas y fiestas en París. Sabía de las técnicas del francés, objetadas por la medicina tradicional. El hipnotismo, el mesmerismo y las teorías de un tal Freud constituían sus herramientas para curar. ¿Creería Manoratti que el mal de Eloy no era físico sino psíquico? Micaela calló la amistad con el médico y se limitó a conceder su apoyo a Cáceres sin mayor entusiasmo.

Esa noche durmió mal y de a ratos. Dio vueltas en la cama, atormentada por su matrimonio, por la enfermedad de Eloy y el encuentro con Varzi. A la mañana siguiente, no tenía ganas de levantarse. Cheia la sedujo con un baño de sales que prepararía de inmediato. Se envolvió en la bata y, atraída por los ruidos del exterior, miró a través de la ventana. ¡Qué distinto ese paisaje céntrico del de París! ¡Qué distinto, incluso, del de la casa de su padre! El día, gris y lluvioso, no colaboraba con su desaliento. Odiaba la calle San Martín, angosta y vieja; carretas, galeras y el *tramway* la tornaban intransitable y fragorosa. En medio de la congestión, un tranvía se detuvo frente a su casa, y descubrió con sorpresa que el mayoral tocaba un tango con la corneta. "Es un desperdicio", recordó. "Buenos músicos, mucho espacio, la mujer más hermosa que vi alguna vez, y no puedo bailar un tango con ella." "Carlo Varzi, ¿por qué tuve que conocerte?" Volvió la mirada a la habitación y le pareció fea y sórdida.

La lluvia la persuadió de pasar la tarde en casa y mandó un mensaje a Regina donde declinaba su invitación. El convencimiento de que su amiga comentaría acerca de Varzi le esfumó las pocas ganas que tenía de verla.

Ralikhanta se apersonó en la sala y anunció al señor Harvey. Micaela hizo un mohín, y el sirviente se aproximó para susurrarle:

—Aún no he dicho al señor Harvey que mi señora se encuentra en casa. No debería recibirlo si no se siente bien. Luce pálida. ¿Desea un poco de té?

Micaela le sonrió con ternura.

—Gracias, Ralikhanta, pero voy a recibirlo. Decile que pase.

Al ver a Nathaniel, Micaela se dio cuenta de que acababa de afeitarse y de cortarse el pelo; con seguridad, el traje era nuevo. Al acercarse a ella y besarle la mano, su inclinación desprendió un aroma a lavanda que inundó el espacio a su alrededor.

—Eloy no se encuentra, Nathaniel —informó la joven—. Y estoy segura de que va a volver muy tarde esta noche.

—No vine a ver a Eloy. Vine a verla a usted.

—Ah.

Micaela lo invitó a sentarse en el canapé; ella, en cambio, ocupó el sillón de tres cuerpos, lo más alejada posible. Ralikhanta trajo el servicio de té y lo dejó sobre una mesita, cerca de su señora. Nathaniel aguardó la ausencia del indio para volver a hablar.

—Luce muy hermosa hoy. El verde le sienta más que bien. Realza el color de sus ojos. Gracias —dijo, cuando Micaela le alcanzó la taza—. ¿Podría preguntarle de qué color son sus ojos? Por más que me empeño, no puedo descubrirlo.

—No tienen un color definido. Son como los de mi madre —respondió, sin mirarlo.

—Me parece que son violeta. —Harvey dejó la taza, se ubicó al lado de Micaela y le acercó el rostro—. Sí, definitivamente son violeta, y muy hermosos. Toda usted es hermosa. —Le tomó la mano y se la besó—. Micaela, necesito confesarle que la adoro.

—¡Por favor, señor Harvey! —Y se puso de pie—. Usted es el mejor amigo de mi esposo, ¿cómo es posible una traición como ésta?

—Justamente —afirmó—. Por ser el mejor amigo de su esposo, sé que él no *puede* hacerla feliz. Conmigo, en cambio, podría gozar como nunca imaginó. ¡Ah, Micaela! ¡No puedo reprimir más este deseo! ¡Si fueras mía, ese gesto de tristeza se borraría de tu rostro! ¡Sé mía!

—¡Señor Harvey! ¡He soportado suficiente! Voy a pedirle que deje en este instante mi casa y que no regrese jamás.

—¿Sabes por qué me enloqueces? Porque te resistes. Siempre estás a la defensiva, en actitud huidiza; te quiero atrapar y te me escapas como agua entre los dedos. Me vuelves loco cuando te haces rogar. Como anoche, que no quisiste bailar conmigo. No pude dormir pensando en ti, en tu cuerpo desnudo sobre el mío...

—¡Por Dios! —exclamó Micaela—. ¡Cállese! ¡Deje de decir estupideces y márchese!

—¿Por qué te niegas a ser mi mujer? Eloy no puede ni quiere tocarte. Yo sí. ¡Te deseo, te deseo tanto! Déjame besarte, internarme en tu boca, jugar con tu lengua.

—¡Ralikhanta! —bramó, en el instante en que Harvey intentó avanzar sobre ella.

—Quisiera saber con quién estás acostándote para rechazarme. Lo mataría con mis propias manos.

—Ralikhanta —dijo Micaela, cuando el sirviente se apersonó en la sala—, acompañá al señor Harvey. Ya se va.

—No creas que te libraste de mí —aseguró el inglés, antes de marcharse.

Ralikhanta lo siguió hasta el vestíbulo y trancó la puerta. Volvió donde su señora y la encontró lloriqueando. Imperturbable, le acercó una taza de té.

—Gracias, Ralikhanta —dijo, y bebió—. No quiero que comentes con nadie este penoso incidente.

—Disculpe mi impertinencia, señora, creo que el señor Cáceres debería enterarse de lo que acaba de suceder.

—No, Ralikhanta. Estoy harta, no quiero saber nada de discusiones y conflictos. ¿Quién sabe la versión de los hechos que Harvey le daría? No, Ralikhanta, no quiero más problemas.

—Está bien, señora, comprendo perfectamente. Mientras el señor Cáceres no esté en la casa, no dejaré entrar al señor Harvey. —Micaela asintió—. Pero déjeme aconsejarle algo. Aléjese de Harvey. Es un mal hombre, perverso y siniestro. No permita que vuelva a acercársele.

Dio media vuelta, recogió el servicio de té y se marchó a la cocina.

*M*icaela tomó una tarjeta del *secrétaire* y anotó una dirección. Llamó a Ralikhanta y se la entregó.

—Prepará el coche —ordenó a continuación—. Saldremos de inmediato.

—¿A este lugar? —preguntó el indio, y señaló el papel—. Es en la zona sur, señora.

—Ya sé que es en la zona sur, pero tengo asuntos ahí. Como siempre, te pido la mayor discreción. Si Cheia te pregunta, inventás cualquier cosa.

El sirviente se inclinó y abandonó la alcoba. Micaela eligió un sombrero, se calzó los guantes y salió. Ralikhanta la aguardaba con el automóvil encendido.

Paradójicamente, la escena con Harvey la tarde anterior había precipitado la decisión que se disponía a cumplir, y pese a que su mente defendía los argumentos de costumbre, su sensibilidad proclamaba lo opuesto y la ayudaba a seguir adelante. ¿Qué era lo correcto y qué lo incorrecto? Se había sacrificado en busca del equilibrio y la sensatez. Y, ¿qué había conseguido? ¿El infierno en el que vivía? Después de todo, ¿había habido equilibrio y sensatez en sus decisiones? Creía que sí, pero los hechos mostraban lo contrario. Se merecía su padecimiento. Por cobarde, había actuado desde la mentira. Una vez más, debía pagar su equivocación. ¿Qué había creído, que junto a un hombre que no amaba sería feliz? Quizás el destino, apiadándose de ella, la había unido a un impotente, pues jamás habría soportado que Eloy Cáceres la poseyera.

¿Qué tipo de criterio la había guiado desde su llegada a Buenos Aires? Ni Otilia habría actuado con tanta frivolidad e inmadurez. Ella, que aprendió de Emma a vivir con honestidad, se enredó en un laberinto de mentiras y engaños, y no acertaba con la salida. "¡Estúpida! Sacrificaste lo que más amás por complacer a quién. ¿A tu familia, a la sociedad, a quién? ¿Nunca pensaste en darte el gusto? ¿Nunca se te ocurrió hacerte feliz? ¿Qué pensaste, que contentando al resto vos también te contentarías? ¡Error! Primero sé feliz y después intentá hacer feliz al resto."

Por un momento, su raciocinio ganó la partida y dudó en proseguir. Minutos después, el automóvil aún continuaba rumbo al sur. No sería tan estúpida otra vez. No se dejaría envolver nuevamente por criterios que eran sensatos en apariencia y que tanto daño le habían causado. Últimamente, lo que se suponía sensato y aceptable se presentaba enteramente irracional. Gastón María, Raúl Miguens, Eloy Cáceres, Nathaniel Harvey, hombres con educación y cultura, de dinero y posición, hombres en los que había confiado sólo por esas condiciones, la habían decepcionado. ¿Cuál era la verdad acerca de la naturaleza humana? ¿Las reglas sociales, el nivel económico? En fin, había sido una necia.

—Llegamos —anunció Ralikhanta, y detuvo el coche frente al Carmesí.

Micaela regresó de su intrincada maraña y se asomó por la ventanilla. "¡Ah, qué sensación de bienestar!", proclamó. "¡Otra vez en el Carmesí!"

—¿Va a entrar ahí, señora?

—Sí, Ralikhanta. Esperame afuera.

—Pero, señora...

—Nada de peros. Aguardame aquí.

Hizo sonar la aldaba y esperó en vano; probó el picaporte y la puerta cedió. Se adentró en el burdel, y, antes de subir las escaleras, observó la sala y advirtió que gran parte del decorado había cambiado. Al llegar al descanso, una mujer le gritó desde la planta baja:

—¡Ey, señorita! ¿Quién es *usté*?

Micaela le explicó que buscaba al señor Varzi.

—¿Al Napo? No, el Napo ya no es el dueño de este lugar.

No pudo hablar por algunos segundos, lapso en el que la mujer insistió en saber quién era.

—¿Cómo que el señor Varzi no es más dueño de este lugar? —atinó, al fin.

—Se lo vendió hace unos meses a mi patrón. Pero si está buscando *laburo*, puede *chamuyar* con él. Seguro que la contrata. ¡*Usté* sí que es una linda *papirusa*!

—¿Podría informarme dónde se encuentra el señor Varzi?

—¡Ni idea! Hace tiempo que no lo vemos por estos lares. Algunos dicen que se va a Nápoles. Él es de ahí, ¿sabe?

—¡A Nápoles, en medio de la guerra! —pensó en voz alta.

La idea de perder a Carlo la trastornó, y bajó los escalones a duras penas sujetándose de la baranda, mientras la mujer se obstinaba con la posibilidad de un trabajo en el Carmesí. Antes de salir, se lo ocurrió preguntar por Tuli y la demás gente.

—¿Tuli? No tengo idea de quién es. Toda la gente que *laburaba* aquí se mandó a mudar cuando el Napo vendió el local. Por más que mi patrón le dijo a las chicas que se quedaran, ninguna aceptó. El asunto del "mocha lenguas" las tenía muy *julepeadas*. Dijeron que iban a buscar *laburo* en Córdoba.

Al trasponer la puerta, miró hacia atrás, y no pudo evitar algunas lágrimas.

—¿Qué le pasó, señora? —se alarmó Ralikhanta.

—Nada, nada. Quiero ir a casa.

—¡Che, Marlene! —llamó alguien por detrás.

—¡Cabecita! —exclamó—. ¿Qué hacés aquí?

—Eso que te lo explique el Napo. Lo buscás a él, ¿no?

—Sí, sí, ¿dónde está? ¿Es cierto que quiere volver a Nápoles?

—No, todavía no. ¿Querés que te lleve con él?

—Sí, Cabecita, te lo suplico. —Micaela se dirigió a su sirviente—. Ralikhanta, por favor, seguinos con el coche.

Micaela acompañó a Cabecita hasta la cuadra siguiente, donde se hallaba el automóvil con Mudo al volante, y se acomodó en la parte trasera.

—Vamos, Mudo —dijo Cabecita—. Marlene quiere ver al Napo.

Micaela se replegó en el asiento cuando Mudo volteó y le echó un vistazo cargado de ira.

—*Usté* a mí no me gusta ni medio —graznó el gigante—. ¿Por qué no deja al Napo en paz? Ya le hizo suficiente.

—¡Callate, Mudo! —terció Cabecita—. Si el Napo se entera de que la tratás así, te corta las pelotas.

El hombre lanzó un soplido antes de arrancar. Cabecita, sinceramente complacido, se dio vuelta y le sonrió.

—Cabecita, por favor, contame, ¿por qué Carlo vendió el Carmesí?

—¡Uy, el Carmesí y todo lo demás! Vendió todos los burdeles y el cabaret. Lo único que se dejó fue la parte en el Armenonville.

—¿El Armenonville? —se sorprendió la joven.

—Sí, el restaurante que está cerca de tu casa, ¡bah!, de la casa de tu viejo. —Se divirtió con el azoro de Micaela—. ¿De dónde crees que sacaba el Napo la orquídea que te mandaba al Colón? Del vivero que hay ahí.

—¿Los dueños del Armenonville no son...

—Sí, Lanzavecchia y Loureiro. Lanzavecchia es el testaferro del Napo.

Micaela no salía de su asombro; los misterios de Carlo Varzi sólo conseguían hacerlo más atractivo y deseable. ¿Qué faltaba por conocer?

—¿Adónde me llevan? ¿No vamos a la casa de San Telmo?

—No. Te llevamos al...

—Basta —interrumpió Mudo—. Callate, que el Napo le *chamuye* lo que él quiera. Ya abriste demasiado la *jeta*.

No obstante su interés por saber, Micaela no volvió a preguntar. La ansiedad la consumía y el anhelo de ver a Carlo le aceleraba el pulso. ¿Cómo reaccionaría cuando la tuviese enfrente? ¿La rechazaría? Había sido dura con él en casa de su padre; deseó no haber abierto la boca. Se avergonzó e imploró que Varzi no recordara esas sandeces, aunque le resultó improbable, había enfatizado al decirle que la dejara en paz.

Se dirigían al puerto. Al llegar al muelle, Mudo aparcó cerca de una barraca, y Cabecita le abrió la puerta y le tendió la mano.

—El Napo está ahí —aseguró, e indicó el tinglado del cual entraban y salían estibadores.

En la parte superior del portón, un cartel nuevo rezaba "Varzi S. A. Compañía de exportación e importación". Se asomó al cobertizo, extenso, de altos techos de zinc, lleno de esqueletos de madera y cajas de cartón, que olía a humedad y a encierro. Al poner un pie dentro, con su atuendo elegante y su figura espigada, llamó la atención de los trabajadores. Cabecita pegó un grito y los hizo regresar de inmediato a sus tareas. Cruzaron el galpón sorteando cajas, estibadores y pequeñas grúas, y, al alcanzar el otro extremo del recinto, Cabecita le señaló unas escaleras.

—La oficina del Napo está arriba —acotó, y, con un ademán, le pidió que subiera; luego, dio media vuelta y se perdió tras una pila de cajones.

Entró en la oficina de Carlo y vio a Tuli concentrado en unos libros enormes.

—Hola, Tuli.

—¿Estoy soñando? ¿Marlene, sos vos? ¿Mi Marlene?

—Sí, soy yo.

Avanzó indeciso, con mirada turbia y labios temblorosos, y, a sólo un paso de Micaela, se aferró a ella en medio de exclamaciones; la había extrañado, la quería.

—Vení, vení, sentate, por favor. —La condujo hasta el escritorio y le acercó una silla—. Jamás pensé que volvería a verte. Jamás —repitió, sin soltarle las manos—. Estás más bonita que nunca, Marlene.

—Tuli, querido amigo. No tenés idea de cuánto te extrañé. Cada vez que me siento frente al espejo te recuerdo. ¡Me hacías reír tanto! —aseguró.

—Quiero confesarte algo —dijo Tuli, repentinamente calmado—. Ya sé quién sos en realidad. Me lo contó el maestro Cacciaguida. Pero te juro que de mi boca no va a salir palabra.

—Gracias, Tuli. Las cosas eran tan complicadas cuando te conocí que no podía decirte nada, aunque me moría de ganas.

—¡Por Dios, Marlene! Si a veces me pongo a pensar lo que hiciste por tu hermano y no puedo creer que haya sido verdad. Si contara tu historia, nadie me creería. Pero yo sé que es cierta y puedo asegurar que conocí a la mujer más valiente que existe. Lo arriesgaste todo por tu hermano. ¡Y sí que tenías qué perder!

—Dejanos solos, Tuli.

Micaela se topó con los ojos de Varzi que la escrutaban severamente desde la puerta y se arrepintió de su decisión.

—Tengo que revisar unos papeles antes de que salga el cargamento de cueros —inventó Tuli—. Con permiso. —Y bajó corriendo la escalera.

Varzi cerró la puerta y se acercó. Micaela se puso de pie.

—Si viniste a recordarme que te dejara en paz, hiciste el viaje al reverendo… vicio. Me quedó muy claro. Ya no voy a volver a buscarte.

362

No supo qué decir, la actitud de Carlo la tomó por sorpresa, no pensó encontrarlo tan decidido y firme; su indiferencia parecía inexpugnable.

—Carlo... Yo, en realidad... Bueno... La otra noche, en casa de mi padre, fui una grosera. Me asustó verte ahí, por eso reaccioné mal. Quería pedirte perdón. Fui injusta.

—¿Pedirme perdón, vos a mí? —Rió con burla—. ¿La *divina Four* pidiéndole perdón a un inmigrante de La Boca?

—Carlo, por favor —suplicó Micaela.

Un hombre llamó a la puerta y Varzi lo hizo entrar. Cruzaron unas palabras en voz baja, Carlo le entregó unos papeles y le ordenó que lo aguardara en el muelle.

—Tengo que irme —habló Varzi, y Micaela se desesperanzó—. ¡Cabecita! —gritó enseguida—: Llevá a Marlene a mi casa.

Le volvió el alma al cuerpo y no le importó que Carlo dejara la oficina sin mirarla ni despedirse. En casa de Varzi, los atendió una joven bonita y simpática, ataviada como sirvienta.

—¡Hola, Mary! —saludó Cabecita—. Hacé pasar a la señora Marlene y traele algo para tomar. El Napo está por llegar. Yo tengo que volver al puerto, Marlene —expresó, con una mano sobre el ala del sombrero a modo de saludo.

La jovencita tomó las pertenencias de Micaela y la escoltó al comedor. Micaela notó el meneo provocativo de sus caderas y sintió celos. Se preguntó si Carlo ya la habría llevado a la cama.

—¿Marlene? —Frida entró en la sala y se quedó mirándola—. ¡No puedo creerlo! ¡Por fin volviste, Marlene! Yo sabía que regresarías. —La besó en ambas mejillas y la guió hasta el sofá—. Te eché tanto de menos, querida.

—Yo también, Frida, mucho.

—No, tú no —la contradijo, con simulado enojo—. Tú nos dejaste, te casaste con otro. Además, eres la mejor soprano del mundo. ¿Por qué habríamos de hacerte falta, unos pobres diablos como nosotros?

Micaela bajó el rostro, desanimada. Frida la obligó a mirarla y la reconfortó con una sonrisa.

—No quiero que Carlo te vea triste. Le destrozarías el corazón. Vamos, alégrate.

—Ya vi a Carlo en el puerto. Me trató mal.

—Y sí, era de esperarse, es orgulloso como pocos. Tú lo despreciaste, y no está acostumbrado. La única mujer que le interesa lo rechaza.

—Él me traicionó con Sonia —se quejó Micaela.

—No significó nada para Carlo. ¿No te das cuenta de que está loco por ti, que te adora? El día que te casaste, Mudo y Cabecita lo trajeron aquí completamente ebrio. Después de una taza de café bien fuerte, reaccionó en parte, y, desesperado, me dijo que te habías casado. Ah, mira, aquí está Carlo, te dejo con él.

Frida se marchó sin más y Micaela se puso de pie. La situación la sobrepasaba, y temió que Carlo escuchara los latidos de su corazón y que advirtiera su debilidad. Después de eternos segundos, supo que Varzi no abriría la boca. Firme en el mismo sitio, la observaba con rencor, y su gesto dejaba ver a las claras que no deseaba su presencia. Micaela estuvo a punto de irse.

—Desde que te conocí —dijo, en cambio—, una lucha cruel se desató dentro de mí. Dos voces me atormentaban, día y noche; una me obligaba a detestarte, la otra me tentaba a desearte. Por momentos, ganaba una; por momentos, la otra. En esa lucha, me desgarraban sin compasión, como perros peleando por un trozo de carne. Pasé noches en vela pensando en vos, en cuánto te anhelaba. Nunca un hombre me había atraído de esa forma. Y de nuevo tu entorno, tu sórdida realidad me atemorizaban y me forzaban a mantenerme lejos. Lejos de vos —repitió, tristemente—. Ya no puedo, Carlo. Me cansé de vivir sin vos. No puedo estar sin vos. Ya no quiero luchar más. Dios sabe que lo intenté, me rindo.

Se le enturbiaron los ojos y le temblaron los labios; bajó el rostro y sacó un pañuelo para secarse las lágrimas, al tiempo que rogaba por unas palabras de Varzi que nunca escuchó. Lo miró y volvió a encontrar la dureza del principio.

—Fue un error molestarte. Será mejor que me vaya —dijo, y caminó hacia el vestíbulo.

Cerca de la puerta, Varzi la tomó por los hombros con rudeza y la apoyó contra la pared.

—Tendría que odiarte —le aseguró—. Me gustaría detestarte, te lo juro por ésta. —Y se hizo la cruz sobre los labios—. ¡Ah, maldita seas!

Las lágrimas bañaban las mejillas de Micaela y, aunque intentaba controlarse, se le convulsionaba el pecho. Varzi le apretaba los hombros con brutalidad y le hacía doler, aunque no tanto como con su desprecio.

—Basta, no llores más —le ordenó—. Te dije que no llores más. —Con el dorso de la mano, le secó una mejilla—. No quiero que llores. —Su gesto se dulcificó y le besó los ojos—. No luches más, Marlene. No luchemos más.

—Carlo —murmuró ella.

Siguieron instantes de suspenso; Varzi aún la mantenía aprisionada contra la pared y no le quitaba la vista de encima.

—Me traicionaste cuando te casaste con el *bienudo*.

—Vos también cuando te acostaste con Sonia.

—Lo hice por despecho.

—Yo también lo hice por despecho.

—¡Qué estúpidos!

La tomó por la nuca y la besó largamente. Micaela reaccionó de inmediato y se abismó en el erotismo sin límites de él. Le aferró la espalda con desesperación, pues temía perderlo nuevamente, apretó el cuerpo contra el suyo y se colmó de la excitación que manaba de su carne. Varzi la empujaba contra la pared en busca de la intimidad tan deseada, perdía el rostro en su cuello y tanteaba con torpeza los botones de la chaquetilla.

—Carlo, por favor —suplicó Micaela—. Carlo —repitió, e intentó apartarlo.

—¿Qué pasa? —preguntó, sin soltarla.

—Esperá un segundo, no quiero que sea así esta vez.

—¿Qué pasa, Marlene? —insistió, de mal modo.

—Solamente te satisfago como cualquier otra, ¿no?

—¿Qué?

—Deseo ser tuya, te lo aseguro, pero no quiero que esto vuelva a terminar sólo en la cama. Me da miedo preguntarte lo que sentís por mí realmente. Sé que primero fui la mejor venganza contra mi hermano; después me convertí en otra de tus conquistas. Ahora estoy aquí porque no tolero tu ausencia, pero menos toleraría volver a ser sólo deseo y sexo; no ahora que sé que te amo tanto.

Varzi la miró de tal forma que debió bajar la vista, entre avergonzada y arrepentida.

—No me conocés, Marlene —dijo, al cabo—. Después de todo, ¿aún necesitás que te diga que te quiero? ¿Después de que te perseguí como un *pelele* para que volvieras conmigo? ¿Después de que pensé que me volvería loco cuando te casaste? En verdad, no me conocés. ¿Acaso tengo que pedirte de rodillas que seas solamente mía? ¿Tengo que arrojarme a tus pies para que no vuelvas a dejarme? ¡Lo hago, Marlene! ¡Yo lo hago! —Y se arrodilló frente a ella.

—¡Carlo, por favor! —E intentó levantarlo—. No hagas esto más difícil.

Carlo se puso de pie, le apoyó las manos a ambos lados del rostro y volvió a besarla.

—¿Esto es suficiente o necesitás más? —Le subió la falda y la acarició entre las piernas—. ¿Cómo es que todavía no te diste cuenta de que estoy loco por vos? Cambiaste mi maldita vida, le diste sentido, ¿eso no es suficiente? ¿Además de todo, querés que te diga que te amo? ¡Está bien, te lo digo: te amo!

La encaramó en sus brazos y atravesó el patio; abrió la puerta del dormitorio de un puntapié y la depositó sobre el lecho. Se quitó el saco y la camisa y, antes de recostarse sobre ella, echó traba a la puerta. Las manos de Micaela sobre su piel estremecida lo conmocionaron. Agitado y fuera de sí, le rasgó la camisa de seda y le liberó los pechos.

—Son míos, de nadie más —aseguró, sin aliento, mientras se los besaba y lamía—. Tu piel... Suave, blanca. Tu olor. ¡Ah, me enloquece! —Descendió hasta el vientre y refregó el rostro en él, como desquiciado—. Si mi sufrimiento no te bastó, esto te va demostrar que me pertenecés. No van a quedarte dudas.

Se deshizo de la falda y le bajó la bombacha sin consideraciones. Micaela gimió y se arqueó al sentir la boca de Varzi entre sus piernas. Emociones que creyó perdidas afloraron nuevamente a manos de él y se apoderaron de su cordura y la llevaron a un estado de ensueño y de placer.

—Tomame ahora, Carlo, ahora.

No tuvo tiempo de quitarse el pantalón. Abrió la bragueta, liberó su miembro tumefacto y se internó en la morbidez cálida y húmeda de Micaela para hacerse uno los dos. Ella gemía y, en medio de su delirio, balbuceaba palabras entrecortadas que le aumentaban la pasión. Consciente de su desenfreno, Carlo trataba de mermar su ímpetu, pero el cuerpo de Micaela se movía bajo el suyo y, al pedirle más, destruía toda voluntad de control.

—Por Dios, Marlene, decí que sos mía. ¡Jurámelo!

—¡Sí, lo juro, tuya, tuya!

Carlo la contempló extasiado antes de rendirse por completo. "Ahora que sé que te amo tanto." En medio de la lujuria, aquella confesión le provocó sensaciones que intensificaron la magia. Un espasmo lo surcó con violencia, gritó sin escrúpulos y desató su ímpetu. Por fin, gozó viéndola gozar.

Carlo regresó de la cocina con una bandeja llena de manjares: pan caliente, jamón crudo, queso, pastelitos de manzanas y vino tinto. Micaela celebró el festín, pues, según dijo, se moría de hambre. Tomó la bandeja, la acomodó sobre la cama y llenó las copas. Carlo se deshizo de la bata y se tendió junto a ella.

—Me dijo Frida que te obligue a comer porque te encontró muy delgada.

—No va a hacer falta que me obligues, mi amor. Estoy famélica.

Carlo quitó la sábana que la cubría, tomó perspectiva y la contempló sin reparos.

—Es cierto, estás más flaca —afirmó, preocupado—. Mirá, te hice un moretón.

Bajó el rostro hasta la cadera de Micaela y le besó el cardenal. Había sido una bestia.

—Perdoname —dijo, sin apartar los labios de su piel—. Fui un bruto. Casi rompo mi muñequita de porcelana.

—¿En serio soy tu muñequita?

La miró con picardía, depositó la bandeja sobre el piso y volvió a echarse sobre ella. Entrelazó sus dedos con los de Micaela, le sujetó las manos por encima de la cabeza y la abrió como una flor. Le besó cada parte del rostro, del cuello, le succionó los pezones, suavemente, llevándola al clímax poco a poco, lentamente, buscando saborear cada segundo, cada acto de amor.

—Carlo, amor mío —susurraba Micaela, completamente entregada.

Se recostó sobre el pecho de Varzi e imitó sus caricias; le besó los ojos, la nariz, apenas le rozó los labios, y lo llenó de ansiedad, lo surcó con la lengua húmeda, y, por fin, se incorporó sobre él para revelarse como una visión: el cabello rubio le cubría los senos y apenas asomaban los pezones rosados; un rayo de luz filtraba por los postigos y le iluminaba la piel traslúcida, que reverberaba en contraste con el cuerpo oscuro de él; sus ojos, enormes y almendrados, lo contemplaban con inocencia, mientras su exuberancia de mujer clamaba sin reservas. Carlo supo que su suerte estaba echada: Marlene era su destino. Esta vez, él rogó y, sin esperar la conformidad, la tomó. Cuando acabaron, Micaela se cobijó entre sus brazos, embriagándolo de calidez.

—Podría quedarme así el resto de mi vida —aseguró Carlo.

Micaela miró el reloj de la pared y se preocupó por la hora.

—Ahora estás conmigo —la regañó, al notar su inquietud—. Dejá de pensar en el resto.

—Solamente puedo pensar en vos —mintió ella.

—Mentira. Pensabas en el *bienudo*.

Micaela le sonrió para simular despreocupación y tranquilidad, aunque las dudas la atormentaban. Su única certeza era que jamás volvería a dejarlo.

—Carlo —le dijo—, te pertenezco, soy tuya. No te aflijas con cosas que no tienen sentido.

Carlo se tornó hosco y la apartó de su lado; dejó la cama, se cubrió con la bata y avanzó hacia el escritorio. El corazón de Micaela se contrajo al verlo sufrir, la culpa y la impotencia la abrumaron. Se envolvió en la sábana y lo siguió; le rodeó la cintura por detrás y Carlo sintió que le volvía el alma al cuerpo.

—Amor de mi vida —susurró Micaela—. Si te digo que soy solamente tuya, es así.

—No soporto la idea de que estés casada con otro. No puedo tolerar que compartas la casa con otro, que duermas con otro, que el *bienudo* te toque, ¡menos que te haga suya!

¡Ah, de sólo pensarlo me dan ganas de matarte! ¡Es tu esposo, puede gritárselo al mundo! ¡Carajo, Marlene, cómo pudiste casarte con él!

Volvió a deshacerse de ella y se sentó en el borde de la cama.

—Está bien, me equivoqué —aceptó Micaela—. Jamás debí casarme con él, simplemente porque no lo amo. Me casé con Eloy enamorada de vos. Me equivoqué, y te pido perdón. —Carlo mantenía la vista en el suelo y parecía infranqueable—. ¿Nunca cometiste un error del cual tengas que arrepentirte? ¿Todo lo hiciste bien? ¿No existe algo por lo cual quisieras volver el tiempo atrás para tener la oportunidad de vivirlo de una forma distinta?

Esas palabras lo abofetearon. Atrajo a Micaela hacia él y le hundió la cara en el vientre. ¿Quién era él para juzgarla? Él, el asesino de su padre.

—Perdoname, mi amor, perdoname —dijo varias veces, reconfortado, en parte, por el abrazo de ella—. Los celos están volviéndome loco. Me esfuerzo por no pensar, pero la idea de que cuando quiere puede hacerte su mujer me desquicia.

Micaela se acuclilló frente a él y le acarició el cabello renegrido.

—Sí, es cierto, soy la esposa de Eloy Cáceres, pero nunca fui ni seré su mujer. Yo soy la mujer de Carlo Varzi. —Guardó silencio para estudiar la reacción de su amante—. Estoy tratando de decirte que entre Eloy y yo nunca pasó nada, Carlo. Nunca me tocó.

—¿Vos y él nunca...? —Carlo la miró ceñudo—. ¿Querés decir que nunca te puso un dedo encima? ¿Nunca? ¡Imposible! Estás mintiéndome. —Micaela negó seriamente—. ¡Ya decía yo que ese *bienudo* de mierda era un *marica*!

—No se trata de eso. Eloy es impotente.

—¿No se le para? ¡Ja! ¡Eso sí que es bueno! Ahí tiene por meterse con mi *naifa*, ¡qué carajo! —Mermó su entusiasmo y añadió—: Insisto, Marlene, ese tipo es un *marica*. Vos le pararías la verga a una estatua.

La grosería de Carlo le molestó; después de todo, se burlaba de un hombre enfermo.

—Eloy es impotente por culpa de una fiebre que contrajo dos años atrás. Casi muere.

—¿Y se casó con vos sabiendo que no podía hacerte su mujer?

—Basta, no quiero hablar más de esto.

—Está bien, a mí tampoco me importa lo que le pase a ese tipo. Por mí, ¡qué reviente!

El tema de Eloy la desanimó. Un hombre atormentado por deficiencias físicas y recuerdos macabros sólo podía inspirar compasión. Tomó la camisa del suelo e intentó ponérsela. Le quedaba sólo un botón y tenía la tela desgarrada a la altura del pecho.

—¿Querés que le pida a Frida que la cosa?

—Esta camisa ya no tiene remedio. Me cubro con la chaqueta.

Carlo hizo un gesto de contrariedad que a Micaela le causó gracia.

—Parece fina y costosa.

—Sí, lo era.

—¿Por qué no vamos a una de esas tiendas donde van las de la *haute* y te compro ropa bien *finoli* y cara?

—No, Carlo, tengo que irme. Moreschi debe de estar a punto de perder la razón. Lo cité hoy al mediodía y ya son las cuatro de la tarde.

—De todas formas —añadió Carlo—, nunca te mostrarías en público conmigo.

"Hay tanto de qué hablar", pensó Micaela, "tantas cosas que resolver, cuestiones que zanjar". Sin embargo, no se sintió abrumada con Carlo a su lado.

*E*l automóvil con Ralikhanta dormido dentro se encontraba aparcado en la otra cuadra, a la sombra. Micaela propinó unos leves golpeteos al vidrio y el indio saltó en la butaca. Se acomodó la gorra y se alisó el saco y el pantalón.

—¿A la casa, señora?

—Sí, Ralikhanta, a casa.

La prudencia y discreción de su sirviente la ayudaron, y pronto se relajó en el asiento trasero del coche, donde se abandonó a pensamientos agradables y recreó sensaciones que le aceleraron la respiración. Le extrañó que Carlo no le hubiese exigido que dejase a Cáceres. Ella, por su parte, no le había preguntado acerca de la venta de los locales, ni por la nueva empresa. ¿Y lo que le dijo la mujer en el Carmesí, que Carlo iba a regresar a Nápoles? ¿Qué absurda idea era ésa? ¿Sería verdad? ¿Por qué se había encontrado con Cabecita y Mudo en la puerta del burdel? "¿Qué hacés aquí?", había querido saber ella. "Eso que te lo explique el Napo", había sido la respuesta. ¿La haría seguir por sus hombres? Volverían a verse en unos días y, hasta el reencuentro, viviría con la intriga.

—Disculpe, señora —interrumpió Ralikhanta—, ¿qué debo decir si la señora Cheia me pregunta? Siempre lo hace.

No tenía opción: el indio debía convertirse en su cómplice. Aunque ella no le mencionara abiertamente a su amante, Ralikhanta no tardaría en deducirlo, si no lo había hecho ya. ¿No resultaba peligroso? Después de todo, se trataba del hombre de confianza de su esposo. Decidió arriesgarse, inclinada a pensar que Ralikhanta no la delataría. ¿O sí?

—A quien te pregunte le informás que estuvimos de compras.

—No tenemos un solo paquete, señora.

Micaela se avergonzó de su torpeza.

—Bien, Ralikhanta, estuvimos en casa de la señora de Alvear.

Al llegar, mamá Cheia la recibió en el vestíbulo.

—¿Dónde te metiste todo el día? Estaba loca de preocupación. Moreschi acaba de irse hecho una furia. Te esperó un montón de tiempo. Almorzó con el señor Eloy.

—¿Eloy vino a almorzar?

—Vino a almorzar, sí, pero no probó bocado, el pobre. ¡Y yo no sabía decirle adónde te habías metido! Se supone que yo siempre sé dónde estás. ¿Dónde estuviste?

—Con Regina.

—¿Con la señora de Alvear? ¡Mentira! Después de que te fuiste, la señora envió a uno de sus sirvientes con una nota en donde te invitaba a tomar el té a su casa esta tarde.

Micaela se quedó sin palabras; un segundo después, atinó a decir:

—Nos encontramos en Harrod's esta mañana. Me contó lo de la invitación, y decidimos pasar el día juntas.

—A mamá mona con bananas verdes, no, Micaela —sentenció la negra.

—Basta de interrogatorios. No soy una nena. Soy una mujer casada.

—Espero que no lo olvides. Andá nomás. Vos y yo vamos a hablar luego. Tu esposo te espera en el comedor. Está con el señor Harvey.

—¡Con Harvey!

—Sí —respondió Cheia—. ¿Qué tiene de malo? ¿Acaso no es su mejor amigo?

—Sí, *el mejor*.

Se detuvo antes de entrar en la sala. Eloy y Nathaniel conversaban en voz baja.

—Buenas tardes —se anunció, desde el ingreso.

Cáceres volteó rápidamente y le echó un vistazo furibundo. Harvey, en cambio, le dispensó una reverencia y una sonrisa cordial. "Maldito embustero", pensó, mientras le devolvía el saludo. Eloy se compuso y salió a recibirla. Le besó levemente los labios y le preguntó dónde había estado con simulada apatía.

—Con Regina —mintió—. Disculpame, no sabía que vendrías a almorzar.

—Está bien, no te preocupes. Pero me alarmé un poco cuando Moreschi me dijo que lo habías citado al mediodía.

—¡Ah, el maestro! Siempre entiende mal. Le dije que yo lo mandaba a buscar a casa de mi padre al mediodía. Pero es tan ansioso que vino por su cuenta, y, claro, no me encontró.

Eloy la contempló fijamente a los ojos. Micaela le sostuvo la mirada, y supo esconder la culpa que la embargaba. Quizá debería sincerarse con él, era un buen hombre, de espíritu noble, seguramente la entendería. ¿Por qué mentirle? "Amo a otro hombre, Eloy. Un hombre que me hace el amor como vos nunca podrías, aunque te curases." Estas palabras serían como el golpe de gracia a un moribundo, terminarían por destruirlo, por arrasar la poca confianza que le quedaba, y lo sumirían en la desesperación o, peor aún, lo llevarían a un límite que la horrorizaba imaginar. Sus pesadillas, su comportamiento ambiguo, sus momentos de ostracismo, ¿no revelaban la debilidad de su cordura? Pobre Eloy. No, esperaría.

—¿Por qué no me traes esos documentos? —intervino Nathaniel, que no había perdido ápice de la escena—. Debo regresar a la compañía cuanto antes.

—Sí, seguro, ya te los traigo. Aunque no recuerdo dónde los puse. Vas a tener que esperar unos minutos.

Salió Cáceres, y Harvey se acercó a Micaela, con mirada pícara y sonrisa burlona.

—Nunca en mi vida —empezó la joven— había visto tanta desfachatez junta.

—Nunca en mi vida —remedó Harvey— había visto una mujer que me excitara tanto.

—Pensé que después de lo ayer no tendría el disgusto de volver a verlo. No sea descarado. Váyase y no vuelva. O tendré que contarle la verdad a mi esposo.

—¿Por qué no lo hiciste hasta ahora? Te lo diré yo: porque sabes que no te creerá. Eloy siente por mí un agradecimiento infinito y me ha convertido casi en un dios. Por otra parte, yo esgrimiría mi conveniente versión de los hechos: me coqueteaste descaradamente para tentarme, buscando en mí lo que no encuentras en tu matrimonio. Él, mejor que nadie, sabe que no estás satisfecha como mujer y...

—¡Basta! ¡Cállese! —explotó Micaela—. Váyase de mi casa y no vuelva, o moveré cielo y tierra, haré uso de todos mis contactos e influencias para que termine tan lejos de Buenos Aires que le tomaría tres años regresar.

—¡Ey, pero si la dulce y angelical *divina Four* es en realidad una gatita rabiosa! ¡Ah, mucho mejor!

La sujetó por la mandíbula y le introdujo la lengua con brutalidad, como si quisiera llegarle a la garganta. Le quitaba la respiración, le imprimía los dedos sobre el rostro y la apretaba contra su cuerpo. Micaela ahogó un alarido cuando Harvey la mordió. Logró apartarlo de un empellón y corrió a protegerse detrás de la mesa. Sintió los labios enrojecidos e hinchados; la lengua le latía dolorosamente.

—No puedo creer el monstruo que es —dijo, en medio de la agitación—. ¡Cómo me engañó! Yo pensaba lo mejor de usted.

—No soy una mala persona —respondió Nathaniel, con sorna—. Aunque, como todos, soy capaz de cualquier cosa para conseguir lo que quiero. Soy capaz de lo inimaginable. En lo demás, soy bastante educado y correcto.

Regina Pacini se apersonó en la sala y observó la situación con desconfianza.

—Regina —gimoteó Micaela, y salió a recibirla, con la mano sobre la boca.

—¡Oh, pero qué agradable sorpresa, señora de Alvear! —exclamó Harvey—. Es increíble la gran amistad que se ha forjado entre ustedes en tan poco tiempo. Pensar que pasaron la mayor parte del día juntas y ahora también tomarán el té. ¡Qué notable!

Regina lo miró confundida, y, enseguida, advirtió el pellizco de Micaela.

—Se equivoca, señor Harvey, no vengo a tomar el té. Mi amiga se olvidó este paquete en mi coche y vine a devolvérselo.

—¡Oh!

—Si nos disculpa, señor Harvey —habló Micaela—, debemos retirarnos.

Tomó a su amiga del brazo y la condujo al interior de la casa. Regina pidió explicaciones, pero sólo después de atrancar la puerta de su habitación, Micaela se sintió dispuesta a hablar.

—¿Qué me decía el inglesito ese? ¿Que vos y yo pasamos el día juntas? ¿Qué te pasó en los labios? —preguntó alarmada—. No me digas que te pegó.

—No, no me pegó. —Micaela se echó en el sillón y se sostuvo la cabeza—. Trató de propasarse. Es la segunda vez que lo hace.

—¡Que qué! ¡Y me lo decís así, tan campante! Te dije que ese tipo no me gustaba. Yo olfateaba que detrás de esa traza de elegante inglés había un pillo de cuarta. ¡Ah, pero mejor que no se haya ido porque le voy a cantar las cuarenta, depravado de porquería!

—¡No, Regina! Por favor te pido, dejá las cosas como están. No quiero problemas con mi esposo. Debe de estar con él ahora.

—¿El Canciller está en la casa en este momento? —Micaela asintió—. ¡Qué descarado es ese Harvey! ¡Faltarte el respeto a metros del que llama su mejor amigo! ¿No te resulta extraña la impunidad con la que actúa ese hombre? Deberías decírselo al Canciller.

—Él nunca creería que fue Nathaniel quien se comportó mal, sino que fui yo quien lo provocó. A causa de su impotencia, se ha vuelto un hombre obsesivamente celoso; piensa que cada hombre que se me acerca es mi amante. No, jamás me creería.

Regina se desplomó a su lado, abrumada por la mala suerte de su amiga.

—Menos mal que te compré un regalo —dijo, y se levantó en busca de la caja—. Fue una excusa válida para encubrirte.

—Gracias —respondió Micaela, mientras lo abría—. Es muy lindo.

—Apenas lo vi dije que este sombrero estaba hecho para vos. ¿Me vas a contar que es este asunto de que vos y yo pasamos el día juntas?

Sólo había tenido un encuentro con Varzi y la situación se complicaba minuto a minuto, como un recipiente lleno de fisuras que no alcanzaba a cubrir.

—Estuve con un hombre —confesó.

—¿Un hombre? ¿Un amante? —aventuró, y Micaela asintió—. ¿Tenés un amante? ¡Es la mejor noticia que podrías haberme dado! Quiero todos los detalles. ¿Quién es? ¿Lo conozco? ¿Es guapo? ¡Vamos, hablá!

—Sí, lo conocés. Es Varzi, el hombre que me presentaste en la fiesta de mi padre.

Regina gritó, llena de satisfacción, y se proclamó la mejor celestina de Buenos Aires, sus arreglos amorosos nunca habían fallado: cinco matrimonios felices y otras tantas parejas de amantes agradecidos. ¿Cómo no conseguir algo bueno para su mejor amiga?

Micaela la dejó discurrir, convencida de que su agitación le servía para evitar una retahíla de preguntas. Cuando Regina se tranquilizó, Micaela tomó la palabra para verter la información precisa sin darle tiempo a pensar demasiado.

—Varzi es un hombre muy peculiar. Vive en San Telmo. Así es —ratificó, ante la mueca de su amiga—. Es napolitano y dueño de una empresa de exportación e importación. Por ahora, es todo lo que sé.

—Estuve haciendo averiguaciones entre mis amigas, pero ninguna ha escuchado acerca de él. Lo que puedo decirte es que todas quedaron muy impresionadas. Ese estilo mediterráneo, con ojos negros y labios carnosos, ¡ah, seduce a cualquiera!

—Como ya sabés, es conocido de mi hermano. Gastón María siempre se ha caracterizado por tener relaciones fuera de lo común, sacadas de vaya saber dónde. En fin, ésta es la situación.

—¿Así me lo decís, como si se tratara de un negocio o de un contrato con algún teatro? Contame, por amor de Dios, ¿es bueno en la cama?

—Sí, estuvo bien.

No obstante las dificultades para satisfacer la curiosidad de Regina, se mantuvo firme y no reveló sentimientos y sensaciones que pertenecían exclusivamente al mundo maravilloso que habían creado ella y Carlo.

—Contás con mi absoluta discreción —aseguró la Pacini—. Y, ciertamente —añadió—, me podés usar como excusa cuando tengas que encontrarte con él.

* * *

Carlo controló su mal humor al despedir a Micaela, incluso después, cuando el vacío que siguió casi lo impulsa a correr a su casa y raptarla.

Con motivo de un inoportuno viaje a Rosario, faltaban cuatro días para volver a verla. La nueva oficina en el puerto de esa ciudad requería su presencia sin más dilaciones, y aunque pensó enviar a otra persona, finalmente desistió al no encontrar a la apropiada. El negocio de importación y exportación estaba en ciernes, y, si bien marchaba satisfactoriamente, requería su completa atención. Había invertido la mayor parte de su fortuna y no podía librar nada al azar.

—Te preparé la tina para que tomes un baño —dijo Frida, y lo trajo a la realidad.

—Gracias.

—Me alegro de que Marlene haya vuelto —confesó la mujer.

—Yo también.

—Aunque ahora es una mujer casada.

—No por mucho tiempo.

Antes de que Carlo entrase en su dormitorio, Frida volvió a llamarlo.

—¿Qué le digo cuando empiece a preguntarme acerca de Johann? Siempre lo hacía. No se creyó la historia de que nos conocimos en el inquilinato. ¿No sería mejor que le contases la verdad? ¿No te sentirías en paz?

—Lo único que me da paz es tenerla cerca. Si algo lo pone en riesgo, no estoy dispuesto a hacerlo.

—No la tomarás por sorpresa, algo intuye. Digo, por el asunto de Gioacchina, que te cree muerto. ¿Nunca te pregunta?

—Sí, pero le digo que no quiero hablar de eso y ahí termina todo. Debe de pensar que es por los burdeles.

—Si verdaderamente te quiere, sabrá comprenderte.

Una hora más tarde, Carlo salió de la tina, se vistió rápidamente y se marchó al puerto. Había faltado gran parte del día y aún restaban asuntos del viaje que emprendería temprano a la mañana siguiente.

—¡Ey, Napo! Por fin viniste —lo saludó Cabecita al verlo entrar en la oficina.

—¿Llegaron los documentos para el embarque de mañana? El de maíz, me refiero.

Mudo se los alcanzó y Tuli confirmó que los había revisado. Varzi asintió, y, con una seña, les indicó a sus matones que lo acompañaran afuera.

—No vienen mañana conmigo a Rosario —les informó.

—¡Ey, por qué no! Vos nos prometiste...

—Se van a quedar porque necesito que estén a disposición de Marlene.

—¿A disposición de Marlene? —se extrañó Cabecita—. ¿Qué querés decir?

—Como siempre, la siguen a todas partes, y estén atentos por si necesita algo. En principio, que no los vea.

—Esta mañana, en la puerta del Carmesí, se sorprendió cuando me vio. Me preguntó qué hacía ahí. Me hice el *otario* y le dije que te preguntara a vos.

—Tenés menos sesos que una mosca —lo reprendió Carlo—. Le hubieras inventado cualquier cosa, no sé, que justo andaban por ahí. Ahora me va a preguntar, y no creo que le guste ni medio que la haga seguir.

—A mí, el que me da mala espina es el chofer —intervino Mudo—. Antes, con Pascualito, era mejor. Lo teníamos bien *junado*.

—Sí —ratificó Cabecita—, es más raro que Mudo sonriendo. ¡No te enojés, Mudo! Lo digo en joda.

—No tanta joda que aquí está en juego la seguridad de Marlene. ¿Por qué te da mala espina el tipo ese, Mudo?

—Es más feo que una monja con bigotes —insistió Cabecita—. Negro y petiso. ¿Y todos esos anillos y collares? Se viste más raro que no sé qué.

—La belleza o la fealdad no tienen nada que ver en esto —aseguró Carlo—. Si por eso fuera, a vos no te querría ni tu vieja. ¿Por qué no te gusta, Mudo?

—Es el hombre de confianza del *bienudo*. De noche, lo lleva y lo trae a todas partes, al Club del Progreso, al Jockey y, en especial, a la casa del amigote. Ahí va, por lo menos, tres veces por semana.

—¿Qué amigote? —se interesó Carlo.

—Nathaniel Harvey. Es inglés y trabaja en los ferrocarriles. No sé más.

—Vive a unas diez cuadras de lo del *bienudo* —añadió Cabecita—. Va seguido a su casa, aunque él no esté.

—¿Qué me querés decir? —se inquietó Carlo—. ¿Qué va a ver a Marlene? —Los matones se miraron y no aventuraron respuesta—. Ahora, más que antes, tienen que vigilarla el día entero, sin confiarse de nadie.

Cabecita volvió a la oficina, y Mudo y Varzi caminaron hacia el muelle.

—¿Qué te anda dando vueltas por la cabeza? Dale, te conozco —lo instó Carlo—. Desembuchá.

—¿Estás seguro de volver a meterte con Marlene? No saliste bien parado la otra vez. Ahora está *casoriada*, y nada menos que con el Canciller de la Nación. Si el *bienudo* se entera, te va a hacer la vida imposible, más ahora que estás en este negocio. Te puede arruinar.

—No me importa. Asumo los riesgos.

—¡Ah, mierda, estás metido hasta el caracú!

Eloy se malhumoró al notar a Micaela tan mal predispuesta durante la cena, con escasa voluntad de cambiar sus monosílabos por frases más sustanciosas, ni de dignarse a mirarlo cuando él, con mucha ansiedad, le clavaba los ojos y admiraba su belleza. Después de la comida, no accedió a compartir un coñac en la sala, e invocó cansancio para marcharse con un "buenas noches" por toda despedida. Molesto en un principio, Cáceres se declaró culpable luego de reflexionar; hasta su rabia inicial se tornó en agradecimiento y devoción al comprender el sacrificio que significaba para su esposa la unión con un hombre que no sólo la humillaba como mujer, sino que le prestaba casi la misma atención que a la servidumbre.

Apoyó la copa con brutalidad sobre el escritorio. Lo que había comenzado como un negocio se había convertido en un sentimiento noble y profundo. "Después de todo", se dijo, "aún puedo sentir cosas buenas, como cualquier persona normal". La conveniencia de su matrimonio con la hija del senador Urtiaga Four se desvaneció, y el amor le brindó una esperanza al descubrir en Micaela a la única persona capaz de borrarle sus traumas. Sí, se los borraría cuando le dijera que lo amaba, que nunca había sido de otro, que se conservaba pura y virgen para recibirlo.

Recuerdos de otra índole acudieron, y lo abrumaron la vergüenza y la culpa, sensaciones que le provocaban ganas de morir. Micaela ocupó de nuevo sus pensamientos y convirtió en luz lo que hasta un segundo atrás había sido oscuridad. Se aferraría a ella, procuraría hacerla feliz para no perderla. ¿Perderla? La idea lo inquietó, y lo llevó a preguntarse dónde había estado toda la mañana y las primeras horas de la tarde. ¿Con la Pacini? No le gustaba la Pacini. Admitió, lleno de celos, la pasión que su esposa despertaba en los hombres, hombres capaces de hacerla gozar, hombres de verdad. No volvería a dejarla sola con Harvey, había visto cómo la devoraba con la mirada. La tentaría con su flirteo, él lo sabía bien, y la mancillaría. Aunque no, Micaela jamás lo traicionaría, le había dado su palabra. Ella no era como otras, ni como su madre ni como Fanny Sharpe; Micaela era única, y le pertenecía.

Dejó su estudio, ansioso por verla.

No podía quitarse a Carlo de la mente. Intentó dormir, pero el recuerdo de sus caricias en todo el cuerpo y de su olor de hombre excitado la transportaban a la habitación de San Telmo, donde la magia del erotismo y la pasión del amor le habían demostrado que aún podía ser dichosa, que aún estaba viva.

—¿Puedo pasar?

La voz de su esposo la sobresaltó, y precisó unos instantes para responder que sí. Cáceres entró arrastrando aquello que representaba el dolor y la frustración.

—¿Dormías?

—No, pasá.

Micaela dejó la cama y rápidamente se cubrió con el *déshabillé*, sin dejar de notar la mirada encendida de su esposo.

—No podía dormir —comentó Cáceres.

—Yo tampoco. Siempre estoy un poco nerviosa los días previos a una función.

—Nadie lo diría al verte tan segura en el escenario. Me comentó el doctor Paz que sos la Reina de la Noche más increíble que haya escuchado. La próxima velada voy a verte. Es imperdonable que aún no lo haya hecho. Le voy a pedir a tu padre que me permita compartir el palco. Si querés, llevamos a Cheia.

—Mamá Cheia fue la noche del estreno. Mi padre y Otilia también.

—Veo que solamente falto yo.

Micaela lo contempló desorientada, sin comprender de dónde venía ese repentino interés ni, lo que era peor, hacia dónde iba.

—Me alegraría mucho verte mañana entre el público.

—Micaela, mi amor. —La tomó por los hombros y la besó en el cuello—. ¿Cómo pude estar tan ciego? ¿Cómo pude descuidarte tanto? ¿Vas a perdonarme? Decime que me perdonás, que todo vuelve a empezar entre nosotros. Quiero pasar más tiempo con vos. Prometo cenar todas las noches en casa y no faltar tanto. Te necesito, mi amor, te necesito.

Volvió a besarla, dominado por una pasión que lo sorprendió, un sentimiento nuevo que no había experimentado ni siquiera con Fanny Sharpe.

Entre la confusión y el asco, Micaela se lo quitó de encima, y, mientras se alejaba de él, se secó los labios con la manga. El arrebato de Eloy, inopinado y extemporáneo, la había sacado de contexto, sin permitirle medir las consecuencias de su rechazo, que apreció segundos más tarde cuando la cara de su esposo se tiñó de un rojo furioso.

—¡Micaela, por Dios! ¿Qué te pasa? Te alejás de mí como si fuera un extraño, te limpiás la boca como si te diera asco.

Juzgó la situación difícil y comprometida, y se convenció de que sólo podría resolverla si confesaba la verdad y ponía fin a la gran farsa que era su matrimonio. El corazón le latía con fuerza; se sentía capaz de enfrentar a un ejército. Eloy se desplomó en el sillón y rompió a llorar. La valentía y la decisión de ella desaparecieron sin dejar rastro, y lástima fue lo único que quedó. Se acercó a su esposo y lo miró con ternura. Eloy levantó la vista y le suplicó que lo abrazara. Micaela lo instó a calmarse.

—No puedo perderte. Me pertenecés, estamos unidos.

—Eloy, ¿qué voy a hacer con vos? No quiero lastimarte, pero no te comprendo. Mejor dicho, no dejás que te comprenda. Tantas veces propicié un acercamiento, tantas veces quise que conversáramos, y vos nunca estabas para mí. Tu trabajo, tus reuniones políticas, tus amigos, todo estaba antes que yo.

—Te perdí, lo sé. Hablás como si todo hubiese terminado. Quisiera morir. No soy un hombre, no sé lo que soy. Hay tantas cosas de mí que no sabés, mi amor. Cosas que me avergüenzan y me alejan de vos. Pero estoy dispuesto a luchar, a reconquistarte.

Aunque se debatió entre la verdad y la mentira, Micaela no volvió a experimentar esa fuerza extraordinaria del primer momento, y el deber y la culpa, jugando su parte, terminaron por convencerla de la crueldad de hablar en semejante situación. Propuso, entonces, regresar a la cama e intentar dormir, pero Eloy le pidió un momento más. Se quedó silencioso, abrazado a ella.

—¿Ya visitaste al doctor Charcot? —preguntó la joven, y buscó apartarse de él.

—¿Al doctor Charcot? Sí, claro, justamente mañana lo voy a ver.

—Ésa es una buena noticia.

Habría comentado algo más, pero calló, temerosa de provocar la ira de su esposo.

—Ya verás que todo se soluciona —aseguró Eloy, antes de despedirse—. Podremos ser felices juntos.

*B*uenos Aires, 15 de diciembre de 1915.
Estimado doctor Charcot:
Me sorprendió gratamente su llegada a Buenos Aires, de la cual me enteré, no hace tanto, por intermedio del doctor Eloy Cáceres, mi esposo.

Espero sinceramente que se encuentre a gusto y que no tenga nada que lamentar a causa de esta absurda guerra, salvo, claro está, la falta de paz y tranquilidad que lo alejó de nuestra querida París.

Además de darle la bienvenida, supondrá usted el motivo de mi carta. En estos últimos días mi esposo lo ha consultado por esa deficiencia que ya debe de conocer. No he querido acompañar al doctor Cáceres a sus consultas ni he querido intervenir en forma alguna porque conozco sus padecimientos en esta cuestión, y me he mantenido al margen para darle la libertad que necesita.

Pero creo que ha llegado el momento de agradecerle por el empeño que ha puesto en su caso y por haber devuelto a mi esposo las esperanzas en un problema que lo mantenía tan afligido. El doctor Cáceres se muestra optimista a la espera de esos exámenes que usted le ha prescripto de acuerdo con su diagnóstico, que es de lo más consolador.

Una vez más, muchas gracias. Asimismo, le suplico man-
tenga reserva en cuanto a la presente y a nuestra amistad, ya
que no quisiera intervenir ahora en un asunto que tan bien se
ha desarrollado sin mi injerencia.

A la espera de poder invitarlo a cenar una noche en mi
casa, lo saluda atentamente,

Micaela Urtiaga Four

Cerró el sobre y llamó a Ralikhanta.

—Por favor, llevá esta carta ahora mismo. Aquí está la
dirección.

—Enseguida, señora.

"Las cosas van tomando su rumbo", pensó. Días atrás,
Eloy había regresado muy optimista de la consulta con el médico francés.

—El doctor Charcot piensa que tengo posibilidad de reponerme, mi amor —le había dicho.

Esa noticia la alegró, pues nada deseaba tanto como la
recuperación de su esposo, que, por otra parte, le allanaba el
camino para su definitiva separación. Eloy entendería que ella
no lo amaba; podría buscar a otra mujer que lo hiciera feliz,
tan feliz como Varzi la hacía a ella. Lo necesitaba tanto. El
viaje de cuatro días a Rosario se había convertido en uno de
diez. Ansiosa como una colegiala, el quinto día se había presentado en la casa de San Telmo, donde Frida le informó del
regreso pospuesto. Al rato, se presentó un empleado de la barraca con una misiva a su nombre.

Rosario, 9 de diciembre de 1915.
Amor mío,
Nada me molesta tanto como escribirte estas líneas para
decirte que mi regreso a Buenos Aires no es posible todavía.
Los asuntos se complicaron y no puedo volver hasta solucio-
narlos.

Te extraño tanto que casi no duermo de noche, y de día me cuesta pensar en los negocios; siempre estás ahí, en mi cabeza, volviéndome loco. Me pregunto si a vos te pasa lo mismo.

Cuando llegue a Buenos Aires te aviso. Sueño con nuestro reencuentro.

C. V.

Después de leer la carta por enésima vez, Micaela la devolvió al *secrétaire* y echó llave.

—¿Puedo pasar? —preguntó Cheia desde la puerta.

—Sí, pasá, mamá.

—Acaba de llegar esto para vos.

Le entregó una caja envuelta en papel de seda, atada con un moño verde. El corazón le palpitó con fuerza y debió apelar a su voluntad férrea para no dar un brinco y gritar. Carlo había vuelto.

—¿Qué es? —quiso saber la nana.

Absorta, se deshizo del envoltorio y halló la esperada orquídea blanca.

—¡Qué belleza! —exclamó Cheia—. La flor preferida de tu madre. ¿Quién te la manda? ¿No tiene remitente?

Micaela leyó la tarjeta para sí. "Hoy, a las 15. C. V."

—¡Vamos, no me tengas en ascuas! Decime quién te mandó esa hermosura. —El silencio de la joven, que leía y releía la tarjeta, sacó de quicio a Cheia—. ¡Micaela, por Dios, decime quién te mandó la flor!

—El director del Colón. *La flauta mágica* es el éxito de la temporada y quería hacerme un presente. Eso es todo. —Guardó la tarjeta junto con la carta, y volvió a echar llave.

—¡Ay, qué desilusión! Y yo que pensé que había sido el señor Cáceres.

—¿Podés prepararme el baño, mamá?

—¿Pensás salir?

—Sí.

—¿Adónde? Mirá que al señor no le gusta nada llegar a la casa y no encontrarte. Está muy cambiado últimamente. Viene a comer temprano todas las noches, incluso a veces viene a almorzar. ¡Hasta te espera para desayunar! Está raro el señor.

La devoción de su esposo resultaba muy inoportuna. No sólo cenaba a diario con ella y la esperaba para desayunar, también la visitaba cada noche en su dormitorio, donde permanecía un buen rato comiéndola con la mirada.

—Te pregunté adónde vas a salir, Micaela. Después, el señor me pregunta y yo no sé qué decirle.

—Voy a lo de Alvear.

Cheia se encaminó al baño. Micaela echó un vistazo al reloj: la una de la tarde. Le quedaban casi dos horas para prepararse; quería lucir más hermosa que nunca.

Ralikhanta detuvo el coche frente a la casa de San Telmo.

—¿Qué hora es? —quiso saber Micaela.

—Las tres menos diez, señora —informó el indio, y devolvió el reloj de leontina a su chaqueta.

Micaela decidió entrar; si Carlo no había llegado, conversaría con Frida. Caminó directo al zaguán, pues halló entornada la cancela de hierro. Iba a sacudir la aldaba, cuando la puerta se abrió de súbito y alguien la arrastró dentro antes de cerrar de un puntapié. Carlo la apoyó contra la pared del vestíbulo y la besó con desesperación.

—No aguantaba más —le musitó sobre los labios.

A Micaela le tomó un instante reaccionar y colegir las intenciones de su amante.

—Carlo, por favor. ¿Y Frida y Mary?

No obtuvo respuesta; en cambio, descubrió las manos de Varzi empecinadas en los botones de su vestido, que, a poco, terminó en el suelo. La encaramó contra la pared y ella lo envolvió con sus piernas. Fue un acto rápido, desesperado, instintivo, animal, casi violento; sin embargo, la complació como ninguno, pues la urgencia de su amante significaba que ella era la única.

Más tarde, Varzi se reponía sumergido en el agua fragante de la tina. Micaela lo masajeaba con una esponja y lo aletargaba con una melodía.

—¿Cómo era tu mamá, Carlo? —se interrumpió, de pronto.

—Como Gioacchina, más bonita, creo.

—¿Cómo se llamaba?

—Tiziana.

—Qué nombre más dulce. Y tu papá, ¿cómo se llamaba?

—Gian Carlo.

—Vos te parecés a él, ¿no?

—¿A qué viene tanta pregunta?

—A nada. Quiero saber de vos.

—Y yo de vos. A ver, contame otra vez de cuando eras chica.

—Ya te lo conté cien veces. Cómo murió mi madre, el internado en Suiza, *soeur* Emma, París, Moreschi.

—Sí, pero me lo contaste hace mucho. Contame de la monja, de cuando iban a bailar tango.

Micaela sonrió, en parte por el recuerdo, en parte aliviada porque, junto a Carlo, Marlene ya no significaba algo triste.

—Marlene, digo, *soeur* Emma, siempre se las arreglaba para venir con Moreschi y conmigo a todas partes. Yo temblaba porque si la madre superiora la descubría, la mataba. Una noche, después de ir a la *Ópera*, nos dijo que le habían hablado de un lugar muy original en el Charonne, un barrio de París. Era increíble, Marlene se pasaba el día en el convento y, sin embargo, estaba al tanto de las cosas más extrañas.

—Seguro tenía un amante.

—¿Un amante?

—¿Por qué no? —preguntó Carlo—. Sus padres la habían metido al convento a la fuerza. Por lo que me contás, era una mujer pasional y atrevida. Lo más lógico es que tuviera un amante. No sé, un cura quizá.

—¡Un cura!

—¿No me vas a decir que todavía crees lo del voto de castidad? Si no supiera que es castrado, te diría que el amante de Marlene era Moreschi.

—Más que un cura, pudo haber sido algún amigo del maestro, con los que íbamos al teatro o a cenar.

—Bueno, no importa, seguí contándome lo del tango.

—Esa noche fuimos a un *bistro* en el Charonne, un lugar sórdido, lleno de marineros y gente rara. Moreschi se negó a entrar. Sin importarle, Marlene entró. Al rato, el maestro y yo la seguimos. Desde esa noche, volvimos muchas veces, tantas como podíamos. Ya te conté que fue Villoldo quien nos enseñó a bailar el tango. *El choclo*, su obra maestra, era el preferido de Marlene. Nadie lo bailaba como ella.

—Cabecita estuvo la noche del estreno de *El choclo*, aquí en Buenos Aires, en un bar de mala muerte del centro, "El americano" se llamaba. Como el gallego dueño del bar era enemigo declarado del tango, debieron anunciarlo como "danza criolla".

—Sí, Villoldo nos contó la anécdota. "Vos sos mi compatriota", me decía, y se sentaba en nuestra mesa a recordar. Cuando lo conocimos, allá por el año ocho, hacía pocos meses que se había instalado en París y, pese a que con el tiempo adquirió cierta fama, repetía que algún día regresaría a su amada Argentina. Estoy segura de que la guerra lo ahuyentó de Europa. Los primeros tiempos fueron duros. Cuando terminaba de tocar, en una mano la guitarra y en la otra un platito, pedía propina. *Faisant la quête*, les decía el dueño del *bistro*. Que hicieran la colecta —aclaró, ante la ignorancia de

Carlo—. Marlene, que nunca tenía un franco, le robaba la billetera al maestro y le daba bastante dinero.

—Así que el mismísimo Villoldo fue quien te enseñó el tango. ¡Es de no creer! Con razón me sorprendiste la primera noche que bailamos. Ni en un millón de años habría imaginado que una *bienuda* como vos bailara tan bien. ¡Ah, me volviste loco!

Micaela sonrió halagada y continuó pasándole la esponja.

—¿Qué son estas marcas en los tobillos?

Varzi escondió los pies bajo el agua. Salió de la tina, alcanzó la bata y se cubrió. Dejó el baño en dirección al dormitorio. Micaela lo siguió contrariada y, en el momento en que se aprestaba a inquirirlo, Carlo la enfrentó, asustándola con una mirada ensombrecida.

—Son las cicatrices que me dejaron los grilletes. Mirá, aquí tengo las mismas marcas. —Y extendió las muñecas cerca de ella.

—¿Los grilletes? ¿Qué grilletes?

—Los de la cárcel. Estuve preso diez años.

Carlo tomó asiento y bajó la vista, agradecido por el silencio de Micaela, que no atinaba a preguntar nuevamente.

—Tiziana Portineri —empezó segundos después— era una joven como vos, rica y de la alta sociedad de Nápoles. La familia Portineri era de las más tradicionales y antiguas de la región. Mi madre era hermosa y culta, y era feliz. Hasta que conoció a Gian Carlo Varzi, el hijo bastardo de vaya a saber quién, que la sedujo con su palabrería barata y, al poco tiempo, la dejó embarazada de mí. Mi madre, desesperada, escapó de su casa junto con él, que, para entonces, ya era perseguido por la policía acusado de anarquista. Cuando yo tenía dos años, la situación política de Gian Carlo se hizo insostenible y debimos abandonar Italia rumbo a América.

"Imaginate a mi madre, acostumbrada a lujos y comodidades, metida en un conventillo de San Telmo, rodeada de personas incultas y groseras. Pero era una mujer valiente y le hizo frente a todo, sin quejarse una vez siquiera. —Varzi se tomó la cabeza y meditó un momento; luego, prosiguió—: Aquí, en Buenos Aires, Gian Carlo se unió a un grupo de anarquistas y las cosas empeoraron. Siempre estaba metido en líos; los trabajos le duraban un suspiro, los patrones no querían activistas en sus empresas y lo echaban. Mi madre debió empezar a trabajar. ¡Mi madre, lavando ropa ajena y cosiendo para afuera! ¡Mi madre, casi una princesa! Yo tenía ocho años cuando comencé a trabajar. Hice de todo: cuidé caballos, lavé platos, vendí flores, barrí jardines. Los últimos años trabajé en un taller de compostura de calzado; ese *laburo* me gustaba, y el patrón era bueno conmigo.

"Los asuntos en mi casa iban de mal en peor. Gian Carlo empezó a tomar y a frecuentar prostíbulos y garitos, y le robaba la poca *guita* a mi vieja. Se peleaban como perro y gato. Gian Carlo empezó a pegarle. Yo me volvía loco de la rabia y siempre terminaba a las trompadas con él.

"Cuando nació Gioacchina, Gian Carlo se negó a darle su apellido porque decía que no era hija suya; como no estaban legalmente casados, pudo hacerlo. Aún recuerdo a mi madre, postrada en la cama, llorando sin consuelo. Yo fantaseaba con que mi hermana no era hija de ese monstruo. Me bastaba que sólo fuera hija de mi madre. A pesar de mis ilusiones, siempre supe que Gioacchina era una Varzi. Me habría gustado que mi madre conociera a Francisco; es parecido a mí.

"Después del nacimiento de mi hermana, Gian Carlo desapareció un tiempo. Fueron días felices, de paz. No duraron mucho porque apareció ebrio una mañana; dijo que volvía para quedarse, y como mi madre intentó echarlo, le pegó tanto que terminó en el hospital. Yo estaba trabajando cuando sucedió eso, si no... —Cerró el puño y contrajo el rostro—. Era un infierno vivir ahí.

"Hasta que pasó lo que tenía que pasar. Una tarde llegué a mi casa y encontré a mi madre tirada en el suelo, con el rostro bañado en sangre. Apenas balbuceó unas palabras antes de morir en mis brazos. —Micaela hizo ademán de acercársele, pero Varzi le indicó que no, y continuó—: Gioacchina tenía cuatro años; estaba sentadita al lado de mi madre muerta. Todavía retumban en mi cabeza los alaridos que pegaba, como si entendiera todo.

"No recuerdo bien lo que pasó después. Sé que encontré a Gian Carlo en un burdel, jugando a las cartas y emborrachándose. Me volví loco, agarré una botella rota y se la clavé en la garganta. No me acuerdo de nada más. Volví a tomar conciencia en el calabozo de la comisaría.

"Estuve preso diez años. Los tres primeros los pasé en un reformatorio, aquí en Buenos Aires, pero mi conducta era tan mala que me trasladaron a una cárcel para presos políticos en la Isla de los Estados, cerca de Tierra del Fuego. Años después, inauguraron una prisión en Ushuaia y ahí fui a parar. Mi compañero de celda era Johann, el esposo de Frida. No la culpes a ella por las mentiras que te contó, yo le tenía prohibido hablar de esto. Johann fue el mejor amigo que tuve en la vida, mi consejero, mi maestro. Si no fuera por él, creo que habría muerto tratando de escapar de la cárcel. Murió el año anterior a que me dejaran en libertad.

"Cuando regresé a Buenos Aires, solamente podía pensar en Gioacchina. Quería ser rico para que nada le faltara, para sacarla del orfanato y darle la vida de princesa que habría deseado mi madre. Así fue que me metí en el negocio de los prostíbulos y garitos. En pocos años conseguí lo que quería y, desde entonces, Gioacchina vive como una reina, pensando que un benefactor muy bondadoso la ayuda.

Por primera vez en su relato, Carlo levantó la vista. Encontró a Micaela desorientada, abrumada ante semejante confesión, y un miedo inefable se apoderó de él.

—Me sacrifiqué por mi hermana —trató de explicar—. Por ella hice a un lado mis principios, mi moral, todo lo que Johann me había enseñado, y me convertí en un *cafishio*. Pero ahora quiero reivindicarme, quiero ser un hombre respetable para que puedas sentirte orgullosa.

Volvió a mirarla lleno de vergüenza, e, inclinado a pensar que la había perdido, se maldijo una y otra vez por haberle confesado la verdad.

—No sé qué decir —esbozó Micaela.

—Sabés muy bien qué decir —espetó él, de mal modo—. Que te querés ir para no volver, que no soportás ser la mujer de un ex presidiario, que no tolerás ser la mujer de un asesino. ¡El asesino de su propio padre! Te doy asco, ¿no? ¡Asco!

Micaela se arrodilló frente a él y lo obligó a levantar el rostro.

—Carlo, amor mío —susurró, y le acarició la mejilla húmeda—. Nada en este mundo podría acabar con este amor que siento. Yo te amo tanto que moriría por vos.

La arrebujó contra su pecho y la besó. No podía separarla de él, Micaela era como el aire, arrancarla de sí equivaldría a una muerte lenta y dolorosa, y, aunque sin ayuda había superado la pérdida de su madre, la culpa por la muerte de su padre y la soledad y la miseria de la prisión, se sintió vulnerable como un niño al imaginar una vida sin ella.

—Prometeme que nunca me vas a faltar —rogó—, que no voy a tener que vivir en este mundo si vos no estás en él.

—Siempre voy a estar para vos —aseguró Micaela—. Hasta el fin. Te lo juro. No te atormentes. Y gracias por haberme contado la verdad, gracias por haber confiado en mí y en nuestro amor.

El resto de la tarde, y hasta que el sol se convirtió en una gema incandescente en el horizonte, Carlo le hizo el amor buscando saciar su espíritu inquieto, y casi al anochecer, mientras la tenía dormida entre sus brazos, se convenció de que todo lo vivido, lo bueno y lo malo, lo lindo y lo feo, había sido para yacer junto a ella en ese instante.

*Q*ué debo decir si Cheia me pregunta, señora? —quiso saber Ralikhanta al detener el coche frente a la casa de la calle San Martín.

—Que estuvimos en lo de Alvear, con la señora Regina.

—¿Tanto tiempo, señora?

—Tenés razón, no va a creerlo.

—¿Le parece mejor decir que pasó el resto de la tarde en la biblioteca del Conservatorio? Usted solía hacerlo tiempo atrás.

—Estoy de acuerdo, buena idea.

Sin embargo, Cheia y Moreschi, que la aguardaban en su dormitorio, no le creyeron. El maestro siempre había sospechado de Varzi como el mentor de las orquídeas blancas, y esa tarde, cuando Cheia le mostró la que supuestamente había enviado el director del Colón, se dio cuenta de que Varzi estaba de regreso. Micaela no lo contradijo y ratificó la presunción con un silencio elocuente.

Los reproches le molestaron, en especial los de Cheia, que atacaba a Carlo con una crueldad desmedida y le endilgaba toda la culpa por la infidelidad de su niña.

—Carlo no es culpable de nada. Fui yo a buscarlo.

La nana invocó a Santa Rita, y Moreschi se cubrió el rostro.

—¿Cómo podés engañar al señor Cáceres, un hombre que te quiere tanto?

—Dudo que me quiera —replicó la joven—, cuando se casó conmigo sabiendo que era impotente.

Había intentado preservar el secreto de Eloy, pero la ferocidad de Cheia y la tozudez del maestro la llevaron al límite, y entre defender el orgullo de su esposo y la relación con su amante, optó por lo segundo, causando un efecto desolador en sus interlocutores. Moreschi, visiblemente afectado, tomó asiento y se secó la frente con un pañuelo, mientras Cheia la miraba con fijeza y movía la boca sin emitir palabra.

—¿Impotente? —farfulló.

—Es sólo cuestión de tiempo mi separación de Cáceres. Nuestro matrimonio fue un error, no porque él sea impotente, sino porque no lo amo. De quien estoy profundamente enamorada es de Carlo Varzi, y basta.

Después de todo, razonó Micaela, que mamá Cheia y Moreschi supieran la verdad le facilitaba las cosas. Más cómplices, más mentiras creíbles y lo que fuera necesario para encontrarse furtivamente con su amante.

—¿Hasta cuándo? —presionó Varzi, al día siguiente.

—Pronto, mi amor —respondió Micaela—. El asunto con el doctor Charcot va muy bien. Eloy está de buen talante, parece optimista.

—¿Me imagino que no tratará siquiera de tocarte, no?

—No se lo permitiría —aseguró ella.

—Le tengo desconfianza al *bienudo*. ¿Qué tal si se enfurece cuando le decís que lo vas a dejar? ¿Qué tal si te quiere pegar? ¡Lo mato si te roza con un dedo!

Micaela lo besó para tranquilizarlo y Varzi comenzó a excitarse nuevamente.

—Marlene… —musitó.

—¿Cuándo vas a llamarme por mi verdadero nombre?

—Nunca. Para mí, vos no sos la *señorita Micaela Urtiaga Four*; vos sos Marlene, la mujer valiente que, por salvar a su hermano, estuvo dispuesta a enfrentar a todos los *cafishios* de La Boca; la mujer que, pese a ser reina en los mejores teatros de Europa, cantó tangos en mi burdel; la que arriesgó su vida muchas veces. Ésa es mi mujer. Micaela, en cambio, tuvo miedo y, por cobarde, se casó con otro. Siempre vas a ser Marlene para mí.

—Extraño el Carmesí —confesó ella.

—A diario me pregunto si habrías vuelto conmigo de seguir en el negocio de las *naifas* y el juego.

—La mañana en que te busqué, fui directo al Carmesí, y me desilusioné mucho cuando una mujer me dijo que lo habías vendido. No podría explicarte la nostalgia que me sobrevino. Me largué a llorar en la vereda. Añoro las noches en que Tuli me disfrazaba para cantar, cuando bajaba por las escaleras y el público me ovacionaba. Yo te buscaba entre la gente y nunca te encontraba. Después, como por arte de magia, aparecías y me obligabas a bailar, y me costaba disimular que me gustaba. Llevame al Carmesí —pidió—, bailemos el tango una vez más, y después haceme tuya como tantas veces lo deseamos en ese lugar y nunca nos animamos a decirlo.

Excepcionalmente, la última función en el Colón se había fijado próxima a la Navidad, y, junto con el fin de la temporada lírica, llegaba el festival de Beethoven en Santiago de Chile, donde Micaela y Carlo planeaban encontrarse. De regreso en Buenos Aires, y cualquiera que fuese el diagnóstico de Charcot, Micaela había prometido dejar a Cáceres.

Sería un escándalo, lo sabía. Tendría que enfrentar a su padre, a su hermano, a la sociedad entera. ¿Qué sucedería con su carrera? ¿Gastón María confesaría el verdadero origen de su amante? Se enfurecería y, quizás en medio de su indignación, le diría a Gioacchina que Varzi era su hermano. Se instó a no pensar, convencida de que nada importaba a excepción de su amor por Carlo, y, aunque las dudas brotaban de a miles, no vacilaría.

La última noche en el teatro, Micaela descubrió entre las plateas más cercanas a Varzi, Frida y Tuli, y, dominada por la alegría y el orgullo, se destacó entre los del elenco e impresionó a todos, incluso a Moreschi, y no menos al público, que, halagado con su esmerada actuación, la ovacionó de pie largos minutos. Debió saludar varias veces, y, en cada ocasión, sus ojos se encontraron con los labios de Varzi que le decían "te amo". Más tarde, en el camerino, recibió la orquídea blanca. "En medio de tanta gente, yo era el único que podía gritar: esa mujer es mía. C. V."

Los compromisos de Micaela les impidieron verse esa noche, pero a la siguiente, y con la ayuda de Moreschi, Ralikhanta la llevó a San Telmo, donde Frida la sorprendió con una cena, y Tuli y Cacciaguida con su presencia. El maestro se emocionó al encontrarse nuevamente con su admirada *divina Four* y deleitó a los comensales, en especial a Carlo, con anécdotas de Micaela en los teatros de Europa.

—Era tan jovencita cuando la escuché cantar por primera vez —recordó—. Fue en *El Barbero de Sevilla*, en Munich, en el festival del año ocho. ¿Se acuerda, Micaela? ¿Cuántos años tenía?

—Cómo no voy a acordarme si fue mi debut. Tenía dieciséis años.

—¡Qué Rosina, *Madonna mia*! ¡Y al mismo tiempo en *Las Valquirias*! Eso fue increíble.

—¿Cómo hacés para cantar así, Marlene? —quiso saber Tuli—. Digo, como anoche.

A continuación, trató de imitar el canto de la Reina de la Noche, y sólo consiguió provocar la hilaridad del resto.

—Mejor dedicate a los números y a los tipos —le sugirió Carlo.

La comida resultó amena, y a pesar de que Varzi se mantuvo callado gran parte del tiempo, su semblante afable demostraba que se hallaba a gusto, mientras un brillo le iluminaba los ojos negros cada vez que su mujer lo miraba.

Aunque habría deseado terminar la noche en la cama de Carlo, Micaela decidió partir. La cena se había extendido más de lo esperado y no contaba con tiempo suficiente, pues Moreschi había prometido a Cáceres regresar temprano de la supuesta cena con los empresarios cordobeses.

—Están ansiosos por tener a *la divina Four* en el teatro lírico de su ciudad —le había mentido para convencerlo.

Varzi la acompañó hasta el coche. Ralikhanta se mostró reverente con Carlo y se inclinó para saludarlo. Sólo recibió como respuesta un vistazo avieso.

—Quedate esta noche —le pidió Varzi, apoyado en la ventanilla.

—Tendremos miles de noches juntos, mi amor; ahora tengo que irme.

A la mañana siguiente, Moreschi se presentó en casa de Micaela mientras desayunaban.

—Buenos días, maestro —saludó Cáceres, de un buen humor inusual—. ¿Viene a robarse a mi esposa nuevamente?

—Disculpe, Canciller, pero el festival Beethoven será en pocas semanas y tenemos que ensayar. No es mi intención privarlo de su esposa, pero el mundo la reclama —apostilló.

—Claro, por supuesto, para *la divina Four* primero está el público. —Luego, se dirigió a Micaela—: Estoy acomodando las cosas en la Cancillería para acompañarte a Chile.

La noticia la alteró sobremanera, y debió apoyar la taza sobre el plato. Se topó con los ojos de Cheia y Moreschi que enseguida comprendieron su disgusto. Sin advertir el cruce de miradas elocuentes, Cáceres dejó la mesa con premura, cuestiones de primer orden lo aguardaban en la Casa Rosada y no disponía de más tiempo, sin embargo, obligó a Micaela a acompañarlo hasta la puerta y se tomó unos segundos para despedirse.

—No quería irme sin decirte cuánto te quiero. —La besó en los labios con ardor—. Voy a pensar en vos todo el día.

Micaela permaneció un rato más en la puerta mirando el automóvil de Cáceres hasta que se perdió en el tráfico de la calle San Martín. "Va a ser muy duro cuando le diga a Eloy que vamos a separarnos", pensó en voz alta cuando regresó a la sala. Con la intención de distraerla, Moreschi la apremió con el tiempo y, medio enojado, le reclamó que ya deberían estar ensayando *La oda a la alegría* en lo de Urtiaga Four. Cheia, inclinada a pensar que Eloy Cáceres no aceptaría de modo alguno el abandono de su esposa, se limitó a mirarla con desconsuelo. "Está muy enamorado de ella", concluyó.

La Novena Sinfonía y su *allegro recitativo* la abstrajeron de las turbulencias de su vida, y pasó una mañana bastante agradable en casa de su padre junto a Alessandro Moreschi, más tranquilo después de haber comprobado que Beethoven tampoco representaba un escollo en la carrera lírica de su pupila. Almorzaron con Rafael, que, inusitadamente locuaz, comentó a lo largo de la comida acerca del éxito de *La flauta mágica*, del magnífico desempeño de Eloy como canciller y de la sorprendente destreza de Gastón María en el manejo de los campos.

—Esta mañana —continuó el senador—, recibí carta de tu hermano donde promete venir a pasar la Nochebuena con nosotros.

Micaela fingió contento, pero caer en la cuenta de la soledad que debería soportar Carlo en Navidad, lejos de ella, de su hermana y de Francisquito, la entristeció hasta el punto de abandonar el ensayo y de pedirle a Ralikhanta que la llevase al puerto, sin prestar atención a los reproches de Moreschi.

En el camino consiguió desolarse aún más al pensar que en esta vida Carlo sólo había sufrido. Lo imaginó llorando a su madre muerta y padeciendo hambre, frío y cadenas durante los años de prisión; el tormento que habría significado la lejanía de su pequeña hermana le sacudió el alma, y le pareció desmedido el castigo que se imponía al ocultarle su identidad. Llegó al puerto con los ojos arrasados en lágrimas.

—¡Marlene! —se sorprendió Tuli—. ¿Qué hacés aquí?

—¿Y Carlo? —preguntó, con ansiedad.

—Está controlando un embarque en la dársena cuatro. Ya lo busco —agregó, al notar la turbación de ella.

Varzi subió los escalones de dos en dos hasta su oficina. "Está muy nerviosa", le había dicho Tuli. Micaela se le echó a los brazos y lo aferró con desesperación. Él, sin preguntar, la contuvo, la envolvió sobre su pecho, le besó la coronilla, la llamó "muñeca, muñeca mía".

—Carlo —musitó ella, después.

—Aquí estoy, mi amor, aquí estoy. —Y la aprisionó un poco más.

—Necesitaba abrazarte, sentirte cerca, olerte, tocarte, saber que estás vivo, que sos mío.

—¿Qué pasó? ¿Te hizo algo el *bienudo*? ¿Tuviste algún problema con él?

—No, no me hizo nada —se apresuró a aclarar—. No sé qué me pasó; de pronto, me vino una necesidad de vos que no pude controlar. Dejé todo y le pedí a Ralikhanta que me trajera hasta aquí. El maestro todavía debe de estar quejándose. Lo dejé plantado en medio de una práctica.

—¿En qué pensaste para ponerte así?

—Pensé en que quiero que seas feliz.

Varzi la separó de sí, le secó las lágrimas con un pañuelo y le besó la frente.

—Sufriste tanto, Carlo. Ya no quiero…

—Desde que puedo estrecharte así, desde que me pertenecés no me acuerdo de los días tristes. Solamente puedo pensar en los buenos tiempos que vendrán.

Se despidieron minutos más tarde, Varzi tenía que regresar a la dársena y Micaela al ensayo.

—¿Estás más tranquila? —Micaela asintió—. Mañana te mando el coche con mi chofer a casa de tu amiga Regina a las doce del mediodía, te va a estar esperando en el portón de atrás. No hagas preguntas —le ordenó—, es una sorpresa.

A última hora del día anterior, Regina Pacini había recibido una nota de Micaela. A la mañana siguiente desayunó temprano y, antes de las nueve, se puso en marcha hacia lo de Cáceres presa de una agitación potenciada por la intriga y menguada por el disgusto, pues no atinaba a comprender a su joven amiga, que, "envuelta en un romance de novela con un hombre de los que ya no hay", aún soportaba al "zoquete de Cáceres, ¡sí, señor!, porque Canciller de la Nación y todo, no es más que eso, un zoquete". Insistiría hasta el cansancio, y por fin su amiga terminaría con ese matrimonio absurdo que sólo le quitaba tiempo de felicidad, tiempo que menospreciaba a causa de su juventud, porque ¿quién no se había creído inmortal a los veinticuatro años?

Cheia la recibió en el vestíbulo y, con mirada cómplice, le explicó que el señor aún estaba en la casa, desayunando con su esposa.

—Antes nunca lo hacía —comentó la nana—. Tomaba un café a las siete y se marchaba rapidito a la Cancillería.

—Señora de Alvear, pase, por favor —invitó Eloy, con entusiasmo mal fingido—. ¿Piensan salir? No me habías dicho nada, querida.

—No creí que te interesara, se trata de algo sin importancia. Vamos de compras.

—Estoy segura —intervino Regina— de que Micaela no quiso abrumarlo con cuestiones de vestidos, sombreros y zapatos. Ya empezó el verano y nuestros roperos están raleados. No es justo que…

—Sí, por supuesto —la interrumpió Eloy—, me parece muy bien. Vas a necesitar dinero, querida. —Y antes de que Micaela pudiera protestar, añadió—: Voy a mi escritorio a buscarlo.

—Dejalo —la frenó Regina, luego de que Cáceres abandonó el comedor—. Al menos que te dé un poco de dinero para tus compras.

—¡Regina, por favor! —se quejó Micaela—. Éste no es un asunto de especulación económica.

—¿Ah, no? Y, ¿por qué diantres te creés que se casó Cáceres con vos? ¿Porque estaba locamente enamorado? ¿Porque la pasión lo consumía y el corazón le saltaba en el pecho cada vez que te veía? Vamos, eso no se lo cree nadie. Fue el mejor negocio que hizo en su vida, con la venia de su querida tía Otilia. Disculpame que sea tan cruda, pero vos sabés que yo no me ando con rodeos y digo siempre lo que pienso.

Jamás habría supuesto que a Eloy lo hubiesen movido intereses de esa índole. Recordó los comentarios de Gastón María, que, por venir de él, había desechado sin más. "Ese tipo es un cretino… Quiere escalar posiciones en la Cancillería sea como sea y no va a detenerse ante nada… ¿No te das cuenta de que, a toda costa, quiere congraciarse con papá para conseguir su objetivo, ser el nuevo Canciller?" De todas maneras, se sintió incapaz de juzgar a su esposo cuando ella misma lo había usado para alejarse de Carlo. Si a Eloy lo habían movido intereses económicos y sociales, a ella no la habían impulsado cuestiones menos vituperables.

—Ya no pienses en cosas tristes —sugirió Regina—, y decime por qué me mandaste a llamar.

—Al mediodía, Carlo me va a enviar su coche a tu casa. Necesitaba una excusa para ausentarme el día entero y, como el maestro hoy no puede ayudarme porque tiene un compromiso impostergable, no tuve otra opción que molestarte.

—Hiciste muy bien.

—Te pedí que vinieses a buscarme para que Eloy te viera y le resultara más creíble.

Cheia se apersonó en la sala con Nathaniel Harvey por detrás, y salió después de haberlo anunciado.

—Usted sí que es un desfachatado, *mister* —dijo la Pacini.

—Buenos días, señora de Alvear —saludó Nathaniel—. Señora Cáceres, hermosa como siempre, aunque, si se la observa con más atención, podría decirse que, además de hermosa, está radiante; un esplendor inusual la ilumina. ¿Quizás algún otro consiguió los favores con los que yo no he sido aún beneficiado?

Micaela alcanzó a detener a su amiga que se disponía a abofetearlo.

—Vamos, Regina. Determinadas personas ni siquiera valen la pena. —Al llegar al recibo, le indicó—: Esperame en el coche; busco mis guantes y mi sombrero, y te alcanzo.

Se dirigió a su habitación por la zona de servicio para evitar la sala. En el corredor, se ocultó tras un mueble al atisbar que Nathaniel y Eloy se aproximaban, y, aunque hablaban a media voz, le resultó evidente que discutían. Entraron en el despacho, y Micaela se sorprendió cuando su esposo tomó a Harvey por el brazo y lo empujó dentro.

—Te dije que no quería volver a verte en mi casa —lo escuchó decir en un susurro.

Por más que Micaela se afanó sobre la puerta, el grueso roble y las voces contenidas le impidieron entender palabra. Marchó al encuentro de Regina sumida en dudas. ¿Eloy se

habría dado cuenta de la clase de persona que era su amigo?
¿Ralikhanta le habría contado que hacía tiempo la molestaba
con propuestas indecorosas? ¿O se habrían peleado por cuestiones de negocios?

*E*l chofer le entregó un pañuelo oscuro y le pidió que se cubriera los ojos. Micaela lo miró divertida, tomó la venda y, sin hacer comentarios, se la ató detrás de la cabeza cuidando de no aplastar el tocado del sombrero. Se relajó en la parte trasera del automóvil, complacida con la brisa que entraba por la ventanilla, pues el calor del verano y la intriga por la sorpresa la habían agitado, y gotas de sudor le corrían entre los senos. Tanteó la escarcela, sacó la pequeña botella *Lalique* que su maestro le había regalado y se perfumó generosamente.

Sabía que lucía bien, el vestido le sentaba magníficamente, en opinión de Regina, y el cabello suelto, con marcadas ondulaciones, complacería a Carlo tanto como cuando la obligaba a soltárselo y a pasearse desnuda delante de él, con el único afán de solazarse con su belleza y su garbo, hasta que, dominado por el deseo, le saltaba encima y la tumbaba en la cama.

El automóvil se detuvo. El chofer la ayudó a descender y la guió con cuidado hasta unos escalones. Escuchó que se abría una puerta, que el hombre la instó a trasponer, y debió caminar un poco más antes de que la dejase sola. No quiso sacarse la venda y esperó que Carlo lo hiciera, porque sabía que lo tenía enfrente, habría reconocido su loción de lavanda en cualquier sitio. Estiró la mano y le acarició la mejilla recién afeitada, suave y fragante. Carlo le quitó el pañuelo y aguardó a que se acostumbrara a la media luz.

—El Carmesí —murmuró ella, con una sonrisa y la mirada brillante.

Había cambiado. Las mesas, dispuestas en otro sector, descollaban sin manteles, pintadas de negro; las lámparas ya no estaban cubiertas por gasas rojas y habían quitado la alfombra carmesí que cubría los peldaños de la escalera. Y, por sobre todo, la ausencia de Tuli disfrazado de mujer, de las muchachas, con sus boas hasta el piso y los ojos pesados de maquillaje, de Mudo y Cabecita atentos en la puerta y de Cacciaguida al piano, la llenó de tristeza.

—Bailá conmigo, Marlene —ordenó Varzi, y la tomó por la cintura con la ferocidad de la primera vez, a sabiendas de que le hacía doler, que su fuerza la debilitaba, pero tenía que demostrarle su virilidad, su supremacía de macho, y convencerla de que ella le pertenecía, de que no volvería a abandonarlo. Micaela lo amó por eso, por su inseguridad, por desearla tanto, por temer perderla, y lo dejó hacer, pues, en medio de tanta rudeza, interpretó la manera en que Varzi le decía "te amo".

La orquesta ejecutó *El trece*, y luego *El choclo* y *Venus*. Micaela y Carlo se entregaron nuevamente a ese baile de negros, orilleros y putas, hijo bastardo de los lupanares de La Boca, que en su niñez había imitado la coreografía rápida de los duelos a cuchillo, para perder la inocencia años más tarde, volviéndose una danza lasciva e irrespetuosa que sabía comprender como nadie el deseo reprimido de tanto macho sin hembra, de tanto compadrito sin proezas, de tanta traición y desamor.

Ese baile que, como en sus albores, los había enfrentado en un duelo, ahora los unía en sus cadencias insinuantes y

bamboleos concupiscentes, formas sensuales cargadas de erotismo que de manera increíble respetaban una secuencia armó-
nica de figuras rápidas y complejas. Las piernas se dislocaban
y entreveraban, buscaban la intimidad del tajo de la falda o de
la bragueta del pantalón, trepaban por el muslo arrastrando el
vestido o escapaban velozmente al asedio de los pies.

Siguió *Don Juan*, un tango que a Micaela le habría gustado bailar hasta el fin para rememorar las noches del Charonne.
Con todo, deseó que no durara mucho; la virilidad de Carlo,
comprimida dentro del pantalón, y el brillo lujurioso de su
mirada resultaron suficiente preaviso antes de que la arrastrara
a la planta alta.

Eloy echó un vistazo al reloj: la una de la tarde. Todavía le
quedaban asuntos importantes en la Cancillería, pero no tenía
cabeza para nada, sólo para Micaela. ¡Qué linda estaba esa
mañana! La había espiado mientras tomaba un baño y cantaba a media voz un aria de Verdi, y también cuando, al salir de
la tina, con el agua aún escurriéndole sobre la piel satinada, en
medio de la inocencia de creerse sola, le exhibió la magnificencia de su cuerpo virginal, puro como una rosa blanca, exquisito como fruta madura.

Cáceres se rebulló en la silla, cerró los ojos y las imágenes retornaron a la hora del desayuno, donde lo había em-
briagado su perfume, y el brillo de su cabello blondo lo había
arrobado. Le preguntó nimiedades sólo para escucharle la
voz, para verle el movimiento de los labios y el de la lengua
cuando se los humedecía. Y la interrupción de la Pacini sirvió
para que Micaela abandonara la mesa y él se regodeara con el
meneo natural de sus caderas, exacerbado por el corte del vestido blanco. Se complació en la seguridad de que su esposa
aún lo aguardaba, pura y sin mancha. "Es una santa atrapada
en el cuerpo de una pecadora", repetía, y se vanagloriaba de

su suerte, convencido de que le pertenecía por completo y de que sólo él la exploraría hasta caer ebrio de placer. Sí, Micaela aún lo aguardaba, pero no necesitaba seguir haciéndolo.

Salió del despacho y le ordenó a su asistente que cancelara los compromisos de la tarde.

—Hasta el lunes —saludó.

—Hasta el lunes, Canciller —atinó a contestar el atónito empleado.

En el trayecto a su casa, se preguntó si Micaela habría regresado de sus compras; ni siquiera había tenido tiempo de darle el dinero, cuando volvió a la sala, Micaela y la Pacini ya no estaban; en cambio, se topó con Harvey y su sonrisa insolente. Pero no recordaría asuntos penosos, esa tarde volvería a la vida a manos de su mujer, volvería a ser un hombre normal, sin tormentos ni traumas. Hacía varias noches que no tenía pesadillas ni despertaba sacudido por Ralikhanta, tampoco lo dominaban la ira y el desprecio, se sentía en paz, sin necesidad de represalias. Micaela le había devuelto la esperanza. Se maldijo por el tiempo perdido, por los momentos de confusión, por las mentiras, por el engaño.

Al llegar a su casa, despachó el auto oficial e indicó que no lo necesitaría hasta el lunes a las ocho de la mañana.

—Vaya nomás, Funes, descanse un poco que se lo ha ganado —agregó.

—Gracias, Canciller —acertó a decir el hombre, asombrado.

Encontró a Cheia que acomodaba flores en un jarrón de la sala y enseguida notó la turbación de la mujer al verlo.

—Canciller —dijo—, pensé que no venía a almorzar. Si quiere le mando a calentar el guiso y el pastel de papas.

—No, gracias. ¿Y la señora? ¿Está en su dormitorio?

—¿La señora? Eh… No, bueno, usted sabe, ¿no? La señora de Alvear vino a buscarla esta mañana y se fueron de compras. Todavía no volvió.

Apareció Ralikhanta que trató de escabullirse antes de que el patrón lo viera.

—¡Ralikhanta! —llamó Cáceres, de mal modo, como solía hacer—. ¿Sabes adónde pensaba ir de compras la señora? —El indio negó con la cabeza—. ¿Y no te pidió que fueras a buscarla en algún momento? —Volvió a negar, y a Eloy comenzó a esfumársele la alegría con la que había llegado al hogar.

Cheia, que presenciaba la conversación sin entender palabra, pues Cáceres se dirigía a Ralikhanta en hindi, presagió una tormenta y, cuando el patrón le comunicó que iría a buscar a su esposa a lo de Alvear, cambió de parecer y presagió un terremoto, pues, sin que su niña le hubiese contado nada, ella intuía que esa salida con la señora Regina era puro invento y que más bien olía a *cafishio* vicioso.

—Vamos, Ralikhanta, llévame tú que despedí al chofer de la Cancillería.

En la mansión Alvear, el ama de llaves le informó que la señora Regina dormía la siesta y que había pedido no ser molestada. Humillado, Cáceres le preguntó por su esposa.

—La señora Micaela se fue al mediodía, señor, y no sabría decirle adónde.

—¿La llevó el chofer de la señora de Alvear? Quizá podría hablar con él.

—No, Julio no salió para nada. Me pareció que la esperaba un coche en la puerta.

Eloy luchaba por mantener la compostura, no obstante y más allá de los esfuerzos, se le habían coloreado las mejillas y tenía la frente perlada de sudor.

—Llévame a lo de Urtiaga Four —ordenó al indio—, tal vez esté con su maestro.

Otilia se alegró de ver a su sobrino, a pesar de que, según aclaró, debería estar ofendida porque últimamente no la visitaba; de todos modos lo disculpó, segura de que su desaprensión no se debía a la falta de cariño sino a la falta de...

—¿Micaela está aquí? —la interrumpió Cáceres.

—No, querido, no vino en toda la mañana.

—¿Y Moreschi?

—Según me comentó Rafael, lo invitaron a pasar el día a una quinta en Belgrano; va a volver a la hora de la cena. ¿Qué pasa, querido? ¿No encontrás a tu esposa? Debe de estar con Ralikhanta en algún almuerzo de beneficencia o en una tertulia lírica de las que es *habitué*.

—Ralikhanta no está con ella, tía, está conmigo, esperándome en el coche.

—Ah —esbozó Otilia—. Veo que el asunto es más grave de lo que pensé. No descuides a tu mujercita, Eloy. Cuando la encuentres, dale un buen sermón; una señora bien, una señora de su casa —agregó, vehemente—, no puede desaparecer sola, sin su chofer y sin que nadie sepa dónde está. Te repito, querido, vigilala de cerca, es una joven acostumbrada a hacer de su vida lo que quiere y eso no es lo que la gente espera de la esposa del Canciller de la República.

Eloy dejó lo de Urtiaga Four maldiciendo en voz baja y no simuló la furia que lo embargaba cuando le ordenó a su sirviente que lo condujera a todos los lugares que acostumbraba a ir Micaela.

—Y más vale que no te olvides de ninguno —espetó.

Ralikhanta, sumiso y silencioso, lo llevó al conservatorio, al teatro y a la sede de las Damas de la Caridad. En cada sitio, Eloy se tragó el orgullo y preguntó por Micaela, soportó los gestos de asombro y atendió pacientemente los comentarios malintencionados. Al terminar el periplo, su estado de ansiedad y rabia era tal que habría estrangulado a su esposa de tenerla enfrente.

—Volvamos a la casa, señor —sugirió el indio—. Quizá la señora Micaela ya llegó.

Eloy aceptó la idea con un gruñido y, en lo que duró el viaje, se dedicó a elucubrar ideas negras acerca del paradero de su esposa, ideas que se oscurecieron aún más cuando Cheia, con la voz temblorosa y estrujándose las manos, le dijo que la señora no había llegado.

—Está bien, Cheia, puede retirarse. —Esperó a que la mujer hubiese desaparecido para dirigirse a Ralikhanta—: No salgas a ningún lado, quizá te necesite más tarde. —Dio media vuelta y se internó en la casa.

Entró sin hesitar en el cuarto de Micaela. En el aire aún flotaba su perfume. Fue hasta el tocador, donde esa mañana la había espiado; acarició la esponja marina con la que la vio refregarse y olió las sales con las que había aromatizado el agua tibia. Salió del baño loco de desesperación. Miró en derredor, buscándola, y se detuvo en el *secrétaire*, un regalo que su abuelo le había hecho a tía Otilia y que él en su adolescencia se había hartado de hurgar. ¿Estaría la copia de la llave donde siempre la escondía? Retiró el mueble de la pared y la encontró sobre el zócalo de madera, llena de polvo y pelusas. Abrió el mueble y escrutó con atención las cosas que saltaban a la vista: una pluma, papel, sobres, un abrecartas de oro, un secante y un tintero, todo ordenado y limpio. Curioseó los pequeños cajones uno a uno sin hallar nada interesante: un cofre con alhajas, botellas de perfume vacías, cepillos y peines de marfil, un espejo y sujetadores para el cabello. El último cajoncito no cedió, y Eloy recordó que, años atrás, le había llevado un tiempo descubrir la traba secreta. ¿Dónde estaba? Quitó el cajón de la derecha y tanteó el fondo hasta dar con el engranaje y accionarlo.

—¡Eso es! —exclamó, al escuchar el chasquido.

Micaela lo usaba para guardar correspondencia. ¿Quién le habría enseñado el lugar secreto del mecanismo? Caviló unos segundos, mientras husmeaba los papeles, y coligió que no resultaba extraño que lo hubiese descubierto ella misma, después de todo, ¿qué mujer no tenía un *secrétaire* con trabas ocultas?

Se concentró en las epístolas, casi todas en francés, unas pocas en italiano, en general de tenores y sopranos famosos y de empresarios líricos, algunas firmadas por una tal madre superiora que escribía desde Vevey, y por último, una de Gastón María, que se refería a él como "el estirado y pulcro Canciller". Tuvo un mal presentimiento al ver un atado de esquelas medio escondido en el fondo.

"Amor mío, nada me molesta tanto como escribirte estas líneas para decirte que mi regreso a Buenos Aires no es posible todavía... Te extraño tanto que casi no duermo de noche, y de día me cuesta pensar en los negocios; siempre estás ahí, en mi cabeza, volviéndome loco... Sueño con nuestro reencuentro. C. V."

Se mordió los labios para no gritar, hizo un bollo la carta y la arrojó contra el mueble; la recogió casi de inmediato y volvió a detenerse en algunas frases. *Amor mío... Te extraño tanto... Amor mío... Sueño con nuestro reencuentro... Rosario, 9 de diciembre de 1915.* Tan sólo unos días atrás. Se le descompuso el semblante y empezó a llorar impulsado por la rabia y el odio. "¡Tan sólo unos pocos días atrás!", repitió, chirriando los dientes. *Hoy, a las 15... En medio de tanta gente, yo era el único que podía gritar: esa mujer es mía. C. V.*

Cáceres se arrastró hasta el sillón ahogado en llanto, envenenado por su resentimiento, y descargó la mezcla de dolor y odio que le asolaba el alma. Lloró sin control hasta que el tormento cedió y respiró normalmente. La calma imperó en él y, con la parsimonia y flema de costumbre, acomodó las cartas y cerró el *secrétaire*. Abandonó la habitación a paso tranquilo, sin mirar atrás al cerrar la puerta.

Carlo despertó con dificultad y se restregó los ojos para alejar la pesadez que lo instaba a seguir durmiendo. Estaba agotado, le había hecho el amor a Micaela hasta la extenuación, hasta caer rendido sobre su pecho agitado. La buscó con la mirada y la encontró de pie frente a la ventana, espiando tras un resquicio de la cortina de terciopelo rojo. Completamente desnuda, se le antojó la criatura más perfecta y acabada. La sorprendió por detrás con un beso sobre el hombro.

—Pensé que dormías —comentó ella.

—¿Qué mirabas?

—La gente en la calle, el puerto, las casas de todos colores. Me da tristeza este barrio, la gente camina con la cabeza baja y los niños corren sin zapatos por la calle. Me entristece pensar que vos también eras así, flacucho y sin ropa.

—Yo no era así, nunca me faltó el calzado y no tenía nada de flacucho, al contrario, siempre fui alto para mi edad y bien formado. Cuando empecé a usar pantalones largos, mi mamá tenía que bajarles el ruedo porque cada dos por tres me quedaban cortos. "¡Bajalos a tomar agua!", me gritaban en la calle, y yo me moría de vergüenza.

Micaela rió con ganas al imaginar a ese Carlo Varzi adolescente, con pantalones que no le cubrían los tobillos y cara arrebolada por la timidez.

—Solamente te vas a poder reír cuando estés conmigo —le ordenó—. Sos más hermosa cuando te reís. Ningún hombre resistiría la tentación.

—Sos demasiado posesivo —se quejó ella—. ¿Por eso tengo a Cabecita y a Mudo siguiéndome como sabuesos todo el día? —La cara de desconcierto de Varzi volvió a causarle gracia—. Empecé a darme cuenta de que me seguían cuando vine a buscarte al Carmesí, la mañana en que me enteré que lo habías vendido. Cuando salí, me topé con Cabecita en la vereda, y cuando le pregunté qué hacía ahí, me dijo que te preguntara a vos. Desde entonces, siempre me los cruzo.

—Quiero protegerte —adujo Carlo—. Me muero si te pasa algo.

—No va a pasarme nada, mi amor. ¿Qué podría pasarme?

—No me gusta tu chofer, el indio ése. Me da mala espina.

—No juzgues a la gente por su apariencia. Sé que Ralikhanta no inspira confianza al primer vistazo, con todos esos anillos y cadenas, los trajes raros que usa y, sobre todo, ese par de ojos enormes y oscuros, pero es un buen hombre, sé que jamás me traicionaría.

—No me importa que te enojes, Cabecita y Mudo van a seguir protegiéndote, ¿está claro?

Micaela asintió y Carlo la besó en los labios.

—La mañana que vine a buscarte aquí, una mujer me dijo que querías volver a Nápoles. ¿Es cierto que tenías intenciones de volver a Nápoles?

—Y todavía las tengo —aseguró—. ¡No pongas esa cara, Marlene!

—¿Qué cara querés que ponga cuando te escucho decir semejante estupidez? ¿Cómo se te ocurre que vas a ir a Italia en medio de la guerra? ¿Estás loco?

—Si viajo en un barco argentino, no va a pasar nada —aseguró Carlo.

—¡Eso es mentira! Pueden atacar tu barco sin importarles que sea de bandera neutral. ¡No, Carlo, por favor, jurame que no vas a ir a Nápoles mientras dure la guerra! ¡Por favor, jurámelo!

—Está bien, te lo juro. Además, desde que volviste a mí ya no tengo necesidad de buscar a la familia de mi madre. Con vos, tengo lo que necesito.

Micaela lanzó un resuello, se abrazó a él y le prometió que, cuando la guerra terminara, ella lo ayudaría a dar con los Portineri.

—Fuiste un suicida la noche de la fiesta en casa de mi padre —recordó la joven—. ¿Cómo se te ocurrió presentarte por tu verdadero nombre? ¿Y si Gioacchina te reconocía?

—Gioacchina no recuerda el apellido Varzi, aunque me dijo que le resultaba familiar. Marité, la amiga de mi madre que la visitó por años en el orfanato, nunca se lo mencionó, es más, le inventó que habíamos muerto en un accidente. De todas formas —agregó—, era inútil cambiarme el apellido, muchos de los invitados me conocían. No me mires así, ¿o acaso pensás que el único que frecuentaba mis garitos era tu tío Miguens? Al principio, cuando me vieron dando vueltas por los salones de tu padre, se asustaron; al rato, se dieron cuenta de que ni a ellos les convenía que yo hablara ni a mí que ellos me delataran.

—¡Y yo, cantando aquí, en el Carmesí, mientras corría el riesgo de toparme con los amigos de mi padre!

—Por eso, desde un principio, le pedí a Tuli que te disfrazara.

—¡Mentira! —replicó Micaela—. Lo hiciste para humillarme. Todavía recuerdo esa tarde, cuando entraste en el camerino y, frente a todos, le dijiste a Tuli: "Maquillala mucho, con pestañas postizas. Que parezca una puta".

Carlo la tomó por asalto y le acercó el rostro.

—Sí —susurró—, una puta, *mi* puta.

La encaramó en sus brazos y la depositó en la cama.

Eloy, luego de dejar el dormitorio de Micaela, se encaminó a la cocina. Cheia, que rezaba el rosario, se puso de pie al verlo entrar y le preguntó si quería almorzar. Cáceres la miró con gesto impertérrito y le ordenó que buscase a Ralikhanta.

—Dígale que lo espero en mi escritorio —añadió.

El indio se apersonó en el despacho y debió esperar un rato hasta que su patrón se dignó a voltear y hablarle.

—Quiero que me lleves con Micaela —ordenó.

—Pero, señor, si ya…

—Quiero que me lleves al lugar donde se encuentra con su amante —aclaró.

—No sé de qué me habla.

Eloy estuvo sobre Ralikhanta en un segundo, lo tomó por las solapas, lo levantó en el aire y lo apoyó contra la pared. Los pies del indio bailoteaban y la presión de las manos de Cáceres sobre el cuello le dificultaban la respiración.

—El secreto que nos une —susurró Eloy— no admite felonías. Sabes que puedo destruirte como a un escarabajo. —Lo volvió a tierra firme y le acomodó el saco—. Ahora, llévame con mi esposa.

—Tengo que irme —anunció Micaela.

Carlo lanzó un resoplido, dejó la cama y comenzó a vestirse.

—Carlo, por favor, no te pongas así. No quiero que nos despidamos enojados.

—¡Y cómo carajo querés que me ponga! —bramó, y asustó a Micaela, que dio un paso atrás—. Perdoname, mi amor —rogó, y la atrajo hacia él—. No aguanto cuando empezás con la cantinela de que tenés que irte, no aguanto que no seas mía todo el tiempo.

—Ya falta poco. Cuando regresemos de Chile, voy a dejar a Eloy aunque el doctor Charcot no lo haya curado. Yo tampoco soporto separarme de vos, pero entendeme, esto es muy difícil para mí.

—Sí, sí, te entiendo, pero si no querés que me quede enojado, antes de volver a tu casa, pasá por la mía, un rato nomás.

—Carlo, por favor, ya son las cuatro y media, es muy tarde.

—Solamente un rato. Frida te hizo un vestido y quiere dártelo como regalo de Navidad. Se volvió loca buscando unas telas finas y caras, encaje de no sé dónde y seda de Francia. Tengo que admitir que quedó muy lindo.

Micaela accedió. Terminaron de vestirse y bajaron. El salón se preparaba para otra noche de tango, putas y naipes.

Varias mujeres barrían la pista, otras limpiaban las mesas y los músicos ensayaban las melodías. Antes de dejar el burdel, Micaela le dispensó una mirada triste, convencida de que nunca volvería. Paradójicamente, en ese lugar, a las puertas del Infierno, ella había descubierto el Paraíso.

Ralikhanta estacionó el automóvil y le indicó a su jefe la casa de Varzi.

—¿Cómo se llama? —preguntó Eloy.

—Carlo Varzi.

—¿Varzi? ¿Italiano?

—Napolitano —aclaró Ralikhanta.

—¿A qué se dedica?

—Tiene una barraca en el puerto. Hace exportaciones e importaciones.

Eloy se mantuvo caviloso antes de volver a preguntar:

—¿Y de dónde sacó el dinero para la compañía exportadora?

—No lo sé, señor.

Con la rapidez de un rayo, Eloy se incorporó del asiento trasero, rodeó por el cuello al indio y lo apretó con brutalidad.

—Te dije que el secreto que nos une no admite traiciones. Decime de dónde sacó el dinero para una empresa como ésa un tipo de cuarta como él.

Eloy aflojó el brazo y Ralikhanta comenzó a jadear y a toser.

—Era dueño de varios garitos y burdeles —admitió el indio, sin aliento.

Cáceres volvió a echarse en el asiento. A pesar de su gesto hierático, mascullaba odio y asco; la imagen de su esposa en manos de un repugnante inmigrante italiano del barrio bajo de San Telmo le revolvía las tripas.

Ralikhanta los vio primero y no dijo nada. Cáceres, alertado por el ruido de un automóvil, descorrió el visillo: su esposa y un hombre moreno y atractivo, que la guiaba por la cintura y le susurraba, se adentraron en la vieja casona. Lo arrebató el deseo de sorprenderlos, pero se contuvo; cerró los puños y apretó los dientes para dominarse, seguro de que una venganza bien planeada sería más reconfortante que una disputa en la vereda.

Micaela y Carlo volvieron minutos después. Eloy reparó de inmediato en la caja primorosamente envuelta que cargaba su esposa y en la sonrisa de hembra satisfecha que le iluminaba el rostro. La vio despedirse de su amante con un beso lánguido sobre los labios, y notó la caballerosidad con la que Varzi la ayudaba a subir y le besaba la mano antes de cerrar la puerta. El automóvil arrancó y dobló en la primera esquina.

Ralikhanta puso en marcha el Daimler-Benz y, a una orden de Cáceres, se aprestó a seguirlos. Un rato después, el coche se detuvo a media cuadra de la residencia de la calle San Martín. Micaela bajó y se dirigió a paso rápido a su casa. Eloy no le perdió pisada hasta que se adentró en el zaguán y, aunque ya no podía verla, permaneció con la vista fija, mordiéndose el puño hasta sacarse sangre, sumido en una batalla interior que hacía tiempo no luchaba pues había tenido la certeza de que la guerra estaba ganada.

—Ya sabes adónde llevarme —le indicó a Ralikhanta.

El Daimler-Benz se puso en marcha y tomó hacia la zona del Bajo.

—¿Dónde te metiste todo el día? ¡Son las cinco y media de la tarde! —prorrumpió mamá Cheia al abrirle la puerta. Regina Pacini se asomó en el vestíbulo y le sonrió.

—¿Qué pasa? —se asustó Micaela.

—Tu marido —se adelantó Regina—. Te anda buscando como desesperado desde temprano. A eso de la una y media anduvo por casa, justo cuando yo dormía una siesta. Colofón, la bocona de mi ama de llaves le dijo que vos te habías ido al mediodía y que un coche había ido a buscarte.

—¡Dios mío!

—¡No invoques a Dios cuando has cometido un pecado! —saltó Cheia—. Ya te decía yo que esto iba a terminar mal. El señor Cáceres es tu marido, ante Dios y ante los hombres, no podés faltarle de esa manera, por más problemas que tengan. Seguro que vuelve hecho una fiera y ahí sí, ¡que Dios nos ampare!

—Quizá, Micaela, sea mejor que todo se sepa de una vez. Qué tanto andar escondiéndote como un criminal.

—¡No diga eso, señora Regina! —terció la negra—. Mi niña Micaela no puede mostrarse como una esposa infiel ante la sociedad. Tiene que cuidar el buen nombre de la familia.

—Basta de tonterías —ordenó Micaela—, y explíquenme lo que sucedió.

Medio aturrullada, olvidándose de algunos hechos y agregando otros de escasa importancia, Cheia relató desde la sorpresiva llegada del señor Cáceres alrededor de la una de la tarde hasta la última salida con Ralikhanta.

—Y aún no han vuelto —terminó.

—¿Y me decís que Ralikhanta lo llevó y lo trajo a todos lados?

—Sí —afirmó la mujer—. El señor había despedido al chofer de la Cancillería hasta el lunes; no tuvo opción y le pidió a Ralikhanta que lo llevase.

Aunque confiaba en la discreción de su sirviente, Micaela se inquietó.

—Tengo que irme —anunció Regina—. No dudes en contar con mi ayuda.

Las amigas se despidieron con sincero cariño; mamá Cheia, sin embargo, apenas inclinó la cabeza para saludar a la señora de Alvear, y no esperó a que se hubiese alejado en la acera para decirle a Micaela que esa señora no le gustaba, que no era de su clase, que no sabía lo que le decía, que, se jugaba la cabeza, por culpa de sus malos consejos, ella había vuelto con el proxeneta. Micaela arrastraba los pies rumbo a la habitación mientras Cheia le ladraba por detrás. Agotada después de una tarde intensa, no quería pensar en las preguntas que de seguro le haría su esposo.

Carlo se dijo que no había motivos para atormentarse, Marlene parecía muy firme cuando le anunció que dejaría al *bienudo* después del festival en Chile; no obstante y pese a repetir "no tengo que preocuparme, no tengo que preocuparme", lo intranquilizaba la idea de que, llegado el momento, Marlene interpusiera otra excusa para seguir casada con él.

Después de todo, pensó Carlo, el estigma de su pasado lo convertía en un paria. ¿Tenía derecho a formar una familia normal? Sus hijos portarían el apellido Varzi como pesadas cadenas, y deberían padecer las miradas curiosas y las sonrisas maliciosas de algunos conocidos del abuelo Urtiaga Four que les repreguntarían el nombre y, con ojos chispeantes de complicidad, les dirían: "Yo conozco a tu padre de las viejas épocas". Había salvado a Gioacchina de semejante humillación, ¿condenaría, entonces, a sus propios hijos?

¿Marlene habría pensado en todo esto? No le cabía duda. Quizá, no tenía intenciones de dejar al *bienudo* en absoluto y planeaba llegar a un conveniente acuerdo con él: un amante viril y portentoso a cambio de mantener las apariencias de un matrimonio modelo que salvarían la flamante carrera política del canciller y el buen nombre de los Urtiaga Four y, si venían hijos, hasta podrían llevar el aristocrático apellido Cáceres.

"¡Maldita sea!", bramó Carlo. ¿Hasta cuándo pagaría sus crímenes? Parecían no bastar los diez eternos años de frío, hambre y desesperación. La idea de una familia le cambiaba intempestivamente la escena, lo obligaba a dar un giro brusco en su vida, y la moral y los principios, tan renegados en los tiempos en que sólo contaba hacerse rico, adquirían ahora una importancia categórica. Su padre no lo había entendido así, empecinado en sus doctrinas anárquicas primero, volcado a los vicios años después, y Carlo lo odiaba por eso. ¿Lo odiarían también sus hijos?

—No te atormentes, Carlo —pidió Frida, y le apretó suavemente el hombro—. Esa muchacha te ama demasiado. Si el amor fuera escaso, tus dudas serían fundadas. Pero cuando el amor es tan fuerte como el que Marlene siente por ti, no hay barrera que no se venza.

—Por primera vez, tengo miedo —confesó Carlo.

—Si Marlene todavía no ha dejado a su esposo, sus razones debe de tener. Es injusto que no confíes en ella. Su amor debería bastarte.

—Ella es una mujer famosa, tiene el esposo apropiado para su posición social. ¿Arriesgaría todo por mí?

—Eso y más —aseguró Frida.

Carlo escuchó el automóvil que venía de dejar a Micaela, tomó el saco, se calzó el chambergo y salió. Buscaría sosiego en las oficinas del puerto, trabajar siempre mitigaba su aflicción.

En la previsión de su largo encuentro con Micaela, Varzi les había dado la tarde libre a Mudo y a Cabecita, que mataron el tiempo entre un prostíbulo de La Boca y vueltas ociosas por la ciudad. A media tarde, hartos de boyar sin sentido, Cabecita propuso tomar una grapa en un boliche de Avellaneda que hacía meses no visitaban. La pulpería, decorada al viejo estilo, con mostrador forrado en chapa de estaño y un grifo largo y curvo rematado con un pico de ave, pertenecía a un caudillo conservador, dueño, además, de garitos y burde-les, amigo de Carlo Varzi desde los tiempos de don Cholo. Ruggerito, su matón personal y encargado de la pulpería, salió a recibirlos.

—¡Ey, Cabecita, Mudo! ¿Qué andan haciendo por estos lares? Hacía tiempo que no mostraban la *jeta*.

—Andamos muy ocupados —dijo Cabecita—. El Napo nos tiene como maleta e'turco, todo el día de aquí pa'allá.

—Y vos, Mudo —se interesó Ruggerito—, siempre tan conversador, ¿eh? Como vieja e'feria.

Mudo lanzó un gruñido y se acomodó en una mesa, secundado por su compañero y el encargado del boliche, que pidió tres grapas y una picada.

—¿Qué le *sapa* al Napo? ¿Se *piantó* o qué? El jefe y yo nos quedamos de una pieza cuando vino a ofrecer el burdel de San Telmo. Después nos *chamuyaron* que había vendido todo.

—Ahora se dedica a otros asuntos —dijo Cabecita, y se echó la grapa al coleto.

—A mí no me *engrupís*, Cabeza —siguió Ruggerito—. Al Napo le pasó algo *pesao* para largar todo de un día pa'otro. Dale, *chamuyame*.

Mudo comía y bebía apaciblemente, atento a las palabras de su compañero, listo para acallarlo de un codazo si hablaba de más, aunque no necesitó hacerlo, se acalló solo atraído por una mujer de aspecto ramplón y movimientos exagerados, que, con un vestido calzado a la fuerza y sombrero negro de largas plumas rojas, salió de la parte trasera del boliche.

—No sabía que aquí también tenían *minas* —comentó Cabecita, devorándola con los ojos.

—Hace poco improvisamos unos cuartuchos con unas *catreras* al fondo, para los empleados de las curtiembres, ¿sabés? No piden mucho, un lugar para tirarse y una *mina* para ponérsela.

La mujer se aproximaba en dirección a la puerta, insensible a los manoseos de los parroquianos y abstraída de los piropos subidos de tono que le vociferaban quienes la tenían fuera de alcance. Cabecita le salió al paso y le sonrió con galantería.

—Como me gustaría ser ese lunar para estar cerca de tu boca —dijo, e intentó tocarle la marca artificial sobre el labio. La mujer le devolvió la sonrisa y le palmeó la pelada.

—Otro día, chiquitín —prometió—. Ahora me espera un cliente. —Y le indicó el automóvil lujoso estacionado a la puerta.

Cabecita se quedó perplejo al reconocer el Daimler-Benz del esposo de Micaela y a Ralikhanta al volante. La prostituta cruzó la vereda y subió a la parte delantera del coche, que hizo chirriar las gomas cuando arrancó.

—Si estás caliente, Cabeza, te puedo dar otra *mina* —ofreció Ruggerito—. Amanda estaba pedida de antes.

—No, no, está bien —dijo el matón, y tiró unos billetes sobre la mesa—. Tenemos que irnos. Vamos, Mudo.

—¿Ya se van? Pero si todavía no me *chamuyaste* qué carajo le pasa…

—Después, otro día. Vamos, Mudo, vamos.

A pesar de que mamá Cheia le insistió hasta el hartazgo que comiera, Micaela apenas sorbió unos tragos de leche tibia.

—¿Estás segura de que no llegó Eloy, mamá? A lo mejor se encerró en su estudio.

—Habría escuchado el coche —interpuso la mujer—. O habría visto a Ralikhanta. Si llega, te aviso, no te preocupes.

—Ya es muy tarde —dijo, con la vista en el reloj de pared que daba las nueve y media.

—A lo mejor se acordó de que tenía una cena en el Club del Progreso o en el Jockey, y no pudo avisarte.

—Eso ni vos lo creés —replicó la joven—. Si tuviera una cena o una reunión, como decís, habría vuelto a bañarse y cambiarse. Sabés muy bien cómo es de quisquilloso con la pulcritud y el buen aspecto. Estoy segura de que está furioso conmigo y anda por ahí destilando veneno.

Mamá Cheia dejó la habitación muy apesadumbrada, no le gustaba ni medio el rumbo que tomaban los acontecimientos. Micaela apagó la luz y trató de conciliar el sueño, y, aunque la leche tibia solía ayudarla a dormir, dio vueltas en la cama sin conseguirlo, hasta que, acalorada y con jaqueca, decidió ir a la cocina a tomar agua.

La casa le dio miedo. Nunca le había gustado esa enorme residencia estilo colonial que, a pesar de la mano maestra de Christophersen, no había conseguido quitarse de encima la tristeza ni disimular la enorme cantidad de años mal llevados. Se sirvió limonada en la cocina y se sentó a la mesa a saborearla, mientras se entretenía curioseando la canasta de labores de Cheia, llena de tejidos, bordados y otros primores para Francisco.

—Buenas noches, señora —saludó Ralikhanta.

—¡Ralikhanta, casi me matás del susto! —lo reconvino.

—Disculpe, señora, pensé que me había escuchado llegar.

—¿Y el señor Cáceres?

—En lo del señor Harvey, señora.

—Me dijo Cheia que habían estado buscándome.

—Sí, señora.

—Y... ¿Adónde fueron a buscarme?

—A lo de la familia Alvear, al Conservatorio y a la sede de las Damas de la Caridad.

—¿El señor está muy enojado?

—Bastante, señora.

—Imagino que no habrás... Quiero decir, que no... Me refiero al señor Varzi.

—No, señora —mintió Ralikhanta, sin mirarla a los ojos.

—Gracias —dijo Micaela, aliviada—. ¿Por qué no vas a buscar al señor a lo de Harvey y le decís que aquí estoy, esperándolo?

—Será mejor que por esta noche deje las cosas como están —sugirió el indio—. Por lo menos, hasta que se le pase la rabieta. Yo sé lo que le digo.

Micaela apenas asintió, desconcertada con la actitud de Ralikhanta, que solía guardarse de hacer comentarios por el estilo.

—Mañana por la mañana te necesito a las nueve —le dijo después.

Ralikhanta se inclinó, dio media vuelta y se perdió en la oscuridad del patio.

—¡Si yo hubiese ido al volante no se nos escapa! —chilló Cabecita.

Mudo siguió conduciendo. Se encontraba suficientemente molesto con la persecución frustrada al chofer de Micaela para soportar la cantinela de Cabecita. El indio se había percatado del seguimiento y, demostrando habilidad en el manejo, los había eludido como a unos novatos.

—Vamos a contarle al Napo —dijo.

—¡No, ni loco! —saltó Cabecita—. Nos va a colgar de las pelotas cuando sepa que lo perdimos. Me juego lo que sea que el chofer de Marlene aprovechó la tarde libre igual que nosotros y buscó un poco de *garufa* fácil con una puta. ¿Qué mal hay en eso? Mejor volvamos a lo de Ruggerito a *encurdelarnos* con ginebra de la buena. A lo mejor, la *minita* que se fue con el chofer de Marlene ya volvió y nos *chamuya* algo.

Mudo giró en la siguiente esquina y enfiló hacia Avellaneda.

—¡Ey, Cabeza, te quedaste caliente con Amanda! —vociferó Ruggerito al verlos entrar—. Es linda la guacha, ¿no?

—¿Ya volvió? —preguntó Cabecita.

—¡Uy, sí que te pegó fuerte!

—¿Volvió o no volvió?

—Hoy no es tu día de suerte, Cabeza. Amanda todavía anda de *garufa* con el tipo ese que la vino a buscar esta tarde.

—¿Sabés cuándo vuelve?

—¡Qué *berretín* te agarraste! ¿No te sirve otra?

Se escuchó un jaleo en la puerta. Ruggerito, Mudo y Cabecita voltearon a ver. Un hombre pálido y agitado pedía casi a gritos por el encargado del local, y, al ubicarlo, se acercó a paso rápido.

—¡Patrón! —exclamó, sin aire—. ¡Ha sucedido una desgracia, patrón!

—¿Qué pasó, Chicho? —increpó Ruggerito—. ¡Vamos, hablá!

—Se trata de Amanda, patrón. Está muerta. La mató el "mocha lenguas".

Cabecita y Mudo intercambiaron miradas de espanto.

—¿Que qué? ¿Cómo te enteraste? ¿Quién te dijo?

—No me lo dijo *naides*, patrón, yo mismito la vi. Estaba aquí cerca, a unas diez cuadras. Vine corriendo. —Y sorbió la ginebra que le alcanzó un parroquiano—. Me llamó la atención un *quilombo* de gente en la puerta de un hotel, todos queriendo chusmear lo que pasaba. Estaba lleno de *canas* y había un periodista que hacía preguntas. Yo me zampé en medio y justo alcancé a ver cuando sacaban el cadáver. Y era Amanda, patrón, yo mismito la vi, con estos ojos, se lo juro.

Guiados por Chicho, Mudo, Cabecita y Ruggerito se apersonaron en el hotel. Poco quedaba del escándalo referido, sólo unos policías apostados en la puerta, transeúntes curiosos y algunas vecinas quejumbrosas. Los policías saludaron a Ruggerito con familiaridad y le ratificaron que se trataba de otro crimen del "mocha lenguas".

—Hacía tiempo que no aparecía —añadió un agente.

—Es la primera vez que ataca de día —informó otro—. Parece que fue a media tarde. ¡Qué hijo de puta, con toda impunidad!

—¿Ya identificaron el *fiambre*? —quiso saber Ruggerito.

—Todavía no. Una puta, seguro, pero no sabemos quién es.

—¿Y la lengua? —preguntó Cabecita.

—Todavía la están buscando.

Les permitieron entrar. Subieron por una escalera angosta y medio destartalada hasta el primer piso donde encontraron al conserje, descompuesto y lloroso, que juraba y perjuraba al policía que él no había visto ni oído nada.

—Yo le di la llave a la mujer y después la vi subir con un hombre.

—Descríbanos a ese hombre.

—No me fijé. Además, la recepción es oscura y yo soy corto de vista.

El policía continuó indagándolo inútilmente, el hombre no aportó nada sustancioso. Cabecita se asomó al cuarto, que encontró en perfecto estado, incluso la cama estaba tendida. Paseó los ojos con detenimiento y avizoró un pequeño charco de sangre. Al lado, el inconfundible sombrero negro con plumas rojas.

Regina, mal dormida y preocupada por la suerte de su amiga, se apersonó a primera hora de la mañana siguiente en lo de Cáceres, donde encontró a Micaela ojerosa y pálida que sorbía sin ganas una taza de café.

—Veo que tampoco pudiste descansar —comentó.

—Eloy todavía no volvió. No sé dónde pasó la noche ni qué está pensando de mí. Yo no quería que las cosas se dieran así.

—Quizá se quedó trabajando toda la noche —sugirió Regina.

—No creo. Ralikhanta me dijo que ayer por la tarde, después de buscarme inútilmente, le pidió que lo llevara a casa de Harvey.

—¡Oh, qué manía tiene con el inglesito! —se quejó Regina—. Deberías contarle lo sinvergüenza que es con vos, a ver si se da cuenta, de una vez por todas, quiénes son sus verdaderos enemigos.

—Me resulta extraño que le haya pedido a Ralikhanta que lo lleve a lo de Harvey. Ayer por la mañana me pareció que peleaban.

—No me digas. ¿Y por qué peleaban?

Regina se desilusionó ante la ignorancia de su amiga, que sólo pudo figurarse una discusión de negocios.

—Estaré lista en unos minutos —indicó Micaela, al ver a Ralikhanta.

—¿Pensás salir?

—Tengo que devolver algunas visitas y comprar regalos para Navidad. Nada importante. No aguanto quedarme aquí a esperar que Eloy se digne a aparecer. Mejor salgo un poco y me distraigo. ¿Querés venir?

—Me encantaría —aseguró la Pacini—. Pero Marcelo me pidió que lo acompañe a un almuerzo y me mata si lo dejo plantado.

Micaela se adentró en la casa para terminar de arreglarse, y Regina prometió esperarla. Cheia le ofreció una taza de café y la dejó sola en el comedor, entretenida con el diario *Crítica* que nadie había tocado.

—¡Hombre del demonio! —vociferó, con la vista en el periódico.

—¿Qué pasa? —quiso saber Micaela, que justo entraba.

—De nuevo ese asesino, el "mocha lenguas" —explicó Regina—. "Ayer por la tarde fue hallado en las inmediaciones del barrio de Avellaneda, en el hotel familiar Esmeralda, el cadáver de una mujer de aproximadamente treinta años. Según informó el comisario Camargo, el *modus operandi* del asesino corresponde al del ya conocido 'mocha lenguas'... bla, bla, bla... Se trataría de otra mujer de la mala vida, que llevaba larga y rizada peluca negra y un lunar dibujado sobre el labio... bla, bla... La lengua no pudo ser encontrada."

—Pensé que no volvería a ocurrir —farfulló Micaela—. Pensé que esa pesadilla se había acabado.

Regina dejó el periódico y terminó su café.

—Me voy, querida —anunció—. Tengo muchas cosas que hacer antes de ese almuerzo. ¡Sé que me aburriré soberanamente!

Micaela apenas balbuceó unas palabras de despedida y permaneció de pie en medio del comedor con Polaquita y Sonia en la cabeza, estremecida al imaginar el tormento que habrían vivido a manos de ese hombre. El ruido del automóvil la volvió a la realidad.

—Tu padre y yo iremos al cementerio a visitar a tu madre —comentó Cheia, que la esperaba en el recibo—. Quizás almuerce con él y regrese por la tarde.

—Está bien.

—Hoy al mediodía comienza el franco de Marita, y Tomasa prometió regresar temprano para que la casa no esté sola, pero es tan incumplidora que seguro aparece a última hora. Ya te dije que esa mujer no me gusta. Si al menos cocinara bien, pero ni eso. Además...

—Hablamos a mi regreso, mamá. Tengo prisa.

—Sí, sí, querida. Andá nomás. Que Dios te bendiga. —Y la besó en la frente—. ¡Ah, me olvidaba! Ayer Marita separó tu correspondencia, pero se olvidó de dártela. —Cheia sacó del bolsillo del delantal varias cartas—. ¿Querés que te las deje en tu dormitorio?

—No, las llevo conmigo y las leo en el coche.

Ralikhanta la esperaba en la calle, con el automóvil en marcha. Cruzaron una mirada, y Micaela sonrió. El indio bajó la vista y cerró la puerta. Micaela se extrañó, pero pronto se ensimismó en la correspondencia. Una carta de la superiora de Vevey, otra de Lily Pons, ex compañera del Conservatorio de París, una del director del Teatro La Fenice de Venecia y otra del doctor Charcot, que abrió con premura.

Buenos Aires, 22 de diciembre de 1915.
Estimadísima señora Cáceres:
Según me informaron, su misiva llegó el mismo día 15, pero yo me encontraba fuera de la ciudad. He regresado esta mañana y, sin más dilación, me siento a escribirle.

Le agradezco sus cálidas palabras que me reconfortan por venir de usted, a la que siento como a una francesa más. Tenga fe, pronto regresaremos a nuestra querida París.

Con respecto al otro tema, tengo que reconocer que me deja muy sorprendido, y, estoy seguro, debe de existir un error, pues, no sólo jamás atendí a su esposo, el señor Cáceres, sino que no lo conozco personalmente. Tal vez, el señor Canciller esté consultando a otro médico y usted esté mal informada.

Quizás, en un primer momento haya tenido intención de consultarme y así se lo haya hecho saber a usted, pero, luego, al conocer mis métodos, haya preferido no concurrir a mi consultorio. Como usted sabe, señora mía, mis prácticas no son bien vistas por la medicina tradicional.

Lamento mucho el malentendido y espero que pueda usted aclararlo debidamente. Sigo a sus órdenes,

Doctor Gérard Charcot

Releyó la carta y no logró aplacar la confusión, y, por más que buscó una explicación lógica a semejante enredo, las palabras de Eloy, claras y contundentes, volvieron a su memoria sin dejar lugar a duda. "El doctor Charcot piensa que tengo posibilidad de reponerme, mi amor." El coche frenó bruscamente en la esquina, y la correspondencia cayó de su regazo.

—Disculpe, señora —murmuró Ralikhanta.

Micaela recogió los sobres del piso y, como autómata, abrió el siguiente, con el pensamiento aún puesto en Charcot y su enigmática revelación. Se turbó, la misiva comenzaba "Estimado señor Canciller". Consultó el sobre y, efectivamente, estaba dirigido a su esposo. Se preguntó qué haría una carta de él entre las de ella, y sólo pudo inferir que Marita, atolondrada como de costumbre, las había mezclado. Leyó el membrete: "Hospicio Inmaculada Concepción, Hermanas de la Misericordia". Le extrañó que Eloy, un hombre impío, anticlerical incluso, que disimulaba sus verdaderas creencias para no chocar en una sociedad católica como la porteña, estuviera relacionado con una comunidad de religiosas. Quizás, apelando a su rol de funcionario de gobierno, le pedían ayuda económica o de otro tipo. Picada por la curiosidad, continuó leyendo, y se justificó en la certeza de que haría más por ese hospicio que su marido.

Buenos Aires, 20 de diciembre de 1915.
Estimado señor Canciller:
Me atrevo a importunarlo con la presente debido a que, hasta la fecha, no hemos recibido la cuota de manutención por los gastos de alojamiento y comida, los que ascienden a la misma suma del mes de noviembre. Los gastos de enfermería y medicamentos, su tía los abonó la semana pasada, y adelantó, incluso, los del mes de enero en vista de que se ausentará por la época estival.
Sin más, quedo a vuestra disposición.

Hermana Esperanza
Madre Superiora

¿Gastos de alojamiento y comida? ¿De enfermería y medicamentos? Volvió a mirar el membrete y descubrió que detallaba el domicilio.

—Ralikhanta, por favor, detené el coche, vamos a ir a otra parte. —Y le leyó una dirección en el barrio de Flores.

El indio enfiló hacia el lado oeste de la ciudad, una zona que Micaela nunca había visitado y que Ralikhanta parecía conocer de memoria, pues llegaron al hospicio sin dificultad. Traspusieron un portón de rejas, cruzaron un parque prolijo, lleno de flores y parterres, y se detuvieron frente a una construcción moderna y bien cuidada.

Micaela llamó a la puerta y le abrió una enfermera de impoluto uniforme, que la condujo donde la madre superiora.

Mientras avanzaban, les salían al paso los internos del hospicio, que miraban a Micaela con ojos desorbitados, le dirigían palabras incoherentes e intentaban tocarla, pero a una orden de la enfermera, se alejaban lloriqueando.

—Aguarde aquí, señora Cáceres, la anunciaré a la madre superiora. —Segundos después, retornó a la antesala—. La hermana Esperanza la atenderá en un momento. Tome asiento, por favor.

La enfermera abandonó el recibo en el instante en que entraba una religiosa, joven y de sonrisa afable, que se presentó como la hermana Emilia.

—Mucho gusto, hermana. Yo soy la señora Cáceres.

—¿La señora Cáceres? ¿La esposa del señor Eloy Cáceres? —Micaela asintió—. El señor Cáceres es un hombre afortunado de tener una esposa tan bonita y simpática. Pero no sabíamos que el Canciller se había casado. De todas formas, no tendríamos por qué saberlo, casi no tenemos contacto con él. Nos manda el dinero con su asistente. Viene muy poco a ver a su padre. Sería bueno que...

"¿Su padre?", repitió Micaela para sí.

—¿Le sucede algo, señora? —preguntó la religiosa.

—No, nada —balbuceó ella—. Debe de ser el calor.

La madre superiora abrió la puerta y la invitó a pasar.

—Tome asiento, señora Cáceres —indicó—. No tiene buen semblante. Pediré un jugo de naranjas, le sentará bien.

La religiosa salió del despacho, y Micaela dispuso de unos minutos para acomodar su mente alborotada. ¿El padre de Eloy vivo? No podía ser, *tenía* que haber un error, las religiosas debían estar equivocadas, el padre de Eloy había muerto en el incendio de la estancia años atrás. Quizá la habían confundido con otra señora Cáceres. "Pero no sabíamos que el Canciller se había casado." Las palabras de la hermana Emilia le destrozaron las esperanzas. ¿Qué otro canciller apellidado Cáceres tenía la República Argentina? El padre de

Eloy se encontraba con vida y, por alguna razón, se lo había ocultado. La necesidad imperiosa de descubrir la verdad la llevó a fingir frente a la superiora.

—Debe de haber sufrido una baja de presión —dedujo la monja, mientras la observaba beber el jugo.

—Gracias, madre, ya me siento mejor. El calor no es el mejor aliado de los que sufrimos lipotimia. —Dejó el vaso y buscó el sobre en su escarcela—. Esta mañana recibimos su carta. Como imaginará, mi esposo está muy ocupado con los asuntos de la Cancillería y olvidó pagar los gastos de aloja- miento y comida. Un olvido imperdonable, por cierto, pero le ruega que lo disculpe. Me pidió que me hiciera cargo y que saldara la deuda. ¿Cuánto es?

—Lo de siempre.

—Sí, claro, lo de siempre, pero mi esposo salió tan apu- rado esta mañana a una de sus reuniones que no mencionó el monto.

—No hay problema, por aquí tengo el recibo que le en- trego al asistente del Canciller todos los meses con el detalle completo.

La religiosa sacó un papel con el membrete del hospicio. Micaela miró la cifra y agradeció haber llevado dinero sufi- ciente para sus compras navideñas. Pagó sin más.

—Podría ver a mi suegro.

—No es un espectáculo agradable, señora Cáceres. Si ha sufrido una baja de presión, será mejor que vuelva a su hogar y descanse. Quizás, otro día, cuando se sienta con más fuer- zas, pueda verlo.

—Me siento perfectamente bien. Quiero verlo.

—No sé si su esposo le comentó que el señor Carlos su- frió quemaduras muy severas que lo tuvieron entre la vida y la muerte por meses. Sobrevivió milagrosamente, aunque su rostro quedó deformado y su mente completamente perdida. Ha desvariado por años, y, con el paso del tiempo, su enfermedad recrudece. El doctor Gonçalves no tiene ninguna esperanza de recuperarlo. Es un hombre tranquilo, rara vez se violenta; de todas formas, lo vigilamos de cerca y lo mantenemos sedado el día entero.

—Por favor, madre, lléveme, quiero verlo.

—La señora Otilia dejó de visitarlo hace años y su hijo no viene desde su nombramiento. No está acostumbrado a las visitas. Debería consultar antes de…

—Por favor, madre, se lo ruego. No quiero irme de aquí sin saludar a mi suegro.

La religiosa la miró con dulzura y asintió.

—En este hospicio —comentó, mientras se dirigían a la planta alta—, las familias pudientes esconden a sus parientes con enfermedades mentales y casi nunca vuelven a visitarlos. Los dejan aquí como paquetes y simulan que nunca existieron. Me alegro de que usted quiera conocer al señor Carlos y espero que se acuerde de él más asiduamente que su hijo. Sé que es muy duro ver en ese estado a un ser querido, pero también es necesario pensar que ellos necesitan el cariño de una familia. Nosotras los tratamos muy bien y les prodigamos los mejores cuidados, pero no es suficiente.

A medida que recorrían las instalaciones, Micaela se asombraba de la pulcritud y la luminosidad reinantes y de lo bien mantenido que se encontraba el lugar, con paredes blancas, pisos damero muy lustrosos, muebles sobrios y muchas flores, de la cosecha del parque del hospicio, según le aclaró la superiora. "Por lo menos, pensó Micaela, está en un sitio decente, atendido como un rey." Al final del corredor, la madre superiora abrió una puerta y le pidió que aguardara un momento.

—Puede entrar ahora —indicó, al cabo.

La habitación de su suegro daba al parque, y la belleza de los paraísos florecidos, de las glicinas y de las matas de hortensias que entraba a raudales por la ventana, la convertía en una estancia muy placentera. Frente a ese paisaje, hundido en un sillón, de espaldas a la puerta y abstraído sobre un óleo, se hallaba el padre de Eloy, y, sentada próxima a él, una enfermera con un libro en la mano.

—Señor Carlos —llamó la superiora—. Tiene una visita, señor.

El hombre continuó empeñado en su pintura.

—¿Señor Cáceres? —intentó Micaela.

—Sí, soy yo. —Y volteó a mirarla.

A Micaela se le contrajo el estómago: la cara de su suegro, una masa informe de carne magenta, con ojos vivaces y pequeños que descollaban en medio de ese horror, le repugnó como nada, y aunque por un instante la cabeza le dio vueltas, consiguió dominar la repulsión.

—Buenos días —acertó a decir—. Mi nombre es Micaela Urtiaga Four, soy la esposa de Eloy.

—¿Eloy? Mi hijo también se llama Eloy. Silvia quiso llamarlo así por su padre. ¡Pobre mi Eloy!

—Yo soy la esposa de su hijo Eloy.

—¿Mi hijo se casó? Si apenas es un muchacho de quince años. ¿Cómo pudo casarse tan joven? ¡Qué dislate!

La mirada se le perdió en el rostro de Micaela y, tras ese momento de silencio, volvió a la pintura.

—¿Y usted quién es? —preguntó de repente.

—Micaela Urtiaga Four, la esposa de su hijo.

—¡Qué jóvenes se casan ahora! Yo tenía veinticinco años cuando me casé con Silvia. ¿No es cierto, querida? —preguntó a un cuadro colocado sobre un caballete, cubierto por una tela—. Estabas hermosa el día de nuestra boda. —En un susurro, se dirigió a Micaela—: Todos mis amigos la deseaban ese día, lo sé muy bien, pero era mía, solamente mía.

Se concentró nuevamente en el óleo. Micaela quedó sorprendida, manejaba la técnica con destreza a pesar de tener ambas manos muy quemadas.

—Qué bien pinta, señor Cáceres. Es un paisaje hermoso.

—¿Cómo te llamás?

—Micaela.

—Y, ¿quién sos?

—Una amiga suya. Vine a hacerle compañía y a conversar con usted.

—No sé si a Silvia le guste que una mujer venga a conversar conmigo y a hacerme compañía —dudó, en tono de confidencia. Luego, le habló al cuadro cubierto—: Silvia, querida, esta señorita tan amable va a venir a visitarnos y a hacernos compañía.

—Si quiere —ofreció Micaela—, puedo traerle pinturas, lienzos y lo que le haga falta.

—¿En serio?

—Por supuesto —dijo, y miró a la madre superiora para pedirle el consentimiento.

El señor Cáceres había vuelto a concentrarse en la pintura, y Micaela se dedicaba a observarlo, fascinada por el hecho de que una mente tan trastornada manejase el pincel y mezclara los colores con maestría.

—¿Le gusta la música, señor Cáceres?

—¿Podrías traerme un óleo rojo bermellón y otro azul Francia? —preguntó, en cambio.

—Sí, claro. ¿Le gusta la música?

—¿La música? Sí, me gusta —aseguró luego—. Hace mucho que no vamos al teatro, Silvia, deberíamos ir. Lo que sucede —explicó a Micaela— es que vivimos en el campo y se hace muy difícil.

—No es necesario que vaya al teatro, señor Cáceres. Le puedo traer un fonógrafo y discos para que escuche mientras pinta. —El hombre la miró confundido—. No se preocupe —prosiguió Micaela—, yo le voy a traer música.

—¿Vas a traer una orquesta aquí? No creo que la dueña del hotel esté de acuerdo. —Bajó la voz para agregar—: Es muy estricta. Más que un hotel, esto parece un cuartel.

—Yo sabré convencer a la dueña —lo tranquilizó Micaela.

Cáceres le dio la espalda, fijó la vista en el parque y quedó absorto. Parecía que no volvería hablar. Micaela experimentó una imperiosa necesidad por saber y, a pesar de que le costó romper el silencio, preguntó:

—¿Cómo era Eloy de chico, señor Cáceres?

—Eloy es chico.

—Sí, claro —aceptó la joven—. Me refiero a cómo era de más chico.

—La verdad es que Silvia no le tiene paciencia. No me mires así, te saca de quicio por cualquier tontera. Tenés que entender que es un niño. No te enojes, querida —le suplicó al cuadro—. A Eloy y a mí nos gusta ir a cazar. Vizcachas y perdices, nada importante, pero lo pasamos bien. Cada tanto, salimos al monte, juntos, los dos. Silvia se queda sola en la estancia. Ella no viene. —Tomó el pomo de óleo negro y descargó un poco sobre la paleta—. Silvia no quiere acompañarnos. Silvia se queda sola en la estancia. —Cargó el pincel con el negro y atravesó el paisaje con una raya gruesa—. Silvia no viene, se queda sola en la casa.

La superiora se inquietó; tomó a Micaela por el brazo y le dijo al oído que había sido suficiente, que debían dejarlo descansar. Pero la joven no opinaba lo mismo y volvió a indagar a su suegro.

—¿Por qué Silvia se queda sola? ¿Por qué no quiere acompañarlos?

Cáceres se mantuvo en su mundo quimérico y, con brutalidad, siguió untando el pincel y arruinando el paisaje.

—Esto es todo, señora —proclamó la superiora, de mal modo—. Voy a tener que pedirle que se retire. Úrsula —dijo a la enfermera joven—, prepare la dosis que el doctor recetó y désela ahora mismo.

—¡Silvia! —rugió Cáceres de repente, y se puso de pie—. ¡Por qué! ¡Quiero saber por qué!

Micaela se echó atrás, pues no lo había imaginado tan alto y corpulento. La madre superiora salió al corredor y llamó a gritos a los enfermeros, mientras Úrsula intentaba calmarlo inútilmente con palabras. Furibundo, sin control, Cáceres rasgó el lienzo con el pincel y pateó el cuadro al que había estado hablándole. Micaela lo tomó del suelo en un acto reflejo, le quitó la tela y alcanzó a echarle un vistazo antes de que Cáceres se lo arrebatara de las manos y lo arrojara por la ventana, haciendo añicos el vidrio. No atinó a escapar de su suegro, que la tomó por el cuello y la apoyó contra la pared con una fuerza que jamás habría imaginado. Le faltó el aire para pedir auxilio cuando Cáceres le acercó el rostro deforme y le clavó la mirada, una mirada horrible, de ojos sin párpados, sin cejas ni pestañas; y las piernas le fallaron cuando el hombre le susurró "puta" antes de que unos enfermeros lo sacaran a la rastra de la habitación.

Micaela se recuperó, en parte, gracias a un té de boldo y al aire fresco que le aventó la hermana Emilia y pese a los reproches de la superiora, que concluyó su arenga diciendo que no podría volver a visitar al señor Carlos porque resultaba evidente que su presencia lo trastornaba.

—Nunca se había comportado así —remató.

Dejó el hospicio y aún le temblaban las piernas. Contempló el parque desde el pórtico, tranquilo y verde, que contrastaba con la realidad que se desarrollaba puertas adentro. Caminó por un sendero de adoquines que circundaba la edificación y, al llegar a la parte lateral, encontró lo que buscaba: el cuadro que su suegro había arrojado por la ventana. Decidió llevarlo consigo.

Levantó la vista hacia la ventana del cuarto de Cáceres y las restantes de esa ala, y se extrañó de que no tuviesen rejas. El parque, circundado por una tapia no muy alta, ofrecía los mejores escondites, y el portón de rejas de la entrada permanecía abierto de par en par, sin vigilancia. Caminó deprisa hacia el automóvil y le pidió a Ralikhanta que la llevara a su casa, necesitaba hablar con Eloy, le debía muchas explicaciones, no sólo lo de su padre, sino también lo de Charcot. Después, armaría una valija y se largaría de allí, directo a lo de Carlo, y ya no se compadecería de un hombre que, desde un principio, le había mentido descaradamente.

Durante el viaje, observó con detenimiento a la mujer del cuadro, Silvia, como la había llamado su suegro, hermosa, por cierto, con ojos profundos y rasgados, cabello negro, labios tentadores y un pequeño lunar cerca de la comisura derecha. "Se trataría de otra mujer de la mala vida, que llevaba larga y rizada peluca negra y un lunar dibujado sobre el labio." Las señas de la prostituta asesinada la tarde anterior, la fuerza de su suegro al asirla, la forma en que le había dicho "puta" y la poca seguridad del hospicio la atormentaron el resto del viaje, y la indujeron a pensar que lo mejor sería ir directo a la policía.

"¡Micaela, por amor de Dios, qué estás pensando!", se dijo. No arribaría a semejante conclusión sólo porque un pobre loco le había hablado a una mujer retratada de cabello negro y con un lunar cerca del labio. ¿Cuántas mujeres existían con esas características? Miles, quizás. Era una locura imaginar que su suegro fuese el "mocha lenguas". ¿Y si de veras Carlos Cáceres, en medio de su locura y obsesión por la tal Silvia, asesinaba a las prostitutas? No, resultaba improbable. Más allá de la falta de seguridad del hospicio, tampoco debía de resultar fácil sortear el ejército de enfermeros y enfermeras. Además, ¿cómo haría un pobre desquiciado para llegar a la ciudad y contratar a una prostituta? ¿Con qué dinero? ¿Con qué ropa si tan sólo vestía unos pijamas? ¿Qué mujer desearía acostarse con él? Al verlo, se espantaría asqueada, si parecía un monstruo.

Borró la idea del "mocha lenguas". Sus días en el Carmesí y el recuerdo de Polaquita y Sonia la habían sensibilizado. No podía achacar los asesinatos a cualquiera que se le cruzara. Primero a Mudo, ahora a su suegro, incluso desconfió de Ralikhanta por el simple hecho de haberlo visto una noche en La Boca con una mujer.

No encontró a nadie en la casa. Marita había comenzado su franco, mamá Cheia seguía en lo de su padre y Tomasa no había llegado, pese a haberse cumplido la hora. Buscó a Eloy en la sala y en el comedor, llamó a la puerta de su estudio y de su dormitorio, pero nadie contestó y, en vano, intentó abrirlas, estaban con llave.

—Ralikhanta, vamos a salir de nuevo. Ayer por la tarde dejaste al señor en casa de Harvey, ¿verdad?

—Sí, señora.

—Pues bien, llevame ahí que quiero hablar con él.

—¿Prefiere que vaya a buscarlo y…?

—No, Ralikhanta. Ya te dije que prepares el coche; saldremos de inmediato.

Camino a lo de Nathaniel Harvey, Micaela sentía crecer su ira. Eloy Cáceres la había engañado respecto a cosas de vital importancia; lo de su impotencia podía comprenderlo, lo de su padre, también, pero la mentira acerca del doctor Charcot no tenía sentido. ¿Por qué le había dicho que, según el médico francés, existían esperanzas si jamás había hablado con él? Muchas veces le mintió que lo había visitado. Recordó lo feliz que regresaba de los supuestos encuentros con el médico. ¿Qué buscaba Cáceres con esa farsa?

En lo de Harvey, le abrió la puerta un sirviente indio, oscuro y petizo como Ralikhanta, aunque más rollizo y con gesto de pocos amigos.

—¿El señor Cáceres se encuentra aquí? —preguntó en inglés.

—¿Quién lo busca?

—Su esposa —respondió Micaela, de mala manera—. ¿Puedo pasar, sí o no?

—Aguarde un instante, veré si puede atenderla.

Lo apartó de un empujón y se adentró en la casa, y el hombre la siguió chillando en hindi. Micaela cruzó la sala, caminó rápidamente por el corredor y se precipitó en el escritorio de Harvey, donde no halló a nadie. Unas voces y sonrisas la atrajeron, y abrió la puerta de la última habitación. El espectáculo la sobrecogió y se quedó contemplando impávidamente a Eloy y a Nathaniel que retozaban en la cama como amantes. Al advertir su presencia, Harvey se incorporó con indolencia y comenzó a reír. Cáceres, en cambio, abandonó el lecho de un brinco, y Micaela estudió por primera vez la anatomía de su esposo.

—No sos impotente —dijo, como tonta, sin quitar la vista del sexo de Eloy.

El comentario aumentó la hilaridad de Harvey y sacó del estupor a Cáceres, que arrebató una sábana y se cubrió. Caminó hacia ella e intentó tomarla por el brazo.

—No me toques —prorrumpió, y dio un paso atrás.

—Vamos, Micaela —le escuchó decir a Nathaniel—. ¿Por qué no te nos unes? Sería divertido los tres juntos en la cama. Sabes muy bien que te deseo desde hace tiempo.

—¡Callate! —ordenó Eloy, y dirigiéndose a ella, le suplicó que le permitiera explicarle.

Micaela salió corriendo hacia la calle. Humillada, con el estómago revuelto y la mente aturdida, se largó a llorar en medio de la vereda. Ralikhanta bajó del automóvil y le alcanzó un pañuelo; la tomó por los hombros y la ayudó a subir al coche.

El calor del mediodía no colaboraba; había sufrido demasiadas impresiones y no recordaba mañana más espantosa que ésa. Sacó el frasco de perfume, inspiró profundamente y se refrescó la cara con el abanico. No la vencerían las circunstancias: la idea de huir y refugiarse en los brazos de Carlo la mantuvo erguida y con la cabeza en funcionamiento. Ya no necesitaba respuestas, no le interesaba conocer el porqué de tanto engaño y enredo. ¡Que Eloy hiciera con su vida lo que quisiera! Ella sabría qué hacer con la suya.

Temía que Cáceres llegara a la casa antes de que pudiese escapar, no quería cruzárselo. Metió en un bolso las cosas esenciales, rápidamente, con nerviosismo, y le dijo a Ralikhanta que volvería por el resto.

—Lo último que te pido, Ralikhanta —dijo.

—Lo que quiera, señora.

—Llevame a casa de Carlo.

El indio tomó el bolso y juntos dejaron la habitación. Se toparon con Cáceres en el pasillo, que, con un movimiento de cabeza, le ordenó a Ralikhanta que desapareciera. El sirviente se marchó a paso rápido.

—¿Adónde te creés que vas? —se dirigió a Micaela.

—Eso no te importa.

—Claro que me importa, sos mi esposa.

—Error —aclaró—. *Era* tu esposa, o, mejor dicho, nunca lo fui. —E intentó avanzar, pero Cáceres se lo impidió—. ¡Dejame pasar! ¡No me toques! ¡Soltame!

La tomó por la cintura y le estampó un beso en los labios. La aprisionó contra la pared, le subió la falda, le arrancó la bombacha con brutalidad y le hundió la mano en la entrepierna. Micaela pegó un grito que se mezcló con la risotada de él.

—¿Así te acaricia Varzi? —Y le sobó los pechos, sin hacer caso de los alaridos de ella—. Te gusta, ¿eh? Como buena puta que sos, te encanta.

Ipso facto, le propinó un golpe y la sostuvo desvanecida en sus brazos.

—¡Ralikhanta! —vociferó.

El indio regresó corriendo y se detuvo en seco al ver a su señora inconsciente y con la nariz sangrando.

—¡Abrí mi despacho! ¡Rápido, no te quedes mirando como idiota!

Ralikhanta sacó un manojo de llaves y abrió la puerta.

—Ahora el escotillón —ordenó Cáceres, una vez que estuvieron dentro.

—¿El escotillón? —repitió el indio, con voz temblorosa.

Cáceres lo fulminó de un vistazo. Ralikhanta enrolló la alfombra que cubría el centro de la habitación y reveló una puerta en el suelo. Le quitó el cerrojo y la levantó con esfuerzo. Eloy, con Micaela en brazos y el sirviente por detrás, descendió al sótano.

Carlo despertó súbitamente sobre el escritorio de su oficina. Medio dormido todavía, miró a su alrededor y trató de entender dónde se hallaba. No le tomó mucho tiempo recordar la desazón después de que Micaela había dejado su casa. El resto de la tarde había deambulado por el puerto, con su pena a cuestas, sin conseguir sosiego; buscó una salida en el trabajo y se afanó en los documentos y expedientes de su compañía la noche entera, hasta que el cansancio lo venció y se quedó dormido sobre el escritorio. Nadie lo había despertado, pues era sábado, día de franco para sus empleados.

Le dolía cada hueso, y los cuestionamientos y las dudas continuaban atormentándole el corazón. Sucio y con hambre, decidió regresar a la casa para darse un baño y comer algo decente. Miró el reloj: las doce del mediodía. Frida estaría preocupada, ya se había desacostumbrado a su vida de calavera. En la sala de la casona de San Telmo lo esperaban Mudo y Cabecita. Frida le salió al encuentro con cara de desconsuelo y le recibió el saco.

—¿Qué pasa? —preguntó Carlo.

—¿Dónde te metiste, Napo? Ayer estuvimos buscándote toda la tarde y toda la noche.

—¿Qué pasa? —insistió, a punto de perder la paciencia.

—Se trata del chofer de Marlene —dijo Mudo—. Estamos seguros de que es el "mocha lenguas".

Carlo los apremió y, rápidamente, le expusieron los hechos del día anterior.

—No queda duda —concluyó Varzi—. Es él.

—Nosotros nos dedicamos a buscarte —explicó Cabecita—, y le dijimos a Jorge y a Ecuménico que vigilaran de cerca a Marlene. No debe de haber pasado nada, porque los muchachos no dieron señales todavía.

Carlo no quería perder tiempo, aunque fuera de los pelos, sacaría a Micaela de lo de Cáceres y se la llevaría con él, ya no tendría miramientos y le importaba un carajo la lástima que pudiera sentir por ese impotente de mierda, que la había puesto en manos de un asesino macabro.

—¡Puta, Marlene! —exclamó, y pateó un mueble—. Te dije que ese indio no me gustaba.

—Bueno, Carlo —intercedió Frida—. Ahora no es momento para reproches. Vayan a buscarla y tráiganla sana y salva.

Llamaron a la puerta, y Frida se apresuró a abrir. Jorge y Ecuménico entraron en la sala.

—¿Alguna novedad? —preguntó Carlo, con ansiedad.

—Algo pasa en lo de Marlene —dijo Ecuménico—. Hace un rato, llegó llorando. Después, apareció el marido, con cara de desesperado. Se metió en la casa, y ninguno volvió a salir. A Jorge y a mí este revuelo nos huele mal.

—¿Y el chofer? —se desesperó Varzi.

—Todo el tiempo con ella. Esta mañana la llevó y la trajo a todas partes. Siempre con ella.

—¿Y no trataron de entrar en la casa para ver qué pasaba? —preguntó Carlo, con la paciencia en un hilo.

—Sí, pero no había por dónde —explicó Ecuménico—. Todo estaba cerrado, y no nos animamos a forzar la cerradura.

—Es la casa del Canciller —apostilló Jorge.

—¡La puta que los parió, maricones de mierda! —vociferó Carlo, y los matones dieron un paso hacia atrás—. ¡Cagones, la dejaron sola en esa casa con el "mocha lenguas"!

* * *

Micaela volvió en sí, confundida y llena de dolores. Ralikhanta le ataba las manos, y se dio cuenta de que ya había hecho lo mismo con los pies. Miró a su alrededor, un lugar dantesco que le erizó la piel, oscuro y sucio, que hedía y la asfixiaba, y le recrudecía los deseos de vomitar. Tenía sed.

—¿Qué estás haciendo? ¿Por qué me atás?

El indio miró hacia la escalera que comunicaba con el despacho de Eloy y le pidió silencio.

—Ralikhanta, ayudame —farfulló—. Por amor de Dios, sacame de aquí.

—No puedo.

—¿Dónde está Eloy?

—No sé, en su dormitorio, creo.

—Y yo, ¿dónde estoy?

—En el sótano de la casa.

—¡Por favor, Ralikhanta, sacame de aquí!

—Ralikhanta sabe lo que le conviene —prorrumpió Cáceres, desde la escalera—. Traicionarme sería la decisión más estúpida de su vida. ¿No es así, Ralikhanta?

El sirviente lo miró con desprecio. Eloy terminó de bajar, encendió una luz y se acercó a Micaela; la tomó por la barbilla y le estudió el golpe.

—Fui una bestia —aceptó—. Una piel hermosa como la tuya, con semejante cardenal. —La soltó con torpeza—. Veo que estuviste de visita en el hospicio —comentó, mientras sostenía el cuadro que el viejo Cáceres había arrojado al vacío—. Me pregunto cómo hiciste para quitarle el retrato de mi madre.

—Eloy, por favor —suplicó Micaela—. ¿Qué te pasa? No te reconozco. Desatame, te lo ruego, las cuerdas están haciéndome daño. Nosotros siempre nos respetamos y nos tuvimos afecto, no terminemos así, podemos llegar a un acuerdo. Yo no tengo intenciones de perjudicarte ni de juzgarte, nadie se enterará de lo de Harvey...

Cáceres la interrumpió con una risotada. Volvió a acercársele y Micaela se contrajo, presa del pánico.

—Estaba dispuesto a cambiar —dijo, repentinamente serio—, por vos, estaba dispuesto a hacerlo. Ya había dejado a Harvey, pero tu traición me hizo volver a sus brazos. —Le propinó una bofetada de revés, que la dejó semiinconsciente—. Trae agua —ordenó a Ralikhanta.

Se quedó contemplándola mientras esperaba al indio y, por un instante, el gesto se le suavizó. De rodillas al lado de Micaela, le limpió la sangre con un pañuelo y le besó los labios. Escuchó los pasos de Ralikhanta y se puso de pie con presteza. Recibió la jarra con agua y se la arrojó brutalmente a la cara. Despertó medio ahogada y, al tomar contacto con la realidad y comprender que no se trataba de una pesadilla, se puso a llorar.

—No llores, querida —pidió Eloy, sarcásticamente—, pronto terminará todo.

—Señor, por favor —suplicó Ralikhanta, y se atrevió a aproximársele—. Déjala, señor.

—¡Callate! —rugió Cáceres—. Todavía no me cobré tu traición. Siempre supiste que me engañaba con Varzi y me lo ocultaste. Fuiste su cómplice. Más tarde arreglaremos cuentas. Ahora, andá arriba y no dejes que nadie entre en la casa. Si llega Tomasa, le das el día libre, y con Cheia, a ver qué se te ocurre para mantener lejos a esa negra.

Micaela se horrorizó al ver que Ralikhanta dejaba el sótano; con él, se desvanecía su última esperanza, pues había comprendido que su esposo iba a matarla. Cáceres colocó el cuadro sobre una silla y lo observó detenidamente. Micaela percibió con claridad que a Eloy se le aceleraba el ritmo respiratorio a medida que transcurría los segundos en estática contemplación, y cuando volteó a verla, pensó que le había llegado la hora.

—Te voy a contar un cuento —dijo, en cambio, y volvió al retrato—. Había una vez una hermosa princesa, así, hermosa como vos, aunque tenía el pelo negro como el carbón.

Se acercó a un mueble feo y estropeado, descorrió la tela que servía a modo de puerta y aparecieron estantes y cajones; había frascos de vidrio prolijamente dispuestos sobre un anaquel. De un cajón, Eloy extrajo una larga y espesa peluca negra. Micaela fijó su atención en los frascos y, pese a la lobreguez reinante, se horrorizó al descubrir que en cada uno flotaba una lengua humana. Pegó un alarido y, al ponerse de pie, se fue de bruces al suelo. Eloy la ayudó a incorporarse y a acomodarse en la silla nuevamente. Micaela, presa de un ataque de histeria, lloriqueando y musitando palabras incomprensibles, sacó de quicio a su esposo, que la tomó por la nuca y le acercó el rostro para susurrarle:

—Callate, todavía no terminó mi historia. —Le calzó la peluca—. Sí, ahora te parecés más a la princesa Silvia. ¿Te dije que se llamaba Silvia? —Eloy se llevó la mano al mentón e hizo un ceño—. Falta algo. —Volvió al mueble, extrajo un lápiz negro y le remarcó el lunar—. Así está mejor. Sigamos con el cuento. La princesa era codiciada por los reyes de otras comarcas, no sólo por su belleza e inteligencia, sino por su dinero. El padre había prometido una gran dote para el elegido. Cuando por fin se decidió quién sería el afortunado, resultó ser un joven rey llamado Carlos, apuesto, de mucha alcurnia y con tanto dinero que desechó la dote de la princesa Silvia, pues, según dijo, sólo la quería a ella. La boda se celebró meses después, y los festejos duraron cuatro días; la gente de ambos reinos estaba feliz y pensaron que vendrían tiempos de abundancia y paz.

—Eloy, basta, te lo suplico, por amor de Dios.

—El rey Carlos llevó a su esposa a vivir al nuevo castillo que había hecho construir especialmente, lleno de lujos, con las comodidades que se merecía una reina como ella. —Elevó el retrato de su madre y se mantuvo caviloso. Cuando lo devolvió a la silla, prosiguió—: Como era de esperar, al poco tiempo, nació un vástago, tan amado por su padre que se podría afirmar que llegó a ser un niño feliz, aunque le faltara el cariño de su madre, que no le tenía paciencia, lo regañaba muy seguido y lo quería lo más lejos posible. Con el tiempo, el niño se convirtió en un joven muy apegado a su padre. Solían cazar juntos en el coto del reino, y ésos eran los momentos que más amaban. El rey Carlos sólo tenía a su hijo, porque pronto se había desilusionado de los encantos de la reina Silvia, que se había revelado como una mujer veleidosa y malhumorada. Una tarde, luego de una fuerte discusión con su esposa, el rey decidió salir de caza para sosegar su alma atormentada, pues, pese a todo, seguía amando a la reina Silvia como el primer día. Como de costumbre, invitó a su hijo. Regresaron antes de lo previsto porque no habían tenido suerte, sólo consiguieron unas pocas liebres y perdices. Entraron en el castillo y le dieron las presas a la cocinera. Luego, callados y entristecidos, subieron a sus aposentos.

Eloy se detuvo y volvió al cajón del mueble. Micaela comenzó a gritar como enloquecida al ver que su esposo tomaba un puñal. Cáceres se lo llevó a los labios para pedirle silencio y, a pesar de que le costaba dejar de llorar, Micaela intentó calmarse, pues temía enfurecerlo.

—El joven príncipe acompañó a su padre hasta la recámara, porque lo veía muy triste y quería hacerle compañía hasta que se durmiera. Abrieron la puerta del dormitorio real y la sorpresa los dejó sin aliento: la reina, de rodillas frente a un vasallo, le chupaba el miembro, enorme y endurecido; su lengua —dijo, con los dientes apretados, y tajó el lienzo del retrato una y otra vez—, su lengua lamía y relamía con deleite la pija de ese inmundo siervo. El joven príncipe levantó su escopeta de caza y le disparó a su madre directo a la cabeza, volándole también los testículos al vasallo, que gritó como desquiciado hasta que el príncipe se apiadó y le llenó el rostro de perdigones. Fuera de sí, el rey corrió donde su esposa muerta y se arrojó a su lado a llorarla, mientras su hijo prendía fuego a la recámara. Los sirvientes del castillo sacaron ileso de entre las llamas al joven príncipe, y muy quemado al pobre rey Carlos; nadie apostó a que sobreviviría. Fueron también los sirvientes los que le contaron a la hermana del rey los hechos como ellos se los figuraban. Hacía tiempo que sabían de los amoríos de la reina Silvia con ese vasallo, y no dudaron que el rey los había matado, así como también prendido fuego a la habitación. La hermana del rey, muy orgullosa de su alcurnia, no dudó en ocultar la verdad e inventó una historia que se dio a conocer en el reino y en las comarcas vecinas: el vasallo había intentado matar al rey; en el forcejeo, una lámpara cayó al suelo y rápidamente se propagó el fuego. Así, el rey, la reina y el vasallo murieron carbonizados. Los sirvientes fueron generosamente compensados para ratificar esa verdad.

Se produjo un silencio que a Micaela la hizo temblar. Eloy, puñal en mano, mantuvo los ojos fijos en el retrato destrozado hasta que se volvió repentinamente y le causó un susto de muerte.

—Habría apostado mi vida a que vos no eras como mi madre.

Esas palabras la aterraron, pues Eloy ya no usaba el tono sardónico, y la contemplaba con el mismo odio que había encontrado en los ojos repugnantes de su padre esa mañana.

—Al menos —prosiguió Eloy—, Fanny Sharpe nunca me engañó con otro, me dejó cuando se enteró de que había quedado estéril después de la fiebre. Aunque, sí, de una forma u otra, también me traicionó. Todas son iguales.

—¡Ralikhanta! —gritó Micaela—. ¡Auxilio, Ralikhanta!

—Podés llamarlo hasta desgañitarte, nunca te va a ayudar, no es idiota y sabe lo que le conviene —aseguró Cáceres—. Señores policías —ironizó—, acabo de descubrir que mi sirviente, un pobre indio ignorante, es el temible "mocha lenguas". ¡Dios mío, en mi propia casa están las lenguas de esas mujeres! Fui muy hábil, querida, y jamás me dejé ver en los burdeles; era el *pobre* Ralikhanta el que recogía a la elegida, mientras yo lo aguardaba en algún hotelucho de mala muerte. ¿A quién pensás que le creerían, mi amor? ¿A Ralikhanta, un hombre de aspecto temible, un indio, un hereje musulmán, o a mí, el canciller de la República, un hombre brillante, de conducta intachable?

—¡Basta, Eloy! ¡Basta de hablar así! Te suplico, entrá en razón. Entiendo el tormento que viviste, comprendo la traición de tu madre, pero...

—¡Callate! —Y volvió a golpearla—. No vuelvas a decir que comprendés el tormento por el que pasé. —Retomó el sarcasmo para proseguir—: En última instancia, me queda mi padre. Él sería el asesino perfecto, ¿no te parece? ¿No te parece? —repitió, enojado.

—Sí, sí —se apresuró Micaela.

—¿Querés saber qué les hago a las prostitutas antes de cortarles la lengua y degollarlas? Porque no les corto la lengua después de haberlas matado como dicen los diarios. No. Las putas se merecen una muerte lenta y dolorosa. Primero, les corto la lengua de cuajo, y después las ahorco. ¡Malditas putas del demonio! ¡Malditas sean las putas del mundo! ¡Las putas como vos y como mi madre!

Micaela se echó a llorar, desesperada por la crisis de Eloy, que, sin abandonar los insultos, había comenzado a patear los trastos viejos y a lanzarlos contra la pared. Comprendió que debía recuperar el dominio sobre sí, no podía descontrolarse, tenía que pensar, tenía que encontrar la manera de huir. Si tan sólo pudiera tomar el puñal de Eloy y cortar las cuerdas que le sujetaban los pies, podría correr escaleras arriba y llegar a la planta superior; el escotillón estaba abierto, lo sabía por la brisa tenue que entraba y por la mísera luz que se filtraba.

Eloy se calló y dejó de romper cosas, se apoyó contra la pared hasta dominar su agitación y volvió junto a Micaela, que había dejado de llorar y le hacía frente con la mirada.

—Por vos —dijo Eloy—, estaba dispuesto a ser otro. Tengo que admitir que en un principio sólo fuiste un buen negocio. Tu dinero y tu posición social no me importaban tanto como los contactos de tu padre. El viejo senador maneja los hilos en la Casa Rosada, y yo estaba dispuesto a casarme con su adorada hija con tal que tocara los puntos necesarios para que yo fuera el canciller. Así se lo hice entender a Nathaniel, que, por supuesto, no aprobaba mi boda. Me quería sólo para él, pero, finalmente, comprendió.

Se aterrorizó cuando Eloy le pasó el filo del puñal por el cuello, e intuyó que el desenlace se aproximaba y, aunque sentías deseos de gritar, consiguió refrenarse y mantener la calma.

—Debo confesarte, querida, que no podía siquiera tocarte. Nathaniel seguía en mi mente, le pertenecía. En la India, después de la fiebre que casi me mata y de que Fanny me abandonara, él se convirtió en mi mundo; me consolaba, me cuidaba, me protegía, y, poco a poco, fuimos enamorándonos. Pero un día te descubrí, Micaela. Tu hermosura es mágica y atrayente. Caminabas por la casa y la llenabas de luz; tu perfume se impregnaba en las paredes y estabas en todas partes. Tu modo sereno, tu mirada tranquila, tu voz suave —se aproximó y le acarició el rostro—, todo fue hechizándome. Nathaniel también cayó bajo tus encantos y trató de seducirte; además, él sabía que si te manchaba, yo jamás te querría. Pero no le hiciste caso. Eso me llevó a pensar que me amabas, que todavía me esperabas, virgen y pura. Y aunque noté que estabas fría y distante, quise reconquistarte. Te haría creer que me había curado y que podíamos ser felices.

Le desató las manos y los pies, y las esperanzas regresaron al corazón de Micaela, que, pese a la corpulencia de su esposo, estaba dispuesta a golpearlo y huir.

—Bajame los pantalones y chupame como hacés con Varzi —dijo, y la obligó a ponerse de rodillas.

Le dio asco, y se habría negado de no caer en la cuenta de que ésa era la oportunidad que estaba esperando: lo mordería y correría hasta la salida. Le desabrochó el cinto lentamente, con suavidad, calculando cada movimiento.

—¿No te interesa saber cómo descubrí tu relación con el inmigrante inmundo ése?

Micaela levantó la vista y estudió el aspecto de su esposo, mientras se debatía entre el sí y el no; un error, una falla y no tendría chance.

—No —dijo, y volvió a la bragueta.

—¡Puta de mierda! —vociferó Cáceres, y la asió del pelo para arrojarla al suelo.

Micaela comenzó a gritar y trató de incorporarse, pero las piernas entumecidas le fallaron y trastabilló. Eloy la levantó como a una muñeca de trapo y le tapó la boca.

—¡Callate! —susurró.

En la planta alta se escucharon unas corridas y alguien que vociferaba el nombre Marlene. Micaela sintió una alegría inefable al oír la voz de Varzi y aprovechó el desconcierto de Cáceres para morderle la mano y llamarlo. Eloy le cubrió la boca y le colocó el puñal sobre el cuello.

—Si volvés a gritar, te liquido.

A Carlo y a sus matones no les resultó difícil entrar en casa de Micaela, hallaron la puerta abierta de par en par y no se toparon con nadie en el vestíbulo ni en la sala. Penetraron en la vieja casona y, a poco, escucharon el grito de ella que los guió hasta el despacho, donde encontraron el escotillón elevado sobre el suelo. Varzi, seguido por Mudo y Cabecita, descendió rápidamente, aterrorizado por la idea de que fuera demasiado tarde.

—¡No avance un paso más o la mato! —ordenó Cáceres, y apretó el filo del puñal contra el cuello de Micaela.

Carlo se detuvo a mitad de la escalera y se mordió el puño al ver a su mujer tan golpeada y con un cuchillo sobre la garganta.

—Y dígale a sus matones que vuelvan arriba.

Carlo hizo una seña a sus hombres para que regresaran.

—Bienvenido, señor Varzi —dijo Eloy—. Ha llegado en un momento propicio. ¿Viene a socorrer a su amada? Lamento informarle que ya es tarde, pero me place saber que usted también va a presenciar la muerte de *la divina Four*.

—¡Suéltela, Cáceres! ¡No la toque! —prorrumpió Carlo, y terminó de descender los peldaños.

—¡No avance un paso más!

—Le juro que si llega a rozarla con ese cuchillo, lo van a tener que juntar en pedacitos.

Eloy soltó una risotada espeluznante. Micaela, con la boca tapada, inmóvil entre los brazos de su esposo, comenzó a lloriquear histéricamente, segura de que ni Carlo la salvaría de la ira de Eloy. Varzi, por su parte, pensó que no lograría nada a las malas e intentó la vía diplomática.

—Usted es un hombre inteligente, Cáceres. Sería una estupidez asesinar a su esposa, todo saldría a la luz, no tendría forma de taparlo. Eso arruinaría su carrera política y...

Eloy levantó el brazo y hundió el puñal en el vientre de Micaela, que, luego de unos segundos, se desplomó inerte en el piso. Varzi cayó de rodillas, sin aire en los pulmones, con un grito atravesado en la garganta y el gesto desencajado de dolor, espantado por la palidez que se apoderaba del rostro de su mujer, mientras el vestido se le cubría de sangre. Se arrastró hacia ella, estiró la mano y, al tocarle los dedos, soltó un gemido ronco y profundo que quitó el aliento al mismo Cáceres.

Mudo y Cabecita corrieron escaleras abajo, y detuvieron a Eloy cuando intentaba abalanzarse sobre Carlo, que, aún en el suelo y en completo estado de conmoción, repetía el nombre de Marlene y la sacudía. Se escucharon voces y silbatinas en la planta alta y no pasó mucho hasta que un grupo de policías guiado por Ralikhanta se hizo cargo de la situación. Varzi, abstraído del entorno, cargó en brazos a Micaela y la sacó del sótano. Se topó con Cheia en el corredor, que acababa de llegar del cementerio.

—¡Mi niña! ¡Por Dios, qué tiene! ¡Tanta sangre! ¿Qué pasó? ¿Quién es usted? ¿Qué le hizo?

—Rápido —la apremió Carlo, sin darle tiempo de entender—, llame a un médico, se muere.

—Venga, recuéstela aquí —dijo Cheia, con bastante dominio, y lo condujo a la habitación de Micaela. Salió nuevamente al pasillo, con el rostro bañado en lágrimas y el pensamiento embotado, y no atinó a nada hasta que, de pronto, recordó al doctor Valverde, el esposo de la prima Guillita.

l doctor Joaquín Valverde no tenía esperanzas de que Micaela viviese: el puñal le había rozado el estómago, la debilidad a causa de la profusa pérdida de sangre la tornaba vulnerable y la fiebre alta hacía temer una infección. Recomendó no moverla ni trasladarla, y la joven permaneció inconsciente en la habitación de la casa que había sido su prisión.

Nadie consiguió apartar a Carlo de su lado, ni siquiera la policía, que intentó llevarlo para tomarle declaración, circunstancia en la que intervino el comisario, amigo de Varzi de su época de *cafishio*, y lo hizo interrogar en la casa de la calle San Martín. Los hechos descriptos por Carlo coincidieron con los de Mudo, Cabecita y Ralikhanta, y la contundencia de las restantes pruebas desató un escándalo que ni los hilos ni los contactos del senador Urtiaga Four habrían podido frenar. De todas maneras, Rafael se abstuvo y no movió un dedo para ayudar a su yerno ni para detener a la prensa; durante esos días prácticamente no habló, sólo cruzó palabras con Cheia y el doctor Valverde, a Varzi lo miraba de reojo, y no pidió explicaciones, solo comprendió que se trataba del amante de su hija; tiempo después, luego de contemplarlo largo y tendido, lo reconoció como al amigote de Gastón María que había asistido a su fiesta de cumpleaños.

Moreschi se hundió en un sillón de la sala a llorar. Cada tanto, agitaba el pañuelo y vociferaba: "¡Por qué a ella! ¡Por qué!", ocasiones en que Cheia lo ayudaba a emerger de su postración, lo llevaba a la cocina, le preparaba un café bien cargado y, para distraerlo, le pedía que le contase de Micaela, de sus años en París y de sus fechorías con *soeur* Emma.

—Ella es todo lo que tengo —le confesó Moreschi en una oportunidad, en medio del llanto.

Mamá Cheia no intentó calmarlo esa vez, tomó asiento a su lado y se aflojó en un mar de lágrimas.

Otilia llegó a la casa de su sobrino y vociferó en medio de la sala que no era justo, que había un error, que resultaba imposible que su adorado Eloy fuese el despreciable "mocha lenguas", que ésa era una treta de los radicales para desprestigiarlo, ¡cómo no se daban cuenta!, si Eloy era el hombre más bueno de la Tierra, incapaz de matar a una mosca. Urtiaga Four la mandó callar y le pidió que se fuera. Otilia se encerró en la mansión de la Avenida Alvear y pasó días echada en la cama, con trapos fríos en la frente y una botella de láudano sobre la mesa de luz. A diario le pedía al ama de llaves que le leyera el periódico, aunque no alcanzaba a escuchar tres líneas que, presa de un ataque de nervios, se lo arrebataba, lo hacía un bollo y lo arrojaba contra la pared; a gritos aseguraba que se trataba de una infamia. Otilia soportó otra humillación cuando la policía la buscó en la mansión para interrogarla, y debió confesar que su hermano Carlos se encontraba con vida en un hospicio del barrio de Flores. Después de aquello, armó sus valijas, dejó la casa de su esposo y nunca más se supo de ella.

Nathaniel Harvey fue detenido hasta que probó que nada tenía que ver con los asesinatos de las prostitutas. Según declaró, había conocido a Cáceres en la India mientras trabajaban para la misma compañía y, después de una grave enfermedad, el estigma de su esterilidad y la ruptura con su prometida Fanny Sharpe, Eloy había encontrado consuelo entre sus brazos.

—Sólo somos amantes —apostilló el inglés.

Esta declaración complicó la situación del inculpado y aportó datos valiosos a los psiquiatras encargados del trazado del perfil del "mocha lenguas", a quien no dudaron en catalogar de morboso, un alienado moral, un hombre desquiciado que, por sobre todo, aseguraba amar profundamente a su esposa. Finalmente, Harvey, despedido de la compañía ferroviaria, partió hacia México.

Ralikhanta era cómplice, su participación en los crímenes había sido fundamental para llevarlos a cabo y, más allá de que había actuado bajo presión, eso tenía sin cuidado a la Justicia. Terminó condenado a siete años de reclusión, sentencia que luego se redujo gracias a la colaboración que había prestado para esclarecer los hechos.

Gastón María llegó solo a Buenos Aires. A diferencia del resto, él no se había dejado engatusar por las maneras refinadas, la cultura vasta y la prometedora carrera política de Eloy y, a pesar de que durante el viaje en tren hacia la ciudad se encargó de dar forma a su rabia y resentimiento, convencido de que nada habría sucedido si lo hubiesen escuchado cuando él advertía sobre la falsedad de Cáceres, al cruzar la puerta de la casa de su hermana y ver a su padre demacrado y serio, a Moreschi llorando en un sillón y a Cheia prendiéndole velas a Santa Rita, le temblaron los labios y no quedó rastro de su ira.

—Hijito —musitó la nana, y lo estrujó entre sus brazos, como cuando niño.

—Quiero verla, mamá.

—Tu hermana no está sola, querido, el señor Varzi está con ella.

—¿El señor Varzi?

—Tu cuñado. Tu hermana y él hace tiempo son amantes.

Gastón María se inmutó. Mamá Cheia lo guió hasta la cocina y, al igual que a Moreschi, lo reanimó con café y masitas dulces. Empezó a recordarle los días de su infancia, cuando él y Micaela, en medio de la pesadumbre y el silencio de la casona del Paseo de Julio, se empeñaban en diabluras que a ella le sacaban canas verdes. Cheia no soslayó el recuerdo de la señora Isabel, ni olvidó mencionar el desconcierto y la pena que reinaron entre los Urtiaga Four después de su muerte.

—La tristeza que sintió tu hermana cuando te enviaron a estudiar a Córdoba no pudo compararse con la tuya, querido, que siempre fuiste más desaprensivo y egoísta. La pobre Micaela era un trapito, lloraba por los rincones y me decía que no quería ir a Suiza. ¿No puedo estudiar en Córdoba, mamá Cheia?, me preguntaba.

—Yo adoro a Micaela, mamá.

—Claro que la adorás, pero ella es más noble y habría dado la vida por vos, como casi lo hizo la noche en que Pascualito te trajo medio muerto con ese tajo en la panza.

Cheia se explayó en las circunstancias que unieron a Varzi y a Micaela, y ya sin recelos de la devoción de Carlo por su niña, suavizó aquellas donde el hombre había sido un patán y realzó las que lo reivindicaban. Gastón María siguió la historia sin abrir la boca y, después de que su nana hubo terminado, le repitió que deseaba ver a Micaela. Al entrar en la habitación y encontrar a su cuñado de rodillas junto a la cama, con la cara hundida en el cabello de su hermana, Gastón María pensó que jamás se acostumbraría.

—Señor Varzi —llamó Cheia.

Carlo y Gastón María intercambiaron miradas elocuentes antes de que Varzi se apartara de la cama y, con una seña, lo invitara a acercársele.

* * *

La mañana del tercer día, Joaquín Valverde llamó aparte a Varzi y al senador Urtiaga Four y les comunicó que si la condición de Micaela no mejoraba en las horas siguientes, no había esperanzas. Rafael se cubrió el rostro y sollozó amargamente. Carlo, en cambio, abandonó la casa y le pidió a sus hombres que lo llevaran a San Telmo.

Apenas si respondió a la catarata de preguntas que le soltó Frida en el vestíbulo y se encerró en su habitación. Se quitó la ropa, que apestaba, se lavó, se afeitó, se perfumó y se vistió nuevamente. Abrió una caja de hierro y sacó la pistola. La contempló con cuidado y verificó que estuviese cargada; se la calzó en la cintura y se puso el saco. De regreso a lo de Micaela, Cheia lo detuvo en el recibo.

—El señor Rafael mandó llamar a dos médicos de su confianza, el doctor Cuenca y el doctor Bártoli, y están con Joaquín Valverde revisando a mi niña.

Carlo entró en el dormitorio sin llamar y Joaquín se adelantó para ponerlo al tanto de las novedades, mientras sus colegas auscultaban a Micaela.

—El doctor Cuenca ha propuesto una nueva medicina y ya hemos enviado a Gastón María con el boticario. Si la fórmula de Cuenca resulta, como creemos, la fiebre deberá remitir entre esta noche y mañana por la mañana.

Le suministraron el nuevo medicamento, le limpiaron la herida y le tomaron el pulso; los médicos debatieron unos minutos más hasta que, atraídos por la invitación de Cheia, dejaron la habitación en busca de una taza de café. Urtiaga Four permaneció al lado de su hija, le sostenía la mano y la miraba con abatimiento.

—Es igual a su madre —dijo, al rato.

Carlo se acercó y le palmeó el hombro. El viejo lucía cansado, tenía ojeras y el semblante pálido y, al igual que el resto, hacía tres días que no comía algo sustancioso ni dormía dos horas seguidas.

—Usted está muy cansado, señor —dijo Carlo—. Mejor le pide a Cheia que le prepare una comida decente y, después, se recuesta un rato.

Varzi lo ayudó a incorporarse y lo acompañó hasta la puerta. Antes de salir, Rafael volvió a mirar a su hija.

—¿Usted cree que también la pierda a ella?

Carlo no pudo responderle, él mismo se lo preguntaba a cada instante y, como no acostumbraba a mentir por compasión, se limitó a insistir en una buena comida y en un descanso reparador. El viejo abandonó el dormitorio arrastrando los pies.

Varzi retornó junto al lecho y se arrodilló a la cabecera, besó los labios ardientes de Micaela y le tomó la mano.

—Amor mío —dijo—. Ya se fueron los médicos. Deseaba tanto que nos dejaran solos; tenía ganas de hablar con vos. Aquí estamos, esperando que te mejores, hasta Gastón María, que vino solo del campo; dice que Gioacchina y Francisquito están bien. También te esperan Moreschi, Cheia y tu padre. Cheia ya debe de haber rezado más de cien rosarios y le prende velas a una santa. —Se mantuvo callado, y una sonrisa le despuntó en los labios—. Estás tan linda, como siempre. No me voy a olvidar jamás, me dejaste sin aliento la noche en que te presentaste con las joyas a pagar la deuda de tu hermano. Si no hubiese sabido que eras una *bienuda*, te habría hecho mi mujer en ese momento. Tuve que contenerme mucho, ¿sabés? Y los días que siguieron me devané los sesos maquinando algo para traerte hasta mí. Y después, cuando cantabas en el Carmesí, que todos los hombres te miraban y te deseaban, me moría de celos porque no quería compartirte con nadie, te quería solamente para mí. Y cuando pasó lo de Miguens, me odié por haberte expuesto tan inútilmente, aunque no había tenido otra alternativa, vos no me habrías dado bolilla; yo era un *cafishio* y vos, una reina. Y lo seguís siendo, mi amor, la reina de mi vida, y si vos decidís no despertar, yo no tengo nada que hacer aquí. Te voy a seguir. —Se quitó la pistola de la cintura y la guardó en el cajón de la mesa de noche—. Una vez me prometiste que nunca tendría que vivir en este mundo si vos no estabas en él. ¿No vas a cumplir tu palabra, Marlene?

Rafael entró en la habitación, seguido de su hermano Santiago, el monseñor, y de Cheia, que lloriqueaba. Varzi miró al sacerdote con mala cara.

—Los médicos recomendaron suministrarle la extremaunción —explicó Rafael—. No creen que pase de esta noche.

Varzi se interpuso entre Micaela y su tío, enfurecido por la resignación de Urtiaga Four y de la nana.

—¡No! —exclamó—. No se va a morir. Puede volver a su iglesia —dijo a Santiago—. Aquí no lo necesitamos.

Cheia se adelantó y lo tomó por el brazo.

—Venga, señor Varzi, deje que el señor Rafael cumpla con sus creencias.

Varzi la contempló con rabia, pero la dulzura de los ojos de la negra le suavizó el corazón y salió de la habitación detrás de ella.

—¿Sabe, señor Varzi? —dijo Cheia, en el corredor—. Mi señor Rafael siente que le debe mucho a su hija; no le impida la posibilidad de tranquilizar su conciencia aunque más no sea en esto.

Lo llevó a la cocina y, al igual que al resto, lo reconfortó con café y masas. Luego se sentó a bordar para Francisquito, mientras le contaba de Micaela, de cuando era niña y todos en la familia pensaban que era poquita cosa...

—...porque era flaquita, debilucha y calladita, pero yo sabía bien que mi niña iba a ser una gran mujer, como su madre, ¡no! más hermosa todavía y más inteligente. ¿No vio cómo la aplauden en el teatro? ¿Alguna vez la vio? —Carlo asintió, con una sonrisa—. Fue una monja del internado, *soeur*

Emma se llamaba, la que le descubrió el talento. Cuando Micaela era chiquita le gustaba cantar. La institutriz francesa, *mademoiselle* Duplais, les enseñaba canciones, que Gastón María nunca aprendía. Mi niña, en cambio, las cantaba en voz bajita todo el día porque la señora Isabel estaba enferma en cama y no se podía hacer ruido. ¡Ay, mis niños! Sólo yo sé lo que sufrieron. El señor Rafael parecía estúpido después de la muerte de su esposa, y no se le ocurrió mejor idea que enviarlos lejos. Gastón María estuvo de vuelta al poco tiempo; lo echaron del colegio de Córdoba y el señor pensó que sería mejor tenerlo cerca, para vigilarlo. Micaela, en cambio, nunca volvió, estuvo quince años ausente. El señor Rafael la visitó poco, y a mí me dejó ir un par de veces. ¡Quince años! A veces me pregunto por qué volvió. Después de la muerte de *soeur* Emma, se tomó el primer barco y regresó. Aunque se lo había pedido muchas veces a Santa Rita, pensé que Micaela jamás regresaría, y ya me había hecho a la idea de morirme sin volver a verla, porque mis huesos no estaban para otro viaje tan largo. —Cheia levantó la mirada de su labor y la fijó en Carlo—. Quizá, regresó para conocerlo a usted, señor Varzi. ¡Quién sabe! —suspiró y retornó al bordado—. ¿Nunca le contó Micaela lo del gatito? —Varzi negó con cabeza—. ¡Ah, con ese dichoso gato envejecí diez años en diez días! Lo encontró en la plaza, todo sarnoso y lastimado, y, para que *mademoiselle* no lo viera, lo trajo hasta la casa escondido debajo de la ropa. Me pasé días sacándole pulgas y poniéndole azul de metileno en la sarna. Lo acomodó en una caja de manzanas en la piecita del fondo, y le puso Miguelito en honor de mi bebé muerto. ¿Puede creerlo? Así era ella. Con todo, el pobre bicho se murió sin más remedio, y tuve que donar mi costurero para ataúd. ¡Imagínese, una caja hermosa de madera, que me habían regalado con bombones, terminó siendo el ataúd de un gatito sarnoso! Pero mis niños podían sacarme cualquier cosa cuando me hacían pucheros. ¡Y ese día me dio tanta lástima! Venía llorando con el gatito muerto entre los brazos y Gastón María haciéndole burlas por detrás. Y se empeñó en mi costurero, siempre le había gustado porque tenía unos dibujitos muy bonitos. Lo enterramos en un macetero del patio principal, a la siesta, mientras el señor Rafael y *mademoiselle* Duplais dormían. ¡Hasta me hizo rezar un rosario! ¿Habrá sido pecado? Nunca me animé a confesárselo al padrecito Miguel porque me daba vergüenza. ¿Usted cree que haya sido pecado? ¡Bah, pasaron tantos años que ni Dios debe de acordarse!

Cheia siguió bordando, con la cabeza puesta en el pasado, llena de recuerdos que le dibujaban una sonrisa; sin embargo, por momentos, Carlo le veía despuntar un brillo en los ojos y sabía que había regresado al presente.

—No quiero que se muera —dijo, y la tomó de la mano.

—Tenga fe, señor Varzi —pidió Cheia—. Mire que a mí Santa Rita siempre me cumple.

Carlo abandonó la cocina más animado; no obstante, al llegar al dormitorio lo envolvió la desesperanza. Tío Monseñor había acabado sus ritos y cuchicheaba con Rafael. Los médicos, por su parte, se afanaban sobre Micaela, que se encontraba inquieta y deliraba.

—La fiebre sigue muy alta —explicó Valverde—. La medicina del doctor Cuenca no parece hacer efecto. Ha comenzado a desvariar. No deja de llamarlo a usted.

Carlo apartó a los médicos y se arrojó a su lado.

—Aquí estoy, amor mío —le susurró, mientras le mesaba el cabello—. Aquí estoy, no me fui a ningún lado, estuve con Cheia en la cocina tomando un café y charlando de vos. Me contó muchas cosas de cuando eras chica, del gatito ese que encontraste en la plaza y que te metiste debajo de la ropa para que no lo descubriera la institutriz. Me dio mucha risa. Debés de haber sido una nena tan hermosa, me gustaría que tuviésemos una hija y que se te pareciera.

Tío Monseñor lo miraba con desprecio y Rafael, con incomodidad, mientras los doctores Cuenca y Bártoli se encontraban a punto de sacarlo a puntapiés de la habitación.

—Señor Varzi, déjenos trabajar. Vamos a practicarle una sangría para bajarle la fiebre y detener la infección.

—¿Una sangría? ¿No está muy débil para eso? —inquirió Carlo.

El doctor Cuenca le lanzó un vistazo furibundo. Joaquín Valverde se apresuró a interceder y quitó a Carlo del medio. Luego de sangrarla y durante el resto de la noche, los médicos permanecieron en vela, atentos a las reacciones de la enferma, ocupados en sus menesteres: le controlaban el pulso cada media hora y la reacción de las pupilas, la auscultaban, le limpiaban la herida, le aplicaban paños fríos, le colocaban algodones con alcohol bajo las axilas y le suministraban las medicinas.

Carlo se hallaba en un estado de tensión incontrolable. Se paseó por el dormitorio como fiera en una jaula; se sonó los nudillos hasta crispar al doctor Cuenca que le pidió que cesase pues lo ponía nervioso; amagó cien veces encender un cigarrillo, se echó en el sillón otras tantas y caminó a la sala y regresó a la habitación como alienado. Bebió de un sorbo el café caliente que Cheia le ofreció sin saber que contenía una dosis de láudano. Minutos después, tomó asiento, se acomodó entre los cojines y, antes de quedar dormido, fijó su mirada vidriosa en Micaela.

Se despertó mareado a causa del opio y se puso de pie con dificultad. Le dolía la espalda y tenía el cuello entumecido. No podía ver a Micaela, los médicos la circundaban. Cheia y Rafael contemplaban desde una distancia prudente. Al verlo levantado, la nana se le acercó.

—No entiendo cómo pude dormirme —comentó Carlo—. ¿Qué hora es?

—Las siete de la mañana —respondió Cheia—. La están revisando.

—¿Han adelantado algo?

—No aún, pero alrededor de las tres y media Micaela comenzó a tranquilizarse y se le fortaleció el pulso. Yo tengo fe.

Carlo no quería hacerse ilusiones cuando el día anterior las esperanzas habían sido escasas; temía lo peor. Se acomodó la camisa y el pelo, y se unió a Cheia y a Rafael a la espera de los resultados de la revisión. Los médicos se miraron entre sí, asintieron con gravedad, y Carlo pensó que las piernas no lo soportarían; tenía un latido fuerte en la garganta y las manos le temblaban. Joaquín Valverde tomó la palabra.

—Después de haber examinado concienzudamente a Micaela, y, si tenemos en cuenta que la fiebre ha remitido hace cuatro horas, que su pulso ha aumentado en forma considerable y que otros signos vitales presentan mejorías ostensibles, los doctores y yo creemos que lo peor ha pasado.

Cheia lanzó un grito y se abrazó a Rafael, que vociferaba loas al Cielo. Varzi se dejó caer en una silla, se cubrió la cara y rompió a llorar como un niño. A Urtiaga Four lo conmovió el desmoronamiento de ese hombre recio e inquebrantable, y empezó a sollozar él también. Cheia instó a los médicos y a Rafael a abandonar la habitación, convencida de que el señor Varzi necesitaba estar a solas para reponerse de tres días interminables. Carlo terminó de llorar sobre el pecho de Micaela y, a poco, se tranquilizó arrullado por los latidos de su corazón.

Micaela recobró la conciencia horas más tarde. Apenas pudo mantener los ojos abiertos y no encontró fuerzas para hablar, sólo se quejó de la herida en el vientre, y los médicos le suministraron una dosis de cordial para amenguarle el malestar y adormecerla. Se dirigieron a los parientes para advertirles que, si bien Micaela había superado el momento crítico, se encontraba débil y que cualquier recaída podía ser fatal, de modo que ningún cuidado resultaba excesivo; las emociones fuertes y situaciones fatigosas estaban absolutamente prohibidas.

Carlo se ocupó personalmente del cuidado de Micaela, y Cheia lo dejó hacer. Joaquín le enseñó a limpiar la herida, los horarios de la medicina, a tomarle el pulso y otras cuestiones que lo mantenían afanado el día entero. De noche dormitaba sobre una colcha en el suelo, atento a cualquier sonido, incluso, había veces que, asaltado por malos presentimientos o por una pesadilla, se levantaba para escucharla respirar. Se tornó inflexible con las visitas, sólo concedía escasos cinco minutos que medía por reloj; a Moreschi y a Regina, que según su criterio la fatigaban más que el resto, los limitaba a tres minutos, y llegaron a odiarlo. A Carlo no le importaba y prosiguió tan meticuloso y exigente que los cuidados pronto dieron fruto: después de una semana, Micaela había recuperado el color en las mejillas, podía conversar sin cansarse y tenía ganas de dejar la cama, deseo que Joaquín Valverde prohibió por el momento.

—¿Qué pasó con Eloy? —preguntó Micaela a Carlo una tarde que se encontraban a solas.

—Está preso a la espera del juicio.

Micaela comenzó a sollozar, atormentada por recuerdos macabros, arrepentida de tantos errores, abrumada por la realidad que debería enfrentar una vez recuperada. Carlo le tomó las manos y se las besó con desesperación.

—No llores, amor mío —le rogó—, no puedo verte llorar. Te hace mal y me muero si te pasa algo. No llores, te lo suplico. Que nada te importe, Marlene, que yo sea lo único en tu vida, que yo ocupe todos tus pensamientos, eso es lo que quiero. De ahora en más, yo te voy a cuidar y nada ni nadie va a volver a lastimarte. Nadie va a volver a tocar a mi muñequita de porcelana.

Se besaron; hacía tiempo que no lo hacían, y en ese primer contacto íntimo volvieron a descubrirse y a sellar su pacto de amor.

Joaquín Valverde la visitaba todas las tardes y se admiraba de su mejoría en cada oportunidad. Luego de varios días a caldo, le permitió ingerir alimentos sólidos, que Carlo le daba de comer en la boca. Si bien en un principio Micaela toleraba muy poco, con el tiempo le aumentó el apetito y tuvo fuerzas para levantarse y dar algunos pasos, con una faja alrededor de la herida y sostenida por Carlo.

—Quiero irme de esta casa —decía a diario—. No soporto este lugar.

A pesar de que habría preferido esperar dos o tres días, Valverde la autorizó a abandonar la casona de Eloy, convencido de que alejarla de ahí terminaría por reponerla. Carlo decidió llevarla a San Telmo. Rafael, que preparaba la mansión para recibirla, se contrarió por lo que consideró una impertinencia de parte del señor Varzi, y se dirigió a su hija con autoridad.

—Vas a venir a vivir conmigo, Micaela. No es correcto que te hospedes en otra casa cuando tenés la tuya con todas las comodidades. ¿Qué va a decir la gente? Después de todo, tu matrimonio con Eloy todavía no está legalmente anulado. Tu tío Santiago ya comenzó los trámites, aunque dice que…

—Primero que nada, papá —interrumpió Micaela—, me tiene sin cuidado lo que diga el mundo entero. Segundo, jamás voy a volver al lugar donde conocí a Eloy Cáceres. Y tercero, no me voy a hospedar en la casa de Carlo, yo voy a vivir con él.

Rafael quedó boquiabierto, sin posibilidad de réplica. Varzi, complacido con la firmeza de su mujer, la cargó en brazos hasta el automóvil y se la llevó a San Telmo. Cheia fue la última en abandonar lo de Cáceres, encargada de liquidar a la servidumbre, cubrir los muebles con sábanas y cerrar postigos y ventanas. La casa quedó en manos de la Justicia, que años más tarde la remató para abonar impuestos atrasados al Municipio de la ciudad de Buenos Aires. El nuevo propietario, una financiera inglesa, mandó demolerla y levantar en su sitio un moderno establecimiento.

La llegada de Micaela a San Telmo significó un desfile heterogéneo de gente; mientras un día se estacionaba un lujoso automóvil y descendía la señora de Alvear, otro, aparecía Tuli doblando la esquina con un ramo de margaritas medio chamuscadas. No obstante la resistencia de Carlo de compartirla mucho tiempo con nadie, Micaela recibía a todos con la mejor predisposición. La prima Guillita le confesó que los Urtiaga Four no tenían intenciones de visitarla en casa de Varzi, un hombre que no pertenecía a su esfera social, un inmigrante italiano que, para peor, residía en un barrio como San Telmo, atestado de mujeres de la mala vida y compadritos, y, muy ofendidos con ella por haber puesto el nombre de la familia en boca de todos, tampoco la invitarían a sus hogares. Micaela respiró aliviada.

Gastón María anunció que Gioacchina y su hijo habían llegado del campo con intenciones de visitar a Micaela, y Carlo perdió el sosiego.

—¡Gioacchina en mi casa! —le decía a Micaela, sin tener la certeza de la conveniencia de esa visita.

La recibió dos días más tarde a la hora del té y soportó con estoicismo el trato cortés y elegante al que lo había acostumbrado como conocido de Gastón María. Con Micaela, en cambio, se mostró dulce y fraternal. Carlo le pidió autorización, tomó a Francisquito en brazos y lo llevó a la sala contigua a jugar sobre la alfombra y, sin advertir la sorpresa de su hermana ni el deleite de su mujer, se entretuvo el resto de la visita.

—Según me explicó Gastón María, vos y el señor Varzi se conocieron en la fiesta de tu padre —comentó Gioacchina.

—Sí, sí, en la fiesta de mi padre.

—Me sorprendí porque no recordaba haberlos visto juntos en toda la noche —agregó, y Micaela se mantuvo callada—. No sé si te moleste, pero tu hermano también me contó que vos y tu esposo no fueron un verdadero matrimonio. ¡Qué hombre más torturado! Y pensar que el Canciller parecía el mejor de todos. Yo lo miraba, tan apuesto y serio, y me alegraba por vos, aunque tengo que aceptar que Gastón María nunca le tuvo afecto. Yo pensé que eran celos, pero veo que no se equivocó. Ese hombre resultó un monstruo. Lo siento mucho, Micaela.

—Yo también lo siento, Gioacchina, pero ahora que estoy con el señor Varzi, nada del pasado me atormenta. Él sí que es el mejor de todos, te lo aseguro. —Y ambas voltearon a mirarlo; Varzi, despeinado y con la camisa fuera del pantalón, seguía en el suelo con su sobrino.

Esa noche, Carlo cenó poco y se mantuvo callado. Cruzaron el patio de la parra y, pese a que Micaela le mostró la luna llena y trató de entusiasmarlo con el cielo estrellado, él apenas le prestó atención. En el dormitorio, la ayudó a quitarse la ropa y la faja en silencio, y luego se fue a bañar.

—Ya no tendría que usar la faja —comentó Micaela, al reaparecer Carlo en el dormitorio—, la herida está casi cicatrizada.

—Eso lo va a decidir Joaquín, no vos —replicó Varzi, y continuó secándose.

Micaela se levantó y caminó hacia él, le quitó la toalla y le acarició el pecho salpicado de gotas, le olió el rostro recién afeitado y le dibujó con el índice el contorno de la mandíbula.

—Cuando llegue el día —le susurró—, se lo diremos juntos a Gioacchina. Hasta ese momento, no te atormentes.

—Lo único que me atormenta es perderte; con lo demás puedo solo.

—Entonces, ¿por qué estás tan callado y triste? Pensé que era por la visita de Gioacchina.

—En parte, sí. Al verla, recordé que me sacrifiqué para que a ella no le faltara nada, y me mantuve alejado de su vida para no mancharle la reputación. Y, ¿con vos? ¿Qué pasa con vos? *La gran divina Four*, amante de un ex *cafiolo*. ¿Y qué va a pasar si tenemos hijos? Van a arrastrar mi apellido como si fuera una cruz. Me muero si no te tengo, Marlene, pero te amo demasiado para hacerte daño. Y yo, por ser lo que soy, puedo destruirte.

—Estoy tan orgullosa de vos, Carlo —dijo Micaela—. Sos el hombre más íntegro y noble que conocí. Nada de lo que hiciste, ninguna de las decisiones que tomaste deben avergonzarte, porque pagaste tus errores y aprendiste de los desaciertos, te sacrificaste por amor y encontraste la fuerza para cambiar, también por amor. Nunca vuelvas a decir que podés destruirme, cuando, en realidad, sos y serás el único hombre capaz de hacerme feliz.

Carlo la besó con ardor y se olvidó de la debilidad de Micaela, de su herida en el vientre y de las indicaciones del médico al tomarla entre sus brazos y llevarla a la cama. Lejos estaban de cualquier problema cuando el orgasmo los unió en un gemido de placer que sólo el amor pudo sublimar.

icaela nunca supo si su padre se enteró del verdadero origen de Carlo Varzi, jamás hablaron del tema y a ella poco le importaba, aunque no resultaba desacertado pensar que algún conocido del senador Urtiaga Four, *habitué* de los prostíbulos de Carlo, le hubiese ido con el cuento. A pesar de estas conjeturas y del desagrado que le causaba a Rafael visitar a Micaela en un barrio de baja estofa, se mostraba educado y cortés con Varzi, agradecido incluso, porque nunca había visto a su hija tan feliz.

Resultó un alivio para el senador la desaparición de su esposa y, pese a una primera intención de buscarla, luego desistió, pues conocía demasiado a Otilia para suponer que regresaría después del oprobio de ser la tía del "mocha lenguas", además de que él mismo ya no la soportaba y necesitaba tranquilidad. Renunció al escaño del Congreso, una actitud que en otras circunstancias habría provocado un desbarajuste político, pero que se aceptó como la consecuencia lógica del escándalo que había rodeado al senador y a su familia. Meses después vendió la mansión de la Avenida Alvear, que ya nadie visitaba, y se retiró a la estancia de Carmen de Areco, donde sus hijos y nietos solían ir a verlo.

La compañía exportadora e importadora de Carlo creció con el tiempo y llegó a ser de las primeras en el orden nacional, con filiales en los países más importantes de América y con perspectivas de abrir otras en las principales capitales europeas una vez finalizada la guerra. Años más tarde, Varzi se encontró en posición de comprar una casa moderna y lujosa en el mejor barrio de Buenos Aires, idea que Micaela rechazó aduciendo que no sería lo mismo bailar el tango en un elegante salón revestido de mármol, con *boiseries* doradas, que en el solado del patio de la parra. Los periodistas y admiradores lo tomaron como una excentricidad de la gran soprano, y el barrio de San Telmo cobró popularidad.

Moreschi debió alquilar un departamento e instalarse por su cuenta, y se empeñó en hallar un sitio amplio, con buena acústica para los ensayos de su discípula, ya que ninguno le resultaba apropiado en lo de Varzi. Después del escándalo, temió por la carrera de Micaela, y se exasperaba al verla tranquila, ajena a toda preocupación.

—No se desanime, maestro —decía la joven—, cuando anunciemos que ya estoy bien, lista para regresar al escenario, lloverán los contratos.

Micaela no se equivocó, los contratos llovieron, y el del Metropolitan Opera de Nueva York resultó el más tentador para empezar, según el criterio de Alessandro Moreschi, que anhelaba esa oportunidad desde hacía largo tiempo. Rara vez Micaela viajaba sola, Carlo la acompañaba generalmente, y aprovechaba las ocasiones para concretar nuevos negocios o controlar las filiales.

Restablecida por completo y con la autorización de Joaquín, Micaela declaró cuanto sabía a la policía y, tiempo después, al juez, respecto de su esposo y de los aterradores momentos vividos en el sótano de la casa de la calle San Martín. Sus dichos, en completa concordancia con los de los restantes testigos e implicados, terminaron por sepultarlo. Micaela no quería tocar el tema con Carlo, que se ponía irritable, pero ella necesitaba saber y por eso apelaba a Moreschi, que cada tanto hablaba con los abogados y le informaba acerca de la situación. La demora para que Cáceres fuera definitivamente condenado radicaba en la controversia planteada en el seno de la junta de psiquiatras que debía establecer si Eloy estaba loco o en completo uso de sus facultades. Mientras unos aseguraban que Cáceres debía pasar el resto de sus días en un hospicio para enfermos mentales, otros, impresionados por su inteligencia y por la absoluta conciencia que tenía sobre la realidad y sus actos, sostenían que el destino final debía ser la cárcel. Finalmente, y luego de someterlo a varios exámenes y revisiones, Eloy Cáceres partió rumbo a la prisión de Tierra del Fuego, donde vivió más de veinte años, hasta la mañana en que un guardia lo halló colgado del techo de su celda con una carta dirigida a Micaela. La misiva llegó a poder de Carlo, que, sin leerla, la echó al fuego de la cocina.

La oposición y la furia de Carlo no la acobardaron, y Micaela contrató al mejor abogado en Derecho Penal de Buenos Aires, que consiguió disminuir la condena de Ralikhanta al esgrimir, entre otras atenuantes, la presión bajo la que había actuado en los crímenes, la demostración de buena voluntad al llamar a la policía y la colaboración prestada durante la investigación. Dos años más tarde, Ralikhanta quedó en libertad y, aunque intentó ver a su antigua señora, Micaela no quiso recibirlo; se limitó a enviarle dinero con Mudo y Cabecita para que abandonara el país. Ralikhanta regresó a la India, al seno de su familia empobrecida, y se dedicó, al igual que sus primos y hermanos, a la cría de cabras.

Habría sido una afrenta regresar a Europa después de tantos años y no cantar primero en la Opéra de París; así se lo hizo entender Alessandro Moreschi a Micaela, y Micaela a Carlo, que aceptó a regañadientes y con una condición: terminadas las funciones en París, viajarían directamente a Nápoles, donde buscaría a la familia de su madre.

La guerra y sus desaciertos eran cosa pasada, y dos años habían bastado para que Europa recuperara en parte el esplendor de fines del siglo XIX. En la capital francesa las plazas volvieron a poblarse de flores, las tiendas a abarrotarse de mercaderías, las mujeres a sonreír y lucir sus vestidos, y los hombres a fumar habanos y leer el periódico en el *Café de la Paix.*

Micaela, Carlo y Moreschi llegaron a París a principios de abril de 1920. Cheia y Frida, que después de una larga disputa territorial en la casona de San Telmo, habían acordado una paz tácita y comenzaban a entenderse, declinaron la invitación. "Mis huesos no están para esos traqueteos", esgrimió la nana, mientras Frida adujo la tristeza que le provocarían tantos recuerdos y no tener a Johann para compartirlos. De todos modos, no les faltaría compañía, Mudo, Cabecita y Tuli se ocuparían de ellas, incluso el maestro Cacciaguida había prometido visitarlas.

Varzi encontró a París fascinante y, pese a que Micaela estaba demasiado ocupada con los ensayos y arreglos previos al estreno, no se desanimó y la recorrió solo. Alternó las horas del día entre museos y visitas a potenciales clientes. Sin embargo, ansiaba llegar a Nápoles y conocer a los Portineri, aunque la perspectiva de que no quisieran recibirlo entraba dentro de las posibilidades; después de todo, él era hijo de Varzi.

Micaela no se detenía un segundo, repartida entre el teatro y los compromisos sociales. Estaba nerviosa y sensible, quería visitar a sus antiguas amistades, responder a las invitaciones y, a su vez, ensayar para *Lucia di Lammermoor*, un personaje complejo desde el punto de vista lírico y dramático. A la noche llegaba tan agotada al hotel que apenas si cruzaba dos palabras con Carlo, y él, que había pasado el día prácticamente solo y que tenía necesidad de ella, al encontrarla distante y ensimismada, se sentía dejado de lado.

La noche del estreno, el teatro completo, envuelto en un murmullo continuo y persistente, aguardaba con expectación la entrada en escena de su gran diva, que después de seis años de ausencia, le hacía el honor a París. Moreschi entraba y salía del camerino sin motivo alguno, en el corredor pegaba unos cuantos gritos a los empleados y regresaba, tomaba asiento, se servía un vaso con agua que no probaba y suspiraba largamente.

—Maestro, por favor —se quejó Micaela—, va a lograr que me ponga nerviosa.

—No puedo evitarlo —se justificó Alessandro—. No has tenido tiempo suficiente para ensayar, y *Lucia* es un personaje difícil. Además, con ese maldito viaje que me hiciste hacer no pude revisar tu desempeño en el último acto.

—El *régisseur* y el director Mirolli están muy conformes.

—Solamente yo puedo juzgar tu desempeño, yo, que te conozco como nadie.

—¿Vio a Carlo, maestro?

—Sí —gruñó Moreschi.

—Y, ¿cómo estaba?

—Como siempre, serio, con cara de malo.

Micaela se descorazonó, consciente de que lo había descuidado. Escuchó el timbre que anunciaba el comienzo del primer acto, y no pudo seguir pensando en él; alguien llamó a la puerta y le indicó que se apresurara.

Los temores del maestro Moreschi carecían de sustento: *la divina Four* asombró nuevamente. Los espectadores la aplaudieron hasta que les ardieron las palmas y la obligaron a saludar más de veinte veces. Carlo, desde los primeros asientos de la platea, la contemplaba con orgullo, mientras ella recogía flores del escenario y lanzaba besos.

En el camerino la esperaban ramos y regalos, gente importante que deseaba saludarla y algunos periodistas ansiosos por entrevistarla. En medio del bullicio, de las caras sonrientes, los besos, los abrazos y las congratulaciones, Micaela pasó más de una hora, hasta que el camerino se vació y pudo desmaquillarse y quitarse el traje. Llamaron a la puerta, y se apresuró a abrir.

—¡Carlo! —exclamó, y se arrojó a sus brazos—. Me hacías tanta falta.

—Esta noche te tengo solamente para mí —anunció Varzi, de mal modo—. Me harté de cenas, recepciones y bailes. Basta, no aguanto más.

—Perdoname, sé de sobra que te tengo olvidado, pero, entendeme, tenía tantas cosas que hacer…

—Shhh. No hables.

La abrazó y la besó con las ansias contenidas de esos días solitarios en París. La respuesta apasionada de Micaela lo excitó, y le habría hecho el amor en el camerino si alguien no hubiese golpeado la puerta.

—No abras —ordenó Varzi, y la tumbó en la poltrona.

—Carlo, por favor —rogó ella, e intentó zafarse.

Varzi la liberó de mala gana y se echó sobre el diván. Micaela recibió a un empleado del teatro que le extendió una tarjeta.

—Dígale que pase —indicó al muchacho, después de leerla—. Rápido, que lo estoy esperando.

Varzi se puso de pie y vio entrar a un hombre mayor, de unos ochenta, ochenta y cinco años, de distinguido *smoking*, con una melena blanca peinada hacia atrás y un bastón de plata que llevaba más por elegancia que para apoyarse.

—Señora Varzi —dijo el hombre—, es un honor conocerla.

—Gracias, muchas gracias por haber venido. —Micaela le tomó las manos y lo invitó a pasar—. Temí que no viniera, el señor Moreschi me comentó que a usted no le gusta viajar.

—Es cierto, ya estoy viejo, prefiero quedarme en casa, pero una oportunidad como ésta no podía perderla.

El hombre clavó la mirada en Carlo, que observaba la escena con impaciencia.

—Permítame presentarle a mi esposo...

—Permítame hacerlo yo mismo, señora Varzi —pidió el hombre, y Micaela se apartó.

El anciano se paró frente a Carlo, le apoyó la mano sobre el hombro y le dijo:

—Tu madre era mi única hija.

Varzi sintió un golpe en el pecho, las piernas le temblaron y los ojos se le humedecieron. Miró al viejo y a Micaela, a Micaela y al viejo; las palabras no le salían y él que quería preguntar tantas cosas. Consciente de la sorpresa y la turbación de su nieto, Portineri lo invitó a sentarse y pidió a Micaela un vaso con agua.

—Los dejo solos —dijo la joven segundos después, y salió.

Antes de cerrar la puerta, echó un vistazo a su esposo, que, pese a las lágrimas, tenía el semblante iluminado. No quedaba nadie en el corredor, sólo se percibía el lejano bullicio del *foyer*. Se sentó a esperar. Ya lo había decidido, se lo diría esa noche cuando regresaran al hotel después de cenar con el señor Portineri, seguramente. Entrarían en la habitación, Varzi exultante, ella feliz de verlo feliz, se besarían, se tocarían, él le quitaría la ropa con pocos miramientos, como siempre, le haría el amor sin límites y luego, desnudos y tibios en la cama, enredados en los brazos y en las piernas del otro, ella le susurraría: "Será una nena y la llamaremos Marlene".

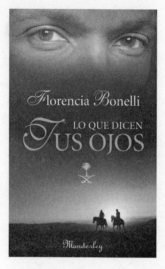

Lo que dicen tus ojos

Apenas iniciada una brillante carrera en el diario que dirige su padrino y mentor, la joven periodista Francesca de Gecco sufre un terrible desengaño amoroso.

Sólo el tiempo y la distancia podrán curar una herida tan profunda, y por eso la muchacha acepta un puesto en la embajada de su país en Ginebra. Sin embargo, esa ciudad sólo será la primera etapa de un viaje mucho más largo.

Al otro lado del mundo, en los palacios más deslumbrantes del desierto de Arabia, Francesca encontrará una segunda oportunidad para ser feliz.

El cuarto arcano. Primera parte

Buenos Aires, 1806. Las colonias españolas en América inician diferentes procesos revolucionarios para independizarse de la Corona de España, y Buenos Aires será una de las primeras en concretar el sueño de la Independencia.

Roger Blackraven es un rico inglés, dedicado a los negocios, con intereses especiales puestos en Buenos Aires, donde es amo y señor de tierras y personas. De carácter dominante, es temido por todos los que lo rodean. Melody Maguire es una joven criolla de padre irlandés, el cual huyó de su tierra natal para evitar ser ajusticiado por las autoridades inglesas. Cuando las vidas de Roger y de Melody se cruzan, cambian para siempre.

Manuel Belgrano, Mariano Moreno, Nicolás Rodríguez Peña y otros personajes claves de nuestra historia pueblan esta maravillosa novela junto con esclavos, indios, ingleses, franceses, españoles y criollos. Los espíritus inquietos y valerosos de nuestros antepasados, que dieron origen a la Argentina están retratados en *El cuarto arcano* con la portentosa fuerza narrativa de la autora, que nos entrega una historia inolvidable dispuesta a enamorar a miles de lectores en todo el mundo.

El cuarto arcano. **Segunda parte**

Río de Janeiro, 1806. Después de abandonar Buenos Aires, Roger Blackraven llega a las costas brasileñas con sus primos, los hijos de Luis XVI y María Antonieta, a los que intenta proteger. Buenos Aires ya no es un lugar seguro para ellos. Allí se reencuentra con sus viejos camaradas de aventuras: el jesuita Malagrida y el portugués Adriano Távora, siempre listos para ayudarlo en situaciones difíciles.

Corren tiempos agitados. Los ingleses, al mando del general Beresford, preparan la invasión a Buenos Aires y a Montevideo. Debido al bloqueo de los puertos europeos por parte de Napoleón, la Inglaterra debe hacerse de nuevos mercados para colocar sus productos. Por eso, los ingleses ponen sus ojos en el Virreinato del Río de la Plata. La promesa de sus enormes riquezas los dispone a todo.

Nuevos personajes y nuevos escenarios acompañan las aventuras del Capitán Black desde las costas americanas hasta la vieja Europa. *El puerto de las tormentas*, que culmina la historia de Roger y Melody, es una novela repleta de acción: conspiraciones, asesinatos y abordajes en alta mar hacen de su lectura una experiencia casi cinematográfica, y sitúa a Florencia Bonelli en la cima de su poder narrativo.

Bodas de odio

En 1847, don Juan Manuel de Rosas gobierna la Confederación Argentina desde Buenos Aires con mano férrea. Algunas provincias se alzan en su contra y forjan una alianza con el fin de derrocarlo.

En esa época de conflictos sangrientos, lealtades e intrigas, la joven Fiona Malone sólo espera enamorarse, como lo ha hecho su amiga Camila O'Gorman. Pero un apuesto y enigmático hombre, don Juan Cruz de Silva, perteneciente al círculo íntimo de Rosas, se cruzará en su camino para desbaratar sus planes.

Fiona Malone pronto se verá atrapada en un mundo de odio, pasión, intrigas y peligros que rodean a un hombre de la talla de Juan Cruz de Silva.

Este libro se
terminó de imprimir en
Zonalibro Industria Gráfica,
General Palleja 2478, Montevideo,
República Oriental del Uruguay
en junio de 2008

Dep. Legal Nº 344.954 / 08

Edición amparada en el decreto 218/996 (Comisión del Papel)